察哈爾英雄

张润兰◎著

光明日报出版社

图书在版编目（CIP）数据

察哈尔英雄：全2册 / 张润兰著. -- 北京：光明日报出版社，2018.9（2022.9重印）

ISBN 978－7－5194－4694－9

Ⅰ.①察… Ⅱ.①张… Ⅲ.①长篇小说—中国—当代 Ⅳ.①I247.5

中国版本图书馆CIP数据核字（2018）第230953号

察哈尔英雄（全2册）

CHAHAER YINGXIONG（QUAN 2 CE）

著　　者：张润兰

责任编辑：刘兴华　　　　责任校对：赵鸣鸣

封面设计：王永瑞　　　　责任印制：曹　净

出版发行：光明日报出版社

地　　址：北京市西城区永安路106号，100050

电　　话：010－63131930（邮购）

传　　真：010－67078227，67078255

网　　址：http://book.gmw.cn

E - mail：gmrbcbs@gmw.cn

法律顾问：北京市兰台律师事务所龚柳方律师

印　　刷：三河市华东印刷有限公司

装　　订：三河市华东印刷有限公司

本书如有破损、缺页、装订错误，请与本社联系调换，电话010－67019571

开　　本：170mm×240mm　　　　印　　数：5000册

字　　数：582千字　　　　印　　张：38

版　　次：2018年9月第1版　　　　印　　次：2022年9月第2次印刷

书　　号：ISBN 978－7－5194－4694－9

定　　价：96.00元（全2册）

前　言

塞　汉

深夜，一列闷罐子车开到一个小站停下，车厢里的战士们被呼喊着下了车。突然，站台对面出现几挺机枪，吐着火舌疯狂地向他们扫射，战士们瞬间一片片地倒在血泊中。这是一九三三年八月间发生的事。

向我讲述这件事的，是张家口的两个铁路工人，他们曾是察哈尔抗日同盟军吉鸿昌部队某团某营的战士。抗日同盟军被迫解散后，吉鸿昌不接受中央军收编，拉起他的队伍出走。这个营没跟吉鸿昌走，营长以执行任务为名把这个营悄悄留了下来。第二天夜里，这个营（还有其他部队）被以收编为名骗上火车。

这两个铁路工人我已不记得他们叫什么了，只记得一个姓张，高大剽悍，一个姓戈，身材颀长，两人都会武术，我就是在跟他们习武时认识的，当时我刚上初中。他们之所以在那场屠杀中活了下来，是因为他们最后下的车，枪响时，他们借着混乱和天黑，迅速地钻到了火车车厢底下逃了出来。和他们同时逃出来的还有二十余人。他俩是张家口人，逃回家不久，又赶上日伪军清剿退隐的同盟军官兵。为躲避搜捕，他们会同三十余名退隐的同盟军官兵逃到大海陀打游击。后来，他们不断地得到地下党的救护和帮助，并逐渐发展成为一支近二百人的抗日队伍。抗战全面爆发后，他们加入了共产党领导的游击队。抗战胜利后，他俩参加铁路当了工人。

他俩所讲述的有关同盟军、特别是他们死里逃生后采用游击战术打鬼子的故事，一直激荡着我的心，想写一部反映他们英勇壮举的电视剧。

退休前后，我在完成了几本书的写作后，这部剧的框架也基本构思好了，正准备动笔时，不幸的事发生了——摔断了腰和胳膊，并留下了严重的后遗症，坐的时间稍一长就腰疼，写作的念头只好就此放下，成了我一大憾事。

一次，和润兰女士等几个朋友聚餐时，我又说起了此事，大伙感叹了一番。半个多月后的一天，润兰女士给我打电话，说她对同盟军被迫解散后仍有不少同盟军战士上山打游击的事也十分感兴趣，并已查阅了一些资料，有了以此题材构思一部电视剧的设想，想借鉴我的构思共同来完成这部电视剧的创作。这是我求之不得的，当即就答应下来，并就如何成剧说了我的意见。润兰女士是一个很有文学志向的人，也有一定的写作功底，悟性高，又不怕吃苦。她的电影剧本《扫大街的女人》被河北电影制片厂选中拍成电影（改名为《爱的红围巾》），电影剧本《拾荒者》也在全国权威刊物《中国作家·影视》发表，还有几个电影剧本在《长城文艺》刊出。润兰女士确实具有编剧天赋，她在我初步构思的基础上，用了不到一年的时间，就完成了一部长达四十集的电视剧本的创作，虽然还略显粗糙，但整体来看还是很不错的，立意深刻新颖、故事跌宕起伏、情节扣人心弦、人物性格鲜明，是一部非常好的抗日谍战大剧。之后，她又提出将剧本改写成小说。我只知道她主要从事的是剧本写作，没见她写过小说，尽管三年前她已把我的电视剧本《雪绒花》改写成影视小说《谜案》，也算涉猎过小说写作，但要完成这部巨著，还是担心她难以驾驭，可我又不忍拂及她的积极性，说可以一试。没想到她用了不到一年的时间，就完成了这部四十万多字的小说初稿，速度之快令我震惊，且较之剧本来说，由于大量地运用了肖像、心理、景物等艺术描写手法和大量的比喻、排比、递进等修辞手法，人物形象和性格的刻画也更为鲜明，故事情节也更引人，主题思想也更深刻，这在我看来就是奇迹。

我真的感谢她，感谢她弥补了我的遗憾。

这部书虽然是小说，但有不少人物和事件都是历史的真实，而且由于种种原因,察哈尔一九三三至一九三五年间的这段历史文字记载相当少,有些方面(如这三年中和日寇的斗争)几乎是空白,而润兰女士在挖掘史料的基础上,又加以合理的想象,使这一段历史翔实了许多。我建议读者在读这部书时,不要把它仅仅视为小说,还要把它当成一部史书来读。

(塞汉:张家口市纪检委原纠风室主任、市政府纠风办主任,著有长篇小说《塞外风》、论著《草上风》、诗词集《塞外恋歌》、电视剧本《雪绒花》及电影剧本《突如其来的婚礼》等。)

目　录

CONTENTS

词曰:民心盼！大地起惊雷。铁马金戈如电火,城头敌帜瞬间摧,将士凯旋归。
又曰:国人叹！天地亦生悲。正欲挥师成大举,严霜利箭罪相威,遗恨洒关垂。

第一回 斗士退隐屡遭杀 大侠现出频相救

1

话说日本关东军占东北陷热河之后,又不断蚕食察哈尔。蒋介石一让再让的不抵抗政策,激怒了下野的冯玉祥将军。一九三三年初,他振臂一呼,短短三个月,便在察哈尔省府张家口组建起一支十余万人的抗日大军,名之为察哈尔民众抗日同盟军。这支对日寇充满仇恨的大军,如熊熊烈火,似炽炽岩浆,声势浩大,锐不可当。是年盛夏期间,不到一个月便连续攻克已被日寇占领的康保、宝昌、沽源、多伦察东四县。就在他们准备继续挥师东进,收复热河省和东三省时,怪事出现了,国民党竟然对抗日同盟军冠以种种罪名,并派出中央军和日本关东军共同对其打压。最终,抗日同盟军于同年八月被迫解散。

这支抗日大军,主要由来自各方的国民党爱国将士、社会进步团体及各界民众组成。被迫解散后,除了部分被中央军收编,部分跟方振武、吉鸿昌二位将军撤走,还有相当一部分退隐民间。退隐民间的这部分,绝大多数是张家口人。

八月下旬,关东军派到张家口一个警备队,名义上是保护日本驻张领事馆和日本侨民的安全,实则是清剿退隐在民间的同盟军官兵,他们担心这些人再重燃抗日烽火。警备队来后又迅速搜罗了一批汉奸,组成一支辅助队伍,曰协动队，随后就联合张家口警察局，大肆搜捕同盟军官兵，搜出一批枪杀一批，甚至有些老百姓也被当作同盟军杀戮。瞬间，张家口陷于浓重的恐怖氛围。

不久，一件令人振奋的事出现了，这件事发生在至善街。

至善街是张家口一条古老的商业街，呈东西走向，街两边各类商号店铺相衔，人来人往十分热闹。自从清剿行动开始后，便一下冷清下来，白天行人寥寥，入夜踪迹皆无。

这天刚入夜，街上就一个人影都不见了，整条街阒静无声。

突然，街西头传来呵斥声。原来，是两个日本兵和五个协动队士兵推搡着六个被五花大绑的人由西向东走来。

当他们走到一个二层楼的商号时，两个日本兵扑通一声仰面倒在地上，咽喉处各被深深射入一支飞镖。五个协动队士兵大惊，急忙举枪之时，一个头戴黑礼帽、脸蒙黑面罩、身披黑披风的人早已无声地从房顶落下，只见刀光闪闪，五个士兵瞬间毙命。蒙面人又迅速挑断被绑者身上的绳子，然后纵身跃上房顶飞速而去，眨眼间不见了。

这件事像一阵风似的，一夜间迅速传遍了张家口。

第二天一大早，人们又惊奇地发现，张家口两个出了名的痞子被吊死在大清河岸边的树上，身上各挂着一张大牛皮纸，上面写着：鬼子耳目、汉奸！

这样的事后来不断出现，疯狂捕杀同盟军官兵的嚣张气焰也随之被压下去不少，浓重的恐怖氛围也渐渐被冲淡了。

在退隐的同盟军官兵遭捕杀期间，方振武吉鸿昌二位将军所率领的同盟军官兵也遭厄运。

方振武吉鸿昌不甘心失败，先是将队伍撤到赤城独石口，经休整后于九月中旬又挥师南下，在北平东北部继续与中央军和关东军浴血奋战。二十多天后，他们被包围在牛栏山一带，队伍也由万余人锐减至三千余人。正当方吉二将军准备率军与敌人做最后拼杀时，蒋介石派人出面调停，提出和平收编。方吉二将军为保留住这支残存的抗日队伍，思忖再三，最终决定接受。但令他们万万没想到的是，这是一个骗局。

同盟军将士被缴械后，南京特务机关便命令北平特务处，对中高级将领及骨干人员进行秘密屠杀。北平特务处为将此事做得隐秘，采取以分配为名，先将预杀人员分批骗到临时集中营,夜间再押赴荒无人烟处秘密处决的办法进行。

第一批被处决的是三名正副师职将领和七名正副团职军官。

第二批预杀的是一批下级军官和骨干人员。这天上午,战地看守处一个骑兵营的五名预杀人员在被骗往临时集中营的途中,意外发生了,特务处一名少尉军官竟然反叛,设计将五名预杀人员救走。

2

就在少尉军官从牛栏山将五名预杀人员救走的这天夜里,张家口怡安街又发生了蒙面人神奇地将八个被抓捕的人救走一事。怡安街呈南北走向,和至善街一样,也是一条古老的商业街。

这是一个星明月朗之夜,街上的一切都清晰可辨。

三个日本兵、五个协动队士兵及五个警察押着八个人从怡安街南面走来,八个人像拴蚂蚱一样被绳子拴成一串。

由于蒙面人的多次出现,无论日本兵、协动队士兵还是警察,警惕性都非常高,行走中时刻都端着枪,不断地左顾右盼。

当他们行至大街中段时,不知何处突然连开两枪,两个日本兵被击毙。剩下的一个日本兵转身欲逃,但没容他迈开步枪又响了,日本兵随着枪响像口袋一样扑通倒在地上。

一协动队士兵惊喊一声“蒙面大侠来啦”,撒腿就跑,其他士兵和警察都跟着跑去。

八个被拴成一串的人正惊讶之时,一个头戴黑礼帽、脸蒙黑面罩、身披黑披风的人从临街的一个窗口跃出,用匕首迅速地将捆绑他们的绳子挑断。

八个人正要说什么,一队日本兵突然从街口跑来。

蒙面人迅即扔出两个手雷,日本兵赶忙趴下。蒙面人冲八个人大喊“快跑”,喊完纵身跃上房顶飞快地跑去。

手雷爆炸后趴在地上的日本兵爬起来时，街上一个人影都不见了。

警备队队长川岛被彻底震怒了，连夜召集副队长铃木，协动队队长武士元、警察局局长张狗娃开会。

川岛三十五岁，身板笔挺，脖子细长，一张脸扁得出奇，像是被挤压过一样，五官均可用一个小字来形容；铃木二十八岁，体格壮硕，眉毛短粗眼眶凹陷，阔嘴巴大耳朵很搭配地分布在一张黝黑的大方脸上，一副赳赳武夫模样；武士元三十八岁，尖嘴削腮，鼓着一对金鱼眼；张狗娃三十六岁，体态肥胖，光亮的大脑袋上趴着几根细软无力的头发，像是刻意贴上去的。

川岛一张扁脸铁青："这个蒙面匪徒太猖狂了！一个多月来，被他救走的同盟军余党不下五十，被他打死打伤的皇军士兵也达十五人之多。可你们到现在连他是谁都查不到，太让我失望了！"

川岛原是关东军一名中佐，因在侵占东三省和热河省时屡立战功，被提升为大佐。他在受命时曾向关东军司令官南次郎做过保证：不出两个月，一定把退隐在张家口的同盟军余党彻底清剿干净。蒙面人的屡屡出现，使得他的保证只能是一句空话了。

铃木等人都面色难堪，垂着头不吭声。

川岛一双小眼扫了扫几个人，做出两项决定：为震慑同盟军余党和蒙面匪徒，也为让社会看到清剿同盟军余党的成绩，明天一早再枪毙一批被关押的同盟军余党；晚上召开一次祝捷大会。

"大佐，可否再晚几天。"铃木犹豫了一下，请示。

川岛不悦："为什么？"

"有的耳目为了多捞赏金，密告有水分。被关押的这批人到底是不是同盟军还未确定，有待核实。"

"管不了那么多啦。"川岛不容更改，"先枪毙十个再说。祝捷大会的警戒一定要严之又严，绝不能让那个神出鬼没的蒙面匪徒钻了空子。"

枪杀退隐的同盟军官兵每次都在大清河的河滩进行。大清河是纵贯张家口市区的一条大河，名曰大清河，实则是条宽阔的泄洪沟。该河平时水量极小，但暴雨来临时，则山洪卷着泥沙汇聚而至，其势之凶如万马奔腾，其声之阔如巨雷齐鸣，离很远就能闻到浓浓的土腥气。此时正值秋季，宽阔的河床中，只是中心区域有一小股浅浅的细流。

第二天清晨，天色阴沉，秋风萧瑟。一支混杂着日本兵、协动队士兵和警察的队伍，押着十个五花大绑的人从岸坡下来，向河滩走去。十个人的胸前都挂着一个木牌，上面写着：同盟军匪徒。

岸边，站着一些老百姓，个个神情愤怒。

十个五花大绑的人被押到河滩停下。

"预备！"一个肤黑如碳、凶睛外暴的日本军官举手发出命令。这个军官叫高桥雄二，是个少尉小队长。

十个日本兵举起枪。十个五花大绑的人都大喊："我不是同盟军，是老百姓！"

岸上的老百姓也大喊："不许杀害老百姓！""不许滥杀人！"

高桥雄二手往下一切："射击！"

十个日本兵开枪，十个五花大绑的人倒下。

武士元举着喇叭筒冲岸上的老百姓喊道："皇军说啦，不管原来在同盟军是官是兵，凡是出首的，一律不追究任何责任！凡是不出首的，这，就是下场！"

岸上的老百姓都已转身离去。

3

大华照相馆在张家口东河沿大街，是张家口一个地下党的秘密联络站。这天上午，北平地下党联络员孙亮来到大华照相馆二楼密室，向刘振邦、赵志海、林溪传达上级指示。

刘振邦四十出头，方面宽额，脸膛黑红，他是这个地下党组织的组长，掩护身份是大华照相馆老板；赵志海二十七八岁，浓眉大眼，体态偏瘦但很精干，他是副组长，掩护身份是东口茶馆老板；林溪二十二三岁，轮廓柔婉的脸上，一双眼睛澄澈明亮，气质文静淡雅，秀丽而端庄。她也是副组长，掩护身份是女子学校老师。

孙亮三十七八岁，身着长衫像个教书先生。他先说了三个情况。一是方振武吉鸿昌二位将军，在接受和平收编的当天傍晚就被送往北平特务处。途中，不知何人向他俩密透了和平收编的骗局，他俩都设法逃脱了。吉鸿昌将军目前隐居在天津法租界，北平地下党已和他取得了联系，方振武将军目前去向不明。二是北平特务处的秘杀从前天就开始了。三名师职将领和七名团职军官已被在牛栏山下秘密处决。昨天，北平地下党已开始对秘密屠杀设法阻止。三是昨天上午，吉鸿昌将军麾下骑兵团一营营长张丹雄、连长戈剑光、副连长柳英飞，还有排长万虎和巴雅尔，在被特务处的人从战地看守处送往临时集中营准备夜里秘密处决时，半路上被特务处一名特工救了，他还打死了特务处一个叫胡鹏的副处长。张丹雄等五人都是张家口的，曾是西北军的人，还是吉鸿昌的老部下。救他们的那个特工也是张家口人，叫林峰。

孙亮说到这儿林溪一怔，似乎没听清："那个特工叫啥？"

"林峰。"

"真想不到，他竟能干出这么大的好事儿来。"林溪脸上溢出自豪和欣慰的表情。

林峰是林溪的弟弟，他当兵时林溪还没有加入共产党。林峰之所以要当兵，缘于姐弟俩一次被四个日本浪人欺负。那是两年多前的事，当时姐弟俩还是学生。一天，林溪领着林峰到怡安街买鞋，正走到鞋店门口时迎面来了四个日本浪人。其中一黑脸浪人见林溪长得漂亮，挟起来就走，林峰欲救姐姐未果反遭三个浪人毒打。危急时刻，一个高大魁伟的汉子冲了过来，打跑四个浪人救了林峰和姐姐。那件事发生后，林峰一直闷闷不乐，眼里总是闪着仇恨的目光。一个月后，发生了"九一八"事变，正值高二的林峰死活闹着要当兵打鬼子。林父虽然是个丝绸商人，但也是个爱国人士，正好他有个朋友在三十二军当伙夫，于是便通过这个伙夫介绍，让林峰进了三十二军。遗憾的是蒋介石不让抵抗，林峰多次给家写信述说他的苦恼。一年后，积极参加学生运动的林溪被地下党发展为中共党员，这时的林峰已经是北平特务处特工了。林溪曾想把林峰发展为中共党员，但由于复杂而严酷的斗争形势，组织上不允许。随着国民党对共产党的清剿不断加剧，林溪的心也越抽越紧，担心林峰成为国民党对付共产党的爪牙。她曾向父亲说过她的担忧，林父也痛恨蒋介石一味剿共而不抗日，昨天亲自去了一趟北平特务处，想让林峰退伍，不料听说林峰跟一个副处长到外地执行任务去了，得十来天才能回来。林父当天赶回来一说，全家人都愁眉不展。林溪听到林峰救了张丹雄等人逃出来的事，真是兴奋不已，这标志着林峰已经彻底脱离了国民党军队。

“你认识林峰?”孙亮一愣，问。

“林峰就是林溪的弟弟。”刘振邦予以说明。

孙亮感叹：“没想到，真是没想到，这个英雄竟然是你弟弟。”

“林溪同志以前还总为有这么个弟弟感到不光彩呢。”赵志海也为林溪卸掉思想包袱感到高兴。

林溪心里甜滋滋的：“这块儿心病总算去掉了。孙亮同志，接着说吧。”

孙亮接着说了上级指示：特务处认为张丹雄等人逃回张家口的可能性极大，为保住秘杀同盟军将士的秘密，已派出特别行动队追杀。特别行动队队长叫胡飞，是胡鹏的弟弟。张丹雄等人都是坚定的抗日英雄，上级要求刘振邦他们这个地下党组织一定要想方设法，赶在特别行动队下手之前找到并保护好张丹雄他们，保护他们就是保护抗日火种，有朝一日，他们或许会燃起熊熊的抗日烽火。

刘振邦表示坚决完成任务。随后，向孙亮说了一个多月前，张家口突然出现一个神奇的蒙面人一事。

孙亮很感兴趣，他希望能查找到这个人，说如果能取得他的帮助，对于保护张丹雄他们就更有利了。

4

张家口西沙河大街是一条东西走向的大街，西通平门，东接玉带桥。在西沙河大街中段，有家高档客店，名为来福客店，胡飞和他的特别行动队就潜伏在这家客店。

昨天上午，正在外面执行锄奸任务的胡飞被特务处紧急召回，唐处长和他说了张丹雄等五人被林峰救走一事，指令他务必要在最短的时间内把张丹雄等五人及林峰灭掉，以守住和平收编的骗局及秘杀同盟军将士的秘密。接受任务后，他怀着杀兄之仇，带领特别行动队连夜就赶到了张家口。

胡飞二十八九岁，身姿挺拔，剑眉下一双小鱼般的细眼十分明亮，一看就是个精明强干之人。他正坐在桌前思索什么时，两个人走了进来。

这两个人一个叫黑子，二十四五岁，肤色黝黑，体格壮实；一个叫亮子，二十三四岁，肤色白净，个子细高。他俩都是特别行动队副队长。刚才，他俩是出去打听昨天夜里发生的事，他们也听到了枪声和爆炸声。

黑子说了打听到的情况：枪声和爆炸声是一个蒙面人所为，他是在救几个被抓的同盟军，也有的说不是同盟军是老百姓。这个蒙面人是一个多月前突然出现的，不光救了不少被抓的人，还杀了不少鬼子和伪军，好几个给鬼子当耳目的汉奸也被他掏窝杀了。老百姓都叫他蒙面大侠，说他会飞檐走壁，武功非常高，但人们都不知道他的真实身份，只猜测是同盟军的人，也有人说是民间侠客。

亮子作补充：今儿早上，鬼子还在大清河枪毙了十个同盟军官兵，但他们都喊不是同盟军。

胡飞沉思了一会儿："这个蒙面人看来不简单，无论他是同盟军还是民间侠客，但愿别给咱们添麻烦就好。先不说这事了。我刚才又琢磨了一下，张丹雄林峰他们虽然肯定会回张家口，但哪天回来很难确定。我分析，他们也会想到特务处不可能放过他们，肯定不敢明目张胆的回来；大白天回来的可能性也不大，极有可能是夜里回来。咱们只有十个人，如果由咱们来监视，一两天还可以，时间长了恐怕就熬不行啦。我打算把监视任务交给张家口警察局局长张狗娃，让他安排便衣警察监视。"

胡飞之所以想把监视任务交给张狗娃，是因为他对张狗娃有所了解。两个多月前，他到张家口密杀察哈尔省政府的一个汉奸官员时，张狗娃刚当上警察局局长。他听省警察厅王厅长说过，张狗娃是省党部祖秘书长的女婿，虽然能力一般，但对党国还是忠诚的。后来王厅长到北平办事时，他又听王厅长说过，张狗娃当了警察局局长之后，虽然在配合日军警备队抓捕同盟军余党方面比较积极，但并没有投日。他决定利用这一点吓唬张狗娃一下，让他老老实实尽职尽责地完成好监视任务。

胡飞把他的想法及张狗娃的情况说完后，黑子亮子都认为可行。

5

胡飞走进警察局办公区的长廊时，看到一个警察正伏在张狗娃办公室门前侧耳谛听。

警察看到胡飞，赶忙直起腰若无其事地走过来。他看了看头戴黑呢礼帽，身穿灰布长衫的胡飞，倨傲地问："干啥的？"

胡飞打量了警察一眼，见此人约三十七八岁，贼眉鼠眼、相貌猥琐。他心中生厌，不屑一顾："警厅的，找张局长。"

警察顿时由倨转卑："小的是办公室主任，叫阮得利，宋局长在任时我就任职了。张局长正在呢，您请。"说完哈着腰在前面引路，向张狗娃办公室走去。

此时，张狗娃正坐在沙发上搂着一个肤色如藕、娇娆艳丽、风骚劲儿十足的女人亲昵。女人叫蓝山花，二十一二岁。

张狗娃是有妇之夫，老婆叫祖臣芳，长得膀圆腰粗，浑身囊肉，像传说中的嫫母（丑妇），他之所以娶她为妻，是因为她爹是国民党省党部秘书长，想利用她爹往上爬。这个目的他达到了，短短几年就由一个普通警察完成三级跳：先当办公室副主任，后当警察局监狱狱长，两个多月前又爬上了局长的位置。但他对祖臣芳确实是提不起"性"趣，不免时常打打野食。两个多月前，也就是他刚荣升局长的第二天，在一次舞会上偶遇蓝山花，他一下就被这个妖艳骚浪的女人迷住了，给她买了一处私宅几乎夜夜销魂。近些日子，因忙于川岛交办的抓捕蒙面人的案子，没顾上和她温存。

张狗娃松开蓝山花："宝贝儿，以后别来局里找我了，影响不好。"

蓝山花骚声浪气："人家想你了嘛，十来天都摸不着你。"

张狗娃无奈的样子："这阵子不是忙吗，又抓同盟军余党又抓蒙面匪徒的。今儿晚上回去好好伺候你一宿，行吧？"

蓝山花笑着把脸凑到张狗娃嘴前:“再亲亲我。”

“好,再亲亲。”张狗娃搂住蓝山花刚要亲,响起敲门声。

张狗娃赶忙将蓝山花推开,快步走到办公桌前坐下,点着一支烟。他见蓝山花已坐端正,凌乱的头发也已整理好,冲门口喊道:“进来!”

门推开,阮得利走进,后面跟着胡飞。

“局座,这位先生是省警察厅的,他……”

张狗娃没等阮得利把话说完,冲蓝山花:“这位女士,你说的案子我已经清楚了,会马上安排人调查的,先回去吧。”

蓝山花忍住笑,站起来用火辣辣的目光盯着张狗娃:“局长大人,我可回去等着啦。”说完一摇一摆地扭动着腰肢走了出去。

“你们聊。”阮得利也知趣地退出。

张狗娃打量了一下胡飞:“先生在警厅哪个部门供职?”

胡飞掏出证件甩到桌上:“自己看。”

张狗娃翻开证件心中不禁一惊,又双手将证件递还胡飞,讪笑着:“真没想到是胡队长大驾光临,您快请坐,快请坐。”

胡飞拉过桌前的一把椅子坐下,盯着张狗娃不说话。

胡飞的大名张狗娃早有所闻:他是北平特务处一员悍将,以铁腕锄奸蜚声于军政两界。他的突然到来,令张狗娃极度不安。两个多月前他刚上任的第二天,就在川岛和铃木的重金收买下,暗中投日当了汉奸。他想,难道漏了?可又想,投日的事只有川岛和铃木知道,他俩是不可能出卖他的。于是决定先探探口风:“胡队长,您找我何事?”

“除汉奸!”胡飞压着嗓音,旋即掏出手枪对准张狗娃。正是:心怀鬼胎常吊胆,耳贯惊雷瞬失魂。欲知张狗娃如何辩说,且看下文。

第二回 凤凰岭英雄落脚 歌舞厅侠客飞身

6

尽管胡飞话音不高，但在张狗娃听来不啻于晴空响霹雳，惊得几乎灵魂出窍。他迅即做出委屈状："胡队长，冤枉呀，天大的冤枉，我是忠于党国的呀！"

"冤枉？跟川岛勾结是不是事实？"胡飞逼问，目光如刀。

"就是抓同盟军余党抓蒙面匪徒和他们联过手，别的真没有，我对党国的赤胆忠心天地可鉴……"张狗娃哓哓声辩，唾沫四溅。

一番恐吓之后，胡飞交代了任务并给了张狗娃六张相片和一份备有住址的名单，然后严明纪律：对监视人员不要讲明这六个人的身份，就说他们是准备从北平潜回张家口搞破坏的共党；对特别行动队来张家口的事更要绝对保密，尤其不能让日本人知道。现在是微妙时期，一旦知道了会认为有窃取日方情报之嫌，易出现政治麻烦。

察哈尔赤城县东南，有一片一望无际的山峦，山上草木蓬茸苍莽，远望如同绿色的大海，山峦中陀峰峻岭星罗棋布，如同大海中的岛礁，故人们称之为海陀山，又称大海陀。

六个农民装扮的人走上一座陀峰。这六个人正是张丹雄、戈剑光、柳英飞、万虎、巴雅尔和林峰。万虎和巴雅尔各扛着一个长麻袋包，里面是枪。

张丹雄二十五六岁，身材高大相貌英俊，长方的脸型棱角分明，两道浓黑修长的眉毛下，一双眼睛朗若星辰；戈剑光二十四五岁，身材颀长，肤色白净，一副书生模样；柳英飞和戈剑光同岁，身材也与戈剑光相仿，只是肤色稍黑，相貌威猛；万虎二十三四岁，体格粗壮，肤色黝黑，一张圆脸上两只眼睛出奇的大；巴雅尔和万虎同岁，身姿矫健，英武挺拔，长着一副典型的蒙古人的脸膛；林峰二十一二岁，浓眉亮眸，面容清秀的脸上似乎还存有几分稚气。

林峰之所以要救张丹雄等人是缘于报恩。昨天上午，林峰跟着胡鹏来到战地看守处的一个骑兵营所在地，以分配为名提取预杀人员。胡鹏首先点到的是骑兵营营长张丹雄，当张丹雄应了一声“到”跨出队列时，林峰一下愣住了，他万万没想到，张丹雄竟然就是那个打跑四个日本浪人，救了他和姐姐的救命恩人。他当时就立下决心，一定要设法把张丹雄救走。

在去往临时集中营的路上，林峰和胡鹏坐的是吉普，张丹雄、戈剑光、柳英飞、万虎、巴雅尔在卡车上，车上有六个国民党士兵看守，押车的一个中尉军官，坐在驾驶室副驾座。

林峰一直苦苦思索相救办法。当一个主意在他脑海闪出时，竟然惊得自己心都怦怦直跳，他毕竟还没杀过人。坐在副驾座的他回头看了看坐在后排座闭目休息的胡鹏，又思索一会儿，再也没有更好的办法了。他努力使自己镇定了一下，悄悄扣开枪套掏出手枪，猛一转身将胡鹏打死，随后命令司机提速。

当吉普与后面的卡车拉开约一里地的时候，林峰命令司机将车停下。他本想将司机也打死，但又于心不忍，只是将司机的双手用手铐铐住，又抽出司机的裤带将他的双脚捆住，然后下了车向后跑去，将跟上来的卡车拦住。由于山路弯弯，卡车上的人看不到前面的吉普。

林峰以胡处有急事先回让他向大伙儿传达重要情况为名，又以节约时间为由让中尉军官和司机都上了卡车车厢。就在林峰刚登上车厢时，吉普突然从一个山弯闪了出来，没想到司机竟然弄开了手铐。吉普开到距卡车约四五十米处时猛然刹住车，司机跳下车大喊：“林峰叛变了，胡处被他打死了！”

中尉军官一愣之时，林峰已从背后卡住他的脖子，同时将枪顶住他的太阳穴，六个已举枪的士兵一时不知所措。林峰命令中尉军官下令，让士兵把枪都交给同盟军的人，不然就打死他。中尉军官听说胡处都被打死了，不敢硬抗，只得命令士兵把枪交给张丹雄等五人。吉普司机见状又慌忙上车逃走。林峰下了中尉军官的枪，向满脸茫然的张丹雄等五人揭穿了所谓和平收编的骗局，说了方振武吉鸿昌二将军已识破骗局并在押往北平特务处的途中逃跑的事,随后将他们安全地带出封锁圈。

他们逃到延庆境内一个山洞后,分析:特务处为保住假收编和屠杀同盟军的中高级将领及骨干人员的秘密,必然会派人追杀灭口,家是不能回啦。

商量再三,张丹雄提议先去张家口大境门外的南天门村躲避些日子。说那里有他一个师弟,叫石磊,因硬气功非常好,头可破石,人们都叫他石头。石头虽然岁数不大,只二十出头,但为人豪爽,十分义气,属于侠肝义胆式的人物;他的家境也很殷实,其祖上过去一直在张库大道跑生意,家资颇丰,在他家住个一年半载的不成问题;方振武吉鸿昌二位将军既然已经逃出去了,必然还会重组抗日大军。南天门村距张家口城区十几里,既安全又可及时听到方吉二将军重组抗日大军的消息,一旦有了消息就立即去投奔他们。

张丹雄的提议大伙儿都同意。他们在山洞歇了一夜,今儿一大早便往张家口赶,为不暴露身份,又从山下的村子里买了农民的服装换上。

来到大海陀登上陀峰之后,张丹雄又提议,下了山不走官道,先绕到温泉山,从温泉山奔崇礼县,再从崇礼山区绕到张家口大境门外的南天门村,虽然费些时日,但绝对安全。大家一致同意。

7

胡飞的来张,给张狗娃心里罩上了一层挥之不去的阴影。他担心胡飞在张家口待得时间长了,会察觉出自己暗中投日的事,想尽快帮他完成灭杀张丹雄等六人的任务,让他赶紧滚蛋。一番思索后,打电话把侦缉队队长罗克叫到办公室。

罗克虽然是个一米八儿的大个子,但总是驼背弯腰的,似乎像定了型,再也挺不直。一头乌发也总是乱蓬蓬的,似乎从来就没梳过。衣服也总是皱巴巴的,像是从来没洗过,还经常敞胸裂怀,给人一种既邋邋遢遢又倜傥不羁的印象。但他对张狗娃是忠诚的,总是唯张狗娃马首是瞻,这一点深得张狗娃的喜欢,尽管他没什么大本事,甚至十米之内枪都打不准,但张狗娃还是很欣赏他,视他为知己。

张狗娃按照胡飞的要求向罗克布置了任务,并慌说是警厅秘密交办的,然后将张丹雄等六人的相片和家庭住址交给了罗克。

罗克看了看相片和地址:“只监视不抓吗?”

“抓捕由警厅负责,不让咱们插手,你们侦缉队只负责监视就行了。记住,一旦发现他们万万不可惊动,立即向我报告。”

罗克嘻嘻一笑:“这任务好完成,马上就安排。”

张狗娃又叮嘱:“此事事关重大,要严格保密,告诉弟兄们不许对外讲,谁要讲了我就割了他的舌头。”

罗克又嘻嘻一笑:“弟兄们都懂规矩,局座就放心吧。”

张家口大境门是万里长城唯一被称为“门”的一个隘口,其他隘口都叫“关”。从东太平山到西太平山的这段长城,是张家口城堡北面的一道屏障。大境门高大雄伟,给长城增添了几分威严峻逸之气。城门的门顶与上面的垛堞之间,有四个遒劲有力、雄浑粗放的大字——大好河山,这是对塞外壮美河山的精准概括。大境门正前方约五六十米处,有一座精巧的石拱桥,一条西东流向的大河从桥下穿过,流向大清河。这条河俗称西沟,西沟两边是开阔地,闻名遐迩的“张库大道”就发端于此,有旱码头之称。这里曾是货物集散地,各类商号鳞次栉比,中外客商八方云集,人流熙熙攘攘,摩肩接踵,运输货物的老倌车队和骆驼队随处可见,景象热闹非凡。最繁荣时,这里的年交易额达一万五千两白银。民国之后,由于种种原因张库大道中断,昔日繁华的旱码头也消失得无影无踪,成了一个寻工觅活儿的劳务市场。

石拱桥桥头,站着刘振邦赵志海和一个叫二虎、一个叫柱子的年轻人,两人都是地下党成员。

刘振邦分析,张丹雄等人知道他们的处境,如果回来的话,既不可能坐车也不可能走官道,很可能是从崇礼县山区绕回来,而从崇礼县往回绕,无论从东、从西或从北哪个方向回,都得经过大境门才能进城。所以,他和赵志海带着二虎柱子在此处拦截。但他又不能排除张丹雄等人也有从其他途径回家的可能,在拦截的同时,又安排林溪去打听张丹雄等五人的家并告诉他们的家人,让他们回来后不要在家里停留,立即赶往大境门外的孤石林场,那里有地下党的人负责安置他们。

大境门外东一伙西一伙或蹲或站着许多等待揽活儿的人,刘振邦他们混在这伙人中一点儿也不显眼。

他们等了四五个小时也没见到张丹雄林峰等人的影子。刘振邦突然又想到,他们如果绕山而回的话,还有一处可以回张家口,那就是口里东窑子。于是,他让赵志海和二虎在这儿盯着,他和柱子去了口里东窑子。

刘振邦和柱子走后不久,林溪就骑着自行车赶了过来。

赵志海说了刘振邦和柱子去口里东窑子的事后,问:“打听到了吗?”

“打听到了。闹半天他们几家都有联系,找到一家就都找到了。除了张丹雄家没去,其他几家都以打听人的名义进去看了看,都没回来。”

“咋没去张丹雄家,远?”

“不是,你看,”林溪手一指,“他家就在前头的口外东窑子村,还没顾得上去呢。”

口外东窑子村在鱼儿山山脚下。赵志海朝村子望了望:“那快去吧,也许他们已经从鱼儿山翻过来,先去张丹雄家了。”

“应该不会。我发现我们家和戈剑光他们那四家,都已经有便衣警察监视了,张丹雄家肯定也不会例外,如果他们真去了张丹雄家,村里早该有动静了,你们没听到枪声吧?”

“没有。”

“还是赶紧去看看吧,连和他们家人说一声。”林溪骑上自行车向口外东窑子村快速驶去。

8

张丹雄等六人刚走下陀峰,前面突然传来零乱的枪声。

张丹雄一怔:“咋会有枪声?”

"我想起来了,"戈剑光说,"咱们在赤城休整期间,我曾听说海陀山一带有股土匪,会不会是土匪在劫道?"

"我也听说过,还听说土匪中有个独眼龙,心黑手辣,剖腹剜心都不眨眼。"柳英飞也说。

他们正说着,突然看到远处一伙人朝这边跑来,边跑边向后射击。

张丹雄让万虎巴雅尔赶快解开麻包,每人拿起一支枪,迅速隐蔽在草丛后面。

这伙人边朝后开枪边跑了过来。当隐藏在草丛的张丹雄看到其中一人时,不由得大吃一惊,这个人竟然是石头。

这伙人中有一人中弹倒下,其他人边还击边继续往前跑。后面,一伙人边开枪边快速追了过来,其中一人的一只眼上戴着黑眼罩。

"前面跑的有石头,后头追的有个独眼,后头的肯定就是土匪了,截住他们。"张丹雄立即作出判断。

张丹雄等人射击,追击的人瞬间被击倒六个。

戴黑眼罩的正是土匪独眼龙,突如其来的、只听枪响而不见人的伏击令他大惊失色,急喊快撤!土匪转身逃跑,张丹雄等人继续射击,又有七八人被撂倒。

被追击的人全都停了下来,茫然地朝张丹雄他们所在的方向张望。他们大感惊奇和意外:谁在救他们?

张丹雄等人从草丛站起。张丹雄朝一光头汉子挥挥手,喊道:"石头,是我!"

石头愣了一下,随即惊喜地喊道:"师哥!"边喊边跑了过来,大伙儿也跟着跑了过来。

张丹雄前迎几步,问石头咋到这儿来了,咋和土匪交上火了?石头邀他们到寨子去说。张丹雄一听寨子,心里咯噔一下。

9

大海陀有座陀峰叫凤凰岭，虽不是特别险峻却也易守难攻，石头的山寨就在凤凰岭上。山寨有个用木板搭成的简易大棚，大棚中央有张用木板钉成的长方形桌子，这里是石头等人议事的地方。

石头将张丹雄等六人领进大棚，讲述了他来大海陀的原因。

两个月前，石头和师妹红小英在村里举办婚礼时，一个鬼子和协动队的三个士兵来搜查参加过同盟军的人，鬼子见红小英长得漂亮顿起歹心，把石头和红小英诬为同盟军余党，欲强行带走。石头急了，和前来参加婚礼的弟兄们跟他们打拼起来。鬼子和两个协动队士兵被他们打死，一个士兵逃跑。石头和红小英不敢再待在村里，跑到赐儿山云泉寺躲在了师父明远那儿。鬼子和协动队的人前来报复，找不着他俩就把石头的父母和哥嫂杀了。石头怕鬼子发现再连累师父，就和二十来个也被诬为同盟军并遭追杀的弟兄们跑到大海陀避难。

石头说完为什么来到大海陀，又说了刚才交火的原因。

凤凰岭往北十几里处有座黑龙岭，上面盘踞着一伙七十余人的土匪，头子叫高发魁。石头等人来到凤凰岭后，高发魁几次来找他，想拉他们入伙。石头不答应，一拒再拒，高发魁恼羞成怒，带领土匪来攻打，最终被他们用机枪打退，两边就此结下死仇。石头他们上山后，遇到的最大问题是缺粮，花钱都不好买。今天上午，他们打探到一个消息，黑龙岭的土匪在乡下抢了三大马车粮食，于是下午就在半道打了个伏击，把三马车粮食抢了过来。当他们往回赶时，不料正遇独眼龙带着一帮土匪从山上下来，双方立即开了火。因土匪人多，他们打不过，只好边打边逃。

张丹雄问石头从哪儿弄了这么多枪，石头说是出逃之前从上堡一个叫黑老三的手里买的。黑老三倒腾枪支弹药已经多年，路子野得很，长枪短枪机枪还有手榴弹炸药啥的都有。

石头说完问："师哥，你不是在西北军吗，怎么也来大海陀了？"

张丹雄说了从西北军到同盟军及又到大海陀的原因，然后长叹一声："没想到你也遭难了，看来只能另想办法了。"

石头吃惊之余又复一喜："看来咱们在这儿相遇是天意。师哥，就留下来给我们当头儿吧。"

"石头，你们是不是打算当土匪呀？"张丹雄心里沉甸甸的，很难受。

"我们也不想当土匪，可这年头儿不拉杆子还有别的出路吗？不过我们绝不会干祸害老百姓的事，我们都商量好了，效仿梁山好汉，杀富济贫、惩恶扬善，替天行道。"

"石头，你被逼无奈走上这条路我不怪你，但我绝不会当土匪。同盟军是冯玉祥将军组建的，我不能辱没了同盟军的名声，更不能给冯将军脸上抹黑。吉鸿昌和方振武二位将军肯定还会重组抗日大军，一旦有消息，我就去投奔他们。"

"师哥，你刚才不也说了吗，是政府不让抗日，抗日大军还组建得起来吗？师哥，就留下来吧，吉将军和方将军真有重组抗日大军的那一天，你带我们一起去参加还不行吗？"

"不行。当一天土匪也是土匪，宁可饿死我也不会当土匪。"

"师哥，就算是等二位将军重组抗日大军的消息，总得有个待处吧，现在日本鬼子是天天搜查参加过同盟军的人，你说国民党特务也会追杀你们，张家口根本就没法儿待，你们能去哪儿呢？"

张丹雄沉默。

一直在思索的戈剑光开了口："大哥，我觉得石头说的有道理。再说，咱们刚打死了十几个土匪，他们人多势众，必然要来报复，咱们要走了，石头他们肯定会有危险。我看不如先待在这儿，帮石头他们先对付那帮土匪。再有，我看石头这帮人底子都不错，就对他们负起责来吧，能拉起一支队伍去投奔方吉二将军不是更好吗。我估计方吉二将军肯定也在被追杀中，就算是有重组抗日大军的那一天，也不知道啥时候了，总不能这么干等下去吧。"

柳英飞、万虎、巴雅尔、林峰也都劝张丹雄先留下。

戈剑光的话启发了张丹雄，一个想法在他心中迅然形成，他决定留下来。

10

黑龙岭虎势龙形，巍峨险峻。颈部地带有一片依山而建的房屋，东西两端相距数百米，乍一看像个村庄。居中之处，有一座较高的建筑，类似天主教教堂，这便是黑龙岭山寨的议事大堂。大堂及房屋前面是一片平坦如砥的开阔地，中央竖着一杆高高的旗杆，旗杆顶端悬挂着一面绣着一条张牙舞爪的黑龙的旗帜。

大堂内高台阶上，一个三十五六、又黑又壮、满脸橘子皮的人面南而坐。他就是黑龙岭的土匪头子、大当家高发魁。坐在他右前方的是一个四十出头、瘦长脸、眯缝眼、腰弯得像个大虾似的人，他叫田万才，是二当家。坐在田万才对面的是独眼龙，三十出头，是三当家。

独眼龙正向高发魁田万才说遭伏击的事。说完恨声不断："娘的，要不是遭到突然伏击，今儿就把石头他们那帮杂碎全灭了，真可惜。"

高发魁吃惊不小："石头这小子不能小瞧呀，还懂得事先设伏。"

"我琢磨，打伏击的不像是石头他们的人。石头那帮人没一个枪打得准的，打了几里地都没伤着我们一个人。打伏击的就不一样了，个个儿都像神枪手，要不然也不会折了十三四个弟兄。"

"打伏击的多少人？"

"没看见，都在草窝里趴着呢。从枪声来判断不足十人。"

田万才思谋了一会儿："要这么说还真有可能不是石头的人。石头那帮人都是刚摸枪的，就算是安排伏击，也不可能打这么准。"他说话时两眼也眯缝着，好像永远也睁不开似的。

"二当家，你想办法打听打听这些人是啥来路，看看是不是新到凤凰岭入伙儿的。如果是，一定要设法把石头他们和这帮人都尽快灭了。不然，咱们在大海陀就没安生日子了。"高发魁有了顾虑。

"大当家放心，明天就想法儿给你打听清楚。"田万才是个很有鬼点子的人。他之所以能坐上二把交椅，就因为他常常能想出一些高发魁八辈子也想不出来的鬼主意。

高发魁哈哈大笑："这对号称智多星的二当家来说不是难事。"他稍一高兴就哈哈大笑。

11

察哈尔歌舞厅坐落在东山大街西端，是张家口乃至察哈尔最大的一家歌舞厅。晚上八点钟，霓虹闪烁的歌舞厅门前站着许多全副武装的日本兵和协动队士兵，戒备森严。

歌舞厅内灯火辉煌，如同白昼；舞台上方悬挂着一条横幅，上面写着"清除同盟军余党祝捷大会"一行大字；舞台下的大厅里，摆放着十几张圆桌，桌上放着鲜花和美酒佳肴，每个圆桌周围都坐满了身着西服或长衫的社会上流人士及浑身珠光宝气的夫人或小姐，脸上都挂着荣耀的神情，温文尔雅地相互小声交谈着，并不时地发出欢悦的笑声。

张狗娃和蓝山花相挨着坐在靠近舞台的一个圆桌旁，蓝山花不住地往张狗娃身上靠，张狗娃则不断地暗暗推挡她："注意影响。"

蓝山花不满地"哼"了一声："我就是想让他们看见。"

武士元坐在邻桌，一双金鱼眼不断地睃向张狗娃和蓝山花，暗自窃笑。

歌舞厅门口内侧，站着铃木、高桥雄二和两个持枪的日本兵。

川岛在一政府官员的陪同下走进歌舞厅，全场来宾立即起立鼓掌。在热烈的掌声中，官员引领川岛登上舞台。

官员很绅士的双手向下一压，大伙儿静了下来，先后坐下。

官员微笑着开了口，满口谀辞："川岛大佐来张家口的时间虽然不长，但在清除同盟军余党方面做出了显著的成绩，为稳定张家口的治安做出了极大的贡献，我代表市国民政府和广大市民，对川岛大佐和他的警备队表示衷心的感谢和祝贺！下面，让我们用热烈的掌声，欢迎川岛大佐致辞！"

热烈的掌声再次响起。

官员退到一旁，川岛走到舞台中间站定。他扫视了一眼会场，一张扁脸强挤出一丝笑容：“各位女士、各位先生、各位朋友，大家晚上好！”

更加热烈的掌声。

川岛将本来就笔挺的身子又挺了挺，神态傲慢：“在大日本皇军军威的威慑和强有力的打击下，在贵国军队的协助下，冯玉祥拼凑的同盟军匪帮，在两个多月前就被彻底瓦解了，这两个多月来，经过我们的努力，残余势力和逃匿匪徒也得到了有效的清除！”

台下的人刚要鼓掌，一个洪亮的声音突然响彻大厅：“放你的狗屁！”

随着洪亮的声音，一个头戴黑礼帽、脸蒙黑面罩、身披黑披风的人，飒爽英姿地从舞台一侧的幕帘后面闪出，两只手各握着一个手榴弹。

在这一瞬间，川岛、官员惊呆了，来宾惊呆了，铃木、高桥雄二和两个日本兵也惊呆了，整个儿歌舞厅静得就像没人存在一样。

蒙面人迅速将两个手榴弹拉了弦，一个扔在舞台，一个扔在大厅，同时高喊：“抗日同盟军依然在战斗！”

两个手榴弹都“哧哧”地冒着白烟。

台上的川岛惊慌地向一侧跑了两步扑倒在台上；官员也照着川岛的样子急忙趴下；大厅的宾客惊叫着或趴在地上或往桌子底下钻；本已举枪的铃木、高桥雄二及两个日本兵也赶忙趴下。

蒙面人的声音又响起：“弟兄们，撤！”随后飞身从幕帘后撤出。正是：洋洋得意话未完，惬惬失魂身先倒。毕竟川岛性命如何，且看下文。

第三回 田万才谋枪设计 张丹雄捉贼出招

12

台上的手榴弹炸响,一片红光闪后,舞台被炸出一个大洞;舞台的空间较大,没有引起大火,但附近的窗户有些玻璃被飞射的弹片击碎了,哗哗啦啦地散落在地上;随之,整个舞台布满了浓烟。

台下的手榴弹冒完烟没爆炸,静静地待在地板上。

川岛爬起来,他的军帽已不知掉在何处,一张扁脸被硝烟熏得一片黑,样子既狼狈又可笑。

官员也爬起来,惊慌地走到川岛跟前:“大佐没受伤吧?”

川岛伸伸胳膊蹬蹬腿,挺挺腰板晃晃细长的脖子,又傲慢起来:“大日本皇军是没那么容易死的!”

铃木、高桥雄二和两个日本兵慢慢走到那个没炸响的手榴弹跟前。一日本兵小心翼翼地捡起看了看:“铃木中佐,假的,木头的。”

铃木接过看了看,咧开大嘴骂了声“八嘎”,将假手榴弹狠狠地摔在地上,向川岛跑去。

宾客们也都从地上爬起来或从桌底下钻出来,惊恐的神情依然挂在脸上。

察哈尔歌舞厅发生同盟军刺客刺杀川岛事件不到半个小时,林溪就得知了这一消息,而且随之发现,在她家门口监视的两个便衣警察不见了。她又到戈剑光、柳英飞、万虎和巴雅尔家门口看了看,监视的人也都不见了。她突然联想到，同盟军刺客很可能是张丹雄等人，胡飞得知他们已逃走，让警察局把监视人员全撤了。她赶紧骑上自行车到口外东窑子找到刘振邦，把她想到的说了。

刘振邦说不可能。一是张丹雄他们肯定不敢坐汽车火车，即使敢走官道也不可能这么快回来。二是他们即使能赶回来，也明白自己的处境，不可能再冒这个险。三是这个会有川岛参加，会场内外的戒备都肯定非常严，刺客能进去又能撤出，说明他们对警戒情况非常了解，就算是张丹雄他们能赶回来，也不可能马上掌握这方面的情况。

"你分析得有道理。"林溪说，"可如果不是他们的话，监视的人为啥一下子都撤了呢？难道胡飞已经得到了他们躲藏在其他地方的消息啦？"

"这个可能性也不大。"刘振邦说，"就算是张丹雄他们躲藏在别的地方，胡飞也不可能这么快就得到消息。至于监视的人为啥都撤了，这倒是个谜。"

13

从昨夜开始的全城大搜捕行动第二天仍在持续着。

九时许，罗克从一家客店走出，后面跟出十几个手持长枪的警察，个个都面色发暗、疲惫不堪。

罗克挺了挺难以挺直的腰："再到前头那家澡堂子去搜搜。"

他们刚要走，一个尖嘴猴腮的警察急匆匆地跑了过来。他叫侯二，二十七八岁，也是侦缉队的。

"侯二，不好好值班咋跑出来了？"罗克离老远就问。

侯二气喘吁吁地跑到罗克跟前，挺了挺胸，一副钦差派头："局座指示，让你们以搜查刺客为幌子，继续去监视那六个共党。"说话尖声尖气。

"这要让川岛知道了，局座能有好果子吃吗，这会儿可是川岛拿腰啊，市国民政府都得让他三分。"

"局座比你想的周到，你就别操这个心了。"侯二看不起罗克，口气不屑。

他话音刚落，高桥雄二带着一小队日本兵走了过来。

罗克赶忙鞠了个躬："高桥队长好。"

"辛苦大大的。发现什么没有？"高桥雄二话虽客气，但凶相难掩。

"从昨天夜里到现在已经搜了二十八家了，目前还没发现什么。"

"一定要抓紧搜认真搜，如果让蒙面刺客在你们警察局的搜索范围漏了网，川岛大佐是要追究责任的。"

罗克哈着腰："明白，一定抓紧搜，一定认真搜，保证不让刺客在我们负责的范围内漏网。"

"幺西！"高桥雄二一挥手，带着日军小队继续向前走去。

罗克借势冲侯二说："你看看，敢糊弄吗？"

侯二也恐惧起来："可局座非让……"

"我去和局座说吧。"

罗克安排其他人继续搜查后，匆匆向局里走去。

张狗娃正坐在办公桌前犯愁。

昨天晚上，川岛把铃木、武士元和张狗娃都狠狠训斥了一顿，责怪他们警戒不力，随后又划分了区域，让他们组织各自的队伍，立即在全城搜查蒙面刺客。张狗娃不敢得罪川岛，只得让罗克把监视张丹雄等六家的人都撤回来，全力以赴地搜查刺客。但他又担心此举会被胡飞察觉，如果胡飞知道他唯川岛之命是从，必然会将他以汉奸论处。他越想越害怕，于是赶紧派在侦缉队值班的侯二去告诉罗克，让他以搜查刺客之名，行监视张丹雄等六家之实。侯二走后，他又担心这么做会被川岛察觉，如果川岛发现他不忠，也不会放过他。

他正左右为难之时，罗克敲敲门走了进来。

"局座，不能这么干呀，咱们的一举一动日本人可都盯着呢。刚才高桥还威胁我，说刺客如果在咱们的搜索范围漏了网，川岛大佐是要追究责任的。现在连国民政府都不敢跟日本人抗事，一旦让川岛知道糊弄他，那还了得。"

张狗娃长叹一声："我有难处呀。"

"局座有啥难处，属下能给你分担吗？"

"罗克，你是我信得过的人，就和你说实话吧。"张狗娃如实说了胡飞来张家口追杀张丹雄林峰等人的事，说完忧心忡忡，"胡飞对汉奸从不手软，他铁腕锄奸的事你也听说过，要是让他知道我糊弄他，一心为日本人效力，他会把我当汉奸杀了呀。”

“你以为日本人就不能杀你吗？你的前任宋局长倒是敢跟日本人抗，结果咋样，川岛来了不到三天他就不明不白地死了，谁不清楚这是川岛设计谋害的。”

张狗娃脸苦得像霜打了似的：“可局里就这四十来号人，能使上劲儿的也不过三十来号，顾了东顾不了西呀，胡飞那边的事也不敢让日本人知道，日本人一旦知道国民党特工潜入张家口，会认为是针对他们的，闹不好会给国民政府惹麻烦。”

“两害相权取其轻。”罗克提出应对办法，“我看不如这样，咱们仍以配合日本人搜查刺客为主，至于胡飞那边，就和他说监视着呢，因为都是便衣监视，又是暗中监视，胡飞就是去察看也看不出咱们到底监视没监视。再说了，张丹雄林峰他们也知道自己的处境，也会想到特务处要派人追杀他们，不一定敢回来，对付个十来天也许他们就撤了。”

张狗娃思索再三也想不出更好的办法，只得采纳了罗克的意见。

14

海陀山下有条官道，南通怀来县的沙城，北通赤城。在凤凰岭下不远的地方，路边有个小饭馆。此时虽已近午，但仍没一个客人，冷冷清清。

店主安富贵愁眉苦脸地坐在一张饭桌旁吸着旱烟，不时地唉声叹气。他虽然只有四十五六，看上去却像五十多。女儿安红站在门口张望。安红约二十出头，容貌俏丽，身姿秀美。

“爹，有人来啦！”安红突然说道。

“几个？”安富贵一喜，随之磕掉烟锅子里的烟，站了起来。

“俩。”安红边说边走进屋。

不一会儿，两个人出现在门前，前面的人个子瘦高，身穿长衫、头戴瓜壳帽，跟在身后的是个中等个儿头、敦敦实实的年轻汉子，一身伙计打扮。前面的这人正是田万才，后面的是他侄子田彪子。

安富贵顿时笑容溢满了脸："二位客官，吃饭呀？"

"啊，吃点儿饭，一路上都没见到个饭馆儿。"田万才边说边和田彪子走了进来。

"原来有几家来着，这年头生意不好做，接二连三的都关门了，我也是硬撑。您二位吃点儿啥呀？"

"随便吃点儿吧，还得赶路呢。有莜面吗？"

"有。推窝窝还是压杠子？"安红问。

田万才看了看俊俏的安红："这姑娘看样子是个巧手，就推窝窝吧。"

安红进厨房做饭，田万才没活找话："老哥好福气呀，有这么个又漂亮又能干的好闺女。"

安富贵逊笑："蒙客官夸奖。客官是生意人吧？"

"做点儿小生意。"田万才说完话题一转，眯着眼小声问，"老哥，我们是头一次走这条路，听人们说大海陀有土匪，是真的吗？"

"是有，两拨儿呢。"安富贵压低声音，"北边的黑龙岭有一拨儿，南边的凤凰岭也有一拨儿。凤凰岭这拨儿来的时间不长，刚两个来月，还没见他们祸害百姓。黑龙岭那拨儿可就不一样了，占山为王好几年了，经常祸害百姓，过路的客商也被他们抢过不少次，有的还被杀了，老百姓都恨透了他们。"

田彪子恼火安富贵的话，想龇牙。田万才赶忙使个眼色，田彪子敛起怒容。

田万才顺势套话："老哥，你是哪个村儿的？"

"就后头安家庄的。"

"村儿里有当土匪的吗？"

"没有。都胆小，饿死也不敢当土匪呀。对了，倒是有一个去凤凰岭了，不过不是去当土匪，是被雇上山做饭去了。他原来也开过几年饭馆儿，有手艺。"

田万才心中窃喜，继续套："他叫啥？万一我们被那拨儿土匪抓去，也好打着他的名号和土匪套个近乎。"由于兴奋，一双眯缝眼扩张了许多。

"叫安富有，我们都是一个辈分的，还沾点儿亲，不过早出五服了。"安富贵又关照，“凤凰岭那拨儿你们不用担心，他们是不会打劫也不会杀人的，刚上山那会儿，雇人搭房还给工钱呢。要是往北走，得提防着点儿黑龙岭那拨儿。”

田万才佯装感激：“谢谢老哥。”

15

入夜，凤凰岭山寨大棚的长桌上点着几只蜡烛，棚内很明亮，张丹雄和石头等人正围坐在长桌旁，商量如何加强防御的事。今天白天，张丹雄等人在石头的引领下，察看了凤凰岭山寨的地形地貌。张丹雄认为，凤凰岭总的看是有势无险，要想抗拒黑龙岭土匪的进攻，必须修筑工事。研究完防御又说到了粮食问题，山上的粮食最多还能撑上半个来月，到了燃眉之急。

“能不能到附近的村里买一些，我们几个身上还有些钱，买几百斤还是够的。”张丹雄想先解燃眉之急，再徐图解决办法。

“钱倒是不缺，我逃出来时把家里的钱全拿上了，别说买几百斤，就是买几万斤也够。问题是有钱也买不出来，老百姓还不够吃呢。”石头说完眼睛忽闪了几下，“要不抢两大户？”

张丹雄立即说：“不行，土匪的勾当咱们绝不能干。”

大伙儿一时沉默。

放哨的牛半子跑进来报告：“安富有的老婆来了，说孩子铁蛋儿病了，叫安富有赶快回去。”

牛半子是个塌鼻子，说话囔囔的，但人很机灵。得到允许后，跑出去把铁蛋儿娘领了进来。

铁蛋儿娘一副着急的样子：“各位大王，我家铁蛋儿病得厉害，村里的郎中看不了，叫他爹赶紧回去送孩子去县城医院吧。”

张丹雄赶忙安慰：“大嫂别急，孩子啥病？”

“肚疼得直打滚儿，郎中也说不清。”

张丹雄急了：“石头，快安排俩人和安师傅一块儿去送孩子。”

没容石头说话，铁蛋儿娘慌忙摇手："不用不用，不用劳驾大王，村里有马车，让他爹赶车去就行了。"

16

铁蛋儿并没生病。

田万才得知安家庄的安富有在凤凰岭当伙夫后，夜里潜入安富有家，以铁蛋儿性命相要挟，逼铁蛋儿娘上凤凰岭把安富有骗回家，并教她怎么说。

屋内没点灯，漆黑一片。此时，田万才和田彪子正坐在桌旁抽烟，两张脸不时地被烟火的火光映照出来，如同鬼怪一般瘆人。

墙角蜷缩着一个被捆着手脚、嘴里塞着布团的小男孩儿，约六七岁，他就是安富有的儿子铁蛋儿。

"二叔，那个娘们儿不会卖了咱们吧?"田彪子有顾虑，担心铁蛋儿娘把石头他们引下来。

"她不敢。"田万才朝铁蛋儿努努嘴，"有他保着呢。"

院里响起匆匆的脚步声，田万才和田彪子扔掉烟抽出手枪。

门被推开，安富有走进来，身后跟着铁蛋儿娘。当他看到屋里的两个黑影时，惊得"啊呀"一声跌坐在地上。

田万才掏出手电筒照了照又关闭："他就是安富有?"

"是，他就是我男人。"铁蛋儿娘话音打战。

安富有既惊恐又迷茫地看看田万才田彪子，又看看铁蛋娘，结结巴巴地问："这、这是、咋、咋回事?"

铁蛋儿娘一下跪在安富有面前："他爹，我不骗你没法子呀，你不回来他们就要杀了我们娘儿俩呀……"说着哭起来。

"不许哭，再哭就杀了你!"田彪子凶狠地低声喝道。

铁蛋儿娘赶紧止住哭。

安富有一眼看到了墙角的铁蛋儿，惊恐地望着田万才："你们把他咋着了?”

“没咋着,他活得好好的。”

“你们是干啥的? 找我干啥?”

“别怕。用这种办法把你请下山是不礼貌,但也是迫不得已。实不相瞒,我们是黑龙岭的,有事想问你,你一定得说实话,不然……”田万才说到这儿朝田彪子摆了一下头。

田彪子走到墙角一把把铁蛋儿拽起拉了过来。

铁蛋儿呜呜着,声音里充满恐惧。

田万才用枪指着铁蛋儿的头:“不然就崩了他。”

安富有一迭连声:“保证说实话,保证说实话。”

随着一问一答,田万才得到的情况是:打伏击的是六个同盟军散兵,后来也在凤凰岭入了伙儿,但不知他们叫啥,也不知从哪儿来的。

田万才忽地闪出个鬼点子,让安富有在三天内把山上的那挺机枪偷出来。安富有说这事他真干不了,磕头如捣蒜地求田万才放过他们。

田万才又用枪指着铁蛋儿的头:“干不干? 不干现在就崩了他!”

铁蛋儿嘴里又发出一阵急促的“呜呜”声,显然是在求救。

“他爹,快答应吧,我求你啦!”铁蛋儿娘也哀求。

安富有无奈:“我干。但三天不行,他们看得紧,得容我些日子,找准机会才能下手。”

“可以。”田万才答应,但又限定时限,“最多不能超过五天,超过五天你就到黑龙岭给他娘儿俩收尸去吧。”

“我有个请求。”

“说。”

“真偷上枪我们就不能在村里待了,”安富有说,“能不能给我们点儿钱,我们躲出去。”

“这没问题。”田万才说,“只要你偷上枪,保证给你一大笔钱,够你们一家三口花一辈子的。”

17

眨眼到了第三天。

这天中午，安富有在山寨厨棚炒菜，一个叫顺子的年轻后生帮他烧火。

安富有用大铲把大锅里的菜翻了翻，从盐罐里抓起一把盐扔到锅里。

顺子一怔："安师傅，刚才不放了吗？"

安富有也一怔："是吗？"铲起一点儿菜尝了尝，"可不是，放重了。"

接受偷枪任务后，安富有像背上了一座大山，压得他喘不上气来。他想赶快把枪偷到手，去黑龙岭把铁蛋儿娘儿俩换回来。然后远走他乡去过安生日子，可试了几次都找不到下手的机会。那挺机枪就放在大棚里，白天黑夜都有人看守，他实在想不出一个好办法。为此，他焦虑万分，以致精神恍惚，干什么都心不在焉。昨天蒸馒头放多了碱面，馒头蒸的像黄梨似的，今天炒菜又放重了盐。为弥补过失，他又赶紧烧了一锅淡菜汤，盛在大盆里端进大棚。

"我说安师傅，想齁死我们呀？"石头开玩笑。

安富有不好意思地笑笑："对不起，一忙活盐放重了，多喝点汤冲冲吧。"

安富有将汤盆放在长桌上，又瞄了一眼放在大棚角落的那挺机枪，然后转身走出去。

厨棚旁边有间小茅草屋，安富有就住在这间屋里。

夜已经很深了，安富有两眼大睁地躺在床上，怎么也睡不着。

突然，田万才那阴森恐怖的话又在他耳边响起："……超过五天你就到黑龙岭给他娘儿俩收尸去吧。"

他浑身一颤，额头上渗出一层细密冰凉的汗珠。他想，已经三天了，不能再等了。

他一咬牙从床上坐起来。

他悄悄走出门一看，天色浓黑，伸手不见五指。他心中暗喜，循着隐蔽处悄悄向山寨大棚绕去。来到大棚前他又犹豫了。心想，那挺机枪可是他们的命根子，要是被发现非被活剐了不可。他又想退回去。刚要提腿，耳边又响起铁蛋儿那急促的“呜呜”求救声。他的心又颤抖了，随之一咬牙，轻轻地将大棚的门推开，蹑手蹑脚地走了进去。

他屏息凝气站在门口观察了一下，看到长桌和地铺上各睡着一个人，两人都鼾声大作。他胆子稍微大了一些，轻轻走到棚角处抱起那挺机枪，又轻轻往外走。

突然，睡在地铺上的人翻了个身。他吓得一哆嗦，似乎都不会呼吸了，站着不敢动。俄尔，地铺上的人鼾声又起。他的心咚咚直跳，边瞄着两个人，边踮着脚尖轻轻地向外走去。

他走出大棚，长长地吁了一口气，正庆幸顺利得手之时，却又惊得脸变了形。原来，张丹雄、石头、戈剑光、柳英飞、万虎、巴雅尔、林峰像七尊金刚般正站在门外不远处，目光冷峻地盯着他。

其实，安富有的反常行为早已引起了张丹雄的注意，特别是他那觊觎机枪的贼溜溜的眼神，更引起张丹雄的警觉。今天晚饭后，他把他的怀疑和大伙儿说了，并安排了这次捉贼见赃的行动。

安富有说了被迫偷枪的原因，张丹雄等人并没难为他，反而安慰他，说请他放心，他们一定会想办法把铁蛋儿娘儿俩救出来。安富有大受感动，扑通跪在张丹雄等人面前。

田万才和田彪子不但迅速摸清了打伏击并入伙凤凰岭的是六个同盟军散兵，还迫使安富有去偷机枪，这令高发魁十分高兴，当下就重赏了田万才和田彪子。

今天已经是第四天了，高发魁又和田万才独眼龙计议，一旦机枪到手如何攻打凤凰岭。

独眼龙口气狂傲：“最让咱们头疼的就是那挺机枪，没了那挺机枪，那帮杂碎就啥也不是了。只要机枪到了手，不用大当家二当家出面，我带弟兄们三下五除二就把他们灭了。这个立功的机会就交给我吧，我也讨个赏。”

高发魁哈哈大笑：“好，这个立功的机会就让给三当家啦。”

田万才忽地又想到什么：“大当家，灭了凤凰岭只是一喜，我想来个双喜临门，不知大当家是否愿意？”

“还有啥喜？”高发魁喜滋滋地问，一张橘子皮脸直放光。正是：本欲喜上再添喜，焉知悲中又生悲。田万才究竟说出什么喜来，且看下文。

第四回 农家女遭劫遇救 黑龙岭中计被袭

18

田万才想到的是安红:“小饭馆有个黄花闺女,又漂亮又水灵,也不过二十出头儿,那小蛮腰柔的跟面条似的,走起路来就像春风摆柳,别提有多迷人了。我想让彪子把她弄来给大当家当个压寨夫人,大当家意下如何?”

高发魁又是哈哈一笑:“那就弄来,等拿下凤凰岭就拜堂。”

田万才眯着的眼又扩张开了:“既然大当家稀罕,我现在就让田彪子带人去。”

他匆匆出来找田彪子,找了半天也没找着。一问才知道,田彪子和郑小三进城玩儿去了。

张丹雄早想灭了高发魁这帮匪徒,一则为民除害,一则解决山寨缺粮问题,可一直没想出一个好办法。得知他们逼安富有偷机枪的事后,心底呼地冒出一个袭击黑龙岭的想法,他决定将计就计,让安富有明天天黑之后去黑龙岭,就说机枪已经偷到手,怕路上被人抢走,先藏在安家庄附近树林里了,然后引土匪来取,并以安全为由尽可能多引一些土匪出来。这样,就可以先消灭一部分土匪。因安家庄离黑龙岭十几里,土匪根本听不到枪声。待消灭了这股子土匪后,再对黑龙岭发动袭击。

他把这个想法一说,大伙儿都说是个好办法。

为确保袭击成功,必须先摸清黑龙岭的地形和土匪的火力部署,张丹雄决定今天夜里和万虎潜入黑龙岭察看地形，再伺机抓一个土匪，了解火力部署情况。

夜幕降临。

安富贵和安红正准备关门打烊时，两个戴着黑头套、只露着双眼的人突然闯了进来，二话不说将安富贵打昏在地，将安红捆住手脚、嘴里塞上布团装入一个大麻袋，扛上就走。

这两人一个是田彪子，一个是土匪郑小三。田彪子得了赏钱十分高兴，今天约了好朋友郑小三进城看戏逛窑子，回到山寨已经傍晚了。田万才和他俩说了把小饭馆的那个妞儿弄来给高发魁当压寨夫人的事，承诺事成后有重赏。二人兴奋得蹦了起来，吃完晚饭后就匆匆赶往小饭馆。

海陀山下空寂无人，田彪子扛着麻包，郑小三紧随其后，两人像是得到一麻袋金元宝，喜滋滋地快步往回走。

突然，路边的丛林中跳出两个人来，大喝一声："站住！"

田彪子一惊，扔下麻包赶忙拔枪，郑小三也匆匆拔枪，但没容他们把枪拔出来，这两个人已闪电般地冲上来将他俩打翻在地，下了他俩的枪。

这两个人正是张丹雄和万虎。他们是准备到黑龙岭察看地形的，从山冈上看到山下有两个人形迹可疑，断定不是好人，便赶到前头下了山将田彪子和郑小三截住。

张丹雄看到地上的麻袋直晃动还伴有呜呜声，把枪顶在田彪子脑门上，问里面装的是什么，田彪子赶忙说了实话。万虎刚把麻袋解开放出安红，十几人拿着家伙儿从南面快速追了过来。这些人正是安富贵等人。

原来，田彪子郑小三刚走，安富贵就醒了过来，随即回村招呼村民前来追赶。

张丹雄万虎将田彪子和郑小三押回山寨大棚，从他俩嘴里得知：黑龙岭共有土匪七十多人，前几天被打死十几个，还有六十来人。还得知山寨大门右侧有个架有机枪的工事。随后，张丹雄和万虎又潜到黑龙岭察看了地形。

第二天早上，张丹雄根据田彪子郑小三提供的情况及所察看的地形，又调整了袭击方案。

张丹雄刚布置完，牛半子跑进来报告，说安家庄来了一伙人，非要加入队伍。

张丹雄等人走出大棚一看,院里站着安富贵安红以及十几个挎着猎枪大刀和行李的年轻人。

原来,安富贵等人昨天夜里回村一合计,认定凤凰岭的队伍是一支打土匪的义军,与其待在村里被土匪欺负,不如参加义军打土匪。于是,今儿一大早他们就赶了过来。

安富贵见张丹雄等人出来,赶忙迎上去:“各位头领,你们从土匪手里救了我女儿,我没啥报答你们的。我和我女儿都会做饭,我俩给你们做饭,你们看,做饭的家伙还有粮食菜肉啥的都带来了。这十几个后生都是安家庄的,也要加入你们。”

“我们都看出来了,你们不是土匪,是打土匪的义军。这几年黑龙岭的土匪把我们欺负苦了,早就想报仇了,收下我们吧。”一个虎头虎脑的后生跟着说,他叫安铁牛。

张丹雄之所以答应石头留下来,就是有了想拉起一支抗日队伍的打算,见这些人来投奔山寨,心里十分高兴。但他这个人做事从不武断,在征得大伙的同意后,将他们留了下来。

19

又是夜幕降临的时候。

黑龙岭山寨大堂在几炷大蜡烛的照耀下虽然十分明亮,但气氛却很沉闷,令人压抑。高发魁、田万才、独眼龙都神情凝重地坐着,谁也不说话,田万才眯着眼像是睡着一样。

昨天夜里,田彪子和郑小三直到半夜都没回来。田万才感到不妙,带人前去寻找,结果到了小饭馆一看,屋里早被倒腾一空,什么都没有了。又沿途寻找了一阵,也没见到田彪子和郑小三的影子。他意识到肯定是被凤凰岭的人抓了。田彪子是田万才唯一的一个亲人,是他从小带大的,视田彪子如同儿子一般。他慌慌张张地赶回黑龙岭向高发魁说了他的推想，提出马上用铁蛋儿娘儿俩把他们换回来。高发魁不同意，说明天是给安富有的最后一天期限，安富有很有可能把机枪偷出来，等得到了那挺机枪，立即就攻打凤凰岭救出田彪子和郑小三；如果安富有偷不出枪，再用铁蛋儿娘儿俩去交换。田万才无奈，只好如此。

他们满怀希望地等了一天也没见安富有来，随着夜幕的降临感到无望了。正当田万才想再次提出交换时，一个哨匪跑进来，说有个姓安的老百姓要见二当家。

田万才的眯缝眼立即又扩张开了，闪出少见的亮光："拿着啥家伙儿没？"

"啥也没拿，空着手上来的，我们搜了，身上也没家伙。"

田万才脸色骤变："王八蛋，把他带进来。"

哨匪跑出去，须臾推着安富有走进来。

高发魁、田万才、独眼龙都凶狠地盯着安富有，目光像箭一样，谁也不说话。

安富有战战兢兢，话声打战："各位大王好，我把枪偷出来了，没超过五天，放了我老婆孩子吧。"

高发魁等三人一愣，相互看了看。田万才问："枪呢？"

"那么大个家伙，我怕路上被人抢了，没敢往过拿，先藏在村北的小树林了。"

田万才面色阴沉，站起来走到安富有跟前："小子，你以为我们是穿开裆裤的，那么好骗吗？一听就是瞎话，我宰了你个兔崽子！"随即"噌"地从腰里抽出匕首，顶住安富有喉咙。

安富有浑身哆嗦起来："大王，我没说瞎话，枪真的偷出来啦，不然我也不敢来要老婆孩子呀。"

"怎么偷的？"田万才的匕首依然顶着安富有的喉咙，逼问。

"我恨不得头一天就偷出来，可他们看得太紧，一直没机会下手。昨天夜里他们抓了两个人，听说是你们的人。今儿晚上吃饭时，这俩人不知咋就逃跑了，他们大呼小叫地去追，我就趁机偷出来了，就这。"

"那两个人后来抓住没？"

“这就不知道了，偷上枪我就赶紧往山下跑。”

“你胡说！”田万才吼道，“来人，把他捆起来！”

黑龙岭山寨的东北面有个山洞，洞口被木桩栅栏封着，铁蛋儿娘儿俩自从被抓上山，就一直关在这里。此时，铁蛋儿娘和铁蛋儿正蜷缩在草秸上。

“娘，都关好几天了，啥时候让回家呀？”

“快了，等你爹偷来枪就放咱们了。”

“啥时候能偷出来呀？”

“快了。”

铁蛋娘以为安富有很快就能把枪偷来，虽然被关到山上也并没有特别着急。但今天已经是最后期限了，仍不见安富有来领他们，她一下着急了，恐惧感也越来越强烈。她知道，如果安富有偷不来枪，土匪肯定会杀了她和铁蛋儿。这伙土匪曾多次到安家庄抢过粮食和家畜，凶狠残暴她是亲眼见过的。但她又没办法，除了安慰铁蛋儿，只能默默祈祷，求老天爷保佑，让安富有顺利地把枪偷出来。

“哗啦”，洞口突然响起开锁链的声音，紧接着栅栏门被打开。

铁蛋儿娘抬头一看，一个土匪推着被捆着双手的安富有走进来，后面跟着田万才和独眼龙。看来安富有是没能把枪偷来，她顿时像掉进了冰窟窿，霎时从外凉到心。她赶紧拉着铁蛋儿站起来，紧张地望着安富有，连问的勇气都没有。

田万才一把拽过铁蛋儿，把匕首横在铁蛋儿脖子上，如刀的目光射向安富有：“说，是不是石头让你来诳我们下山的？只要你说了实话，就算没偷上也放你们回家，要再不说实话，现在就杀了他。”

铁蛋儿吓得哇哇大哭起来。

铁蛋儿娘急了：“他爹，啥实话呀？让你说你就说吧，啥话也比不上铁蛋儿的命要紧呀！”

安富有不吭声。

铁蛋儿娘更着急了：“你倒是说呀，倒是说呀！”

张丹雄早已料到，土匪绝不会轻易相信空手上山的安富有。所以，在安富有下山前，张丹雄特别叮嘱：“土匪肯定会诈唬，你千万记住，无论他们使什么手段，你都不要改口，这样你们一家三口才能活命。”

田万才见安富有不说话，更认为有鬼：“说不说，再不说就动手啦！”

安富有想到张丹雄的叮嘱，心中有了底气，他突然像变了个人似的，面孔由恒惧骤然变为愤怒：“畜生，杀吧，把我们都杀了吧！”骂声像是久蓄的岩浆突然喷发，声音大得连他自己都吃惊。

田万才倒没生气：“这么说你是承认了？”

“承认你娘个×！老子担惊受怕费尽心思把枪偷出来，没想到你就这么对待老子，王八蛋，老子操你八辈祖宗！”

田万才看了独眼龙一眼，哈哈大笑起来。

经过种种考验，田万才认为安富有所说是真的，又把安富有带回山寨大堂，好生安抚。

田万才话带歉意：“我们的人昨天刚被抓你今天就来了，也没把机枪带来，我们不能不多个心眼儿。兄弟，委屈你了，现在我们就跟你去拿枪。”

安富有气更壮了：“先把钱给我，你答应的！”

田万才的眯缝眼又扩张开了，笑笑：“兄弟，我们虽是土匪，但讲义气守信用，我说话肯定算数，不过得等我们把机枪拿到手，你来领老婆孩子时再给你。”

安富有想了想：“也行吧。你们去多少人？”

“去两个吧。”

“那我告诉你们藏枪的地方，你们自己去拿吧，我可不敢领你们去。”

“为啥？”

“那挺机枪是他们的命根子，他们能不找我吗？要是让他们碰上，别说俩人，就是二十个人也不一定能对付得了，我还能活吗？我死了谁养活我老婆孩子？”安富有说的句句在理。

“二当家，”高发魁说，“他说的也对，就多派些兄弟去吧，折两弟兄是小事，万一再让他们把机枪抢回去，咱们的计划就落空了。”

意见统一后，独眼龙主动请缨，高发魁同意。

20

安家庄北面有片林子，面积虽不大但树木茂密。此时，林峰和巴雅尔、顺子、安铁牛等八九个人正埋伏在林子边缘。

安富有领着独眼龙等十五六个土匪来到林子前。独眼龙举了一下手，示意大伙停下。

独眼龙朝林子看了看，担心有埋伏："安师傅，我们在外头等着，你进去拿。"

安富有装作胆小的样子："可千万别离开啊。"

安富有刚走进林子，林中突然响起枪声，五六个土匪瞬间被击毙。

独眼龙大惊，急喊快撤！土匪惊慌失措地往回逃，又有五六个土匪被击毙。独眼龙等人边跑边还击，但没跑多远就被林峰巴雅尔等人追上全部歼灭。

黑龙岭山寨外五六十米处是片茂密的山林，戈剑光、柳英飞、万虎、石头等二十多人，早已绕道潜伏在林中。

通往山寨大门的路上，张丹雄押着田彪子和郑小三正往山寨大门走着。田彪子郑小三的后腰上各别着一个手榴弹，拴在拉环上的两根细绳握在张丹雄手中。

山寨大门的门垛用石块砌成，两侧是粗大的树桩围成的栅栏墙，有两米多高。大门里侧有一个高高的哨楼，一个哨匪正站在哨楼上放哨。

田彪子郑小三走到寨门前，田彪子按照张丹雄所教，慌说凤凰岭有个人反水救了他们，以此骗哨匪打开了寨门。

走进寨门后，张丹雄看到寨门右侧有个用大沙包堆成的半人多高的弧形工事，上面架着一挺机枪，机枪手正靠在沙包上抽烟。

机枪手冲田彪子喊道："彪子，你和小三儿命真够大的，我们都以为石头把你们剁了呢！"

田彪子边往前走边说："托大当家的福，托弟兄们的福，又有贵人相助，算是逃过一劫!”

又往前走了两步,张丹雄悄声让他俩站住:“你俩配合得不错,我说话算数,放你们走。”他把别在他俩后腰上的手榴弹拿了下来又说,“往前跑,不许回头,不然就开枪了!”

田彪子郑小三如获大赦,撒腿就跑。

张丹雄将一个手榴弹拉了弦,转身扔进工事。机枪手看着“哧哧”冒烟的手榴弹,惊得光“呀呀”直叫却迈不开腿。

手榴弹爆炸。

正扶着阶梯栏杆往哨楼上走的哨匪听到爆炸声还没弄清咋回事,张丹雄甩手一枪将其打死,从哨楼半空栽了下来。

张丹雄打开寨门,戈剑光等二十多人飞快地扑了进来,向从各屋正往出冲的土匪猛烈射击。

高发魁和田万才正在大堂边聊天边等去取机枪的独眼龙,突如其来的爆炸声和枪声把他们惊呆了。他们拔出枪刚要往出跑,田彪子郑小三气喘吁吁地跑了进来,田彪子变腔变调:“大当家、二叔,快跑吧,凤凰岭的人攻进来了!”

黑龙岭山寨的防卫是很严的,凤凰岭的人不可能这么容易攻进来,高发魁看了田彪子郑小三一眼,立即明白了:“王八蛋,是你俩把他们引进来的吧!”

田彪子苦着脸解释:“大当家,我俩是被逼的呀,他们把手榴弹别在我俩腰上,没法子呀!”

高发魁一张橘子皮脸顿时成了铁青色:“王八蛋,你敢出卖老子,去死吧。”骂着举枪。

田万才惊慌地急忙阻拦:“大当家,看在我的面子上饶过彪子吧,老田家可就他这一棵独苗了呀!”

高发魁咬牙切齿:“他把老子全都毁了,该绝种!”

高发魁一把推开田万才,连开几枪把田彪子和郑小三打死。

张丹雄戈剑光石头等人长枪短枪机枪手榴弹并用,打得土匪四下逃窜。此时,林峰巴雅尔等人也赶了过来,一起追击逃散的土匪。土匪死的死伤的伤,剩下的不敢再抵抗,纷纷举枪投降。

安富有和顺子跑到山洞砸开栅栏门,把铁蛋儿和他娘救了出来。

安富有喜泪直流:“土匪死的死降的降,以后再也不用怕土匪啦!”

铁蛋儿娘懵懵懂懂:“哪儿来的大军呀,这么突然。”

安富有告诉她,不是哪儿来的大军,是凤凰岭的人,他们都是好人,是义军!

铁蛋儿娘面露愧色,一把搂住铁蛋儿哭了起来。

21

刘振邦风尘仆仆地从北平赶回后,立即向赵志海和林溪传达去见上级的情况。

三天前,刘振邦和赵志海等人分别在大境门和口里东窑子又守候了两天,依然没能等到张丹雄林峰等人,断定他们已藏身它处。经分析,又认为不可能远遁他乡,躲藏在怀来、赤城、崇礼、涿鹿、蔚县的可能性很大,因这五个县都是山多林密,很容易藏身。又分析,藏身容易生存难,时间一长吃喝就是大问题,为解决吃喝他们不可能不出来活动,这样很容易被人发现,只有把他们找到并安置到孤石林场才能安全。可这五个县的地域太大了,别说找人,就是走一遍没两三个月也下不来。当时,各县虽然已有了党的地下组织,但为安全起见,都没有横向联系,无法求助。思考再三,刘振邦决定去北平找上级,让上级安排这五个县的地下党协助查找。

刘振邦激动地说:“上级认为咱们的分析有道理,同意咱们的建议,已经派联络员赶往那五个县。但上级认为他们也有回张家口的可能,让咱们不要放松查找,继续打探。”

赵志海十分振奋:“太好了,查找面儿一扩大,估计很快就会有他们的消息。”

林溪问:“在牛栏山被收编的同盟军,后来还有没有被秘密杀害的?”

“没有。”刘振邦说,“上级通过在三十二军的内线,把北平特务处密杀中高级将领和骨干人员的事捅给了同盟军将士,同盟军将士义愤填膺,集体抗议,国民政府怕事情闹大造成不良后果，已命令特务机关停止了密杀，同盟军将士也都被分编到各个部队去了，有官职的基本都是降职使用，所安排得也都是一些有职无权、无关紧要的岗位，伤员的治疗条件也有了较大的改善。”

“不管咋说，总算把抗日将士的生命保住了。”林溪兴奋之余又想到了方振武，“对啦，方将军有消息没？”

“有了。他那天逃出去之后，又通过秘密渠道去了香港，目前也很安全。”

林溪又问吉鸿昌的情况。刘振邦说吉鸿昌将军仍隐藏在天津法租界，他想联络国民党部队中的爱国将领，为重建抗日大军做准备，地下党考虑到他的安全，让他暂时不要动，等待时机。刘振邦还说了一个好消息，中央红军第四次反围剿虽然很艰苦，但最终还是取得了胜利，苏区根据地更加巩固了。

他们又分析假如张丹雄等人已回张家口会藏在什么地方，分析来分析去也没得出结论。正是：遵指示意志坚定，觅英雄恒心不移。欲知后事如何，且看下文。

第五回 遭冤枉妙计解危 遇险情神射救难

22

张狗娃把警力都用在了搜查蒙面刺客上，对胡飞却说全用在了对张丹雄林峰等家的秘密监视上，只是安排了少数几个不吃劲儿的去应付川岛。虽然一时糊弄住了胡飞，但心里还是忐忑不安。他深知胡飞的精明，担心一旦穿帮必会被以汉奸的罪名处死。思来想去，要想摆脱胡飞这个魔影，只有让他赶快撤走。当然，他那个大脑袋中也闪现过灭杀胡飞的念头，但仅仅是一闪而已，他没这个胆量也没这个本事。他非常清楚，他和胡飞相比，那是驽骀比骅骝，想动胡飞无异于鸡蛋碰石头、兔子攫狸猫，自己找死。

这天晚上，张狗娃又来到来福客店胡飞房间，向胡飞谎报监视情况。他先煞有介事地说了一通是如何监视的，然后说："弟兄们都快熬趴下了，一开始两班倒，现在三班倒都盯不住了。"说到这儿话题一转，"胡队，他们这么长时间都没回来，说明是不敢回来了，您想，他们不会想不到特务处会派人追杀，这个时候回家不是找死吗？我觉着再盯下去没啥意义了，您看……"他的意思是想让胡飞撤回。

"不，他们肯定会回来。天气越来越冷了，就算能找个山洞栖身，可荒山野岭的，吃啥喝啥？之所以还没回来，只不过是避开危险期，这是在打心理战，越是这个时候他们越是有可能回来，你们不要有丝毫懈怠，继续监视。"

"可弟兄们实在是熬不行了，再拖下去恐怕就熬垮了。"张狗娃见胡飞根本没有撤的意思，心里暗暗叫苦，又想以这个理由让胡飞撤回。

胡飞愀然作色，一双细眼中射出冷光，语气严厉："这也是战场，熬死也得盯着，后退者格杀勿论。"

张狗娃心中一颤，赶忙转舵："您说得对，听您的，继续监视，熬死也不能下战场。"

胡飞的目光和语气都缓下来："蒙面刺客还是一点儿消息都没有吗？"

"没有。查了个底朝天也没见到他的影子。"

胡飞思索了一会儿，诡谲地一笑："川岛犯了个大错误。"

"啥大错误？"

"查外没查内。你想，他为啥要戴面具？这说明日军、协动队还有你们警察局肯定有人认识他。再有，当时察哈尔歌舞厅防守得那么严密，他能轻易进去又能安全脱身，这说明他对防卫情况非常了解，外部人能做到这点吗？如果是谁都不认识的同盟军余党，他有必要戴面具吗？再联系这一个多月来他多次成功救人的事，如果他不了解内部情况，能次次得手吗？所以说，这个人肯定在内部，而且极有可能就是协动队或警察局的人。"

"您分析得有道理。"张狗娃对胡飞如同神探般的分析及推理深为叹服，也更感到胡飞的可怕。

"你可以把这个推测和川岛说一下，就说是你推测出来的。等川岛把追查蒙面刺客的方向扭到内部人员上，你也就不用再派警察应付他了，把人都可以用在监视上。中间多一些轮休，弟兄们自然就不会太熬得慌了。"

就在胡飞向张狗娃推测蒙面刺客极有可能是内部人时，铃木对蒙面人的调查也有了结果。

其实，川岛前两天就已经意识到蒙面刺客有可能是内部人，并安排铃木暗中进行调查。之所以还让警备队、协动队、警察局大张旗鼓地搜查，是为了给蒙面刺客造成假象进行麻痹，以此来掩饰铃木的暗中调查。

铃木经过缜密调查，最终把目标锁定在协动队副队长唐尧身上：唐尧会武功、身材和蒙面人也极为相似。更为可疑的是，察哈尔歌舞厅发生刺杀事件前，他就已经消失在警戒现场，刺杀事件发生后，又很长一段时间也没人看到他，而且第二天一大早他就向武士元请假回了宣化县老家。

川岛根据铃木的调查,认为唐尧极有可能是同盟军余党安插在协动队的卧底,也等于是安插在警备队的卧底。在如何去抓唐尧的问题上,川岛又动了一番脑子:从警备队抽人怕遭到同盟军余党的伏击;从协动队抽人又怕协动队有唐尧的同党,走漏了消息。思考再三,决定让张狗娃派警察去抓。

川岛正要给张狗娃打电话,张狗娃风风火火的来了。

"大佐,我经过反复思考,认为蒙面刺客极有可能是内部人。"他把胡飞的分析和推测变成自己的智慧说给川岛,又谦逊道,"不知我说的对不对,仅供川岛大佐参考。"

川岛拊掌笑道:"张局长,你的分析和推测非常对。说实话,蒙面人有可能就是内部人的问题,两天前我已经想到了,并让铃木中佐进行了调查,你能想到并和我说这些,说明你对皇军是大大的忠诚。两个多月前我给你二十根金条时说过,那仅仅是我们合作的开始,只要你诚心地为大日本帝国效力,发财的机会大大的有。现在,我再给你五根金条作为奖赏。"

川岛打开保险柜,取出五根金条递给张狗娃。

张狗娃接过金条,高兴得眼都眯成了一条线,垂着大脑袋连声说:"谢谢大佐,谢谢大佐,我定当倍加努力,竭诚为您效力。"

"好,现在我就交给你一个任务。"川岛说,"蒙面人我们已经调查清楚了,这个人就是唐尧。他已请假回了老家,他老家是宣化县洋河南北山堡的,今天太晚了,明天一早你派人去把他抓来。"

23

一间简陋的民房内,点着一盏小煤油灯,灯芯如豆,光线昏暗。

屋里坐着几个人,正在小声地说话。在微弱的灯光映照下,隐隐约约可以看清每个人的面容,其中肤色白净,眉毛又黑又重,一双眼睛炯炯有神的就是唐尧。

唐尧父亲早丧,家境非常困苦。一年前,他为了给家里挣些钱,经人介绍到张家口火车站当了装卸工。他自幼习武,武功不错。两个多月前,路遇两个痞子欺负一个乡下人,他愤然出手相救,三拳两脚就把两个痞子打趴下。这一幕正好被刚刚投靠日本人当了协动队队长的武士元看到。武士元是张家口人,曾在军阀张作霖部队当过两年兵,后因违反军纪被开除。他被川岛任命为协动队队长后,忠心耿耿地为日本人效力。他感到唐尧是个人才,极力拉他入协动队,说协动队只是帮日本人站站岗巡巡逻啥的,活儿轻饷高,又以让他当协动队副队长相诱。他正嫌当装卸工活儿又累钱又少,就答应了武士元,但当他知道协动队真正是干什么的之后,想退出已经晚了。家里人也深以他当汉奸为耻,几次劝他退出未果。察哈尔歌舞厅发生刺杀川岛事件的第二天一大早,哥哥唐德来找他,说母亲病重让他赶紧回家看看。其实这是个幌子,目的是把他叫回来再次劝他退出协动队。今夜,一家人又坐在一起劝他。

唐母、哥哥唐德、嫂子路秀花、弟弟唐义轮番劝说完,唐尧叹口气:“我就是想回头也没法回了呀!”

“为啥?咱不干了还不行吗?干啥也兴个辞职吧?”唐德认为想退出来不难。

唐尧说出苦衷:“你们不懂,协动队是鬼子的一支武装队伍,不是打零工,哪是说辞就能辞的。我要撂不干,闹不好会被扣上反日罪名,要是再怀疑我是地下党同盟军余党啥的,全家人都得跟着遭殃。要不因为这,我早他娘的不给他们干了。”

唐尧刚说完,响起敲门声。

唐尧走过去把门打开,竟然是罗克。

唐尧十分惊讶:“你咋来啦?”

罗克一身便装,头发比平时更蓬乱,脸上汗流涔涔。他抹了一把汗:“你出来一下,跟你说句话。”

唐尧随罗克走到院门口,罗克小声说:“你有麻烦了。”

“啥麻烦?”唐尧一惊。

今天晚上,张狗娃把罗克叫到他办公室,和他说了川岛已确定唐尧就是蒙面刺客一事,让他明天一早带侦缉队的人去抓捕唐尧。

罗克说完原因,唐尧一下急了:“我咋可能是蒙面刺客呢?”

罗克脸上的汗依然流着,他又擦了一把:“先别急。我问你,在察哈尔歌舞厅警戒那会儿你去哪儿啦?”

“那天安排完警戒任务后,我突然肚子疼得厉害,就回办公室吃了点儿止痛片,然后躺了一会儿,谁曾想偏偏那会儿会出事呀。”

“那第二天又为啥请假回家呢?”

“第二天一大早我哥来找我说我娘病重,就和武队请了个假回来了。”

“那天晚上你回办公室有人见你没?”

“没有,都出去警戒了,值班室当时有人,可我急着回去吃药,没顾上和他们打招呼。”

“这就说不清了。这样吧,明天你就这么说……”

罗克说完如何应对之后,唐尧感激的热泪盈眶:“罗队,我该咋谢你呀!”

罗克嘻嘻一笑:“别客气,我知道你不可能是那个蒙面刺客,咱们在外头混都不易,理应互相关照。我走啦。”

唐尧追出院门,望着已骑着自行车远去的罗克,热泪夺眶而出,心里涌起一股热浪:从张家口到这里少说也有七十多里地,天又这么黑,他是怎么找到这儿的呀。

24

急急如漏网之鱼,惶惶如丧家之犬,高发魁和田万才昨天夜里从黑龙岭山后逃出来,凌晨时赶到了三岔口。经商量,认为再拉杆子占山为王已不是易事,决定先到张家口做些生意以待时机,好歹这些年凭着血腥手段攫取了不少贼赃和邪财。

为防备被人打劫,他俩一路躲躲藏藏避险而行,赶到宣化县境内已近半夜。走到一片树林时,高发魁实在走不动了,说歇歇再走。

走进树林,高发魁将一个沉甸甸的手提箱放在地上,靠着一棵树坐了下来。这个手提箱里,全是金条银圆之类。

田万才将肩上沉重的褡裢取下放在地上，也靠着一棵树坐了下来。褡裢里装的也是金条银圆之类。

“万才兄，从这儿到张家口还有多远？”

“这儿离沙岭子镇不远了，从沙岭子镇到张家口也就三十来里。”

“三十来里也得走半天。万才兄，你先盯着，我眯瞪会儿，实在困不行了。”

“行。”田万才掏出烟点着一支，靠着树抽。

高发魁是个没什么心计的粗人，他打死了田万才的侄子，本应对田万才有所警惕，但他丝毫也没往这方面想。田万才是在极度贫困潦倒时被他收留的，又把他扶上了二当家的位置，在他心目中，田万才就是一条驯服的、唯他之命是从的狗。他把手提箱放平，头枕着手提箱躺了下来。不一会儿，便发出重重的鼾声。

田万才看着熟睡的高发魁，田彪子被打死的那一幕又闪现在眼前。自从高发魁打死田彪子那一刻，田万才就有了灭杀高发魁的念头，只是他知道自己远不是对手，一直没敢轻举妄动。

“妈的，机会终于来了。”

夜壮贼人胆，田万才杀心顿起。他扔掉手中的烟，从腰间抽出手枪，慢慢站了起来，弓着大虾腰轻轻走到高发魁跟前，将枪口对准高发魁的头。他正要搂机，突然一阵冷风吹来，树叶哗哗作响，高发魁一下被惊醒了。

高发魁一睁眼看到田万才用枪对着自己，惊得魂飞魄散，赶忙从腰间拔枪。

田万才一脚踏在他身上：“别动，双手抱住头！”

高发魁无奈，只好将双手抱住头：“万才兄，这是干啥？”

田万才的眯缝眼扩张得比以往任何时候都大，嗖嗖地射着凶狠寒光：“干啥？报仇，让你老高家也绝种！”高发魁家也只有他这一棵恶苗了。

高发魁明白了，想以情感化：“万才兄，我可是一直把你当亲哥哥对待，从没亏待过你呀！田彪子毁了咱们山寨，我也是气蒙了才……”

田万才咬牙发狠：“老子那么求你你都不给老子面子，还谈什么把我当亲哥哥，是你先不仁，别怪老子不义！”

高发魁意识到田万才杀心已定，只好哀求：“万才兄，我错了，你别杀我，这一箱子金条大洋和珠宝全都给你，算我赎罪。”

田万才面目狰狞,带着快意:“你死了这些东西自然就是老子的,还用得着你给吗?”

高发魁无望了,怒骂:“王八蛋,你良心让狗吃啦,我把你从一个叫花子抬举到二把手,这些年你享了多大的福。开枪吧,老子做鬼也不会放过你!”

田万才阴冷地一笑:“去死吧!”

田万才把枪向前一伸欲搂机,就在这时,突然一声枪响,一颗子弹飞来将他的枪击落,随之一声大喊传来:“别动! 我是警察!”

田万才大惊,拔腿就跑。

高发魁愣了一下,赶忙跳起来提起手提箱要跑时,一个矫健的身影已站在了他的面前。

“咋回事?”来人问。

高发魁眼珠转了一下:“我是商人,打算去张家口迷路了,没想到碰上个劫道的。”他从衣兜掏出一把钱递给来人,“谢谢长官救了我,一点儿小意思,请您收下。”

来人用枪把高发魁拿钱的手挡回去:“从哪儿来的?”

“涿鹿城。”

“咋不坐客车?”

“坐了,汽车到宣化这儿坏了,急着赶路,没曾想……”

“世道这么乱别走夜路啦,前面不远就是沙岭子镇,找个客店住一夜明天再走吧。”

“谢谢长官。”

高发魁刚要走,来人看到地上的褡裢:“这个褡裢是你的吗?”

“是、是,差点儿忘了。”高发魁走过去把褡裢拿起来搭在肩上。

25

第二天一大早,罗克就带着侦缉队的几个警察把唐尧从北山堡抓回来,送到了日警备队刑讯室。

昨天夜里罗克走后，家人追问唐尧来找他的是什么人，这么晚找他啥事。唐尧只好把蒙面人刺杀川岛和川岛认定那个蒙面人就是他的事说了，说刚才来的是他一个朋友，得知这个消息后赶紧来告诉他。家人慌恐至极，都劝唐尧赶紧逃。唐尧说如果他逃了，刺杀川岛的罪名就坐实了。就算他逃了，日本人也不会放过家人，他说朋友已有了为他洗清罪名的办法，安慰家里人放心。

铃木、武士元、张狗娃正在审讯室等候。罗克把唐尧带进后，两个打手立即把唐尧拉到刑讯架前绑了起来。唐尧大喊："我没罪，为啥抓我！"

武士元有种受骗上当的感觉，鼓着一双金鱼眼怒斥："老子看你是个人才，把你拉进协动队还让你当了官儿，没想到你竟然是同盟军余党的卧底，就是刺杀川岛大佐的那个蒙面人！"

唐尧辩解："我不是蒙面人，刺杀川岛大佐不是我干的！"

铃木冲打手一摆手："打！"

打手抡起鞭子狠抽，唐尧被打得"啊啊"直叫。

打了一阵，铃木摆手示意打手停下："武队长，你审吧。"

武士元拉开架式："我问你，歌舞厅出事那会儿你在哪儿？"

"安排完警戒任务后，我突然肚子疼得厉害，就去了趟金开平诊所。"

武士元看了铃木一眼，又问："在诊所呆了多长时间？"

"大概二十来分钟，完了拿上药就回办公室了。谁曾想那会儿会出事呀，要知道那会儿出事，疼死我也不会离开呀！"

"铃木中佐，要不要派人去核实一下？"武士元心里没底了。

"金开平诊所离歌舞厅有多远？"

"不远，五六分钟就能走到，是离歌舞厅最近的一个诊所。"

铃木亲自带武士元张狗娃去诊所一核实，金开平大夫说的和唐尧说的一样。铃木由此推断唐尧被冤枉了，回来立即放了唐尧。

26

张狗娃来到来福客店胡飞房间，向胡飞报告了唐尧被冤的事。

胡飞说不是唐尧肯定还有别人,这个人肯定就在内部。他干这么冒险的事能一点儿蛛丝马迹都不露,说明是个高手。张狗娃说川岛也这么认为,让铃木还在继续查。

胡飞问起监视的事,张狗娃说一直没有放松,罗克安排人一直在盯着呢。

张狗娃这次说的比较真实。昨天川岛把蒙面人锁定在唐尧身上后,停止了外部的搜查,张狗娃赶紧让罗克安排人对张丹雄等六家继续监视。他还暗中查过岗,发现监视人员确实都到位了。倾其所有不如投其所需,既然胡飞短期内撤不走,又对灭杀张丹雄林峰等人这么上心,那就全力以赴地帮他完成这个任务,好在川岛那边暂时没什么急需他办的事了。

"罗克这个人咋样?"胡飞突然问。

"非常不错,对我忠心耿耿,我说东他不朝西,我说西他不往东。"

"他是怎么进的警察局?"

"他是三年前从北平地质学校毕业的,毕业后怕搞勘探吃苦,他爹就托当时的宋局长让他进了警察局,先是当文书,后来又当了侦缉队队长。"

"他爹是干啥的?"

"做皮毛生意的,张家口和顺昌皮坊就是他家的,生意做得挺大,大前年商会会长病死之后,他爹被选为商会会长。大伙儿私下都说,他爹为让他进警察局给宋局长送了不少钱。"

"他会武功吗?"

"哪会武功呀,邋邋遢遢的腰都挺不直,十米之内枪都打不准。"

"那他咋能当上侦缉队队长呢?"

"宋局长提拔的呗。他爹那么有钱,买这么个小官儿还不是小意思。咋,您怀疑他?"

"不是,说到他了,顺便问问。"

张狗娃从怀中掏出一个鼓鼓囊囊的信封放在桌上:"胡队,您出门在外不易,这是我一点儿私房钱,用来补补身子吧。"他想用钱来进一步讨好胡飞。正是:若非有鬼怀恐惧,岂肯弄钱买平安。毕竟胡飞如何对待贿行,且看下文。

第六回　丧家犬揣羞投主　逃难虎怀私施恩

27

胡飞看也不看："我这个人虽然过不了'一箪食一瓢饮'的日子，但也颇能吃苦。心意领了，钱你拿回去。"

"您这不是打我的脸吗？我是真心的，您一定得留下。"张狗娃再三相劝，说得非常诚恳。

胡飞的脸板了起来："我是绝不会要的。我自从踏入军政界就牢记一句话，'贪如水，不遏则滔天；欲如火，不遏则燎原'，我把这句话也送给你，希望你也好自为之。要想不误入歧途，必须防微杜渐，不以恶小而为之。"

张狗娃一阵汗颜，诺诺连声，称教训的是。心里却骂：少他妈装正经，这是钱少，要是十根金条拍在这儿你就不这么说了。

攻下黑龙岭之后，张丹雄发现黑龙岭山寨不但地势阔、房屋多，而且黑龙岭的山势极为险峻，是个易守难攻的绝佳之地。和大家商量后，便将山寨从凤凰岭搬到了黑龙岭，然后大摆宴席，大碗酒大块肉的和众人热热闹闹庆贺一番。

更令他们欣喜的是，消灭黑龙岭土匪的消息不胫而走，迅速传开，县城和方圆数十里内的近村远庄，都有人前来参加队伍，短短四五天内，队伍一下增至近二百人，其中有些就是退隐在民间的同盟军。张丹雄看到他的预想正在变为现实，异常高兴。

既然是支队伍，就得有称号。这天，张丹雄和石头、戈剑光、柳英飞、万虎、巴雅尔、林峰坐在山寨大堂，商议该用什么称号。

山寨大堂也已经进行了改造，大堂里的高台座、头领椅都已被撤掉，又在大堂中间放置了一张新制成的长方形大木桌，长桌四周全是长条凳，成了议事的地方。大堂东西两侧的墙上，也新开了几扇大窗，大堂内十分明亮。

大伙儿提了很多，有的说叫黑龙岭义勇军，有的说叫抗日军，有的说叫抗日同盟军支队……张丹雄觉着都不合适，让大伙儿再想想。

大伙儿议论时，戈剑光一直在听。

戈剑光是高中毕业后才入的伍。他入伍的原因很简单，就是因为仰慕冯玉祥将军，当时冯玉祥任西北边防督办，公署就在张家口，冯玉祥严于律己宽以待人的作风和对张家口民众特别是对工人的关爱与支持，深受民众好评。由是，戈剑光参加了冯玉祥的西北军。他这个人不善言谈，平时少言寡语，对任何事都不轻易发表自己的看法，但只要他说出来，往往都会被大家认可。

戈剑光深思了一会儿："我说一个不知道合适不合适，咱们是支队伍，但又是一支无所属的队伍，我建议暂时叫黑龙岭独立大队，等吉鸿昌将军的抗日大军重组起来之后，咱们归过去再由他们编制。"

张丹雄首先认可："这个称号好。剑光说的对，咱们现在是天地人三不管，就叫黑龙岭独立大队吧。"

大伙儿也都赞同。

他们又研究了大队编制，确定下设四个战斗中队和一个特勤中队。张丹雄任独立大队队长，戈剑光任参谋长，柳英飞任一中队队长，万虎任二中队队长，巴雅尔任三中队队长，石头任四中队队长，林峰任特勤中队队长。又制作了一面"黑龙岭独立大队"的旗帜，高高挂在山寨大院的旗杆上。

28

傍晚，胡飞和黑子亮子来到至善街，准备找个饭馆吃饭。三人正走着，突然看到一个瘦高的人在跑，一个小伙计模样的人在追。小伙计很快追到瘦高的人，一把揪住他的领子。

"吃白食呀，掏钱！"小伙计愤愤地喊道。

瘦高的人不答话，一拳将小伙计打倒又跑。胡飞等三人跑过去将他拦住。

黑子一把抓住瘦高的人："为啥打人？"

瘦高的人不答话，满脸通红，一脸窘相。

小伙计跑了过来，一个老板模样的人也追了过来，指着这个人斥责道："你是土匪呀，吃饭不给钱还打我的伙计！"

胡飞已看出这个人不一般，替他付了所欠的饭钱，然后和黑子亮子将他领进一家较大的饭店，找个雅间坐下，点了好酒好菜。

胡飞问道："先生贵姓？"

瘦高的人仍是一脸窘相："贱姓田，名万才。"

胡飞满含同情："田先生，我看你这身装扮不像个没钱的人，是不是遇到啥难处了？"

田万才叹了口气："真没想到会落到这个地步。"

胡飞看了眼黑子亮子一眼："有啥难处和我们说说，或许我们可以帮帮你。"

田万才眯缝着眼打量了一下胡飞等人："三位先生不是官场的吧？"

"不是，我们是从北平来的，做点儿生意。"胡飞说。

田万才心里踏实了："既然是生意人，我就和三位先生实话实说。"

田万才本是张家口人。从前，他家也有些家资。父亲病逝后，他家老大不成器，嗜赌成性，把家底都赔光了。不久老大暴病而死，嫂子也跟人私奔了。留下一个十二三岁的男孩叫田彪子，他就带着田彪子四处流浪。五年前流落到赤城县时，被一个叫高发魁的人收留了。高发魁本是涿鹿县的一个混混，后来在赤城大海陀的黑龙岭聚集了十几个痞子打家劫舍，从那以后他就跟着高发魁混了，并混成了二当家。近两年匪徒增加到七十余人，武器也多了，日子过得顺风顺水。

田万才说完这些长叹一声，接着说："不料两个多月前，大海陀的凤凰岭又来了一帮子土匪，有二十来人，领头儿的叫石头。十几天前，又有六个同盟军散兵投了他们。我……"

胡飞听到这儿心里一动,打断他的话:"等等,你说有六个同盟军散兵投了他们,你是怎么知道的?"

"开始不知道,这六个人打过我们的伏击,枪打得都特别准。高发魁担心石头他们将来坐大跟我们争地盘,想灭了他们,让我去打探那几个人的情况,我是通过凤凰岭的一个伙夫打听到的。"

"知道那六个人叫啥不?"

"那个伙夫也不知道,只听山上的人说是同盟军散兵。"

"接着说吧。"

田万才又说了他们是怎么被凤凰岭的人打败、高发魁如何杀了他的侄子以及半夜逃到宣化县他想杀高发魁没得手的事,最后又长叹一声:"因褡裢没顾上拿,落的一文钱都没了。本打算在张家口找个事干先糊口,可一直没找着。就这。"

"在树林向你开枪的是什么人?"职业的敏感促使胡飞什么事都想弄明白。

"急着逃跑没看见。对啦,那个人开完枪还喊了一声'我是警察',不知真假,也许是劫匪,诈唬我的,闹不好高发魁被他杀了。"

"田兄,看得出你是个有能力的人,要不嫌弃就屈尊跟我们干吧,我们对张家口不熟,正需要有你这么个本地人帮忙。"

田万才喜得眯缝眼成了一条线:"那太好了。我现在是丧家之犬,承蒙三位收留,定当效犬马之劳。"

胡飞笑笑:"这是缘分。今后都是朋友了,来,喝杯酒庆贺一下!"

29

近午时分,两个十五六的小叫花子来到怡安街乞讨。稍高的叫六子,稍低的叫贵祥,都是瘦骨嶙峋的样子。

他们正往前走着,看到一个阔小姐和一个阔少爷迎面走来,阔小姐边走边剥手中的香蕉。六子贵祥眼馋地盯着阔小姐剥好的香蕉，直咽口水。

阔小姐正往嘴边送，不料香蕉掉在了地上。阔少爷将香蕉踢到一边和阔小姐朝前走去。

六子贵祥赶忙跑过去。六子捡起香蕉掰开两截儿，一人一截儿吃了起来。

六子正香甜地吃着，一只哈巴狗跑过来扑到六子腿上"汪汪"乱叫，六子抬脚一踢，哈巴狗滚到了路边一个排水口，排水口正好没井箅子，哈巴狗掉了进去。

一个三十三四岁、又高又胖、长着一双肉泡眼、浑身珠光宝气的女人从一个店门口走出来，正好看到这一幕。这个女人就是张狗娃的老婆祖臣芳，被六子踢入排水口的那只哈巴狗正是她的。

祖臣芳跑到排水口朝下一看，只见排水口下面的水哗哗地流着，哈巴狗早已不见踪影。

祖臣芳跳过去一把抓住六子，吼道："臭讨吃子，你赔我的狗，赔我的狗！"

六子一下傻眼了，慌骇地解释："我不是故意的，没看着下水井。"

一个油头粉面、西装革履的年轻人从店里跑了过来："姐，咋回事？"

这个人叫祖臣举，二十四五岁，是祖臣芳的弟弟，说话女人腔。

"这个臭讨吃子，把狗踢到下水井被冲走了！"

六子两股颤颤，又解释："我真不是故意的，真没看……"

祖臣举虽然说话带女人腔，却心狠手辣，未等六子说完，一耳光把六子打倒，抬脚狠踹。

贵祥上去阻拦："别打啦别打啦，他真不是……"

祖臣举又一拳将贵祥打倒，踢了两脚又去踹六子，六子被踹得满地打滚儿，"啊啊"直叫。

围观者中走出一人："兄弟，别打啦，不就是一条小狗吗。"

祖臣芳肉泡眼一立："什么一条小狗，它比臭讨吃子的命值钱多啦！"冲祖臣举，"狠狠打，打死他！"

祖臣举又要踹，这个人上前一步拦住："狗已经被冲走了，你就是打死他狗也回不来啦，就饶了他们吧。"

"说了个容易，三个大洋买的！"祖臣芳不依不饶。

“不就是三个大洋吗，我替他赔。”这个人从衣兜掏出三个大洋递给祖臣芳。

祖臣芳一把抓过三个大洋，“哼”了一声和祖臣举离去。

六子贵祥爬起来给这个人磕头：“谢谢爷，谢谢爷！”

“起来，你俩跟我走。”

这个人正是高发魁。前些天他来到张家口后，很快就盘下了一个饭庄，今天来怡安街，是准备买件开业时穿的礼服。

30

这两天，胡飞让田万才领着他和黑子亮子把张家口转了个遍，大街小巷基本上都熟悉了。这天在外面吃完晚饭，四个人回到胡飞房间。

闲聊一会儿，田万才问胡飞：“老板，你们是做啥生意的？”这两天转来转去，他从没听胡飞他们说过生意上的事。

胡飞没回答，从衣兜掏出一个证件，递给田万才。

田万才打开一看，惊得色变魂飞，他以为中了圈套，扑通跪在地上，惶恐万状：“你们想把我咋、咋样？”

胡飞拿回证件，笑笑：“田兄请起，我不是说过吗，我们是朋友。”

田万才见没有杀他的意思，惊魂稍定，但仍不踏实：“我是当过土匪，可我从没杀过人，只是给高发魁出出主意。”他没敢站起来。

胡飞又笑笑：“那是你过去的事，就是杀过人我们也不在意。快起来吧。”

田万才这才敢站起来，胡飞又让他坐下：“实话告诉你吧，我们这次到张家口是追杀几个人，具体说是五个同盟军匪徒和一个国军的叛徒。你不是说凤凰岭的那帮土匪中有六个新加入的同盟军散兵吗，他们很可能就是我们要追杀的人。”说着从桌上的一个黑皮包里取出几张照片递给田万才，“就是这六个人。”

田万才接过照片一一看了看：“我没见过，不知是不是这六个人。”

“极有可能是，你记清他们的模样。”

田万才马上意识到什么：“你是让我去杀他们？”他又惶恐起来。

“不是让你去杀，你熟悉凤凰岭，领我们去就行了。”胡飞说了他的计划。

胡飞从田万才口中得知凤凰岭有六个同盟军散兵的事后，就意识到这六个人极有可能就是张丹雄林峰等人，决定潜入凤凰岭进行暗杀。为确定那六个同盟军散兵是否真是张丹雄等六人，准备事先让田万才和一名特工化装成猎人去凤凰岭予以辨认。之所以等到今天，是因为特别行动队的人林峰都认识，不便于实施这个计划。两天前，他向特务处唐处长做了报告，唐处长答应再物色一个新人前来协助。今天中午，唐处长给他打来电话，说新人已物色到了，是从三十二军特务连选调的，叫马腾，是个武功绝伦的高手，已经出发了。这个人一到，他的计划就可以实施了。

田万才踏实了些：“行，我带你们去，啥时候动身？”

“明天。但咱们这身行头不行，容易引起别人怀疑。你明天先领上黑子亮子去城外的村子买十二套农民服装，尽量旧一些，就说是救济穷人用的。对了，鞋也要买上，农民是没有穿皮鞋的。”

胡飞刚说完响起敲门声。随着胡飞的一声“请进”，一个身材矫健、英姿勃发、气宇轩昂的年轻人推开门走进来，这个人正是马腾。

31

罗克的父亲罗祥瑞是张家口和顺昌皮坊的老板。二十三年前，他只是和顺昌皮坊的一个帮工。由于他为人诚实勤劳好学，生性又善良，原老板便将唯一的女儿嫁给了他这个丧妻且有一个三岁儿子的人。原老板过世后，他接手了和顺昌。和顺昌原来只是个小作坊，他接手后，本着“道义经商，诚实待人，仁中求利，义中求财，险中得富贵”的经商之道，使和顺昌迅速崛起，数年后，他成了张家口乃至察哈尔皮毛界的巨擘人物。

晚饭后，罗祥瑞一家正坐在宽敞明亮、华丽典雅的客厅说事，话题是罗克的婚事。罗克平时极少回家,今天是罗祥瑞几次打电话才把他催回来的。

罗克的未婚妻叫关娜,也是北平地质学校的,毕业后托人在北平国民政府谋了份差事。罗祥瑞和妻子多次催促罗克把婚事办了,但罗克总是以种种理由一拖再拖,以致延宕至今。

“克儿,赶紧和关娜把婚事办了吧,二十六七的人了,别总让我和你娘操心了。”罗祥瑞再次催促,近乎哀求了。他约五十七八岁,相貌敦厚。

“是呀克儿,就抓紧办了吧,这都成了我们的心病了。”罗妻也催。她比罗祥瑞小十岁,一副阔太太模样,虽然是罗克的继母,但一直把罗克当亲儿子一样对待。

“关娜说过一阵儿再办。”罗克还是想拖。

“她总说过一阵儿,闹不好在北平政府做事眼光高了,看不上你这个邋邋遢遢的小警察了。”罗敏二十一二岁,高鼻梁大眼睛,一头微黄的鬈发,乍一看像个欧洲姑娘。

罗克嘻嘻一笑:“不可能。”

“你也别说不可能,时间长了真没准儿,还是抓紧办了吧,踏实。”罗祥瑞还是催。

罗克又嘻嘻一笑:“行,我写封信和她商量商量。”

罗克刚说完,家仆曹贵宝走进来:“老爷,有个姓高的先生求见。”

“快请他进来。”罗祥瑞就是这样,不管家里有啥事,从来也不怠慢客人。

曹贵宝应了一声走出。

“爹、娘,我先回局里了,这几天事挺多,我怕局座找我。”罗克说着站了起来。

罗祥瑞有些不满:“你在家就坐不住。去吧,别忘了赶紧给关娜写信。”

“哎。”罗克应着刚要走,一个又黑又壮的人走进来。这个人正是高发魁。

高发魁看到罗克一愣:“是你?”

“你见过我?”罗克打量着高发魁,问。

“你不是救过我的那个长官吗?”高发魁提示。

罗克表情冷漠:“真是莫名其妙,认错人啦吧。”

高发魁也疑惑起来:“不好意思,那天天太黑,认错了。”

罗克走出后，罗祥瑞问高发魁："这位先生，你找我啥事？"

"鄙人姓高，叫高胜。从涿鹿来的，前几天把鸿远楼饭庄盘下了，专经营涮羊肉，饭庄定于明天上午十一点开业，想烦请罗会长光临指导，再烦请罗会长给张罗些商界友人，一同捧捧场撑个门面，不知可否？"高发魁恭敬地说。

"没问题。都是商界同仁，理应捧场。"罗祥瑞爽快地答应。

32

鸿远楼的门楣上悬挂着红绸吉祥带，吉祥带中间挽结着绸花，两头儿从门框两边垂下。此时，身着崭新长袍马褂的高发魁容光焕发、神采奕奕地站在门前的台阶上。在他身旁，站着罗祥瑞等十几个商界人士，周围站着一些围观的人。

高发魁看看手表，对一旁的六子贵祥喊道："六子贵祥，时辰到了，点炮！"

高发魁那天救六子和贵祥，并不全是出于大丈夫的豪气，更主要的是想把他俩当成廉价劳力。当下，就给他俩买了新衣裳新鞋，又领他俩洗了澡理了发，然后带了回来。虽说只管吃管住不给工钱，但对于当叫花子的六子贵祥来说，也像是一下从地狱到了天堂，心里充满了感激，把高发魁视为再生父母。

六子贵祥点燃了早已摆在门前的鞭炮。一阵噼里啪啦声过后，高发魁挺挺胸，拿腔拿调地开始讲话："德高望重的罗会长及各位副会长，各位老板，各位老少爷们儿，大家好！"

罗祥瑞带头鼓掌，人群中响起稀稀拉拉的掌声。

"鸿远楼由我高某盘下啦，专门经营羊肉涮锅，小料是祖传的独家秘方配制的，鲜美爽口，欢迎大家常来光顾、品尝！今天开业，免费招待，不分贫富贵贱，凡是来的都是客，大家请进吧！"

大伙儿议论着陆陆续续地往里走，高发魁站在门前躬身相迎。

田万才和黑子亮子提着打包成捆的旧衣服旧鞋正路过这里。田万才朝鸿远楼门前望了一眼，一张橘子皮脸蓦地闪入眼目，他大吃一惊，加快脚步往前走去。

黑子紧追了几步:“跑啥呀,见鬼啦?”

田万才回头望了望,见高发魁已进了鸿远楼,仍余惊未散:“可吓坏我了,门口那个又黑又壮的家伙就是高发魁。”

田万才等三人回到胡飞房间,向胡飞说了方才遇到高发魁的事。胡飞沉思了一会儿:“灭掉他。”正是:善谋者虑心常存,知密人祸身时有。欲知胡飞为何要先灭掉高发魁,且看下文。

第七回 胡飞谋刺鸿远楼 川岛意剿黑龙岭

33

胡飞的决定令黑子亮子十分不解。

“一个土匪招惹他干啥呀?”黑子说,“正事还忙不过来呢。再说,他也没看见田兄,不会找麻烦的。”

“咱们还怕他找田兄麻烦吗?关键是这小子也知道大海陀有六个同盟军散兵,万一漏出去会坏大事的。”

“咱们不是很快就行动了吗?也许一两天就把他们灭了,漏不漏还咋的?”黑子不以为然。

“他当土匪的事捂还捂不过来呢,哪敢露他的臭底子。”亮子也说。

“你们想得太简单了。咱们很快要行动不假,但啥事都有个万一,万一灭不了呢?处座昨天在电话里和我说,据刚刚得到的情报,共党也在寻找他们,张丹雄等五人是准备被密杀的,林峰又是知情者,这几个人要是落到共党手里,不成了他们攻击国民政府的一颗重型炸弹了吗?退一步说,就算共党不利用他们攻击国民政府,他们一旦和地下党搭上线,也会成为共党的帮凶,同盟军和共党早有勾结你们又不是不知道。高发魁既然知道大海陀有六个同盟军散兵,只要他不闭眼,就有可能从他嘴里漏出去。咱们晚走一天,今儿黑夜先把他做掉。为确有把握,黑子亮子你俩晚上以吃饭为名去趟鸿远楼,把内部情况和高发魁的住处摸清楚,为夜里的行动做准备。”胡飞说完看了看面露笑意的田万才,“灭了他田兄心里也就踏实了。”

胡飞的决定确实令田万才打心眼里高兴。灭掉高发魁不仅替他报了仇,也消除了他的顾虑,不用再担心高发魁报复他了。他说:“那天夜里高发魁没被灭掉,看来那个人不是劫匪,就是警察。”

胡飞若有所思。

唐尧被查否之后,川岛和铃木认为他们和张狗娃的判断都不会错,那个蒙面人就在内部。既然不是唐尧,就一定还有别人。这天晚饭后,川岛把铃木叫到办公室,又说起这事。

“你说蒙面人会不会是罗克,他的腰要是挺直了,身材和那个刺客更像。”川岛说出他的猜想。

“我也曾想到过,但又否定了。”铃木说,“我之所以怀疑他,也是因为他的身材和那个蒙面人极相似。但后来经过调查,歌舞厅出事的时候,他一直在警戒,并没有作案时间。再者,蒙面人身姿挺拔、来去如风、明显是个武功高手,可罗克别说不会武功了,还弯腰驼背邋邋遢遢,一副老气横秋的样子,和蒙面人的矫健飒爽相去甚远呀。张狗娃也和我说过,罗克手无缚鸡之力,十米之内枪都打不准,要不是脑子还好使些,简直就是一个窝囊废。再说,他那弯弓似的腰已经定型了,根本就挺不直。”

“那他怎么能当上侦缉队队长呢?”

“听张狗娃说,他爹是张家口的大富,一年前从当时的宋局手里给他买了这个官。这在中国从古至今都是常事,不足为奇。”

“可他的身材确实和蒙面刺客太像了。由于目前时局的微妙,有些事情我们不易出面,必须得仰仗警察局,如果他真有问题的话,会坏咱们大事的。这样吧,你去找一下张狗娃,让他暗中监视一下罗克,看他有没有什么可疑之处。”

铃木来到张狗娃办公室,和张狗娃说了川岛的意思。

张狗娃笑道:“大佐多虑了,罗克绝不会有问题。他是个什么样的人,我不是已经和你说过了吗?”

“我也和大佐说了他不可能有问题,可大佐还是不放心。不管他是不是有问题,就按大佐说的办吧,先暗中监视一段时间,没问题当然更好了。”

“大佐的话对我来说就是圣旨。既然大佐吩咐了，我一定照办。”

铃木让张狗娃和电话局打个招呼，把罗克的电话也监听起来。张狗娃说用不着，罗克办公室只有一部内线电话，总机室就可以监听，他可以安排亲信来做这件事。

34

鸿远楼有个后门，直通后院，后院有排正房有排西房，东面是院墙。院子中间有个长方形的大花坛，这个季节花虽然枯萎了，但花莛还在。

夜阑人静之时，三个黑布遮脸的人从东墙翻进院内，落地时无声无息，可以看出这三个人的轻功都不错。这三个人正是胡飞和黑子亮子。今天傍晚，黑子和亮子到鸿远楼吃了顿免费餐，又借着到后院的茅厕解手，把鸿远楼的环境和高发魁的住处摸得一清二楚。

三人跳进院，又迅速潜藏在大花坛下。黑子悄声对胡飞说了高发魁住室的位置。胡飞让他先去把门栓拨开。

黑子轻手轻脚地摸到那排正房中间的一个房间门口，从腰里拔出匕首正要拨门闩，一眼看到屋门上竟然上着一把锁。他转身刚要去和胡飞说，鸿远楼后门突然走出一个人来，朝他看了看大喊一声：“有坏人！”

这个人正是六子。今天因免费招待，来吃饭的人特别多，还有排桌的，人散尽时已快半夜了。高发魁说出去办点事，让六子安排伙计值班，六子自告奋勇，头一个班由他来值。他尽职尽责，硬挺着一眼不眨。可由于这两天筹备开业太忙太累，今天又折腾到半夜，没盯多久便不知不觉地迷糊着了。他是被一泡尿憋醒准备去后院茅厕的，一出后门就看到高发魁屋门前有个黑影。他以为是高发魁回来了，正要说话时那个人正好转过身来。月光下，他清楚地看到那是一个黑布遮脸、手里握刀的人，赶忙喊了一声就往楼里跑。

六子跑进楼又回头看了一眼，发现坏人不是一个而是三个，正朝楼里追来。他赶忙打开前门向外跑去，一出门正看到高发魁匆匆走来，急忙大喊：“高爷快跑,有强盗!"

高发魁是刚从妓院回来的。在六子朝他大喊的同时,他看到三个人正从鸿远楼跑出,其中一人还喊道:"他就是高发魁!"

高发魁大骇,转身就跑,边跑边从身上拔出两把枪朝后射击。胡飞等三人边开枪边追。就在他们和高发魁的距离越来越近时,一队日本兵迎面跑了过来。胡飞等三人只得赶忙逃去。

高发魁想逃已晚,日本兵的子弹"嗖嗖"地打在他脚下,溅起一片火花。

日本兵飞快地跑到他跟前,带队的正是高桥雄二。刚才他们正在附近梭巡,听到枪声立即赶了过来。

35

六子眼看着高发魁被日本兵抓走,干着急没办法,立即跑回去找贵祥。他刚跑进楼门,贵祥正慌慌张张往外走。贵祥就住在鸿远楼后院西厢房,他是被枪声惊醒的。

贵祥急问:"咋回事,为啥打枪?"

六子惶惧地说了刚才发生的事。

贵祥惊骇的半天才说:"闹不好这三个人不是盗贼,就是专门来杀高爷的。"

"看来是。他们见到高爷开枪就打,有个人还喊了声'他就是高发魁',看来高爷不叫高胜。"

"闹不好高爷是道上的,可能是得罪了啥人,才编个假名来张家口做生意。六子,咱俩该咋办?"

"不管高爷是啥人,他待咱俩像亲儿子一样,恩重如山,他现在落难了,咱们不能离开他。明天先打听打听,高爷要是坐牢了,咱们就给他送饭。"

"对,知恩不报非君子。"

高发魁绝想不到,他怀着贼心救下的两个小叫花子,竟成了两个忠于他的小义士。

胡飞和黑子亮子回到客店，黑子亮子对刺杀失手都非常沮丧。

胡飞则不然，他说高发魁落到日本人手里也不是坏事。他分析，高发魁被抓到鬼子那儿，肯定会招出他当过土匪头子的事，鬼子必杀他。因为土匪的队伍也有打鬼子的，东北有些土匪还投了抗日联军，搞得鬼子很头疼。如果鬼子杀了他，就等于替他们杀了，正好省了他们的事；高发魁肯定也知道警备队来张家口主要是清剿同盟军余党的，如果他和鬼子说了大海陀有同盟军散兵的事，鬼子也可能不杀他，让他带路去灭杀那几个同盟军散兵。同盟军公开打鬼子，鬼子恨之入骨，必然要赶尽杀绝。更何况，十几天前川岛还遭到过同盟军余党的刺杀，如果那六个人真是张丹雄林峰他们的话，鬼子去把他们灭了，不但等于替他们完成了任务，也不用再担心他们会被地下党找到。

听了胡飞的分析，黑子亮子又高兴起来："这么说咱们就不用去大海陀了。"

"不，还得去。"胡飞说了理由，"如果高发魁真和鬼子说了凤凰岭有同盟军散兵的事，川岛必然会很快去围剿，咱们还得掌握围剿情况，确定一下那六个人是不是张丹雄和林峰他们。还有一种情况不得不想到，鬼子去围剿时他们也可能逃跑，如果真是他们的话，还得去补补漏。明天咱们先不去，我让张狗娃打听一下，看看高发魁是不是和鬼子说了那几个同盟军的事，如果说了，让他了解一下川岛什么时候行动，等川岛出动时咱们再去。"

36

大清河上有座铁路桥式的钢架大桥，称之为通桥。该桥建于一九二五年，宏伟壮观，和大境门一样，也是张家口的象征，张家口的老百姓都以此桥为骄傲。

罗克正站在通桥头思考着什么，一辆吉普从东河沿大街北面驶来，开到罗克跟前戛然停下。

“罗队，干啥呢？”随着问话声，唐尧从车上跳下来。

“没事，路过这儿随便看看。你看这座桥多宏伟，河面也宽，只可惜河里没水，要是再有一河床清莹透彻的水和大桥相映，那就更美了。”

“想不到罗队还有这种诗情画意。”

“你这是去哪儿呀？”

“川岛给我们开了一上午会，正准备回队里。罗队，我请你下馆子吧，正好中午了，早就想请请你一直没机会。”

“行，我也早想和你坐坐呢。”

其实，唐尧对罗克并没什么好印象，总觉着他屁本事也没有，只会巴结张狗娃。自从那天夜里罗克骑着自行车往返百十里冒险救他之后，他对罗克的看法一下转变了，有了敬慕之意。

两人来到一家饭馆找了个雅间。酒过三巡，唐尧说出肺腑之言：“罗队，我真打心眼里感谢你，不然，就算浑身是嘴也说不清呀。知恩不报非君子，若有用得着老弟的地方你说话，我万死不辞。”

罗克笑了笑：“别这么客气。我不是说了吗，在外头混都不易，理应相互照应。这两天消停点儿了吧？”

“消停啥呀，又去大海陀呀，今儿开会就是说这事。”

“去大海陀干啥，那么远？”

“大海陀的凤凰岭上有帮土匪，川岛要剿灭他们，让协动队也参加。”

“咋又跟土匪较上劲儿了？”

“不是跟土匪较劲，关键是土匪里有六个同盟军散兵，十来天前刚上山入伙的。”

昨天夜里，高发魁被抓到审讯室后，川岛和铃木立即对他进行了审讯。他们本以为高发魁是同盟军余党或地下党，结果令他们大失所望，原来高发魁是大海陀黑龙岭的土匪头子，被凤凰岭的土匪抄了窝才逃到张家口做生意的。正如胡飞所预料的那样，川岛对土匪很厌恶，命令立即杀掉。正当高发魁被押到警备队大院北墙底准备枪决时，绝望中的高发魁像是一个坠落悬崖的人突然看到一个抓手，急喊有重要情况忘说了。他所说的重要情况，正是凤凰岭上有六个同盟军散兵的事。果然又像胡飞所预料的那样，川岛听到这个情况马上停止了行刑。今天上午，他把铃木、高桥雄二、武士元、唐尧、张狗娃等人召集起来开了一上午会，决定把对退隐同盟军的清剿暂放一放，先集中力量把凤凰岭的同盟军匪徒消灭掉。因为他们身居山野，很容易发展壮大，一旦燃起抗日的烽火，再去扑灭就很难了。

“真是不得闲，啥时候剿灭他们呀？”

“还没定呢。说是先让高发魁领人去凤凰岭秘密察看地形，摸清情况后再行动。”

罗克说土匪也不是那么好对付的，提醒唐尧参加行动时注意点儿，别傻冲。唐尧再次表示感谢，又敬了罗克一杯。

37

张狗娃正坐在办公桌前接听蓝山花的电话。

这几天，警察局先是忙着搜查蒙面刺客，后又忙着监视张丹雄等六家，张狗娃一直在办公室盯着等消息，没敢去蓝山花那里过夜。蓝山花是个正在劲儿上的骚女人，早熬不住了，给张狗娃打电话大发脾气，说要来办公室找他。张狗娃赶忙好言劝慰，说今天晚上一定回去，这才把蓝山花稳住。

他刚放下话筒，胡飞走了进来。

“听说鸿远楼的高老板让日本人给抓了，是不是有这么回事？”胡飞问。

“有。这和你们有关系吗？”张狗娃不明白胡飞为什么关注这事。

“我想知道他是不是共党，如果是共党的话，想通过他把张家口的地下党一锅端掉。”

张狗娃嗤之以鼻：“啥共党呀，他就是大海陀黑龙岭的土匪头子高发魁，十来天前老窝被凤凰岭的土匪给抄了，逃到张家口盘下鸿远楼做生意，化名高胜。”

胡飞似乎有些失望：“哦，原来是土匪呀。日本人没杀他？”

“本来是要杀的，后来这小子提供了一个重要情况，川岛觉得他还有用，就没杀，躲过一劫。”

“啥情况这么重要？”

“他说凤凰岭那帮土匪中有六个同盟军散兵。”说到这儿忽地悟到什么，“对啦，这六个人会不会是张丹雄他们，他们正是十来天前来的大海陀，时间和人数都对的上。”

“你这一说还真有可能。”胡飞装作被提醒的样子。

张狗娃十分高兴：“这下好了，日本人去灭他们，你们就不用忙活了。”

“川岛准备啥时候行动？”

“还没定，已经让高发魁带人去凤凰岭秘密察看地形去了，估计快。”

“你们参加行动不？”

“川岛没让我们参加，说他们出动后让我们加强巡逻，防止地下党乘机捣乱。”

“什么时间行动提前告诉我一下。这六个人要真是张丹雄他们的话，我担心围剿时他们会逃跑，想暗中截杀。”

“这没问题。对啦，还用不用再监视他们几家啦？”

“不用啦，让弟兄们歇歇吧。记住，张丹雄他们六人的名字还不能透露给日本人，我们暗中截杀的事也绝不能让日本人知道。万一灭不了，我们还得留在张家口继续执行灭杀任务。”

“我傻呀，这是党国的秘密，哪能和日本人说呢。”

张狗娃真正高兴的并不是日本人去灭杀张丹雄等人，他高兴的是张丹雄等人一旦被灭掉，胡飞就滚蛋了。

38

北菜园街在三十年代还是相当荒僻的地方。张狗娃给蓝山花买的私宅就在这条街上，是一处临街宅院。

夜幕降临后，浓妆艳抹的蓝山花估计张狗娃该回来了，跑到院门口等候。

几天不见张狗娃，她感到像几年没见似的。

不一会儿，一辆黑色小轿车快速驶来，停在院门前，张狗娃从车上下来。

蓝山花一阵风似地扑上去搂住张狗娃的脖子，蛇一样缠在张狗娃身上，骚声浪气："我以为你又骗我呢，想死我了。"

"哪能呢。先进家，别让别人看见。"

"哪有人呀，这么背，天一黑就跟坟地似的。"蓝山花边说边挎住张狗娃的胳膊往院里走。

黑色轿车调头向回开去。

给张狗娃开车的司机叫程功，是张狗娃的亲信，张狗娃除了暗中投日的事不和他说，其他事基本都不瞒他，他对张狗娃和蓝山花的事知道得一清二楚。他也很忠于张狗娃，凡是张狗娃交代不能往外说的事，他都守口如瓶。

他看到蓝山花吊在张狗娃脖子上的那一幕，暗笑："这个女人真够骚的。"

他正驾车行驶着，突然看到路中央横着一个大麻包，急忙刹住车。

他下了车四下一看，一个人影都没有。他想看看麻包里面是啥东西，走到麻包前刚弯下腰，身后突然一阵冷风袭来，还没等他转过身，脑袋嗡的一声就什么也不知道了。

黑龙岭山寨大堂的长桌上放着一盏汽灯，照得大堂内通明瓦亮。此时，张丹雄、戈剑光、柳英飞、万虎、巴雅尔、林峰、石头正坐在长桌前议事。

黑龙岭独立大队成立之后，面临的最大问题就是缺少枪支。近二百人的队伍一半儿人都没有枪，严重影响了队伍的训练。张丹雄曾派石头等人回了趟张家口，想从黑老三那儿再买些枪支，不巧的是黑老三那儿仅剩的十几支枪都已经被人买走了。前天，戈剑光从一个新加入的战士口中得知：二十多天前，日本人强行把赤城和沽源两县划归了热河省，并派来一小队日本兵和一支伪军驻守赤城北面的军事要地独石口，因独石口的军事设施和兵营都还在修筑中，这两个队伍暂时都住在县城，日本兵驻扎在城东，伪军驻扎在城西。他把这个情况告诉张丹雄之后，张丹雄决定袭击其中一支队伍，夺取枪支弹药，并于当天就和林峰进城去打探情况。经过两天的侦察，把情况全都搞清了。日军是日本关东军派来的一个警备小队，共有二十五人，队长叫井林茂，是个少佐。武器装备除了步枪、手雷之外，还有轻重机枪迫击炮等。伪军是驻守在多伦的察东警备军奉关东军之命派来的,叫察东守备队,有一百来人,队长叫桑斯尔,武器装备只有步枪和手榴弹,还有一挺轻机枪。张丹雄想今夜袭击日军警备小队,一是他们人少,二是武器好,三是打掉这个日军小队既可刹刹日军的嚣张气焰,也能壮军威鼓士气,让老百姓更能知道黑龙岭独立大队是一支什么样的队伍。

经讨论,大伙儿都认为可行。张丹雄决定后半夜行动。就在他们刚研究完袭击方案时,一个头戴黑礼帽、脸蒙黑面罩、身披黑披风的人突然从窗户跃了进来。

张丹雄等人大惊,迅然出枪。正是:一侠士遽然突临,众英雄敏捷应对。欲知蒙面人因何而来,且看下文。

第八回 马腾化名做内应 林溪乔装传消息

39

“诸位别误会，我是来找人的。”蒙面人语气平静。

大伙儿打量了一下：蒙面人如同一尊黑色的石雕，身姿伟岸，英气勃勃，虽然看不到他的面容，但从说话中已感觉出没有恶意。

“大侠找谁？”张丹雄示意大伙儿收起枪，客气地问。

“张丹雄。”

“我就是。你是哪儿的？为啥找我？”

“我是哪儿的暂时还不能告诉你们。我有重要消息传递，以为你们在凤凰岭，刚才去了那儿见房子都已经拆了，估计你们搬到了黑龙岭。”

“啥重要消息？”

“张家口日军警备队，昨天夜里已经从高发魁那里得知了凤凰岭有六个同盟军的人，决定和协动队来围剿你们。”

“什么时间？”

“具体时间不清楚，估计就在明后天。高发魁今夜也已经领日本人到凤凰岭察看了地形，如果他们看到凤凰岭没人了，也必定会想到你们来了黑龙岭。高发魁在这里经营了好多年，就用不着再察看了。”

“知道他们有多少人吗？”

“警备队有七十多人，协动队有一百多人，关键是他们的武器好，不但有轻重机枪，还有迫击炮，士兵也都是从关东军挑选的精锐，就你们目前的装备和人员素质是抵抗不了他们的，希望你们从长计议，先到别处躲避一下，保住抗日的火种。告辞！”

“等等，大侠请留下姓名，好容我们日后相谢。”蒙面人深夜来传递这么重要的情报，令张丹雄很感激。

“这就不必了，我们日后肯定还会相见。”蒙面人飞身跃出窗户，一晃不见了。大伙儿对蒙面人的身手感叹一番。

张丹雄和大伙儿商量了一下，最终决定还是先按计划行动。至于撤离还是不撤离，视获得的武器情况再做决定。

张家口南郊有片茂密的树林。一辆黑色轿车黑着灯，由南向北快速驶到树林边停下。

从车上下来的是蒙面人，他走到车后打开后备厢。

后备厢里是被捆着双手双脚、嘴里塞着一团棉纱的程功，程功早已醒了过来，只是不知道是什么人把他打昏塞进后备厢的。当后备厢打开后，他惊得几乎灵魂出窍——出现在他面前的竟然是令他们闻风丧胆的蒙面人。

蒙面人解开捆绑他的绳子，又拽出塞在他嘴里的棉纱，把他从后备厢拉出来：“车被劫用的事不能往外说，否则，就算张狗娃不杀你，日本人也会杀你。”

程功虽然不知道蒙面人为什么会把话说的这么严重，但知道命保住了：“我知道我知道，绝不会往外说。”

蒙面人拍拍他的肩膀：“委屈你了，赶紧开车回去吧。”说完闪进树林不见了。

程功弄不明白，来回跑了这么长时间的路，他是去哪儿了呢？

就在蒙面人回到张家口的同时，张丹雄等十余人已悄悄摸到距日军警备小队驻地不远的一个胡同口。

张丹雄从胡同口探出头看了看，见院门口只有一个挎着长枪的日本兵在站岗，朝身后的柳英飞挥了一下手。

可能是由于日本人一直把中国人视为东亚病夫，也可能是由于日本人没费多大劲儿就占领了东三省和热河省，还可能是由于十几万人的抗日同盟军在日军参与的镇压下迅速瓦解，日军警备小队的警惕性并不高，加之他们自从来到赤城之后，从没遇到过什么危险，甚至连枪声都没听到过，因此疏于防范，除了一个士兵站岗之外，其余的人都安然入睡了。这个哨兵当然和他们一样，也是毫无警惕地在例行职责。由于天冷，此时的他抄着手缩着脖在大门前来回走动，连头都不抬，形同虚设。

柳英飞乘哨兵背向他走动时，快速闪到一棵树后，这里距大门也就六七米远了。当哨兵再次背向他走动时，柳英飞以迅雷不及掩耳之势扑过去，一刀抹了哨兵的脖子。

柳英飞轻轻推开一扇大门，朝院里看了看，转身冲胡同口的张丹雄等人一招手，张丹雄等人快速跑了过来，悄悄进了院子。

这个院子原来是一家车马大店，日军警备小队来后把它强征过来，略加改造成了临时营地。院子的正南面是一长溜排子房，东西两边是厨房、杂货间等，东面还有一个马棚，马棚里已经没马了，只有一辆用吊链吊着的、已被拆得七零八落的吉普。

张丹雄悄声分配任务："井林茂就住在东面头一间，往西数第二间是武器库，第三间和第四间是营房，士兵们都住在这两间大房内。咱们这样，我消灭井林茂，剑光和英飞万虎，你们带人消灭第三间屋的鬼子，林峰巴雅尔和石头，你们带人消灭第四间屋的鬼子，完事后再打开武器库取武器。行动！"

小队长井林茂正躺在床上呼呼大睡，他做梦也想不到今夜会有人偷袭。当门被咣当一声踹开时，他诈尸似的挺坐起来，意识还没完全清醒，就已被张丹雄已连开数枪击毙。

在张丹雄踹开井林茂屋门的同时，戈剑光、林峰等人也分别踹开了两间营房的屋门，顷刻间将所有鬼子全部消灭，有的鬼子还在梦中就魂归东瀛了。

其实，还有个情况张丹雄他们没了解到，这个警备小队还是日本关东军的一个精锐小队，号称飞虎队，关东军攻占承德时，首先冲进城的就是这个小队，许多军民都惨死在他们的屠刀下。这个战功显赫、不可一世的日军小队，就这么轻而易举地被全歼了，说起来都令人难以置信，但事实就是这样。

张丹雄等人打开武器库察看了一下，库内有一挺轻机枪、一挺重机枪，还有四门迫击炮、十几支长枪、数十箱子弹和手雷、地雷等。

张丹雄等人都兴奋不已，他们真没想到，一个警备小队竟然装备了这么多的好武器。

40

川岛办公室内，高发魁正躬着腰在桌子上的一张大白纸上画地形图。

昨天夜里，高发魁带着化装成农民的铃木等人，悄悄潜上凤凰岭去察看地形。结果发现山上一个人也没有了，房子也都拆了。高发魁马上意识到他们搬到了黑龙岭，和铃木说了之后，铃木依然不放心，又让高发魁领着上了黑龙岭。由于高发魁十分熟悉黑龙岭的地形，循着偏僻小道绕到黑龙岭山寨附近，发现山寨果然被石头那帮土匪侵占了。

高发魁把画完的图纸递给川岛，川岛审视了一番，赞赏道："非常好，标识很清楚。"

高发魁有些得意："早知道他们挪到了黑龙岭，就不用费事吧唧的跑这一趟了。我在黑龙岭五年多，任何一个地方闭着眼都能找着。"他现在已经非常清楚，川岛不会杀他了。

铃木问："大佐，地形图已经有了，什么时候行动？"

川岛正要说话，武士元匆匆地走进来，身后跟着一个约四十出头，身材魁梧、相貌威猛的汉子。

"大佐，出事啦，赤城的皇军小队都被打死了。"武士元满脸惊慌。

川岛大惊："怎么回事？"

武士元指指身后的汉子："他就是察东守备队的队长桑斯尔，让他说吧。"

桑斯尔向前跨了一步："昨天深夜，有人偷袭了警备小队，把井林茂队长和士兵全打死了，武器、粮食、药品还有生活用品啥的全抢走了。我们的营地和他们的营地相隔七八里，没听到动静。今儿早上，我想和井林茂队长一块儿到独石口视察工事修筑情况，到了那儿才发现的。"

川岛大怒："知道是什么人干得吗？"

“不知道。我倒是听说大海陀的凤凰岭两个多月前新来了一帮土匪，有二三十人，十几天前他们打跑了黑龙岭的土匪把黑龙岭占了。估计是他们干的，除了他们，赤城境内还没听说过有别的队伍。”

桑斯尔不认识高发魁，当着矬子说短话，弄得高发魁很不自在。

川岛愤然：“肯定是他们，那里面有同盟军余党，我还正准备剿灭他们呢。二三十人就这么猖狂，一旦壮大那还了得。马上研究围剿方案，今天夜里就行动！”

41

就在川岛决定要围剿黑龙岭时，一个敦敦实实、胡髭环腮的中年人和一个精干利落的年轻人来到了大华照相馆。这两个人都是赤城地下党的，中年人叫郭振山，三十八岁，是组长，年轻人叫郝志远，二十五岁。

“二位照相呀？”馆内一个伙计迎过来。他叫赵鹏，二十四五岁，文静秀气。

郭振山打量了一下赵鹏：“不照相，想翻洗十张老照片行吗？”

这是接头暗语，赵鹏也是地下党成员，他听后眼睛一亮，回应一句：“啥年头儿的？”

“民国三年的。”

暗语对上后，赵鹏十分高兴：“可把你们盼来啦。”随后把他俩领上二楼密室，和刘振邦赵志海及林溪见面。

相互介绍之后，郭振山说了张丹雄等人的消息。几天前，他们听到一件事，大海陀凤凰岭上的二三十人，前几天把盘踞在黑龙岭达五年之久且有七十多人的土匪给打败了，并占据了黑龙岭。人们都说他们是义军，有好多人前去投奔。他们正想派人去了解情况、引导这帮人走上抗日之路时，接到了上级关于协助张家口刘振邦所负责的地下党组织，寻找张丹雄等六人的指示。他们想，二三十人能把七十多人的土匪打败，里面肯定有懂军事的人，就把这事和张丹雄他们联系起来了。三天前，他们派了一个叫陆涛的同志以参加队伍为名上了黑龙岭，了解到张丹雄等六人确实在山上。郭振山说完这些情况后，郝志远又补充了张丹雄如何成了这帮人的头儿,并成立了黑龙岭独立大队的事。

刘振邦等人正为一直没有张丹雄等人的消息而着急,听后都非常兴奋。

刘振邦正要说什么,赵鹏匆匆走进来,将一个纸团递给刘振邦,说是刚刚有人从门口扔进来的,他出去一看那个人已不见踪影了。赵鹏说完匆匆走出去。

刘振邦将纸团展开看了看,纸条上写的是:张丹雄等六人已在黑龙岭拉起一支队伍,昨天深夜,他们袭击并全歼了驻赤城的日军警备小队。今夜,川岛将带警备队、协动队和赤城察东守备队去围剿,务必劝他们撤离。

刘振邦把纸条上的内容和大伙儿说后,大伙儿分析了一下,得出三个结论:一是传递这个消息的肯定是另一个地下党组织的同志,或许他们也负有寻找和保护张丹雄等人的任务,不然不可能知道这个秘密联络站。二是张丹雄他们在黑龙岭拉队伍的事和郭振山他们说的一致,深夜袭击鬼子小队的事肯定也是真的,郭振山他们之所以不知道这个情况,或许是陆涛还不知道这个情况,或许是郭振山他们动身太早,陆涛还没来得及告诉他们。三是这个传递消息的人很可能是处境危险不易脱身,无法亲自去劝说张丹雄他们撤离。

他们又分析了一下,就张丹雄他们目前的人员素质和武器装备,不可能和川岛的联军抗衡,劝他们撤离是对的,但张丹雄他们毕竟不是党所领导下的队伍,又刚刚歼灭了日军警备小队士气正旺,不一定会听劝。

最终,他们做出三个决定:由林溪去劝说他们撤离。林溪毕竟是林峰的姐姐,能使他们信任;由郭振山组织赤城地下党成员潜伏在黑龙岭山后,一旦他们不听劝战败逃跑时,暗中予以接应和掩护(刘振邦和郭振山对黑龙岭的地形都非常熟悉,知道黑龙岭东南是悬崖,一旦战败能逃的地方只有黑龙岭山后);由刘振邦组织他们这个地下党组织的成员,在川岛他们去围剿黑龙岭时炸毁警备队武器库,力争把他们牵制回来;即便牵制不回来,也能起到扰乱其军心的作用,助张丹雄他们一臂之力。

42

黑龙岭正西的原野有片林子。此时,胡飞和黑子亮子以及田万才马腾等十二人正隐藏在林中，全是农民装扮。

今天上午，张狗娃参加了川岛召开的会议，散会后立即将川岛今夜要围剿黑龙岭的消息告诉了胡飞。胡飞认为，张丹雄等人及土匪绝不是日本人的对手，川岛围剿时他们必然会带着队伍从山后逃跑，他已从田万才口中得知，黑龙岭只有山后一条退路。但他又想到，夜里无法辨认出张丹雄等六人，他们只有十二人，不可能把逃跑的土匪全部截杀，张丹雄等六人很可能会漏网。为解决这个问题，他决定让马腾打入黑龙岭，探察那六个同盟军散兵是否真的是张丹雄他们，如果真是他们的话，好在他们逃跑时进行跟踪，指引他们截杀；如有机会提前暗杀当然更好。至于如何让马腾打入，他已有了计谋，之所以隐藏在这片树林中，是在等待机会。

他们是下午两点多钟到达这里的，等了三个多小时机会还没出现，大伙儿都有些困乏了。胡飞让田万才先盯着，他们眯一会儿。

落日的余晖散尽之后，海陀山像是被罩上了一层灰纱，雾霭迷蒙浑然不清。

田万才想正式加入特工队伍，这些天一直讨好胡飞。胡飞让他盯着，他感到这是对他极大的信任，非常上心。他唯恐有疏漏，一双眯缝眼使劲儿扩张着，一眼不眨地盯着海陀山方向。突然，他看到海陀山北面有人走了过来，赶忙把大伙儿招呼醒。

他们看到，海陀山下有六个人正由北向南走着，其中四人挑着担子，两人扛着枪。

“有扛枪的，肯定是黑龙岭的人。”胡飞命令马腾，“行动！”

马腾夹起两张羊皮跑出树林，边跑边大声呼喊救命！

黑子亮子待马腾跑出四五十米后，拔枪追了出去。

正在海陀山下走着的是安铁牛顺子等六人，他们是到村里买菜刚赶回来。安铁牛等人听到喊声一愣，赶忙转身看。他们看到，一个人正飞快地从西面向他们跑来，边跑边呼喊救命。在他身后有两个人在追，边追边开枪。

安铁牛和顺子举起枪，冲后面追的两个人大喊：“站住！”

那两个人朝他们开枪，安铁牛顺子还击，两声枪响后，那两个人转身逃去。

黑龙岭山寨大堂内，张丹雄正和戈剑光、柳英飞、万虎、巴雅尔、石头、林峰商议防御的事。昨天夜里,他们得到日军警备小队的武器后,就决定不撤离了,要利用这些武器和黑龙岭的险要地势,跟鬼子干一仗。

他们正商量着,安铁牛走进来,说买菜回来时,在山下遇到两个劫道的在追一个人,他们把劫道的打跑把那个人救了,那个人非要参加队伍。

张丹雄问:“哪儿的?”

“从张家口来乡下收羊皮的,叫马大雷,我让他在门口等着呢。”

“叫他进来吧。”

安铁牛走到门口喊道:“马大雷,进来吧!”

马腾提着两张羊皮走进来,站在安铁牛身旁,显得很拘束。

张丹雄等人看到马腾都一愣,万虎竟惊奇地叫出声:“哎呀娘呀,和巴雅尔长得太像了,简直就是一个模子里脱出来的。”

大伙儿也纷纷说像。

巴雅尔仔细看了看马腾,也觉得和自己很像。

“你家在张家口哪儿住?”张丹雄问。

“西沙河三合店巷。”马腾答。

马腾是内蒙多伦人,小时候常和父亲从多伦往张家口倒腾牛皮羊皮,并从张家口往多伦进杂货,由于受张家口话音的影响,说话口音和张家口人很接近。

张丹雄又简单问了问家庭情况后,表示欢迎他加入,并将他安排在特勤中队。

马腾暗喜,没想到打入会这么顺利。他看过张丹雄等六人的相片,已确定在大堂的这些人,正是张丹雄等人。但他通过短暂的观察也敏锐地感觉到,张丹雄等人不是一般人,不是那么好对付的。

43

傍晚时,林峰正在大堂向张丹雄说山寨的保卫部署情况。大战在即,内部不能出问题,短短几天一下来了这么多加入队伍的,又来不及一一审查,张丹雄怕有奸细混进来,进行暗杀、放火、投毒等破坏活动,一旦出现这种情况,军心则会大乱,他让林峰采取措施,加强山寨的安全保卫。林峰正说着,牛半子领着一个村妇走进来。

“张队长,这个村妇非要见你,说有要事。”说完走出。

张丹雄刚要说什么,林峰突然叫了一声姐跑了过去,张丹雄也赶忙迎了过去。

这个村妇正是化了装的林溪。她是和郭振山郝志远一块儿到赤城的,郭振山和郝志远把她送到黑龙岭山下,就赶紧回去组织队伍去了。

林峰自从当兵就没回过家,看到姐姐既惊又喜:“你咋知道我们在这儿?”

“今儿上午才听说的。”林溪看看张丹雄,“你就是张丹雄队长吧?”

张丹雄笑笑:“对。”

“姐,你不记得他了?”

林溪打量了一下,忽地认了出来:“哎呀,咋也想不到张队长就是大恩人呀!”她惊喜得两眼放光,“后来可打听你来着,怎么也打听不着。”

“我算什么大恩人,林峰才是大恩人,要不是他相救,我们早都没命了。”张丹雄客气一番,问:“找我有事?”

“对,还是大事。”

林溪说了今夜川岛将要带兵来围剿的事。她本以为张丹雄会吃惊,没想到张丹雄说他们已经知道了。

“你们咋知道的?”林溪感到奇怪。

张丹雄说了昨天夜里有个蒙面大侠来向他们传递消息和劝他们撤离的事。

林溪一下想到了那个神秘的纸团,意识到扔纸团的人很可能也是蒙面大侠:“那你们为啥没撤呢?”正是:明知危险即将至,却又安然不撤离。欲知后事如何,且看下文。

第九回　设伏击特工遭厄　袭军库侠士救危

44

张丹雄说了没撤的原因，林溪听后还是劝他们撤离。她先分析了双方的力量对比，又实情相告，她是中共地下党党员，是受组织委派专门来劝他们的，并说了寻找他们的原因和经过，但出于纪律，没提郭振山派人打入黑龙岭的事，只说是郭振山听说的。

张丹雄非常感动，他没想到中共地下党为他们费了这么大心思："太感谢你们了。我虽然对共产党不太了解，但知道共产党是坚决抗日的。我在同盟军时，就听说过里面有不少共产党的人在帮助冯玉祥将军，只不过他们的身份都是保密的。对啦，你们有没有方振武和吉鸿昌二位将军的消息？"

"有。"林溪说了二位将军从北平脱险的经过和去向，以及吉鸿昌在地下党的帮助下正在为重组抗日大军做准备的事。

张丹雄听了十分振奋，说吉将军重组抗日大军的那一天，就带队伍去投奔他。

"既然有这个想法就更应该保住这支队伍，我劝你们还是先撤离。"

"我们之所以不撤是坚信能打赢这一仗，你参观一下就知道了。"

张丹雄把山寨从凤凰岭挪到黑龙岭之后，凭着他在战火中的历练和天赋的军事眼光，依据黑龙岭的险要之势，修筑了两道防线。特别是第二道防线，是修在一道内凹的岩石下的，外面砌上一堵厚厚的石墙，形成了一道岩石暗堡，从外面来看只是一堵墙。

张丹雄和林峰先领林溪参观了从日军警备小队缴获的武器和两道防线，又领她来到一片树林。林中，戈剑光柳英飞和战士们正在布雷。

“你看，从山下到第一道防线必须经过这片林子，我们准备在这里布下三十个地雷，敌人要想穿过这片林子，至少要付出四五十人甚至更多的代价。剩下的到达第一道防线时，我们重点用机枪扫、手榴弹手雷炸，至少又能消灭四五十人。再剩下的到达第二道岩石暗堡防线时，我们重点用重机枪小钢炮阻击他们，那时或许就会把他们全歼。即使全歼不了，他们也不可能再有胆量进攻了。”

“从理论上讲是这样，可战场上的变化有时是难以预测的，更何况鬼子的武器比你们的要好得多，万一战败呢？”

“你说的没错。走，再领你看一个地方。”

张丹雄林峰又将林溪领到黑龙岭东南约二里地的悬崖处。这时，天已经完全黑了下来。

悬崖下面是一条两头不见端的大峡谷，悬崖上是一片高大粗壮的松树林，悬崖对面的山峰危岩峭嵝，壁立万仞，给大峡谷更增添了险骇之感。

林溪小心翼翼地走到悬崖边朝下看了一眼，赶紧退了回来：“好深呀！有多少丈？”

“至少十七八丈。你不是说万一战败怎么办吗？这条大峡谷就是退路。”

林溪大惑不解：“这怎么可能下去呢？”

张丹雄笑笑：“林峰，亮一个让林老师看看。”

林峰走到一棵大树前拉住一根绳子拽了一下，树上“哗”地掉下一大坨绳子，

绳子粗细如擀面杖。林峰又抱起那一大坨绳子走到悬崖边，用力一甩抛了下去。

“你看，”张丹雄说，“绳子是拴在树上的，抓着绳子往下攀，可以很安全的下到崖底。这样的绳子我们准备了十八坨，都在树上呢。”

林溪朝附近的树上看了看，果然看到几棵树上都有一大坨绳子。

她真没想到，张丹雄考虑得竟如此缜密。环环相扣的战略战术，无一不显

示着他奇颖的军事天赋和超常的军事智慧，敬佩之意油然而生。至此，她也坚信能打赢这一仗，思想发生了一百八十度的大逆转：由务必劝说撤离变成坚决支持抗击。

她又看了看张丹雄，他那高大挺拔的身躯，在苍茫的夜色中如同傲然而立的巨石一般，巍然而不可撼动。蓦地，她心中一阵突突乱跳，脸红的有些发烫，幸而夜幕下没人看得见。

45

黑龙岭山后的西北面是低矮的丘陵，东北面是延绵十几里的山脉，山脉下有片茂密的树林。今天下午，胡飞让马腾打入黑龙岭的计谋得逞后，便在田万才的带领下绕道来到黑龙岭山后，隐藏在这片树林里。胡飞判断，如果那六个人真是张丹雄等人的话，他们一旦败逃，从西北面逃跑的可能性不大，极有可能从东北面的山下借着树林的掩护逃跑，在这里正好伏击他们。夜幕降临后，他们都有些疲乏了，胡飞安排一名特工放哨，其他人都倒下休息。

大伙儿躺了不到一个小时，放哨的特工突然说有人来了。

胡飞等人赶忙爬起来一看，果然看到二十余人正从西北面的丘陵朝林子走来。

这二十余人正是郭振山郝志远等赤城地下党成员。他们也认为张丹雄等人一旦战败，必然会借助树林的掩护从东北面的山下逃跑。所以，他们到了黑龙岭山后的丘陵地带后，便穿过一条山沟直奔山下的树林，准备在这里阻击鬼子。

郭振山等人走进树林，刚要坐下来休息，突然听到有石头从山上滚落下来的声音，抬头一看，山上东侧影影绰绰有几个人正往山下跑。

郭振山以为是黑龙岭的人，大声问道："谁？"

山上的正是胡飞等人。刚才发现有人朝树林走来，胡飞以为是黑龙岭的土匪在巡查，他担心被发现，决定先撤出林子避一避，田万才忽地想起山上有个山洞也可以藏人，胡飞让他赶紧领大伙儿上去。为安全起见，田万才领大伙儿先绕到一个山洼，然后从山洼悄悄往山洞的方向爬。不料就在快接近山洞时，一个特工不小心踩落了一块大石头，呼呼隆隆的向山下滚去，随之听到山下传来喝问声。胡飞知道暴露了，命令冲下去先把这股土匪消灭掉。

46

夜色晴朗，月辉下，远峰近岭朦胧可见。

张丹雄、林峰和林溪来到山寨东面的山冈上。刚才在悬崖时，林溪向张丹雄说了地下党认为他们战败时会从黑龙岭山后撤离，已让郭振山带领赤城地下党到山后接应他们的事。回到山寨后，张丹雄马上安排万虎带着他的中队去寻找郭振山他们，向他们说明情况并让他们赶紧撤回去。万虎带人走后，张丹雄林峰和林溪来到这里边聊天边等万虎的消息。

林溪向林峰问起救张丹雄他们的经过，林峰说完林溪好奇地问："你连鸡都没杀过，杀胡鹏时不害怕吗？"

"当然害怕，紧张的心都快蹦出来啦，不过胡鹏也不是什么好东西，他心狠手辣，欺男霸女无恶不作，不然我也下不了手。"

"林峰是个既义气又善良的人，"张丹雄深有感触地说，"我们得知真相后肺都气炸了，想杀了那个中尉军官和士兵，林峰劝阻了我们。"

"你知道吗，爸妈自从知道你去特务处当特工后，都快愁死了，整天琢磨着该咋把你叫回来，得知了你救人的事别提有多高兴啦。"

林溪刚说完，山后突然传来枪声。

林溪一惊："咋会有枪声呢？不会是万队长和老郭发生误会了吧？"

"不可能，"张丹雄非常肯定，"万虎虽说外表粗鲁，像猛张飞似的，但心特别细。再说，你把老郭的年龄相貌和口音都和他说得清清楚楚，不可能发生误会。至于为什么有交火倒是怪事。"

林峰忽地想到什么："会不会是鬼子从山后进攻了？"

"听枪声不像是大举进攻,"张丹雄略一琢磨做出推断,"很可能是川岛从高发魁那里了解了黑龙岭的地形,也认为我们失败后会从山后逃走,安排人准备截击的,老郭和他们遭遇了。"

"看来是这么回事。"林溪担心起来,"也不知道老郭他们能不能顶住。"

枪声突然激烈起来。

"看来是万虎他们赶到了,问题不大。"张丹雄说完不一会儿,枪声逐渐平息下来。

就在他们都松了口气的时候,山寨厨房外的一个大柴垛后面,一个黑布遮脸的人正举枪瞄向张丹雄。这个人正是马腾。他发现张丹雄林峰和一个女人一直在山寨东边的山冈上站着,觉着这是一个灭杀的绝好机会,便悄悄地摸了过来。

马腾正要搂动扳机,身后突然响起开门声,随之一声喝问:"谁!"

这个人正是安红,她住在厨房旁的一间小屋内,是出来倒脏水的。

马腾一惊,站起来就跑。

安红大喊有坏人,两个在山寨东边站岗的战士快速跑过来时,马腾早已遁入夜色中不见踪影了。

张丹雄和林溪林峰也跑了过来。

问明情况后,林峰让两个战士立即回岗,又让安红赶紧进屋,然后走到柴垛向前看了看:"张队长,很可能是想对你下手。会不会是川岛派来的日本特工?"

"不会。川岛既然决定来围剿,就没必要再派人暗杀了。再说,如果是日本特工,山寨也没人认识他,没有必要蒙面。这个人很可能是混上山的奸细。"

林溪忽地想起了什么:"忘了和你们说了,你们从牛栏山逃出之后,北平特务处派了一个特别行动队来张家口追杀,队长叫胡飞,是胡鹏的弟弟,这个蒙面人会不会是胡飞派来的?"

张丹雄刚要说什么,万虎领着郭振山郝志远等人跑了过来。

林溪急忙迎上去:"老郭,同志们有伤亡没?"

"牺牲了五个。没想到鬼子的特工早就潜伏到山后的东山上了,大概有十来个,见他们从山上往下跑时,我还以为是黑龙岭的人,后看到他们清一色的都是短枪，才明白是鬼子。鬼子的武器和作战经验都比我们强，幸好万队长带人赶去了，把鬼子也打死四个，剩下的都逃了。"

"刚才山上也出现了奸细，想打张队长黑枪没得逞逃了。我琢磨这个奸细有可能是胡飞派来的，你们遇到的也可能是胡飞的特工，不是鬼子。"

郭振山恍然："没错，肯定是他们。唉，咱们研究了半天光研究鬼子啦，没想到他们也会来。对啦，听万队长说不撤啦？"

"我看了一下他们缴获的武器和修筑的工事，再加上黑龙岭险要的地势，也认为这一仗肯定能打赢，就不再坚持劝他们撤离了。"

"既然决定要打，那我们也留下来助一臂之力。"

林溪忽地又为刘振邦他们担忧起来："也不知道炸武器库会不会遇到危险。"

张丹雄一愣："炸武器库？咋回事？"

林溪说了刘振邦为什么要组织人炸警备队武器库的事，张丹雄听后又是一番感动：地下党为保护他们，考虑的太周到了。

47

深夜两点钟，日军警备队大院的两扇铁大门霍然打开了。先是一辆小型装甲车从院里开出来，紧跟在后面的是两辆卡车，车头上各架着一挺轻机枪和一挺重机枪，车厢里站着全副武装的日本兵，卡车后面是一辆中吉普和一辆小吉普。此前，武士元带着协动队已经出发了。

张狗娃和罗克正带着十几个警察在街上巡逻，见川岛的车队开过来赶忙恭敬地站立在一旁。

车队过后，张狗娃让罗克带队再转一会儿，说他先回趟家。罗克说去叫程功来送他，他说不用了，连溜达溜达。

川岛带领警备队出发了约两个小时，刘振邦赵志海等十三人从警备队北墙跳进院内，其中两人各夹着一个炸药包。

刘振邦知道袭击武器库是件很冒险的事，而且地下党主要是做情报工作的，没什么战斗经验，但他认为张丹雄等人撤离的可能性极小，为了牵制和干扰川岛，他必须冒这个险。

刘振邦让赵志海带着二虎等六人埋伏在营房附近阻击鬼子，他带着柱子等五人去炸武器库。当他们循着暗处快摸到武器库门口时，不料被两个哨兵发现了。刘振邦等人正要射击，突然“啪啪”两声枪响，两个哨兵倒在地上。

刘振邦愣了一下但顾不上多想：“快，冲过去炸武器库！”

枪声惊动了警备队大院门口的两个哨兵，他们赶忙鸣枪。

高桥雄二等留守的鬼子被枪声惊醒，提着枪衣衫不整地从营房往出跑，埋伏在营房附近的赵志海二虎等人立即开枪射击。

刘振邦柱子等人跑到武器库大门前，从哨兵身上没找到钥匙，又赶忙用枪托砸大门上的大铁锁，好一阵也砸不开。

刘振邦急了，将一个手榴弹塞在门缝里，然后拉了弦，大伙儿赶忙向前跑几步趴下。

大门被炸开，两个夹着炸药包的人跑进武器库。

突然，二虎架着赵志海跑了过来。

刘振邦急问：“他们几个呢？”

“都牺牲了，我连扔几个手榴弹才撤出来，志海也受了重伤。”

二虎刚说完，高桥雄二带着七八个鬼子追了过来，刘振邦等人急忙开枪射击。

鬼子的火力很猛，刘振邦边射击边回头看，安放炸药的人还没出来。

后面又有四五个鬼子追了过来，就在这时，两个手雷飞向鬼子，高桥雄二赶忙大呼趴下。

两个安放炸药的人拉着引线快步从武器库大门出来，点燃导火线后冲刘振邦等人大喊：“快跑！”

大伙儿跑出三四十米后，背后传来阵阵剧烈的爆炸声。

高桥雄二带着鬼子又追过来，刘振邦边还击边喊：“快从大门冲出去！”

大伙儿刚要往大门方向跑，忽听一个声音大喊：“大门口也有鬼子，快过来！”

大伙儿顺着喊声一看,一个头戴黑礼帽、脸蒙黑面罩、身披黑披风的人向追击的鬼子扔出两个手雷后,跳进一辆卡车的驾驶室,又冲他们大喊:“快上车!”

大伙儿上车后,卡车冒着鬼子射击的子弹,撞开大门冲了出去。

48

警察局分东西两院,中间隔着一堵墙,墙上有个拱形门,侦缉队在西院。

此时,侦缉队办公室主任王铁生正站在屋台阶上集合队伍。王铁生二十四五岁,高颧骨瓜子脸,鼻梁高挺,嘴唇很薄,眼睛不大却很有神,一看就是个很机灵很会办事的人。

警察稀稀拉拉地从屋里往出跑,有的边跑边扎武装带,个个神色慌张。

张狗娃呼哧带喘地从拱形门跑进来,扫视了一下冲王铁生问道:“罗队呢?”

“他说去街上看看情况,让我赶紧集合队伍。咋不打个电话让程功去家里接您呀?”王铁生见张狗娃气喘吁吁,知道他是跑过来的。

“唉,听到爆炸声我都晕了,爬起来就往这儿跑。”

其实,张狗娃并没回家,而是去了蓝山花住处。一番销魂后,筋疲力尽的他酣然入睡,以至武器库的爆炸声都没把他惊醒,还是蓝山花把他推醒的,说外头有爆炸声,天摇地动的。他慌忙穿上衣服跑到院门口一看,见警备队方向火光冲天,马上意识到是武器库被炸了。他一下想到了蒙面人,又由蒙面人想到了川岛对罗克的怀疑和交办的监视任务,一下慌了,撒腿就往警察局跑。

他一听罗克在局里,心一下踏实了许多,只要蒙面人不是罗克,武器库被炸十次也和他没关系。但他并没有完全相信王铁生的话,让他赶紧去把罗克叫回来。

王铁生刚要走,罗克从拱形门跑了进来,一副惊慌失措样子:“局座,出大事啦,警备队武器库被炸啦!”

张狗娃的心彻底踏实下来，说赶紧去警备队。

警备队大院的营房前摆放着五具地下党成员的尸体和九具日本兵的尸体，高桥雄二正愁容满面地和几个日本兵议论什么，张狗娃和罗克带着一队警察跑过来，和他们同时赶来的还有唐尧，他带着二十几个协动队士兵。武士元出发时把他留了下来，让他负责留守。

“高桥队长，怎么回事？”张狗娃小心翼翼地问。

高桥雄二说了武器库被蒙面人带人炸毁的事，又有些庆幸：“幸好川岛大佐带走了不少武器，不然损失就更大了。”

“向川岛大佐报告了吗？”张狗娃又问。

“我正犹豫该不该现在向他报告。”

“这有啥犹豫的。这么大的事不及时报告，大佐会怪罪你的。”

“干扰了大佐的围剿行动，他同样会怪罪我。”

“川岛大佐身经百战，不会被这事干扰的。张局长说得对，还是及时报告为好，也好听听大佐有什么指示。”罗克也主张向川岛报告。

“罗队说得对，还是马上报告为好。”唐尧也认为该报告。

高桥雄二听取了张狗娃和罗克唐尧的建议，决定马上发报。

川岛带领的警备队此时正行驶在宣赤公路，车队依然是原来的顺序行驶着。

突然，中型吉普停了下来，铃木从车上跳下冲前面的车辆大喊：“停止前进！”

川岛从小吉普的车窗探出头：“怎么回事？”

“报告大佐，高桥来电，说武器库被炸了，您看是不是先撤回去？”铃木将一张电文递给川岛。

川岛接过电文用手电照着看了看，冷冷一笑：“这是同盟军余党调虎离山的小把戏，不用理他，继续前进。”

49

金开平诊所位于马路街。此时，金开平大夫正在给躺在床上的赵志海取胸部的子弹。金开平是个白净的中年人，带着一副金丝眼镜，温文尔雅。

由于赵志海是胸部中弹，伤势十分严重，从警备队大院冲出来之后，刘振邦和二虎赶忙把他送到就近的金开平诊所抢救。

当金开平取出子弹包扎好，刘振邦和二虎扶起赵志海欲走时，突然响起急遽的敲门声和喊叫声。

敲院门的是侯二，一旁站着罗克和一个日本兵。

原来，高桥雄二命令发报员给川岛发完电报后，忽地想起逃跑的人中有一个负重伤的，他立即做出决定，把剩余的日本兵和留守的协动队士兵统统交给张狗娃，让他安排对全城的医院和诊所进行突击搜查，寻找那个受重伤的人。

侯二正使劲地敲着，金开平把门打开了。

侯二尖着嗓子呵斥："妈的，咋这么半天才开门！"

"有个病人胃疼得厉害，正给他检查呢。"金开平解释。

侯二一把推开金开平，朝屋里走去，罗克和日本兵也跟了过去。

病床上，躺着的是刘振邦。刚才，他们想走已经来不及了，情急之下，金开平拉开一排药柜旁的侧柜，让二虎扶着赵志海挤进那排药柜和墙之间的缝隙中，然后把侧柜还原，又让刘振邦把枪藏起来，躺在床上，叮嘱两句后赶忙去开院门。

侯二快步走到床前，问躺在床上的刘振邦："你是啥病？"

"胃疼得厉害。"刘振邦面色痛苦，一副有气无力的样子。

侯二先后扒开刘振邦的衣服和裤腿看了看："没伤，不是他。"

"那就别耽搁时间了，"罗克说，"赶紧再去下一家。"

三人刚走了两步，日本兵突然看到地上有血，停住脚问金开平："地上怎么血的有？"正是：只顾救危血迹忘，突生变故人心惊。毕竟如何应对，且看下文。

第十回 黑龙岭川岛铩羽 大境门高桥落缨

50

却说刘振邦听到日本兵问地上怎么有血时，登时大吃一惊，他急中生智，赶忙咬破舌头趴在床边呕吐。

金开平看到地上的血暗自一惊，刚才因事情紧迫，收拾手术器械等用品时忽略了地上。当他看到刘振邦趴在床边呕血顿时明白了："噢，他刚才吐的，他患的是严重胃溃疡，已经胃出血了。"

日本兵看了看刘振邦吐在地上的血，朝罗克和侯二一挥手："开路的干活！"

金开平舒了口气，敬佩地望着刘振邦："你反应可真快。来，赶紧上点儿药。"

山寨大堂内除了汽灯之外又点燃了十几支大蜡烛，灯火通明，如同白昼。

张丹雄戈剑光及中队长们精神振奋地边和林溪郭振山等人闲聊边等待川岛来围剿的消息。

天麻麻亮时，牛半子慌慌张张地跑进来，嚷嚷地说："来啦来啦，一大溜汽车，快到老虎石了。"

老虎石是田野中的一块巨大的孤石，状如卧虎，位于黑龙岭北面约二里地处。

"终于来啦。"张丹雄兴奋地下达命令："各中队立即进入岗位，准备战斗！"

警备队先是赶到三岔口,和已经等候在那里的协动队、察东守备队合兵一处后,又浩浩荡荡地向黑龙岭开来。当他们经过老虎石赶到黑龙岭山下时,天已蒙蒙亮了。这正是川岛计划的时间,凌晨正是人们睡意正浓之时,他要打黑龙岭一个猝不及防。可他无论如何也没想到,黑龙岭已经得到了他们要来围剿的消息,正严阵以待。

车队在一片荒草滩停下来,三支队伍下车集合,形成三个方阵。日警备队约五十余人,协动队约八十余人,察东守备队约九十余人。

川岛挺了挺笔直的腰板,踌躇满志地发布命令:"开始进攻。武队长,协动队先上!"

武士元带领协动队刚冲入树林中,几处地雷轰然响起,士兵被炸倒一片。士兵们换方向冲,又有几处地雷轰然响起。

协动队士兵争先恐后地往林外跑,乱作一团。当他们逃下山时,只剩下五十余人了。

武士元本以为山上只是二三十人的蟊贼草寇,又没什么防备,想立个头功,没想到未及贼面伤亡就如此惨重,他恇惧地向川岛报告:"川岛大佐,林子里到处都是地雷,冲不过去呀!"

川岛根本不顾及协动队士兵的生死:"他们不会有多少地雷,继续往上冲!"

武士元还要说什么,川岛小眼一瞪:"执行命令!"

武士元不敢再说什么,只得命令协动队继续往上冲。士兵已失魂丧胆,战战兢兢,畏惧不前。武士元击毙一士兵,大喊:"都给我冲,谁不冲就打死谁!"

士兵们又向山上冲去。然而,当他们冲进林子后,地雷又四处炸响,士兵们一窝蜂似的往山下逃。这时,协动队只剩下三十余人了。

武士元向川岛哀告:"大佐,地雷太多了,实在是冲不过去呀!"

"你们先休息一下。"川岛又命令桑斯尔,"桑队长,你们上!"

察东守备队冲到林中也踏响了几处地雷,死伤一片。士兵们欲往山下逃,桑斯尔连着击毙两人,吼道:"不许后退,死也要死到山上,继续冲!"

士兵们畏畏缩缩地往上冲,虽然又踏响了几处地雷,但总算闯过雷区,九十多人也只剩六十余人了。

川岛见桑斯尔的队伍冲过雷区,命令铃木和武士元率队跟上去。

桑斯尔率领察东守备队冲到第一道防线时,掩体内突然出现两挺机枪向他们猛烈扫射,紧接着又飞出一片手榴弹手雷,察东守备队瞬时又被打死一片。

桑斯尔赶忙命令士兵趴下射击,但由于防线的火力非常猛,交火中察东守备队又死伤了不少士兵。

察东守备队士兵锐减,桑斯尔这才明白,匪徒远不止二三十人,至少在百人以上。他不敢再打下去了,命令队伍撤退。他们往山下跑了不远,正和上来的川岛相遇。桑斯尔简单报告后,川岛让他们先下山休息,说剩下的事由他们来做。

川岛带着警备队和协动队冲到距第一防线不远时,命令架起十门迫击炮向掩体轰击。几十发炮弹在掩体爆炸,碎石飞溅,浓烟滚滚,但掩体内毫无反应。

川岛觉着不对劲儿,用望远镜望了望:"上当了,掩体内根本就没有人。"

"他们知道皇军要上来,肯定往山上逃了。"铃木判断。

川岛认同铃木的判断,一挥手:"冲上去,消灭他们!"

51

守在第一防线的是张丹雄、万虎、石头及二中队四中队的战士们。张丹雄早就预料到,川岛必然会让伪军打头阵当炮灰。又预料到,鬼子上来后必然不敢贸然进攻,会先用迫击炮轰击阵地,所以做出了打败伪军就迅速撤到第二防线的计划。

守在第二道防线的是戈剑光、柳英飞、林峰、巴雅尔及一中队、三中队和特勤中队战士,林溪、郭振山、郝志远等人也在第二道防线。张丹雄等人撤到第二道防线不一会儿,川岛就带领日本兵及协动队士兵冲了上来。冲到距第二道防线约五六十米时,川岛举手示意停下。

川岛向前瞅瞅:“前方有道石墙,会不会也是掩体?”

铃木看了看:“不像,就是一道石墙,他们肯定已逃进山寨了,赶紧冲上去吧,别让他们从山后逃了。”

川岛用望远镜望了一会儿:“大意不得,先用炮轰一下试探试探。”

十门迫击炮连续向第二道防线发射炮弹,炮弹落处又是碎石飞溅浓烟翻滚。只不过,这些炮弹都落在石墙外或石墙后面的岩石上,对躲在岩石暗堡的张丹雄等人及战士们毫无伤害。

几十发炮弹发出后,石墙后面毫无反应,川岛认为那里不是工事,命令队伍赶快往山寨冲。

当他们冲到距石墙约三十余米处时,墙上突然掉下许多石块,露出数十个洞孔,重机枪、轻机枪、步枪齐发,还有手榴弹手雷飞出,刹那间鬼子及协动队士兵被打死一大片。

鬼子及协动队士兵急忙趴在地上还击,但依然不断地有人被打死。

川岛见状急忙大喊:“赶快撤!”

日本兵和协动队士兵狼奔豕突、仓皇而逃。

石墙一侧又出现四门小钢炮,向奔逃的鬼子发射炮弹,又有不少鬼子被炸死。

川岛等人逃到山下时,日本兵只剩下十八人,协动队只剩下十三人,提前退下来的察东守备队也只剩下二十七人。

52

两道防线附近及山下树林里,遍布着日本兵及伪军的尸体,黑龙岭独立大队的战士们兴高采烈地清理战场。

第二防线附近,马腾也在清理战场,他将几支枪、弹匣、手雷等放在大堆之后四下看了看,向一边走去。

安铁牛喊道:“马大雷,去那边干啥去呀?”

马腾头也不回:“看看那边还有没有被打死的鬼子,把枪捡回来。”边说边快步往前走。

安铁牛和王三娃追了过去。马腾猛然转过身,一拳将安铁牛打倒,又一脚将王三娃踢翻,转身飞快地跑去。

安铁牛王三娃急忙爬起来欲开枪,但马腾早已不见踪影。

张丹雄正站在山寨门口和林溪、郭振山、郝志远说话,林峰跑了过来,说马大雷刚才突然把安铁牛王三娃打倒逃跑了。

张丹雄说:“看来我的判断没错。”

林溪问:“你看出这个人有问题啦?”

“马大雷是昨天下午安铁牛把他领上山的。安铁牛说他们买菜回来,走到黑龙岭山下正看到两个劫道的在追杀他,他们打跑了劫道的救了他,他非要参加队伍。其实,他刚一上山我就对他产生怀疑了,劫道的就是再胆大,也不可能大白天在黑龙岭附近干这种事。更何况,大海陀这一带根本就没听说过有劫道的。昨天夜里发现有人想打我的黑枪时,我就怀疑是他。”

“那为啥不把他抓起来呢?”

“说到底只是怀疑,没有证据证明他是奸细,我不想凭着怀疑去抓人。我想,他如果真是奸细,肯定会露出马脚的,所以后来就让林峰安排人暗中监视他,但没发现什么。刚才打仗时,我已基本确定他就是奸细了。”

“咋确定的?”

“在第二道防线打鬼子时,我暗中观察了他。他的枪打得特别准,可以说是百发百中,光他打死的鬼子就有五六个。一个刚来当兵的老百姓,是不可能有这么好的枪法的。由此来看,他就是胡飞派来的特工。本来,我想等清理完战场找他谈谈,把他争取过来,他能这么打鬼子,最起码不是汉奸。”

林溪问林峰在特务处时见没见过这个人。

林峰说没有,或许是新加入的。

清理完战场后,张丹雄带领全体战士和郭振山等人在黑龙岭山后举行了一个隆重的葬礼,安葬昨天夜里牺牲的五名地下党的人和今天在第一道防线同伪军作战时牺牲的十几个战士。

53

大败而归的川岛回到办公室后，高桥雄二向他报告了武器库被炸的经过。川岛得知有蒙面人参与，认定是同盟军余党干的。

高桥雄二退下后，川岛对铃木说：“你看出来没有，黑龙岭的同盟军匪徒显然是有充分准备的，肯定事先得到了咱们要去围剿的消息。”

“看出来了。”铃木说，“不然我们不可能失败，还败的这么惨。可这次的行动是非常保密的，怎么会泄露出去呢？”

“知道这次行动的，只有你我、武士元、张狗娃、唐尧、桑斯尔和高发魁。你我、武士元、张狗娃和桑斯尔肯定是不会泄露的。”

“高发魁也不可能泄露呀，他虽然不是我们的人，可他自从被抓来就一直关在这里，不具备泄露的条件和机会呀。再说，他对同盟军匪徒恨之入骨，就算有条件也不可能泄露呀。”

“由此看来，还是唐尧的嫌疑最大，那个蒙面人很可能就是他。”

“可他并没离过队呀，去趟黑龙岭，就是开车来回也得五六个小时呀。”

“难道他就不能派同党去吗？”

“就算他能派同党传递消息，带人炸武器库的也不可能是他呀。高桥刚才不是说了吗，武器库爆炸后十来分钟他就带着人跑来了，而蒙面人是把车开到大清河通桥附近才炸毁的，光这段路来回最快也得二十多分钟呀。”

“是有解释不通的地方，但只有他最可疑。如果他把车开出后再由别人把车开到通桥去炸，他提前返回去也是有可能的。我看这样吧，为了不至于向上次那样出现被动，就让张狗娃以共党嫌疑把他抓起来审吧。如果真不是他，咱们也有回旋余地。”

唐尧做梦也没想到，噩运会再次降临到他的头上。

张狗娃派罗克带人把唐尧抓到警察局审讯室，一番拷打之后，张狗娃逼问：“老实说，你是不是地下党？”

“莫名其妙,我怎么就成了地下党了?”

“别装了,我已经得到密报,你早就参加地下党啦!”

“你放屁!谁向你密报的,把他叫来我和他对质!”

“你还是自己承认为好,不然我就枪毙你!”

唐尧怒吼:“那就枪毙老子吧!”

“冲你这口气就是共党。你不但是共党,还和同盟军余党相互勾结,派人给黑龙岭的同盟军匪徒传递围剿消息的、带人炸武器库的、刺杀川岛大佐的那个蒙面人就是你!”

听张狗娃这么一说,唐尧顿时明白了,骂道:“你就是川岛的一条狗!我知道这是川岛那个王八蛋指使你审我的。你去告诉川岛,他一次又一次的冤枉老子,老子日他八辈祖宗!”

张狗娃气急败坏:“不招是不是,大刑伺候!”

审讯一直持续到中午,各种刑具几乎都用上了,依然一无所获。

张狗娃向川岛报告了审讯结果:“铁嘴钢牙,硬得很,各种酷刑都用遍了也不招,还骂您。”

“骂什么?”

“骂……骂您八辈祖宗。”

川岛大怒:“八嘎!再接着审,如果还不招,明天就枪毙!”

54

林溪从黑龙岭赶回张家口已是中午了,她惦记着刘振邦,直接来到大华照相馆,见刘振邦安然无恙才松了口气。

林溪和刘振邦互通了情况后,又说起了蒙面人。

“那个蒙面人前天夜里去给张丹雄他们传递消息,昨天夜里又对你们出手相救,我琢磨扔纸团的那个人也是他,你说他到底会是谁?”

“搞不清,但有一点可以肯定,他是咱们的同志,或许正如咱们先前所分析的那样，他也负有寻找和保护张丹雄他们的任务。他昨天夜里出现在警备队大院很可能也是去炸武器库的，正好和我们不期而遇。”

“看来是这样。那他为什么不直接和咱们联系呢？”

“这就搞不清了，或许是有不能和咱们联系的原因。先不说这事了，商量一下该咋把尸体弄走吧，总不能让五位同志老躺在大境门外头。”

今天上午，川岛听完高桥雄二的报告后，突然想到一个办法：把五具同盟军余党（他一直这么认为）的尸体摆放在大境门外，凡是有来收尸或抢尸的，就把他们抓起来，作为查找同盟军余党的线索。他把看尸体任务交给了张狗娃，张狗娃又交给了罗克，罗克安排了侯二等十个警察看守。

乌云蔽月，夜幕下的大境门幽暗寂静。大境门东侧，并排放着五位地下党成员的尸体，两个持枪的警察站在一旁。这一场面，给幽暗寂静的大境门又增添了一种阴森恐怖的气氛。

大境门西边百十余米处的一个小院门口走出两个警察，其中一个边往过走边对两个看守警察喊道：“快去吃吧，手扒肉管够，酒随便喝！”

两个看守警察赶忙向小院跑去。

小院内一房间里，侯二等六个警察正大碗喝酒大块儿吃肉，侯二和一个叫苟三的喝得起兴，划起拳来。苟三的嘴大得出奇，一笑嘴角能扯到耳根处。

苟三赢了侯二，哈哈一笑，嘴角果然扯到耳根处。他牛气地对侯二喝道：“喝！”

侯二端起酒碗一口气饮尽，放下碗又和苟三划拳。

两个看守警察跑进来，把枪往旁边一靠，坐在桌前抓起手扒肉甩开腮帮子大嚼起来。

一个憨实的中年汉子端着一大盆手扒肉走进来，手把肉冒着腾腾的热气，散发着浓浓的肉香。他将盆子放在桌上：“老总们慢慢吃，锅里还多着呢。”

侯二又赢了苟三，红着眼喝令苟三：“喝！”

苟三端起碗也一口气将酒饮尽。

“啧啧，老总真是好酒量啊。”中年汉子夸赞。他姓周，是地下党成员。

侯二带着醉意说酒话：“老、老周，手扒肉煮的不、不赖，又香又烂乎。你等、等着，赶明儿我叫人从、从坝上给你赶十只肥、肥羊来！”

老周哈哈腰:"那就先谢谢老总啦。慢慢吃,吃好喝好。"老周边说边退出去。

其实,这是老周在按照刘振邦和林溪所定的计谋行事:以请警察喝酒吃手扒肉为名,把警察集中到屋里,为抢尸体创造机会。

老周和一个二十出头、体格壮实的后生从院里悄悄走出来,后生手里提着一把铁水壶,拿着两个碗。后生是老周的儿子,叫周全顺,也是地下党成员。

老周轻轻地把院门锁住,和周全顺朝着两个正在看守尸体的警察快步走去。

"老周,干啥来了?"一警察问。

"怕老总口渴,送壶水。"

"送得太是时候了,正口渴呢。"另一警察说。

此时,两个黑影从警察背后的房屋处悄悄摸了过来。

老周故意和警察答话:"白天黑夜的守着,真够辛苦的,几个死人有啥看头儿。"

"没法子。咱是听喝的,当官的让咋着就咋着呗。"

周全顺倒了两碗水递给两个警察。

两个警察接过碗正喝着,两个黑影从后面猛地扑上来将他俩打昏,这两个人正是刘振邦和赵鹏。

刘振邦回身招了一下手,二虎、柱子和林溪等人赶着一辆马车从远处跑过来。

正当大伙儿匆忙往车上抬尸体时,不料一个被打昏的警察醒了过来,急忙抓起枪,赵鹏眼疾手快,扑上去夺枪,争夺中警察搂动了扳机,"呯"的一声枪响。

赵鹏一脚将警察踹倒,顺势夺过枪,又一枪托将他砸昏。这时,大伙儿已把尸体抬上车,二虎赶忙赶着马车往前跑,大伙儿紧跟在后面。

他们刚跑出三十多米,高桥雄二带着一小队日本兵从大境门里面追了出来,边追边开枪。

原来,川岛担心同盟军余党夜里劫尸,让高桥雄二过来协助警察守尸。高桥雄二带着一小队日本兵走到距大境门还有三四百米时,突然听到大境门外有枪声,他预感到不好,赶忙往过跑。

侯二等人也从西面跑了过来。他们也听到了枪声,但从屋里跑出来时发现院门已经被反锁,急忙翻墙才跑了出来。

日本兵和警察合兵一处,边开枪边向前追。正是:精心策划当顺利,意外突发历险情。刘振邦等人能否脱险,且看下文。

第十一回 侠士劫狱救唐尧 桥本出谋慰川岛

55

二虎赶着马车快跑到石拱桥时，日本兵和警察越追越近，大伙儿只好停下来，借着马车的掩护还击。

还击中一人受伤，刘振邦正要让大伙儿弃尸先跑时，一个头戴黑礼帽、脸蒙黑面罩、身披黑披风的人从河床一侧飞快地跑来跃上河岸，向日本兵和警察连扔两个手雷。

日本兵和警察都赶忙趴下。

手雷爆炸。蒙面人冲刘振邦等人大喊："快跑！"

刘振邦等人赶忙护着马车上了桥，飞快地向前跑去。

高桥雄二、日本兵及警察刚爬起来，蒙面人又扔出两个手雷，他们又赶忙趴下。手雷炸响后再爬起来时，茫茫夜色中一个人影都不见了。

一日本兵把高桥雄二掉在地上的军帽捡起来递给他，高桥雄二瞪着凶睛外暴的双眼连声大骂："八嘎！八嘎！"

胡飞从黑龙岭赶回来福客店已近中午。昨天夜里在黑龙岭山后，他本打算灭了那股巡查的土匪后再设法隐藏，万万没想到又有土匪赶来。当他们逃到安全的地方时，身边只剩下黑子、亮子、田万才及三个特工了，这三个特工分别是高平、李大川、宋奇志。他知道再打伏击已不可能，本想连夜赶回来，但又想知道川岛围剿的结果，如果那六个人真是张丹雄等人的话，他们无论被消灭还是被俘虏,他也就歇心了。于是,又让田万才把他们领到黑龙岭的峰顶,在那里坐山观虎斗。结果令他大失所望,川岛的联军非但没能剿灭张丹雄等人及土匪,反而被打得惨败。

回来之后,熬了一夜的他整整睡了一下午。吃罢晚饭他把黑子亮子叫到他的房间,给他俩布置任务。

“从战斗情况看,张丹雄等人很可能就在这伙土匪中,不然这一仗他们不可能打得这么漂亮。这也说明他们绝非等闲之辈,马腾的暗杀能否成功也未可知,我想回北平向处座请示一下,看下一步该咋办,连让处座再给咱们补充些人员。我琢磨,张丹雄他们打了胜仗或许会回家看看,我不想让张狗娃看笑话,你们几个先辛苦辛苦,盯两天。”

“就是回也不一定全回来。”黑子估计。

胡飞一双细眼血红:“回来几个算几个,先杀了出口恶气,四个弟兄都搭进去了,连尸体都弄不回来,太让人痛心了!”

胡飞刚说完,马腾推门走了进来。

马腾说那六个同盟军散兵确实就是张丹雄等人,又说了被怀疑的原因和逃出来的经过。

胡飞很失望:“那怎么现在才回来?”

“怕有人追没敢去县城坐长途车,从山里往回绕没想到还迷路了。”马腾还想说什么又犹豫,最终还是说出口,“胡队,黑龙岭这一仗我看出来了,张丹雄他们是真打鬼子的,并不是土匪,咱们这么干不等于帮鬼子了吗?”

胡飞瞪了马腾一眼:“同情他们了?”

“我觉着这是汉奸行为。”马腾的确被张丹雄他们奋勇抗击鬼子的精神感动了。

“混蛋,你是党国的战士,怎么能说出这种话!”胡飞大怒,目光和语气并严,“你要记住,一切都要以党国大局为重,无论张丹雄他们打不打鬼子,都是党国的叛徒,是破坏蒋委员长剿灭共匪计划的罪人,必须消灭他们。如果抗命,后果你是知道的!”

“是,属下知错。”马腾诺诺。

见马腾认了错,胡飞目光和语气都缓和下来:“熬了一夜了,先休息去吧。”

马腾向胡飞敬个礼走出去。

胡飞生疑:“这小子不太可靠,是不是因被怀疑逃回来的还两说呢,你俩以后得多注意他。”

56

警察局监狱在警察局东面,和警察局隔着一条马路。

一间牢房内,遍体鳞伤的唐尧正躺在草秸上,闭着眼在思索什么。

他是在思索着一个问题:那个神秘的、导致他一再受冤的蒙面人究竟是谁?

思来想去,一个人突然在他的脑海里闪现出来。他又把近些天来所发生的事情细细一捋,确定就是他。

他想,如果把他指供出来,不但可以保命,或许还会得到重奖和晋升。绝望中突现希望,他一下兴奋起来,就在他想爬起来呼喊要见张狗娃时,一个声音突然在他耳边响起:“你不能这么做!”

他心中一惊急忙睁开眼,可身边并没有人。

“你不能这么做!”这个声音似乎还萦绕在耳边。是呀,怎么能这么做呢?自己已经错走了一步,怎么能一错再错呢?他可是个真正的中国人呀!

这么一想,这个人的形象在他心中瞬间高大起来,顶天立地,巍然如山。相形之下,自己是多么的渺小、多么的猥陋、多么的卑贱。

他又想到明天将被处死,心想,死就死吧,这么一个背着汉奸骂名的丑陋之躯,早就该死,家人因他而蒙受的耻辱也会因为他的死而渐然消弭。

这么一想,他心里坦然了,从窗口铁棂的空隙间望了望黑沉沉的夜空,又闭上眼准备好好睡一觉,以饱满的精神状态去面对明天的死亡。

牢房对面的过厅里,桌旁坐着两个看守,一个在抽烟,一个仰靠在椅子上打呼噜。

抽烟的看守一直透过牢房的栅栏盯着躺在草秸上的唐尧。他见唐尧半天都一动不动，心说："别是死了吧？"

他站起来刚要走过去看看，一个头戴黑礼帽、脸蒙黑面罩、身披黑披风的人突然闪过来，一拳将他击昏。仰靠在椅子上打呼噜的看守被惊醒，刚要往起站，蒙面人又一掌将他砍倒。

蒙面人迅速地从看守身上摸出钥匙打开牢门，把已听到动静正要往起爬的唐尧扶起来："快跟我走。"

蒙面人似乎对监狱的环境很熟悉，所走的路线没有遇到任何危险。他领着唐尧循着暗处绕到墙边的一个下水井处，又从下水井把唐尧带出监狱墙外，最后把他领到一个废弃的小工厂院内，向停在那里的一辆吉普走去。

57

侯二等人自知闯下大祸，十个人躲在大境门里侧的关公庙商量了半天，想找个理由来搪塞他们在老周家吃肉喝酒的事，但商量来商量去也没想出一个能够拿得出手的理由。侯二没办法，只好硬着头皮回来向罗克报告。他是这十个人中，被罗克指定的临时负责人。

罗克听了侯二的报告大吃一惊，立即带上侯二去向张狗娃报告。

张狗娃本想借助这五具尸体抓几个同盟军余党讨川岛欢心，没想到竟是这个结果，气得他破口大骂，要枪毙侯二，在罗克劝阻下侯二才逃过一劫。

张狗娃刚把侯二轰出去，铃木匆匆走了进来，说川岛大佐让马上放了唐尧。张狗娃不解："不是让明天枪毙吗，咋又……"

铃木说了原因。刚才，高桥雄二向川岛报告了那个蒙面人又参与了劫尸一事，川岛听后立即意识到唐尧又被冤枉了。现在正是用人之际，唐尧毕竟是个人才，他让铃木马上去找张狗娃把唐尧放出来，好言抚慰。

张狗娃自贱："哎呀，瞧我这猪脑子，刚才侯二也提到了抢尸的人里有蒙面人，我竟然没联想到唐尧的事。我马上给监狱打电话，让他们把唐尧送过来。"

"不，咱们亲自过去接他，这样才能表示我们知错改错的诚意。"

铃木刚说完，两个刚刚醒过来的看守慌慌张张地跑进来，报告了唐尧被蒙面人救走一事。

铃木回去向川岛报告后，川岛也说了一件事："刚才武士元给我打电话，说协动队的一辆吉普被盗了，看来也是那个蒙面人干的，他是让唐尧开车逃了。"

"肯定是这样。"

"由此来看，唐尧虽然不是蒙面人，也一定是同盟军死党。不然，蒙面人不可能煞费心机救他。"

"大佐说的有道理。"

川岛心安理得了，笔直的腰板又挺了挺："这说明，我原来的判断并没有错，也没有完全冤枉他。他逃掉也不是坏事，至少消除了一个内在的隐患。"

"最大的隐患还是那个蒙面人。从他带人炸武器库又把唐尧劫走，还把一辆吉普盗走来看，说明他对警备队、警察局监狱和协动队都非常熟悉，这也说明咱们原来的判断没错，他就在内部。"

"这是肯定的了。起初咱们怀疑是唐尧，现在可以把他彻底排除了，你再仔细想想，还有可能是谁？"

铃木思索了一会儿："一点痕迹都没露，暂时看不出来。"

"这个人不挖出来，危害实在是太大了。"川岛踱了几步，"看来得请'毒花'出马了。"

"'毒花'是谁？"

"她是大日本帝国一名优秀特工，有特工之巅之称。"川岛说完简要地介绍了"毒花"的情况。

"毒花"二十二三岁，叫龟田美樱子，是关东军特务机关首脑土肥原贤二少将的得意门生之一。她十八岁就加入了日本特工组织，功绩显赫。前不久，她在满洲国破获了一个中共地下党组织，二十多人全部被捕。为此，她不仅获得了二级勋章，军衔也由少尉破格提升为中佐。她出身于日本武术世家，武功极高，特别是她的梅花镖，是龟田家族独门研制的，可飞旋杀人，令人防不胜防。她还十分聪慧，不但中国话说的标准流畅，还熟知中国历史和风俗习惯，是个典型的中国通。

铃木十分高兴："太好了，'毒花'肯定能成为蒙面人的克星，灭掉蒙面人，清剿同盟军余党和匪徒也就不会再受阻了，赶快请总部把她派来吧。”

“我担心我说话的分量不够，”川岛说，“待会儿我去领事馆找桥本正康领事，请他出面和总部说说，再让他说说给咱们多补充些兵员和武器的事。”

58

日本驻张家口领事馆和日军警备队在同一条大街上，相距三四百米。领事馆的院子是长方形，东西长，南北窄。院子西面有座二层楼，是领事馆办公的地方。北边、东边和南边各有一排平房，里面住的是卫队士兵、杂工等。

这个领事馆，表面上是负责处理日中外务的机构，实则是关东军安插在察哈尔最大的一个特务机关，负责收集军事、政治、经济、文化以及地理地貌等方面的情报。桥本正康名义上是领事馆领事，实际上是整个察哈尔特务机关的头子，少将军衔。

川岛已提前和桥本正康约好，他走进桥本正康办公室时，桥本正康正坐在围棋棋枰前边研究棋艺边等他。桥本正康四十多岁，体态微胖，肤色白净，相貌沉稳，一副黑框眼镜后面的一双眼睛不大，但目光深邃，一看就属于那种城府很深的人。

桥本正康见川岛进来，把手中的几颗棋子放进棋罐，请川岛坐下。

川岛先说了想请桥本正康帮忙，把“毒花”调来对付蒙面人一事，桥本正康爽快地应承下来。

川岛又说了补充兵员和武器的事，想请桥本正康给总部过个话，按步兵联队的编制配给，因警备队本来就是一个步兵联队的架子。

桥本正康说这个可能性不大。察哈尔毕竟不是日军占领区，还是国民党的天下，过多的派兵会引起两国争端甚至军事冲突，不利于大日本帝国远大计划的实施。不过他又表示可以做做努力，尽量多给争取一些。说完问：“如果拿下黑龙岭，得需要多少兵员？”

“至少也得三百以上，还得配给榴弹炮。”

“这是不可能的。”

“那就放任同盟军匪徒胡作非为吗?”

“当然不能,而且还得尽快剿灭他们。”

“没有足够的兵员和武器怎么剿灭他们?绠短难以汲深呀!”

“你来之前,我已经想了一个办法,可以补你之绠短。”

“什么办法?”

“借刀杀人。”

川岛不解:“借谁的刀?”

“驻守张家口的国民党第二十九军一三二师。”

川岛更加不解:“他们可是咱们的死对头呀,他们在喜峰口阻止关东军南下,致使我军伤亡五千多人,要不是蒋介石强令他们撤退,他们会顽抗到底的。况且,二十九军的反日情绪一直特别大,怎么可能听咱们的呢?”

“你要知道,蒋介石也是不允许同盟军存在的,视之如仇。前一阵子剿杀同盟军时,他比大日本帝国还积极。不然,单靠咱们的力量,是不会那么快镇压下去的。如果他给二十九军下令,二十九军敢不执行吗?”

桥本正康这么一说,川岛也认为可行:“阁下之高见如拨云见日,那就烦请总部给蒋介石过话吧。”

“先不急。”桥本正康沉稳地说,“我明天先去会会赵登禹,他要是答应,就不用费那么大周折了;如不答应,再通过上面给蒋介石施压。”

59

清晨,张丹雄戈剑光和几个中队长在大堂边吃早饭边聊,从昨天到现在,他们一直沉浸在这次大捷的喜悦之中。

他们聊着聊着,聊到了地下党。地下党为保护他们所做的种种努力和牺牲,都令他们十分感动,对地下党的敬意油然而生。大伙儿都说,知恩不报非君子,只要地下党有用得着的时候,一定赴汤蹈火,在所不辞。

牛半子进来报告，说来了一家子人，要找张队长。

山寨大院停着一辆吉普，车旁站着几个人，这些人正是唐尧和他的家人。

唐尧见一伙儿人从山寨大堂走出来，赶忙迎上去："哪位是张丹雄队长？"

张丹雄看了一下唐尧等人："我就是。你们……"

"我叫唐尧，这是我母亲、这是我大哥唐德、这是我大嫂路秀花、这是我弟弟唐义、这个孩子是我侄子金锁。是蒙面大侠让我们来找你的。"接着说了原因。

"你知道蒙面大侠是谁不？"张丹雄一直因不知道蒙面人是谁而遗憾。

唐尧本想说出他的猜想，但想想不妥，只说可能是同盟军的人，因他在察哈尔歌舞厅刺杀川岛时，喊过一声同盟军依然在战斗。

张丹雄对唐尧一家的到来表示欢迎，让牛半子带他们去找安富有，让安富有安排他们住下。

牛半子领着唐尧一家刚走，安铁牛又领着两个赶着一辆马车的人走进山寨大院："张队长，这两个人也是找你的。"

这两个人正是老周和周全顺。昨天夜里，刘振邦和林溪等人把五位同志的尸体安葬在孤石林场后，就让他们连夜赶着马车往黑龙岭赶，一则避难，一则和陆涛共同对这支队伍加以引导。

张丹雄打量了一下老周和周全顺："二位是从哪儿来的？"

"张家口。是林溪和老刘让我们来找你的，林溪还让给你带了一封信。"老周从怀里掏出一封信递给张丹雄。

张丹雄看完信热情洋溢："老周，欢迎你们父子来黑龙岭。"

60

张家口郊外西南方向有座名为八角台的山峰，山势宏伟险峻，是据守张家口南大门的重要隘口。八角台峰顶犹如被刀削去一般，形成了一片宽阔的平地。站在八角台上，可以俯瞰张家口城市全景。

二十九军一三二师三团五连连长龙吟海和全连战士正在八角台上修筑工事。龙吟海二十六七岁,肤色如铜、方脸阔嘴、威猛高大。在他身旁干活的是个二十五六的年轻人,相貌英俊,他叫曲向东,是副连长。

龙吟海直起腰朝远处望了望,大发感慨:“大好河山,大好河山啊,再他妈不打就让鬼子全占了。”

曲向东也直起腰:“别发感慨了,小心让人听到传出去。”当时说这种话就是对蒋介石不满。

龙吟海长叹一声:“真窝囊,这当的是啥兵呀!”

四五个身背大刀的军人雄赳赳气昂昂地从山下上来。走在前面的是个虎背熊腰、浓眉大眼、一脸络腮胡的汉子,他是二连连长,叫虎啸山,二十七八岁。

“龙连长,钢筋水泥运来了,让你的人下山去扛吧!”虎啸山粗喉大嗓,有股盛气凌人的气势。

“我们连是负责在山上修工事的,你们连是负责往山上运材料的,凭啥让我们去扛!”龙吟海看不惯他那盛气凌人的样子。

虎啸山傲气十足:“你们是被收编的同盟军,二等队伍,老子有权命令你!”说着走到龙吟海跟前。

龙吟海和他的连队原是抗日同盟军第五军的,同盟军被迫解散时被二十九军收编。所以,他们在虎啸山眼中就是降兵,一直被瞧不起。

龙吟海也一直视被收编为耻,一听这话就来气:“老子是被收编的,但老子是抗日的队伍,不比你们低一等!你是连长老子也是连长,少跟老子吆五喝六!”

虎啸山哈哈一笑,眼神和口气都带着蔑视:“你们同盟军那也叫打鬼子?我们二十九军在喜峰口打死的鬼子比你们多几百倍,别给自己脸上贴光了!”

龙吟海愤然:“那是同盟军被解散了,不然不会比你们二十九军打得少!”

“不服是不是?来,跟老子比试比试!”

“比就比,老子还怕你不成!比啥?”

虎啸山“嗖”地从背上抽出大刀:“比大刀,让你看看二十九军的大刀是咋耍的!”扭头冲身后一士兵,“把你的刀给他!”

“不用!”龙吟海看看地上,把一根铁撬棍捡起来,“老子用这个也能赢你!”

“二位连长算了吧，别伤了和气。”曲向东见龙吟海虎啸山都面带怒气，赶忙相劝。

“一边儿去！”龙吟海一把推开曲向东。

修工事的战士们看到龙吟海和虎啸山要比试武功，“呼啦”一下都围了过来。

龙吟海和虎啸山比试起来。俩人刀劈棍打，龙腾虎跃，招式令人眼花缭乱。正是：虎龙相逢争胜负，刀棍比试见高低。欲知结果如何，且看下文。

第十二回 长安街林溪截险 四门洞万虎擒敌

61

虎啸山和龙吟海刀棍生风,不时地撞击出火花,真是一场龙虎斗!

正当俩人打得难解难分之时,一战士突然喊道:“鬼子来了!”

龙吟海虎啸山赶忙跳开,停止了比试。

大伙儿朝山下一看,一辆黑色轿车和一辆卡车由东驶来向西驶去。卡车的车厢里站着十几个全副武装的日本兵。

张家口西郊有座兵营,是二十九军一三二师驻地。师长赵登禹三十七八岁,方盘大脸,威风凛凛。他原是冯玉祥部下一员虎将,作战勇敢屡立战功,后任二十九军旅长,在喜峰口战役中抗击日军的主要就是他这个旅。在那次战役中,他们打死打伤鬼子五千余人,并缴获了日军十八门大炮等武器。战后,他被擢升为二十九军一三二师师长,从喜峰口撤出后调驻察哈尔张家口。

赵登禹对日军始终充满仇恨。一九三七年“七七事变”,日军侵华战争全面爆发后,他为守卫北平不幸牺牲。这是后话,这里不作叙述。此时,他和师参谋长张维藩正在听副官关向宇说黑龙岭独立大队大败川岛联军的事。张维藩约三十五六岁,相貌沉稳。

赵登禹怀着敬意听完:“知道那几个同盟军散兵叫什么吗?”

“不知道,情报处也没打听到。”关向宇三十出头,精明干练。

赵登禹揣测:“我估计不是方振武的部下就是吉鸿昌的部下。”

张维藩说:“他俩的队伍不都被和平收编了吗?”

“啥和平收编,不过是换个镇压方式罢了,不然方振武和吉鸿昌怎么会逃走?”赵登禹刚说完,卫兵进来报告,说领事馆的桥本正康领事求见。

卫兵出去传话,不一会儿桥本正康走进来。赵登禹没有虚套的客气话,直接问道:“桥本领事公务繁忙,今日亲自到此不知有何指教?”

“指教不敢当,我是来求援的。”桥本正康不绕弯子,直言不讳。

“桥本领事神通广大,何事还需我们相帮?”

“那我就开门见山了。川岛大佐去黑龙岭围剿土匪的事,想必你们听说了吧。”

赵登禹嘲讽:“听说了,铩羽而归,大败。”

桥本正康毕竟城府很深,不为嘲讽所动:“川岛之所以失败,是因为那帮土匪中有不少同盟军余党。同盟军是国民政府的叛军,你们蒋委员长也深恶痛之。如今,这些同盟军余党和土匪勾结在一起,危害一方,是察哈尔的一大祸患。贵军也有剿灭匪徒保地方平安之职责,我们想请贵师与我们联手,共同剿灭之。”

“桥本领事的意思我听明白了,但赤城和沽源已被日本划归热河,热河又在关东军控制之下,让关东军派兵不就得了吗?”

“这两个县是被我们划归了热河,这是基于满洲国安全的考虑,但南京国民政府还没有正式承认,形式上仍属于察哈尔省,属于争议区,关东军在这时大规模派入军队有所不妥。再者,匪徒就在张家口附近,其危害在近而不在远,还是由我们联手剿之为好。”

“桥本阁下说的也不无道理。但军事行动我们必须听命于上峰,不敢擅动。”

桥本正康心中不悦,但外表依然平静,不急不躁:“清剿匪徒只是正常履责,又不是什么大的军事行动,何必再经上峰同意。”

赵登禹也不温不火:“我军有规定,凡是军事行动,无论大小,都必须经上峰同意。桥本领事的意思我们可以向上峰报告,但在上峰批准之前,我们是不敢擅自行动的,请桥本领事理解。”

桥本正康已知无望,不想再耗下去:“既然赵师长这么说,那就不勉其难了。希望赵师长尽快向上峰转达我们的意思,我静候佳音。告辞。”

桥本正康走后,张维藩问:“向上峰报告吗?”

赵登禹愤愤:“简直把咱们当成他们的附庸军了,不理睬他。”

62

鸿远楼的大门上挂着一块歇业的牌子,门前冷冷清清,似可罗雀。

楼内,六子和贵祥正坐在桌前说话。六子头上缠着一圈白纱布,贵祥脸上青一块紫一块,肿包像小山丘。高发魁被日本兵抓走后,六子和贵祥第二天一早就去日军警备队打听消息,结果连大门也没进去就被轰了回来。昨天晚上,五个自从高发魁被抓走就没再露过面的伙计突然来了,二话没说就抢东西。六子和贵祥阻拦,结果被他们暴打一顿。

“都三天了,高爷也不知能不能放回来。”六子愁眉苦脸。

贵祥突然想起六子前天夜里和他说的刺客中有人喊‘他就是高发魁’的事,一下不安起来:“高爷会不会是同盟军呢,要不然为啥改名?”

六子也紧张起来:“高爷要真是同盟军可麻烦了,日本人最恨同盟军了,逮住就杀,闹不好……”

六子话没说完,门突然被推开,高发魁走了进来。此时的高发魁已是一身协动队军官服,腰里挎着盒子枪,身后还跟着两个背着枪的协动队士兵。

今天早上,川岛让铃木把高发魁从监狱带到他办公室,对高发魁着实表扬了一番,并让他接替唐尧当协动队副队长。高发魁欣喜若狂,当即就跪在地上给川岛磕了几个响头,表示要忠心耿耿地为皇军效命。

六子和贵祥纳罕得像傻了一样。六子半天才张嘴:“高爷,您这是……”

高发魁哈哈一笑:“想不到吧,我因祸得福,现在是大日本协动队的副队长了。”看了看六子贵祥,“你俩这是咋弄的?”

六子说了店里的伙计来抢东西和打他们的事。

贵祥补充:“他们都说您回不来啦,还说您要是被日本人打死,他们就把这个楼卖了分钱。”

高发魁大怒，一张橘子皮脸气得铁青：“真是个小人，早晚我得收拾这几个王八蛋！”骂完对六子贵祥，“今天我跟你们说实话，我不叫高胜，叫高发魁。以前也不是生意人，是土匪，在大海陀的黑龙岭当过土匪头子。我盘下这个饭店，就是为了掩饰我的土匪身份。现在不怕了，我是日本人封的官儿，再也没人敢把我怎么着了。六子贵祥，你俩还愿意跟我干不？”

六子贵祥相互看了看，异口同声：“愿意！”

“从小到大都没人拿正眼看过我们，谁想骂就骂，谁想打就打，就高爷拿我们当人看，您就是我们的再生父母，我们跟定你了，伺候您一辈子。”六子动情地说。

“别说您当官了，您就是还当土匪，我们都愿跟着您，伺候您。”贵祥真诚地说。

高发魁又是哈哈一笑：“好，我保证不会亏待你俩。现在协动队正是补充兵员的时候，你俩就到协动队当兵吧。”

“那饭庄呢？”六子贵祥齐问。

高发魁不屑地：“盘出去，今后再也不干这伺候人的买卖了。”

63

桥本正康回到办公室，立即打电话把川岛叫了过来，向他说了去见赵登禹的经过后，又说：“我又思谋了，为这事找总部有点小题大做，总部也不一定会按咱们的意思办，还是咱们想办法解决吧。”

“可咱们没那么多兵力呀？”

“你以为你们败给黑龙岭只是败在兵力上吗？你们去了二百多人，而黑龙岭也不过一百多人，武器和兵员素质也远不如你们。我说句不好听的话，即使再给你增加一倍的兵力，你们也必败。”

“请阁下明示，我们败在何处？”

“败在地势上。他们占有地势上的优势,有一夫当关万夫莫开之功效。”

“您说的对,他们是占了地势上的优势,可这种优势是不可改变的呀。”

“是不可改变,如果让他们失去这个优势呢?”

“失去?怎么让他们失去?”

“关东军有个秘密行动队,你听说过吗?”

“听说过,但不清楚。”

“我先给你说说这个秘密行动队。”

桥本正康所说的秘密行动队,被称作闪电突击队,人数只有二十八人,队长叫木村,是个少佐。他们人数虽然不多,但个个都是武功高手,又都经过魔鬼般的特殊训练,加之所配备的特制冲锋枪,可以一当十甚至以一当百,而且尤其善于夜战。一个多月前,他们曾袭击了东北抗联的一支游击队,一百八十多人一夜之间被他们杀的一个不剩。

“如果让他们潜入黑龙岭偷袭,同盟军匪徒就没有了地势上的优势,消灭他们不就容易多了吗。”

川岛为之一振:“能把他们调过来吗?”

“我想和南次郎将军说一下这里的情况,争取利用这次补充兵员的机会,把闪电突击队补充进来,即使兵员数量不增加,战斗力和一个日军联队也不分轩轾。”

川岛兴奋得一张扁脸直放光:“太好了。由‘毒花’来对付蒙面人,由闪电突击队来对付黑龙岭,清除同盟军余党和匪徒就不成问题了。”

64

明德北街北端有片居民区,叫蒙古营。据说,忽必烈率蒙古大军从草原南下时,曾在这里建过兵营,虽然后来逐渐成了居民区,但人们仍以蒙古大营称之,后又简称蒙古营。居住在这里的,也以蒙人居多。

一辆华丽的马拉蓝布篷轿车由南向北驶来。驾辕的是一匹皮毛光亮、如同黑缎子般的高头大马，赶车的穿着一身崭新的衣裳，一看就知道车主是富贵之人。

车主叫那音太，是张家口一家鞍韂作坊的老板，也是张家口商会副会长。高发魁的鸿远楼开业时，他受罗祥瑞会长之邀给高发魁捧过场。

轿车车窗没拉遮帘，当那音太看到正在路边蹀躞而行的一人时，不由得一愣，急忙大喊："停车，快停车！"

赶车的忙把车停住，拉开车门把那音太扶下车。他叫呼斯乐，五十五六岁，是那音太家仆人。

那音太朝后看了看，冲一个正背向而行的人喊道："巴雅尔！巴雅尔！"

那音太所喊的人正是马腾。马腾是奉黑子之命来监视巴雅尔家的，巴雅尔家就在蒙古营，是一处临街的大宅院。为不引起怀疑，他来回在街上走动。当他听到有人叫巴雅尔时，赶忙转身看，周围并没有巴雅尔的影子。

那音太呼叫着"巴雅尔"，快步向他走来。

马腾见来人喊叫的是自己，怔了一下说道："老先生，您认错人了吧？"说着打量了一下：这人身穿长袍马褂，头戴黑亮的绸缎瓜壳小帽，面容白净，气度高雅，虽近六旬，却依然精神矍铄。

那音太又盯着马腾看了看："对不起，认错人了。"

那音太一副失落的样子，边往回走边不住地回头看。

马腾望着离去的那音太，心想，这个人很可能就是巴雅尔的父亲。

那音太回到家走进中堂。堂内宽敞明亮，华丽典雅；所有的家具都是红檀木制成，格调古朴，散发着幽幽的檀木香气；墙上垂挂着几幅名人字画，装饰物除了稀玩古董之外，还有羊头标本和苍鹰标本，显示出蒙古族家庭的特点。

那音太的妻子和女儿乌兰琪琪格身着华美的蒙古长袍，正坐在中堂说话，她们见那音太走进赶忙站起身迎过去。

"咋这么早回来了？"那妻五十七八岁，慈眉善目。

"生意不景气，工匠们都待着没的干，看着心烦。"

"家家不都这样吗，世道这么乱，生意本来就不好做，别着急上火。"

那音太坐下来："乌兰，去给我熬点儿奶茶。"

"哎。"乌兰琪琪格应着走出。乌兰琪琪格二十一二岁，容貌俊美，身姿娉婷秀逸。

“我刚才在街上看见一个人,以为是巴雅尔呢,结果不是。”

“很像巴雅尔吗?”

“岂止是像,简直是一模一样,天下咋会有这么相像的人。”那音太脑子里还满是刚才那个人的影子。

那妻心里一动:“会不会是……”

“不可能。你又不是不知道,他早让苏日特勒那个畜生给活埋了。”

那妻的泪珠滚落下来。

65

昨天晚上,林溪又去了张丹雄等几家一趟,告诉他们家人,张丹雄等人都在赤城大海陀的黑龙岭,让家里人放心。今天傍晚,她突然发现她家门口又有人监视,到其他几家悄悄观察了一下也是如此。她设法告知了这几家之后,赶紧到大华照相馆向刘振邦说了。

“前几天不是不见了吗,咋又有了呢?”刘振邦奇怪。

“估计是胡飞认为张丹雄他们打了胜仗,有可能会回家看看,所以又监视上了。”林溪分析。

“看来是这样。张丹雄他们从牛栏山逃出来就没回过家,还真有可能回来。你明天再去一趟黑龙岭吧,把有人监视的事告诉他们,让他们暂时不要回来。”

“行。明天一早到学校请个假就走。”

月光如水,林溪怀着忧郁的心情,在清冷的街上快步往家走着。

林溪家住长安街。当她快走到长安街街口时,忽听有人叫了她一声,回头一看,月色下向她匆匆走来的竟是林峰。

林溪大吃一惊:“你咋回来了?”

“刚打完仗也没啥事,张队长让我们分拨儿回家看看。”

“我不是和你们说过，胡飞的特工常到这儿家门口监视吗?”

“大伙儿说，胡飞既然派马大雷上山刺杀，说明胡飞知道我们都在黑龙岭，不可能再监视了。”

“你们能想到打了胜仗回家看看，胡飞就想不到吗？我已经看过了，这儿家又都有人监视了。我刚和老刘商量完，正准备明天一早上山去告诉你们呢。幸亏在这儿碰上了，你要进家非被他们抓住或打死不可。”

林峰一下紧张了:“坏了，万虎和巴雅尔也回来了，我们刚分手。这样吧姐，我赶快去追他们，完了我们就住到火车站旁边的平安旅店，你明天去那儿找我们，还有事跟你说呢。”说完快速跑去。

“唉，真是怕啥来啥。”林溪担忧地叹口气。

堡子里有一座明代万历年间修筑的古城楼，因古城楼东南西北的四个拱形大门相通，故人们称之为四门洞。万虎家就住在四门洞北街。

此时，一身商人装扮的万虎正走到四门洞。他朝北街看了看，街上一个人也没有，想想就要和家人见面了，心里一阵激动。

他刚走出北门洞，突然听到身后有急促的脚步声，回头一看，见两个人正从西门洞闪出，快步朝他走来。

这两个人一个是高平，一个是田万才，他们是奉黑子之命监视万虎的。

万虎没停步继续往前走，高平和田万才快速追了上来。

万虎听到脚步声离近，突然转过身:“跟我干啥?”

高平打量了一下万虎，冷冷一笑:“万排长，总算等着你了。”说着用枪对准万虎，田万才也同时把枪对准万虎。

“你们认错人了，我是生意人，姓王。”

“骗鬼去吧，你的照片我不知看了多少遍了，早就印在脑子里了。”高平冲田万才，“田兄，下了他的枪，押到城墙根儿毙了。”

田万才的手刚伸向万虎，万虎突然喊道:“鬼子来了!”

高平和田万才都下意识地回头看。万虎趁机一拳将田万才打倒，又将高平一脚踹倒，旋即拔出手枪:“都别动，谁动打死谁!”正是：胜败从来定数无，输赢总在瞬间变。欲知高平和田万才性命如何，且看下文。

第十三回　乌力吉施计送人　那音太怀悲忆事

66

万虎刚把高平和田万才的手枪夺到手,林峰气喘吁吁地跑了过来。

万虎一怔:“你咋来啦?”

林峰说了原因后,万虎怒火攻心:“这帮兔崽子太可恨,把他俩弄到城墙根儿杀了算了。”

林峰正要应承,高平突然认出林峰:“林峰,我是高平。”

林峰一愣:“是你? 他是谁?”

“他是胡队雇来帮忙的。”

田万才生怕林峰再问他叫什么,紧张的心都快从嗓子眼蹦出来了,幸亏林峰没再问。

“那个混到山上的马大雷也是雇的?”林峰一下想到马大雷。

“不是。他不叫马大雷,叫马腾,是前两天刚从三十二军调过来的,武功特别好。”说完又哀求,“林峰,放过我们吧。”

林峰心软了:“万队长,看在他和我同事一场的份上,放了他吧。”

万虎把林峰视为救命恩人,既然林峰说放他也不再坚持,把两支枪的子弹退出来,把枪扔给高平和田万才:“滚吧。”

高平和田万才说了声谢谢慌忙跑去。

“你进家看看,然后去火车站的平安旅店等我,我赶紧去追巴雅尔。”林峰说完欲走。

“哪还有心思进家,我和你一块儿去!”万虎和林峰飞快地跑去。

高平和田万才跑到武城街一暗处停了下来,俩人商定,今夜发生的事不向黑子亮子报告。

巴雅尔和万虎是在通桥分的手。当他走到明德北街玉带桥时,看到两个人正摁着一个人在打,赶忙跑了过去。两个打人者见有人来,慌忙逃走。

巴雅尔把被打者扶起来一看,不禁一愣:“乌力吉大叔?”

乌力吉是开餐馆的,他的餐馆就叫乌力吉餐馆,也在蒙古营,和那音太家隔街相望。

巴雅尔一身短工装扮,戴着一个鸭舌帽,帽檐压得很低,加之天黑,乌力吉一时没认出来:“你是……”

“乌力吉大叔,我是巴雅尔。”

乌力吉仔细一看真是巴雅尔,惊喜地问:“巴雅尔少爷,听老爷说你去了大海陀的黑龙岭了?”

“我阿爸咋知道的?”

“老爷是听一个姑娘说的。”

巴雅尔明白了:“对,我们在那儿拉起一支队伍,叫黑龙岭独立大队。刚才打您的是啥人,为啥打您?”

“两个小流氓。我去给一个老板送夜宵,回来时走到这儿被他们截住了,要钱,我说没有他们就打,幸亏你过来了。对了,你是不是准备回家?”

“是。这两天山上没啥事,队长让回来看看。”

“少爷,你不能回,那个姑娘今儿傍晚和老爷说,家门口又有人盯着呢。”

“还有人盯着?不可能吧?”

“老爷是听那个姑娘说的,我们倒没发现。对啦,这样吧,为安全起见,咱们从后街先绕到我家后院,然后……”

乌力吉小声地说了他的想法,巴雅尔赞同。

马腾依然在监视着巴雅尔家。天黑之后,他怕来回行走引起别人怀疑,就隐藏在距那音太家不远的一个胡同口。

突然,他看到有两个人从街对面朝那音太家走来,赶忙目不转睛地盯住细看。

这两个人正是乌力吉和巴雅尔。此时的巴雅尔已是一身饭馆儿小伙计的装扮，头戴卫生帽、腰系白围裙，手里提着一个饭匣子。乌力吉说的办法，就是用给那音太送夜宵的办法把巴雅尔送回家，即使真有人盯着也不会被发现。

走到那音太家院门前，乌力吉拍拍门上的吊环，大声喊道："老爷，给您送馄饨来啦！"

马腾听到喊声很失望，从兜里掏出一盒烟，抽出一支。

院门打开，开门的是呼斯乐："老爷没要夜宵呀。"说着看到了巴雅尔，高兴中不由地喊出，"巴雅尔少爷！"

乌力吉赶忙"嘘"了一声，又大声说："你不知道，是乌兰小姐让送的。"

呼斯乐一下明白了："噢，那快进来吧。"

马腾正要点烟时，突然听到开门的人像是叫了声巴雅尔，又赶忙朝那两人看时，那两个人已经进了院子。

马腾回想了一下，那个提饭匣子的小伙计身形挺像巴雅尔。于是，决定去探个究竟。

67

马腾正循着暗处往巴雅尔家绕时，忽又听到开门声，急忙蹲到暗处。

他看到，一个人从大门出来向对面乌力吉餐馆走去，大门又关上了。

他想，那个小伙计没出来，或许他就是巴雅尔，刚才那个人是饭馆的，很可能是假借送夜宵把巴雅尔送回家的。

他站起身悄悄摸到巴雅尔家院墙边，听听动静一纵身跃上墙头翻进院里。

巴雅尔参加西北军时才十八岁，家人已经五年没见他了，他的突然回来令家人十分惊喜，让他赶紧说说这些年是怎么过来的。

巴雅尔简要地说了他是如何从西北军到同盟军，同盟军被迫解散后又如何跟着吉鸿昌方振武将军继续战斗以及缘何被救的经历后，重点说了他们在张丹雄的带领下如何成立了黑龙岭独立大队和打鬼子的事,家人感叹不已。

就在巴雅尔和家人说话的功夫,马腾已经摸到了中堂门外。他悄悄推开一个小门缝,举枪瞄准了巴雅尔。他已经看清了,小伙计装扮的人就是巴雅尔。

他正要搂机,忽地想起在黑龙岭山寨大堂大伙儿都说他像巴雅尔的事,万虎甚至还说他和巴雅尔就像是一个模子里脱出来的;又想到今天上午那个老者(现在他已经确定了老者就是巴雅尔的父亲)冲着他直叫巴雅尔的事;他自己也觉得和巴雅尔长得挺像。

“这是咋回事? 我俩咋会长得这么像呢?”想到这儿他又犹豫了,把枪垂了下来。

他刚想走,忽地又想起胡飞对他的训斥和告诫:“你要记住,一切都要以党国大局为重,……如果抗命,后果你是知道的!”

他悚然一惊,又想:“管他像不像呢,完成任务要紧。”

正当他又举枪瞄向巴雅尔时,在后院马厩给马拌完料的呼斯乐正从屋角处拐出来。他看到中堂门前有个人影,大喊一声:“谁!”

马腾一惊,转身朝呼斯乐脚下打了一枪,子弹在呼斯乐脚下溅起一片火花。

呼斯乐大惊,赶忙闪在一棵树后大喊:“有坏人!”

马腾赶忙向院墙奔去。

巴雅尔那音太听到枪声都握着手枪跑出来,乌兰琪琪格和那妻也跟了出来。

巴雅尔朝已跃上墙的马腾连开两枪未中,马腾跃出墙外。

巴雅尔飞跑过去也越墙而出。令他没想到的是,这个行刺的人正被林峰万虎用枪逼着。

刚才马腾跳下墙时,正和跑到这里的林峰万虎相遇。在两支枪相逼下,马腾不敢动了。

68

林峰万虎将马腾捆住双手，推进那音太家中堂。

那音太对那妻说："我上午看到的就是这个人，你看像不像巴雅尔？"

那妻一看惊讶得直打磕："太、太像了，实、实在是太像了。"

乌兰琪琪格看看马腾又看看巴雅尔，惊奇万分："就像双胞胎。"

那音太问："你叫啥？"

巴雅尔没等马腾回话："他叫马大雷，是国民党特务，混到山上想刺杀张队长没刺杀成，后来逃跑了。"

"他不叫马大雷，叫马腾。"林峰跟着说。

马腾一愣："你咋知道的？"

"高平告诉我的。"林峰说了高平被擒又被放一事，想到张丹雄有争取他的意思，又问，"你愿意跟我们上山吗？"

马腾身子一挺，一副视死如归的样子："不可能，要么放了我，要么杀了我。"

万虎一脚把马腾踢得跪在地上："你小子还嘴硬，一会儿就剥了你的皮！"

那妻听万虎说到剥皮，一下想到什么："巴雅尔，快把他的衣服扒开。"

"扒衣服干啥？"

"让你扒你就扒！"

巴雅尔扒开了马腾的上衣，那妻走过去一看，马腾的右肩膀上有一小片状如弯月的紫记。

"老爷，他就是咱们的巴格尔呀！"那妻说着流下了眼泪。

那音太急忙走过去看了看紫记，问呼斯乐："你不是说苏日特勒把巴格尔活埋了吗？"

呼斯乐也看到了马腾肩上的紫记，有些发懵："是呀，桑斯尔亲口和我说的。这是咋回事？"

那音太让巴雅尔给马腾解开绳子，又让他坐下来："孩子，你是哪儿的人？"

"多伦。"

"父母是干啥的？"

"开小酒馆的。"

"都还健在吗？"

马腾沉默了一会儿，有些难过："都死了。"

"咋死的？"

"去年几个鬼子喝完酒不给钱，我父亲和他们争执时，被他们开枪打死了。我母亲和他们拼命，也被打死了。当时我在部队，是叔叔后来告诉我的。"

"你叔叔还在吗？"

"在。他经营着那个小酒馆呢。"此时，马腾对自己的身世也产生了怀疑，"大伯，你们说的巴格尔是咋回事，能和我说说吗？"

那音太叹了口气："说来话长了。"那音太讲述了二十三年前一段不堪回首的往事。

那音太家是锡盟一户大商家，世代经营皮毛生意。后来为拓宽生意面儿，那音太的父亲又到张家口开了一家鞍韂作坊，把皮毛货栈留给那音太和哥哥巴根雅图经营。二十三年前的一天夜里，一帮马匪洗劫了皮毛货栈，钱物被洗劫一空。这帮马匪盘踞在锡盟的黑蟒山，马匪头子叫苏日特勒。巴根雅图是个烈性汉子，他咽不下这口气，一天深夜独自潜入黑蟒山，杀死了苏日特勒的大弟弟，刺瞎了苏日特勒一只眼。他怕遭到马匪报复，跑回来后立即带上全家人往张家口逃。当时，那音太有一对双胞胎儿子，大的叫巴雅尔，小的叫巴格尔，刚刚一岁。正当他们乘着马车在草原上奔逃时，苏日特勒带着马匪追了上来。那音太乘坐的马车跑在前面，驾车的是呼斯乐，他和那妻各抱着一个包裹着的孩子。巴根雅图驾车紧跟在后面，车上坐着巴根雅图的妻子，妻子抱着一个三岁的小男孩儿，叫巴特尔。呼斯乐和巴根雅图策马狂奔，正当他们和马匪拉开一段距离时，那音太所乘的马车猛然颠起，那妻抱的孩子被甩出去掉在地上。那妻大喊一声"巴格尔"正要往下跳时，后面的巴根雅图从车上跳下抱起了巴格尔，当他紧追几步，正要将巴格尔递给那妻时，突然被子弹打中，巴格尔从他手中掉在地上。那音太赶忙把巴雅尔递给那妻也要往下跳，巴根雅图大呼“别下车,赶紧跑”！马匪的子弹“嗖嗖”地打来,那音太那妻赶忙伏在车上。这时,马匪追了上来,巴根雅图转身猛地跃起,把苏日特勒从马上扑下来,一边死死地抱住苏日特勒一边朝那音太大呼快跑。由于巴根雅图挡住了马匪,给那音太争取了时间,他们最终甩掉马匪逃到了张家口。后来,经呼斯乐打听,巴根雅图的妻子及儿子巴特尔当时都被马匪打死了,巴格尔被马匪抱回后也活埋了。

那音太讲完这段往事,马腾不解:“那你们咋还认为我是巴格尔呢?”

“你和巴格尔长得实在是太像了,年龄也相仿,肩上又有那片紫记。呼斯乐听桑斯尔说巴格尔被活埋了,或许是桑斯尔没说真话。孩子,你叔叔不是还在吗,你找他去问问你的身世吧。”

林峰问那音太:“大伯,您和呼斯乐大叔刚才都提到了桑斯尔,他现在是不是察东守备军司令李守信的部下,在赤城察东守备队当队长呢?”

“对,就是他,”呼斯乐说,“今年冯玉祥的抗日同盟军打多伦时,日本鬼子花钱把苏日特勒那帮马匪雇来帮着打同盟军,不料苏日特勒被同盟军打死了。桑斯尔是苏日特勒的三弟弟,他哥哥死了他就成了马匪的头子。日本鬼子被同盟军打败后,他带着马匪又上了黑蟒山。后来,东北军骑兵团团长李守信投降了日本鬼子,日本鬼子把他的骑兵团改成了察东警备军,让他驻守多伦。李守信为扩大他的势力,把桑斯尔这帮马匪也拉了过去,还给桑斯尔封了个官儿,前不久让他带人到赤城帮着日本鬼子把守独石口。”

“这就好办了。”林峰对马腾说,“这样吧,你去多伦找你叔叔问问你的身世,我们设法从桑斯尔那儿再核实一下。”

马腾很感激:“谢谢你们。”

万虎责备:“马腾,你父母可都是被鬼子杀害的,你咋能谋害打鬼子的队伍呢,这不是汉奸吗?”

马腾面露羞愧之色,心态也已发生了巨大的变化。

林峰和马腾约好明天晚上还在这儿见,告诉他核实结果。

69

多伦史称多伦诺尔,蒙语是七个湖泊的意思。多伦是草原名城,在这里发生过许多著名的历史事件。如:成吉思汗曾把这里作为军事基地,在这里屯兵练兵,为攻打金朝做准备;康熙大帝打败噶尔丹之后,曾在这里与内外蒙四十八家王爷和三部落首领会盟,正式确定了清王朝的北方版图,留下了著名的"多伦会盟";但最著名的还是冯玉祥将军组建的抗日同盟军收复多伦之事,在中国抗日史上留下了浓墨重彩的一笔。

抗日同盟军被迫解散后,多伦又沦入日寇之手,不久,关东军又围绕多伦建立了察东特别自治区,因已降日的李守信是蒙古族人,关东军便将他任命为行政长官,李守信又不断招兵买马,扩充由他的骑兵团改编成的察东警备军,进行武力控制。由是,老百姓陷入暗无天日的统治之中。

马腾来到多伦时已近中午,街上人迹寥寥,异常冷清。

中心街道有个四季小酒馆,这个酒馆就是马腾的父母原来经营的。

酒馆面积不大,一个五十四五、面容清癯、形销骨立的人正坐在柜台前抽烟。他就是马腾的叔叔,叫马尚义。

"叔!"随着喊声,马腾走了进来。

马尚义一愣,赶忙站起来:"哟,你咋回来了?"

"到张家口办公务,顺便回来看看叔。店里咋这么冷清?"

"唉!"马尚义长叹一声,"自从李守信的兵来到多伦,把个多伦弄得是乌烟瘴气,生意都不景气。"

"叔,先别营业了,我和你说个事。"

"好。"马尚义把一块"暂不营业"的牌子挂到门口,关上店门,"啥事?"

马腾把那音太所说的事说了一遍,问:"叔,您说实话,我是不是那音太的儿子?"

马尚义叹了口气:"本不想让你知道,看来这是天意,那音太说的都是真的，你确实是他的儿子，但我和你父亲都不知道你叫巴格尔。”

“这么说是你们把我从苏日特勒那伙马匪手里救出来的?”

“是你父亲救的你。其实，咱们家不是多伦的，是阿巴嘎旗的，我和你父亲都是牧民。”马尚义说了马腾被救的经过。

二十三年前，马尚德在草原放牧时，被苏日特勒的手下抓上黑蟒山当马匪。在一次打劫张库大道一个商队时，马尚德不慎从马上掉下来摔断一条腿，成了瘸子。三个月后，马匪洗劫了锡盟那音太家的皮毛货栈。后来，那音太的哥哥巴根雅图夜袭黑蟒山，杀死了苏日特勒的大弟弟，刺瞎了苏日特勒的一只眼。苏日特勒要报仇，得知巴根雅图带家人逃往张家口的消息后，连夜带人去追杀，回来时带回两个孩子，一个三岁一个一岁，三岁的那个叫巴特尔，一岁的那个不知叫什么。苏日特勒要把这两个孩子活埋了。马尚德因腿瘸没跟着去追，他听到这个消息立即跑进山寨大堂，趴在地上给苏日特勒磕头，哀求把那个一岁的孩子给他，说他结婚十年了都没孩子，想让这个孩子将来给他养老送终。苏日特勒不答应，马尚德一个劲地磕头，额头都磕破了，鲜血直流。桑斯尔当时只有十七八岁，他觉着马尚德挺可怜，动了恻隐之心，也帮着说话，苏日特勒最终答应了。又因马尚德的腿残了，他不想养闲人，就让马尚德抱上孩子下山。马尚德从长桌上抱起那个一岁的孩子往外走，身后听到苏日特勒让桑斯尔把巴特尔拉出去埋了，他心中一颤，抱紧孩子一瘸一拐地快速走出山寨大堂。

马尚义说完这段往事接着说：“你父亲把你从马匪窝里抱回家后，又怕苏日特勒反悔来追要孩子，不敢再在阿巴嘎旗住了，就把家搬到了多伦，先是往张家口倒腾羊皮牛皮，再从张家口进些杂货来赚钱养家糊口，后来身体有了病跑不动了，又开了这个小酒馆。其实，你父亲不叫马尚德，叫布日固德。我也不叫马尚义，叫布日固赫，是为了不被马匪打听到，来多伦后才改的汉人名字。”正是：只因义士施大德，方使危婴保小命。欲知后事如何，且看下文。

第十四回 明身世马腾转旆 生疑心胡飞布局

70

马腾早已听得泪流满面:“那个叫巴特尔的孩子给活埋了?”

“你父亲从山寨大堂往出走时,听见苏日特勒是这么说的。”

马腾得知自己的身世后,怀着感恩之心,到父母坟前连连磕头大哭一场后,乘长途客车往张家口返去。

今天早上,林峰万虎在平安旅店和林溪见面后,立即返回到黑龙岭。

他们先和张丹雄等人说了地下党所掌握的情况:关东军给川岛补给的兵员和武器还没到,川岛为防止黑龙岭的人来偷袭,正抓紧在警备队大院修筑暗堡等工事。地下党告诫他们千万别去偷袭。随后又说了马腾的事和打算去找桑斯尔核实的想法。

张丹雄听了很高兴,如果马腾和巴雅尔真是同胞兄弟,争取他就容易多了。

桑斯尔正在办公室给多伦察东警备军司令部打电话,催要兵员和武器。

黑龙岭一战,把他彻底打蒙了。他长这么大,遭到过两次惨败。第一次是在多伦,他跟哥哥苏日特勒奉日军之命,在多伦城外的防御工事抵挡抗日同盟军。防御工事修筑得非常好,并配有大炮和许多暗堡,可谓固若金汤。然而令他们没想到的是,抗日同盟军的进攻竟如山洪暴发一般势不可挡,不到二十分钟,苏日特勒近三百人的队伍就被打得只剩下几十人了,苏日特勒也被打死。

他幸亏跑得快,才侥幸保住性命。第二次就是在黑龙岭。他本以为黑龙岭的同盟军匪徒只不过是二三十人的一些乌合之众,不堪一击,万万没想到也会惨败,九十余人的队伍被打得只剩下二十几个。第一次是败在抗日同盟军的大举进攻之下,又是他哥哥当头领,他还不觉得羞耻,但第二次是败在几个同盟军散兵带领的一小撮土匪之下,他又是头领,因此深以为耻。他决定等察东守备军给他补充兵员和武器后,再次和川岛联手,一定要血洗黑龙岭,以洗这次惨败之辱。他已经给多伦察东警备军司令部打过几次电话,但补充的兵员和武器迟迟未到,他十分着急,这次打电话甚至带有怒气。

"再补不上来老子就不干了,大不了还回黑蟒山占山为王!"说完把话筒"啪"地扣在电话机上。

他刚扣下话筒,一个在军营门口站岗的士兵进来报告,说有两个人要见他。

"哪儿的?"

"说是蓝旗来的老乡,还提着两瓶酒。"

"让他们进来吧。"桑斯尔是蓝旗人,他很重乡土情义。

不一会儿,两个人走进来。这两个人正是林峰和万虎,林峰手里提着两瓶酒。

桑斯尔打量了一下林峰和万虎:"二位是……"

林峰把酒放在一旁,笑着大声说道:"三哥,你升官发财了,连我们哥儿俩都认不出来了?"

桑斯尔又打量了一下二人:"真认不出来了。"

"三哥抽烟!"万虎掏出包烟抽出一支,大声说着走过去递给桑斯尔,又赶忙掏出洋火给桑斯尔点烟。

桑斯尔探着腰点烟时,万虎猛地一把将桑斯尔拽得趴在桌子上,林峰同时跨过去把他身上的手枪掏出来。

桑斯尔惊慄地问:"你们是什么人?"

万虎小声而威严:"黑龙岭独立大队。"

"你们要干啥?"桑斯尔惊骇地问。

"不要怕,我们不是来杀你的,麻烦你跟我们走一趟,问点儿事就放你回来。不过我警告你，要是反抗的话枪可就走火了。”林峰说完从衣架上扯下一件衣服搭在胳膊上，遮住握枪的手。

林峰和万虎“押”着桑斯尔走出营房大门，守卫士兵问：“桑队长，出去呀？”

“啊，陪客人去城里转转。”桑斯尔应着朝前走去。

林峰和万虎把桑斯尔“押”出城外走进一片树林。

“二十三年前，你大哥苏日特勒带马匪追杀巴根雅图和那音太及他们的家人，有没有这事？”林峰问。

“有。巴根雅图杀了我二哥，刺瞎了我大哥一只眼，我大哥要灭他们，不过我没去追。”

“你大哥他们是不是带回一个一岁的孩子给活埋了？”

“不是一个，是两个。一个一岁，一个是三岁。一岁的那个不知道叫啥，三岁的那个叫巴特尔。我大哥准备活埋他俩时，有个叫布日固德的人说要收养那个一岁的孩子。布日固德是被抓来当马匪的，后来把腿摔断了。他给我大哥磕头求我大哥，我见他头都磕破了，就帮他说情，我大哥就让他把孩子抱走了，又因他腿瘸了，我大哥嫌他累赘，就放他回家了。”

“布日固德的家是哪儿的？”

“听说是从阿巴嘎抓的，可能就是阿巴嘎的。”

“那个叫巴特尔的孩子是不是活埋了？”

“布日固德把那个一岁的孩子抱走后，我大哥让我到山下把巴特尔给埋了，有个人主动跟我去，到了山下他又求我让他把巴特尔带走，当时巴特尔也一个劲地哭，我心一软就让他带着巴特尔跑了。我大哥知道了这事很生气，因我二哥刚被巴根雅图杀死，他觉着只剩下我这个弟弟了，光骂了一顿也没咋着我。”

“那人叫啥？”

“不知道。也是被抓上山的，在山上待的时间不长，只记得他当时有三十来岁，长得挺善静的。”

林峰和万虎意外地获知巴特尔也被人救了，都十分高兴。同时他俩也深有感悟，桑斯尔不是个恶人。

71

傍晚时分，胡飞从北平赶回来，立即把黑子亮子叫到他的房间，向他俩传达处座的指示。

胡飞这次回北平，唐处长给他布置了新的任务。据特务处获得的情报显示，日本关东军在占领热河之后，又有全面占领察哈尔的企图。唐处长让他们把追杀张丹雄等人的事放在次要位置，把主要精力用在搜集日军有关察哈尔的情报方面。情报还显示，近期张家口地下党的活动也有所抬头，在搜集日军情报的同时，也要搜集地下党的情报，争取把他们的组织尽快打掉。为确保任务的完成，唐处长给他们补充了十名特工高手，让他们成立北平特务处张家口特务站，长期在张家口潜伏下去。特务站站长由胡飞担任，黑子亮子任副站长，三人的军衔都升一级，胡飞由少校正营升为中校副团，黑子亮子都由上尉正连升为少校副营。

说完上述情况后，胡飞又交给他俩一个任务："要想长期潜伏，必须得有合法身份，处座决定让咱们成立一个贸易公司作掩护。你俩抽时间出去转转，寻找一个合适的地方。"

"对啦，"黑子说，"我见高发魁的鸿远楼贴出广告，要往出盘。房子和地段都不错，盘下来作贸易公司正合适。"

"川岛把他放了？"胡飞有些意外。

"不但放了，还让他当了协动队副队长呢。可能是由于他提供了同盟军散兵的事，又带路去围剿黑龙岭，上了川岛的眼了。"

胡飞感叹："真没想到，咱们还追杀出个协动队副队长来。监视有啥发现没？"

"没有，张丹雄他们谁也没回来。对啦，有个事忘了和您报告了，马腾今儿早上和我请假，说是去多伦看他叔叔，他父母都让鬼子杀了，就这么一个亲人，身体也不好，我和亮子商量了一下就让他去了。"

黑子刚说完，马腾推门走进来："我说咋听着屋里有人说话呢，闹半天胡队回来了。多会儿回来的？"

"刚回来一会儿。听说去多伦看你叔叔去了？"

"对。一个孤老头子，身体也不好，不放心。"

"你回来的正好，处座给咱们布置新任务了，我和你说说。"

胡飞和马腾说完新任务后，决定对张丹雄等六家再盯最后一次："你们几个老人儿再辛苦一夜，新来的那十个兄弟对情况都不摸门儿，就先不用他们了。"

72

大华照相馆密室内，孙亮正向刘振邦、赵志海、林溪传达上级指示。赵志海的伤还没痊愈，面色苍白。

日本关东军预谋全面侵占察哈尔的情报，北平地下党也获得了，并推断日本驻张家口领事馆这个特务机关或日军警备队，很可能有关于如何侵占的具体计划，决定由张家口另一个地下党组织负责搜取，这个组织是早已打入敌人内部的一个特工组，负责人是一个代号"神风"的同志。要求刘振邦负责的这个地下党组织，在继续保护好张丹雄等人的同时，配合"神风"的特工组，做好搜取关东军企图全面侵占察哈尔的有关情报。

"'神风'同志是谁？我们怎么和他联系？"刘振邦问。

"是谁我也不知道。"孙亮说，"鉴于这个组织的特殊性，只能由他们和你们联系，必要的时候他们会找你们的。对啦，那个蒙面人还没找到吗？"

"没有。自从我们接受寻找和保护张丹雄等人的任务后，那个蒙面人总在暗中帮助我们，还深夜去黑龙岭向张丹雄他们传递过川岛要去围剿的消息。还有一件奇怪的事，有人知道这个秘密联络站，还曾扔纸团向我们传递张丹雄等人在黑龙岭的事，我们分析这个人肯定是我们的同志，或许他也负有寻找和保护张丹雄他们的任务。我们还推测，扔纸团的事可能也是蒙面人干的。你说蒙面人会不会就是‘神风’?”

“这就不清楚了,上级没和我说过。对了,还有个情况,北平特务处也获得了关东军预谋侵察的事,准备在张家口秘密建立一个特务站,负责搜取这方面的情报。这个特务站就是在胡飞的特别行动队的基础上扩建的,除了搜取日军方面的情报外,还负责搜取地下党的情报,对地下党进行抓捕或暗杀,破坏地下党组织。所以,对这个特务站,我们既不能破坏它,又要警惕它对我们的破坏。”

刘振邦苦笑:“国民党既然有这个心,停止内战一致抗日该多好。”

73

晚上,胡飞和黑子亮子商量如何尽快成立贸易公司的事。商量完,胡飞问黑子亮子对马腾这个人咋看,黑子亮子都说不错,服从命令听指挥。

胡飞一双细眼中闪出阴郁的目光:“我总觉得这个小子有啥不对劲儿。昨天监视了一天一夜,今儿白天又跑了一天多伦,让他接着监视竟然一点儿怨言都没有,这正常吗?”

“您的命令他敢有怨言吗?再说了,他也不是那种爱发牢骚的人呀。”黑子不以为然。

“我也说不出个啥理由,可联想到他从黑龙岭回来说的那些同情张丹雄他们的话,我总觉着这小子好像靠不住,会不会即使发现了巴雅尔也装作没看见呢。”

“他不敢这么做吧?再说,他们真回来的话也不可能只回来巴雅尔一个,这几家都有人盯着,也没见别人回来。”亮子认为不可能。

“还是多个心眼儿吧,你俩先别去监视了,跟我一块儿去蒙古营看看。”

“这不等于去查岗吗,他会不会不高兴?”黑子有顾虑。

胡飞不悦:“就算查岗也不况外吧。”

马腾借着继续执行监视任务来到那音太家,怀着感恩的心情,说了马尚德从苏日特勒手里把他救出的经过。那音太一家感激之余，又都为马尚德遭鬼子杀害而痛心。

巴雅尔问他怎么当上的特工，马腾说了他的经历：从他记事，家里的日子就过的特别紧。中学毕业后，想早点儿挣钱给家里贴补，当时正好北平有所半工半读的工业技术学校去多伦招生，他被选上了。去了之后才知道，那是一所特工学校，毕业后被分配到三十二军一个特务连。前些天，他又被从特务连调到北平特务处，然后派到张家口跟胡飞的特别行动队追杀张丹雄等人。

马腾说完经历，心情很沉痛："得知父母被鬼子杀害的消息后，我恨透了鬼子，希望有一天能走上战场杀鬼子给父母报仇。但由于蒋介石的不抵抗政策，一直没这个机会。后来听说冯玉祥将军在张家口成立抗日同盟军打鬼子的事，我也曾想来投奔同盟军，但又听说同盟军是叛军，里面还有不少土匪，又打消了这个念头。打入黑龙岭后，当我发现张丹雄他们是真正抗日打鬼子时，一度彷徨过，但作为军人，又不能不服从命令。现在想来，我真是走错了路。"

马腾刚说完，林峰和万虎走了进来。

"见你叔叔了吗？"林峰问。

"见了。"马腾说了父亲从苏日特勒手里把他救出来的经过。

"我们也和桑斯尔核实了，他说的和你说的一样，还说巴特尔当时并没被枪杀，带回黑蟒山准备活埋时也被人救走了。"

那音太大感意外："巴特尔也被救了，谁救的？"

林峰说了巴特尔被救的经过，又甚感惋惜："只可惜桑斯尔既不知道那个人叫啥也不知道他是哪儿的，只记得那个人当年三十来岁，长得挺善静的。"

那音太激动不已："只要巴特尔活着，就一定要找到他。"

那妻感慨："桑斯尔放了两条命，真是积了大德。看来他和他大哥不一样，不是恶人。"

"马腾，亲生父母找到了，今后打算咋办呀？"林峰笑问。

"那还用说，跟你们上山，打鬼子。"

"我们欢迎你，不过你暂时不要离开胡飞他们，先给我们当卧底，这是张队长的意思。"

"行，我现在就向你们提供一个情报。"马腾说了胡飞准备在张家口筹建特务站以及从明天起暂停对张丹雄等人追杀的事。

林峰万虎和巴雅尔听了都很兴奋。他们正要商量秘密联系办法时，一直在外面放哨的呼斯乐跑了进来，说有三个戴礼帽的刚从一个胡同出来，正往院门口走。

马腾马上意识到来人是谁："肯定是胡飞和黑子亮子来了，见我不在岗产生了怀疑。"

万虎拔出手枪："我去干掉他们。"

"别，"林峰说，"会给大伯一家惹麻烦的。赶紧从后墙跳出去。"

马腾阻拦："不行，我刚才不是说胡飞从北平又带来十个人吗，他要真怀疑我的话，或许院子四周已经埋伏上人了。"

"那该咋办？"大伙儿都着急起来。

那音太正要说什么，马腾说出一个办法。

74

呼斯乐看到的三个人正是胡飞和黑子亮子。他们来到蒙古营，在那音太家周边所有能隐蔽的地方转了个遍，也没见到马腾的影子，这更增加了胡飞对马腾的怀疑，决定以打探人为名直闯那音太家，看看马腾是否在里面。

他们正快步往那音太家走着，忽见马腾从大门口退了出来，随之一个一手提着茶壶一手拿着茶碗的老者也跟了出来。

"再喝一碗吧。"

"不渴了，打扰大伯啦，快关门吧！"

"再路过这儿口渴了就进来，我家老爷是好人！"老者说完关上大门。

这就是马腾所说的办法，既可阻挡胡飞他们进来，又可打消胡飞对他不在岗的怀疑。

马腾转身走下台阶，胡飞和黑子亮子正走过来。马腾装作刚看到的样子："胡队，你们咋过来啦？"

胡飞一双细眼闪出疑光:“到前面去。”

几个人往前走了一段儿,胡飞站住:“进院里干啥去了?”

“刚才口渴的厉害,进去要了碗水。”

“这不等于暴露了吗,还咋监视?”

“我说是过路的,走到这儿渴得不行了,要碗水喝。不会怀疑的。有事?”

“没啥事,几处都转了转,看看有啥情况没。”黑子解释。

马腾故作不悦:“是对我不放心吧。”

“多心了不是。真是几处都转了,最后才来这儿的。”黑子看到马腾不高兴,又解释。

“从现在起,我决定把巴雅尔家作为监视重点。”胡飞临时动意,命令黑子,“你马上回客店,把那十个人都叫来。”

黑子转身跑去。

马腾不满:“胡队,啥意思?”

胡飞脸色阴冷:“没啥意思,凭感觉。走,咱们去那边,离门口远点儿。”

呼斯乐关上门后并没离开,一直贴在门后谛听,听到这儿赶忙向中堂跑去。

75

清晨,一辆黑色轿车和一辆卡车开到那音太家附近停下,卡车车厢里站着二十来个警察。

张狗娃罗克从轿车上下来,警察也从卡车上跳下来。张狗娃让几个警察把住院子四周,和罗克带领其余的警察向那音太家大门走去。

昨天夜里,黑子把新来的十个特工都叫来后,胡飞让他们分布在那音太家院子四周隐蔽起来。在此之前,他还带着马腾和亮子在院子四周不停地转悠。马腾心中暗暗着急,后悔没让林峰等人从后墙跳走。天亮后,胡飞不但没有撤离的意思,还让黑子去邮局电话厅给张狗娃打电话,让他带警察来搜查。更让他没想到的是，看到警察局的汽车远远开过来时，胡飞就让所有的特工全部悄悄撤离，连他想助林峰等人一臂之力的机会都没有了。

张狗娃罗克带着警察走到那音太家大门口，侯二苟三上前敲门，敲了半天没回应。

其实，呼斯乐就在大门后面。昨天夜里，他把听到的情况和那音太说后，那音太让他继续观察。他蹬着梯子悄悄从墙角的墙头窥到，先是两个人和马腾围着院墙转，后又见来了一伙人隐蔽在院外四周。他把这些情况告诉了那音太，那音太让他接着观察。刚才，他从墙头窥见南面来了一车警察，立即又跑到中堂告诉了那音太，那音太说，如果仅仅是包围院子就不用管他，如果他们要进来，就设法拖延开门时间，拖的时间越长越好。

张狗娃见半天没人开门，对侯二苟三喊道："用枪砸！"

侯二苟三用枪托猛砸了一阵，里面传出"来了来了"的回应声，不一会儿大门打开了。

侯二瞪着呼斯乐："老东西，咋这么半天才开门？"

呼斯乐气喘吁吁，像是刚跑过来的样子："正在后院马棚喂马呢，听见敲门声就赶紧往这儿跑。老总，啥事？"

"闪开！"侯二说着往里走。

呼斯乐赶忙拦住他："老总，你们等等，我去和老爷通报一声。"

苟三一把将呼斯乐推开："滚一边儿去！"

那音太家院内东北角有座小佛堂。佛堂内既供奉着佛祖释迦牟尼和观世音菩萨，又供奉着忠义将军关公和财神爷赵公元帅，有些不伦不类。

佛台的香炉内插着点燃的香，香烟袅袅，香气弥漫。那音太那妻正跪在佛台前牛毛擀成的又厚又大的毡垫上叩拜，巴雅尔、林峰、万虎和乌兰琪琪格站在一旁。

那音太那妻站起来，那音太拽开毡垫，走到佛台前把手伸到忠义将军关公像背后拨弄了一下，刚才放毡垫地方的砖地慢慢裂开一个大口子，露出一个洞口。

原来，这是一个地道口。这个地道是那音太的父亲建这个宅子时让人秘密开挖的，以防不测之用。这个地道直通街对面的乌力吉餐馆，餐馆原来也是那音太父亲的。乌力吉夫妇都是那音太父亲的仆人，非常忠诚，那父就把这个餐馆给了他们，让他们看守这个地道。但乌力吉夫妇并不知道这个地道能直接通到佛堂，因地道中间有堵隔墙。从佛堂到隔墙的这段地道里，还有一大两小三间地下室，可以住人。关于这个地道的秘密，那父临终前只告诉了那音太一人，那音太怕把这个秘密露出去，从没和任何人说过，甚至连那妻都不知道。昨天夜里，呼斯乐从门口跑回来说了胡飞所说的话后，那妻和乌兰琪琪格都主张让林峰万虎和巴雅尔从后墙逃走，那音太说不用逃，只要他们不进来搜就没事，还说即使进来他也有办法，保证不会让他们发现。但那音太一直没说是什么办法，只是让呼斯乐暗中观察，如果发现他们要进院时赶紧告诉他。刚才听呼斯乐说来了一车警察后，他估计是来搜查的，安咐完呼斯乐，立即领大伙儿来到这个小佛堂。

地道口露出来之后，大伙儿都感到非常惊讶。那音太简单地说了一下这个地道的来历，叮嘱巴雅尔："你领他俩下去走到隔墙处，可以看到右边的洞壁上镶着一个黑石雕成的狼头，把狼头向右转，隔墙就会从中间裂开。一会儿我让乌兰去餐馆告诉乌力吉，把他那边的地道口一打开，你们就可以从那里安全地出去了。"正是：突至搜查气势汹，瞬时脱险方法妙。未知后事如何，且看下文。

第十五回 四浪人依势逞凶 二好汉仗义惩恶

76

张狗娃罗克带着警察冲进院子，指挥警察挨屋搜查，他们把所有的屋子都搜了个遍，也没发现一个人影儿。

张狗娃喝问站在中堂前的呼斯乐："你家老爷去哪儿啦？"

"谁找我呢？"没等呼斯乐说话，一个洪亮的声音传了过来，随着说话声，那音太那妻和乌兰琪琪格从一排房后走了出来。

呼斯乐迎上去："老爷，他们硬闯进来到处翻腾，不知找啥呢。"

张狗娃认识那音太，腆着大肚子走过来："那老板，不好意思。是这样，有人向警局报告，说有两个共党跑到你家院子里了，我们过来搜搜。"

那音太不冷不热："是吗？搜查着了吗？"

"没有。那老板，您刚才去哪儿了？"

"到佛堂上香，这是我家的老规矩了，每天早上都要上。"

张狗娃朝前探探头："佛堂在哪儿呢？"

"东北角。"

"罗队，你带人到佛堂看看。"

罗克带着侯二苟三等人跑去，不一会儿又跑了回来："局座，佛堂就巴掌大个地方，除了几尊神像啥也没有。"

"一目了然，连个猫也藏不住。"侯二也跟着说。

“对不住那老板，可能是报告人看错了。”张狗娃本来是想立功讨好胡飞的，没想到是这个结果，沮丧地冲大伙儿一摆手，“撤！”

待警察撤走，那音太对乌兰琪琪格摆了一下手，乌兰琪琪格跑了出去。

呼斯乐纳闷：“老爷，他们……”

那音太笑笑：“走，到屋里和你说。”

张狗娃从那音太家出来谎说回趟家，让罗克先带人回局。其实，他是去来福客店向胡飞报告。

张狗娃说完搜查结果，胡飞很失望。

“张丹雄他们已经在黑龙岭安营扎寨，不可能回来了，就是回来也不知猴年马月了。”张狗娃又做出推断。他的意思是想让胡飞赶快撤离张家口，胡飞总待在张家口始终是他的一块心病，胡飞毕竟是个老牌特工，又异常精明，加之川岛委派的任务又没完没了，投日的事万一被察觉出来他就死定了。

“你分析得也对。”胡飞说，“但追杀他们已不是我们的主要任务了。”接着说了他们的新任务和建特务站的事，并要求张狗娃对特务站暗中进行保护。

这令张狗娃大感意外，心里不禁叫苦不迭，但嘴上还是答应得很爽快：“应该的，党国的事嘛，理当效力。”

张狗娃走后，胡飞立即把黑子亮子和马腾叫来，说了搜查结果，又自嘲：“看来感觉是靠不住的。”

马腾悬着的心终于放了下来，但他也纳闷儿，他们藏到哪儿了呢？

胡飞略带歉意：“马腾，别往心里去啊，我也是怕万一嘛。”

“看胡队说的，干咱这行的，就得往多里想。”马腾很明理，“再说，作为负有监视使命的特工，确实也不该去监视对象家要水喝，我也反思了我的错误，接受胡队的批评，今后保证不会再犯。”

胡飞也显示宽容：“好，我就喜欢这种知错就改的态度，好好干，我相信你将来一定会成为一名优秀特工的，前途不可限量。”

马腾逊谢：“谢谢夸奖，小的不才，还望胡队多多栽培。”

“我们都是同志，互相帮助吧。”胡飞话题又转到任务上，“我看张丹雄他们暂时不会回来啦，监视和追杀他们的事暂停，从今天起集中精力做好对日军和地下党的情报搜取工作。马腾这两天熬得够呛，先好好休息。黑子亮子你俩去找一下高发魁，尽快把鸿远楼盘下来，价格一定要往下压。”

77

下午，罗克带着侯二荀三等几个警察在街上巡逻时，看到高发魁和六子贵祥在鸿远楼门口站着，便走了过去。

“高队，怀旧呢?”罗克边往过走边开玩笑。

高发魁见罗克走过来，赶忙迎上去：“怀啥旧，鸿远楼有人盘了，一会儿来过户，正等着他们呢。”

“谁这么有钱呀，能盘得起这栋楼?”

“说是北平盛达贸易公司的，要在张家口开个分公司。”高发魁说着看到黑子亮子领着一个人从远处走了过来，“哎，来啦，就是他们。”

罗克朝来人看了一眼：“你们过户吧，我们再去别处转转。”

和黑子亮子一起走来的正是胡飞。

今天上午，黑子亮子到协动队找高发魁说盘鸿远楼的事。高发魁正愁没人盘，听了十分高兴。他听黑子说他们是北平盛达贸易公司的，想趁机捞一笔，要价时狮子大开口，不料黑子亮子不买账，站起身就走，高发魁又赶忙将他们拦住。黑子亮子抓住高发魁急于出手的心理，一番讨价还价后，最终以高发魁所盘时的价格成交，并商定下午三点在鸿远楼过户。黑子亮子向胡飞报告后，胡飞很满意。

三人走到高发魁跟前，黑子向高发魁介绍胡飞：“这位就是胡老板。”

高发魁和胡飞握握手，一张橘子皮脸堆满了笑：“胡老板好。”

“高队长好。”胡飞也客气了一句，“哎，刚才见你和一个警察说话，他是谁呀?”

他常听张狗娃说起罗克，但一直没见过，他从刚才那个警察的身形推断，估计他就是罗克。

“警察局的罗探长，”高发魁说，“他爹就是商会会长，在张家口做生意，这都是用得上的人。"

"你和罗探长挺熟?"

"那当然。"

"啥时候认识的?"

"饭庄开业的头天晚上,我去请罗会长来捧场,在他家认识的,其实我好像早就见过他。有一次夜里,我在宣化县树林遇到劫道的,有个便衣警察救了我,那个人挺像他,结果一问不是。那天夜里特别黑,可能是我认错了。"

办完过户手续后,胡飞立即赶到警察局见张狗娃。

高发魁无意间说的事,开启了胡飞的思路。田万才说了那天夜里他的枪被人击落那个人又喊是警察时,尽管他认为这个人是个高手,但也没太在意,田万才毕竟没见到人,劫匪冒充警察也不是不可能的。后来他决定灭杀高发魁时,田万才说的那句话让他心里一动,他想,那个人看来就是警察,要是劫匪的话高发魁不可能活命。刚才高发魁又说到那个救他的便衣警察很像罗克时,他马上产生了联想,那个在夜间一枪击落田万才手枪的高手极有可能就是罗克,而罗克极有可能就是蒙面人。由此他又推想,唐尧第一次被冤能化险为夷,是不是也和罗克有关呢?那个便衣警察出现在宣化县树林,正是张狗娃让罗克去抓唐尧的头天夜里。如果那个便衣警察就是罗克的话,他那天夜里肯定是去和唐尧串通的,返回时巧遇田万才正要枪杀高发魁。顺势再推,从警察局监狱把唐尧救出去的也是罗克,唐尧极有可能是罗克的同党。他必须弄清那天夜里出现在宣化县树林的便衣警察是不是罗克,如果就是罗克的话,他不但极有可能就是蒙面人,还极有可能是地下党,因为从蒙面人的一系列所作所为,他越来越嗅出有地下党的味道。

"罗克带人去宣化县抓唐尧的头天夜里,你见过他吗?"胡飞严肃地问。

张狗娃不知胡飞为何突然问起这事,因时间还不算长,他想得起来:"见了呀。那天夜里和他说完任务后,我还到他办公室和他下了两盘棋,走时王铁生又和他下上了。"

"你几点走的?"

"记不太清,大概九点来钟。"

"王铁生是干啥的?"

“侦缉队办公室主任，也是个棋迷，臭棋篓子。”

“你现在派人去把王铁生叫过来，问问他那天夜里是几点离开罗克办公室的，但别让罗克知道。”

“您怀疑罗克？”

“这你就别问了。我先回去，问完之后赶紧给我打个电话。”

胡飞走进来福客店大门时，一个店员正站在柜台前接电话，见胡飞进来赶忙喊道，“胡老板，电话，找您的。”

胡飞知道电话是张狗娃打来的，赶紧接过话筒，张狗娃说问过了，王铁生和罗克下完棋大概是夜里两点了。

时间明显对不上，胡飞对罗克的怀疑又排除了。

78

天高气爽，云淡风轻。

龙吟海和战士们仍在八角台上修筑工事，大家干得都很卖力。

龙吟海到各处转着看了看，满意地走到一旁坐下来，掏出烟点了一支。曲向东也走过来坐在他身旁，龙吟海递给他一支烟。

曲向东点着烟抽了一口：“连长，你知道那天去师部的日本人是谁不？”

龙吟海怨气十足：“咱哪能知道，爹不亲娘不爱的，啥事能告诉咱。”

“是日本驻张家口领事馆的领事桥本正康，他想让赵师长出兵，帮川岛剿灭赤城县海陀山上的黑龙岭独立大队。”

“你咋知道的？”

“师部副官关向宇告诉我的。今儿上午我去团部领补给时，关向宇也正好到团部办事。”

“独立大队是啥队伍，鬼子为啥要剿灭他们？”

“听关向宇说，是几个同盟军散兵在那儿拉起的一支队伍，前不久他们袭击了赤城的一个鬼子警备小队，把二十多个鬼子全打死了。前几天，川岛带着警备队和协动队,还有赤城的一个蒙奸队伍察东守备队去黑龙岭围剿他们,结果被打得惨败,光鬼子就死了三十多个。"

龙吟海一下振奋起来,两眼放光:"真是好样的,给咱们同盟军争光了。哎,知道那几个人叫啥不?"

"不知道,关向宇也不知道。"

"奶奶个熊,有机会咱也去投奔他们,就算跟鬼子拼死,也比窝囊在这儿强。"

龙吟海刚说完,虎啸山带着士兵上了山,士兵们或抬或扛的运上来不少工程材料。

"曲副连长,"虎啸山敞着嗓子大喊,"你来指挥一下,看材料放哪儿合适!"

曲向东跑过去安排士兵放材料,虎啸山朝龙吟海走来。

龙吟海因虎啸山瞧不起同盟军甚至诽谤同盟军对他心生厌恶,不想搭理他,把脸扭向一边。

虎啸山看出龙吟海不高兴,但他不在乎:"龙连长,这么多材料给你运上来了,咋连句谢谢的话也不和老子说!"

龙吟海仍然不往过扭头:"那是你的职责,老子用不着谢你!"

虎啸山哈哈一笑:"犟驴,不谢就不谢吧,咋也得给老子根儿烟抽吧!"

龙吟海把烟盒掏出来扔给虎啸山,脸仍然没往过扭。

虎啸山抽出一支点上,把烟盒又扔给龙吟海。

虎啸山深深地吸了一口将烟吐出:"咱俩还没决出输赢呢,你小子先别撅那么高!"

"那就再比试比试!"龙吟海还是没把脸扭过来。

"老子不和你比刀了,你根本不懂刀法,老子就算赢了也不光彩。"

"你根本赢不了老子,"龙吟海终于把脸扭了过来,"你说比啥?"

"明天不是礼拜天吗,老子请你进城喝酒,比酒量,谁先喝趴下谁认输,心甘情愿给对方当牛做马,听吆喝。"

"老子应战,一言为定!"

他俩做梦也想不到,明天的进城会招致一场冤狱。

79

西河沿大街长约一里地，街两旁的店铺既有老字号也有新门脸。这条街也曾和至善街一样非常热闹，现在也冷清了许多。

正午时分，石头领着红小英向这条街走来。

石头是和林峰、万虎、巴雅尔一同从黑龙岭回来的，他回的是红小英姥姥家怀安县小南堡村。他逃往大海陀时，红小英因有了身孕，随父母躲到了姥姥家。他在家住了三天，今儿早上要回黑龙岭时，红小英非要跟上，说是七八年都没见师哥了，要去看看师哥。再有，她听石头说了师哥等人如何打土匪、如何袭击赤城日军警备小队以及如何打败川岛联军的事，对师哥等人十分敬仰，除了看师哥之外还想见见其他几个人。因她怀有身孕，父母及姥爷姥姥都劝她不要去，但她是个犟脾气，家里人怎么也劝不住，只好随了她并叮嘱石头好好照顾，过些日子再把她送回来。

怀安县没有直达赤城的长途客车，必须得到张家口转车，下了车一打听，到赤城的车下午三点才开，石头决定先领小英到街上转转，连给她买两身衣裳连找个饭馆吃饭。

来到西河沿大街，买完衣裳从店铺出来正要找个饭馆吃饭时，四个日本浪人摇摇晃晃地朝他俩走来。

这四个日本浪人，正是两年多前调戏并挟持林溪的那四个浪人，其中黑脸的叫黑崎，白脸的叫森田，稍胖的叫山野太郎，稍瘦的叫宫本原。这四个浪人都是游手好闲无所事事之徒，他们仗着日本人的势力胡作非为，成了张家口的祸害。抗日同盟军在张家口成立时，他们跑回了日本，听到同盟军被解散的消息又重返张家口。这次由于有了日军警备队撑腰，气焰更加嚣张。他们是刚从一家饭馆吃饱喝足出来，个个都醉醺醺的。

黑崎盯着身姿婀娜、白净秀美的红小英看了看，淫笑道："幺西，好漂亮好水灵的小脸蛋儿，让我亲亲。"说着伸手去搂抱红小英。

红小英毫不畏惧,她毕竟是练过功的人,未等黑崎近身,甩手一掌将黑崎打得倒退了好几步。

“八嘎!”森田冲上去欲打红小英,手里提着包袱的石头飞起一脚将森田踢倒,拉起红小英就跑。

红小英因有身孕不敢快跑,不一会儿两人便被四个浪人追上围住。

来往的人驻足观看,但都躲得远远的。

黑崎扑上来,石头把包袱甩给红小英和他对打起来。几招过后,石头暗中提气,一头撞向黑崎。前面说过,石头练的是硬气功,头可破石,这一撞犹如一记重锤擂在黑崎胸上,黑崎被擂得眼冒金星,旋转着坐倒在地上。

森田看出石头会功夫,不敢怠慢,拔出武士刀向石头劈去。石头躲闪了几下,又一头撞向森田,把森田撞得飞出一丈多远。

山野太郎和宫本原大吼一声,同时挥刀劈向石头。石头避开山野太郎的刀时,宫本原的刀也已劈下,情急之中,红小英飞起一脚将宫本原手中的刀踢飞,自己也“啊”的一声大叫,捂着肚子蹲了下来。

石头大吃一惊,赶忙去扶红小英。

已爬起来的森田跑过来举起刀向石头劈下,红小英正要喊“躲刀”时,两个彪形大汉突然闪了过来,一人将森田踹飞,另一个冲石头红小英大喊“快跑”。

这两人正是虎啸山和龙吟海。

今天中午,他俩换了便装来到西河沿大街一家酒馆赌酒,两人各喝了五大碗正要再喝时,从窗口看到四个日本浪人在打中国人,便急忙跑了出来。

石头感激地看了虎啸山龙吟海一眼,扶起红小英欲跑时,红小英却痛苦地迈不开步。石头一看,红小英的两个裤腿都流下了血——流产了。

石头顿时眼喷怒火,要与浪人拼命。

龙吟海拦住他:“快背她跑,救人要紧。”

石头一下清醒了,赶忙背起红小英提起包袱跑去。

森田、宫本原举刀劈向龙吟海,与此同时黑崎、山野太郎也举刀劈向虎啸山。

龙吟海躲闪了几下,一脚将森田踢倒,又一拳将宫本原打翻在地。

黑崎向虎啸山劈来时,虎啸山躲过,山野太郎又向他劈来时,他一把抓住了山野太郎握刀的手。黑崎趁机握刀刺向虎啸山，虎啸山拽着山野太郎猛地一转身，黑崎的刀刺入了山野太郎的后背。

龙吟海虎啸山正要跑时，梭巡到附近的高桥雄二带着日军小队跑了过来。

川岛接到高桥雄二的电话，立即和铃木赶到审讯室。他看到，两个打手正在奋力抽打被分别绑在两个刑讯架上的虎啸山和龙吟海，虽然两个黑壮的打手都已大汗淋漓气喘吁吁，但龙吟海虎啸山吭都没吭一声，就像鞭子抽打在别人身上一样。他立马意识到，这是两个不一般的人。

高桥雄二见川岛铃木走进，示意两个打手停下，两个打手退到一旁喘息。

川岛打量了一下剽悍的虎啸山和龙吟海，问道："你们是什么人？"其实，高桥雄二在电话里已和他说了虎啸山龙吟海的身份，他再次问，是想亲自核实一下，因为他听到这两个人的身份时，一个设想就在他的脑海中形成了。

"老子被抓的时候就说过了，你既然问老子就再告诉你，老子是二十九军一三二师三团二连连长，虎啸山！"

"老子也告诉你，老子是五连连长，龙吟海！"

"我听说，你们杀死了大日本帝国的侨民山野太郎，为什么要杀他？"

"他该死！但他不是老子杀的，你们冤枉老子！"虎啸山愤恨地说。

"作为军人，要敢作敢当，为什么杀了人不敢承认？"

虎啸山哈哈一笑："老子是顶天立地的中国人，有什么不敢承认的。实际情况是，那四个日本浪人光天化日之下公开耍流氓调戏妇女，老子替你们日本人教训教训他们，谁想到他们连自已人都杀。你们说的那个叫什么太郎的，是被那个黑脸浪人刺杀的，和老子有什么关系！"

"虎连长说的都是事实，老子可以作证！"

铃木大嘴一张："川岛大佐，他们是不会说实话的，拉出去毙了算啦。"

川岛微微一笑："不，咱们要按法律办事。先不要审了，把他们关起来。"正是：无耻浪人挑事端，行侠好汉遭诬陷。欲知后事如何，且看下文。

第十六回　搞诬陷桥本做伪　传实情侠士解真

80

昨天,林峰万虎和巴雅尔从乌力吉餐馆的地道口出来,先到了火车站旁的平安旅店,和等候在那里的林溪说了争取马腾的事以及遇险脱险的经过,林溪和他们说了警备队的防御情况。完后,他们又匆匆赶回黑龙岭和张丹雄等人说了。张丹雄得知马腾已被争取过来非常高兴。同时,他对另一个人也感了兴趣,那就是桑斯尔。他和林峰万虎一样,也从巴格尔和巴特尔被救的经过悟了出来,桑斯尔和他大哥苏日特勒不一样,他不是一个恶人,最起码的人性和良知还是有的。他有人有枪,要是能把他再争取过来,这支队伍就更壮大了。晚饭后,他把想法和戈剑光及几个中队长说了,大伙儿都说有这个可能。但如何争取大伙又一时拿不出好办法,张丹雄决定等待时机。

他们刚说完这事,石头慌慌张张地走了进来,叫了声"师哥"蹲在地上"呜呜"地哭了起来。

大伙儿愣住了。张丹雄走过去把石头扶起来:"咋的啦,出啥事啦?"

石头擦了把泪:"差点儿就见不着你们啦。"

大伙儿又一惊。

"坐下说。"张丹雄把石头拉到桌前坐下,"咋回事?"

石头说了他和红小英在张家口遭四个日本浪人欺负以及被两个好汉相救的经过,又说了他和红小英逃走之后的事:小英因流产身子虚得厉害,只好先把她送到云泉寺，让师父先帮着照料。他背着小英跑时，看到有一队日本兵跑了过来。他怕那两个好汉出事，又赶紧跑到西河沿大街，一打听才知道，那两个好汉在和四个浪人打斗中，一个浪人误杀了另一个浪人，两个好汉都被鬼子抓走了。

张丹雄埋怨："你也真是，小英怀着孩子，咋能带她到这儿来呢？"

"她说七八年都没见师哥了，非要来，还想见见他们几个，姥姥姥爷和她爹娘都拦不住，就同意了。谁想……师哥，让我带几个人赶快去救那两个好汉吧，我怕去晚了鬼子会杀了他们。"

"你的恩人就是独立大队的恩人，当然得救。但据地下党说，目前日军警备队的兵员和武器虽然还没补充过来，人数不多，但他们的防守很严，不但有轻重机枪小钢炮，还新修筑了不少暗堡，别说去几个人，就是咱们全出动也不一定攻得进去。"

"那该咋办？总不能不救吧。"

"先别急，咱们商量商量，看有没有什么好办法。"

大伙儿商量了半天，也没想出一个好办法。

张丹雄思忖一会儿："我看这样吧，我和林峰英飞回一趟张家口，先找一下林老师，通过地下党把日军警备队的情况再摸一摸，看看能不能潜入进去救人。如果有这个可能，确定了营救方案后再来叫你们。"

夜已经很深了，赵登禹和张维藩正在师部说桥本正康请他们相助的事。他们认为，日本人的脸皮很厚，有股子不达目的誓不罢休的劲儿，万一再来该怎么答复他。

他们正说着，郭魁英匆匆走了进来，郭魁英三十一二岁，高大魁梧，英气逼人，很有军人气质。他是一三二师三团团长。

"咋这么晚来了，有事？"赵登禹问。

郭魁英面带焦虑之色："赵师长，张参谋长，我团二连连长虎啸山和五连连长龙吟海今天上午进城，到现在也没回来。日方对我二十九军一直不友好，我担心出啥事，打算派兵进城去找找，不知是否可行？"

"他俩进城干啥去了？"

"据了解，是趁礼拜天到城里喝酒去了。可咋也不能喝到这会儿呀，都十点多了。”

郭魁英刚说完，关向宇匆匆走进来，说桥本正康派人送来一封信。

赵登禹打开信看完神色大变：“坏事啦，他俩被日本警备队抓了。”

张维藩郭魁英关向宇都大吃一惊。

赵登禹给他们念了信。信中主要意思是，虎啸山和龙吟海今天中午在西河沿大街喝醉酒后，耍酒疯寻衅滋事，不但辱骂殴打日本侨民，还残忍地将一个叫山野太郎的侨民杀死。日方将按照日本法律予以惩罚，特此告知。

郭魁英立即说道：“不可能，我太了解他俩了，他俩虽说性格暴烈，但绝不鲁莽，两人心地也特别善良，绝不会干出杀害日本侨民的事来。再者，他俩酒量都非常大，是轻易不会喝醉的。”

“这两人我也了解，我也相信他们不会干出这种事，张参谋长、郭团长，你俩跟我去趟领事馆，先把情况弄清再说。”

赵登禹刚说完，一个头戴黑礼帽、脸蒙黑面罩、身披黑披风的人从窗口跃了进来，身轻如落鸟，一点儿声音都没有，一看就是功夫非凡之人。

赵登禹等人大惊，急忙拔枪。

蒙面人举了一下手，语气平和：“诸位勿惊，我是来告诉你们山野太郎死亡真相的。”

蒙面人说了山野太郎被黑崎误杀的经过，并说西河沿大街许多店家都看到了，如需作证可找他们，他们也愿意作证。说完纵身跃出窗户，眨眼间消失得无影无踪。

大伙儿愣了半天才缓过神来。他们知道，这个蒙面人就是社会上传得沸沸扬扬的那个蒙面大侠，也通过发生在察哈尔歌舞厅的刺杀事件，知道了他是同盟军的人，只是他们不明白，他为什么会帮他们。但此时已顾不上去想这个问题，既然知道了真相，就得赶快把人要回来，以免生变。

81

刘振邦、赵志海和林溪也得到了虎啸山龙吟海被冤的消息，只是一直没有听到一三二师来找日本人交涉要人,他们感到奇怪。正在大华照相馆密室分析原因时,赵鹏推开门领着一个人走进来,这个人二十四五岁,头戴礼帽身穿长衫,双眉修长,两个眼睛乌黑发亮,安详的神态中透着一股凛然正气。

赵鹏说他是“神风”同志派来的,叫鲁明。说完走出。

刘振邦大喜,握住鲁明的手拉他坐下。鲁明自我介绍了他的掩护身份,他是警察局侦缉队警察。刘振邦欲介绍他们三人的掩护身份时,鲁明说不用介绍了,他对他们三人的掩护身份都已十分清楚。他今天来,是转达“神风”的话的。

刘振邦他们已意识到蒙面大侠就是“神风”,这个总是在他们危难时出现的神秘人物,他们太敬仰了。

“‘神风’同志是谁?”刘振邦急问。

“我也不知道。”鲁明说,“我的上线是侦缉队办公室主任王铁生同志,‘神风’对我的指示都是由他传达的。”

刘振邦尽管有些失望,但他理解,这是地下党的纪律:“是有任务需要我们配合吗?”

“是。虎啸山龙吟海的事你们听说了吗?”

“听说了,正还议论一三二师为啥不来找日本人要人呢。”

“‘神风’说,桥本正康和川岛已令那四个浪人作了伪证,把杀死山野太郎的罪名强加在虎啸山和龙吟海头上,说他俩各刺了山野太郎一刀。‘神风’还得到消息,他们这么做的目的并不是想要他俩的命,而是要以他俩的性命相要挟,迫使赵登禹出兵去围剿黑龙岭。‘神风’还说,他已向一三二师传达了事件的真相,赵登禹肯定会去和日本人交涉。但‘神风’又分析,他们要回人的可能性不大,‘神风’担心赵登禹救人心切,答应日本人的要求,一旦出现这种情况,张丹雄他们就危险了。所以,‘神风’决定要救出虎啸山和龙吟海,挫败日本人的阴谋。”

“就算日本人不放人,赵登禹不会带兵抢吗?一个师对付日军的一个警备队太容易了,况且关东军给川岛补充的兵员和武器都还没到,充其量不过二十来人,正是好打的时候。”赵志海认为一三二师要救人并不难。

“这样做会挑起事端,给关东军侵占察哈尔制造借口,关东军正还想找借口呢，赵登禹哪敢这么干。”

“刘组长说得对，”鲁明说，“‘神风’正是考虑到这一点，才担心赵登禹会答应日本人，国民党本来就把同盟军视为叛军，张丹雄等人又是同盟军的人，即使出兵也师出有名。”

“‘神风’同志打算怎么救？”刘振邦问。

鲁明说了‘神风’的设想。其中有一个环节需扮成日本人进入监狱，因日本兵差不多都认识鲁明和王铁生，执行这个环节的任务需要刘振邦选派人员。

刘振邦赞同“神风”的营救设想，表示一定全力配合。

82

桥本正康推断赵登禹这次一定会就范，还断定赵登禹接到信一定会沉不住气，马上就会来找他。他打电话把川岛叫了过来，让他和自己一起看看赵登禹是如何就范的。

“前两天我去他那儿，他总是打着上峰这张牌推来推去，这回看他还怎么说。”桥本正康一副得意的样子。

“中国人就这贱骨头，不见棺材不落泪，等他来了好好羞辱羞辱他。”川岛也狂傲起来。

“这倒不必，咱大人大量，不必和他一般见识，只要他答应了，咱们还是应该有个高姿态。”

“阁下说得对，大日本帝国的军人嘛，哪能和中国猪一般见识。对啦，他要是答应了，就不用再劳闪电突击队了。”

“我也这么想，等他们答应了，我马上给总部打电话，让他们另行安排吧。”

桥本正康刚说完，卫兵进来报告，说一三二师师长赵登禹等三人求见。

“我就知道他们沉不住气，”桥本正康得意地一笑，“快，请他们进来。”

卫兵跑出，不一会儿，赵登禹和张维藩、郭魁英昂首阔步地走进来，桥本正康站起来迎上去，满脸堆笑：“欢迎赵师长、张参谋长，”看了看郭魁英，“这位是……"

"郭魁英，我师三团团长。"赵登禹介绍。

"真是个英武汉子，看来赵师长麾下猛将不少呀。"桥本正康又问，"魁是哪个魁字？是大字底下两个土，还是梁山好汉黑旋风李逵的逵？"

"看来桥本领事是个中国通，对中国文字很有研究。"郭魁英冷冷地说，"不过你说的两个字都不是，我的魁是鬼字旁边一个斗字，就是敢和鬼，"本想说鬼子，话到嘴边又变成，"敢和大鬼小鬼斗的意思。"

川岛岂能听不出来，一双小眼怒视郭魁英。

桥本正康当然更知其意，但他毕竟是城府极深之人，依然面色如常，笑着："原来是魁梧的魁呀，名如其人，好名字。"说着腰一躬右手朝沙发方向一伸，"三位贵客请坐。"

"不坐了。桥本阁下派人给我的信我已看过了，但你信中所说的情况和我们了解到的大相径庭。"赵登禹说了山野太郎被黑崎误杀的经过，"这才是事情的真相，山野太郎之死和虎啸山龙吟海根本就没有关系。至于双方发生冲突，也是由于黑崎等人欺辱中国人引起的，是他们有错在先。我想桥本阁下是不会偏袒这类有辱日本声誉的侨民的，希望能让我们把二位连长领回去。"

桥本脸上现出一种怪异的表情，眼镜后的一双眼睛眨了眨，强装笑颜："我怎么就像听故事一样，你编的也太离谱了吧，黑崎和山野太郎是同门师兄弟，又是表兄弟，他怎么可能杀死山野太郎呢？这不是天大的笑话吗？哈哈……"

川岛帮腔："山野太郎被虎啸山龙吟海所杀是铁的事实。赵师长，无论你怎么编，这个事实都是无法改变的。"

"桥本阁下，川岛先生，你们凭什么说我是编的呢？"赵登禹语气平和。

川岛气壮如牛："我们有黑崎、森田和宫本原三个大日本侨民的证言。"

赵登禹依然语气平和："川岛先生，看来我不得不提醒你，当时围观的人有几十个，他们的证言算不算数？"

川岛蛮横无理："不能算数，再多也不能算数，他们都是中国人，是一面之词。"

赵登禹反唇相讥："森田他们三个浪人都是日本人，难道他们的证言就不是一面之词吗？"

川岛被噎得说不出话来，一脸窘相。

桥本正康给川岛解窘："赵师长，这样争来争去没有什么意义。既然你们来了，是不是可以商量一个妥善的解决办法？"

"我想听听桥本阁下有什么解决办法。"

"其实，虎啸山龙吟海的生死，对我们并不重要，我们无非是想替大日本侨民讨一个公道，因为我们负有保护侨民的职责。如果赵师长能帮我们做一件事，我们可以说服我们的侨民，放弃对他们二人的法律追究。"

"阁下想让我们做什么事？"

"我前两天和你说过的，和我们联手共同剿灭黑龙岭的同盟军匪徒。你们是中国国民的军队，为民除害也是你们的职责所在。"

"我已经答复过阁下，凡是军事行动，都必须听命于上峰。我已经请示了军部，但军部还没有给我们下达行动命令，我不能答应你们，最起码现在不能。"

"要是这样我们就不好办了，只能按照大日本帝国的法律来惩罚他们。"

郭魁英怒视桥本正康："你敢！"

川岛横眉立目："我们当然敢，我现在就可以下命令枪毙他们！"

郭魁英"噌"地拔出手枪，与此同时川岛也拔出手枪，二人枪口互指。

郭魁英语气强硬："信不信，我现在就崩了你！"

川岛也不示弱："那就同归于尽！"

赵登禹喝令郭魁英把枪放下，桥本也喝令川岛把枪放下。郭魁英和川岛互相怒视着，都把枪放了下来。

"赵师长，何必为了一伙儿土匪伤和气呢，我劝你再三思一下，虎连长和龙连长暂时先留在我们这里，我们会善待他们的。"欲速则不达，桥本正康决定先缓一缓。

"告辞。"赵登禹也不想再争执下去，和张维藩郭魁英走出。

"看来他们是不会答应的。"赵登禹的态度让川岛感到无望。

"也不一定。据我了解，赵登禹这个人还是很爱惜部下的。"

"那他们会不会带兵来抢？"

"那正求之不得。二十九军驻守察哈尔，是大日本全面占领察哈尔进而占领内蒙古全境的最大障碍,关东军早就想对他们动手,只是没有借口。他们要是敢发兵来抢,正好制造了事端,给关东军的进攻提供了理由。不过赵登禹他们也很清楚这一点,带兵来抢是绝对不敢的。”

川岛忽地想到什么:“那他们会不会利用黑龙岭的人来抢呢?他们师也收编了不少同盟军的队伍,或许有和黑龙岭同盟军匪徒认识的。他们利用土匪来抢,就避免了制造事端,况且补给的兵员和武器还没送来,咱们的防御正是最薄弱的时候。”

桥本沉思了一会儿:“这倒是个问题。这样吧,你把守卫领事馆的吉野小队也先调回警备队,加强防卫,防止黑龙岭的人来劫狱。”

83

赵登禹张维藩郭魁英走进师部,看守师部的副官关向宇迎上来。他从三人的脸色就判断出:人没有要回来。

他正要问什么,赵登禹走到桌前一拍桌子:“绝不答应他们!”

“他奶奶的,那就派兵把他俩抢回来,鬼子围剿黑龙岭伤亡惨重,武器库也被炸了,关东军给他们补给的兵员和武器还没到,正是时机,一个特务连就能把他们拿下。”郭魁英恶气难出。

“拿下他们容易得很,可这就给了关东军向二十九军开战的借口,一旦出现这个局面,蒋委员长也饶不了咱们呀!”张维藩点到了软肋。

郭魁英愤愤:“奶奶个熊,那就看着他俩被冤死!”他既愤日本人以虎啸山龙吟海性命相要挟的卑鄙,又愤蒋介石的“攘外必先安内”所导致的中国军人对日军的退让。

沉默了一会儿,关向宇说了一个既可救人又不授予关东军开战理由的办法,即:请黑龙岭独立大队来救。他们不是正规军,只是一支民间武装,日本人无法拿他们来做文章。

大伙儿认为是个好办法,但对黑龙岭独立大队能否答应又都心里没底,最后决定派曲向东去试试,因曲向东也曾是同盟军的人,或许好说话。为把这事办成,赵登禹又做出两个决定,一是可答应给他们一些武器作为报答;二是可派人暗中协助。

日军警备队的监狱设在警备队大院内东南面。

虎啸山龙吟海被关在同一牢房,都戴着手铐脚镣。此时已是深夜,俩人都没睡,正坐在一起聊天儿。

虎啸山说:“你说鬼子会不会放咱们?”

龙吟海嗤了一声:“做梦去吧。一个劲地给咱俩扣罪名,就是想要咱们的命,咋可能放。”

“也是。鬼子一直仇视二十九军,这回让他们逮着机会了。对了,你说赵师长会不会来救咱们?”

“咋救?张嘴要鬼子肯定不会放;派兵劫他们又不敢,蒋介石三令五申不许制造事端,就是有这个心也没这个胆呀。”

“妈的,就这么把命交代了真窝囊,早知道是这个结果,还不如把那三个王八蛋浪人都劈了,然后再跟鬼子拼一场,死也赚他几个。”虎啸山懊悔不已。

龙吟海也深感懊悔:“谁想到日本人会这么无耻呀。”正是:身遭诬陷不惧死,手不刃敌怎能甘?欲知后事如何,且看下文。

第十七回 诉往事牢房留憾 遇恩人山寨增情

84

虎啸山和龙吟海虽说懊悔当时没跟鬼子拼一场,但此时已毫无办法。两人沉默了一会儿,虎啸山说:“对了,和你比武让鬼子给搅了没分胜负;和你比酒量又让浪人给搅了,也没见高低,你说咱俩再比啥,总不能到死也没个结果吧?”血性汉子总是把生死看得很淡,但把关乎荣誉的胜负却看得很重。

“你说比啥?”

“戴着手铐脚镣拳脚是没法比了,要不比‘憋茅坑’吧。”

“憋茅坑”是张家口人常玩儿的一种简单的棋类游戏,地上画个方框,方框内划两条对角线,形成☒状棋盘。棋盘的一个边上画个圆圈算是茅坑。两人各执两颗棋子(两人棋子颜色不同),放在四个角,棋子可在方框的四边和对角线上任意行走,但有茅坑的线不能走,一方被逼得无路可走时就算输了。

虎啸山说完用草棍在地上画了棋盘,掰了两截草棍当棋子,龙吟海从墙上扣了两块墙皮当棋子。两人你走一步我走一步地下了起来。

龙吟海心不在焉,没走几步就被憋死了。

虎啸山高兴地大叫:“这盘你输了。咱们三局定胜负,再来!”

龙吟海不想玩儿了:“算你赢了,不下了。”

虎啸山不依:“那不行,我得让你输得心服口服。”

“没精神,真不想玩儿了。”

“咋，怕死？”

“死有球啥怕的，从当兵那天就把生死扔到脑后了。”

“那是有啥心事？”

“咱们是快要死的人了，你有啥遗憾的事没？”

虎啸山想了想：“要说遗憾就是没顾上娶个老婆，不知道女人是个啥滋味儿，你有啥遗憾的？”

“大恩未报，心里不安。”

“啥大恩？”

“别人救过我的命。”

“谁救得，咋回事？”

“就是因为不知道是谁救的，大恩才没报。”

虎啸山来了精神，往龙吟海跟前凑了凑：“他娘的，咋没听你说过，憋在肚里也不怕把你憋死，快说说咋回事？”

关闭在龙吟海心底的一扇记忆之门被打开了，一件往事呈现出来。

龙吟海是抗日同盟军第五军一个侦察连连长。今年六月，抗日同盟军在攻打多伦之前，为摸清城内敌人防御情况，派龙吟海带人潜入城内进行侦察。他带着曲向东、刘汉等十几人化装入城三天。当他们摸清情况往出撤时，不料被敌人发现了，他和曲向东刘汉是结拜兄弟，他们三个掩护其他人撤退，和敌人打了半个多钟头，最后子弹打光了，刘汉也牺牲了，他和曲向东被抓。敌人把他俩审了一天没审出什么结果，第二天傍晚，两个鬼子和十几个伪军把他俩押到城北的山下活埋。正当他俩被鬼子推进坑里伪军开始填土时，七个骑士从东北方向的一片树林里冲了出来。他们都身穿黑衣黑裤，如同一股骤然而起的飓风，随着“嗒嗒”作响的马蹄声飞旋过来。鬼子及伪军朝他们开枪射击，那七个骑士施展马技：或突然后仰，或侧身马腹，或伏于马背，眨眼工夫便冲到鬼子和伪军跟前。他们挥刀便砍，马刀闪着寒光，犹如砍瓜切菜一般，瞬间一个鬼子和六个伪军的脑袋被砍掉，满地乱滚。剩下的鬼子和伪军惊慌地向路边的汽车跑去，七个骑士掏枪射击，鬼子和伪军全被击毙。他们跳下马把龙吟海和曲向东从坑里救出来，其中一人冲远处的林子打了两声呼哨，两匹战马从林子跑了过来。龙吟海问他们是哪路好汉，他们只说是同盟军战士，把两匹战马交给他俩后策马而去。

龙吟海回顾完往事接着说:“随后,攻打多伦的战斗就打响了,拿下多伦不久日军又反扑,我们又投入了战斗,最终收复了多伦。后来又忙着对付国军和关东军的联合镇压,再后来同盟军被迫解散。我们一直没有机会去找这七个恩人,直到现在也不知道他们姓甚名谁。”

虎啸山被震撼:“真是了不起的英雄,想不到同盟军中还有这样的骑士。对啦,他们都是骑兵,你咋不到被收编的骑兵部队去打听呢?”

“同盟军中有好几个军都有骑兵,有的是骑兵师,有的是骑兵团,有的是骑兵大队,不好打听。我们也问过几个骑兵连队,他们都不知道这事。”长叹一声,“今生是没法报答他们的救命大恩了,只有等来世吧。”

虎啸山满怀歉意:“吟海老弟,我以前听到的都是关于同盟军的负面宣传,一直瞧不起同盟军的人,多有得罪老弟的地方,请谅解。”

龙吟海一阵感动:“有老兄这句话我就知足了,我也看出你是个血气方刚的好汉,也听说过你在喜峰口用大刀劈死过二十多个鬼子的事,到阴间我也认你这个老兄当朋友。”

虎啸山不再说话,眼中闪出晶亮的泪花。

85

张狗娃家是座二层小楼,一楼宽大的客厅装饰豪华,布置考究,一看就是显贵人家。其实,这个楼房不是张狗娃置办的,是祖臣芳的父亲购置的,祖臣芳结婚时父亲送给了她。

清晨,祖臣芳正在客厅接听电话,她满脸怒容,握话筒的手不停地哆嗦。

祖臣举从一楼一个房间走出,边打领带边匆匆朝门口走去。祖臣举还没成家,住在姐姐家。

祖臣芳“啪”的一声将话筒扣在话机上,冲祖臣举喊道:“臣举,先别走。”

祖臣举扭过脸:“干啥呀?”

"气死我了,你过来我和你说。"

"学校新来个老师,我还得赶紧给她安排工作去呢。"

"耽误不了多长时间。"

祖臣举不情愿地走过来:"说吧,啥事?"

祖臣芳气得呼呼直喘粗气:"这个人也不知是谁,打了三四回电话了,说你姐夫和一个女妖精混上了,我琢磨很可能是真的,要不他咋老打电话。"

祖臣举一听是这事,漫不经心:"肯定是有人想挑拨你和我姐夫的关系,这种话少听。"

"光他说我也不信,可你姐夫这两个多月确实很少回家,你又不是不知道。"

"当了局长不是忙吗。"

"再忙也不至于一个月连两天都回不了吧。你抽空儿给我打听打听,再盯着点儿,真要是发现了赶紧告诉我。"

"行。"祖臣举应着匆匆向外走去。

祖臣芳一屁股坐在沙发上,蹾得一身囊肉乱颤:"气死我了!"

祖臣举快走到长安街口时,看到林溪正站在街口和一个年轻男人说话,赶忙快步朝林溪走去。

祖臣举不但说话带有女人腔,长得也男不男女不女。他是张家口女子学校的教育处主任,林溪刚到学校就职,他就被林溪惊人的美貌和高雅的气质吸引住了,想和林溪搞对象,但林溪一直对他不冷不热,他几次想向林溪表白都没敢开口。虽然他不断地讨好林溪,但林溪始终与他保持着一定的距离。越是这样,他对林溪越是着迷。

当他走过去,和林溪说话的那个年轻男人已经离开了。

他盯着那个男人的背影问:"谁呀?"

"老家一个亲戚,来张家口做生意,正巧碰上了。"

"噢。"祖臣举一副释然的样子,"咱俩去喝点儿羊杂汤吧,宝善街新开了家羊杂馆儿,我吃过一次,挺好的。芝麻火烧烤得也好,又焦又脆又香。"

"我在家吃过了,你去吃吧。"林溪说着朝前走去。

祖臣举紧跟过去:"你不吃我也不吃了,咱们一块儿走吧。"

林溪十分厌恶祖臣举，尤其讨厌他那女人腔，见了他就像见到苍蝇似的恶心。他对她的追求她早就感觉出来了，为了让他死心，一直刻意冷淡他，可他似乎不知趣，还是一个劲地死缠。她几次都想给他来个眼吹火，让他难堪，但因他是国民党省党部秘书长的儿子，姐夫张狗娃后来还成了警察局局长，又不想过分得罪他，怕给地下党的工作带来麻烦。

祖臣举和林溪走在一起，见路人不时地向他投来羡慕的目光，心里美滋滋的。他故意和林溪搭话，以显示两人亲密："新来个女老师你听说了吗？"

"听说了。"

"她叫冯雅兰，是北平师范大学毕业的，除了古校长，她是咱们学校学历最高的。"见林溪说话不多，他有意多说。

"知不知道让她教哪科？"林溪似乎对这个新来的女老师有些兴趣。

"古校长找我征求意见，我从她的简历上知道她是中文系毕业的，就建议让她教国语，古校长同意了我的建议。"语气中有显摆教育主任身份的成分。

"这么说是和我一个办公室了。"

"是。现在学校就你一个国语老师，太累，有了她你也可以轻松一些。"语气中又有了讨好的成分。

"谢谢你。"

祖臣举高兴地笑了，他觉着办了一件让林溪满意的事，或许这就是让林溪对他有好感的肇始。

86

刚才在长安街口和林溪说话的人正是林峰。

他是和张丹雄、柳英飞昨天夜里开着唐尧开上山的那辆吉普赶来的，为安全起见，他们把吉普藏在了南郊的一片树林，住到了火车站旁的平安旅店。今天早上，他早早地就来到长安街口等林溪，想和林溪说说石头两口子被两个好汉所救的事，并请地下党帮着打听一下两个好汉被关在什么地方。他刚说完他们是怎么回来的，后面的事还没来得及说，林溪看到一个人走来就催他快走，说一会儿去平安旅店找他们。

林峰和张丹雄柳英飞在客房一直等到十一点多，林溪才来。

林峰有些不满:“姐，咋这么晚才来?”

“早上那个人叫祖臣举，是我们学校的教育处主任，他是警察局局长张狗娃的小舅子，他爹是省党部秘书长，我不想让他看到你。后来想甩开他可怎么也甩不开，只好和他先去了学校。没想到到了学校又让一件事给绊住了，脱不了身。”

“啥事?”

“学校新来个女老师，北平来的，今儿正式上班。古校长安排了个欢迎会，让全体老师都参加，没法请假，散了会就到这会儿了。你们回来是啥事?”她见到张丹雄很高兴，说话时目光不由得老往张丹雄身上瞥。

“姐，你先坐下，让张队长和你说吧。”

张丹雄说了他们回来的原因。

林溪大感意外，她万万想不到虎啸山和龙吟海所救的那对小夫妻竟然是石头两口子:“要是这事你们就不用着急了，地下党已经决定要营救他俩，也有了营救方案。”

林溪的话让张丹雄等人也感到意外。

“两个好汉是地下党的人?”张丹雄问。

“不是。”林溪说了两个好汉的姓名身份和地下党为什么要救他俩的原因。

张丹雄大受感动:“地下党总是为我们的安危着想，真不知该怎么谢你们。”

“不用谢。地下党之所以不惜牺牲生命来保护你们，因为你们是抗日的火种。你们可能还不知道，张家口地下党为牵制川岛，在炸警备队武器库时，也牺牲了五名同志。”

“地下党为我们付出的代价实在是太大了，我们一定不辜负地下党的期望，把抗日的烽火燃烧起来。”

“你能这么想，地下党的心血就算没白费。”

张丹雄忽地想起什么:“你刚才说我们是抗日的火种，那个蒙面大侠也这么说过,他还知道我的名字,会不会也是地下党的人?"

"昨天夜里我们才知道,地下党另一个组织有个代号'神风'的同志。我们推测,'神风'极有可能就是那个蒙面大侠。因为地下党的基层组织横向没有联系,我们也不知道他是谁。"

"共产党的纪律真是够严的。对啦,你刚才说营救方案已经有了,打算怎么救?"

林溪说了"神风"设计的营救办法。

"'神风'真是了不起,这个方案太完美了。"张丹雄叹服,"让我们仨也参加这次营救行动吧,我太想见见'神风'了,这个代号含有侠客之意,蒙面大侠肯定就是他。"

"不行。你们是我们保护的对象,这种事不能让你们出面。"林溪拒绝。

张丹雄言辞恳切:"地下党的心意我们领了。但虎啸山龙吟海是为救我们的弟兄才被抓的,我们咋能坐视不管呢?你刚才还说我们是抗日火种,不打鬼子算啥抗日火种,你和你们组织上好好说说,一定得让我们参加。再说了,我们又不是把队伍拉来和鬼子硬拼,只是我们仨配合营救。"

在张丹雄的再三恳求下,林溪答应向组织转达他们的意思。

戈剑光、万虎、巴雅尔和石头正在山寨大堂等待张丹雄的消息,牛半子跑进来报告,说有个人上山来啦,要见头儿。

戈剑光让牛半子把人领进来。来人头戴瓜壳帽、身穿长袍马褂,一副商人打扮,这个人正是曲向东。

昨天夜里,他接受了郭魁英交办的任务,今天一大早就往过赶,他急于想把这件事情办成,赶快把虎啸山龙吟海救出来。但他又不知黑龙岭的人能否答应,一直心怀忧虑。

戈剑光和万虎巴雅尔看到来人都觉得有些面熟,但一时又想不起来在什么地方见过,都盯着曲向东看。

曲向东也觉着戈剑光和万虎巴雅尔有些面熟,一一看了看,恍然认了出来,惊喜地喊道:"是你们?"

戈剑光等三人依然没想起来人是谁,戈剑光问道:"你是……"

"我是曲向东呀,"曲向东激动不已,"你们在多伦救过我和龙连长,认不出来啦?"

戈剑光等三人也恍然认出了曲向东,赶忙迎了过去。

双方亲热地寒暄了一阵,曲向东说了来意。

"你就是不来,我们也要把他俩救出来。"戈剑光说。

"为啥? 你们咋知道他俩被抓了?"曲向东既感动又意外。

石头迎了过来:"他俩救的那对夫妻就是我和我媳妇,只不过我不知道他俩是谁。我回来和张队长说了,张队长说一定要把他俩救出来。昨天夜里他就带人去张家口摸情况去了,我们正在等消息呢。"

"太好了,我还担心说不动你们呢。"

"哪能呢,"戈剑光说,"就是他们没有救石头夫妇,你来了我们也一定会去救。他俩毕竟是抗日英雄二十九军的人。再说,龙吟海还是咱们同盟军的人。"

曲向东问起七位恩人的姓名和其他四人的情况。戈剑光说了他们七人的名字,说张队长就是张丹雄,他和柳英飞去市里打探情况去了,李笑天和那顺朝格图在攻打多伦时牺牲了,他们七人是结拜兄弟。

曲向东的眼前又浮现出七位骑士救他和龙吟海那动人心魄的一幕,两位恩人的牺牲,令他十分难过。他的眼睛湿润了,闪出晶莹的泪花。沉默了一会儿,他又问他们是怎么到的黑龙岭。戈剑光说完后,他又感叹不已,欷歔一番。

他和戈剑光约好,等张丹雄确定营救时间后派人去告诉他们,他们好派人协助,说完匆匆回去复命去了。

87

林溪向刘振邦赵志海说了张丹雄和万虎林峰回到张家口的原因,以及他们坚决请求参加营救的事。刘振邦同意,但考虑到他们的安全,不让他们参加核心环节的行动,让他们跟着赵志海负责接应。林溪匆匆赶到平安旅店和张丹雄等人说了组织的决定,又匆匆往学校赶。为不引起别人的怀疑,她不能在外面耽搁的太久。

她走进办公室,见冯雅兰正伏在办公桌前写着什么。冯雅兰是个文静秀丽的淑女型女子,上午见面时林溪和她论过,两人同岁,林溪的生日比她大两个月。

冯雅兰见林溪走进,赶忙站起来:"林老师好。"

"以后就是同事了,别这么客气,快坐吧。"林溪说着走到办公桌前坐下。

"林老师,我初来乍到,啥也不懂,今后还得请你多帮助。"

"我从事教学工作还不到两年,也是新手,以后咱们互相帮助,你是北平师范大学毕业的,我只是张家口师范学校毕业的,你的文化水平和素养都比我高,今后还得多向你请教。"

"林老师太客气了。"冯雅兰把刚写的东西拿给林溪,"这是我刚写的教案,给我指导指导。"

林溪接过来看了看:"字真秀丽,真是字如其人,都这么漂亮。"

冯雅兰不好意思地笑笑。

林溪浏览了一下教案:"非常好,单从教案看,真看不出你是个新手。"

冯雅兰谦笑:"你过奖了。"

林溪把教案递给冯雅兰:"咋不在北平找份工作,北平多好呀,大城市。"

"前不久,父母都因煤气中毒去世了,就一个叔叔在张家口做生意,他无儿无女,身体也不太好,就叫我来张家口了,连工作连照顾他。这个工作还是我叔叔托人给我介绍的。"

"真孝顺。你叔叔是做啥生意的?"

"小生意,卖茶叶。武城街那个元兴茶叶店就是我叔叔开的。"

"有印象,我在那儿买过茶叶。"

他俩正说着,祖臣举推开门,让林溪出来一下。

林溪出来后,祖臣举小声说:"晚上我想请你吃个饭,完了去怡安街戏园子看场戏,北平来的戏班子,票可不好买了,托关系好不容易才买了两张,你看。"说着从衣兜掏出两张戏票让林溪看。

林溪态度冷淡:"对不起祖主任,我家里有事,不能陪你。"

"啥事明天再办,人家就演这一场,明天就走了。"祖臣举急切地想让林溪应承。

“谢谢你的好意，我真有事去不了，找别人看吧。”林溪说完向办公室走去。

祖臣举今天早上感到林溪对他有了好感，想进一步套近乎，没想到碰了个软钉子，令他很失望。蓦地，他想起早上林溪和一个年轻男人在长安街口说话的事，心想，闹不好和那小子恋上了，晚上很可能是和那小子约会。他现在对林溪和年轻的男人接触非常敏感，决定跟踪林溪，看她晚上到底去哪儿。

拿定主意，他将戏票撕碎悻悻离去。

傍晚，林溪在家吃完饭匆匆向大华照相馆走去。上午，刘振邦告诉她晚上早点儿过来，怕行动万一有什么变化，好提前应对。

地下工作养成了林溪的谨慎和敏感，无论什么时候，她都保持着高度警惕。

突然，她感觉到身后有人跟踪，此时正好有个报童过来，她装作买报纸暗暗观察了一下，跟踪他的原来是祖臣举。

林溪明白，祖臣举绝不会怀疑到她的地下党身份。他肯定是因为早上看到她和林峰说话，下午请她吃饭看戏又遭拒绝，怀疑她在和别人搞对象而进行跟踪。她不能让他看到她去大华照相馆，一旦让他知道，将不利于联络站的安全，毕竟他父亲和姐夫都是国民党的人，还不是一般人。她装作没看见，往前又走了一会儿，趁着人多时闪进一条小胡同，待祖臣举走过去后，她从胡同出来又反方向快步走去。正是：起疑心暗地跟踪，明意图隐身甩尾。未知后事如何，且看下文。

第十八回 柳英飞听劝探父 蓝山花遭打认兄

88

跟踪林溪的正是祖臣举，他跟丢了林溪十分沮丧，正怏怏不乐准备回家时，突然看到一个妖艳的女人挽着张狗娃的胳膊走过来，赶忙隐在一棵树后。

这个妖艳的女人正是蓝山花，她不但紧紧挽着张狗娃的胳膊，身子还靠在张狗娃身上。几天不见张狗娃，蓝山花又急得上火，到局里去找张狗娃，张狗娃正好在局门口碰上，赶紧往回送她。

张狗娃看到行人不住地朝他俩看，猛地把胳膊从蓝山花的手臂中抽出来。

“咋啦，这么粗鲁。”蓝山花不满，面带愠色。

“有人看咱们呢，注意影响。”

“怕啥呀，我是你老婆。”

“这不还不是呢吗。”

“那就赶快离了娶我呀。”

“我不正在努力吗，那个母老虎也不是那么好对付的，不能太急。”

蓝山花来了脾气：“不能太急不能太急，再不急孩子就生出来啦！”

张狗娃如同捂火：“小声点儿姑奶奶，让人听着了。”

蓝山花满不在乎：“听着就听着，我不怕。”

张狗娃赶紧说好话：“行啦行啦，抓紧离行了吧。”

“这还差不多。”

“就送到这儿吧，还得赶紧回去布置任务。”

“晚上早点儿回来，又好几天没来了，老让我守空房。”

“今儿晚上不行……”张狗娃将大脑袋附在蓝山花耳边，坏笑着小声说了几句。

蓝山花扑哧一笑，一扭一扭地向前走去，张狗娃转身匆匆往回走。

祖臣举从树后出来：“这小子真和野女人混上了。”他刚要往回走，一下又多了个心眼儿，悄悄地跟上了蓝山花。

张丹雄等三人因获准参加营救行动十分高兴，只是为不能参加中心环节的行动，见不到仰慕的“神风”大侠小有遗憾。不过他们不太着急了，既然已经知道了他是地下党的人，相信总会有见到他的一天。因他们只是参与接应，任务不大，张丹雄本想让柳英飞林峰两人中回去一个，告诉戈剑光他们不要等了，但他俩谁也不愿回去，张丹雄也不好勉强，只好决定等回去再和戈剑光他们解释。

晚饭后，三人坐在一起闲聊时，张丹雄忽地想到什么：“英飞，现在刚七点多，离营救行动还早着呢，我看你先去看看你爹吧。”

“我不想见那娘儿俩，不去了。”

柳英飞是个寡言少语的人，脸上总是布着一层淡淡的忧思。

林峰不解：“咋回事？”

柳英飞默不作答。张丹雄看了看柳英飞：“我替他说吧。”

柳英飞本来有个很幸福的家庭。他爹有着高超的皮革鞣制手艺，多家皮坊都争相聘用，最后被张家口的皮行大豪恒盛源皮坊高薪所聘，年复一年聚了些家资，一家人过着无忧无虑的生活。柳英飞十岁那年母亲不幸病故，不久，他爹经人介绍和一个刘氏女人结了婚。刘氏是个寡妇，有一个七岁的女儿。万万没想到刘氏竟是恶鸮般的婺妇，进到柳家后不但控制了全部家财，还经常欺负柳英飞和他父亲，打骂柳英飞更是家常便饭。柳父后悔不已、叫苦不迭，曾想和刘氏离婚，可刘氏不离，并以死相威胁。柳父生性荏弱，怕惹人命官司，只能逆来顺受，不敢再提离婚之事，致使刘氏愈加嚣张跋扈。刘氏的女儿受刘氏的影响，也十分刁蛮，经常辱骂柳家父子。柳英飞十六岁那年，刘氏的女儿已十三岁，一次她跳着脚的辱骂柳父，柳英飞忍无可忍，打了她一个耳光，刘氏母女为此差点儿把家折腾翻。柳英飞无法在那个家待下去,就跑出来参加了西北军。从那以后再也没有回过家。

听张丹雄说完,林峰明白了:“原来这么回事,怪不得他总是闷闷不乐,总说不想回那个家。”

张丹雄还是劝柳英飞回去:“英飞,还是回去看看吧,你爹岁数也不小了,一直受她们娘儿俩欺负,也不知这会儿身体咋样。你也不用搭理那娘儿俩,看看你爹就回来,你爹肯定也想你。如果还受欺负,咱们回去时就把你爹带走。”

林峰也劝:“张队长说得对,还是回去看看吧,总不能因为那娘儿俩不见爹了吧。”

柳英飞低着头思索了一会儿:“行吧。”

89

蓝山花就是刘氏的女儿。她不但刁蛮任性,还好吃懒做,整天浓妆艳抹的东游西逛。一次,她和刚当上警察局局长的张狗娃在察哈尔歌舞厅偶遇,张狗娃也正猎艳如渴,两人一曲舞没跳完,就到旅店开房上了床。从此,她就缠住张狗娃不放。

蓝山花知道张狗娃今夜不回来,就早早地上了床。抚摸着微微隆起的小肚子,幻想着不久就要当上官太太住上大豪宅的美事。

突然,外面传来敲院门的声音。她以为是张狗娃回来了,暗自一笑:“兔崽子肯定是憋不住了。”赶紧趿拉着拖鞋穿着睡衣走出屋门。

敲门声不断,蓝山花边说“听见了别敲了”,边快步走过去开院门。

当蓝山花把院门打开时,不禁大吃一惊,站在门口的不是张狗娃,而是一男一女两个陌生人。

这两个人正是祖臣芳和祖臣举姐弟俩。

祖臣举通过跟踪发现蓝山花住处后,立即跑回家把看到听到的情况告诉了祖臣芳。祖臣芳勃然大怒,立马要去找张狗娃。祖臣举说还是先去找那个妖精，从她那儿先把事砸死，免得张狗娃抵赖。祖臣芳觉得也是这么个理儿，就和祖臣举匆匆赶了过来。

祖臣举指着蓝山花："姐，就是这个妖精。"

蓝山花看了看祖臣芳和祖臣举："你们找谁呀？"

祖臣芳肉泡眼一瞪："就找你，狐狸精，你是不是勾搭我男人了？"

蓝山花从祖臣芳的长相上已经明白这个女人是谁了，但她并不胆怯，冷着脸问："你男人是谁呀？"

祖臣芳傲气十足："警察局局长，张狗娃！"

蓝山花哈哈一笑，接着脸一沉："你咋这么不要脸呀，张狗娃说他根本就没结过婚，哪会有老婆，想男人想疯了吧，乱给自己拉男人！"

祖臣芳起初还没有完全相信祖臣举所说的事，听蓝山花这么一说，她断定是真的了，回骂道："骚货，勾引我男人，你才不要脸呢！"

"我和张狗娃是自由恋爱，"蓝山花毫不在乎祖臣芳，拍拍肚子，"瞧瞧，孩子都有了，我们马上就要结婚办喜事啦！"

"不要脸的骚货，我撕了你！"祖臣芳骂着扑上去打蓝山花，一身囊肉乱颠。

蓝山花也不示弱，和她对打起来。两人你抓我的脸，我揪你的头发，边打边骂，打相十分难看。

祖臣举也扑上去帮着祖臣芳打，蓝山花终于抵挡不住，抽身往街上跑。此时她光着双脚，一双拖鞋在厮打中也不知什么时候脱落了。她由于有身孕不敢跑太快，没跑多远就被祖臣芳姐弟追上了，姐弟俩将她摁在地上猛打。蓝山花已没有了反抗能力，双手护着小肚子任打。

两人正打得起劲儿，突然被一双有力的大手提了起来。这人正是柳英飞，回家恰巧路过这儿。

柳英飞看了一眼已从地上爬起来的蓝山花，不由得一愣。

蓝山花看到柳英飞也是一愣，喊道："哥！"

祖臣芳祖臣举见蓝山花管来人叫哥，又见这人高大魁伟，怕吃亏赶忙逃去。

90

柳英飞家算是小资之家，屋内布置也较阔绰，只是有些俗气。

刘氏正在责怪蓝山花，柳英飞和柳父坐在一旁。刘氏身穿绸缎小褂，高吊眉三角眼，相貌刁蛮，虽已是快五十的人了，依然涂脂抹粉，头油抹得苍蝇都趴不住，像个老妖婆。柳父黑瘦，憨厚中带着几分窝囊。

刘氏嗔怪："跟你说了多少回了，跟他这么混不是个事，可你偏不听，看看出事了吧，得亏遇着英飞了，不然还不把你打坏了。"

蓝山花满含委屈："他说了要离婚娶我的嘛。"

"他说了仨月了，离了吗？要早离了还能出这事？"

蓝山花不再说话。

刘氏转向柳英飞："这些年你去哪儿了，我和你爹可找你来着，咋也打听不到你的下落。"柳英飞离家出走后，她高兴得梦中都笑。

"先在外头打短工，后来被一个老板收留，一直在外头跑生意。"

"这次回来不走了吧？"刘氏试探地问，她担心柳英飞回来不再走了。

"马上就得走，这儿的生意已经谈完了，还得坐夜车去大同。"

"多住几天吧，好不容易回来。"蓝山花说的倒是真心话，柳英飞这次救了她，心存几分感念。

"不啦，看看你们就行啦。我得赶紧走了，老板还等着我呢。"柳英飞说着站了起来。

刘氏虚情假意："真是的，这说走就走，得空儿常回家看看，我们都想你。"

柳英飞应了一声，头也没回向外走去。

柳父也站起来："我去送送他。"

柳英飞和柳父走出院门口。

柳英飞呸了一口："真丢人现眼。"

柳父叹口气："有啥办法，咱也管不了。"

“她娘儿俩还欺负您不?”

“自打你走后就不那么闹腾了。唉,凑合着过吧。”回头看了看,“英飞,半个来月前有个姑娘来咱家,告诉我说你要回来千万别在家住,说有人要杀你,让你去孤石林场,前两天又来和我说你去了大海陀的黑龙岭,这是咋回事?”

“她娘儿俩知道这事不?”

“不知道。蓝山花自从三个月前和张狗娃混上,就没在家住过,她娘也常去她那儿住,总不在家,这个姑娘来三四回都没和她们碰过面。”

“爹,实话告诉你,我没跟别人跑生意,是当兵了。”接着简单地说了自己从西北军到同盟军又到黑龙岭独立大队的经过。

“子弹不长眼,可千万要小心。”

“我会的,您自个儿也多保重。我走了。”

柳父望着柳英飞远去的身影长叹一声,叹声中有担忧也有愧疚。

张狗娃的办公室里,正上演着一场闹剧。

祖臣芳头发散乱,张牙舞爪地对张狗娃破口大骂,活像一只发怒的母狮,祖臣举叉着腰站在一旁给姐姐助威。

“背着我干这下三烂的事,王八蛋,我跟你拼啦!”祖臣芳边骂边扑上去厮打张狗娃。

张狗娃赶忙抓住祖臣芳的手,压着嗓音:“你听我说,听我解释……”

“那个骚货都承认了,孩子都有了,还有啥解释的!”

“我跟她不过是逢场作戏而已。你想想,我一个堂堂的警察局长,能要她这种没教养的野女人?你放心,从今天起就跟她一刀两断,保证不再来往!”张狗娃抓住机会一口气解释完,但他说的并不是真心话,只是缓兵之计,想先稳住祖臣芳。

“光一刀两断不行,他们兄妹俩差点儿把我们姐弟俩打死,你得把他们抓起来蹲监狱!”

“她家就她这么一个独生女,哪儿来的哥呀?”

“那个骚货亲口叫他哥,还假的了!不信你问臣举!”

“就是,我也听见了,不然我们也不会跑,非打死她不可。”祖臣举证实他姐说的是真的。

“你要不让他俩蹲监狱，就证明你心里还放不下那个骚货，我就和你离婚，让我爹把你这个局长撸了！”祖臣芳不依不饶。

这句话戳到了张狗娃的软肋：“别别，千万别，明天就把他兄妹俩抓起来给你俩出气，行了吧？”

祖臣芳得寸进尺：“不行，今儿就抓，现在就去！”

张狗娃眼睛转了转：“现在还有任务，川岛大佐布置的，我敢离开吗？一会儿，一会儿一定抓。”

“行。那就一会儿，要是敢骗我，我让你连警察都当不成！”祖臣芳虽说退了一步，但攻势依然不减。

在祖臣芳和张狗娃大闹时，有个人一直伏在门外窃听，这个人就是阮得利。三番五次给祖臣芳打匿名电话的就是他。他之所以这么做，是想激怒祖臣芳和张狗娃离婚，进而让她爹把张狗娃的局长撸了，他好取而代之。在张狗娃还只是个普通警察的时候，他就已经是警察局办公室主任了，宋局长死后，满以为局长的位子会落在他身上，不料却让刚当上狱长还不到一年的张狗娃给顶了。他心里虽恨但也没办法，人家毕竟有个权力炙手可热的老丈人。刚才，他听到祖臣芳和张狗娃大闹，心里一阵欣喜，以为得逞了，没想到转瞬间祖臣芳又让张狗娃的伶牙俐齿哄住了，很是扫兴。

91

张狗娃把祖臣芳姐弟哄走后，心里很是纳闷儿，蓝山花一直和她说是独生女，并没说过有个哥哥，可她姐弟俩都说亲耳听见蓝山花叫那个人哥，这到底是咋回事呢？他决定赶紧去问问蓝山花，他倒不是担心蓝山花真有个哥，而是担心蓝山花暗中还和别的男人混着，那他就成王八了，闹不好她肚里的孩子也不一定是自己的种。可川岛又给他布置了任务，说是一三二师这两天可能借用黑龙岭的人来劫狱救虎啸山龙吟海，让他每天晚上九点后，在通往警备队的所有路口都秘密设置岗哨。他又怕去蓝山花那里耽误了这事，只好以家里有事为由，把任务托付给罗克，然后匆匆向蓝山花住处赶去。

蓝山花在刘氏的陪伴下，刚回到她的住处躺在床上，张狗娃走了进来。

刘氏朝张狗娃放了一气刁走后，张狗娃问蓝山花："咋概也没听你说过有个哥呀。"

"继父的儿子。十五六岁就跑出去了，七八年都没回来。我们都以为他死了，没想到今儿碰上了。"蓝山花淡淡地说。

"噢。"张狗娃的疑虑打消了，又顺嘴问，"叫啥？"

"柳英飞。"

"柳英飞？"张狗娃听到这个名字一惊，"你们家在福安大街几号院住？"

"二十七号。"

张狗娃怫然作色，一把把蓝山花推开："妈的，闹半天你是同盟军的妹妹。"

蓝山花愣怔："啥？同盟军？不可能吧，他说在外头跟别人跑生意呢。"

"啥不可能，我们在福安大街二十七号门口盯过十来天，你整天在这儿住着啥也不知道。"张狗娃站起来欲走。

蓝山花一把拉住他："你别走，反正咱们的事你老婆也知道了，就赶快和她离了吧。"

"离你娘个球，老子要是和你结了婚，不就成了同盟军家属了，还能有好？"张狗娃沉着脸又欲走。

蓝山花又死死拉住他："你可不能甩了我呀，我可怀着你的孩子呀！"

"自个儿养着去，老子不管了。"

张狗娃甩开蓝山花刚一迈步，蓝山花腾地跳下床扑通跪下来，抱住张狗娃的腿哭着哀求："我不让你离婚了，我给你当二房还不行吗？千万别甩了我呀……"

"八房也轮不上你，滚开！"

蓝山花把张狗娃的腿抱得更紧了："你不就是怕背上同盟军家属的罪名吗，我帮你把他抓住还不行吗？"

"咋帮？"

"他再回来看他爹时我赶紧向你报告，把他抓住，他肯定还回来。"

张狗娃想了想，语气缓和了："起来吧。"

蓝山花站起来，小心地问："不甩我了？"

张狗娃看着蓝山花可怜巴巴的样子，心又软下来，他毕竟还是打心眼里喜欢她的，自从有了她，他就没再打过野食。他心里呼地一热，一把把她抱起来放在床上，剥下她的衣服。

在蓝山花骚声浪气的呻吟声中，张狗娃很快结束了战斗。

事后，张狗娃先办了一件紧迫的事，然后又赶到了胡飞的客房。

他得知胡飞要在张家口扎下去的消息，就像掉进了无底洞，没着没落。但他毕竟是个有见机灵变之才的人，很快就想出了应对办法——投其所需。既然胡飞留下来是为了搜取日方的军事情报，那就迎合他，及时地向他提供一些似机密非机密的情报，来博取他的信任。这个办法果然奏效，昨天，当他把日方准备以虎啸山龙吟海的性命相要挟、迫使赵登禹出兵剿灭黑龙岭同盟军匪徒的意图告诉胡飞后，胡飞果然非常高兴，对他大加夸赞。但胡飞又推断日方的这一意图绝对不可能得逞，说赵登禹一定会请张丹雄他们来劫狱，把虎啸山和龙吟海救出。他不明白胡飞是怎么推断出来的，对他的推断也不太相信。今天得知柳英飞已回到张家口的消息，他马上明白了胡飞的推断是对的，柳英飞极有可能是和张丹雄等人一起回来劫狱的。这又是一个讨好胡飞、进一步获取胡飞信任的好机会，他当然不能错过。可说这事必然会暴露出他和蓝山花的丑事来，他清楚胡飞是非常厌恶这种事的，这令他十分费思。正是：欲想透密来讨好，又恐露私而作难。毕竟张狗娃如何处置，且看下文。

第十九回 牢中救人见胆智 岸边阻敌显豪情

92

处在两难的张狗娃大脑袋一转，立马想好了一套说辞。来到胡飞房间后，他把如何得知柳英飞已回到张家口的事和胡飞说完，胡飞果然对他的龌龊事生厌："作为党国的警察局局长，怎么能干出这种金屋藏娇的事呢！"

张狗娃苦着脸："我也不想这么做，可老婆不会生育，我也是三十五六的人了，不就想留个后吗。我也不是那种浪迹无边的人，只有她这么一个相好，再说我也打算离婚正式娶她。您要认为不妥，我马上就和她散了。"

胡飞没再训斥下去："算啦，既然是这么回事我就不计较了。你刚说的情况正应和了我的推断，我估计劫狱就在今天夜里，你一定要配合好川岛，利用这次机会把张丹雄他们干掉。"

胡飞之所以推断出赵登禹会请黑龙岭的人来救人，是基于以下几点：赵登禹一直仇视日本人，他不可能答应日方的要求；发兵去抢会挑起事端，给关东军出兵察哈尔提供借口，他不敢这么干；他爱兵如子，不可能坐视虎啸山龙吟海被冤死；黑龙岭的人出面相救可避免事端，因为他们是民间武装，况且一三二师也收编了不少同盟军的人，同盟军之间易于沟通。

"你们不出动了吗？"

"我们当然出动。今天下午，我刚接到处座传来的一个绝密情报，张家口地下党有一个代号'神风'的特工，已潜伏在张家口好几年了，这个'神风'很可能就是那个神出鬼没的蒙面人。我估计他也有可能参与劫狱,特工队去对付张丹雄他们,我主要对付那个蒙面人。”

“这我就不明白了,”张狗娃感到迷惘,“国共两党势不两立,蒙面人既然是共党,咋会救国民党的人呢?”

“共产党和同盟军有扯不清的关系。”胡飞一双细眼闪出精明之光,“既然张丹雄他们来劫狱,‘神风’极有可能出面,他倒不是为救虎啸山和龙吟海,而是为了帮张丹雄他们。”

张狗娃再次领略了胡飞敏锐的洞察力,心中一阵惶悚。

93

夜空如磐。

日军警备队大院处处亮着灯,加上哨楼上两台高倍探照灯的巨大光柱交错着像一张一合的剪刀扫来扫去,大院内十分明亮。

监狱门口,站着一高一矮两个持枪的日本兵。

此时,监狱里不断传出虎啸山龙吟海的叫骂声:“我日你祖宗小日本,要么把老子放了,要么把老子杀了!”“把黑崎那个王八蛋叫来,他诬陷老子,老子要杀了他!”……

两个日本兵议论:

“两个小时了,老这么叫骂,川岛也不让收拾他们,真是烦人。”

“重要人物嘛,有啥办法。”

他俩正说着,两个身穿日本军服的人朝监狱门口走来。其中佩戴少尉肩章的是赵鹏,挎着药箱的是林溪。他俩分别冒充桥本正康的卫士佐藤健和保健医惠子。“神风”已打探清楚,佐藤健和惠子都是关东军前两天刚派来的,除了川岛之外,铃木和警备队的日本兵都不认识他俩。

两个日本兵把他们拦住。

高个子日本兵问道:“你们是哪个部门的?”

赵鹏用日语答道:“我是桥本领事的卫士,佐藤健。”

赵鹏的父亲是日本医学专科学校毕业的,在奉天日军陆军医院工作,也是地下党党员。赵鹏从小跟父亲学日语,对日语很精通。

高个子日本兵说:“听说了,只是没见过,对不起。您是来……”

赵鹏说:“桥本领事接到川岛大佐的电话,说虎啸山龙吟海一直狂叫不止,桥本领事怀疑他们的精神出了问题,让我们过来给他检查一下。”

矮个子日本兵问林溪:“你叫什么?”

林溪也用日语答道:“我是桥本领事的保健医惠子。”

林溪本不会日语,是为了执行这次任务和赵鹏临时学了几句。

矮个子日本兵说:“噢,也听说了。我们正还说怎么不管他们呢,你们进去吧。”

高个子日本兵讨好地说:“走,我领你们进去。”

戴着手铐脚镣的虎啸山龙吟海仍在拍打着铁栅栏门叫骂,两个看守走过来呵斥,虎啸山龙吟海依然叫骂不止。

高个子日本兵领着赵鹏林溪走到两个看守跟前叽咕了几句什么,看守赶忙打开牢门。

赵鹏和林溪走进牢房,后面跟着高个子日本兵和两个看守。

赵鹏看了看虎啸山龙吟海:“二位可能精神上出了问题,我们大日本皇军非常仁道,长官让我们来给你们检查一下,请配合。”

虎啸山吼道:“老子没病,用不着猫哭耗子假慈悲,快放老子出去!”

“二位不要拒绝检查,这是为你们好。来,”林溪说着伸出三个手指,“这是几个手指?”

龙吟海推了林溪一把,吼道:“不是手指,是魔爪,滚!”

虎啸山龙吟海哈哈狂笑。

林溪惊恐地说:“狂躁症!”

赵鹏对两个看守说:“这两个人是烈性汉子,看来是长时间关押导致了狂躁症。这两个人对我们非常重要,绝不能出任何问题。你俩赶快把他们押到治疗室,请军医给他们再好好检查一下,抓紧治疗。”

两个看守:“哈依!”

赵鹏又对虎啸山龙吟海说:“你们两个疑似狂躁症,必须接受治疗。”

虎啸山哈哈一笑:“关在这儿把老子憋坏了,正好出去溜达溜达。”

龙吟海沉着脸:“我不去!”

“走吧,窝在这儿不怕憋死你!”虎啸山往出推龙吟海。

其实,这正是地下党营救计划的第二步。第一步是由警备队的厨子老王头利用送饭的机会,暗中给虎啸山龙吟海传递了纸条,让他们在晚上八点以后装出狂躁不安的样子。

在赵鹏和林溪来监狱的同时,头戴黑礼帽、脸蒙黑面罩、身披黑披风的“神风”也潜入了日军警备队的治疗室,杀死了两个日本军医,然后打开门,让化装成日本兵的刘振邦、二虎和柱子进来,二虎和柱子迅速穿上了两个军医的白大褂坐在桌旁,‘神风’、刘振邦贴着墙站在门两边。

不一会儿,门被推开,赵鹏和林溪走进来。

赵鹏故意大声说:“这两个罪犯患了狂躁症,赶紧给他们治疗一下!”冲门外,“把他俩带进来!”

两个看守推搡着虎啸山龙吟海走进来,“神风”和刘振邦迅速把门关上。

两个看守听到关门声刚一回头,‘神风’和刘振邦早已扑过去分别将两个看守刺死。

“为了不暴露身份,我必须得赶回去,后面的行动就不能参加了,你们多加小心。”“神风”说完从窗户跃出。

赵鹏赶忙从看守身上摸出钥匙,打开虎啸山龙吟海的手铐脚镣,刘振邦从腰里拔出两支手枪递给虎啸山龙吟海,二虎柱子也赶忙脱去白大褂,将两个看守的枪捡起,然后一同向外走去。这是营救的第三步。

第四步也很顺利。刘振邦等人“押”着虚扣着手铐的虎啸山龙吟海走到东门时,赵鹏用日语和两个日本哨兵对话,以桥本领事和川岛大佐获知今夜可能有人劫狱、需将虎啸山龙吟海从东门秘密押往领事馆关押为由骗开了大门,不料就在他们刚要往出走时,突然传来一声巨响。

原来,被刘振邦刺杀的那个看守又苏醒过来,他本想开枪示警,但枪不见了,便从腰里摸出一个手雷,咬着牙爬到门口,磕了一下扔出去。二虎和柱子匆忙中忽略了看守腰中的手雷,由此造成后面的险情不断。

东门的两个哨兵听到爆炸声感到不对头，急忙要关大门，刘振邦等人将他俩击毙冲了出去。

随着爆炸声、枪声，警报声也刺耳地响起。

94

刘振邦等人带着虎啸山龙吟海穿过东面一片居民区，正要向大清河跑去时，林溪偶然一回头，看到一个头戴黑礼帽、脸蒙黑面罩、身披黑披风的人从房上跳下朝他们追了上来。

“‘神风’又回来了。”

大伙儿随着林溪的话音回头一看，果然是“神风”。

刘振邦感到奇怪，刚要喊什么，斜刺里猛然又跳出一个头戴黑礼帽、脸蒙黑面罩、身披黑披风的人，截住前一个蒙面人打了起来。为便于叙述，暂且把前一个蒙面人称之为蒙面人甲，后一个蒙面人称之为蒙面人乙。

蒙面人甲和蒙面人乙不但穿戴和“神风”一样，武功也都十分高强，两人打得难解难分。

大伙儿正惊奇时，二虎突然喊道：“鬼子来了！”

大伙儿一看，一帮鬼子和协动队士兵正从一条街口跑出向他们追来，带队的正是铃木、高桥雄二、武士元和高发魁。

刘振邦等人赶忙往前跑，鬼子和协动队士兵边开枪边追。

蒙面人甲和蒙面人乙继续打斗，蒙面人乙渐趋下风，最终难以招架，虚晃一招逃去。蒙面人甲拔腿追去，但刚追两步又停住了，转身又向着刘振邦林溪等人跑的方向追去。

张狗娃正从福安大街往警备队方向匆匆跑着。

张狗娃在去胡飞那里之前办的那件急事，是和蓝山花演了一出戏，以蓝山花有包庇同盟军余党之嫌把她关进警察局监狱，然后给家里打电话把祖臣举叫来让他亲眼看了，并说至少要关她仨月，让他转告祖臣芳。这么做的目的，是先把祖臣芳糊弄住，保住局长的位子。从胡飞那里回来之后，他又到监狱以经查不实为由，把蓝山花从监狱放了出来，让她先回娘家，等买了新住处再把她接出来。蓝山花说天太黑她不敢走，让他送。张狗娃刚把她送到福安大街路口，突然听到爆炸声和警报声，他明白发生了什么，顾不上再送蓝山花了，急忙往回跑。

张狗娃跑到警备队附近的一个路口，见罗克和侯二等八九个人正说着什么。

张狗娃急问："是不是黑龙岭的人劫狱来了？"

罗克恐慌地说："估计是劫狱被发现了，我见铃木带人去追了。"

"那你还不赶快带人去追？"

"我们正议论呢，他们会不会是搞调虎离山计，把士兵调出去来袭击警备队，刺杀川岛大佐。"

"有可能。这样吧，你赶紧带这些人去守护警备队大院，侯二去把其他路口的人叫来，跟我去追。"张狗娃担心罗克所说的情况真会出现。对他来说，保护川岛才是最重要的。

罗克等人和侯二刚走，胡飞匆匆跑了过来，他就是那个蒙面人乙。此时的他已换了装束，恢复了原来的模样，他是准备到警察局找张狗娃的，正巧在这里碰上了。

张狗娃迎过去："蒙面人出现了吗？"

"正要到局里找你呢。出现了，刚和他交过手，打不过他。我起初怀疑蒙面人是罗克，现在看来不是，蒙面人身高和我差不多，明显比罗克矮。"

"肯定不是罗克，他刚还在这儿把守路口呢，我让他带人去追劫狱的人了。"他没敢说让罗克带人去警备队保护川岛。

"不是罗克肯定还有别人，我怀疑这个人就是警察局的，你完后查一下有谁不在岗，我回客店等你。"胡飞说完跑去。

95

大清河上有一座水泥架构的大桥，名为汉卿桥，在通桥以北二三百米处。刘振邦等人从西面跑来，当他们快跑到桥头时，日本兵和协动队士兵离他们越来越近了，虽然刘振邦等人不断地还击，但由于人少，依然阻挡不住敌人的追击。还击中，柱子牺牲，二虎的臂膀也受了伤。

就在此时，汉卿桥北边三四十米处的岸边突然响起枪声，两个鬼子和一个协动队士兵被击倒，紧接着又有三个手雷飞向敌人。

趁敌人卧倒之际，刘振邦等人飞快地向桥上跑去。

铃木指挥日本兵和协动队士兵又要追时，三个手雷又“嗖”地飞过来，敌人再次卧倒。

这时，刘振邦等人已跑过了桥。

在岸边伏击鬼子和协动队士兵的，正是张丹雄、柳英飞和林峰。今天夜里营救行动开始后，他们跟着赵志海来到了东河沿大街的一处民房内，准备在这里接上虎啸山和龙吟海，然后再到南郊开上吉普回黑龙岭。当他们听到爆炸声和警报声后，意识到营救行动被发现了，让赵志海留下等着接应，他们赶过去救援，当他们从大清河河床跑到西岸时，看到刘振邦林溪等人正往桥上跑，立马伏在岸边阻击追过来的敌人。

铃木大喊：“伏击的人不多，先集中火力把他们干掉！”

鬼子和协动队士兵边开枪边向张丹雄等三人冲过来，此时，张狗娃也带着十几个警察赶过来加入战斗。

张丹雄等三人继续射击，尽管他们的枪法非常准，但由于敌人太多，距他们还是越来越近。此时，张丹雄等三人的子弹都不多了，河床又是开阔地，无法逃跑，只能死拼了。

张丹雄等三人在还击中，柳英飞臂膀受伤，正在危急时刻，突然有三个人从河床飞快地跑过来，伏在岸边又开枪又扔手榴弹，暂时阻住了敌人的进攻。

张丹雄等人一看，原来是万虎、巴雅尔和石头。

原来，戈剑光一直等到傍晚也没等到张丹雄的消息，担心出什么问题，让万虎、巴雅尔和石头骑马赶过来看看。他们刚跑到南郊，就听到了警报声，心想肯定是张丹雄等人已经开始营救并被发现了，便策马往过赶。当他们循着枪声跑到汉卿桥桥头时，看到河对面有一片人向河岸射击，河岸边有三个人在不断还击，断定这三个人就是张丹雄他们，立即下了马从河床飞奔过来。

张丹雄刚问完他们来的原因，刘振邦、林溪和赵鹏二虎又跑了过来。原来，林溪在往桥上跑时，就已经看出了在岸边伏击敌人的是张丹雄等人。刘振邦赶忙把虎啸山龙吟海交给赵志海，带人跑了过来。

"张队长，带上你们的人快撤，我们掩护！"刘振邦边射击边说。

"这种时候我们咋能撤呢！"张丹雄刚说完，赵志海和虎啸山龙吟海也跑了过来。

刘振邦生气地冲赵志海吼道："咋把他俩也领到这儿来啦！"

"你们刚走他俩就追过来了，咋拦也拦不住。"赵志海很无奈。

刘振邦冲二虎喊道："二虎，你和志海把他俩送走！"

"我们不走，你们同盟军这么拼死拼活的救我们，我们跑了还算人吗？"虎啸山说。

"你们是英雄，我们也不是怂货，跟鬼子拼啦！"龙吟海也说。

虎啸山龙吟海说完跑上岸坡伏在岸边向敌人射击。他俩到现在也不知道救他们的是什么人。之所以认为是同盟军的人在救他们，是因为在治疗室见到了蒙面大侠。

刘振邦无奈。这时，吉野又带着一小队日本兵冲过来。

铃木为之一振，大喊道："援兵到了，继续往前冲！"

日本兵、协动队士兵和警察边开枪边往前压。

刘振邦再次劝张丹雄："张队长，我们的子弹不多了，再不走大伙儿就都走不了啦，你带着你的人和虎啸山龙吟海赶紧撤！"

"不，你们带着他俩撤，我们掩护！"

"张队长，就听刘组长的吧，他是在执行上级指示，保护你们是我们的任务啊！"林溪也劝。

张丹雄依然没有撤的意思，拼命地向敌人射击。是啊，这种时候他们怎么可能撤呢。

刘振邦正不知该咋办时，敌人群中突然接连响起爆炸声，他抬头一看，敌人南侧的房上，一个头戴黑礼帽、脸蒙黑面罩、身披黑披风的人正往敌人群里扔手雷。

“‘神风’！”大伙儿顿时振奋起来。

这个蒙面人正是“神风”。由于情况突变，他只得再次出手。只不过出手之前他已做了巧妙安排，不给敌人留下任何怀疑之处。

“神风”的手雷接二连三的在敌人的队伍中爆炸，敌人大乱，刘振邦张丹雄等人正要冲上去时，又有十几个老百姓装扮的人飞快地从河床跑过来，向岸上的敌人扔了一阵手榴弹，随之又冲上岸，用机枪步枪猛烈射击。

这十几人正是一三二师三团特务营的人化装的，领队的是营长盖双雄。今天，赵登禹一直没等到黑龙岭派人来送信儿，认为也许是怕给一三二师找麻烦而有意不通知。为万无一失，他让郭魁英派人到外围接应，顺便告诉虎啸山龙吟海被救后暂且不要回部队，先到黑龙岭避些日子。盖双雄带人正往过赶时，途中听到爆炸声和警报声，赶紧循着枪声跑了过来。

侧面有人不断扔手雷袭击，正面又有犹如霹雳电火般的打击，敌人招架不住，扔下一片尸体仓皇逃窜。

在双方交战的过程中，蒙面人甲一直躲在岸边居民区的一个房顶上，关注着双方的战斗。

96

夜幕下的南郊漆黑如染，一切都被夜色所淹没。

张丹雄、刘振邦、林溪以及虎啸山龙吟海等十几人正在快步往前走时，张丹雄突然觉察到有人跟踪，悄声告诉大伙儿别回头，继续往前走。

大伙儿继续快步往前走，张丹雄借着夜色和大伙儿的掩护，闪躲在一处矮树丛后面。

大伙儿走出三四十米后，一个黑影悄无声息地跟上来，这个黑影正是蒙面人甲。

张丹雄站起来，冲蒙面人甲的背后喊道："站住吧！"

蒙面人甲猛地转过身来。

张丹雄打量了一下蒙面人甲，厉声问道："你是什么人?"

蒙面人甲不答话，一掌向他击来。这一掌快如闪电，力带疾风，看得出此人功力非凡。

张丹雄轻轻一闪避开这一招，又厉声问道："你到底是什么人?"

蒙面人甲仍不答话，一招狠似一招地向张丹雄进攻。

张丹雄还击，两人拳来脚往打了十几个回合不分胜负，张丹雄不想恋战，使出绝技七星连环掌将蒙面人甲打得连连后退。

张丹雄欲将他拿下，乘势猛攻，不料这个蒙面人一个凌空后翻跳出十几米，同时飞出一镖。

张丹雄闪身将飞镖接住，蒙面人甲迅速逃去，眨眼间消失在夜幕中。

"什么人?"刘振邦等人跑了过来。

"他不答话，搞不清。乍一看我还以为是'神风'大侠呢，仔细一看身高和体形都不像。不过这个人的武功非常好。这个飞镖是他刚才甩的，样子挺怪，我头一次见，你看。"张丹雄把飞镖递给刘振邦。

刘振邦接过一看，是支乐形飞镖。

川岛认为一三二师请黑龙岭的同盟军匪徒来劫狱的可能性非常大，也认为同盟军余党蒙面人会出面相助。本来，他想借助这次劫狱达到两个目的：一是消灭同盟军匪徒，以雪黑龙岭惨败之耻；二是查找到一三二师勾结同盟军匪徒劫狱的证据，为关东军出兵察哈尔提供借口。为此，他在警备队大院内做了周密部署，光伏击点就设了九处。令他万万没想到的是，蒙面人竟会以这种方式把虎啸山龙吟海救走，而且最终都逃之夭夭，两个目的一个也没达到。现在，他把唯一的希望都寄托在了"毒花"身上，"毒花"两天前就到了张家口，今夜已出动去对付蒙面人。"毒花"如能把蒙面人擒获，即使第一个目的达不到，第二个目的还是有可能达到的。正是：原来毒花已潜伏，只是他人并不晓。毕竟毒花是谁，且看下文。

第二十回 美樱子跟踪探秘 张丹雄访师解谜

97

战斗已结束很长时间了,“毒花”还迟迟不见回来,川岛不禁担忧起来:会不会“毒花”不是蒙面人的对手,死在蒙面人手里了。但他又想,“毒花”武功极高,又有特工之巅之称,不可能轻易折戟沉沙吧。

川岛正惴惴不安地和铃木在办公室等待着,一个头戴黑礼帽、脸蒙黑面罩、身披黑披风的人走了进来,这个人正是蒙面人甲。

川岛担忧的心放了下来,站起身急问:“见到了吗?”

蒙面人甲没回话,走到沙发前坐下,把黑礼帽黑面罩摘下来扔到一旁。这时可以看清了,原来蒙面人甲是张家口女子学校新来的老师冯雅兰。她就是“毒花”亀田美樱子,只不过此时的她淑女形象不见了,成了魔女的样子。

“快给我倒杯水,渴死我了。”

铃木倒了杯水递给美樱子。美樱子一口气把水喝干,将水杯蹾在茶几上。

川岛坐下,又问:“美樱子中佐,见到蒙面人了吗?”

“你们说的那个蒙面人我已经和他交过手了,不堪一击。”美樱子不屑地说。

“杀了他了?”

“没有,逃了。”

“既然不堪一击,为什么让他逃掉呢?”

“他的命我随时可取。”美樱子自负地说，“我在居民区等蒙面人时，发现那伙劫狱的人中，有个女人很像我们学校的老师林溪，只是因为天太黑，她又穿着日本军服不能确认。我正想跟上去确认时，蒙面人突然冲出来拦住了我，我把他打败后那伙劫狱的人已经跑了，我无暇顾及蒙面人，赶紧去追那伙人，如果能确定那个女人真是林溪的话，她不可能是同盟军的人，极有可能是共党。由此来推，劫狱的这伙人很可能是地下党，包括蒙面人，他也很可能不是同盟军的人。现在对我们来说，一三二师不可怕，二十九军也不可怕，同盟军余党更不可怕，真正可怕的是共党。所以，我要先确定那个女人到底是不是林溪。我跑到河岸时正发生枪战，不一会儿，就见那个女人和那伙人又跑到河岸下参战。交战最后，我也看到了蒙面人又出现在队伍南面的房上扔手雷，但他对我来说已经不重要了。后面的时间，我都用在了跟踪那个女人上，跟踪到南郊时，没想到那伙人中有个高手，被他发现后把我打败了。”

“这个高手比蒙面人还厉害?”

“厉害百倍。我怀疑这个人很可能是云泉寺明远和尚的徒弟。”

“为什么?”

“这个人之所以能打败我，是因为他使出了七星连环掌，而七星连环掌恰恰是明远的独门绝技。”

“你怎么知道明远会七星连环掌?”

“我父亲七年前来张家口和明远比过武，就是败在他的七星连环掌上。”

川岛感了兴趣:“既然是这样，把明远抓来一问不就清楚他是谁了吗?”

“可我父亲和我说过，明远是从不授徒的，这又令我很疑惑，不能确定这个人就是明远的徒弟。”

“也许是明远没和你父亲说实话，川岛大佐说得对，还是把他抓来问问吧。”铃木也认为应该抓。

“不能采取这种办法。明远是我父亲最敬佩的中国武士，我父亲已经研究出破解七星连环掌的招数，最近还要来找他比武，所以不能伤害他。再者，这种人都是侠肝义胆，就是抓来也不会告诉咱们的。”

“那该怎么办?”川岛问。

“由我来想办法吧。找到这个武功高手或能确定那个女人就是林溪，都有可能找到共党的地下组织。”

“还有一件事。据铃木说，刚才交战时，最后从河岸下赶来的十几个人从作战素质来看，明显是受过正规部队训练的，我怀疑他们是一三二师的人化装的。”

“您说的没错，那十几个人我也看到了，绝对是一三二师的。他们不但是受过正规部队训练的，还是受过特工训练的。但我们没拿到任何证据，没法拿这件事来做文章。”

川岛很难相信劫狱的人是共党，更难相信蒙面人也是共党，尽管他的看法和美樱子相睽，但也没再说什么。因为美樱子是总部的精英，又是他们请来的，他得尊重她。

98

胡飞自从听高发魁说在宣化县树林救他的那个人很像罗克后，就怀疑蒙面人很可能是罗克，虽经核实否定了，但怀疑并没彻底打消。刚才他见到了蒙面人，蒙面人的身高和罗克足足差了一大截子，这才把他的怀疑彻底打消了。虽然蒙面人不是罗克，但他推断蒙面人就隐藏在警察局。他已基本断定蒙面人就是共党特工“神风”：特务处的情报说，“神风”已潜伏在张家口三年了，显然不在协动队；从蒙面人对警备队、协动队、警察局那么了解来看，也不可能是潜伏在其他部门。他想，蒙面人既然出动了，他就不可能在岗，最起码在虎啸山龙吟海被救出的那段时间不在岗。如果张狗娃能查出这段时间谁不在岗，那么这个蒙面人极有可能就是他。正当他焦急地等待张狗娃的消息时，张狗娃匆匆走了进来。

“有不在岗的吗？”胡飞急问。

“没有，从罗克到每一个警察都在岗，都能互证。看来不是您怀疑的那样，蒙面人肯定不是警察局的。”

胡飞大感失望，又问：“你是老张家口了，听说过张家口有特别出众的武功高手吗?”

“张家口会武功的人倒是不少,但都属于一般,要说特别出众的就只有云泉寺的明远和尚了,七年前有个叫龟田雄的日本武士,专门从日本来找他比武,结果被明远打败了。可那个蒙面人不可能是他呀,我那天在察哈尔歌舞厅虽然由于惊慌没看太清,可那麻利劲儿我是看得真真的,往出撤时就跟飞出去一样,明远都六十五六的人了,不可能这么麻利呀。”

“他有没有徒弟?”

“听说他这个人特怪,从不收徒,好多人想拜他为师都被他拒绝了。前些年我小舅子想跟他学几招儿,去了好几趟他都没答应。”

“这样吧,你明天给我引荐一下,我去拜访拜访他。”

“拜访他干啥?”

“我从小习武,在特务处也算个高手,可刚才和蒙面人一交手才知道差远了,根本不是他的对手。我想和明远过过招,看看从招式上能不能看出蒙面人是他的徒弟。如果能试探出来的话,就有了查找的线索。”

“行。”张狗娃忽地又想起什么,“对啦,刚那会儿在河边战斗时,我发现最后来的那十几个人特别麻利,像是训练有素的军人,您说会不会是一三二师的人化装的?”

“一三二师暗中相助也是有可能的。对啦,这个猜想可不能和川岛说啊,要是说了你可真成汉奸啦。”

“我傻呀,这哪能和川岛说呢,就是和您随便说说。对啦,刚才咋没见您的人出动?”

“出动了,潜伏在警备队北边准备打伏击断退路,没想到他们会是采用这种营救方式,没抓到机会。哎,柳英飞来张家口的事和川岛说了吗?”

“没有。您不是不让向日本人透露他们六个人的名字吗?”

“把柳英飞回来的事告诉川岛吧,其他几个人的名字不要透露。”

胡飞说了他的目的。他想让川岛知道这次来劫狱的就是黑龙岭的人,进一步激怒川岛,等关东军给他们补给的兵员和武器到了之后,再次去围剿黑龙岭,好把张丹雄他们消灭掉。

99

云泉寺位于张家口城西的赐儿山半山腰，庙宇群布，气势宏伟。该寺形成于元代，扩建于明代，清代及民国年间又曾几次修葺增建，是三教（佛教、道教、俗神）合一的古寺，殿堂主要是单檐歇山布瓦顶、硬山布瓦顶和洞窟式三种构筑形式。庙群依山借势而建，高低错落有致，布局疏密适度，与自然景观浑然一体，相映生辉，互不可缺。

此刻，红小英正站在寺院东边的矮墙前，凝眸远望。站在此处，可俯瞰张家口城区全景，但现在是深夜，除了几处零星的、如同鬼火般的灯光外，什么也看不见。

红小英是在为张丹雄他们担心。石头临走时和她说，如果那两个好汉被鬼子抓了他就不往回返了，直接回黑龙岭搬兵救人。那阵子市区响起的警报声、枪声和爆炸声，她和师父都听到了，知道肯定是石头和师哥他们来救那两个好汉了。

一个六十四五的老和尚手里拿着一件褂子走过来，威严的相貌中透着神佛化育出来的善良。他就是明远，是张家口年高德劭、极受人敬重的耆宿。

明远将褂子披在红小英身上："回去吧，小心冻着。"

红小英转过身，脸上挂着不安的神情："师父，那么大动静，会不会出事呀？"

"丹雄是大智大勇之人，行事缜密深谋，应该不会，佛祖也会保佑他们。"

"可我心里总是……"

"师父！"红小英话没说完，寺院门口突然传来石头的叫声。

明远和红小英转身一看，石头从寺门走进来，后头还跟着一个人。

后头的那个人快步走过来，边走边叫道："师父！师妹！"

"师哥！"红小英叫着跑了过去，抱住张丹雄"呜呜"地哭起来。

刚才在南郊分手后，张丹雄让林峰等人开上吉普送虎啸山龙吟海回黑龙岭,他和石头来云泉寺看师父和师妹,连问问师父是否知道那支奇怪的飞镖有什么来历,好确定那个蒙面人的身份。

禅房内燃着一支蜡烛,挺明亮。几个人进屋后,红小英忙着沏茶。

明远打量了一下张丹雄:“七年零八个月了,模样没咋变,就是比以前黑了壮了。”

张丹雄笑笑:“师父还好吧?”

“还好,就是想你。”

“两年多前,我因父亲病故从部队回来过一次,来看您时听小和尚说您和石头去怀柔红螺寺了。”

“可不,那次去的时间还不短呢,近一个月,你父亲归仙我都不知道。你参加同盟军咋不回来看看?”

“我们是五月份来的,一来战事就要开始了,没顾上。后来又忙着应对国军和关东军的镇压,再后来就跟着吉鸿昌将军转移了,一直没抽出时间。”

“昨天石头和我说了你的消息,高兴得我一夜都没睡着。你们是来救人的吧?”

“是,这次营救两个好汉的主要是地下党的人,我们只是协助。”张丹雄说完营救虎啸山和龙吟海的经过,掏出那支镖递给明远,“师父,这种镖您见过吗?”

明远接过镖一愣:“这是梅花镖,你从哪儿弄的?”

张丹雄说完来历,明远从柜里也取出一支镖放在桌上,两支镖一模一样。

张丹雄惊奇地问:“师父,您咋也有这种镖?”

“是一个叫龟田雄的日本人送给我的。”

“日本人?啥时候的事?”

“这是七年前的事啦。那时你刚离开张家口不久,石头和小英还小,我一直没和他们说过。”接着说了事情的经过。

龟田雄是日本武术界的顶尖高手。那一年,他从日本来张家口找明远比武,明远生性不爱和别人争高低,就没答应他。可他老是来纠缠,非要比,明远被他缠的实在是没办法,就在赐儿山下和他比了一场。龟田雄的武功确实不错,明远和他拳来脚往的战了将近半个钟头也不分胜负,最后明远使出了他师父秘传的独门绝技七星连环掌才把龟田雄打败。龟田雄回日本前来向明远辞行,并送给明远这支镖做纪念,说这支镖是他们龟田家族独制的飞镖,叫梅花镖。

张丹雄又问了龟田雄的年龄和身高,断定和他交手的蒙面人不是龟田雄。

又叙谈了一会儿,张丹雄得知母亲病重,决定连夜回家看看,明天一早就赶回黑龙岭。

100

一个满头花发、清癯消瘦、一副病态的老人正在炕上躺着。她就是张丹雄的母亲,虽然只有五十多岁,但由于终日操劳和疾病的折磨,看上去就像六十多岁。

一个梳着一条乌黑的长辫子、留着齐眉的刘海儿、长着水灵灵的一双大眼睛的姑娘端着一碗中药从门外走进屋。这个姑娘叫凤巧。她和张丹雄同村,家人给他俩从小就定了亲。自从两年多前张丹雄的父亲过世后,她就住到了张丹雄家,里里外外的帮着张母操持,深得张母喜爱。

凤巧走到炕前,把药碗放在桌上:“大娘,药熬好了,坐起来喝吧。”

她扶起张母喝完药,又扶其躺下。

“娘!”随着喊声,张丹雄推开门走了进来。

“大娘,丹雄哥回来啦。”凤巧惊喜地又把张母扶起来。

张丹雄走到炕边坐在张母身旁,张母拉住张丹雄的手,颤巍巍地说:“你可回来了,再不回来就见不着娘了呀。”

张丹雄哭了起来,凤巧也抹泪。

“娘,孩儿不孝,孩儿对不起您!”张丹雄见娘病成这样儿,心里十分难受。

“你不是在大西北吗,咋又到大海陀了?”

张丹雄明白母亲为什么知道他在大海陀:“娘,一句半句说不清,以后再和您慢慢说吧。我现在挺好的,您就放心吧。”

“这回回来就不走了吧?”

“回来看看您,明儿一早就得走,山上还有好多事呢。”

“要走也不能这么急,和凤巧把婚事办了再走。”

张丹雄看了看凤巧,凤巧满脸羞涩:“大娘,您和丹雄哥说话吧,我给丹雄哥做饭去。”

张丹雄待凤巧走出去:“娘,真是有好多事等着我呢,下次回来办行不?”

张母不悦:“从你上次回来一晃又两年多了,谁知下次是啥时候?凤巧都等了你这么多年了,和她一般大小的闺女孩子都两三个了,还让人家等到啥时候去。再说了,我这病病歪歪的,说不定哪天就走了,咋也得让我看着你成了亲吧。”

“娘,这次真不行,我……”

“雄儿,”张母打断他的话,“是不是外头有女人了?”张丹雄一推再推,不禁令母亲生疑。

“娘,您想哪儿去了,我是那种人吗?”

“没有就好,要是外头有了女人,我就不认你这个儿。这样吧,明儿个操持一天,后天把事办了,大后天你就走,娘保证不拦你,这总行了吧。”

张丹雄并不是不急于把婚事办了,毕竟他也是二十五六的人了,况且他也不忍心老让凤巧这么等下去。他之所以一推再推,是放心不下山上。从时间上推算,关东军给川岛补给的兵员和武器应该快到了,川岛很可能再次出兵围剿黑龙岭。他还想到,这次劫狱营救虎啸山龙吟海虽然是地下党组织的,但鉴于国共两党目前的紧张关系,川岛不会认为是地下党干的,而一三二师在目前形势下又不敢公然劫狱,他很可能会想到是一三二师请黑龙岭的人干的,因为一三二师和黑龙岭都有同盟军的人,这更会增加他对黑龙岭的仇恨。如果川岛再次出兵围剿的话,独立大队是很难抗击的,在上次的战斗中,不但地雷基本用完了,手雷也所剩无几。加之队伍大多都是新战士,军事训练几乎等于零。在这种情况下,他哪有心思办婚事。但看到已病入膏肓的母亲,又不忍一再拂逆。母亲把话说到这个份上,只好应承下来。

“那就听娘的吧。”

厨房就在门外不远处,屋里说话外面听得清清楚楚,凤巧仅比张丹雄小一岁,已是二十五岁的大姑娘,她早就急着想把婚事办了,几次想让张母给张丹雄写封信说这事,但姑娘家的羞涩又让她难以启齿。前几个月,她曾让母亲和张母过话,张母也真请人写过几封信,但寄出后都如石沉大海,没有回音(实际是张丹雄已脱离原部队参加了同盟军,根本没收到信)。她也曾胡思乱想过,想得最多的是张丹雄变心了,但她又认为不可能,她和张丹雄从小一起长大,她了解张丹雄,他不是那种人。后来得知张丹雄到了赤城大海陀的黑龙岭,虽然这么近张丹雄没回来她也没多想,因为报信的姑娘说村口有敌人监视,她也确实发现有陌生人在村口转悠。但后来监视的人不见了,张丹雄仍没回来,她的心又不安稳了。惶惶的期待中,张丹雄终于回来了,她的心也落了下来。她认为,张丹雄这次回来肯定是成亲的。当她听到张丹雄不但根本没有成亲的意思而且明天一早就急于走时,心立马又揪了起来。转瞬又听到张丹雄答应办完婚事再走,心一下又放了下来,红着脸高兴地笑了。

101

第二天早上,川岛突然想到一个问题,一三二师要是来要人该怎么办?他虽然推断这次劫狱救人是一三二师勾结黑龙岭的人干的,但没有任何证据来证明,甚至虎啸山龙吟海被救往何处都不知道。他想,一二三师要是硬给他们扣上密杀国民党两个连长的帽子,借机出难题,事情会变得很麻烦,一旦捅到上层,他很有可能被追究责任。

他赶紧打电话把铃木叫来商量此事,但商量半天也没个好的应对办法。正当他准备去找桥本正康说这事时,张狗娃来了。

“大佐,我知道昨夜劫狱的是什么人了,就是黑龙岭的同盟军匪徒。”

川岛眼睛一亮:“你怎么知道的?”

“实不相瞒,我有个相好,她刚和我说了件事,我是通过这件事分析出来的。”

“什么是相好?”川岛不解。

张狗娃不好意思地笑笑："就是情妇，中国人叫相好。"

"明白了，她和你说了什么事？"

"她说她继父有个儿子，十五六岁时就离家出走了，七八年都没有消息，家里人都以为他死在外头了。不料昨天晚上他突然回来了，钻到屋里和他爹说悄悄话时被我这个相好听到了，闹半天他是同盟军余党，现在在黑龙岭。他在家没待几分钟就走了，我这个相好赶紧来找我说这事，可我们当时都在暗岗，她没找着我，今儿一早又过来找我和我说了这事。由此推测，昨儿晚劫狱的人就是黑龙岭的人。"话中有真有假。

张狗娃刚说完，武士元高发魁走进来，也说知道了劫狱的是黑龙岭的人。

原来，昨天夜里在河边战斗时，高发魁发现对方有个人身形很熟，今儿早上他突然想起来了，那个人就是凤凰岭的土匪头子、后来抢占了黑龙岭的石头。

川岛心里有了底：虽然没有一三二师勾结同盟军匪徒的证据，但毕竟知道了虎啸山和龙吟海的下落了。如果一三二师来要人，就说是他们勾结黑龙岭的同盟军匪徒把人救走的。正是：欲罪虽然无证据，强加也算有理由。欲知后事如何，且看下文。

第二十一回 冯老师暗观庙工 胡先生故激明远

102

天晴日丽，氤氲漫散、瑞气蒸腾的云泉寺在阳光的普照下金碧辉煌，耀眼夺目，如同幻出的仙境一般。

因红小英的身子还很虚弱，石头留下来照顾她。为避人耳目，白天红小英躲在藏经阁养身子，石头扮作庙工干杂活儿。

此时，石头正在天王殿前清扫。他偶一抬头，看到林溪和一个女人走进寺院大门，不由得一愣，林溪赶忙向他使了个眼色。

石头会意，问道："二位施主上香呀？"

"啊，上上香、拜拜佛、观观庙。"林溪应道。

和林溪一块儿走进寺院的正是冯雅兰。今天两人都没课，她一上班就邀林溪和她一起来云泉寺，说是听老师们说这个寺院是三教合一的，寺庙里还有三个咫尺相隔、洞景迥异的山洞，她感到好奇，想去看看。林溪本不想来，可她邀之再三，只好随她来了。其实，冯雅兰来云泉寺并不是观寺庙赏奇洞的，而是想探探明远到底授不授徒。同时，她还想观察林溪与明远的关系。如果参与劫狱的那个女人真是林溪，那个高手又真是明远的徒弟的话，林溪和明远必然有联系。刚才石头一愣以及林溪暗使眼色，她都察觉到了，但她不动神色。

天王殿里传出虔诚的唪经声。

冯雅兰打量了石头一眼："你也是出家人？"

“不是,我是庙工,打杂的。”

“明远大师呢?”林溪问。

石头指指天王殿:“在里面唪经呢。”

石头的话音刚落唪经声停止了,不一会儿,明远从殿门走出,身后跟着一个小和尚。

冯雅兰打量了一下明远:此人满面红光,神采奕奕,不怒而威,不矜而重,眉宇间透着一种善良和智慧,虽已过六旬,但行走十分爽利。她又打量了一下小和尚,小和尚约十八九,虽然清瘦,但骨架不凡,稚气刚退的脸上有着几分成熟。

明远和颜悦色:“二位施主来啦。”

“明远大师,您还记得我不?”一年多前林溪来过一次,还向明远请教过佛法。

“噢,想起来了,你是个老师,好像姓林。”

“对,我叫林溪。那时我刚刚去张家口女子学校上班。”

“二位施主先到禅房用茶吧。”

“不啦。这位是我们学校新来的冯老师,从北平来的,今天是慕名而来,观赏寺庙的。”

冯雅兰通过明远和林溪的对话,已看出林溪和明远并没联系。她又暗暗注视扫地的石头,发现他扫地的动作中带有武功的痕迹。

明远很热情:“二位施主都是育人之人,和佛家普度众生有相通之处,欢迎二位。”

冯雅兰说:“听说贵庙有三个奇异之洞,仅咫尺相隔,但洞景迥异,先烦请大师领我们观赏观赏这三个山洞吧。”

“好,二位请随我来。”

明远领林溪和冯雅兰来到一处陡峭的崖壁下。

崖壁下方有三个咫尺相隔的山洞,洞口约一人高,洞口顶端从左至右依次刻着“冰洞”、“风洞”、“水洞”,刻字为阴文。

“左边这个洞是冰洞,洞内四季结冰,晶莹剔透,即使炎炎夏日也不融化。”

冯雅兰探头朝洞里看看,果然环洞皆冰、凌柱垂挂,惊讶地说:“呀,真是冰雪世界，太漂亮太壮观了。”

“中间这个洞是风洞，洞内四季冷风嗖嗖，如人或物临于洞口，则会被疾风吸入，因怕出危险，故此洞设门常年关闭，不敢打开供人观赏。”

冯雅兰惊叹：“太可怕了，有人被吸进过吗？”

“据说有，不知真假。再看看右边这个洞吧。这是水洞，洞内泉水清莹，即便是数九寒冬也不结冰，细品还有甘甜之感。”

冯雅兰探身看了看，一汪清泉映入眼帘，池潭不大，明亮如镜，惊奇地说：“是吗？那得品尝品尝。”

小和尚走进水洞，不一会儿端着一碗水走了出来：“施主，请品尝。”

冯雅兰接碗的瞬间“呀”了一声，同时手一松碗掉在石板上摔碎，水溅了冯雅兰一裤腿。

小和尚不安地看了一眼冯雅兰，连声说对不起。

“怎么这么不小心，”明远斥责小和尚，“快去再端一碗来。”

小和尚又赶忙走进水洞。

“不怪他，是我滑手了。”冯雅兰试探出小和尚不会武功，决定再伺机试探一下那个庙工。

待冯雅兰品尝完泉水，明远说：“二位施主再随我去看看观音殿吧。送子观音可是有求必应。这座山被称为赐儿山，就是因此而得名。二位施主将来都是要为人妻的，早点儿许个愿或有好处。”

冯雅兰略带羞涩：“那就去看看。”

103

明远和林溪冯雅兰以及小和尚正往观音殿走着，突然听到寺院门口传来吵吵声，大伙儿赶忙走过去。

寺院门口，石头正拦着两个人不让他们进。这两个人正是胡飞和身着便装的张狗娃。石头之所以阻拦他们，是因为胡飞要找明远比武。

“大师吩咐过，凡是来比武的，概不接待，二位请回吧。”

“那我就先和你比试比试。”

“我不会武功，不和你比。”

“装什么装，一看你就是会武功的。”胡飞说着一掌击向石头，石头立马被打得倒在地上。

冯雅兰已看出庙工是用“顺风倒”的招式自己跌倒的，他明显习过武，没必要再试探他了。

“怎么回事？”明远边往过走边问。

石头爬起来：“大师，他俩要找您比武，让他们走他们不走，还打人。”

明远看了看胡飞和张狗娃：“二位是哪里来的？”

张狗娃刚要说话，林溪说道：“这不是张局长吗？”

张狗娃看了看林溪：“你认识我？”

“我和你妻弟祖臣举是一个学校的，有一次你去学校找他，我见过你。你也会武功？”

“我哪会武功。”张狗娃指指胡飞，“这位是我朋友，姓胡，是从北平来张家口做生意的。他自幼练功，痴迷武术，听说明远大师武功不错，前来求教一二，可这个人愣是不让进。”

“胡先生，”明远说，“你可能有所不知，我虽习武，但有两件事不做，一不收徒，二不比武，胡先生要是上香观庙请随便，要是比武就对不住了。”

“不尽然吧。”胡飞说，“明远大师，我怎么听说，您在七年前和一个叫龟田雄的日本武士比过武，难道您只看得起日本人而看不起中国人吗？”

“胡先生此话差矣。在我们佛家人眼中，是不分人种和国籍的，无论中国人还是日本人，都一视同仁。再说了，我和龟田雄先生并没有比武，只是切磋而已，也没有胜负之分。”

冯雅兰用异样的目光看了看明远，心中不由得对明远有了几分敬意。

“明远大师，既然您这么说，我也就不和您比武了，咱们也切磋切磋咋样？”胡飞说着，一双细眼射出挑衅的目光。

明远见他不知趣，心中生厌：“念你也是习武之人，就陪你过两招。出招吧。”

胡飞拉开架势，一招黑虎掏心向明远打来，明远只是轻轻闪过，并不还手。胡飞紧接着又一招双风贯耳，明远又闪过，仍不还手。

胡飞一招接着一招打来，招式变化多端。明远仍然以躲闪为主，只是偶尔招架一两下。

冯雅兰看到胡飞的招式忽地明白了，这个姓胡的就是昨天夜里刚和她交过手的那个蒙面人。她又赶忙注视明远的招式。

尽管明远一让再让，但胡飞仍不知趣，依然步步紧逼、招招放狠。明远有些不耐烦了，突然发力还了几招，一掌将胡飞击出丈外倒在地上："承让。"

张狗娃赶忙把胡飞扶起来。

胡飞并不气恼："晚辈自愧不如，改日再向明远大师求教。告辞！"

胡飞昨天夜里和蒙面人交手时，已经熟记了他的招式，明远虽然出招不多，但他已看出他的招式和蒙面人截然不同，说明蒙面人不是明远的徒弟。

冯雅兰从明远为数不多的招式中，已看出他的招式和昨夜在南郊遇到的那个高手有几分相似，她想，那个人或许就是明远的徒弟。

胡飞和张狗娃走后，明远满含歉意："二位施主，扫你们的兴了。"

"不扫兴，"冯雅兰说，"看了大师的精彩武功正好助兴。明远大师，刚听您说从不授徒，您武功这么好，不传人实在是太可惜了，为什么不收徒呢？"

明远逊言道："自知平庸，焉敢误人子弟，只图个强身健体罢了。走，咱们进观音殿吧。"

104

川岛和铃木正着急地等待美樱子。鉴于美樱子的特殊身份，他们不能去找美樱子，也不能给她打电话，只能等她来。直到中午时分，美樱子才走了进来。

"你可算来啦。"川岛一副着急的样子。

"有事？"

“是有事。”川岛先说了已如何确定劫狱的人就是同盟军匪徒的事，又兴奋地说，“现在只要抓住蒙面人，就可以从他身上打开突破口，找到一三二师勾结同盟军匪徒劫狱的证据。你也说了，那个蒙面人不堪一击，希望能尽快把他抓住。”

“川岛大佐，您把问题看得太简单了。”美樱子说了上午去云泉寺的目的和见到那个蒙面人的事，推断说，“我估计那个姓胡的蒙面人怀疑我是明远的徒弟，想通过明远的招式来确定，进而找到我。”

“这我就不明白了，他怎么会把你和明远联系在一起呢？”川岛困惑不解。

“我的出现使蒙面人感到很突然，我的武功又远远高于他，必然对他构成威胁。但他无论如何也想不到我是日本人，而张家口武功好的也只有明远了，他自然会想到我有可能是明远的徒弟。他是和警察局局长张狗娃一起去的，由此来看，他极有可能是国民党的人。”

“你越说我越糊涂了。他要是国民党的人，怎么敢刺杀我呢，怎么敢炸武器库又怎么敢劫狱呢，国民党现在不敢挑事呀？”川岛更加困惑。

“这也是我所困惑的地方。以后肯定会弄明白的。”

“还等以后干什么，既然张狗娃认识蒙面人，通过张狗娃把他抓起来，不就什么事情都明白了吗？”

“抓他易如反掌，但现在还不能抓他，甚至不能惊动他。”

“为什么？”

“他的身份可能很复杂，不单单是国民党，我怀疑他或许和张家口地下党也有联系。我昨天说了，对我们威胁最大的不是国民党也不是同盟军，而是共产党，我要通过他把张家口的地下党一网打尽。”

“把他抓起来，找到一三二师勾结同盟军匪徒劫狱的证据，为关东军出兵察哈尔提供依据不是更好吗？”

“你能保证他一定会招供吗？更何况地下党也有可能参与了劫狱，如果这次劫狱是地下党组织的，他充其量只是个协助者，内幕也未必清楚。”

“国共两党正打得你死我活，地下党怎么可能会帮着一三二师救人呢？更何况张狗娃和高发魁说的都已经证实了，就是同盟军匪徒劫的狱。”

“就算是同盟军匪徒劫的狱，也并不能排除没有地下党参与。国共两党虽然善于窝里斗，但在对日方面，有些事往往又能联手，这正是中国人最奇特的地方。川岛大佐，我已经有了破获他们的计划，就听我的吧。”

“你打算怎么办？”

“今儿晚上先把云泉寺那个庙工抓来。”

川岛又不解：“抓个庙工干什么？”

“我已经观察到了，他和林溪认识又装不认识，会武功又装不会武功，这个人肯定有问题。还有，我从明远的招式上也看了出来，他的招式和我在南郊遇到的那个高手也有相似之处，我怀疑这个庙工和那个高手都有可能是明远的徒弟，从他身上有可能会弄清林溪和那个高手的真实身份，我怀疑他们三个都可能是共党。”

川岛和美樱子的意见尽管睽异，还是听了美樱子的：“好。那还等晚上干什么，现在就把他抓来。”

“别，我刚下山你们就去抓人，容易使人对我的身份产生怀疑。为完成我的使命，必须慎之又慎，丝毫不能大意。”

“那就听你的。对了，张狗娃早就认识蒙面人，但一直不和咱们说，这小子会不会是假投咱们，给国民党当卧底？”

“不像。”美樱子说，“我今天一眼就把他看穿了，他绝不是那种有民族气节的人。很可能他只知道姓胡的是国民党的人，并不知道他就是那个神出鬼没的蒙面人。至于他为什么不向您透露那个姓胡的消息，我分析他很可能有难处。大佐放心，他俩的关系我也很快会弄清楚的。”

105

今天来云泉寺的这两拨儿人，有两个人都让明远感到蹊跷。一个是冯雅兰，她脱手将水碗掉在地上，明远看出她是故意的，但他不明白她为什么这么做。再一个就是胡先生，作为练家，几招进攻后他应当知道远不是对手，可他还是一味地硬攻，直至被打倒为止，他也不明白他为什么要这么做。

晚饭后，明远和石头红小英说了这两件令他蹊跷的事后，又说了他的忧虑："我虽然弄不明白他们有什么目的，可心里老是惶惶不安，预感像要出啥事似的。"

明远这一说，石头和红小英也感到这两件事是有些怪，但三人分析半天也没分析出个所以然。

明远又想了想："我是个出家人，也从没和任何人结过怨，这两件事不会和我有关，会不会和你们劫狱有关呢？"

"这和劫狱也连不上呀，"石头说，"要是知道我参与了劫狱，派人把我抓起来不就得了，何必非要跟您比武呢？冯老师故意掉碗的事跟劫狱更不着边呀。"

"按说是和劫狱连不上，可我总觉着这两件事都怪怪的。我看还是多往坏处想，不行你俩就先回怀安躲些日子吧，有备无患。而且宜早不宜迟，我现在就到山下的村里给你们雇辆马车，连夜走。"

"听师父的，我们去收拾一下。"

石头刚说完，小和尚惊慌地跑了进来："师父，来了一伙儿当兵的，已经到寺院门口了。"

明远大惊："石头，快领小英去后山。"

石头和红小英刚一出门，武士元高发魁带着六子贵祥等十几个协动队的士兵已跑了过来。

高发魁看到石头一愣，随即喊道："他就是凤凰岭的土匪头子石头，快把他抓起来！"

六子贵祥等几个士兵冲上去抓石头。

红小英欲阻拦时，明远急忙前跨一步："老总，你们认错人了吧，他是庙工小二呀。"

高发魁推开明远："蒙鬼去吧！我原来就是黑龙岭的土匪头子，想拉他入伙儿和他不是打过一次交道，昨天夜里劫狱就是他带人干的，我看着他啦。带走！"

106

川岛和铃木正等待抓庙工的消息,高桥雄二打来电话,说庙工已抓到审讯室了,他就是原来凤凰岭的土匪头子石头。川岛不禁喜出望外,如果能从石头口中得到证实,这次劫狱就是一三二师勾结同盟军匪徒干的,那关东军就有了出兵察哈尔的理由,他就为大日本帝国立下了大功。他令高桥雄二善待石头,他要亲自审问。

川岛和铃木来到审讯室,见石头坐在椅子上,一副桀骜不驯的样子。

川岛打量了一下石头,原来只是个二十出头的年轻人,从他那单纯憨直的相貌中,一眼就可以看出这是一个毫无心计的人。他不禁心中暗喜,走到石头跟前和颜悦色地问:"你就是石头?"

"大丈夫行不改名坐不改姓,老子就是石头,劫狱就是老子带人干的,要杀要剐随便!"石头大包大揽,毫无惧色。

"好,痛快,我就喜欢你这样的性格。小兄弟,能告诉我为什么要救那两个人吗?"

"很简单,报恩!"石头的回答让川岛等人一愣。

"报恩?他俩对你何恩之有?"川岛以为他在编,依然和颜悦色地问。

"四个王八蛋浪人欺负我和媳妇,是那两好汉救了我们,当然要报恩。"

川岛明白了:"这么说最先和日本武士发生冲突的是你?"

"是老子。只可惜老子打不过,不然就把他们全杀了。"石头愤恨地说。

"你说报恩我信,看得出你是一个重义气的汉子。但恕我直言,你没有那样的智慧和组织能力,劫狱的主谋不是你,充其量你不过是个参与者,我说的没错吧?"川岛仍没动气。

石头冷笑:"你太小瞧老子了,就你们这个王八窝,老子想救人易如反掌。别说救俩人,就是全灭了你们也不费吹灰之力!"话语气吞山河,俨然有大将之风。

“做人不要太狂妄，你不要大包大揽，这对你没好处，你还有媳妇，只要你说出谁是策划者，都有什么人参与，我马上就放了你，还会给你一大笔你几辈子都享用不完的金钱，怎么样？”川岛想动气，但他还是忍住了，又打出糖弹。

“主意是老子出的，人是老子拉来的，信不信由你。”石头丝毫不为所动。

“我劝你还是老老实实说了吧，免得受皮肉之苦。”川岛指了指各种刑具，“你看看，那一样都会让你生不如死。”他怒了，开始威胁。

“就你们这些破烂玩意儿，在老子眼里狗屁都不是。少废话，来吧，老子身上正刺痒呢，就当给老子挠痒痒吧。”石头口出无忌，哈哈大笑。

川岛终于大怒：“八嘎！让他把所有的刑具都尝一遍！”

虎啸山龙吟海虽然被救出来了，但如何回到部队是个问题。如果让他们偷偷回来，日本人一旦察知，必然不会罢休。虽然罪名是强加的，但他们要是胡搅蛮缠的把这事往上捅，日方找中方交涉，啥结果还很难说，现在是中方极力避免和日方发生冲突的时期，上面为顾全大局，舍掉虎啸山龙吟海也是有可能的；要再硬说是一三二师勾结同盟军匪徒救走的虎啸山龙吟海，问题就更严重了，或许会成为关东军出兵察哈尔的借口。

为这事，赵登禹和张维藩、郭魁英以及关向宇商量了大半夜，也没商量出个好的办法。

关向宇叹了口气，说要是能让黑崎自己证实山野太郎是他误杀的就好了，赵登禹说他是痴人说梦。正是：虽能借力脱牢狱，却是无方返军营。毕竟如何使虎啸山龙吟海光明正大地回到部队，且看下文。

第二十二回 凤巧明义停婚礼 林溪克己抑感情

107

正当赵登禹等人一筹莫展之时,一个头戴黑礼帽、脸蒙黑面罩、身披黑披风的人推开窗户跳了进来。这个蒙面人正是“神风”。

大伙儿一愣,异口同声:“大侠!”

“各位正为如何让虎连长龙连长回来犯愁吧?”

“正是。大侠如何得知?”赵登禹感到蒙面大侠太神了。

“虎龙二位连长的罪名没有洗清,贵师请黑龙岭的人相助救人也是暗中进行的,虎连长龙连长自然就不能光明正大的回来。”

“我们正议论这事呢,实在想不出让他俩回来的好办法。”

“如果想让二位连长光明正大的回来,必须让黑崎自己承认山野太郎是他误杀的。”

“可这是根本办不到的事呀。”

“我已经办到了。”

“大侠是怎么做到的?”

“具体怎么做到的我就不说了,他不但写了证词,还答应亲自出证,但我也答应了他一个条件,希望你们能替我兑现。”

“什么条件?”

“给他五根金条,作为他重新出证的酬金。”

“这没问题。五根金条换取两位连长光明正大的回来,值!”

“但你们拿上证词之后,还不能直接把他俩接回来,还得演一场戏。否则,即便拿到黑崎的证词,也避不掉你们请黑龙岭的人救人的嫌疑。”

“神风”说完如何演戏,让他们去八角台东侧的一个山洞里接黑崎。

黑崎正坐在山洞里抽烟,他身旁站着一个黑布遮脸的黑衣人,这个人正是王铁生。

今天夜里,黑崎从迎春院嫖完妓正往他的住处走时,被“神风”挟持到这个山洞,王铁生已提前等候在这里。

黑崎早已闻知蒙面大侠的威名,当蒙面人出现在他面前时,他就像见了雄鸡的蜈蚣一般僵在那里,丝毫不敢反抗。被挟持到山洞后,他一个劲地磕头,哀求不要杀他。“神风”说要想活命可以,但必须重新出证,承认山野太郎是被他误杀的。黑崎只是个既好色又贪财的市井无赖,本没什么头脑,虎啸山龙吟海已被救走的事他也听说了,认为再坚持伪证已没有什么意义,便答应下来。当他写完证词后,又主动说如果能给他五根金条,他还可以亲自出证。“神风”答应了他,并警告说,如果胆敢反悔,随时取他性命。黑崎诺诺连声,出个证(本来就是他误杀的)就能得五根金条,他认为太划算了。

黑崎见蒙面大侠迟迟不回来,有些不踏实,问王铁生:“侠士,蒙面大侠答应给我五根金条,不会变卦吧?”他已财迷心窍,心思全在金条上。

“不会,但你必须兑现你的承诺。”

“中国不是有句话嘛,说大丈夫说话,一言既出驷马难追。怎么说我也是个武士,既然答应了就一定兑现。”

“我们也不怕你变卦,除非你不想活了。”

“蒙面大侠就是神呀,我哪敢变呀。再说了,川岛他们又不给我钱,听他们的有什么用。”

他俩正说着,郭魁英带着几个士兵走了进来。

108

张丹雄家的院子里张灯结彩，帮忙的村民们洗菜的洗菜，切肉的切肉，摆桌子的摆桌子，搬凳子的搬凳子，几个顽童不停地穿梭嬉戏，好不热闹。

屋里，张丹雄在张母的催促下换上了一身新衣裳，但新婚的喜悦在他脸上一点儿也看不出来。

昨天夜里，他做了一个梦：川岛大举进攻黑龙岭，鬼子和伪军黑压压的一片，就像蚂蚁一样。他和戈剑光及各中队长带领战士们拼命地抵抗，但很快他们就没有子弹了，战士们死伤一片。他命令大伙儿赶紧往悬崖跑，但当他们跑到悬崖时，却发现树上的十八坨绳子都不见了。明明是有绳子的，为什么都不见了呢？他正疑惑时，四周突然站起一片面目狰狞的鬼子，端着机枪向他们疯狂扫射。他急得大喊快趴下，但战士们似乎听不到他的喊声……睡在身旁的母亲把他叫醒后，他冷汗涔涔，心跳不止，半天都平息不下来。他恨不能马上就往黑龙岭赶，但他又不能，精神一直处于恍惚中。

人逢喜事精神爽，这话一点儿不假，本来病病歪歪的张母，这两天就好像病突然好了，人也精神了许多。她看到张丹雄没点儿喜相劲儿，问："雄儿，马上就要拜天地了，咋没点儿高兴劲儿？是不是埋怨娘啦？"

"看娘说的，娘病成这样还为我操心为我忙活，咋能埋怨呢？我是放不下山上的事，心里不踏实。"

"我知道你和你爹一个样，爱讲个义气，老是惦记别人。娘说话算数，今儿成了亲，明天你就回去。凤巧都那么大了，不能再耽搁人家了。"

"娘，凤巧会不会不高兴？"他又觉着这么做有点儿对不起凤巧。

"娘夜里个儿和她说好了，她是个通情达理的孩子，不会拦你也不会怪你，只要你以后常抽空儿回家来看看她就行了。"

一村妇走进来："娘儿俩先别唠了，送亲的马上就到啦，快出去吧。"

村妇刚说完，明远和戈剑光万虎匆匆走了进来。

昨天晚上,石头被协动队抓走之后,明远连夜就往黑龙岭赶,去了才知道张丹雄没回去。他和戈剑光等人说了石头被抓的事后,以为张丹雄是在家照顾病重的母亲,又赶忙和戈剑光等人往回返,没想到张丹雄正在办婚事。

张丹雄听明远说了石头被抓的经过后大惊,顾不上分析石头被抓的原因,让戈剑光赶紧去找林溪,请地下党帮着打听石头关在什么地方,抓紧营救。戈剑光说林峰已经去找他姐了,让去平安旅店等他。

“太好了,那咱们赶紧走。”张丹雄说完欲走。

张母慌了:“雄儿,你这走了……”

“娘,救石头要紧。”

张丹雄等人刚走出院门口,一伙人正吹着喇叭敲着鼓簇拥着凤巧走了过来,凤巧一身鲜红,头上蒙着红盖头。

张丹雄赶忙迎过去:“凤巧,我有急事,得先出去一趟,咱们的事等我回来再办吧。”

凤巧一把扯下盖头,满脸不悦:“啥事呀,乡亲们都来了,你走了算咋回事!”

张丹雄赶忙解释:“石头昨天夜里被协动队抓了,得赶紧把他救出来。”

凤巧大惊:“啊!那快去吧。”

自从张丹雄当兵走后,石头常来他们家帮忙,见了凤巧总是姐长姐短地叫着,凤巧也把石头当自家兄弟一样看待。听说石头被抓,她确实急了。

戈剑光心里不落忍:“大哥,要不你先办婚事吧,我们弄清石头关在哪儿再来找你。”

凤巧态度果断:“石头的命要紧,耽搁不得,快去吧。”

凤巧的明大义通情理让张丹雄十分感动,他感激地看看凤巧,和戈剑光等人匆匆离去。

109

女子学校国语办公室内,林溪冯雅兰正伏在桌前写教案。

昨天中午，冯雅兰和林溪从云泉寺回来后，又以去看叔叔为名去了趟警备队，回到学校就一直没再出去。她惦记着对庙工的审讯结果，装模作样的写了一会儿教案，说昨天去看叔叔时叔叔正病着，她不放心，想再过去看看。说完把桌上的东西收拾了一下匆匆走了出去。

林溪对冯雅兰毫不多心，反而认为她对一个叔叔都那么上心，是个难得的孝女。不一会儿，传达室的魏师傅走进来，说门口有人找她。

林溪走出校门一看，原来是林峰，心里不由得一紧。

昨天夜里，鲁明向刘振邦和赵志海林溪说了石头被抓的事，并说了“神风”准备借用此事让虎啸山龙吟海光明正大地回到一三二师的想法，又说明远肯定会把石头被抓的事告诉张丹雄他们，如果他们来了，一定要劝阻他们不要盲目行动，“神风”会想办法把石头救出来的。

林溪快步走到林峰跟前，小声问道：“你们是不是为石头的事来的？”

“是，明远大师天没亮就赶到了黑龙岭，他还以为张丹雄回黑龙岭了。”

“张丹雄没回去？”

“没有。他前天夜里和石头去云泉寺看完明远大师又回家去看他娘，听明远大师说他娘病得厉害，估计是在家照顾他娘呢。戈剑光万虎和明远大师已经去他家了。我们想让地下党帮着打听一下，看看石头被关在什么地方，准备营救他。咋，你们也知道石头被抓了？”

“知道了，也准备营救他。你赶紧去告诉张丹雄他们一声，然后都赶快回黑龙岭，地下党一定会把石头救出来的。”

“石头是张丹雄的师弟，没救出石头之前，他是不可能回去的。”

林溪想想也是，她让他们在平安旅店等她，她去向老刘请示看看该怎么办。

110

种种酷刑都用遍了，石头真像“石头”一样硬，一口咬定劫狱的事就是他带人干的，和别人没关系。

川岛无计可施，回到办公室正和铃木商量该怎么办时，美樱子走了进来。

“美樱子小姐真是好眼光，这个庙工就是原来凤凰岭的土匪头子石头，昨天去抓他时，高发魁一眼就把他认出来了。”当川岛得知庙工就是石头时，马上感到美樱子确非一般，不愧“特工之巅”之称，对她的敬意又增添几分。

“审出什么结果没有？”

“没有。像顽石一样，什么也不招。”川岛分析说，石头充其量不过是个土匪，绝不会是共党。现在事情已经很清楚了，这次劫狱就是一三二师勾结同盟军余党和土匪干的，确实和地下党没关系。他建议美樱子还是尽快把那个蒙面人找到抓起来，争取从他身上找到突破口，获取一三二师勾结同盟军余党和土匪劫狱的证据。

美樱子说现在下结论为时尚早。她又从明远煞费心机地掩护石头推断，石头毫无疑问就是明远的徒弟，而南郊高手的招式和明远也有相同之处，他也极有可能是明远的徒弟，或许他才是黑龙岭的头子。同门兄弟情深似海，如果那个高手和石头真是师兄弟的话，他就不可能不来救石头，石头不招也不要紧，可以把他作为诱饵，钓那个高手上钩。至于抓蒙面人的事她说还不是时候。

“对了，要不要把明远也抓来一块儿当诱饵，如果他真是那个高手的师父，诱力更大。”川岛建议。

“我已经说过了，这个人不能抓。再说了，他充其量只是一个习武之人，并不一定知情，抓他何用。他作为师父掩护徒弟，也是情理之中的事。”

“我建议还是尽快把蒙面人抓来，这样获取证据的机会更多些。”川岛不想放过这条线。

美樱子有些不悦：“我有我的安排，这事您就不要再提了。”

川岛见美樱子不高兴，便不再坚持。

张狗娃当然不会放过任何一个讨好胡飞的机会。他获知石头被抓和川岛欲把他作为诱饵的意图后，立即赶到来福客店向胡飞报告。

“这也给了我一个机会。”胡飞听后一双细眼闪出兴奋之光。

张狗娃明白的样子：“那当然，又可以借机打张丹雄他们的伏击了。”

胡飞摇摇头："不，我说的不单是给了对付张丹雄他们的机会，更主要是给了对付那个蒙面人的机会。我断定那个蒙面人就是共党特工'神风'，他既然和黑龙岭的人一起参与了上次的劫狱，这次也不会不管石头，我要利用这次机会把他除掉。除掉他胜于除掉十个张丹雄。"

"您不是说不是他的对手吗？"

"我不是他的对手，但有人可以对付他。"

张狗娃好奇："谁呀？"

胡飞一双细眼闪着狡黠的目光："这你就别问了。"

111

张丹雄等人赶到平安旅店时，林峰已经回来了。林峰说完林溪和他说的情况，大伙儿心里踏实了许多，他们信得过地下党，更信得过"神风"。但地下党会不会允许他们留下来参与这次营救还心里没底，焦急地等待着去向老刘请示的林溪。

快中午时林溪来了，她转达了老刘的意思：既然来了就先留下来，等营救方案确定之后，还像上次那样在外围接应。

林溪说完看了看张丹雄（其实她从进来目光就一多半都洒在了张丹雄身上），笑道："哟，回趟家换新衣裳啦，你娘给做的？"

"不是，村里一个裁缝做的。"张丹雄自从穿上这身新衣裳就一直觉着不自在，林溪一问，更觉着不好意思。

"张队长正办婚事呢，一听石头被抓连婚事也停了。"万虎顺着话说。

林溪心头陡然一颤。

两年多前，她被那个汉子从四个日本浪人的裹挟下救出来之后，心里就一直忘不了那个汉子，除了感激之外，还隐隐生出一丝爱意。她特别后悔当时没问问那个汉子叫什么，家住哪里。后来，她每次上街，都关注来来往往的行人，希望能再次遇到他，但一直未能如愿。她参加工作后，家人、同事不断地有人给她提亲,每次她都以岁数小为由回绝,避而不见。在她心中,除了那个汉子,任何男人都提不起她的兴趣。当她在黑龙岭得知那个汉子就是张丹雄时,欣喜万分,爱情之火骤然在心中燃起。她几次都想向他表白,但碍于少女的羞涩和老师的矜持,始终难以启齿。从黑龙岭回来的那天晚上,她把心事和母亲说了,母亲也很高兴,劝她早些和张丹雄挑明,她说来日方长,等个适当的机会再说吧。令她万万没想到的是,她竟然等来了他要结婚的消息。她被这一突如其来的消息击得难以自持,血管里像是被突然注入一股冷冽的清水,浑身冰凉,强克制着才没让自己失态。

"是吗?"她不自然地笑笑,言不由衷地说,"咋不提前和大伙儿说一声,也好给你买点儿礼物祝贺祝贺!"

张丹雄的情感世界像是从未被开垦过的处女地,荒芜一片,他当然不知道林溪的所思所想:"这种时候哪有心思办婚事呀。本打算连夜回家看看我娘,第二天一早就走,没想到我娘非逼我把婚事办了;我娘身体不好,这一年来病得厉害,我不想让她老人家生气,就答应了。"

"那就先回去办婚事去吧,让他们在这儿等消息,这半半拉拉的算个啥呀。"林溪依然言不由衷,话里带着酸味儿,只不过张丹雄和大伙儿都感觉不到。

"啥事也比不上石头的命重要,说不定'神风'啥时候就来消息了,还是先把石头救出来再说吧。"

林溪虽然强行克制着自己,但依然感到有些神摇目眩:"我先去老刘那儿等消息,方案一旦确定马上来告诉你们。"感情归感情,她执行党的指示依然是坚决的。

明远想向林溪打听冯老师这个人,但又怕林溪多心,一直没张口。

午后,川岛来到桥本正康办公室,向桥本正康报告了抓石头、审石头以及准备利用石头为钓饵捕杀同盟军匪徒的事。

桥本正康听后,深邃的眼睛眯了一会儿又张开:"我有个办法或许能让石头招供。"正是:谋出一个阴毒计,胜过十回酷烈刑。欲知桥本正康说的是什么办法,且看下文。

第二十三回 设毒计桥本出谋 遇险情明远救难

112

桥本正康说的办法是,让川岛派人去云泉寺把石头的媳妇抓来,并说了一番道理:石头这种人,你就是把十把钢刀架在他脖子上,他也不会眨眼的,但只要一把钢刀架在他媳妇脖子上,情况就不一样了。

川岛顿悟。刚要走,卫兵进来报告,说一三二师赵师长等三人求见。

卫兵传话后,赵登禹、张维藩、郭魁英三人走进来,桥本正康赶忙请坐。

赵登禹口气严厉:“不坐了。我们是来要人的,请马上放了虎啸山和龙吟海。”

桥本正康装傻充愣:“同意我们的条件了?”

赵登禹不想和他费话,冲张维藩使了个眼色。

张维藩打开手中的文件夹,取出一张纸递给站在一旁的川岛。

川岛接过纸看了看,脸色霎时大变,喊道:“这是不可能的!”

桥本正康接过证词看了一眼,淡淡地说:“伪造的。”将证词撕碎扔在地上。

“就知道你们会这么做,这里还有一份。”张维藩又从文件夹中取出一份证词冲桥本正康举了举,“如果有兴趣的话还可以撕,我们的备份不止这两份。”

“伪造再多也没用,事实是伪证改变不了的!”川岛怒吼。

“证词可以伪造,人是伪造不了的吧。”赵登禹冲郭魁英,“郭团长,让关向宇把那个人带进来。”

郭魁英走出去不一会儿，和关向宇带着一个人走进来，这个人正是黑崎。

黑崎证实证词确实是他所写。川岛大怒，拔枪向黑崎射击，郭魁英猛地推了他一把，子弹打在天花板上，黑崎吓得一哆嗦。

“你们不能这样对待大日本侨民吧？”赵登禹讥讽，把大日本三字说得很重。

川岛冲黑崎吼道：“滚出去！”

黑崎被关向宇带出，赵登禹又严厉地说：“桥本阁下，事情已经很清楚了。虎啸山龙吟海是冤枉的，我们相信大日本帝国的法律也是主持公道的，请立即放了他俩。”

桥本正康皮笑肉不笑，尽管他城府极深，此时也有些尴尬：“虎啸山龙吟海前天夜里已经被黑龙岭的同盟军匪徒救走了。至于他们为什么要救他俩，我想你们是心知肚明，今天来要人，无非是想给我们出个难题，看我们的笑话罢了。我说的没错吧？”

“桥本阁下，你的意思我明白，但你这个玩笑开大了，我们和黑龙岭的人素无往来，况且国军又把同盟军视为叛军，国军是怎么对待他们的你们也十分清楚，他们怎么可能会救我们的人呢？如果你们不把二位连长交出来，我们是要向外交部控告你们的。”

“够了，不要再演戏了！”川岛吼道，“虎啸山龙吟海就是你们一三二师勾结黑龙岭的同盟军匪徒救走的！”

赵登禹闪出蔑视的目光：“川岛，不是我瞧不起你那个警备队，我要想救人的话，派个特务连化装成土匪就足够了，而且会做得神不知鬼不觉，有必要找黑龙岭的人帮忙吗？再说了，虎连长龙连长根本就没有杀人，找到证据就可以把他俩救出来，何必费那番周折呢？”

“赵师长，或许是我们猜错了，”桥本正康口气软了下来，“但虎啸山龙吟海确实是被黑龙岭的同盟军匪徒救走了。我们抓了一个叫石头的人，他就是黑龙岭的，自称是他带人救走了虎啸山龙吟海，可能还是个小头目。现在就关在审讯室，不信你们可以去问问他。”

审讯室内，已浑身血迹斑斑的石头被绑在老虎凳上，两个打手正在给他脚下加砖，石头疼得豆大的汗珠从脸上直往下滚，仍咬着牙一声不吭。

站在一旁的铃木吼道:“说不说!”

铃木不死心,他希望在持续的重刑折磨下能出现奇迹。

石头“呸”了铃木一口,喷出的全是血。

铃木气急败坏地吼道:“再加!”

两个打手正要再加砖,川岛走进来,后面跟着桥本正康、赵登禹、张维藩和郭魁英。

川岛冲两个打手摆摆手,打手退到一旁:“石头,一三二师的赵师长、张参谋长还有郭团长亲自来看你了,你们好好说说话吧。”话中有迷惑石头的意思。

川岛、桥本正康都关注着石头的表情。

石头不说话,只是冷冷地看了赵登禹等人一眼。

赵登禹走过去:“小兄弟,听说是你带人救走了我们的两个连长,为什么要这么做?”

石头声音微弱,但语气很硬:“我不知道什么连长不连长的,二位好汉从四个王八蛋浪人手里救了我们两口子,就是我的恩人,就是我们黑龙岭的恩人,我当然要救。”

川岛听石头说到两口子,猛然想起桥本正康所说的计谋,赶忙伏在桥本正康耳边耳语了几句。桥本正康让他快走。

赵登禹和石头又说了几句话,石头对他们有枪有炮而不敢来救被鬼子冤屈的弟兄充满嘲讽,骂他们是怂包软蛋。

桥本正康确实疑惑了:难道这次劫狱真的和一三二师没关系?但赵登禹、张维藩和郭魁英都明白:石头这是在为他们开脱。

上了车,赵登禹和张维藩郭魁英都感叹不已:蒙面大侠真是冠绝时辈的大智大勇之人,他给他们导演的这场戏真是绝了,整个过程和他预想的一模一样。说到石头,他们又是一番感叹:真是条硬汉。

“知恩不报非君子,他们若是有什么需要咱们帮忙的,一定要倾力相助。”赵登禹发自内心地说。

“蒙面大侠要是共党呢?”张维藩问。

“那也帮。兄弟阋于墙还是兄弟,对外辱应该一致。我有种预感,国共两党或许有联手抗日的那一天。”

“他要是共党的话，咱们不是已经联手了吗？”郭魁英说。

三人大笑。

113

张丹雄等人在平安旅店等消息时说起了石头奇怪的被抓之事，尽管他们也认为明远所说的两件事很蹊跷，但又都觉着这两件事和石头的被抓似乎无关。至于协动队为什么会知道石头在云泉寺，成了他们心中的一个谜。

明远突然想起红小英还在等他的话，说得回去告诉小英一声，让她放心。

明远的话触动了戈剑光，他虽不善言谈却善思考。他想，石头是条硬汉子，地下党组织的这次劫狱和一三二师派人协助的事他是肯定不会说的，鬼子会不会再去抓红小英，利用她来逼石头呢？而且协动队去抓石头时也见到了红小英。他把这事一说，张丹雄的心一下悬了起来，决定让林峰留下来等林溪，他和戈剑光万虎马上跟明远去接红小英。

张丹雄等人匆匆赶到云泉寺一看，红小英还在，大伙儿悬着的心落了下来。张丹雄考虑到一会儿还要参加营救行动，红小英跟着不便，决定先把她送到自己家，又让明远也先去他家住些日子。明远说他就不去了，张丹雄一再劝，明远坚持不去，说他一个出家人鬼子是不会把他怎么样的，并催促他们快走。

张丹雄和戈剑光万虎带着红小英从寺院下来转过一个山弯时，突然和一队士兵相遇，其中一人大喊：“那个女的就是石头他老婆，快抓住她！”

张丹雄等人大惊，急忙拔枪射击，边射击边往左边的树林里撤。

来人正是武士元和高发魁所带领的协动队。半个小时前，川岛打电话把他俩叫到办公室，让他俩带人再去一趟云泉寺，把石头的老婆抓来。刚才大喊的人正是高发魁。

张丹雄等人跑进树林，隐蔽在树后射击。追过来的协动队士兵在武士元指挥下，伏在林边开火。

“大哥二哥，我掩护，你俩带着小英赶紧撤。”万虎边开枪边说。

“撤不了啦，外头是开阔地，后头是悬崖，根本撤不出去。跟他们拼吧，注意节约子弹，拖到天黑再说。”张丹雄也边开枪边说。

他们不再轻易射击，只对站起来往前冲的人开枪。

前冲的三四个士兵被击毙，其余的不敢再冲，趴在地上乱开枪。

武士元是地地道道的张家口人，对这一带相当熟悉，知道林子后面是几丈深的悬崖峭壁，没有退路，大声命令士兵往前冲。

在武士元命令下，士兵爬起来弓着腰边开枪边往林子冲，没前进几步又有三四个被击倒，其余的又赶紧趴下。

武士元大怒：“都站起来往里冲，谁不冲就打死谁！”

士兵们都站起来边开枪边往林子冲，张丹雄等人连着开枪，又击毙了五六个，其余的又赶忙趴下。

就在这时，一个黑布包头、黑布遮脸的黑衣人突然从林子后面闪过来。张丹雄等人一惊之时来人拽下了遮脸布，原来是明远大师。明远让他们快开几枪压住敌人跟他走。

张丹雄他们连开几枪后，跟着明远快速向后跑去。

到了悬崖边，明远双手搬住一块大石头，猛一发力将大石头挪开，石头下露出一道一尺多宽的石缝。原来，这是明远的前辈弘远大师修的一个秘密崖道，是给和尚们避险用的，他圆寂前只告诉了明远。

“从这里下去可以看到崖缝上有石阶，但石阶很陡峭，千万要小心。你们下去后我把石头还原，他们不会发现的。”

“那您呢？”

“我既然能来就能回去，快下去吧。”

林内没了枪声，林外的协动队反而不敢动了，以为林子里的人设了套。后来他们又壮着胆子往里冲，竟然没人抵抗，直冲到悬崖边也没见着一个人影。

武士元感到奇怪：“难道从悬崖下去了？”

高发魁探头朝险陡幽深的崖下看了一眼，赶紧闪回身：“哎呀娘呀，看一眼都头晕，不可能从这儿下去。”

114

傍晚时分，川岛和铃木正在办公室等武士元高发魁的消息，美樱子走进来。

川岛说了一三二师来要人的经过，美樱子震怒："黑崎真是混蛋，这等于把一三二师给洗干净了。"

川岛又说了桥本领事让把石头的老婆抓来，用她的性命来迫使石头说实话的事，美樱子心情好了些。

不一会儿，武士元高发魁走了进来，都惶恐不安的样子。

"怎么回事？"川岛已从他俩的神态上预感到情况不妙。

武士元说了在赐儿山半山腰巧遇石头媳妇等人的经过，他们以为跳崖了，又绕到悬崖下也没找到尸体。

"他们枪打得都特别准，那三个人肯定是在凤凰岭入伙的同盟军散兵。"高发魁想起独眼龙和他说过的遭伏击的事，补充。

川岛沉思了一下："这里边肯定有玄机。除了他们四个没发现别人吗？"

武士元高发魁都说："没有，我们看得清清楚楚。"

武士元高发魁走后，川岛和美樱子都推测黑龙岭的同盟军匪徒今天夜里肯定会来劫狱，抓紧研究了应对办法。

"对了，你说那个蒙面人会参与吗？"研究完之后，川岛问。

"一定会。"美樱子说，"不过我不准备擒获他，只阻止他参与劫狱。"

"为什么？"

"我要跟踪他，找到他的巢穴，确定他的真实身份。"

"要找他通过张狗娃不是很容易吗，何必费这周折？"

"不能这么做。张狗娃不和您说那个姓胡的事，肯定有他的难处，找他的话会令他不安。再者，由于那个蒙面人的身份还不能确定，张狗娃现在还不能暴露，否则他就不好再为咱们做事了。"

“那就按你的意思办吧。对啦，有个好消息还没和你说呢，南次郎司令官方才给我打来电话，说关东军总部派加藤少将来送补充的兵员和武器。他们已经出发了，预计明天到，这次的兵员里面就有闪电突击队。”

“太好了，队长木村是我师兄，我们也好长时间没见面了。对了，那个败类黑崎抓起来了吗？”

“你来之前，我已让高桥雄二带人灭他去了。”

“不能灭，等抓到那个蒙面人后，他一旦供出上次劫狱的实情，还需要黑崎推翻他的证词，给一三二师加码，坐实他们勾结地下党和同盟军匪徒劫狱的罪名，为关东军出兵察哈尔做准备。”

川岛慌然：“哎呀，我没想这么多。”对铃木，“快去阻止高桥，把黑崎抓来。”

黑崎等四个浪人为了各自的方便，在张家口分别租了房子。今天中午，森田想约宫本原和黑崎出去喝酒，找到宫本原却怎么也找不到黑崎。他们以为黑崎去混野女人去了，因为他就好这一口，也没在意。傍晚，森田在他的租房内请客，让宫本原去叫黑崎，宫本原找了半天仍没找到。森田和宫本原正酒杯碰酒杯地喝着，黑崎无精打采地进来了。之前，他刚从一三二师那儿拿了五根金条。

森田取笑：“黑崎君，一折腾一天，也不怕战死在女人肚皮上。”他以为黑崎刚混完野女人回来。

宫本原哈哈大笑着，给黑崎倒了一杯酒。

黑崎坐下，长叹一声：“我闯下大祸了。”

“什么大祸？”森田、宫本原惊问。

黑崎说了给一三二师重新出证的事，忧心忡忡：“川岛肯定不会放过我，你们说我该怎么办？”

森田和宫本原都惊呆了。他们四个是挚友，山野太郎已经死了，不能再看着黑崎出事，三人商量了半天，最终决定先离开张家口，到其他地方避一阵再说。他们刚商量完，高桥雄二和两个日本兵走了进来。

高桥雄二瞪着外暴的凶睛，命令黑崎自裁。黑崎苦苦哀求放过他这一次，高桥雄二无动于衷。

“黑崎君，不要再求他了，拿出武士精神，勇敢的走吧，你的家人我和宫本君会替你照顾好的。”

森田说完，宫本原把刚才已倒好的那杯酒端起来递给黑崎：“黑崎君，喝下这杯送行酒，体面的走吧。”

黑崎绝望了，接过酒杯一口气喝干，把杯摔在地上，从身上抽出武士刀，大喊一声“天皇陛下万岁”，一刀刺进腹中，血顿时喷涌而出，倒在地上。

高桥雄二正要往出走，铃木匆匆走进来，他是骑着摩托赶过来的。他看到黑崎倒在地上，赶忙走过去蹲下用手在他鼻下试了试，什么也没说站起身离去。

115

张丹雄等人离开平安旅店不久，林溪就赶过来了。鲁明已向她和刘振邦、赵志海转告，“神风”的营救办法已经确定了。

林溪等到傍晚也没见张丹雄等人回来，不禁担忧起来，问林峰：“他们没说还去干别的什么事吧？”

“没有，说接上红小英就回来。对啦，会不会是考虑到红小英跟着不便，张队长又把她送回他家去了。”

“就算是送回他家也该回来了呀，不会又出啥意外吧？”

林峰心里也没了底。是呀，即便张丹雄真是把红小英送回他家也用不了这么长时间呀。但他尽量还是往好处想，说会不会是把小英送到家，顺便又接着办起婚事来了。

林峰这么一说，林溪稍微安稳了一些，但随之心中又泛起一股说不清的滋味。上午从这儿出去后，她努力地调整了自己的心态：自己喜爱张丹雄，只是一种暗恋，并没有向张丹雄表示过，甚至连暗示也没有，张丹雄并不知道她的心。再者，张丹雄可能早就定了亲，农村甚至都有订娃娃亲的习俗，只不过是由于戎马倥偬，一直抽不出时间办婚事。他岁数也不小了，母亲又催得紧，办婚事也正常。这么一想她又释怀了，被搅得乱糟糟的心也稍稍平静下来。可不知为什么，当她听林峰说张丹雄有可能又接着办婚事时，心里顿时又不舒服起来。尽管这样，她还是宁可希望张丹雄这么长时间没回来是因为接着办婚事，也不希望他出什么别的意外。她已经陷进了爱的漩涡，她自认为拔出来了，其实根本没有。

她神情又不自然起来："真要是办婚事倒也没什么，别出别的啥事就好。"话说的虽然平静，心里却是五味杂陈。

他们正说着，张丹雄和戈剑光万虎走了进来，三人脸上都汗涔涔的。

"是不是把红小英送回你家了?"林溪忙问。

"是，我怕带着她参加营救不方便。"

"咋去这么长时间?"林峰问。

原来，张丹雄他们从秘密崖道下去之后，怕再和协动队遭遇，没敢从赐儿山下回来，而是穿峡谷一直向西，经卧虎山又绕到大境门才回的家，所以才耽误了这么长时间。

"真是不顺，差点儿又出大事。"

张丹雄说完遇险经过和绕道将红小英送回家的事后，林溪和林峰松了口气。

林峰笑道："我还以为又接着办婚事了呢。"

张丹雄笑笑："都啥时候了，哪有那心思。"

"还不顺便办了算了，老这么悬着。"林溪说完自己也感到奇怪，虽是言不由衷，心里却感觉舒服多了。

张丹雄又笑笑："这都怕耽搁，紧着往这儿赶。营救方案确定了吗?"

"确定了。"林溪说完营救方案，将一包东西交给他们。

116

夜幕将垂之际，老王头端着饭盘子来到监狱门口，两个守卫在门口的日本兵把他拦住，说从今天起，他只把饭送到门口就行了，由他们送进去。

川岛接受了虎啸山和龙吟海被救的教训，除了暗设伏兵外，还做出了一项规定，从今天起，如果没有他或铃木的带领，任何人都不得接触石头，他不能再给诡计多端的蒙面人留下任何机会。

一个日本兵将饭菜仔细地检查了一番，端进牢房。

“王八蛋，咋这么晚才给老子送饭，饿死老子了！”石头骂着爬了起来。

“八嘎！再敢辱骂皇军就不给你饭吃！”日本兵骂完走了出去。

石头抓起一个馒头大吃起来。当他咬到第二口时，感觉到馒头里有个什么东西。朝外看了看，见两个看守正坐在桌前喝酒，他悄悄把东西吐到手里放在草秸中，然后继续吃饭。

待日本兵又进来把饭盘端走，看守把牢门锁上又坐下来继续喝酒时，石头悄悄从草秸中摸出刚才藏在里面的东西一看，原来是个小油纸团。他又朝门外看看，见两个看守正喝到兴头上，转身将纸团展开。纸团内包着一粒药，纸上有一行字：一小时后将药服下，喊难受，切记！正是：看似严防无计使，其实应对有招出。欲知后事如何，且看下文。

第二十四回 高发魁被逼送尸 美樱子受挫逃身

117

石头将纸揉成团塞进嘴里咽下，然后将药装进衣兜，挣扎着站了起来，摇摇晃晃走到牢门前，抓住栏杆朝外看。

一看守喝道："看什么看?"

"你俩喝酒老子馋得慌，给老子喝两口。"

"你想得美，老老实实待着去!"

"小气鬼。日本人咋都这德行。哎我说，你们人都死光了，咋没人换你俩呀?"

"还有一个钟头才换班呢，你操这心干啥，滚回去!"

"老子关心关心你们还错了，不知好歹。"

另一看守悻恼地喝道："闭嘴，别扫老子的兴!"

石头"哼"了一声，摇摇晃晃地往回走，他心里有底了。

夜幕下，一辆吉普开到一座高门楼的大宅院门口停下，高发魁、六子、贵祥先后从车上下来。高发魁让六子贵祥一个小时后再来接他。

这座大宅院，是高发魁给一个叫玲儿的女人买的。玲儿是迎春院的头牌妓女，姿色出众风情万种。高发魁来张家口的第二天就和她混上了。鸿远楼开业那天夜里就是因为去会玲儿，才躲过了暗杀他的那一劫，后来虽被日本兵抓了，但因祸得福成了协动队副队长。为此，他视玲儿为福星。他急于把鸿远楼盘出去，最根本的原因就是想尽快把玲儿赎出来当老婆。和胡飞成交的第二天，他就把玲儿从迎春院赎了出来，并给她买下这座大宅院。

客厅富丽堂皇，玲儿已摆好了酒菜，正在等高发魁。

高发魁坐下来喝了一盅酒，大嘴一咧："老子现在是啥都有了，就是缺个儿子，你得赶紧给老子生一个。"

玲儿撇撇嘴："你当这个破官儿整天忙得不着家，想要儿子天天回家睡，保证不出一个月就给你怀上。"

高发魁哈哈一笑："行，等忙完这阵子，老子天天……"说着突然惊得住了嘴，眼瞪得如铜铃一般。

玲儿扭头一看，也惊得"呀"的一声尖叫。

原来，一个头戴黑礼帽、脸蒙黑面罩、身披黑披风，手里握着一把匕首的人不知什么时候从门外闪了进来。这个人正是"神风"。

高发魁赶忙拔枪，"神风"一步跨过去，将匕首架在他的脖子上。玲儿吓得又是一声尖叫。

高发魁浑身觳觫，一张橘子皮脸因惊骇而刷白，连声乞饶。

"你先当土匪后当汉奸，死十回也不屈。""神风"口气严厉。

"小人知错，大侠饶命。"高发魁直个劲儿的哀求，他以为真要杀他。

"我可以不杀你，但你得干好一件事。""神风"口气稍缓。

高发魁看到了生机，忙不迭地说："行行，别说一件，十件我都干好。"

"神风"说的事是：石头在一小时后会死，让高发魁设法把埋尸的活儿揽下来，然后把石头的尸体送到东山坡的树林里，交给他的家人安葬。高发魁心想，日本人也不对石头用刑了，他活得好好的，怎么会死呢？但他没敢问。

"我可以想办法去揽这个活儿，可鬼子要是去埋呢？"

"我已经算定了，鬼子不会亲自去埋。"

"鬼子要是把这活儿交给武士元呢，他毕竟是队长呀？"高发魁心里还是没底，怕完不成这个任务。

"我也已经算定了，等你回去武士元就会病倒，所以只要你主动，这个活儿会落在你身上的。"

高发魁将信将疑："如果真像您说的这样，我保证把这个活儿揽下来。"

“你夫人我一会儿带走,你完成任务后她自然会回来,如果你胆敢要滑头,不但她得死,你也活不过明天,你应该听说过我。”

“大侠的威名如雷贯耳,我就是有十条命也不敢跟您要滑呀。我保证完成这个任务,您千万别杀我老婆。”

高发魁匆匆赶到协动队大院时,六子贵祥正和几个协动队士兵站在一起说着什么。六子贵祥看到高发魁赶忙迎了过来。

六子问:“高爷,咋自个儿回来了,我和贵祥正打算再过十来分钟去接您呢。”

“我怕川岛大佐有啥事找我,吃完饭连溜达就回来了。武队长在吗?”

“唉,别提了。”六子说,“我们正说这事呢。刚才不知咋啦,他肚子突然疼起来了,一个劲地窜稀,三分钟都撑不住,送到医院去了,刚走。”

高发魁心中陡然一惊:“我的娘啊,他是人还是神呀。”蒙面人的话还在他耳边铮铮作响。

贵祥见高发魁发愣,问道:“高爷,您咋啦,也不舒服啦?”

高发魁回过神儿来:“没有。走,跟我去趟警备队,看看川岛大佐那儿有啥事没。”

118

川岛曾设想过,如果蒙面人和黑龙岭的同盟军匪徒来劫狱的话,还有可能要什么花招,但想来想去,除了强攻之外不会再有什么好办法。于是,他让铃木把士兵提前分布到大院内暗设的九个伏击点中,其中三个伏击点是重机枪,六个伏击点是轻机枪。这九个伏击点,可以形成密集的火力网,别说是来几个十几个人,就算是黑龙岭的匪徒全来,歼灭他们也易如反掌。刚才,他和铃木对伏击点又进行了一次检查,认为万无一失后回到了办公室。

他们刚坐下,高发魁走了进来,说武队长刚才突然肚子疼得厉害,被送到医院了,他来请示一下,看看今夜的行动需不需要协动队参与。他计算了一下时间,蒙面大侠说的一个小时后石头会死,应该到时候了。

“今夜的策略是诱杀,铃木中佐都已经安排好了,就不需要你们参加了。”川岛刚说完电话响了。他抓起话筒听了几句神色大变,“啪”地把话筒扣下:“石头死了,快、快去监狱!”

高发魁心里又是陡然一惊:“我的天哪,蒙面大侠实在太可怕了。”

川岛和铃木高发魁走进牢房,军医正给石头听诊,两个看守站在一旁。

军医放下听诊器,又翻开石头的眼皮看了看:“大佐,瞳孔已放大,已经死了,病状像是心肌梗死。”

川岛让两个看守把石头死前的情况说一下。

一看守说:“死前他一直躺着,我们正收拾东西准备交班时,听他突然大喊难受,接着满地打滚儿,我们赶紧打开牢门往进跑,问他怎么回事,他不说话,然后身子一挺就不动了。我用手在他鼻子下面试了试,发现已经没气了。”

“就是这样的。”另一看守证实。

川岛有些沮丧,但想想这并不影响诱杀计划,于是让在场的人严守秘密,石头的死绝对不能对任何人讲。军医很尽责,他说石头的死虽似心肌梗死,但也不能排除是由于其他疾病所致,或许还是带有传染性的,建议尸体最好马上处理掉,以免产生不良后果。

部队里是最怕发生传染病的,军医的话令川岛感到恐慌,他让高发魁赶紧带人悄悄把石头埋掉,随后和铃木都捂着鼻子跑了出去。

蒙面人的话再一次被验证,高发魁惊得浑身直冒冷汗。

晚上九点钟,张丹雄、戈剑光、万虎、林峰和刘振邦赵志海准时来到东山坡树林接人。这是“神风”和他们约定好的时间地点。他们虽然对“神风”绝对相信,但也担心出现什么意外。正等得焦急时,看到一辆吉普驶来停在山下,随后看到三个人下了车朝山坡上走来。其中一人身上背着一个人,一人肩上扛着一把铁锹和一把镐头。

这三个人正是高发魁和六子贵祥,背着石头的是贵祥,扛着铁锹镐头的是六子。三人刚走进林子,张丹雄等人就走了过来,万虎和林峰赶忙把石头接下来放在地上。

“你们是石头的亲属吧?”高发魁打量了一下张丹雄等人,问。

“我们是黑龙岭独立大队的。”张丹雄说，“高发魁，且不说你以前的罪行，单就你前天抓石头，今天又抓石头媳妇，我们就该杀了你。可念你把石头送来，姑且放你一回。但我要警告你，今后不能再帮鬼子干祸害中国人的事了，不然随时都会取你的狗命。”

高发魁已隐隐看出张丹雄、戈剑光、万虎就是他们今天下午在赐儿山碰到的那三个人，赶忙点头哈腰：“长官教训的是。各位好汉，家伙儿我们也带来了，帮着埋吧。”

“不用了。石头是我们的英雄，我们要把他带回黑龙岭安葬。你看，”指了指一个刚堆起来的新坟，“鬼子要问的话，就说把人埋在这儿了，也好有个交代。”

“谢谢长官为我着想。”

高发魁带着六子贵祥走后，林峰给石头注射了药液。

林溪在旅店交给他们的那包东西，里面是一个注射器和一支药瓶。这次营救石头，是“神风”设计的一个“假死计”，只要注入药剂后，石头两分钟之内就会醒过来。即使出现意外救不出石头，石头也会在服药后一个小时自己醒过来，不会有任何危险。

大伙儿都蹲下来目不转睛地盯着石头。不一会儿，石头呻吟了一声苏醒过来。

石头一时反应不过来，看看这个，看看那个。

张丹雄已是泪流满面：“石头，我是师哥呀。”

石头盯着张丹雄看了一会儿，叫了声“师哥”，猛地抱住张丹雄哭了起来。

大伙儿也都落泪。

玲儿正坐在桌前垂泪，高发魁和六子贵祥走进来。

玲儿赶忙站起来急问：“事办了吗？”

“办了，哪敢不办呀，他哪是人呀，简直就是神，后头所有的事都和他预料的一模一样。他把你弄到哪儿去了？”

“哪儿也没弄，你走了不一会儿他也走了。”

“没咋着你吧？”

“没有。人家连一指头都没动我，还一个劲地安慰我别害怕，说你一会儿就会平安回来，真是好人。”

“那就好。”

玲儿抹了把泪：“做点儿生意安安稳稳的过日子多好，非当这个破官儿干啥，整天担惊受怕的。”

高发魁叹了口气：“已经身不由己了，贼船好上不好下呀。”对六子贵祥，“你俩先回吧，记住，刚才的事绝不能说出去。”

“哎，知道。”六子贵祥应着走了出去。

高发魁插上门，一把将铃儿抱起来向里屋走去。

119

夜深人静之时，一个头戴黑礼帽、脸蒙黑面罩、身披黑披风的人，正伏在警备队东面居民区的一个屋脊后面，眼睛像夜猫子一样转来转去。这个人正是美樱子。她判断蒙面人肯定会参与营救行动，是来阻止并准备对他跟踪的。

突然，她发现远处的屋顶上跑来一个黑影，这个黑影身轻如燕，穿房越脊就像飞一样，目光立即死死将那个黑影锁定。不一会儿，那个黑影跑到距她不远处时，从屋顶轻轻跳下，蹲伏在一个胡同口的黑暗处。

她悄悄探头看了看，这个人头戴黑礼帽、脸蒙黑面罩、身披黑披风，正是上次和她交过手的那个蒙面人。

“姓胡的蠢货，你果然来了。”她冷冷一笑从屋顶轻轻跳了下去。

蹲伏在胡同口暗处的这个蒙面人其实是马腾。

今天下午，胡飞把马腾叫到他的房间，说他已得到消息，张丹雄他们今夜极有可能要劫狱救石头，蒙面人也极有可能参与，他断定蒙面人就是共党特工“神风”，让马腾去灭掉他。马腾自从上次在那音太家和林峰、万虎、巴雅尔仓促分手后，一直想找机会和他们再见面，约定一个传递情报的办法，但这么多天来一直没找到。胡飞和他说完任务，他心中怦然一动。胡飞和他说过蒙面人上次参与张丹雄他们劫狱营救虎啸山和龙吟海的事，他想，蒙面人肯定和张丹雄他们有联系，这次正好通过他和张丹雄他们约定个传递情报的办法。他欣然答应下来,为避免弄错,又问了蒙面人的体型,胡飞说和他俩身材相仿,只是个儿头比他俩稍矮些。

马腾正琢磨蒙面大侠会不会来,身后突然袭来一股冷风,他急忙转身架住闪电般的一掌,一看竟是蒙面人,身材个儿头也如胡飞所说。

他心中一喜,又架住对方一掌,语气甚急:“大侠别动手,我是来帮你的。”

美樱子以为是胡姓蒙面人自知不是对手要花招麻痹她,不但不收手,反而一招猛似一招地向马腾发起进攻。

马腾仍不还手,边招架边说:“大侠,我真是来帮你的。”

美樱子以为姓胡的继续使诈,下招越来越狠。

马腾心想,蒙面大侠肯定是由于和胡飞交过手的缘故,不相信他的话,决定先把他控制住再作解释。随之也骤然发力,拉开架势和对方打斗起来。他招式凌厉,拳如闪电掌似刀,对方被打得连连后退。

美樱子感到奇怪:“姓胡的这家伙怎么武功突然见长了?”她再次发力拼打,但仍然难以招架,渐渐趋于下风。

马腾一心想控制住对方,攻势越来越猛。美樱子终于招架不住,一个后空翻跳出十几米,随之飞出一镖。

马腾见一道亮光飞来,急忙侧身将飞镖接住。

美樱子又连飞两镖,马腾一个后空翻躲过,美樱子趁机逃走。

马腾一看飞镖暗吃一惊:“日本人?”他立即意识到,这个蒙面人不是那个“神风”大侠。

马腾回到胡飞房间,和胡飞说了与蒙面人交手的经过,又拿出飞镖,说闹半天蒙面人是日本人。

胡飞大感意外,一双细眼闪出惊异的目光:“日本人?不可能吧?”

“这是梅花镖,”马腾说,“之前我虽然没见过,但听我师父说过,这是日本龟田家族独制的飞镖,龟田家族是武术世家,在日本名声很大。”

胡飞思忖了一会儿,说出了和马腾同样的猜测:“这个蒙面人看来不是那个蒙面人,这个蒙面人肯定是日本特工,他之所以在警备队附近出现,很可能也是为了对付那个真正的蒙面人的,结果错把你当成了那个蒙面人。”

“有这个可能。这个蒙面人的武功也不低,你上次遇到的很可能也是他,不是那个真正的蒙面人。”

“看来是。如果他真是日特的话,对咱们搜集日军情报将会是一大障碍,一定要设法除掉他。还有那个共党特工‘神风’的蒙面人,也一定要除掉,不然也会给搜集共党的情报和摧毁共党的地下组织带来麻烦,甚至即将建立的特务站,也可能被他们两个高手毁掉。”

得知日本特工出现后,胡飞又多了一层顾虑。

120

美樱子逃跑之后,一个奇怪的问题一直萦绕着她:这个姓胡的家伙为什么武功会突然高出那么多,和上次遇到的他简直判若两人。可从个儿头和身型看,又确实是他。这到底是怎么回事呢?她想了半天只有一个解释,这个蒙面人不是姓胡的那个家伙,而是那个真正的蒙面人。她想,单凭武功是对付不了这个真正的蒙面人的,必须另想办法。正当她要往回走时突然又想到,上次劫狱时出现的那个女人从身型看确实很像林溪,如果真是她的话,这次劫狱她也极有可能参与。她决定潜入林溪家看看,暗察一下她是否在家,如果在家的话,或许她的判断有误,如果不在的话,那就极有可能正隐藏在什么地方,准备参与今夜的劫狱行动。结果令她很失望,当她潜入林溪家后,发现林溪正在灯下认真地批改作业。她想,如果上次所看到的那个女人真是林溪的话,即使她不参与这次劫狱,也一定会知道此事,这么大的事她一定会坐立不安、神情焦虑,可从她那神态平静、专心致志地批改作业的样子来看,根本不像有任何心事。难道真是她的判断出了问题?她又想到,那个真正的蒙面人刚才很可能是准备潜入警备队监狱,探查石头被关押的具体地点的,为今夜的劫狱探路子,她决定马上回去告诉川岛,对监狱要严加布控,防止他们用奇招怪术劫狱。

她刚一走进川岛办公室,川岛就和她说了石头猝死和被处理掉的事。美樱子说这件事是瞒不过那个无所不能的蒙面人的,诱杀计划不可能实现了。正是:诱杀行动虽未果,预知计划已落空。欲知后事如何,且看下文。

第二十五回　遭胁迫胡飞降日　遇截杀毒花中镖

121

张丹雄等人接上石头赶回黑龙岭山寨已是清晨，正和前来接虎啸山龙吟海的曲向东等人相遇，曲向东他们还为山寨送来了两大马车枪支弹药，说是赵师长让送的。

当张丹雄知道龙吟海和曲向东就是他们在多伦所救的同盟军战友时，欣喜不已，双方一番思念和感恩的话语之后，又忆起同盟军的辉煌战绩和不幸结局，都扼腕叹息。随后说起地下党两次组织的营救行动（虎啸山和龙吟海上山后，已知道了组织营救他们的是地下党），都对共产党的大局意识及博大胸怀敬佩不已，由此对共产党有了更深层的认识。

送走了虎啸山龙吟海和曲向东等人，张丹雄他们打开帆布包和箱子查看了一下武器弹药，共有一挺重机枪、三挺轻机枪、一百支步枪、十五支手枪、二十箱子弹、十箱手榴弹、五箱地雷以及许多食品药品。

张丹雄最忧愁的问题解决了，但他也非常清楚，如果没有地下党和‘神风’的成功营救，一三二师也不可能给他们这么多武器，说到底还是应当感谢地下党。

今天上午，加藤少将给川岛送来了补给的兵员和武器。兵员总数虽然没增加，但里面已包含了那支二十八人的闪电突击队；所补充的武器不但是最新式的，数量也比原来增加了许多。关东军总部还重新配置了赤城警备小队，队长叫小野,是个少佐。为加强警备小队的防御力量,不但兵员由井林茂时的二十余人增至三十人,武器数量也大大增加,仅重机枪就配备了四挺。加藤是从热河的丰宁赶过来的,丰宁和赤城交界,加藤来时已先把小野的警备小队安置在了赤城。除此之外,加藤这次来还带来一个重要情报:共党有个代号“神风”的特工,三年前就已经潜伏到了张家口,主要任务是搜集日军有关察哈尔的军事情报。

在加藤向川岛和美樱子转达情报的同时,孙亮也正向刘振邦、赵志海和林溪转达北平地下党获得的最新情报(另一条线上的同志也在向“神风”转达)。孙亮所转达的情报有两个:一个是,关东军这次给川岛补给的兵员中,有一个二十八人的闪电突击队,队长叫木村,是个少佐。这二十八人都是从日本武士中选拔出来的高手,又受过特殊训练,个个都身手不凡,不但射击和飞镖都极为精准,而且所配备的都是目前世界上最先进的犹如小机枪般的冲锋枪。不久前,东北抗联的一个一百多人的支队,一夜之间就被他们几乎杀光。关东军把他们派来,主要是对付黑龙岭独立大队的。另一个是,关东军在几天前就已经派了一个代号为“毒花”的特工潜伏到了张家口民间,这个特工是关东军特务头子土肥原贤二少将手下的一个高手,不但武功高强、足智多谋、生性狡猾狠毒,而且还是个中国通,对中国的语言、文化甚至风俗习惯都颇有研究。一个多月前,他刚破获了伪满洲国的一个地下党组织,致使二十多名地下党员被捕牺牲。他来张家口的目的一是对付“神风”,二是查找张家口地下党组织。

孙亮转达完情报说了上级指示:尽快查明“毒花”是谁,设法除掉。这个任务主要由“神风”的特工组来完成,刘振邦这个地下党组织予以协助;尽快把闪电突击队到张家口的事转告张丹雄等人,让他们高度警惕并做好防范。

孙亮走后,刘振邦等人经研究做出两项决定:一是安排地下党的同志迅速摸清近些天来张家口的都有哪些人,然后逐个筛查,看看哪个疑似“毒花”,为“神风”确定目标提供线索。二是派林溪再次上黑龙岭,告诉张丹雄闪电突击队来张家口的事。

上午,张狗娃接到川岛的电话。川岛和他说了加藤少将来送兵员和武器的事,让他加强警备队周边的守卫,确保加藤少将的安全。他布置完防守任务已近中午,赶紧跑到来福客店向胡飞报告。加藤来张家口的事并不是什么秘密，他之所以这么做，是为了讨胡飞的欢心。令他万万没想到的是，胡飞又交给他一个令他十分作难的任务。

其实，胡飞已经知道了加藤来张的消息。今天上午，北平特务处的黄副处长专门从北平赶来向他转达了特务处刚刚获得的情报。黄副处长所说的情报和孙亮向刘振邦等人转达的情报一样，只是他们认为“毒花”的到来不只为了对付“神风”和地下党，还要对付国民党的特工。为确保特务站顺利地在张家口潜伏下去，完成搜集日方军事情报的任务，特务处指示胡飞，要尽快查出“毒花”并暗杀掉。胡飞经思索，决定先通过警察局摸清近期来张人员有哪些，然后排查谁是“毒花”。他正要去找张狗娃，正好张狗娃来了。胡飞向张狗娃说了上峰转来的情报和指示，并给他部署了摸查近期来张人员任务。张狗娃听了惊得浑身涔涔地直冒冷汗，这把枪口直接对准日本人的事，他是无论如何也不能干的。但他又不敢拂逆胡飞，前有悬崖后有虎，两头都不可能绕开，他那颗大脑袋飞速地转了一下，决定先应承下来再琢磨应对办法。

122

夜晚，突起的狂风呼啸而至，已近枯黄但仍眷恋在母体上的树叶被凌厉之风无情地唰唰扫落，叶尸随着漫卷的沙尘到处飞荡，街上一片肃杀之气，早已不见人影。

一个体型滚圆身着长衫的人缩着脖子走到一处临街的小院门口，前后看了看推开院门闪了进去。这个人正是张狗娃。这个独家小院是他前些天刚给蓝山花秘密购买的。

张狗娃和蓝山花演完那出先抓后放的戏后，天天都回到祖臣芳那里过夜，还夜夜都做戏般地和祖臣芳缠绵一回，致使祖臣芳姐弟都以为他回心转意，彻底和蓝山花断了。

今天上午，他接到川岛的电话后，马上给祖臣芳打了电话，说是关东军来了个将军，必须昼夜加强守卫，近三天都不能回家。祖臣芳毫不生疑，还关照他要抽时间好好休息休息，别熬坏了身子。他担心蓝山花不知道他今晚回她那儿，早早插门睡觉，下午还换上便装专跑一趟来告诉蓝山花晚上等他。

他和蓝山花已经好几天没见面了，早已欲火难耐，蓝山花也恍如几个月不见张狗娃，早就熬不住了，两人一见如同干柴遇烈火，很快燃烧在一处。

熄火之后，蓝山花想问问张狗娃是否还有离婚娶她的打算，但她又不敢直接问。自从她知道了柳英飞是同盟军余党，在张狗娃面前就胆怯了底虚了，没有了颐指气使的劲头。想了半天，只好先试探试探："肚子一天比一天大了，咱俩该咋办呀？"

"我也不知该咋办。"泄了劲儿的张狗娃有气无力。

"不打算离了？"蓝山花的心吊了起来。

"看来难了。她爹是省党部秘书长，真要惹怒她，这个局长肯定当不成了。"

"跟她商量商量，我当二房还不行吗？反正她也不会生孩子。"蓝山花不敢再奢望张狗娃离婚娶她，退而求其次。

在他们说话时，门闩被什么东西从外面轻轻拨动，一点一点无声无息地向一边移动着。

张狗娃刚要说什么，门"吱"地响了一声。随之，一个头戴黑礼帽、脸蒙黑面罩、身披黑披风的人闪了进来。

张狗娃大惊失色，赶忙伸手去枕下摸枪。没等他摸出来，蒙面人已旋风般地到了他的面前，将匕首架在他脖子上。蓝山花惊叫一声，将头缩进被窝里，被子随着她浑身的战栗抖个不停。

"大、大侠饶、饶命！"张狗娃以为是那个令人闻风丧胆的蒙面大侠，惊骇得肝胆欲裂，头上的几根软毛都奓了起来，说话也结巴了。

蒙面人不说话，从枕下摸出枪，将弹夹退出来，又将子弹从弹夹中一粒一粒地推落到地上。这猫戏老鼠般的一系列动作更使张狗娃惊骇，大脑袋上涔涔地往出直沁冷汗："大侠，千万别、别杀我，啥事都、都好说。"

蒙面人把退光子弹的枪扔在床头，终于说话了，是女人的声音："我可以不杀你，但你必须和我说实话。"

"行。"张狗娃这才明白，这个蒙面人不是那个蒙面大侠，但他又不知这个女人是什么来头,赶忙应承。

瑟缩在被窝里的蓝山花听到不杀张狗娃,又将头从被窝里钻出来,恐惧地望着蒙面人。

“你是不是认识一个姓胡的老板?”

“是。”

“他是谁,在哪儿住?”

“说了我会没命的。”

“不说现在就没命。”

“好,我说,但你得为我保密,千万别说是我说的。”

“这没问题。但你要说一句假话,我随时会取你的狗命。”

“保证说的都是实话。他叫胡飞,是……”

这个蒙面人正是冯雅兰。她自从来到女子学校,就不止一次地听老师们议论过,说祖臣举的姐夫张狗娃有个叫蓝山花的情妇,除了祖臣举和她姐不知道,张家口的人差不多都知道。后来她又听老师们说张狗娃玩儿漏了,祖臣举和他姐到张狗娃办公室大吵大闹,迫使张狗娃和蓝山花断了,但她不太相信,因为这种苟且之事是很难断的。跟踪蒙面人以确定其身份的计划失败后,她决定秘密地通过张狗娃找到蒙面人,以确定他的真实身份。今天上午,她以失眠(昨天夜里她为了对付蒙面人几乎一夜没睡,两眼确实熬得发红)为由和林溪说上街买催眠药,出来后先去川岛办公室拜访了她早就认识的加藤少将,下午又以看叔叔病情为名到警察局附近盯张狗娃。也该着她事成,盯了不一会儿,就看到身穿便装的张狗娃从警察局出来向着一个方向匆匆走去。她一路悄悄跟踪,当她看到张狗娃鬼头鬼脑地闪进一个小院后,她明白了,这肯定是张狗娃给蓝山花新购置的秘宅,于是夜里便潜了进来。

就在冯雅兰和张狗娃一问一答的对话时,一个头戴黑礼帽、脸蒙黑面罩、身披黑披风的人正伏在门外谛听,这个人正是“神风”。

正所谓螳螂捕蝉黄雀在后,今天下午,在冯雅兰跟踪张狗娃的时候,她也被跟踪了,跟踪她的是鲁明。本来,鲁明是跟踪张狗娃的,他见张狗娃突然换了一身便装急匆匆地从局里出去,不禁心中生疑,想看看他到底去什么地方,没想到追出去时正看到一个女人跟上了张狗娃。鲁明不认识冯雅兰,当他看到张狗娃鬼鬼祟祟地闪进一处临街小院时，意识到张狗娃是来会情妇蓝山花的，张狗娃先抓后放的戏他早就知道了。他以为跟踪张狗娃的那个女人是受祖臣芳雇佣来监视张狗娃的，没太在意。当他回来把这事和王铁生说后，王铁生立即转告了“神风”。“神风”上午已得到上级转达的情报，听说这事后心中生疑，让王铁生安排鲁明再去盯着蓝山花的住处。他分析，如果这个女人真是祖臣芳雇佣的，祖臣芳很快就会来找蓝山花大闹。结果是，鲁明一直盯到傍晚，也没见祖臣芳来。“神风”由此推断，这个女人有可能就是“毒花”，她跟踪张狗娃很可能是在踩点儿，估计她有什么事要秘见张狗娃。入夜后，他一直潜伏在蓝山花住处附近监视，最终发现一个和他一模一样装扮的人来了。张丹雄在南郊所遇的蒙面人是个日本人的事，刘振邦早已通过鲁明转告了王铁生，王铁生又转告了他，他推断这个女人就是张丹雄在南郊遇到的那个蒙面人，她就是代号为“毒花”的日本特工。

123

多年的特工生涯，造就了胡飞高度的警惕和敏锐。此时，正在熟睡中的他猛然被一个异常的声音惊醒了，尽管这个声音十分轻微。

在他睁开眼的瞬间，已看到一个黑影从后窗户跳进来，他急忙从枕下摸出枪向黑影射击，但未等他搂动扳机，黑影一镖飞来将他的枪击落。

胡飞并未惊慌，“噌”地跳下床，拉开架势欲与黑影搏斗。

“胡队长，不要白费力气了，你根本不是我的对手。”这个人正是冯雅兰。

胡飞听到是个女人的声音，问道：“你是谁?”

黑影走到门口将灯的开关拨开，屋里一下亮了。

胡飞看到来者是一个头戴黑礼帽、脸蒙黑面罩、身披黑披风的人，又一眼看到击落他手枪的那支梅花镖，顿时明白了：“你是日本人，你就是‘毒花’。”

“胡队长还算聪明，本人正是‘毒花’。”尽管她蒙着面，胡飞从她的话音中还是感觉到她带着得意的笑。

一个头戴黑礼帽、脸蒙黑面罩、身披黑披风的人正像壁虎一样，贴在二楼胡飞客房的窗前谛听冯雅兰和胡飞对话。他正是“神风”。他本来是准备在“毒花”从蓝山花住处出来后就把她灭掉的，但他从“毒花”和张狗娃的对话中听到她要拉胡飞投日，于是决定先看看胡飞的态度。如果胡飞真要投日，就把“毒花”和胡飞一起干掉。

“说吧，你想干什么？”胡飞已感觉出“毒花”没有取他性命的意思。

“合作。对付那个蒙面人和地下党，不也正是你的任务吗？那个蒙面人极有可能就是共党特工‘神风’，想必胡队长也已经猜到了。”

“不错，对付‘神风’和地下党确实是我的任务，但我绝不会跟你们日本人合作，绝不会当汉奸！”

“好一个民族英雄。不合作现在就送你见阎王！”“毒花”拔出手枪对准胡飞。

胡飞胸脯一挺，毫无惧色：“开枪吧，老子为党国而死，也能留下一世英名。”大有“石可破，不可夺其坚；丹可磨，不可夺其赤”的气概。

窗外，“神风”拔出手枪正要向“毒花”开枪时，“毒花”又把枪垂下了。

“好，我佩服你。不过，据我了解，你还有个如花似玉的娇妻和一个天真活泼的儿子吧？如果我没记错的话，你的娇妻叫阿依古丽，是维吾尔族人；你的儿子叫胡云峰，今年整六岁。我还记得，你们家住在北平铁狮子胡同九十八号，没错吧？”话虽如聊家常，但其险恶之意已明。

胡飞果然被击中软肋，暗吃一惊：“你把他们怎么样了？”

“没怎么样，只是先替你照顾照顾。不信，你可以按这个电话号码打个电话问问。”“毒花”掏出一张纸条递给胡飞，“如果你不愿意和我们合作的话，恐怕就见不到他娘儿俩了。”其实，她根本来不及去安排挟持胡飞的妻子和儿子的事，只不过是在打心理战。她知道这时说这话胡飞必信无疑。

胡飞果然相信了，他没接纸条，骂道：“畜生，你们都是畜生！有本事尽管冲我来，绑架女人孩子算什么本事？”

“为达目的，我不择手段，什么奏效就用什么。”“毒花”直言，听得出带有笑意。

“老子和你拼啦！”胡飞怒火攻心，又拉开架势。

“慢。你可以不怕死,但你死了连给你妻子孩子收尸的人都没有了。我不杀你,明天回去给他娘儿俩收尸去吧,我也算做到仁至义尽了。”说完欲走。她还是在打心理战。

“等等。”胡飞果然吃不住劲儿了。

“毒花”转过身:“想明白了?”

“我答应合作,但你们得为我保密。”

“这没问题。你该干什么还干什么,只是要完成我交给你的任务。当然,我也不会让你白干,一是可以给你一大笔钱,让你和你的老婆孩子过上好日子;二是还可以给你提供一些日方的情报,作为你向上峰邀功的业绩,或许还会因此而升迁。”

“行。怎么和你联系?”

“原则上是我找你。但你若有紧急情报可以打这个电话,有人会转给我的。”

“毒花”又从衣兜掏出一个纸条递给胡飞。

胡飞接过纸条看了看:“明白了。”

“毒花”走过去把梅花镖捡起来:“你怎么一见这个飞镖就知道我是日本人?”

“昨天夜里你和蒙面人交过手吧?”

“对。我以为他是你,没想到他是那个真正的蒙面人,我的武功远不及他。”

“他不是那个真正的蒙面人。他叫马腾,是我的手下。”胡飞说了马腾是怎么知道她是日本人的。

“马腾到哪儿干什么去了?”

“去灭杀那个真正的蒙面人,我已经预感到他就是共党特工‘神风’。”

“不对呀,他不是去灭杀那个蒙面人的,是去帮那个蒙面人的。”

胡飞一愣:“不可能吧,他怎么会帮那个蒙面人呢?”

“马腾肯定有问题。我向他进攻时他不但不还手,还一个劲地说,大侠,我是来帮你的。我以为他说这话是个骗术,想迷惑我,就没搭理。可能他后来感觉出我不是那个真正的蒙面人,才向我进攻的。”

胡飞联想起马腾的可疑之处,迅然明白了:“果然背叛了,怪不得我发现他的行为可疑呢。”

“马上抓起来审审吧，他很可能投了共党。希望我们合作愉快，我先走了。”“毒花”说完向窗口走去。

124

风阑夜静，天空也变得晴朗了，就像洗过一样。月亮如盘，金辉遍洒，满天的星星也像是镶在夜空的银灯，晶光闪闪。

“毒花”的心情非常好，她没想到这么容易就把胡飞拿下了。有了他的合作，不但国民党这边的特工不用担心了，而且在双方的共同努力下，灭掉“神风”、铲除张家口地下党的组织也指日可待。此时，街上一个人也没有，当她步履轻盈地走到玉带桥时，一个头戴黑礼帽、脸蒙黑面罩、身披黑披风的人突然从桥下跳上来将她拦住。这个人正是“神风”，他是从来福客店出来提前埋伏在这里的。

“‘毒花’，露出你的真面目吧。”“神风”声音不高，威严冷峻。

“毒花”明白了，这个人才是那个真正的蒙面人，才是“神风”。虽然她不明白他为什么会突然出现在这里，但并没显得惊慌。她盯着“神风”看了看，然后突然发力，劈掌向他打来。

“神风”一个前空翻闪到“毒花”身后，飞脚向“毒花”踹去。

“毒花”也是一个前空翻躲过，俩人拳来脚往地打斗起来。

“神风”招式凌厉，掌掌如刀，霹雳电火般地砍向“毒花”。没几个回合，“毒花”就招架不住了，被“神风”一掌击得倒退了好几步，险些倒地。

“神风”正要趁势灭掉她，她倏地一转身甩出三支飞镖，“神风”腾空而起，三支飞镖均从脚下飞过。

“毒花”看到“神风”的武功如此之高，心中大骇，拔腿朝明德南街路跑去，“神风”飞快地追上去。“毒花”奔跑中又飞出一镖，“神风”侧身接住旋即又将飞镖甩出，飞镖扎进“毒花”右肩。正是：相逢只道功能胜，较量方知艺不如。欲知毒花性命如何，且看下文。

第二十六回 马腾脱险太平山 毒花隐匿警备队

125

“毒花”中镖后虽未倒下,但奔跑的速度显然慢了下来。“神风”眼看要追上时,高桥雄二带着一小队巡逻兵突然从明德南街南面跑了过来,“神风”见状只好放弃追杀,转身跑去。

来福客店客房内,胡飞正坐在桌前审问马腾。马腾被捆着双手站在胡飞对面,黑子亮子站在马腾两侧。

“毒花”走后,胡飞立即把黑子亮子叫过来,为不暴露他和“毒花”接触过的事,慌说刚接到秘密战线的同志送来的情报,马腾极有可能投了黑龙岭独立大队或共党,让黑子亮子把马腾抓来连夜突审。黑子亮子都深信不疑,立即执行。

“马腾,咱们兄弟一场,我不想难为你。只要你说实话并改正,我保证不向上峰报告,就当没这回事。”

马腾已仔细地回忆了一下,这些日子以来,他没有暴露自己的地方,推测胡飞还是对他不信任,诈唬他。于是佯装恼怒:“我真怀疑你的脑子出了问题,有什么证据?”

“毒花”的话胡飞当然不敢往出端,只能威胁:“我要先把证据拿出来,你就死定了。自己说算你坦白自首,可以宽大处理。”

“我既没投黑龙岭独立大队也没投共党,爱咋处理就咋处理吧!”

"给你机会你不要,那就别怪我不讲兄弟情义了。把他押到西太平山,处决!"

西太平山是大境门西侧的一座山峰,万里长城由此山向西蜿蜒。此山和东太平山隔河相望,巍峨雄壮,是护卫张家口北境的天然屏障。

其实,胡飞也并没有完全相信"毒花"的话,"毒花"毕竟是日本特工,想利用"搅浑水"的办法让他灭掉武功高超的马腾也不是不可能的。他所说的处决是想利用假枪毙考验一下马腾,来的路上悄悄和黑子说了,黑子暗中将枪里的子弹退了出来。

胡飞和黑子亮子押着被捆着双手的马腾来到西太平山下的一片树林,黑子亮子将马腾绑到一棵树上。

胡飞再次逼问,马腾依然不招,胡飞命令黑子动手。

黑子说了句"对不住了兄弟",举起手枪正要搂机时,突然一支飞镖飞来将他的手枪击落,随之一个头戴黑礼帽、脸蒙黑面罩、身披黑披风的人从林中闪出来,以迅雷不及掩耳之势将胡飞等三人打倒在地。

这个人正是"神风"。刚才,他追杀"毒花"不成,又立即返回了来福客店,胡飞审讯马腾的情况他听得一清二楚。

"念你们是中国人,还在做着一些中国人应该做的事,先不杀你们,滚吧!"

胡飞等三人爬起来仓皇而逃。

"神风"掏出匕首将捆绑马腾的绳子挑断。马腾明白这个人就是"神风",感激地问:"大侠,你怎么知道他们要在这儿杀我?"

"这儿不是说话的地方,咱们换个地方说。"

"神风"已经知道马腾参加黑龙岭独立大队的事,到了山上的一座烽火台下,向他说了原委。

马腾恍然:"怪不得胡飞不敢说出发现我有问题的证据,闹半天当汉奸了。"

"胡飞虽然答应了和'毒花'合作,但我看得出来他是被逼的,是否真心降日还不能确定,也许是为了保住老婆孩子假意应承。日后如果发现他真投了日,我会除掉他的。"

"那为啥不趁'毒花'在他房间时干掉她呢?"

"本来是想干掉她的,但让她死在胡飞房间会给胡飞他们制造麻烦,毕竟他们也在做着搜集日军情报的工作。"

二人又说了一会儿话,马腾告辞了"神风",踏着月辉连夜往黑龙岭赶去。

126

林溪是昨天下午去的黑龙岭。

得知"毒花"已来到张家口的消息,林溪直觉地想到了冯雅兰,她就是前几天刚来的,而"毒花"这个代号又具有女性意味,会不会她就是"毒花"呢? 虽然一时还无法确定,但她已有所警惕了。为安全起见,她是以北平的大姨给她介绍对象,要去北平相亲为由请的假。为做得像,还专门上街买了一身新衣服,又真的上了去北平的火车。

她从沙城下了车又换乘长途汽车赶到黑龙岭已是傍晚了,只好住了一夜,第二天中午才赶回来。她和刘振邦说完向张丹雄转达了上级的情报后,又说了一件事:张丹雄的母亲前天夜里因病去世,未婚妻凤巧昨天上午在乡亲们的帮助下安葬完张母,傍晚时和红小英赶到了黑龙岭,张丹雄闻讯悲痛欲绝。

林溪说的事令刘振邦吃惊,但刘振邦说的事更让林溪吃惊:"神风"昨天夜里已发现了"毒花",虽未除掉她但已确定,"毒花"是个二十至二十五六岁的年轻女人。

林溪马上意识到冯雅兰极有可能就是"毒花",她完全符合"毒花"的条件,心不由得突突直跳,她和刘振邦说了她的怀疑,刘振邦也认为极有可能,让林溪设法验证一下冯雅兰的右肩是否有伤。

林溪匆匆赶到学校见办公室上着锁,她正要去找古校长问问冯雅兰去哪儿时,祖臣举朝她跑了过来。

祖臣举昨天得知林溪去北平相亲,就像掉进了冰窖,从里到外都凉透了。不过他由此也知道了林溪在张家口并没有恋人,那天早上他见到的那个年轻人看来就是林溪的老乡。他又想,林溪毕竟只是去相亲,成与不成还两说,况且他也知道林溪是个心高气傲的女人，不一定会轻易看上一个男人。这个可怜的单相思怀着这一丝期盼，焦虑地等待着林溪回来。他的办公室能看到林溪的办公室，当他偶一抬头看到林溪正向她的办公室走时，眼睛骤然一亮，赶忙向外跑去。

“相成了吗？”他连扯闲过场的客套话都没顾上说，单刀直入地问，一颗心紧张得几乎不会跳动。

“看不上。”林溪不想多搭理他，淡淡地说了一句，问，“冯老师去哪儿了？”

林溪这简单的“看不上”三个字，犹如在祖臣举心里放了三个七彩礼花，林溪又这么快就赶回来了，他相信是真的没相成。布在他心中的担忧之云顿时一扫而尽，喜形于色。他不在乎林溪对他的冷淡，有这三个字就足够了，只要林溪没有恋人，他就有希望，凭着他的家庭、他的职务、他的相貌，只要他锲而不舍，相信终会有打动林溪芳心的那一天。他还不知通过什么总结出一个古怪的铁律：女人是追到手的。

他听林溪问他冯雅兰的事，赶忙讨好：“我知道，跟她叔叔去北平进货去了，她叔叔身体不好，她不放心。”又不忘显示他的职权，“这不，我正琢磨安排谁给她代课呢。”

“噢，那你去忙吧，我先走。”

祖臣举还想多和林溪说会儿话：“进办公室歇会儿再走吧。”

“不啦，已经中午啦，回去和家里人说一声。”

祖臣举目送林溪向校门走去：她那窈窕迷人的身姿、那轻盈优美的步履，无一不让他心驰神荡。林溪的身影早已消失了，他兀自愣愣地望着，就好像林溪仍在他的视野之中。

“一定要把这个尤物追到手。”他再次暗下决心。

127

林溪从学校出来并没有回家，而是匆匆赶到了武城街元兴茶叶店，她要验证一下,冯雅兰的叔叔是否真的去了北平。

她走进茶叶店,一个小伙计正给一个客人包茶叶。

小伙计把茶叶包好递给客人:“您是头一次来吧,欢迎您再次光临。”

客人接过茶叶:“我已经来五回了,哪回你都是这句话。”

小伙计赔着笑:“怪我眼拙,对不起。”

客人走出,小伙计又问林溪:“小姐,您要点儿什么茶叶?”

“有普洱吗?”

“有,一看您就是喝茶行家,这个季节正是喝普洱的时候。您要多少?”

“来半斤吧。”

“好咪!”小伙计盛茶叶、过称、打包,一系列动作干净利落。

小伙计将茶叶包递给林溪:“八块。”

林溪接过茶叶掏出十元钱递给小伙计。

小伙计找给林溪两块:“您是头一次来吧,欢迎您再次光临。”

“我这是第二次啦。”

小伙计赔着笑:“怪我眼拙,对不起。”

“咋没见你们老板?”

“老板去北平进货去了,刚走。”

这个元兴茶叶店,是日本特务机关设在张家口的一个网点,以经商为掩护,秘密收集各方面的情报。这样的网点在张家口有十几个,统归领事馆桥本正康所辖。所有网点的特工都是以外地人到张家口做生意的名义来的,他们都是中国通,没有人知道他们是日本人。这个茶叶店的老板,是日特的一个小头目,他是奉桥本正康之命,扮作冯雅兰的叔叔,对冯雅兰给以掩护和帮助。昨天夜里,桥本正康派人通知他,美樱子右臂受镖伤,需留在警备队秘密疗伤,让他明天在美樱子向学校请假后,以去北平进货为名离开茶叶店躲进领事馆,何时可回去待通知。茶叶店那个一副憨态又有几分滑稽的小伙计,也是日特分子。

林溪从元兴茶叶店出来,又匆匆赶到大华照相馆,和刘振邦说了冯雅兰陪她叔叔去北平进货一事,并推断很可能是借这个理由去北平疗伤去了。

刘振邦也认为有这个可能,让林溪等冯雅兰回来再设法察看一下她的右肩膀。如果冯雅兰真是“毒花”的话,就算是疗好伤也不可能不留下疤痕。

128

警察局经过几天的忙碌,完成了对近期来张人员的摸底。这些人员中,就包括冯雅兰。张狗娃那天夜里虽然见到了冯雅兰,但由于冯雅兰蒙着脸,他只知道她是日本特工“毒花”,并不知道她就是冯雅兰。为清除胡飞这个潜在的隐患,他曾建议“毒花”把胡飞灭掉,但“毒花”不答应,说如能把胡飞拉过来为大日本帝国做事,比灭了他更为重要,如果他不答应,一定会灭掉他。第二天,他悄悄打听了一下,胡飞并没有被灭杀,由此推断胡飞已被“毒花”收服,降了日。但他又不能肯定,他知道胡飞是特别忠于党国的,或许是为了保全老婆孩子(胡飞老婆孩子的姓名及家庭住址都是他提供给“毒花”的),所采取的假降伎俩。夹在胡飞和川岛、“毒花”之间的他惶惶不可终日,只能凭着他那颗智商还不算低的大脑袋,东来东挡,西来西挡,左右逢源。

胡飞交办的任务他不能不做,但他经过一番思索后有了主意。近期来张的人员名单出来之后,他先逐个儿分析,如有疑似“毒花”的就划掉,不向胡飞提供。但他分析来分析去,感到没有一个能和“毒花”挂上的,于是放心地带着这份名单来见胡飞。

“胡队,按照您的指示,我让弟兄们马不停蹄地去摸,总算全摸清了。”张狗娃显功似地说,“近十天内,来张家口常住或暂住的二十至三十岁之间的人,共有十三男十七女。”他把名单递给胡飞,又暗暗观察,想通过他的表情看他是否真的降了日。

胡飞接过名单看了一会儿:“里面有个叫冯雅兰的老师,你见过吗?”由于“毒花”见胡飞时戴着面罩,胡飞并不知道“毒花”就是冯雅兰。

“见过。”张狗娃说,“您也见过呀,咱们在云泉寺不是见过两个女的吗? 没说话的那个就是她。”

“你咋知道她叫冯雅兰?”

“我本来也不知道。我从名单上看到这个人是张家口女子学校的，就问了一下我小舅子，我小舅子不是那个学校的教育主任吗，我问他这个冯老师有啥异常表现没，他说啥异常表现也没有，白天不是教课就是备课，天一黑就钻到宿舍睡觉了，就前几天和林老师去过一次云泉寺，就这么知道了她就是冯雅兰。咋？您怀疑她？”

“不，随便问问。”

“她哪可能是‘毒花’呀，弱的跟林黛玉似的，一阵风都能把她吹倒。”

“行啦，我再挨个儿琢磨琢磨吧。对啦，成立贸易公司的事已经筹备完了，公司的名号叫北平盛达贸易公司张家口分公司，明天正式开业，你也过去吧。”

“行。都请啥人了？”

“也没请啥人，就是商会的会长副会长，还有一些大商家的老板。对啦，那音太也请了。”

“请他干啥？”

“罗会长让请的。他是副会长，别人都请了不请他容易让他多心，对掩护这个站不利。”

“那我最好还是别去啦。我带人搜查过他们家，我要是去了，会引起他对您的反感。”

胡飞想了想：“也好。”

张狗娃通过察言观色，丝毫没感觉出胡飞有降日的意思。

129

鸿远楼门前张灯结彩，门楣上方的“鸿远楼饭庄”的横匾，已被“北平盛达贸易公司张家口分公司”的大横匾替代。

此时，胡飞正站在台阶上讲话，罗祥瑞、那音太等五六个会长副会长站在他两边，下面站着黑子、亮子、田万才、高平、李大川、宋奇志及新来的十个特工和一些大老板，周围站着许多围观的老百姓。

胡飞的讲话已近尾声:“今后,还望各位多多关照。为答谢各位商会会长、副会长和各位老板的光临。蔽公司在朝阳楼饭庄设了酒宴,请各位赏脸光顾!”

罗祥瑞也帮着招呼:“胡老板真情相请,大家都去吧!”

黑子、亮子、田万才等人热情地邀请着各位老板。

高发魁带着六子贵祥等十几个协动队士兵正路过此处,停下观看。

高发魁看到这开业的一幕,不由得联想起他开业的那天夜里有人暗杀他的事。他后来仔细想过,他从黑龙岭逃到张家口,除了田万才没有人知道,那天夜里来暗杀他的很可能是田万才和他雇佣的两个杀手。他当了协动队副队长之后,曾让六子贵祥打听过田万才的消息,可一直没打听到。

六子见高发魁望着鸿远楼发呆,以为他又怀念起了鸿远楼:“高爷,已经易主,别看了。”

高发魁回过神儿来:“走吧。”

高发魁刚要迈步,突然看到一个熟悉的大虾腰背影,此时那个背影正好转过身来,再仔细一看正是他寻找多日的田万才。他赶忙对六子贵祥喊道:“快把那个穿蓝长衫的瘦高个儿抓住,他就是田万才!”

六子贵祥冲过去把正要随客人走的田万才抓住。

众人惊异,不知发生了什么事。

田万才喊道:“凭啥抓我?”

高发魁快步走过来:“田万才,还认识我吗?”

“你……”田万才看到高发魁,惊得瞠目结舌。

高发魁一张橘子皮脸铁青,恶声恶气:“老子到处找你,想不到在这儿碰上啦。带走!”他有种踏破铁鞋无觅处,得来全不费工夫的感觉。

黑子亮子等人欲动手,胡飞赶忙过来止住。

“高兄,他是我的雇员,有话咱们进屋说,给个面子。”

高发魁本不想买胡飞的帐,但转念一想,胡飞是实力不凡的大老板,或许能给自己提供发财的机会,于是答应了。

胡飞把高发魁领到二楼经理室,请高发魁坐下:“你俩的恩怨田万才和我说过。你俩也算是袍泽故旧,看在我的面子上就放他一马吧。”

“如果他是因为他侄子和我结仇，可以明着来，动刀动枪我都不计，毕竟我打死了他侄子，可他玩阴的，雇凶暗杀我，这就不能放过他了。”他有他的想法，要加重筹码，面子不能轻易给。

“雇凶暗杀？啥时候的事？”

“鸿远楼饭庄开业那天夜里。”

“这你可冤枉他了。你那天的事第二天我们都听说了，那天夜里田万才和我们打麻将呢，打了个通宵，绝不可能是他。再说，他也特别后悔在宣化县树林里的不义之举，多次和我说，想找个机会和你冰释前仇，化解恩怨，赓续旧好。”

“真的吗？”

“绝对是真的。”

“胡老板是咋和他认识的？”

“我们初来乍到，对张家口不熟悉，想招几个当地雇员，有回吃饭时正好遇到他了，就招了过来。敝公司刚开业，正是用人之际，还望高队长大人大量。”胡飞说着拉开抽屉取出一根金条，推到高发魁面前，“一点儿小意思，我代他向您赔个罪。”

高发魁觉着面子可以给了：“既然胡老板这么看重他，我就不和他计较了。”

130

赤城县日军警备小队队长办公室内，一个少佐军官正坐在办公桌前看地图，他就是关东军总部新派来的驻赤城警备小队的队长小野，小野二十七八岁，肤色白净，双目乌黑，虽算不上英俊，倒也十分精神。站在一旁的是个军曹，叫小林一郎。小林一郎二十五六岁，体格壮硕，面色黢黑，双眉倒立，眼睛浑圆，凶神恶煞一般。

小野抬起头：“桑队长怎么还没到？”半个小时前，他就给桑斯尔打了电话，说有事找他。

“中国人做事就是这么拖拖拉拉的,再打电话催他。”

小林一郎刚说完,桑斯尔走了进来。

“怎么这么长时间?”小野板着脸问。

“小野队长上任后,我还没有请过你,刚才正安排给你接风的事,耽误会儿时间。小野队长叫我何事?”

小野板着的脸舒展了:“我刚从张家口川岛大佐那里回来,大佐说,剿灭黑龙岭的事还在做准备,让咱们一定要提高警惕,防止井林茂小队悲剧的重演。你们察东守备队人多(多伦察东警备军给桑斯尔补给的兵员和武器,在小野的警备小队到达的前两天就到了),除了多加岗哨之外,还要组织两个巡逻队,二十四小时不断地环城巡逻,防止黑龙岭的同盟军匪徒偷袭。”

“行,我一会儿就安排。”桑斯尔爽快地应承。

“还有,川岛大佐让咱们尽快把独石口的军营和工事修筑好,赶紧从城里搬过去,那是军事要地,是咱们守卫的重点。”

“我上午已经去看过了,最多再有十来天就可以完工了。格日图盯着呢,不会耽误的。”

“好。一会儿我给川岛大佐打个电话,让他放心。对了,你刚才说要给我接风,去哪个饭店呀?”

“不是饭店,是家宴。我特意安排了我们蒙古族风味的酒宴,让你尝个鲜。”

小野终于有了笑容:“早就听说过蒙古族的奶茶、手把羊肉,还有烤羊排等都非常有特色,一定去品尝。”

“请小林君也一同去品尝。”桑斯尔又邀请小林一郎。

“谢谢,一定去。”小林一郎面无表情。他这张脸似乎没有笑的功能,无论什么时候都是死板板的。

桑斯尔家客厅灯火通明,桑斯尔和夫人娜仁花盛情地宴请小野和小林一郎,作陪的是格日图。格日图是察东守备队副队长,威武雄壮,方脸膛,宽额头,眉毛又黑又重,是个典型的蒙古汉子。

娜仁花约二十六七岁,身着蒙古族长袍,肌肤雪白气质高雅,既有雍容华贵之韵致,又有草原女人特有的质朴纯情。两道细长入鬓的秀眉下,一双澄澈的眸子乌黑发亮,如同两颗墨宝石一般。

娜仁花的绝色美艳和绰约风姿,令小野几欲失魂。平心而论,他并不是登徒浪子之类,只是他长这么大,还从未见到过如此之美丽且气质非凡的女人。他真想把目光钉在她身上,尽情地饱览个够,但毕竟初次相见,不敢放肆,只能时不时地偷偷瞄上一眼。

桑斯尔是个粗犷汉子,并没有注意到小野的神态。为显示主人的热情,他豪气大放,和格日图不停地向小野和小林一郎敬酒。几巡过后,都已有了醉意。

用人张妈又端上来一大盘表皮金黄焦脆、散发着浓浓香味的烤羊肉,大伙儿品尝一番后,小野摇摇晃晃地站起来,端起酒碗(桑斯尔为使晚宴极具蒙古族特色,备的不是小酒杯而是大银碗)。

"桑夫人,感谢盛情款待,我敬您一碗酒。"

"夫人有身孕,不宜喝酒,我替夫人喝吧。"

"不行。即使有身孕喝一碗也不要紧,我一定要敬夫人一碗。"小野十分固执,大有不达目的不罢休的劲头。正是:诚心款待远方客,不意招来叵测人。欲知后事如何,且看下文。

第二十七回 借敌刀胡飞泄密 扰捕局神风出招

131

娜仁花本是好客之人，不想让客人难堪，站起来歉意地笑笑："小野队长，我真不能喝酒。这样吧，为感谢您的诚意，我以歌代酒咋样？"

小野能借着敬酒直视娜仁花一番，就已经很享受了，便尽显豪气："行，我先敬桑夫人！"说完将一碗酒一饮而尽。

娜仁花朱唇轻启，唱了一支蒙古长调。长调是极具蒙古韵味的曲调，悠扬委婉，初时低缓，如清泉潺潺轻流，继而高亢，如金石訇然作响。随着她的歌声，人们恍如身置于浩然穹苍之下无边无垠的大草原，看到了空灵高远的蓝天白云和绿茵如织鲜花编缀的草原美景。

小野兴致骤起："太优美了，真如天籁之音，我再敬您一碗，您再唱一支。"说完又干了一碗。

娜仁花又唱了一支，当小野再次把酒干完她又开口欲唱时，小野竟"扑通"一声坐倒地上，一股污浊的液体从嘴里喷射出来。

刘振邦虽然认为冯雅兰就是"毒花"的可能性极大，但为了不至于误判放纵了真正的"毒花"，还是安排地下党的同志进行了全面摸查。根据"神风"提供的"毒花"是个二十至二十五六的年轻女人，加之上级情报说"毒花"又是几天前刚来的，摸查的范围就小多了。一周之后，摸查任务完成了，符合"毒花"条件的共有十七人(不含冯雅兰)。刘振邦和赵志海林溪对这十七人逐个分析，有十二人明显不是“毒花”。刘振邦又安排人对剩余的五人进行深入的秘密调查，最终也都排除了。由此看来，疑点最大的还是冯雅兰。但冯雅兰又迟迟没从北平回来，他们只好等。

时间一晃又过去了十几天，这距冯雅兰去北平已经二十七八天了。这天下午，林溪正坐在办公桌前批改作业，没批改几本就批改不下去了，又琢磨起冯雅兰的事。她想，难道冯雅兰真的就是“毒花”，她到北平真的是去疗伤了吗？

“林姐。”她正想着，忽听有人叫了一声，回头一看，竟是冯雅兰走了进来。

尽管还不能断定冯雅兰就是“毒花”，林溪看到她心中还是不禁有些紧张。她努力地控制住自己的情绪，做出惊喜的样子：“呦，回来了。”

“刚下车。”

冯雅兰一副风尘仆仆的样子。从外表和神态看，她没有任何变化，也没有任何异常。

“咋去了这么长时间，快一个月了吧。”

“唉，别提啦，刚到北平我叔叔就病了，一直在医院住着，前两天刚好，紧赶着办了点儿货就往回赶。哎呀，快把我累死了。”

“快去古校长那儿销个假，回宿舍好好歇歇吧。”

“一直在医院待着连个澡都没洗过，脏死了。我先去澡堂子洗个澡，你去不？”

这正是察看她右肩膀有没有伤痕的好机会，林溪既暗喜又紧张，但表面不露神色：“行，我陪你去，正好我也有几天没洗了，连说说话。这么长时间没见，还真想你。”

美樱子中镖后，本打算养好伤撤离张家口，她不可能再以冯雅兰的身份活动了，因为疤痕会毁了她。没想到军医给她提供了一个信息，日本的医学泰斗谷口博士近年新研发出一种药剂，再加上他的高超医术，小而新的创伤只要不超过五天，他就有能力治愈，使之恢复如初，一点儿疤痕都不会留下。她赶紧通过土肥原贤二把谷口博士请来，在谷口博士的悉心治疗下，伤口果然恢复如初，一点儿疤痕也没留下，又经过特制日光灯的照烤后，肤色也恢复如常了。这就是她为什么近一个月才露面的原因。她之所以要让林溪和她一起去洗澡,就是要让林溪看到她并没有受过伤,林溪毕竟有共党之嫌。

林溪把察看到的情况告诉了刘振邦,说冯雅兰右肩膀一点儿伤痕都没有。

怪了,“毒花”究竟是谁呢?这成了他们心中的一个谜。

132

张家口下堡有家高档咖啡厅,是英国人开的。傍晚时分,西装革履的胡飞正坐在一雅间内,边喝咖啡边等“毒花”。

贸易公司成立之后,胡飞及特工都有了合法的掩护身份,不用再躲躲藏藏,可以公开活动了。这个特务站虽然瞒不过日本人,但胡飞已归“降”,日本人是不会找麻烦的。

胡飞所忧虑的是马腾,那次马腾被蒙面大侠救走后,他就断定马腾确实反叛了。他想,马腾无论是投了黑龙岭独立大队还是投了共党,地下党都能从他嘴里获知北平特务处在张家口建特务站的事,这不仅对他们搜集地下党的情报极为不利,甚至特务站也有可能遭到地下党的破坏。思索再三,他想出了一个借刀杀人的办法,而且这个办法还能起到一箭三雕的效果:既可灭掉张丹雄马腾等人;又可灭掉“神风”及地下党组织;还能麻痹日本人,有利于今后对日方军事情报的搜集。但这个办法必须得通过“毒花”来实现,他不能让任何人知道。他之所以约“毒花”在这个时间这个地点见面,还有一个目的:看看“毒花”的真面目。

一个装扮入时、脖子上围着一条白底蓝花丝巾的女士推开门走进来,她正是冯雅兰。她所围的那条丝巾,是“毒花”和胡飞约定的接头标志物。

胡飞暗吃一惊。他万万没想到,这个身姿纤弱相貌文静的女人竟然真是那个武功高深的“毒花”。

双方客套了几句,胡飞给冯雅兰点了咖啡糕点,服务生很快上齐离开。

“胡先生说有要事相告,什么事?”

胡飞将张丹雄、戈剑光、柳英飞、万虎、巴雅尔、林峰的照片掏出来递给冯雅兰，一一说明他们的姓名和现在及原来的身份，又掏出一张纸递给冯雅兰，上面是这六个人的家庭住址及亲属名单。

“我想，你们应该知道怎么利用。”

“我们当然知道。只是有一事不明，你们既然知道了他们的家庭住址，为什么不把他们的亲属抓起来逼他们就范，然后杀掉呢？”

“蒋委员长虽然痛恨同盟军，但同盟军毕竟被收编了，已隶属国军，如果明着杀，会激怒同盟军的，闹不好会引发兵变，所以不能采取那种办法。”

“明白了。”冯雅兰又仔细看了看亲属名单，突然吃惊地说，“林峰是林溪的亲弟弟？”

“对。”胡飞说，“这正是我想对你说的，如果你们能活捉这六个人，林峰一定要留给我处置。”

“为什么？”

“他为了救张丹雄等五人，杀死了特务处一名副处长，这个副处长叫胡鹏，是我的亲大哥，我要亲手宰了他，为我大哥报仇。”

“我答应你。如果活捉的话，一定给你留下。我回去和川岛大佐说一下，一定重奖你。”

“这倒不必。如果你们能除掉这六个人，也算帮我完成了任务。”

冯雅兰走后，胡飞诡谲地一笑。

133

张丹雄得到闪电突击队要来偷袭的情报后，和戈剑光、各中队长以及马腾进行了认真的研究，制定了防御方案，并日日加紧操练队伍，战士们的作战素质也有了很大的提升。然而二十多天过去了，闪电突击队并没有来偷袭。他们分析，很可能是川岛由于上次的惨败恐惧了，二百多人都没能拿下的黑龙岭，二十几个人怎么可能拿的下呢？他们认为川岛不可能来偷袭了，加之又得知胡飞也已不再对他们六家监视，张丹雄决定回去给母亲上上坟，连答谢一下帮凤巧安葬母亲的乡亲们,他让一直还没有回过家的戈剑光、万虎(上次回去没进家门)、林峰也回家看看。

他们是开吉普回去的。把吉普藏在南郊树林后,戈剑光、万虎和林峰先随张丹雄回了口外东窑子,一同给张丹雄的母亲上了坟,又忙里忙外的帮着张丹雄招待了帮忙安葬张母的乡亲,完事已是傍晚了。张丹雄决定他先开车回黑龙岭,让戈剑光万虎和林峰在家多住几天,连让林峰通过他姐了解一下闪电突击队为什么一直不见动静的原因。

林峰回到家时,林溪和父母正在餐间吃饭,他们看到突然回来的林峰都不禁一愣。

林溪以为又发生了什么意外,心顿时抽紧了:"你咋回来啦,是不是又出啥事啦?"

"没有。"林峰说了回来的原因。

"不行,"林溪马上说,"现在是非常时期,闪电突击队的偷袭备不住啥时候就开始了。你赶快把他俩从家叫出来到平安旅店住一夜,明天一早赶紧回去。"

林峰刚走不一会儿冯雅兰来了,说是他叔叔叫人给她送了两张夜场的戏票,约林溪一起去看。林溪本不想去,但架不住冯雅兰再三央求,只好随她去了。其实,这是冯雅兰在实施她的计划。

冯雅兰从咖啡厅回到川岛办公室后,立即和川岛、铃木研究了抓捕张丹雄等六人亲属的行动计划。在这个计划中,冯雅兰又加进了她的两个设想:一是借此计划查出地下党;二是万一诱杀计谋不能得逞,为袭击黑龙岭创造条件。而这两个设想都离不开林溪。

134

抓捕计划定在今夜一点。之所以定在这个时间,是为了把张丹雄等六人的亲属全部抓到手,因为这个时候人肯定都在家。

本来,川岛是准备动用警备队和协动队去抓的,但美樱子不同意。她说,不远的将来,大日本帝国就要占领察哈尔,统治察哈尔,如果由警备队和协动队去抓老百姓,不利于维护大日本帝国的形象,还是让警察局以查抄共党的名义去抓为好。再者,他们都是本地人,对城区也熟悉,知道怎么围堵,不至于漏网。

川岛打电话把张狗娃叫来交代完任务后,张狗娃立即明白这个情报是胡飞向他们提供的。他心里暗自高兴,看来胡飞真是投了日,以后再不用怕他了,乌鸦落在猪身上,谁也别说谁黑。但他又有些奇怪,像胡飞这么坚定的忠于党国的家伙,怎么说投就投了呢? 他心里只有一个答案,肯定是被日本人的重金砸趴下了。为证实这个答案,他试探地问:“大佐,这个情报花了不少钱吧?”

川岛一时没明白张狗娃的意思:“什么花了不少钱?”旋即明白过来,沉着脸说,“这不是你该问的。”胡飞降日的事,他是不可能向张狗娃泄露的。

张狗娃赶忙认错,但他心里踏实了许多。听话听音,从川岛的语气中,证实了他的猜测没错,胡飞就是降日了。

川岛又叮嘱张狗娃,给罗克布置完任务一定要盯住他,如有异常马上报告。

张狗娃回到办公室,先誊写了一份名单,然后打电话把罗克叫来,说完抓捕任务后,他本想把誊写的那份亲属名单给罗克,但想起川岛的叮嘱,递出去的手又缩了回来:“算啦,还是行动前再给你吧。”

“既然日本人知道了这六家的住址,他们咋不去抓?”罗克有些不满。

“我敢问吗? 让咱去咱就去呗,反正他们是同盟军余党的家属,那几个人又有勾结共党的嫌疑,抓他们也是咱们分内的事。”

“胡飞知道这事吗?”

“不知道,这是日本人刚获得的情报。”

“要不要和胡飞通个气?”

“没必要。日本人把这六个人灭了,也等于替他完成了任务。”

“几点行动?”

“忘了和你说了,凌晨一点准时行动,一捂就能捂一窝,抓到后都先关在警察局监狱，然后再分批秘密地往警备队的监狱转移。为避免走漏风声，等十二点集合队伍时再和大伙儿说。”

罗克看看表：“现在刚九点，还有三四个钟头呢，先睡会儿吧，要不一夜也合不了眼。”

“对，抓紧时间睡会儿吧，我还真有点儿乏困了。”张狗娃说完打了个哈欠伸了个懒腰。他正希望罗克去睡，他真要睡了，也就不用再费心劳神的监视他了。

135

祖臣芳虽然是个没什么心计的女人，但对张狗娃准备把蓝山花关仨月的事也并没完全相信。后来她又到蓝山花的住处看了几回，见门上一直贴着封条，又加上张狗娃从那以后不但天天回家住还主动和她温存，心里踏实了，相信张狗娃说的是真的。可近两天她又不踏实了，张狗娃虽说还不断回来，但间隔的时间越来越长，从上次回来到今天又将近一个礼拜了。今晚，她越琢磨越不对劲儿，把正要睡觉的祖臣举叫到客厅。

“啥事呀姐？”祖臣举一屁股坐在沙发上，一百个不情愿地问。

“臣举，我越琢磨越不对劲儿，总觉着那个王八蛋骗咱们呢，闹不好他早把那个骚货放出来藏到啥地方了。”

“不可能吧，他说要关仨月的。”

“啥仨月，我看连三天都不到。你算算，这么长时间了那个王八蛋才回来几回，要没那个骚货勾着，他能这样吗？”

祖臣芳刚说完，突然窗户不知怎么开了，接着一支飞镖飞进来，“砰”的一声扎在一个立柜上。

祖臣芳祖臣举惊得赶忙趴在沙发上。

俩人等了半天不见动静。祖臣举看到飞镖上穿着一张纸条，壮着胆子小心翼翼地走到立柜前，把飞镖拔下，又从飞镖上取下纸条看。

"写得啥?"祖臣芳满脸惧色。

"姐,真让你说对了,张狗娃真把那个婊子偷偷藏起来了。"

祖臣芳走过去一把从祖臣举手中抓过纸条,看后气得咬牙切齿:"走,先看看那个骚货是不是藏在那儿,再去找那个王八蛋!"

张狗娃虽然认为罗克不可能是蒙面人,而且胡飞也验证过,但因川岛有怀疑并责令他监视,他还是不敢大意。他先到总机室,安排亲信密切监听罗克的电话,然后又悄悄来到罗克办公室门前。他伏在门上听了听,屋里有呼噜声。他还不放心,又悄悄走到窗户前从窗帘缝往里窥视,见罗克正躺在床上脸朝里睡着。他不用看脸,仅从那头乱发就能辨出确是罗克。他想:"看来川岛真是多疑了。"

张狗娃回到办公室,正准备进里屋躺会儿,祖臣芳祖臣举气呼呼地闯了进来。

刚才,祖臣芳祖臣举按照纸条上写的地址,很快就找到了蓝山花的住处,踹开门两人将蓝山花好一顿暴打,蓝山花已没有了还手的勇气,只是哀叫乞饶,但祖臣芳姐弟已红了眼,不但不住手反而下手越来越狠,直到蓝山花一声凄厉的怪叫后抽搐几下不动了,两人才愤愤出来。

张狗娃没想到他们会知道蓝山花的住处:"咋这么晚来啦?"

祖臣芳疯狂地扑过去厮打张狗娃,边厮打边怒声大骂:"王八蛋,骗子,老娘跟你拼了!"

张狗娃明白了,急忙抓住祖臣芳的两手:"别闹了,听我说……听我说……"

"我不听,老娘今天非跟你拼个你死我活……"祖臣芳把手挣脱出来继续骂着厮打着。

张狗娃向站在一旁冷眼观看的祖臣举求助:"臣举,快帮帮姐夫,先拦住她,听我把话说完……"

祖臣举认为闹腾得差不多了:"姐,先住手,看他有啥说的。"

祖臣芳也折腾得没劲儿了,停下手喘息着:"王八蛋……你说!"

张狗娃赶忙解释:"我不是舍不得她,她怀了我的孩子呀,我是想让她把孩子生下来,完后再给她扣个包庇同盟军余党的罪名弄死她。"

“还想要儿子？做梦去吧，老娘已经把她打死了！”祖臣芳一双肉泡眼血红，她以为蓝山花已经被打死了。

“啥？打死了？”张狗娃惊得一张脸失了色。

“心疼了吧，露馅儿了吧，你别再骗老娘了，老娘跟你一刀两断，离婚！”冲祖臣举，“走，明天我就叫咱爹撸了他！”

张狗娃扑通跪在地上哀求：“臣芳，再饶我一次吧，千万别和你爹说，千万别……”

祖臣芳“呸”了张狗娃一口，拉起祖臣举气哼哼地向外走去。

张狗娃狠狠抽了自己一巴掌，长长地哀叹一声。

在祖臣芳祖臣举从张狗娃办公室出来的同时，阮得利闪进了自己的办公室，露出满意的微笑。张狗娃把蓝山花抓了又放的事，他知道得一清二楚，但他不知道张狗娃把蓝山花藏在何处。他本想等探知蓝山花的秘藏之处再给祖臣芳打匿名电话，但一直没探查到。他曾跟踪过张狗娃一回，但只跟到半路就被张狗娃发现了，撒了个谎才圆过去。他知道张狗娃不是个好惹的茬儿，一旦与张狗娃结仇必然会毁了自己，后来就没敢再跟踪。刚才听到张狗娃办公室传出打骂声，他赶忙出去伏在门前窃听，很快就明白了是怎么回事，听到祖臣芳要坚决离婚的口气，他认为张狗娃这次真可能会被撸掉，窃喜不已。但他又很奇怪，祖臣芳姐弟是怎么得知蓝山花秘密住处的呢？

136

往祖臣芳家投飞镖的是鲁明，任务是“神风”通过王铁生交给他的，目的是对张狗娃进行干扰，以便乱中取事。鲁明投完飞镖又赶到大华照相馆，向刘振邦转达“神风”的话。“神风”说，警察局今夜一点要抓捕张丹雄等六家亲属，让他们赶快通知这六家，先转移到那音太家的地道里藏起来。刘振邦只认识林溪家和那音太家，其他几家都不认识。他赶紧去找林溪。

刘振邦来到林溪家，才知道林溪和冯雅兰看戏去了。他把找林溪的原因和林父林母说后，林母让林父去戏园子把林溪叫回来。刘振邦止住，说这事不能让任何人知道，一旦走漏消息，敌人很可能会提前采取行动。他想起林溪说过张丹雄等五家互有联系的事，决定再去那音太家了解戈剑光等四家住何处。

刘振邦正要走，林父忽地想起林峰他们回来的事："对啦，林峰和戈剑光还有万虎回来啦，在平安旅店住着呢。"

刘振邦一愣："多会儿回来的？干啥来了？"

林父说了他们为什么回来和为什么去平安旅店的原因。

"那这样吧，"刘振邦说，"大哥大嫂你们简单收拾一下，赶紧到平安旅店去告诉他们，让戈剑光万虎去接他们的家人，让林峰去接柳英飞的家人，完后你们就去那音太家，连和那音太把这事说一下。"

林父林母应承。

刘振邦又叮嘱道："林溪由我们去接，你们千万不要去找她。"虽然排除了冯雅兰是"毒花"的嫌疑，但并没有完全打消对她的怀疑，因还有其他事情要安排，刘振邦顾不上过多的解释。

林父林母又应承。

林父本来思想就很激进，后来由于林溪的影响，他越来越倾向于共产党。刘振邦交办的事他非常重视，立即催促林母赶快收拾东西。

林父和林母正收拾着，林母突然提出："我看这样吧，我收拾东西，你赶紧去旅店通知他们，这么两不耽误。"

林父想想也对："行，你可麻利点儿，一会儿我回来接你。"

林父走后，林母并没有接着收拾东西，而是锁了院门匆匆向戏园子走去，她怕刘振邦他们一忙乎把接林溪的事忘了。正是：非因忘记他人嘱，实是牵挂自主张。毕竟后事如何，且看下文。

第二十八回　抓捕前提频出险　设援早布屡解危

137

张狗娃担心蓝山花真被打死，想赶快去看个究竟，他知道母老虎是个狠茬儿，这种事她是做得出来的。为保密，他连司机都没叫，匆匆驾了一辆吉普往蓝山花住处开去，到了蓝山花住处跳下车一看，只见院门屋门都大开，屋里还亮着灯，他赶紧跑进屋一看，屋里不见蓝山花的踪影，只看到地上明晃晃的一摊血。他赶忙又驾车向蓝山花娘家驶去。

蓝山花虽没被打死，但被打昏流产了。她醒过来后，踉踉跄跄地回了家，向刘氏哭诉她的遭遇，柳父坐在一旁直叹气。

“孩子也掉了，他肯定不要我了，我该咋办呀……”

刘氏双眉倒立：“他敢！要是蹬了你，我跟他倒脑子去！”

刘氏刚说完，张狗娃匆匆走进来，刘氏“噌”地跳起来，如同狂怒的母狼，指着张狗娃骂道：“王八蛋，你死哪儿去了！你那个母老虎和她兄弟差点儿把她打死，你知道不？你看看，都打成啥样啦！”

蓝山花见张狗娃来了，像是受了天大的委屈，趴在桌子上大放悲声，哭得身子一起一伏的。

张狗娃灰头土脸，像犯了罪似的：“我给她买的这个住处挺背静的，谁知他们咋就知道了。”走到蓝山花跟前，“山花儿，伤得重不重？”

刘氏怒气未消：“还重不重，你看看这青一块紫一块的，哪儿还有好地儿呀,头发被扯掉好几绺,衣裳撕得到处露肉,就差被打死了!”

“孩子是不是掉了?”张狗娃想起地上的那摊血。

刘氏虎着脸:“掉啦。铁疙瘩也经不住他们硬踢呀!张狗娃我告诉你,孩子掉了你也不能甩她,你要是敢甩她,我就跟你拼了这条老命!”

“看大娘说的,我哪能甩她呢。她既然是我的人了,我一定对她负责到底。”又对蓝山花说,“山花儿,别哭了,我开车来的,送你去医院查查。”

张狗娃的话让蓝山花感到心里一热,转身抱住张狗娃号啕大哭。

张狗娃连声劝慰后对刘氏说,“大娘,赶快给她找身衣裳换换,您也陪着一块儿去吧。”

138

戏园子在怡安街,今晚上演的是晋剧《女驸马》。

晋剧虽源于山西省,但自从被晋商牵引流布到张家口,就大受张家口人热捧,以致在晋剧圈内出现了一个怪现象,要想成为名角,必须首先在张家口唱红,得到张家口观众的认可。

此时,台上正演到民女冯素贞为救夫女扮男装考中状元被误招为东床驸马一折,扮演冯素贞的演员扮相俊美,嗓音甜润委婉、韵味浓厚,不断博得观众的赞叹和掌声。

坐在前几排中间的林溪无意间一瞥,看到母亲正站在过道东张西望。

“我妈来啦。”林溪说着站起来朝母亲走去。冯雅兰也赶忙跟出来。

“妈,您咋来啦?”林溪走到母亲跟前。

“我是来叫你……”林母话没说完,一观众喊:“咳,别挡着,一边说去!”

林母看了喊话的观众一眼:“走,到外边儿说。”

林溪随林母走出戏场来到过厅,冯雅兰也紧跟出来。

“妈,一会儿就散了,您着啥急呀,天这么黑还跑来。”

“不是不放心你们,”刘振邦的话林母还是上心的,她早准备了说辞,“是你爸的胃病突然犯了，疼得汗珠子直滴答，我让他去医院他死活不去。”

“真是，有病咋不快点儿去医院呢。”林溪埋怨。

“说的是呀，可他就是不听，没辙了这不跑来找你，快回去劝劝他吧，他听你的。”林母唠叨地说。

林溪有些着急：“雅兰，我回去看看，你进去接着看吧。”

“一个人看有啥意思，我也不看了，一块儿回吧。”冯雅兰惦记着另一场“戏”，不知提前退场会不会把她的“戏”谱打乱。

戏园子外面，有不少小贩在叫卖着香烟、瓜子、糖葫芦啥的，周边还有羊杂、馄饨等小吃摊。此时，刘振邦和赵志海正坐在一个馄饨摊前吃馄饨。他俩是等着散场后接林溪的，为不引起别人怀疑，一人要了一碗馄饨，边吃边等。

突然，他们看到林母和林溪、冯雅兰从戏园子门口走出来。

刘振邦大感意外：“林嫂咋来了？告诉他们不能叫咋就不听呢？”

“会不会把抓人的事告诉林溪了？”

“看林溪那着急劲儿还真说不准。冯雅兰真要有问题可就麻烦了。”

“那该咋办？”

“先跟上他们，等冯雅兰离开后，你接上林溪和她妈先走，我跟上冯雅兰看她去哪儿，要是去警备队或警察局的话，就把她干掉。”

林母、林溪、冯雅兰三人快步往回走着。

冯雅兰暗自着急：如果林溪和她母亲回了家，即便可以把林溪抓起来，但设计的“戏”也不好演了。正琢磨该怎么办时，突然看到高桥雄二带着一小队日本兵从前面走过来。她心中一喜，立即进入了“戏”的角色，装作恐惧的样子：“鬼子，咱们快跑吧！”

“别怕，咱们都是老百姓，不会怎么着咱们的。”林溪很镇定。

日本兵越走越近，冯雅兰越发“恐惧”：“还是跑吧。”

“跑啥，咱们又没干啥反日的事。”林溪根本没想到冯雅兰是在导“戏”。

高桥雄二带着日本兵走近时，冯雅兰说了一句“我怕”，转身就跑。

高桥雄二立即大喊：“抓住她们！”

日本兵立即把林溪林母围住。

高桥雄二追上去一把把冯雅兰抓住，冯雅兰悄声地用日语向高桥叽咕了几句,然后大喊:“凭什么抓我们!”

高桥雄二把冯雅兰推到林溪林母跟前:“你们三个跟我们走一趟。”

林溪问:“为啥带走我们?”

高桥雄二凶睛一瞪:“街上发现反日标语,怀疑和你们有关!”

“我们刚从戏园子出来,咋可能贴标语呢?”林母申辩,她以为真是因反日标语抓的她们。

“你们三个女人大半夜出来很可疑,我们要带回去审查。”高桥雄二冲士兵一挥手,“带走!”

在后面隐蔽跟踪的刘振邦赵志海万万没想到会发生眼前这一幕,干着急没办法。

139

林父赶到平安旅店通知完林峰和戈剑光万虎,又匆匆赶回家去接林母。当他赶到家时,见院门已上了锁。他以为是林母着急先去了那音太家,匆匆赶到那音太家一看林母根本没来。他顿时明白了,林母肯定是去戏园子叫林溪去了。他把刘振邦说的事向那音太转达完后,又急着要回去找林母和林溪。那音太劝他不要回去了,说现在离抓人时间还早,林母接上林溪后会赶过来的。但林父心里不踏实,非要回去。正当他要走时,呼斯乐领着刘振邦走了进来。

那音太刚要说什么,林父急忙迎过去:“老刘,见着林溪和她妈没?”

刘振邦埋怨:“告诉你们不要去找林溪,咋就不听呢?”

“我也不知道她去找了。她说先收拾东西,让我去旅店通知林峰他们,回去才发现她不在家,要知道说啥也不会让她去呀。是不是出事啦?”

“她们从戏园子出来就被鬼子抓了。我刚才去你家了,见锁着院门,估计你是先来这儿了,怕你再去找她娘儿俩,赶紧过来告一声。你别着急,我们一定会把她们救出来。”刘振邦说完匆匆走了出去。

林父急得直跺脚，那音太只能劝慰一番。

高桥雄二把林溪林母和冯雅兰押到警备队监狱后，以防止串通为由将她们三人都单独关起来，随后就领着冯雅兰从监狱后门出来到了川岛办公室。

美樱子从林母突然到戏园子找林溪一事，推断抓捕的消息有可能泄露了，而且她也能感觉出来，林母说林父突然犯病时，是嘴急心不急。她刚才和高桥雄二嘀咕的就是让她赶快和川岛见面，得赶紧把她的推断告诉川岛。

她和川岛铃木说完推断，让川岛立即给张狗娃打电话，抓捕行动提前进行。

川岛认为美樱子的推断不会错，立即抓起话筒拨电话，但拨了几次都没人接。

川岛气得把话筒扣在话机上，让铃木跟他去警察局。

川岛和铃木匆匆来到张狗娃办公室门前。铃木敲敲门，里面没人回应，又握住门上的手柄拧了拧，拧不动："锁着呢，没在办公室。"

"妈的，去哪儿了呢？"川岛一张扁脸尽显焦急之色。

阮得利从旁边的办公室走了出来："川岛大佐，您来啦。"

"张局长呢？"

"他可能回家啦，您稍等，我让程功去接他。"

刚才，阮得利窥见张狗娃开着吉普出了警察局，知道他是去了蓝山花那儿。他之所以让程功去接，是为了让祖臣芳知道，刚刚还跪地求饶的张狗娃转眼间又去了蓝山花那里，以进一步激怒祖臣芳，让她坚定和张狗娃离婚及让她爹把张狗娃的局长撸了的决心，堵死张狗娃利用他的伶牙俐齿再获有转圜的机会。

"等等。"阮得利刚要走川岛又把他叫住，"罗队长在吗？"

"他在。"

"先把他叫来。"

阮得利跑去不一会儿，罗克跑了过来，一副眯眯瞪瞪的样子："大佐找我？"

川岛板着脸："知道今天夜里有任务吗？"

"知道。"

"知道为什么还睡大觉？"

"局座说夜里一点才行动呢，让我先睡会儿养足精神。"罗克像是做错了事，惘然不安。

川岛本想训斥，但因时间紧迫又忍住了："抓捕提前，马上行动吧。"

"局座没给我抓捕名单和住址，说是等行动开始再给我。"

川岛明白张狗娃是在执行他的保密要求，但此时他却有种作茧自缚的感觉。

140

林峰刚把戈剑光和万虎从家里叫到平安旅店，林父就赶来和他们说了刘振邦所说的事，他们听后大惊，戈剑光万虎赶忙回去接家人，他到柳英飞家去接柳父。当他急匆匆地赶到柳英飞家时，院门却上着锁，他只好站在门口等，结果等了半个多小时也不见回来。正等得着急的时候，一个人影从远处不紧不慢地走了过来。

林峰赶忙迎过去："您就是柳英飞的父亲吧？"

来人正是柳父："是。你是……"

"我是英飞的朋友林峰，您干啥去了，咋这么晚才回来？"

"后老伴儿的闺女蓝山花造孽，跟警察局的局长张狗娃鬼混，张狗娃的老婆不知咋就知道了她的住处，和弟弟把她打个半死。张狗娃送她去医院了，她娘也跟去了。蓝山花出来时没锁门，让我去给她锁门去了。你这么晚来有啥事？"

"柳伯，鬼子知道您是英飞的父亲了，让警察来抓您，估计他们快来呀，您赶快进屋拿几件衣裳跟我走，我送您先去个安全的地方躲起来。"

柳父本来就胆小，一听吓坏了，赶忙进屋收拾了几件衣服，打包好刚要走又想到什么："小林，要不等等她娘儿俩吧，我怕……"

林峰打断了柳父的话："柳伯，蓝山花和她娘的事我都听说了，蓝山花是张狗娃的情妇，警察不会难为她娘儿俩的。您刚才不是说张狗娃送她娘儿俩去医院了吗，张狗娃肯定还得把她们送回来，要是让他碰上，您还走得了吗？再说了，她们娘儿俩也不可能跟您走呀。”

柳父想想也是：“那就走吧。”

不料他们刚走到院门口，刘氏和蓝山花正推开门走了进来，蓝山花头上缠着一圈白纱条。

她俩是张狗娃刚从医院送回来的。回来的路上，张狗娃和她俩说了今夜要抓柳英飞他爹的事，刘氏说太好了，把那个老东西抓走，这个家就都是她娘儿俩的了。张狗娃把他俩送到门口，她俩下了车，张狗娃说他还得赶紧回去指挥抓捕行动，就不进去了。

刘氏看到手提包袱的柳父和陌生人，马上明白过来，扑上去一把抓住柳父的胸襟，扭头冲正倒车的张狗娃大喊：“张狗娃快下车，柳英飞他爹要跑！”

蓝山花也跟着大喊：“张狗娃，快下来呀！”

林峰冲刘氏喝道：“快放手！”

刘氏不但不放手，反而抓得更紧了，仍不停地大喊。

张狗娃刚调转车头，听到喊声赶忙跳下车跑了过来。

林峰用力掰开刘氏的手，一把将她推倒。此时，张狗娃已冲过来，用手枪对着林峰和柳父，大喝道：“都不许动！”

蓝山花把刘氏拉起来，刘氏从没受过这种气，疯了似的扑过去撕打林峰：“小兔崽子，你敢打老娘，我撕了你个小王八蛋！”

张狗娃冲刘氏喊道：“快让开！”

林峰面对张狗娃的枪口无法掏枪，他趁着刘氏扑上来撕扯他，暗中用力将刘氏猛地一推，刘氏一下撞到张狗娃身上，把张狗娃撞了个趔趄。林峰趁势一脚将张狗娃的手枪踢飞，紧跟着一拳将张狗娃打倒，旋即拔出手枪对准张狗娃。

善于见机灵变的张狗娃立即换了副面孔跪在地上：“好汉饶命，好汉饶命！我该死，我该死！”边说边抽自己嘴巴，抽的山响。

刘氏见状吓呆了，扑通跪下：“别跟我这个妇人一般见识，我不是人，我不是人！”也边说边抽自己的嘴巴。

蓝山花也跪下来：“好汉饶了我们吧，我们有眼不识泰山。”

柳父既是个极为胆小之人,又是个心地极善之人,他真怕林峰打死他们,也赶紧帮着求情:"饶了他们吧,千万别杀他们。"

"好吧,"林峰说,"要不是看在柳伯的面子上,我非毙了你们这些狗汉奸不可!你们都念柳伯和英飞的好吧。"拉上柳父欲走时,一眼看到门口的吉普,又拉着柳父向吉普走去。

程功开上车飞快地赶到张狗娃家。他跳下车急忙敲门,敲了半天门祖臣举才臆臆怔怔地把门打开,穿着睡衣的祖臣芳也从楼上正往下走,程功说完来意,祖臣举冷冷地说声"他没回来",砰地把门关上。程功赶忙回来报告,川岛大怒,连骂"八嘎"。

川岛和铃木正要走时,张狗娃气喘吁吁地走进长廊,他看到川岛等人一愣,又急跑了几步:"大佐,不好了,肯定走漏消息了。"

川岛本要发怒,听张狗娃一说忙问:"你是怎么知道的?"

张狗娃无暇再顾及其丑,说了出去的原因和柳英飞之父被接走的经过。

张狗娃的忠诚让川岛的气消了不少:"我们已经知道走漏消息了,来找你就是让你提前行动,没想到你还被这些乱七八糟的事缠走。先不说这些了,赶紧行动吧。"

"恐怕晚了吧。柳英飞他爹被接走了,那几家能不接走吗?"

"碰碰去吧,幸亏我还准备了第二套方案。"

川岛认为这次行动事关重大,在给张狗娃布置完任务后,又安排协动队提前暗伏在几条主要街道的路口,一旦消息泄露或在抓捕时有人逃跑,可以进行堵截。

141

林峰驾车行至一个路口附近,十几个协动队的人突然从街边暗处跑出来,领头儿的正是高发魁,后面跟着六子贵祥等人。

林峰大惊,急忙刹车又倒车时,子弹已噼里啪啦地打过来。

突然，街对面的暗处有人开了几枪，正在追击的协动队士兵有三人被击倒，紧接着又飞来两个手榴弹。

高发魁大惊，急喊“快趴下！”

在手榴弹的爆炸声中，林峰调转车头快速驶去。

正在中堂等候的那音太、林父等人听到远处突然传来的爆炸声枪声大惊，知道路上有人堵截。

他们正在担忧之时，呼斯乐领着万虎一家人走了进来。万虎一家大包袱小包袱的扛了好几个，万虎的弟弟万豹背上还背着大片刀，手里提着鸟笼子，大伙儿赶忙帮他们把东西放下来。

“可把你们等来了，咋这么晚才过来？”那音太着急地说。

“老爹老娘啥也想拿，光收拾就收拾了半天。扛这么多东西又怕被人怀疑没敢走大街，先绕到平门又从平门绕西山底转过来的。”万虎说完问，“他们都到了吗？”

“就林峰的父亲到了，林峰他姐和他母亲被鬼子抓了。”

“咋被抓的？”

那音太说了被抓原因，万虎一下急了：“刚才街上有爆炸声和枪声，很可能是剑光或林峰他们被敌人截住了，我赶紧去看看。”说着拔出手枪跑了出去。

此时，戈剑光和家人刚从家出来不一会儿。之所以出来这么晚，是因为戈剑光赶回家时，他父亲和弟弟戈剑明到说书场听说书去了，母亲及妹妹戈剑丽都不知道说书场在哪儿，直等到他俩回来才急忙往出走。戈剑光家在窜窑街住，他们出来没走多远，就听到前方传来爆炸声和枪声，戈剑光意识到街上有敌人堵截，赶紧领着家人避开大道拐进小街巷。当他们走到武城街时，忽见万虎迎面跑来。

“你咋来啦？”戈剑光没想到会在这里碰见万虎。

“我把家人送到那音太家了，见你和林峰都还没来，又听到有爆炸声枪声，不放心出来迎迎。估计你们没敢走大路，没想到还真碰上了。”

“知道爆炸声枪声是咋回事不？”

“不知道。我刚才先去那个方向看了看，没发现有人。为安全起见还是从西山绕过去吧，我就是从那儿绕过去的。”

万虎和戈剑光带着家人顺利地绕到西山对面的一片居民区。

他们穿过一条胡同走到胡同口时，万虎探出头朝外看了看街上没人。

大伙儿走出胡同口正要奔西山时，武士元带着十几个协动队士兵突然从居民区的一街口跑了过来。

大伙儿急忙往回退时协动队开了枪，子弹打在路上溅起一片火花，截住了他们的退路。

戈剑光万虎正不知该怎么办时，居民区的房顶上突然飞下两个手榴弹，将协动队士兵炸翻五六个。

武士元等人急忙卧倒，戈剑光万虎趁机护着家人快速向对面的山上跑去。

武士元大喊："快开枪，别让他们跑了！"

未等士兵开枪，房上又飞来两个手榴弹，轰然炸响。戈剑光一家及万虎借着爆炸的掩护，快速跑到了山下。

戈剑光万虎回头看了一眼，见一个黑影从房顶跳了下去。

这个黑影是赵鹏，刚才在街口袭击高发魁等人的是赵志海和二虎。"神风"已经预测到，川岛除了安排警察抓捕之外，肯定还会在街上提前设卡堵截，防止有人漏网脱逃。刘振邦根据"神风"的预测，在通知人员转移的同时，也在通往那音太家的几个主要路段都安排了人，一旦有情况进行援救。

万虎和戈剑光带着家人赶到那音太家时，林峰和柳父也已经到了。

戈剑光万虎和林峰相互担心，见面后都高兴不已，正当他们说着各自的遇险又不知什么人相救时，南面又突然传来"轰"的一声巨响。正是：川岛运筹计虽好，神风策划招更高。欲知因何又生出一声巨响，且看下文。

第二十九回　温情戏一眼戳穿　苦肉计双目难辨

142

戈剑光他们听到的那声巨响，也是缘于“神风”的安排所致。

刚才，张狗娃带着十几个警察乘坐一辆卡车赶往那音太家，没想到车刚驶上玉带桥，一个黑布遮脸的黑衣人突然从桥下冲上来，将三个捆在一起的手榴弹扔到卡车下将车炸翻，死伤了好几个警察，坐在驾驶室的张狗娃也受了伤。当张狗娃带着剩下的警察赶到那音太家时，家里只剩下一个看家的老仆人呼斯乐，其他人都不见了。

这个炸车的黑衣人是鲁明。由于抓捕行动提前，“神风”担心警察一旦赶在亲属前面到达那音太家，亲属们就危险了。为了给亲属们争取时间，他让王铁生马上安排鲁明赶到玉带桥执行炸车任务。

胳膊上吊着绷带的张狗娃和武士元高发魁灰头土脸地向川岛报告，川岛气得七窍冒烟，破口大骂：“废物，统统的废物，大好的计划让你们毁掉了！”

铃木匆匆走过来，伏在川岛耳边用日语叽咕了几句。

川岛对张狗娃等人吼道：“都滚吧！”

张狗娃武士元高发魁退出不一会儿，美樱子走了进来。

“大佐，虽然抓捕行动失败了，但并不影响我那两个设想的实现，按计划往下进行吧。”

“只是你可要吃苦头了，我有些于心不忍。”

“不吃苦头怎么能让她信任我。别说这只是个苦肉计，为了大日本帝国，即使粉身碎骨，我也在所不惜。”

川岛感动得闪出泪花：“谢谢你，你的功绩会记在大日本帝国的功劳簿上的。美樱子，我想在你的设想中再增加一个科目。”

“什么科目？”

“你不是一直怀疑蒙面人是共党特工‘神风’吗？我怀疑侦缉队队长罗克极有可能就是蒙面人。”

“您不是已经调查过了吗？几次事件中罗克都有不在现场的证明。”

“调查结果是这样。但不知为什么，在我的意识中，总会时不时地把蒙面人的影子和罗克的影子重叠在一起，他俩的身材实在是太像了。”

“胡飞也曾怀疑过蒙面人就是罗克，就是‘神风’，但他经过验证也否定了。”

“他是怎么验证的？”

“虎啸山龙吟海被蒙面人等人救走那天夜里，他想查明罗克是不是那个蒙面人，结果发现罗克并没有离开过张狗娃，所以否定了。”

“真要不是他当然好了。警察局虽然隶属国民政府，但由于张狗娃的归降，其实一直为我们所用，在目前这种微妙的时局下，我们的许多任务都要靠他们来完成。这个队伍一旦有共党渗入，我们的许多秘密就不是秘密了，甚至会起到负面作用。所以，我想结合你的计划，在适当的时候再考验他一下。”

“怎么考验？”

川岛说了考验办法后，美樱子同意。

143

林溪自从被抓进警备队牢房，就一直在思索一个问题，鬼子在没有任何证据的情况下，为什么把她们抓起来。思来想去，认为很可能是冯雅兰的逃跑造成了鬼子对她们的怀疑。由此她又想到，冯雅兰可能就是有问题，她是故意这么做的，或许是她对自己的身份已有怀疑。可她又觉着不像是这么回事，自从冯雅兰来到学校，自己的行为并没有使她可怀疑的地方。况且，如果真是这样的话，她完全可以暗中传递情报，让鬼子把自己抓起来，为什么要采取这种办法呢？她又想，冯雅兰或许没问题，她毕竟是一个刚出校门的大学生，没见过什么世面，又是女孩子，见了鬼子恐惧也是可以理解的，尤其是夜间。

她正在思索着，牢门打开，一个日本兵进来说带她去见母亲。

林母并不是个糊涂之人，相反，她还十分聪明。听刘振邦说了险情之后，她是由于牵挂而心急，才做出了提前去叫林溪的决定。被抓起来之后，她也懊悔不已。刚才，一个鬼子把她从牢房叫出来，她以为是要审问，没想到鬼子把她领到了一个漂亮的房间。她不明白鬼子是什么意图，正琢磨着，领她的那个鬼子又领着林溪进来了，说是让她们母女见见面，然后退出把门关上。

林溪以为母亲一直被关在这里，日本兵退出后，她一把将母亲抱住，林母也紧紧地抱住林溪。虽然母女俩被隔开也就两个多小时，但她们感到像是被隔开两年似的。

隔壁的房间内，川岛和铃木正坐在录音机旁窃听。

林母林溪的对话传了过来：

“我真后悔，不该让你这么晚和冯老师去看戏。这个冯老师也是，大晚上的不好好在学校待着去看啥戏，闹了这么一出。”

“妈，咱们坐下说。也不能怪冯老师，人家也是好意，谁想到有人贴反日标语呀。”

“真是吃饱撑的，贴啥标语呀，他们倒跑了，害得咱们被抓了。”

“妈，没事的，等他们调查清楚了，会放咱们回去的。”

“也不知他们把冯老师咋着了？”

“冯老师也不会有事的。妈，看来他们对您还不错，让您住这么好的房子，又是钢丝床又是沙发的。”

“啥不错呀，刚从牢房把我送到这儿来，也不知是啥意思。”

“管他啥意思呢，舒服一会儿算一会儿。”

川岛关上录音机：“毫无意义，没必要再听下去了，往下进行吧。”

其实,林溪一走进这个房间,就明白让她们母女见面的意图了,母女之间的对话,都是在她用眼神暗示母亲有窃听之后进行的。

林溪和林母正说着话,门被推开,高桥雄二走了进来,后面跟着川岛和铃木。

高桥雄二说:“川岛大佐和铃木中佐看你们来啦。”

林溪看了看川岛和铃木:“听说过二位大名,你们抓错人啦,请放我们出去。”

“我们刚从戏园子出来,标语不是我们贴的。”林母也说。

“标语是不是你们贴的不重要。”川岛说,“实话告诉你们,我们已经在暗中进行了调查,林溪和冯雅兰都是共党分子。”

“你这个玩笑开大了吧? 我和冯老师只不过是教书的,怎么成了共党呢?”

“你先不要急着否认。就算是共党也没关系,我们不需要你们做什么,只要写份悔过书就可以回去了,保证不会追究任何责任。”

“我说过了,我们不是共党,没什么可悔过的。”

“好,咱们先不说这个了,我领你们去看看冯雅兰。”

林溪和林母被带进审讯室。她们看到,冯雅兰被绑在刑讯架上,打手正在抽打,她已被打得遍体鳞伤,惨叫声不断。

川岛挥挥手止住打手。

林溪愤怒地:“你们太惨无人道了,她是被冤枉的,放了她!”

“我刚才说了,只要写份悔过书,马上就放了你们。”

“凭什么说我们是共党,你们有啥证据?”林溪吼着说道。

“我听说过共党的嘴都很硬,今天算是见识了。好吧,既然你们不愿意招,那就别怪我不客气了。你们不是在戏园子没把戏看完吗,那就在这儿接着看吧。只不过你还是观众,她却成了演员。”冲打手,“接着打!”

打手又冲上去挥鞭抽打,鞭鞭见血,冯雅兰的哀叫声更加惨烈。

林溪对冯雅兰仅有的一点怀疑,此时也已被无情的皮鞭抽打光了,她痛苦万分,泪水夺眶而出。

川岛狡黠地盯着林溪。

林溪突然跑上去推开打手,站到冯雅兰面前双臂一横:“打我吧!”

“好一个女义士。”川岛说,“我佩服你这样的人,看在你的面子上先不打她了。你们都是有文化有教养的人,好好商量商量,相信你们会做出正确的抉择。”冲高桥雄二,“押回牢房!”

144

清晨,祖臣芳穿着睡衣从楼梯下来,到客厅的电话机旁抓起话筒拨打电话。

本来,由于张狗娃的求饶,她还在犹豫该不该离婚,该不该给她爹打电话,但程功昨天深夜来找张狗娃,使她明白了张狗娃又找那个骚货去了,根本就没有悔改的意思。她被彻底激怒了,下决心要和张狗娃离婚,让她爹马上把张狗娃的局长撸了。

她刚拨了两个号码,祖臣举从他的房间跑出来,按下话筒支架:“姐,你可想好了。”

“想好了,一天也不跟他个王八蛋过了,让咱爹今天就把他的局长撸了。”

“你可别后悔。”

“让他后悔去吧。松手!”

祖臣举见祖臣芳真的铁了心,只好把手松开。

祖臣芳又重新拨号,但电话接通后没人接。她又给省党部办公室打电话,得知其父开会去了,得两个小时以后才能回来。

祖臣举匆匆赶到学校门口时,看到魏师傅和几个老师正站在一起议论着什么,走过去问道:“聊啥呢?”

魏师傅面带恐慌:“听说林老师和冯老师昨天夜里被抓走了。”

祖臣举脑袋“嗡”的一响,像炸了似的:“听谁说的?”

“人们都这么议论。”

“古校长知道不?”

“他也不知道。本想问问你,没等着就去警察局打听去了,刚走不一会儿。”

祖臣举如同失魂丧魄一般,急忙转身跑去。

古校长五十七八岁,瘦的很,尖鼻梁上架着一副如同瓶底般的深度近视眼镜,典型的学究模样。他属于那种“两耳不闻窗外事,一心只读圣贤书”的人。早上他听到林溪冯雅兰被抓一事,着实吃惊不小。这两个女人在他眼里,都是知识型淑女,又是相当敬业的老师,怎么会被抓呢?他惶悚地跑到张狗娃办公室,问到底是怎么回事。

张狗娃对他倒也客气,说了她俩被抓的原因:林溪和冯雅兰都是共党分子。昨天夜里,她俩和地下党的人袭击日本人和警察。为证实他说的话,又指指他吊着绷带的胳膊:“您瞧瞧,我这胳膊就是被他们打伤的。”

其实,张狗娃也不知道林溪和冯雅兰是共党,得知她俩被以共党嫌疑提前抓捕也着实吃了一惊。但他又知道日本人的情报是很灵的,认为不会错。他之所以和古校长这么说,是为了让古校长更相信她俩是共党。

古校长果然相信了:“真想不到,学府里竟然也有乱党,连淑女都敢动刀动枪打打杀杀的,这世道真是乱了,真是乱了。打扰了,老朽告辞。”

古校长刚走,祖臣举匆匆走了进来。

昨天夜里祖臣芳和祖臣举走后,张狗娃的心就悬了起来,他知道祖臣芳是个说得出做得出的女人,局长真要被撸了,川岛也有可能把他一脚踢开。他像是被扔在铁板上的泥鳅,再滑也无缝可钻,干着急没办法。见祖臣举一大早过来,他以为事情有了转机,赶忙站起来迎过去。

“姐夫正想你呢你就来啦,快请坐快请坐,姐夫给你沏茶。”他的热情既假又过头。

“少来这套。”祖臣举不买账,一屁股坐在沙发上,“我问你,林老师和冯老师是不是被你们抓了?”

“是被抓了。”张狗娃恍然明白,祖臣举是为林溪的事来的。他早听祖臣芳说过,祖臣举暗恋上了林溪。他把刚才和古校长说的话原样说了一遍,又赶忙补充,“不过她俩可不是我们抓的,是逃跑时被日本人抓住的。”

祖臣举看了看张狗娃吊着绷带的胳膊,也相信了:“打算咋处置她们呀?”

“那谁知道,又不是我说了算。”说完谄谀地笑问,“你姐的气消了吧?”

“你看你做的啥事呀,能消吗?”祖臣举板着脸,“实话跟你说吧,这回她是铁了心要跟你散了,还非得让我爹把你的局长撸了。”

“她跟你爹说了?”张狗娃一下像掉进冰窟,浑身冰凉。

“早上给我爹打电话没打通,我爹开会去了,她说完了再打。”

“臣举,帮帮姐夫,千万别让你姐这么做,我错了,这回一定改。你帮我好好劝劝你姐,饶过我这一回。”他见还有一线转圜的机会,急求祖臣举。

“昨天你下跪求饶,我姐本来有原谅你的意思,没想到你又去了那个妖精那儿,把她的心彻底伤透了,咋还能饶你!”

“你姐说把她打死了,我赶紧去看看,真要打死你和你姐都得吃人命官司呀。”

“死了没?”祖臣举果然有些紧张了。昨天他只顾打得痛快,没想那么多。

“幸亏我去得及时,送到医院抢救了半天才抢救过来。我这么做是为了你和你姐好呀。”

祖臣举舒了口气:“行,我帮你去劝劝,但你得答应我一个条件。”

“行,你说。”

祖臣举的条件是让张狗娃把林溪保出来。

这是张狗娃根本办不到的,但他过一山算一山,先答应了下来。

祖臣举是真心想把林溪保出来,他实在是太喜爱林溪了。张狗娃答应他的条件后,他一路小跑回到家里。

祖臣芳正坐在餐桌旁吃早点,见祖臣举回来一愣:“咋又回来了?”

“姐,给咱爹打电话了吗?”祖臣举气喘吁吁地问。

“没呢,咋啦?”

祖臣举拉过一把椅子坐下,顺了顺气儿:“姐,我刚才又仔细想了想,你和我姐夫还不能散。”接着,他把一路上想好的劝辞说了一番。意思是,女人到了这个年龄,离了婚就不好再找了;他爹又那么大岁数了,说不定哪天就得卸任,他爹要是失了势,家里没个做主的硬茬儿容易受人欺负;现在有钱有势的男人,哪个在外头没混几个女人,张狗娃不过只混了一个;祖臣芳又一直没能生下个一男半女的,张狗娃和别的女人生个孩子也是可以理解的等等。

祖臣芳虽然认为他说的有道理,但心里仍过不去这个劲儿:“就这么放过他,姐不就太窝囊了吗?你姐这辈子啥时候服过输呀?”

她说的是实话,从小长这么大,她一直是在强势中生活。上中学时,有一次上课睡觉老师把她呵斥醒,她抬手就给老师一巴掌,老师气不过还了一巴掌,结果惹下大麻烦,在她父亲的威逼下,学校非要开除那个老师,老师不得不服软,以给她跪下磕三个头才算了事。

"姐,其实你并没输,我姐夫不是给你认了错还下了跪吗,你正好借这个机会拿死他,以后说一不二,你是大赢家呀!"祖臣举反事正说。

"他下跪是为了骗我,昨天夜里不又和那个骚货鬼混去了吗?"

"哪儿呀,他是怕咱俩真把那个妖精打死吃官司,急着送她去医院了,他是为咱俩好呀。"

"抢救过来没?"祖臣芳一听也有些紧张了。

"幸亏我姐夫往医院送的及时,大夫说再晚几分钟就抢救不过来了。咱们还得感谢他呢,不然咱姐弟俩都得吃人命官司。"祖臣举为达到劝说目的,故意把事情说得很邪乎。

"他要是再跟那个骚货勾搭该咋办?"祖臣芳还是顾及这事。

"我不是说了吗,有钱有势的男人混几个女人算啥。我姐夫只不过混了一个,他要是断了更好,要是断不了你就睁只眼闭只眼,装糊涂,等那个婊子把孩子生下来,我找人想办法把她做了,你不就白得个儿子吗?"他俩不知道蓝山花已经流产。

祖臣芳脸色缓和了许多,肉泡眼里闪出认可的目光:"想不到你还有这么多鬼点子。行,姐听你的。"

145

川岛突然想起一件事:张狗娃的老婆怎么恰恰在昨天晚上知道了张狗娃情妇的住处赶去闹事。

他思忖再三,估计是有人早就知道了张狗娃情妇的住处,故意在昨天晚上把这事捅到张狗娃老婆那里,利用他老婆把他缠住,然后向外传递抓捕消息。如果是这种情况的话,这个人很可能就是罗克,再由此推测,罗克就是那个蒙面人,就是"神风"。

川岛打电话把铃木叫来,和他说了他的怀疑及推想。

"要这么推只能是罗克。"铃木说,"要不给张狗娃打个电话叫来问问吧,您不是和他说过,让他向罗克交代完任务后暗中监视他吗?"

川岛抓起话筒刚要拨号,张狗娃正走了进来。

"正要给你打电话你正好来了。"

"大佐有事?"

"我想问一下,对罗克采取监视措施没有?"

"采取了,先让总机室的亲信监听他的电话,后又悄悄到他办公室窗前看了两次,两次都见他在屋里睡觉呢,第二次去看时老远就能听到呼噜声(其实他只去了一次)。本来还想再继续监视,没想到老婆和小舅子来了,就……"

"蓝山花的住处都有谁知道?"

"这个住处是新找的,为了保密连司机都没让知道。后来不知'毒花'……"

"这个不用说了"川岛打断他,"那你老婆是怎么知道的呢?"

"是呀,她是咋知道的呢?"张狗娃一时也懵住了,"当时她疯打疯闹,把我搞得晕头转向的,没想起问她。对啦,我小舅子正在办公室呢,我去问问他吧。"

"赶快去。"

"对了大佐,我小舅子想见见林溪,能不能给个面子?"

祖臣举说服了祖臣芳之后,立即跑来告诉了张狗娃,并提出要先见见林溪。张狗娃就是来说这事的。

川岛的神经正紧张,听后一下起了疑心:"他要见林溪?不会是共党吧?"

"就他那德行,给共党舔屁股人家也不要。"

"那他为什么要见林溪?"

"他是学校的教育主任,说是古校长让他代表校方来看她的。其实是他一直暗恋林溪,想借机讨个好,博得林溪对他的好感。"

川岛明白了,一笑:"倒是个痴情男,挺可爱。我成全他,你问完后直接带他去找高桥雄二就行了,我给高桥雄二打个电话,让他安排他们见个面。"

川岛给高桥雄二打完电话不一会儿,张狗娃就赶了回来,向川岛说了祖臣芳姐弟知道蓝山花住处的经过。

飞镖传信的时间正是在张狗娃向罗克说了抓捕任务后发生的，川岛对罗克更加生疑，决定今夜就进行他的考验计划。

祖臣举正坐在房间内等林溪。这个房间，就是林溪和林母会面的那个房间。

此时，祖臣举既高兴又紧张，心一个劲地急蹦乱跳，就像怀里揣了个不安分的小兔子。他在设想，见了林溪头一句话该怎么说。

就说“我想死你了”，想想不妥，还没到那种程度，这话太过，会让她反感。要么说“我代表学校来看看你”，想想也不合适，这么说又显得关系太疏远，不能让她明白自己的心迹。该说什么好呢……

他还没想好第一句话该怎么说，门被推开，高桥雄二带着林溪走进来。

林溪看到祖臣举一愣：“祖主任，你咋来啦？”高桥雄二事先没和她说带她出来要干什么。

祖臣举赶忙站起来，不自然地笑笑：“来看看你。”

“你们聊吧。”高桥雄二走出，顺手把门关上。

高桥雄二出来后立即到了隔壁房间，将录音机打开。川岛刚才打电话向他交代了安排林溪和祖臣举见面一事，并让他进行监听。川岛虽然也认为祖臣举不可能是共党，但他不想放过任何机会，有鱼没鱼先把网撒上再说。

高桥雄二监听到的对话如下：

“为啥呀？”

“怀疑我们贴反日标语。”

“可我咋听说你们是共党？”

“还听说啥了？”

“还听说昨天夜里你们袭击了日本人和警察。”

“你信吗？”

“我……我不信。林老师你放心，我一定帮你申诉。”

“用不着，我相信日本人会把事情闹清楚的。”

高桥雄二向川岛把他俩的对话学了一番，说祖臣举是热脸贴了个冷屁股，弄得很没面子。

川岛哈哈一笑。正是：讨好未成遭耻笑，算来终究乏自知。欲知后事如何，且看下文。

第三十回 解谜疑胡飞授计 验真伪川岛设局

146

下午，张狗娃来到鸿远楼胡飞办公室，向胡飞说了昨天夜里的抓捕情况。他这次不只是为了讨好胡飞，更主要的是想再探究一下，胡飞是否真的投了日。他已认定，张丹雄等六人的家庭住址和亲属名单，绝对是胡飞提供给“毒花”的。如能确定胡飞真降了日，悬在他头上一直让他提心吊胆的那把利剑也就消失了。

不料他说完后，胡飞竟十分惊讶：“怪事，鬼子是咋得到他们的住址和亲属名单的？”

他不知胡飞是装的还是真的，赶忙先往出择自己：“可绝对不是我提供的。”

“算了，先不说这事了。正想找你呢，有件事想商量商量。”

“啥事？”

今天上午，北平特务处的黄副处长又来了，催促特务站尽快搜集日军关于察哈尔的情报，并送来一名精通无线电的特工和一部电台及窃听器，这名特工叫卞良，还是个武功高手。胡飞经过一番思索，认为最好的办法就是能在桥本正康和川岛的办公室安装窃听器。

“我这儿有个人，对安装窃听器非常有经验，你能不能把他安排到警察局上班，让他有机会熟悉一下警备队和领事馆的环境，伺机把窃听器安装到桥本和川岛的办公室，好获取日军情报。”

张狗娃暗自一惊，胡飞的降日果然是假。他庆幸自己幸亏多了个心眼儿，没向他泄露底细。他佯装想了想：“这倒没问题，正好昨天夜里死了几个警察，可以以补员的名义把他安排进去。不过，普通警察是不允许进入警备队和领事馆的，就算安排到局里也没用。”其实他是在推，给日本人心脏插刀的事，他是不敢干也不可能干的。

胡飞想想也是：“我再另想办法吧。”说完忽然想到一个问题，“对啦，我估计张丹雄他们的亲属没出城，很可能是藏在了什么地方。”

他分析，亲属们肯定是老的老小的小，川岛又提前在主要路口设伏兵堵截，他们不可能逃出去。

张狗娃认为他说的有道理：“那他们会藏在哪儿呢？那么多人也不是好藏的呀。再说这又是突然发生的事，他们也不可能事先就有所准备呀。”

“极有可能藏在了巴雅尔家。”

“不可能。我刚才不是说了吗，他家就剩一个老仆人呼斯乐了，各屋都搜了个遍也没见人影儿。”

胡飞诡谲地说：“他们当然不可能藏在屋里。”

马腾的事暴露之后，胡飞就意识到他那天夜里的判断没错，巴雅尔就是回了家。张狗娃他们之所以没有搜查到，说明巴雅尔家肯定有密室，还极有可能是地下的。张狗娃他们的汽车又是在去巴雅尔家的路上被炸毁的，这更印证了他的判断。

胡飞说了他的判断后，张狗娃认为有道理：“您这一说还真有可能，我明天再带人去搜搜。”

“这么搜是不容易搜到的，一般来说，密室都很难发现。你这么着……”他给张狗娃出了个主意。

张狗娃听了十分高兴：“太绝妙了！我一会儿就去和川岛说。”蓦地又不安起来，胡飞会不会有套他的意思？于是提前设堵，“胡队，我可把话说在前头，我这是在帮您除掉张丹雄他们，还有可能除掉‘神风’和地下党，可不是在帮鬼子，到时候您可得给我作证，我可不是汉奸啊。”

胡飞笑笑：“放心吧。真要能除掉张丹雄他们和‘神风’及地下党的话，你还是党国的功臣呢，我会奏请上峰重赏你的。”

147

张狗娃把胡飞所想到的问题和所说的办法，都变成自己的所思所想一股脑儿地向川岛说了，川岛听了果然大喜，许诺事成之后赏他五根金条。张狗娃为自己能在两头儿都玩得顺风顺水沾沾自喜，感谢父母给了他这么一个聪明的大脑袋。说完这事，川岛又交给张狗娃一项任务，让他配合今夜对罗克的考验。川岛说完配合办法，张狗娃欣然答应，说没问题，装英雄他不行，装狗熊他在行。

晚饭后，张狗娃来到罗克办公室，罗克正光着膀子擦洗。

“天这么凉，咋不去澡堂子洗个澡呀？”张狗娃带着关心的口气。

“你看看这阵子忙的，哪有工夫呀，凑合擦擦算了。咋，杀两盘儿？”罗克边擦洗边说。

“我倒是想杀两盘儿，可不行呀，川岛刚打电话叫咱们呢，说有任务。”

“啥任务？”

“我也不知道。”

“咱们是国民政府的警察局，又不是日本的警察局，川岛老这么给咱们布置任务不合适吧？”

“现在不是微妙时期吗。上头又不让得罪日本人，只要不是危害党国利益的事就跟他们对付吧。他在办公室等咱们呢，快擦擦走吧。”

“你还说洗澡呢，连擦身子的工夫都没有。”

罗克匆匆擦完，穿上衣服和张狗娃走了出去。

张狗娃和罗克走到警备队大楼门口，卫兵向他俩敬了个礼，说大佐吩咐，让他俩直接去审讯室。其实，这是川岛耍的招儿，目的是突然袭击，不让罗克有思想准备。

川岛和铃木正在审讯室内小声说着什么，见张狗娃和罗克进来，赶紧前迎两步:“真不好意思,有件事还想麻烦二位帮个忙。”

张狗娃装作不知,问啥事。川岛说准备对林溪林母和冯雅兰进行审讯,因中国人更了解中国人的心理,想请他们二位帮着审。张狗娃说要是这事他们还是别参加了,会被骂汉奸的。要不就交给警察局单独审。

“思维大大的不对。”川岛说,“共党是国民党和大日本帝国共同的敌人,谈不上是你们帮我们还是我们帮你们,就像中日联手对付同盟军一样,国民党是在镇压叛军,大日本是在消灭反日匪徒,没有人会认为国民党是汉奸。”

“局座,川岛大佐说的有道理。”罗克说,“既然川岛大佐信任咱们,就一块儿审吧,林溪她们毕竟有共党之嫌,这也是咱们的职责所在。”

“看看,你的部下都这么开明,你还有什么可顾虑的。”川岛见罗克上了套,很高兴。

“那行吧。”张狗娃似乎无奈。

不一会儿,高桥雄二和两个日本兵押着林溪林母和冯雅兰走进来。

铃木提议:“大佐,先审林溪吧?”

川岛摆摆手:“不,我看还是先从林夫人开始吧。林夫人,我问你,林溪和冯雅兰是不是共党?”

“不是。”

“我猜到你会这么说,这个问题先放一放。我再问你,林峰的事你知道吗?”

“不知道,他自从当了兵就没回过家,也没来过信。”

“这显然不是实话。由此推断,你说林溪和冯雅兰不是共党也是假话。既然你不愿意配合,那就别怪我不礼貌了。”

川岛冲两个打手挥了一下手,两个打手上来拉林母。

“川岛,你这个畜生,欺负老人算什么本事,有啥冲我来!”林溪怒骂。

打手拉着林母往刑讯架走,林溪冲上去阻拦,高桥雄二一把将她拽住。冯雅兰也扑过去阻拦,铃木一拳将她打倒。

“二位小姐,”川岛说,“我退而求其次,只要你们说了实话,悔过书也可不写,我不但马上放了林夫人,也立即放了你俩,保证既往不咎。”

林溪吼道:“说了一百遍了,你不相信我们有什么办法!”

冯雅兰从地上爬起来,也吼道:“非让我们说谎吗!”

林母已被绑在刑讯架上。

“看来你们是不会说实话了,”川岛拔出手枪对准林母,“那就看着她死吧!”

林溪冯雅兰欲往过扑,但二人都被高桥雄二和铃木死死地拽住,急得她俩大骂不止。

川岛忽地又改变了主意,垂下枪:“处决中国人还是由你们中国人来吧,”冲张狗娃,“张局长,你来执行吧。”

张狗娃果然很会装狗熊,他霎时神色大变,惶遽地连连摆手:“我不敢我不敢,我只拿枪吓唬过人,从来没杀过人,您饶了我吧。”

“真是怂包,”川岛嘲讽,又冲罗克,“罗探长,你来!”

“我的枪法不准,谁都知道。”罗克也推。

“没关系,”川岛盯着罗克说,“枪里有十发子弹,一枪不准再打第二枪,不至于十枪都打不准吧,再说距离又这么近。

“那好吧。”罗克无奈地从川岛手中接过手枪。

林溪冲罗克大骂:“畜生,你还是中国人吗!”

冯雅兰也跟着骂:“狗汉奸,王八蛋!”

罗克不理会,举枪瞄向林母,林母闭上了眼睛。

所有人都在注视着罗克,只是表情各异。

枪响了,罗克果然枪法不准,尽管瞄了半天,子弹还是擦腮而过。

血从林母腮边流出,林母睁开眼怒视罗克:“畜生,手别抖,瞄准了再打!”

林溪冯雅兰大骂不止,嗓子都骂哑了。

罗克冲川岛不好意思地笑笑:“献丑了,这一枪也许能打准。”说着又举起枪。

“别打啦!”川岛急喊。

“怎么了?”罗克回头望着川岛。

“我又改主意了,先留下吧,她还有用。审讯先到这儿吧。”

“大佐,有啥任务尽管吩咐,保证随叫随到。”罗克把枪递还给川岛,向外走去。

林母、林溪、冯雅兰朝着往出走的罗克大骂不止，汉奸、走狗、畜生、王八蛋、不得好死等不一而足。

罗克不回头，弯着腰继续往外走，但他的眼眶里已是泪花闪闪。他，就是蒙面人，就是“神风”。

148

罗克把王铁生叫到他的办公室，以下棋为名和他说了刚才发生的事。

其实，罗克在警备队大楼前听卫兵说川岛在审讯室等他们时，就意识到川岛要设局考验他。他从川岛手中接过枪的那一刻，曾想到枪里可能没子弹。但他又想到，死一个林母不会影响到川岛的诱杀计划，枪里或许真的有子弹，他只能信其有。他不但有着非凡的武功，也有着非凡的枪法，百步之内一根细线都能打断。只是因潜伏的需要，他一直装作不会打枪，甚至十米之内都打不准。为弄清川岛的意图，他决定凭借自己的枪法先放一枪试试，看看川岛的反应。虽然他有百分之百的把握，让子弹只擦破林母腮上的一点儿皮（他已意识到，如果明显打偏川岛还会让他继续打下去），但在举枪的那一瞬间，他的心还是在颤抖。毕竟，枪口所对的是同志的母亲。最后还好，子弹按照他的预想射出了。

“真是难为你了，要让你再打下去咋办？”

“我也想好了。如果川岛不制止，就装着心慌的样子把子弹都打空。这样或许会引起怀疑，但还不会马上就认定我，因为谁都知道我的枪法不准，我还有回旋余地。”

“从川岛制止再打下去来看，说明打消了对你的怀疑。”

“看来是。但还不能大意，川岛和铃木都是非常狡猾的人，还必须时时刻刻提高警惕，不能有丝毫的把柄落在他们手里。”

“得赶紧想办法把她们救出来，万一张丹雄也知道了这事，又见咱们一直没动静，要是一冲动真擅自行动就麻烦了，被抓的毕竟是林峰的母亲和姐姐，林峰又救过张丹雄他们。”

“他们真要行动的话,川岛的诱杀计划就实现了,咱们的保护任务就彻底失败了,那是无法向组织交代的。实话告诉你,我已经有了营救的办法。”

“真的? 啥办法?”王铁生忙不迭地问。

“明修栈道,暗度陈仓。”接着,罗克说了他的具体设想。

日军警备队所占的这所大院,原是一家大公司所在地,大院北墙的后面过去是一条泄洪沟。警备队强行征下这所大院之后,不但把仓库改成了监狱、修筑了一些防御工事,还把北墙后面的泄洪沟修成了路。为保留泄洪作用,修路时先是砌了一条石沟,然后在上面搭了预制板,最后又铺了层沥青。路上隔不远处就留有一个下水井,是清淤用的。泄洪沟和大院北墙仅有十几米的距离,距监狱后墙也不足二十米。罗克的办法是,从泄洪沟下面挖一条地道,直达监狱后墙,这样,营救难度就小多了。

“真是绝妙。”王铁生非常兴奋。

“光这样还不够。”罗克说,“川岛和铃木也不是平庸之辈,如果黑龙岭一点儿营救的迹象都没有,他们反而会生疑,一旦让他们悟到就麻烦了。所以,还要放出张丹雄要带人来劫狱的风。挖地道是暗度陈仓,放风就是明修栈道。”

149

刘振邦匆匆来到平安旅店。

刚才,鲁明和他说了“神风”的营救办法,让转告林峰、戈剑光和万虎。同时,把挖地道的任务也交给了他们这个地下党组织。

昨天夜里,曾发生一件让刘振邦惊心的事。林峰见“神风”和地下党迟迟没有拿出营救方案,担心母亲和姐姐受酷刑或被杀掉,一下情绪失控了,非要潜入警备队探查关押地点,然后深夜去救人。戈剑光和万虎劝不住,又因他们的命都是林峰救的,出于义气,决定和林峰同去。正当他们要走时,刘振邦来了,他本是来告诉林峰他们林溪等三人被抓后的情况的,得知他们要擅自行动大吃一惊，以至大发雷霆。

他说，纯粹胡闹！不是小瞧你们，你们有"神风"的功夫吗？你们有"神风"的智慧吗？你们有"神风"身在敌营可以随时洞察一切的优势吗？你们都没有！"神风"之所以还没有想出营救办法，是因为这次要营救的是三个女人，鬼子的兵员和武器又得到了补充，防守比以前要严得多。"神风"虽然还没想出办法，但他脑子里不知已经有了多少办法了，只不过他是在力求一个万无一失的办法，你们就不能容他些时间吗？就目前警备队的防御来说，别说你们三个人，就是独立大队的人全来也是白白送死！地下党之所以舍生忘死的保护你们为什么，就因为你们是抗日的火种，共产党想让这个火种保存下去，将来燃起熊熊的抗日烽火，你们要是这么蛮干，不珍惜自己的生命，地下党的努力和牺牲还有什么意义！他这番振聋发聩的话如同醍醐灌顶，终于使林峰他们清醒了，冷静了下来。

刘振邦进来后，戈剑光、林峰、万虎从他的神态上，已经看出"神风"有了营救的办法，赶忙请他坐下来。

刘振邦果然是来说"神风"的营救办法的，他说完之后，林峰等人都大为赞叹，又都深愧昨夜的不冷静。

戈剑光忽地想到一个问题，他们老不回去张丹雄肯定会为他们担心，闹不好会找来。他想明天回去一趟，把这儿发生的事告诉他。

刘振邦同意，说暂时不要让他们过来，人多了容易出问题。等地道挖通了，营救行动开始那天再让他们过来接应。

150

第二天早上，罗克正坐在办公室看报纸，侯二走了进来。

昨天夜里，张狗娃给侯二布置了一个秘密任务，让他去蒙古营暗中监视那音太家的老仆人呼斯乐，如果发现呼斯乐出来买很多吃的，就赶紧向他报告，又授意他如何去向罗克请假。

“学习呢罗队?”侯二边说边走到罗克办公桌前。

侯二入警比罗克早几年,他对罗克当了侦缉队队长捻酸相嫉,心怀怨怼,一直不服气。自从罗克把他从张狗娃的枪口救了下来,在罗克面前就乖巧多了。

罗克放下报纸:“哟,侯二先生咋来啦,有事?”

“唉,别提啦,刚才老家来人了,说老娘病重,我想请几天假回去看看,行不?”侯二煞有介事的样子,脸上还现出几分焦虑。

“那咋不行。真没看出侯二先生还是个大孝子。”

“百善孝为先嘛。”

“我记得你老家是阳原县三马坊的吧?”

“罗队记性真好,就是。”

“派个车送你吧,路那么远。”

侯二慌忙摇手:“不用不用,老家的人来市里办事来了,我跟他们一块儿回,坐长途车就行了。”

侯二刚走出门,张狗娃走了进来,明知故问:“侯二干啥来啦?”

“请假回老家,说是他老娘病了。”

“整天好吃懒做的,没想到还挺有孝心。”张狗娃拉了把椅子坐下,“昨天夜里可把我吓坏了,我哪敢杀人呀,连个鸡都不敢杀。”

“我也不敢呀,枪又打不准,可川岛硬赶鸭子上架呀。局座,是不是有事?”

张狗娃叹了口气,说了一件两难的事:小舅子迷上了林溪,非逼他把林溪保出来,这是他根本办不到的;可如果不把林溪保出来,小舅子又要挑唆他姐和他离婚。他姐一旦和他离婚,肯定得让她爹把他的局长给撸了。问罗克有没有破解这个难题的办法。

罗克嘻嘻一笑:“你可把我高看了,我哪有这脑子呀。”

“真愁死我了。唉,林溪要不是共党就好了,川岛或许会放了她。”

“我看放不了。就算她不是共党,冲她弟弟和同盟军匪徒混在一起跟日本人作对,日本人也饶不了她。”

“唉!”张狗娃又长叹一声,“黑龙岭的人要是能把她救走就好了,这个难题也就解了。”

罗克惊恐:“局座,这话可不能乱说,要是传到川岛那儿……”

“也就跟你随便说说,局里就咱俩最知心。你琢磨还有啥好办法没?”

“这可是天大的难题,我真琢磨不出来。”

其实,这是川岛让张狗娃演得又一出戏,以此来试探罗克的口风。罗克岂能看不出这个小把戏,以戏对戏地应付过去。

“对了,今儿还出巡吗?”张狗娃又问。这是他来见罗克的第二个目的,担心侦缉队出巡会碰上侯二。

“这些日子把弟兄们折腾得够呛,我想让他们歇半天。”

“索性歇两天吧,估计也没啥事。”

张狗娃走后,罗克立即把王铁生叫来,悄声交代了一番。正是:假关心其实有谋,真意图岂能不晓。欲知后事如何,且看下文。

察哈尔英雄

张润兰◎著

光明日报出版社

目　录

CONTENTS

第三十一回 呼斯乐守密遭打 娜仁花拒暴被杀

151

“买香烟,哈德门香烟!”一个头戴鸭舌帽、胸前挎着烟盘子的人,正在蒙古营大街边走边吆喝,同时,两只贼眼不住地往那音太家大门口瞄。

这个人正是化装成烟贩的侯二。远处,一个衣衫褴褛、头戴破毡帽的人正在沿街乞讨,这个人正是化了装的王铁生。

王铁生一到蒙古营大街就发现了侯二,他暗自惊叹罗克的洞察力和判断力。罗克说,侯二早上来向他请假,说是回老家看望病重的老娘,他脸上虽然显出焦虑之色,但目光游离不定,和神色极不相符,一看就是装的;侯二的不孝,罗克不但早有耳闻还亲有所见。一年前,侯二在街上将一个老人推倒扬长而去,罗克过去一问才知道,老人是侯二的父亲,来找侯二要点儿钱,侯二不给还让他滚蛋。即便侯二真的得到老娘病重的消息,也不可能着急回去,这和他的品行不符;侯二刚出门张狗娃就来了,当他说这几天弟兄们太劳累,想让歇半天时,张狗娃张嘴就说歇两天吧,这是从未有过的事,况且张狗娃从来也没关心过弟兄们。他由此推测,张狗娃很可能从前天夜里那几家亲属消失的前前后后,再联系他上次到那音太家搜查巴雅尔没搜到,怀疑那音太家有地下密室。侯二很可能是被张狗娃派去监视呼斯乐的,如果呼斯乐出来买很多吃的东西,就说明那些人藏在了那音太家。张狗娃之所以让弟兄们歇两天,是怕弟兄们上街巡查会碰上侯二,毁了监视行动。

王铁生在叹服的同时又想到张狗娃，凭他的了解，张狗娃不可能有这个脑子，很可能是有高人给他出了点子。

一上午，那音太家的院门都紧闭着，下午四点多钟，呼斯乐提着一个大篮子从院门走出来，左右看了看，然后锁上门朝南走去。侯二悄悄跟上了呼斯乐，王铁生也悄悄跟上了侯二，又上演了一出“螳螂捕蝉黄雀在后”。

呼斯乐来到玉带桥集市，买了十斤牛肉和一大篮子蔬菜返回；侯二急忙跑到邮局进了电话亭；王铁生跟过去伏在电话亭门口侧耳谛听。

张狗娃接到侯二密报，兴奋得心速陡增，赶忙跑到川岛办公室向川岛报告。

“侯二去监视那音太家的事，还有别人知道吗？”张狗娃说完后，川岛问。

“这么机密的事哪能让别人知道，这点儿脑子我还是有的。”

“看来你对大日本帝国是大大的忠心。我说过，这件事如果成了，会奖励你五根金条，先付给你两根，剩下的等抓住他们再给你。”

川岛拉开抽屉，取出两根金条给了张狗娃。张狗娃欣喜得大脑袋点个不停：“谢谢大佐，谢谢大佐，我现在就带人去搜查，保证把他们都抓来。”

“不用了。”川岛说，“这两天你们警察局很辛苦，又死了好几个弟兄，这个任务就交给协动队去干吧。对了，经验证罗克虽然不是蒙面人，但还是要多注意他，你现在就去观察一下，看看他对侯二监视那音太家的事有没有察觉，然后给我回个电话。”

王铁生正向罗克说对侯二的监视情况。为掩饰，桌上摆着一盘残棋。

“幸亏你做出了准确判断，不然真要出大问题了。”

“告诉鲁明，按预案行动。”

“好。”王铁生刚要往起站，罗克赶忙向他做了个不要动的手势。

罗克抓起一个棋子重重往下一拍，大声说道：“将！”

张狗娃走进来：“吆喝，大白天就杀上啦？”

罗克嘻嘻一笑：“局座不是让歇两天嘛，杀两盘放松放松。”

王铁生蹙着眉：“局座，快给我支支招。”

张狗娃看了看棋局：“观棋不语真君子，还是你自己想招吧。”

“这步不算，悔一步，悔一步。”王铁生耍赖。

“落子钉钉,不能悔。”罗克不让。

“那就五局三胜。”

“十局也不怕你。”

张狗娃回到办公室立即给川岛打电话,说罗克和王铁生正在下象棋,杀得你死我活天昏地暗,已经下了六七盘了,不知还得下到啥时候去,根本不知道侯二去监视的事。川岛哈哈一笑,说那就好。

152

呼斯乐正在厨房做晚饭,突然听到急促的敲院门声,赶忙向外跑去。

几家亲属藏到地道后,一日三餐都由乌力吉做好后从餐馆的地道口送入。那音太考虑到做这么多人的饭乌力吉两口子忙不过来,又安排呼斯乐相助,帮乌力吉买些东西啥的。他是这么想,乌力吉是开饭馆的,顾个人帮忙也很正常,不会引起别人怀疑。尽管这样,呼斯乐还是非常小心,每次出去采购总要仔细观察一番,确定没人监视才行动。今天下午也是如此,他走出院门先暗暗观察了一番才去了菜市场。

呼斯乐打开院门一看,门前黑压压地站着一片人,仔细一看原来是协动队的,不但个个肩上都挎着枪,还扛着铁锹洋镐啥的。他一下意识到什么,心里不禁一阵紧张。

他佯装不知他们为何而来:“老总,你们这是……”

来人正是武士元高发魁和他们的协动队,他们是奉川岛之命来突击搜查的。

武士元问:“你刚才是不是买过菜和牛肉?”

“是,咋啦?”

“菜和牛肉呢?”

“厨房呢。”

“带我们去看看。”

呼斯乐领着武士元高发魁等人来到厨房,戴着鸭舌帽的侯二跟在后面。

灶膛里的火正旺,散发着肉香的热气从锅盖缝不断地往外冒。武士元揭开锅盖一看傻眼了,锅里煮着的牛肉只有两块儿,不过拳头大小。

"不对吧,"武士元放下锅盖,"你买的牛肉可不止这点儿,据我所知少说也有十五六斤(侯二只看到呼斯乐买了一大块牛肉,但不知是多少斤,向张狗娃报告时是估摸着说的),其他的放哪儿啦?"

呼斯乐纳闷儿,他们是怎么知道的呢?但他很镇静:"老总,老爷太太和小姐都跑了,就剩我一个看家的了,买那么多牛肉干啥?"

"别跟我耍滑头,"武士元一双金鱼眼圆睁,瞪着呼斯乐,"除了牛肉你还买了一大篮子菜呢,菜搁哪儿啦?"

"没买一篮子菜呀,"呼斯乐分辩道,"就买了棵白菜,这不吗,还没切呢。"

说着指指案板上的一棵白菜。

武士元回头看看站在后面的侯二。

侯二从武士元的目光中看出他对自己的情报有怀疑,赶忙从后面挤过来,尖声尖气地说:"武队长,他说谎,我亲眼看到他去集市买了一大篮子菜和十五六斤牛肉,我要是瞎说把我的眼抠了,把我的舌头割了。"

呼斯乐看到侯二一下明白了,他下午出去买东西时看到了这个人,以为他只是个小烟贩,没想到是监视他的。他从这个人的说话中听了出来,他只看到买菜买肉的过程,并没看到他把菜和肉送到乌力吉餐馆。

"这位先生,我从出去买菜买肉一直到回来,就没见过你这么个人,你咋知道我买了那么多菜和肉呢?"

"我一直在远处盯着你呢,你当然看不到我。"

"这就对了,你躲在远处根本就没看到我买了多少菜多少肉,是瞎估摸的。"

侯二急了:"武队,他胡说,我说的绝对是真的。"

武士元也觉着这么大的事侯二不敢胡编:"说实话,菜和肉都送哪儿去啦?"

"老总要是信他的我就没法了,真没买那么多菜和肉。"

"看来你是不吃苦头不会说实话。"武士元怒了,冲士兵喊道:"拉出去狠

狠打!”

士兵把呼斯乐绑到院内的一棵树上抽打,武士元在一旁逼问,但无论怎么打怎么逼,呼斯乐始终一句话:没买那么多菜和肉。

武士元知道呼斯乐不可能说实话了,命令士兵搜查。

“叮叮咚咚”的刨击声瞬时在各屋响了起来,引得好多人围在门口观看,乌力吉也在其中。

153

小野自从上次见了娜仁花,就被她那非凡的美丽和高雅的气质迷住了。这十几天来,他心驰神飞,整日恍惚,什么也干不到心里去。今天下午,他和小林一郎说了对娜仁花的渴思之情,小林一郎建议回请桑斯尔夫妇一回,说见见面也许会好些。小野说那只能让他更难受,饥渴至极之人见了茶饭却不能吃喝,不是更折磨人吗?几经商量之后,决定以重金博取娜仁花的欢心,诱她入彀,以遂心愿。今天正好警备小队和察东守备队的营地都搬到独石口去了,小野决定让桑斯尔留守独石口值夜班,他和小林一郎去会娜仁花。一番准备之后,晚上九点多钟,小野和小林一郎来到桑斯尔家。

娜仁花是桑斯尔的续房,桑斯尔的前妻因难产去世。娜仁花和桑斯尔都是锡盟蓝旗人,属于同一部落。苏日特勒在多伦被同盟军打死后,桑斯尔带着弟兄们重回黑蟒山。不久,他们蓝旗的部落被另一帮马匪洗劫了,不但抢走了大批的牲畜及财物,还杀了许多人。桑斯尔闻讯后,带着他的弟兄们血洗了那帮马匪,把被抢的牲畜及财物又抢了回来,归还给部落。娜仁花家是该部落的名门望族,她的父亲敬仰桑斯尔是条汉子,把一直待字闺中的女儿娜仁花嫁给了他。娜仁花也很敬仰桑斯尔,婚后两人感情非常好,可谓举案齐眉。今天桑斯尔告诉她,营地已搬到独石口去了,他夜里要值班,就不回来了。

她卸了妆正准备休息,用人张妈走了进来,说小野和小林一郎来了,她已把他们领到了客厅。娜仁花让张妈先去招呼客人,她又重新上妆。她以为小

野和小林一郎是因搬到独石口,前来礼节性拜访的。

张妈来到客厅,忙活着给小野和小林一郎沏茶上茶。

小野和小林一郎今天都是一身中式打扮:头戴礼帽身穿长衫,小野是一身灰色,小林一郎是一身黑色。张妈给他们上完茶,小林一郎掏出一个首饰盒递给张妈,说是小野队长送给她的一个金戒指,留个纪念。

张妈慌然不敢收,说夫人会责怪她的。小野说他们不会和夫人说,张妈千恩万谢,将首饰盒接过揣进怀里。

"今后可能还有麻烦您的时候,请多关照。"小野哈了一下腰。

张妈受宠若惊:"您客气了,需要我这个下人干啥吩咐就是。"

重新上好装的娜仁花款款走进来,依然那么光彩照人。

小野眼睛一亮,顿时心速加快,慌跳不已,显得很不自然,小林一郎暗中用胳膊肘碰了他一下,小野赶忙站起来,小林一郎也站了起来。

娜仁花倒没觉察到什么:"不知二位大驾光临,让你们久等了,抱歉。"

"哪里哪里,是我们来的唐突,打扰了。"小野客气完作解释,"我们的营地和桑队长的营地今天都搬到独石口去了。我这边有些收尾工作刚做完,趁这个机会过来看看桑夫人。"

娜仁花面带微笑:"谢谢二位,请坐吧。"

"你们聊吧。"张妈走了出去。

小野小林一郎坐下,娜仁花也走到侧面的沙发前坐下。

"那天喝多了,很出丑,让桑夫人见笑了。"

"哪里话,我们蒙古族待客就是这样,客人越是喝醉我们越高兴,这说明是真拿我们当朋友了。"

小野已心旌摇荡,目光罩着娜仁花:"夫人长得真漂亮,名字也漂亮,歌声更是优美,就是不喝酒也让人陶醉。"

娜仁花被他看得有些不自在:"小野队长过奖了,二位请喝茶。"

"哎、哎。"小野小林一郎应着端起茶杯饮茶。

154

张妈回到自己房间。她的房间距客厅不远，也就二三十米。

张妈坐在桌前，急忙从怀里掏出首饰盒。她打开一看，里面是一枚金光灿灿、硕大而精美的花戒，心中不禁一阵窃喜。她将戒指取出套在手指上欣赏了一番，心里美滋滋的，心想小野这人真是不赖，看来日本兵并不像人们说的那么坏。边想着边侧耳听了听，客厅那边传来娜仁花和小野小林一郎爽朗的说笑声。她沏了杯茶，边喝边又欣赏起那枚戴在手指上的花戒。

娜仁花本是爽朗明快之人，又具有好客的天性，为体现主人的热情，她面带笑容地和小野小林一郎东拉西扯，气氛显得很欢洽。

小林一郎突然手捂肚子直拧眉："这两天老闹肚子，请问院里有厕所吗？"

"有，"娜仁花说，"大门口左边就是。"

小林一郎出去后，小野从怀中掏出一个布包打开，里边是两根金条和三个首饰盒。小野又将三个首饰盒打开，里面分别是金戒指、金项链、金手镯。小野家族世代为商，在日本各大城市及海外都有公司，家里有的是钱。他本想多给娜仁花拿些，但身边只有两根金条，戒指项链和手镯是小林一郎用他的一根金条换的。

"你这是……"礼下于人必有所求。娜仁花以为是小野有求于桑斯尔，请她来过话的。

小野目光如灼，盯着娜仁花："都是给你的。"此时，他的心剧烈地跳动起来，以至紧张的声音都有些发颤。

娜仁花一下明白了小野的意思，心中慌然一紧："这么贵重的东西我可承受不起，快请收回。"

小野赶忙表白心迹："实不相瞒，自从上次见了你，我就被你的美貌和风姿迷住了，你是我长这么大唯一让我动心的女人。这十几天来，我日思夜想，饭吃不下觉睡不着，成全我吧。"说着站起来欲搂抱娜仁花。

娜仁花赶忙推开他:“别这样,小林一郎一会儿就进来了。”她想让小野冷静下来,提醒道。

小野以为她只是怕被小林一郎看到,并不是反感他:“他不会进来了,他是到外面放哨去了。”

“张妈也会进来的。”娜仁花再次提醒,还是想让他冷静。

“张妈也不会进来了,我已经把他买通了。”

小野说着又欲搂抱娜仁花,娜仁花又一把推开他。本来,她考虑到小野和桑斯尔的关系,不想撕破脸让小野难堪,让他冷静下来终止非分之想也就算了,听他这么一说,顿时明白是有预谋的,一下感到事态严重了,她不再顾及什么,沉下脸来:“我不能做对不起我丈夫的事,请你自重。”

小野的欲火已腾然燃起,即使狂风暴雨也无法浇熄,他不再说什么,像发情的豮猪一般猛地扑过去把娜仁花抱住摁在沙发上,撕扯她的衣服。

娜仁花急了,边挣扎边骂:“畜生,放开我!……”

张妈欣赏个够,把戒指摘下来放进首饰盒将盒盖上,正琢磨该藏在什么地方时,突然听到娜仁花的斥骂声。她顿时大惊,赶忙把首饰盒放在桌子上,匆匆向外走去。

张妈刚推开门,一把尖刀突然伸到她胸前。小林一郎凶声恶气:“今天的事对谁也不能说,不然就杀了你!”

娜仁花的斥骂声继续从客厅传出,张妈已然明白正在发生什么事,但面对尖刀她胆怯了:“不说不说,保证不说。”

“进去,再出来就杀了你。”小林一郎凶神恶煞一般。

“我进去,我进去。”张妈惵悚不已,退进屋赶紧把门关上。

155

小野已被欲火烧得疯狂到了极点,就是刀架在脖子上也无法阻止他了。他像饿极的猛兽急于吞食猎物一般,一把一把地撕扯娜仁花的衣服,娜仁花却

是抱着死也不会让他得逞的决心奋力反抗,又蹬又踹又抓又挠地挣扎着。

突然,娜仁花一声瘆人的惨叫,面孔一下扭曲得变了形,十分吓人。

“你怎么了?”小野一惊,疯狂的劲头儿也随之消失了,松了手忙问。

娜仁花痛苦地挣扎着坐起来,看到血顺着两腿流出,“哇”地一声号啕起来。

冷静下来的小野手足无措,恐慌不安。

被逼进屋里的张妈心如刀绞,她听到娜仁花的惨叫和痛哭声,悲愤地抓起桌上的首饰盒狠狠摔在地上,首饰盒震开,戒指从盒里蹦出来滚到墙角。

她愤然走到门口拉开门,小林一郎又把刀伸过来,口气更凶:“真要找死吗?”

张妈又胆怯了,赶忙退回去把门关上。

门外传进小林一郎凶狠的声音:“再敢开门就杀了你!”

娜仁花号啕不止,小野惘然无措:“请原谅我的粗鲁,我会让家里尽快捎来十根金条作为补偿的。”

娜仁花哭着怒视小野,吼道:“一百根金条能换回我的孩子吗!”

“怎么做才能让你息怒呢,只要你说,我保证做到。”小野声低气软。

“我要你死,我要你给我的孩子偿命!”娜仁花咬牙切齿,双目喷火。

“桑夫人,请不要这样。事情已然出了,我也很难受很后悔。给你五十根金条作为补偿怎么样?”小野又提高了补偿价码。

“不稀罕,我要让桑斯尔杀了你!”娜仁花站起来,强忍着痛走到桌前抓起电话筒。

小野赶忙跑过去夺下话筒:“不能这样,女人的名节很重要。”

娜仁花又吼道:“孩子都没了,我还要什么名节,我一定要让他杀了你,为孩子报仇!”

小林一郎握着匕首走了进来,小野如见救星:“小林君,快帮我劝劝她。”

小林一郎没答话,一刀刺进娜仁花腹中。正是:坦诚款待以为客,祸心包藏实是狼。绝世美女竟命丧刀下,真是可叹。欲知后事如何,且看下文。

第三十二回 武士元说时殒命 桑斯尔坐间惊魂

156

却说小野见小林一郎一刀杀了娜仁花,不禁大吃一惊:"你怎么……"

小林一郎脸如黑铁,话音冰冷:"您想让桑斯尔跟你拼命吗?我已在门外听了半天了,这个女人已经疯了,劝是根本没有用的。如果因这事导致桑斯尔兵变,你会被送上军事法庭的。"

小野看了看倒在地上的娜仁花:"桑斯尔不会怀疑是我们干的吧?"

"当然会怀疑,但我可以不让他怀疑。"小林一郎从娜仁花身上撕下一条布,团巴团巴蘸了蘸地上的血,在墙上写下一行字:杀蒙奸老婆者黑龙岭英雄也!

小野愣愣地望着小林一郎。

小林一郎转过身:"让桑斯尔去找他们报仇去吧。你快把金条和首饰收起来,我去把张妈也干掉。"

张妈正伏在桌上哭泣,门突然被推开,小林一郎握着匕首走进来,满脸杀气。

张妈抬起头,恐骇得一张老脸变了形:"你要干啥?我可没出门儿。"

小林一郎不答话,上去一刀抹了张妈的脖子。

他正要走时,看到了地上的首饰盒,走过去捡起来一看,里面没有戒指,又四下看了看也没发现。

小野和小林一郎走后不久，娜仁花醒了过来，她挣扎着站起来想打电话，可刚一迈步又倒下了，她又挣扎了几次，但怎么也站不起来。她强伸手蘸了蘸血，在地板上写字，刚写了一个“小”字，手向下一划不动了，“小”的最后一笔划了很长一道子。

夜已近午，那音太家的大院内仍是一片“叮叮咚咚”的刨地声。此时，所有的屋子都被协动队士兵刨了个四不像，但依然没有找到地下密室。

武士元怀疑侯二有谎报邀宠之嫌：“你小子说实话，是不是真看到呼斯乐买了那么多菜和肉？”

“我看得清清楚楚，绝对没错。”

“那为啥都刨遍了也找不到？你小子肯定是想讨好上司胡编的。”

侯二慌了，尖着嗓子赌咒发誓：“我要是胡编让枪打死，让手榴弹炸死。”发完誓突然想起一事，“对了，我们上次来搜查巴雅尔时，他爹他娘还有他妹妹都是从那个小佛堂出来的，密室会不会在佛堂里头？”

武士元决定去看看，留两士兵看守呼斯乐，和高发魁带着其他人向佛堂走去。

呼斯乐见他们要去刨佛堂，心一下提到了嗓子眼儿。但他又毫无办法，只能暗暗祈祷老天爷保佑，千万别让他们发现那个地道口。

武士元等人走后，大院瞬间安静下来。一个士兵长长地打了个哈欠，发牢骚：“都折腾大半夜了，侯二那小子尽出馊主意，要不就可以回去睡大觉了。”

“就是。”另一个士兵也跟着牢骚，“老百姓骂咱们协动队是汉奸狗腿子，我看警察局也一球样，帮日本人干的事一点儿也不比协动队少。”

两个士兵正发着牢骚，一个头戴黑礼帽、脸蒙黑面罩、身披黑披风的人如同从天而降，突然出现在他们面前。这个蒙面人正是“神风”。

两个士兵惊得魂飞魄散，扑通跪下求饶。他们都听说过蒙面大侠的威名。

“念你们是中国人，先放过你们。起来，给老人把绳子解开。”

“哎、哎。”两个士兵应着，赶忙站起来给呼斯乐解开绳子。

“神风”拿过绳子，把两个士兵捆在树上，又从身上摸出一枚飞镖。

两个士兵大骇：“大侠，你说了放过我们的。”

“我说放过就放过。但要考验你们一次，我不塞你们的嘴，如果听到你们

喊人,飞镖就会随时扎在你们喉咙上。听明白了吗?”

“听明白了,保证不喊。”两个士兵争着说。

“大伯,咱们走吧。”“神风”搀扶着呼斯乐向院门口走去。

两个士兵望着蒙面大侠搀着呼斯乐走出院门,大气都不敢喘。

157

由于佛堂很小,武士元、高发魁、侯二及六子贵祥等十几个人走进去,其他人都站在佛堂外面。

武士元用手电筒照了照瓷瓷实实的青砖地:“这咋可能有地下密室呢?”

侯二朝佛台看了看:“闹不好暗门在佛台上,把佛台刨了看看。”

高发魁阻拦:“可别,毁佛是要遭报应的。”

“啥佛,不过几个泥胎,刨开看看,真没有也歇心了。”武士元冲六子贵祥等人一挥手,“刨!”

此时,那音太等人正聚在较大的一间地下室说话。这间地下室有六七十平方米,很宽敞,屋顶上吊着两个大电灯泡,屋内很明亮。傍晚那会儿,乌力吉从餐馆的地道口过来说,协动队的人来了,正在各屋乱刨呢,那音太说让他们刨去吧,他们是不会找到地道口的。尽管那音太这么说,大伙儿还是不踏实,他们聚在一起,说的正是这个话题。

他们正说着,突然传来了“叮叮咚咚”的刨击声,大伙儿一下慌乱起来。

那音太依然镇静,他仔细听了听刨击声:“大伙儿别慌,听声音他们是在刨佛台呢,刨佛台是不会找到地道口的。”

“万一找到呢?”大伙仍担心。

“就算他们找到,进地道两三米处就有一道暗墙,咱们进来后我已经将这堵暗墙封死了。即使他们意识到这是堵隔墙,等他们刨时咱们再撤也是完全来得及。从这里到乌力吉家,中间还有堵隔墙,这堵墙他们是刨不动的,这是一堵青石板墙,除非他们用炸药炸,有他们折腾的工夫,咱们早就撤出去了。

更何况,刨佛台是不可能找到地道口的。”

那音太这么一说,大伙儿的情绪稍稍稳定下来,但依然惶惶不安。

乌力吉和妻子一直站在餐馆门口,关注着协动队的搜查情况,当他听到从佛堂传来刨击声后,一下慌了起来:“坏了,他们刨佛堂呢,很可能会发现地道口,我赶紧去告诉老爷。”

“地道真要被发现咱们也不能待了,我赶紧收拾收拾,跟他们一块儿转移。”乌妻也恐慌起来。

“好,那你快收拾吧。”乌力吉刚要往后门走,呼斯乐匆匆从后门走了进来。

乌力吉一愣:“咋跑出来的?”

呼斯乐说了被救经过。

“蒙面大侠呢?”

“蒙面大侠把我送到后院就走了,说去教训一下协动队,把他们撵走。”

乌力吉松了口气:“我正要去告诉老爷转移呢,看来不用啦。”

158

佛堂内,六子贵祥等人还在刨佛台。几尊佛像都已金身毁坏,斑痕累累,体无完肤地倒在地上,完全没有了神的尊严,小小的佛堂内一片狼藉,乌烟瘴气。

佛堂外,士兵们或坐或躺,全都懒懒散散的样子。武士元和高发魁、侯二站在一旁,边抽烟边说话。

“咱们是尽力了,佛堂再要找不着,就没处可找了。”武士元没信心了。

“要不把整个院子都刨一遍吧。”侯二又出歪点子。

“尽你妈胡咧咧,地上咋可能设暗门。”高发魁斥责。

六子从佛堂走出来:“队长,高爷,佛台刨完了,没发现有暗门。”

武士元一双金鱼眼转了转:“把地和墙也刨了,那会儿来佛堂时,我见呼斯乐那个老东西显得很紧张,闹不好……”话还没说完,突然不知何处传来一声

枪响,武士元一头栽到地上不动了。

高发魁大惊,急喊:"快抄家伙!"

士兵们慌乱地四下乱开枪。

不知何处又"嗖嗖"飞来两个手雷,士兵被炸倒一片,随后又响起枪声。

高发魁大喊:"快趴下!"

密室能听到爆炸声,却听不到枪声,大伙儿以为协动队是在用炸药炸佛堂,又乱作一团。

"大伙儿别慌,"那音太说,"听声音不像。真要是炸佛堂的话也并不能发现地道口,炸完应该接着刨,咋一点儿声音也没有了呢?"

此时,果然听不到一点儿声音了。

乌力吉、乌妻和呼斯乐听到爆炸声和枪声,知道是蒙面大侠在教训协动队,都站在门口朝外看。不一会儿,他们看到协动队的人从院门口往外抬尸体。

"看来打死不少,蒙面大侠真是了不起。"

"乌力吉大叔!"乌力吉刚说完身后突然有人叫他。回头一看,是巴雅尔和两个人从后门走进来。

跟在巴雅尔身后的是张丹雄和柳英飞。今天中午,戈剑光赶回黑龙岭和张丹雄他们说了这两天所发生的事,张丹雄决定今夜把亲属们接上山,让地下党和"神风"不再为亲属的事分心,专心致志地营救林溪等人(戈剑光是和他们一起回来的,直接去了平安旅店)。刚才他们赶到玉带桥时,就听到了瞬起瞬息的枪声和爆炸声,一时弄不清怎么回事,从后街绕过来先找乌力吉问问。

"少爷,你咋来啦?"

巴雅尔说了回来的原因又向乌力吉介绍了张丹雄和柳英飞,然后问:"刚才听见我家院里响了一会儿枪声和爆炸声,您知道咋回事不?"

"唉,协动队不知咋怀疑上你家有地道了,所有的屋子都刨遍了,刚才刨佛堂时蒙面大侠来了,把他们打死不少,他们不敢刨了。那不,正往车上抬死人呢。"

大伙儿朝那音太家院门口一看,协动队的人正将最后一具尸体抬上卡车,然后都上了车开走了。

张丹雄问:“你们咋知道是蒙面大侠打得他们?”

呼斯乐说:“我被他们绑到院里的树上了,是蒙面大侠把我救出来送到这儿的,又说去教训教训他们。我也不认得蒙面大侠,那身打扮就是人们传说的那个蒙面大侠的样子。”

“一切都在他的掌控之中,真是神人。”

张丹雄刚说完,一个黑衣人从后门走了进来。这个人正是鲁明,他是奉“神风”之命来安排亲属们转移的,当得知张丹雄等人是专门来接亲属的,便放心地回去向“神风”复命去了。

今天傍晚,川岛把武士元高发魁派出去不久,在街上巡查的高桥雄二就带回一个消息:黑龙岭的人这两天夜里要来劫狱,这是一个耳目在茶馆喝茶时听人们议论的。川岛认为这个消息很可能是真的,林溪被关进来已经两天了,张丹雄他们不会无动于衷。他立即让铃木在警备队大院内增设伏击点,力争在他们来劫狱时全歼。其实,这个消息正是刘振邦按照“神风”的“明修栈道”之计,故意散布出去的。刚才,川岛在铃木的陪同下正视察伏击点时,突然听到了瞬起瞬息的枪声和爆炸声,他以为是武士元他们发现了地下密室,地下党或黑龙岭的人想救那帮亲属没救成,被武士元他们打跑了。

川岛兴奋地回到办公室等消息,不一会儿,高发魁匆匆走进来。

“是不是发现了地下密室?”川岛急问。

“不是。”高发魁苦着脸说,“我们把那音太家所有的屋子都刨了个遍,也没发现地下密室,正安排人刨佛台时,不知从哪儿突然飞来一枪把武队长打死了,接着一会儿这边打枪一会儿那边扔手雷,弟兄们被打死打伤十好几个。”

“你们那么多人都抵不过他们吗?”川岛一下心凉了,恼怒地问。

“不是抵不过,是想还击都不知朝谁开枪,根本看不见人,幸亏他们打了一会儿不打了,要不我们全完了。”

“这说明那个地下密室就在佛堂下面。之所以在刨佛台时遭袭击,是因为快要挖到密室了。”

“看来是这么回事。当时我都蒙了,没细想。大佐,要不我再带人去接着挖,您派些皇军保护我们。”

“没必要了,既然他们知道密室已经暴露,亲属肯定都转移了。对啦,武队

长殉职了，你先代理协动队队长吧，有了合适人选再说。”

“谢谢大佐信任，我一定把队伍带好，为皇军效力。”

高发魁嘴上这么说，心里却高兴不起来，担心武士元所遭到的噩运不定哪天就会落到自己头上。但他又不能不干，他非常清楚，现在不要说不干，就是稍微表现出退却都是自寻死路。他犹如矬子骑大马，上下两难。

159

独石口在赤城县北部，距县城约二十公里。这里，矗立着一座巍峨的古城，古城坐北朝南，城楼飞檐凌空，斗拱危悬，宏伟而壮观；城楼两端的城墙由青砖砌成，既长且高且厚，十分雄壮。古城北面，是长城的一个隘口，因此地有一特大孤石，故将此隘口名之为独石口。独石口从明朝初年就以“九边要冲”驰名天下，有“绝塞雄关”之称。明代永乐大帝征伐北元蒙古，清代康熙大帝征伐噶尔丹，都曾数次从独石口出入。抗日同盟军被迫解散之后，吉鸿昌和方振武率军在这里会师休整，并留下了“抗日难遇沧海水，救亡必过独石关”的诗句和“驱寇安边”的石碑。据说“驱寇安边”这四个大字，就是方振武将军亲笔书丹。日本关东军把沽源和赤城强行划归热河之后，要把独石口建成坚固的军事基地，为将来进一步西进南征做准备。这里的兵营和军事设施，在井林茂警备小队和桑斯尔的察东守备队来后就开始修筑了，只不过由于井林茂小队被全歼，工程停止了半个多月，小野小队来了之后，和察东守备队又接着修筑。昨天，军营和主要军事设施均已修筑完毕，小野的警备小队和桑斯尔的察东守备队都搬了过来。警备小队的营地在古城西面，察东守备队的营地在古城东面，两营相距三里多地。

小野昨天夜里从县城回到独石口办公室（带寝室）之后，目不交睫地躺到天亮。他后悔，后悔不该那么冲动，以致造成惨剧的发生；他惋惜，惋惜这么一个绝美无伦的女人，转眼间香消玉殒；他恐惧，恐惧桑斯尔一旦知道是他所为，后果将不堪设想。

起床后，他洗漱完到镜子前照了照，镜子里的他面色惨白、两眼通红，眼泡鼓得像充了气，整个脸都有些变形。

小林一郎端着餐盘走进来，餐盘里放着一杯热气腾腾的牛奶和面包、香肠。

"小野队长，吃早点吧。"小林一郎把餐盘放在桌子上。

"我真是后悔，应该听你的。"小野无精打采地说。事前，小林一郎曾和他说过，他观察娜仁花不是个佻薄的女人，更不是水性杨花的女人，一定要等水到渠成之后再行事，千万别霸王硬上弓，事情一旦弄砸就不好收拾了。

"事情已经过去了，不要再想了。"小林一郎说着看了看小野，"脸色这么难看，没休息好吧？"

"何止是没休息好，根本就没合眼。"小野说着又怫惧不安，"你说桑斯尔会不会怀疑到咱们头上？"

"应该不会，没有人看到是咱们干的。"小林一郎安慰，"再说已经留下字了，桑斯尔围剿过黑龙岭，黑龙岭的人杀他老婆也合乎情理。"

桌上的电话突然响了。小野一哆嗦，冲小林一郎摆了一下手，示意他去接。

电话是桑斯尔打来的，说是向小野队长报告昨夜值班的情况。小野镇静了一下，从小林一郎手里接过话筒。桑斯尔说完值班情况后，小野对桑斯尔赞赏了一番，最后又说些辛苦了、早点回家休息云云。

通完话后，小野问小林一郎："我的话没漏洞吧？"

"没有，完全是正常的对话。"

"他一会儿就要看到死去的娜仁花了，我心里还是不踏实。"

"您一定要冷静，要沉住气，千万不要心虚。别说他不会怀疑到咱们头上，就算是怀疑到了，咱们死不承认他也没办法，反正他没证据，奈何不了咱们。"

"你说得对。"小野有了些底气但仍不踏实，让小林一郎去打探一下，看看桑斯尔是不是真相信了是黑龙岭的人干的。

一辆吉普驶到桑斯尔家院门前停下，桑斯尔从车上下来。

驾车的是桑斯尔的侄子孟根布勒。孟根布勒二十三四岁，刀条脸尖鼻子，布满雀斑的脸上总是罩着一层永远也散不去的愁云。桑斯尔走进院门后，他

调转车头往回返去。

桑斯尔很爱娜仁花。成婚后,娜仁花的意思是留在蓝旗,桑斯尔毕竟是带兵的,她不想给桑斯尔添麻烦,但桑斯尔怕她寂寞,坚持要带她出来。自从成婚之后,桑斯尔从不在外面过夜,无论多晚都回家。昨夜,是他第一次不在家睡。

院内及各屋都静悄悄的,桑斯尔以为张妈上街买菜去了,娜仁花还在睡着,便径直走进客厅坐在沙发上。他刚要伸手去摸茶几上的烟,突然看到地板上有一滩血,心中瞬然一惊,环视一下又看见倒在桌旁的娜仁花。他大惊失色,赶忙站起来跑过去。正是:别离只是一夜间,再见居然两世界。欲知后事如何,且看下文。

第三十三回 析案情凶手浮出 设巧计鬼子陷入

160

格日图昨夜陪桑斯尔值了一夜班,桑斯尔走后,他又安排了一些队里的工作,回到办公室准备好好睡一觉。

他刚要脱外衣,桌上的电话响了。抓起话筒还没等他说话,话筒里就传出桑斯尔急切的声音,说家里出事了,让他马上来一趟。

桑斯尔家门口附近,一个江湖艺人正敲着锣耍猴儿,周围站着不少人观看。

人群中有一个戴着黑礼帽、穿着黑长衫、蓄着短胡髭的年轻人,这个人正是化了装的小林一郎。尽管猴戏耍得很精彩,不时地引起人们的笑声和叫好声,可小林一郎的目光却没在猴戏上,而是一直盯着桑斯尔家院门口。

不一会儿,一辆察东守备队的卡车快速驶来,停在了桑斯尔家院门口。格日图从副驾座跳下来,急匆匆地向院里跑去。

小林一郎明白,这是桑斯尔把他叫过来的。尽管他认为桑斯尔不可能会想到娜仁花是他们杀的,但毕竟还是心虚,不免有几分紧张,急切地想知道桑斯尔是否相信了他留在墙上的那一行字。

桑斯尔正怒容满面地坐在沙发上抽烟,格日图匆匆走了进来。

“桑队,出啥事了?”

桑斯尔把烟戳在烟灰缸里,指了指躺在桌旁的娜仁花:“张妈也被杀了。”

格日图惊得几乎窒息:“谁干的?”

桑斯尔又指指墙。

格日图扭头看看墙上几个血写的大字,立即说:“不可能。你和我说过你被他们抓到城外树林的事,如果他们要杀蒙奸的话,那次就不可能放了你。他们连你都不杀,怎么可能杀你的女人呢?还连张妈这么一个佣人都不放过。退一步说,你的家就住在县城,他们要杀你有的是机会,又何必对两个女人下手呢?”

“我和你想的一样,也认为不可能是黑龙岭的人干的,凶手这么写,是想误导我。”

格日图和桑斯尔结合娜仁花的衣服被撕烂、地板上留下的血写“小”字以及从张妈房间发现的崭新的金戒指,经过条分缕析,案情轮廓逐渐明朗起来:凶手是男人,而且至少是两个人;凶手想收买张妈没得逞;凶手想奸污娜仁花遭到过强烈反抗;娜仁花和张妈都认识凶手,杀死她俩是怕暴露身份。

“嫂子所认识的人中,有没有名字或小名带个‘小’字的?”

“她跟我来赤城还不到两个月,从来不出门,除了认识邻居王叔王婶儿,其他人谁都不认识,王叔家只有两个女儿和一个儿子。两个女儿都嫁到沙城了,儿子的名字倒是有个‘小’字,叫王小宝,可他才十岁呀。”

“显然和他们无关。”格日图说完脑子里猛然闪出一个人,他一拍脑门,“小野!会不会是小野!我记得上次请他来吃饭时,他就老是盯着嫂子看。还有小林一郎,名字也带小。”

桑斯尔恍然明白过来:“没错,就是他俩。怪不得他昨天让我在独石口值夜班,怪不得他说有些事还没处理完得晚些回营地。”

“这就更清楚了,肯定是小野想强暴嫂子时,小林看住了张妈,那枚戒指很可能是小林想收买张妈没收买成,把张妈杀了,小野担心事情败露,把嫂子也杀了,然后在墙上留下这句话企图嫁祸于黑龙岭,因为你围剿过黑龙岭,他们认为你会相信。”

“这两个畜生,我去杀了他们!”桑斯尔睚眦欲裂,两眼喷火,站起来欲往外走。

格日图赶忙拦住他:“你这么去是杀不了他们的,只能送死。”

“死我也认了，我跟他们拼啦！”桑斯尔已无法控制自己，又欲走。

格日图拉住他：“桑队，你要冷静，就是拼也得想个拼的办法呀。”

“要不我拉上队伍去消灭他们，咋说我的人也比他的人多多啦。”

“那也不行。他们人虽然少，但武器精良，军营门口又刚修筑了四个暗堡，都是重机枪防守，别说咱们百十来号人，就是千数人也经不住嘟嘟呀。”

“那该咋办？这个仇就不报了吗？三条人命呀！”

“仇当然要报，但得想个办法。我问你，你真下定决心要和他们拼吗？”

桑斯尔发誓：“我和他们不共戴天，此仇不报誓不为人！”

格日图语气坚定：“那就联合黑龙岭独立大队共同消灭他们。”

“可咱们一直与他们为敌，不可能帮咱们呀？”

“一定能。只不过有个问题，察东警备军司令李守信可就不会容咱们啦，事后只能投奔独立大队。”

“可他们能要咱们吗？他们是抗日的，咱们可是蒙奸呀！”

“只要你愿意，一定会要。”

“你咋有这么大把握，认识他们？”

“我不认识，但有人认识。”

“谁？”

“中共赤城县地下党。”

“你到底是什么人？”桑斯尔吃惊地问。

“中国共产党党员。”格日图庄重地说。

桑斯尔惊得眼睛像铜铃：“你啥时候成了共产党？”

“我三年前就加入了中国共产党，属于内蒙古地下党。李守信投日后，组织上派我打入他们内部搜集情报。你们被黑龙岭独立大队打败减员后，组织上受北平地下党之托，利用李守信给你们补充兵员的机会，又让我来到赤城，主要任务就是在赤城地下党的领导下，保护黑龙岭独立大队。实话都和你说了，要同意我就和地下党联系。”

“我同意，只要他们不嫌弃。”桑斯尔激动地说。

“好。那就先造势，”格日图说，“一定要让人们感觉到，你相信了这个血案就是黑龙岭的人制造的，小野肯定会安排人打探消息，一定要先迷惑住小野。”

这是一个重大决定，他们怀着既紧张又兴奋的心情，紧锣密鼓地张罗起来。

161

小林一郎走后，小野一直惴惴不安，焦急地等待小林一郎的消息。大约中午时分，小林一郎匆匆赶了回来。

小野“腾”地从座椅上站起来：“怎么样，相信了吗？”

小林一郎笑笑：“相信了，而且是确信。”接着说了他的所见所闻。

耍猴戏的江湖艺人收摊之后，小林一郎又进了一家茶馆，茶馆在桑斯尔家斜对面，也可以清楚地看到桑斯尔家院门前的情况。大约十点来钟，他看到察东守备队来了两辆拉棺材的卡车，十几名士兵从车上卸下两口棺材抬进了院子，不一会儿，又听到院子里传出桑斯尔的号啕大哭。随着桑斯尔的哭声，他看到门口围观的人越来越多，也借机来到院门口察看。院内，正房的两个廊柱间拉着一条大横幅，上面白纸黑字写着：向黑龙岭匪徒讨还血债！停厝在院内的两口棺材上，各摆着一个相框，一个是娜仁花的，一个是张妈的。桑斯尔正跪在娜仁花棺材前痛哭，哭得撕心裂肺。格日图站在一旁不住地劝慰。他往回走时，还听到满街的人都在议论，说桑斯尔是蒙奸，黑龙岭的义军把他们一家都杀了。

小野心中的石头总算落了下来，长出了一口气：“我还担心他怀疑到咱们头上了呢。”

小林一郎口气不屑：“就算真怀疑到也没关系，大不了就以私通黑龙岭同盟军匪徒的罪名灭掉他。”

张丹雄早有灭掉小野小队夺取武器的想法，他曾和林峰去侦察过几次，均因防守太严没能实施。今天上午，郭振山和郝志远来向张丹雄说了娜仁花和张妈被小野小林一郎杀害，格日图利用桑斯尔急切报仇的心理说服了桑斯尔联合独立大队共同消灭小野小队，然后归顺独立大队的事。本有争取桑斯尔

之意的张丹雄听了十分高兴，立即和郭振山郝志远以及柳英飞、马腾、巴雅尔、石头商定了一个智取方案。

由于成功地嫁祸于黑龙岭，小野的心情好了许多。午饭后，他突然又想到一个问题：桑斯尔既然相信了娜仁花和张妈是被黑龙岭的人所杀，必然要报仇，如果来求他帮助攻打黑龙岭该怎么办？

他把小林一郎叫来说了他想到的事，小林一郎说绝对不能答应，黑龙岭的人能把井林茂小队全歼，又能把川岛的联队打得惨败，说明他们的军事实力是很强的，指挥官也是非常懂战术的，不能为了个桑斯尔把这个小队搭进去。如果桑斯尔来请求的话，就以需要向川岛大佐请示为由先推掉他。

他们正说着，哨兵进来报告，说察东守备队副队长格日图求见。

小野一下又紧张起来。小林一郎对哨兵说让他进来。

待卫兵走出，小林一郎说："小野君，我看您有些慌张，这样很不好。中国有句话，说泰山崩于前而不惊，您一定要保持常态，不要乱了方寸。况且桑斯尔已经相信了人是黑龙岭的人杀的，没必要再紧张了。再说，听听格日图怎么说咱们心里不是更有底了吗？"

"说得对。"小野努力镇定了一下，挺直了身子，端正了坐姿。

格日图神色慌张地走进来："小野队长，出大事啦。"

小野装作吃惊："什么大事？"

"桑队长的夫人还有用人张妈昨天夜里都被杀了。"格日图的声调透着恐惧。

小野不由得颤抖了一下："知道是什么人干的吗？"

"黑龙岭的土匪干的，他们杀了人，还在墙上留下字，说是杀蒙奸老婆。"

小野佯怒："太猖狂了！桑队长呢？"

"桑队长悲痛欲绝，在家一个劲的哭，发誓要踏平黑龙岭，为夫人和佣人张妈报仇雪恨！"

小野彻底放心了，决定去吊唁，他让格日图先回去和桑队长说一下，说他马上就过去。

162

让格日图去向小野报丧，是歼灭小野小队的第一步。郭振山张丹雄他们分析，小野为了掩饰他的罪行，一定会来吊唁，但他又心怀恐惧，必然不敢只和小林一郎来，肯定会带不少人，这样，在桑斯尔家就可以先消灭一部分。为不引起小野的警觉，他们又决定不让桑斯尔去调动察东守备队，只由忙活丧事的十几个士兵配合独立大队的行动就行了。格日图回来说了小野要来吊唁的事，张丹雄郭振山立即作了安排部署。

街上有间杂货铺。从杂货铺的窗户可以看到斜对面的桑斯尔家院门口。此刻，郭振山、郝志远和柳英飞、巴雅尔、石头及十七八个独立大队的战士组成的袭击小队正隐藏在这个杂货铺里，战士中有唐尧和陆涛、周全顺、安铁牛、顺子、王三娃等。

不一会儿，一辆吉普和一辆卡车从西面开过来驶到桑斯尔家院门口附近停下，卡车车厢里站在十个全副武装的鬼子，车头上架着一挺机枪。

尽管已得知桑斯尔相信了人是黑龙岭的匪徒杀的，但小野仍不敢大意，格日图走后，他立即让小林一郎挑了十多个身手好的士兵，随他一起过来。

围在桑斯尔家院门口看热闹的老百姓见鬼子来了，立马惊得四下散去，眨眼间不见了踪影。

小野和小林一郎从吉普上下来，十个鬼子从卡车车厢跳下，两个鬼子各拿着一个花圈，每个花圈上都有挽联，上面写着沉痛悼念之类的句子，落款是“皇军少佐小野”。

吉普和卡车调了头，将车停在了院门东侧，两个驾车的鬼子也提着枪从车上跳下来。

小野和小林一郎及鬼子走到院门口，两个站岗的士兵赶忙向前迎了两步。

士兵甲说：“请小野队长稍等，我去通报桑队长来迎接。”

小野和小林一郎警惕地环顾了一下四周，见没什么异常，心都放了下来。

不一会儿，桑斯尔格日图匆匆走出来。桑斯尔快步走到小野跟前，面带感激之情："小野队长，快请进！"

小野神情沉重："惊闻噩耗，甚为悲痛，过来看看桑队长，吊唁一下桑夫人和张妈。"

桑斯尔客套了两句，领着小野向院里走去。

小林一郎命令两个鬼子守在门口，随后带着鬼子跟了进去。

院内气氛肃穆，正在忙活丧事的孟根布勒等士兵都原地立定。

两个手执花圈的鬼子快走几步，将两个花圈分别摆放在两口棺材前。

小野看到两口棺材表情很不自然，赶忙借着鞠躬掩饰。

三躬过后，他看到娜仁花的相框，眼前蓦地又浮现出娜仁花被杀一幕，心剧烈地颤抖起来，以至面露惶恐。他赶忙又单向娜仁花鞠了三个躬，借以掩饰。

小野的神态桑斯尔已尽收眼底。他不动声色，待小野鞠完躬后，客气地相让："小野队长，请进屋喝茶歇歇吧。"

小野随桑斯尔走进客厅。小林一郎和格日图也跟着走进来。

小野扫视了一下客厅，脸上的肌肉一阵抽搐，身子不由自主地哆嗦了一下。

桑斯尔仍装作没看见："小野队长，快坐下歇歇。"又对格日图，"快沏茶！"

小野走到沙发前刚坐下，一下看到了地板上的血，猛地又站了起来："这、这是桑夫人的血吧？"惶恐的声调已无法掩饰。

"是。睹血如睹人，我还没让人擦掉呢。坐吧小野队长。"桑斯尔依然神态正常，语气平静。

"太残忍了，太残忍了。"小野边说边坐了下来。

桑斯尔请小林一郎也坐下来："小野队长，我想尽快踏平黑龙岭，为夫人和张妈报仇雪恨，希望能得到你的帮助。"

已有作答准备的小野爽快回应："应该的应该的，我们是友军嘛。"说到这儿话一转，"不过军事行动需上面批准，我回去马上向川岛大佐请示，川岛大佐早有消灭他们的意思，看看能不能一起行动。"

桑斯尔的感激之情溢于言表："那就太好了。"

格日图沏好茶，斟了两杯放在小野和小林一郎面前："二位请用茶。"对桑斯尔说，"桑队长，你陪小野队长和小林卫士说话吧，我去把招魂幡挂到院门口去。"

格日图走到墙边，将一根上面绑着很多碎纸条的棍子拿起来。

"这是什么东西？"小野警惕地问。

"这叫招魂幡，意思是怕入葬前亡人的灵魂跑了，用这个东西把亡人的灵魂留住。"格日图解释。

"噢。"小野明白了，也放心了，"真是十里不同俗，快去吧。"

格日图拿着招魂幡快步走了出去。

小野和小林一郎做梦也想不到，此时他俩已成了釜中游鱼。

163

招魂幡其实是行动暗号。郭振山从杂货铺窗户看到格日图把招魂幡挂到院门，立即下达命令："行动！"

大伙儿快速跑了出去。

卡车和吉普本来停在西面，如果不掉头的话，借着汽车的掩护，他们就是跑到院门口鬼子也发现不了，由于没有了汽车的遮挡，他们刚一跑出杂货铺就被在院门口站岗的鬼子发现了，只是因他们手里没枪（手枪都在腰里掖着），鬼子一时弄不清他们是什么人。

"站住，不许过来！"

一个鬼子刚喊完，格日图猛地从后面卡住了他的脖子，一刀刺进他的胸膛。

与此同时，士兵甲也从后面卡住了另一鬼子的脖子，当他举刀欲刺时，不料这个鬼子很有经验，他迅速丢掉手中的枪，双手紧紧抓住了士兵甲握刀的手，身子迅疾地一弯，一个大背挎将士兵甲摔倒在地。

士兵乙又扑上去，鬼子一闪身挥拳将他打倒，随即冲院内大喊："有埋伏！"

格日图一枪将鬼子击毙。

此时，郭振山、郝志远、柳英飞、巴雅尔等人已拔出手枪快步跑了过来。

院内的日本兵听到喊声，以为是外面来了敌人，正当他们往外跑时，孟根布勒等十几个正忙活丧事的察东守备队的士兵立即举枪向鬼子射击。

鬼子虽然人数不多，但个个身手不凡，又非常有战斗经验，尽管由于突遭袭击已是一死两伤，但他们临危不乱，闪电般地趴在地上，边翻滚边还击。

郭振山、柳英飞、郝志远等人冲进院子猛烈射击。

小野小林一郎听到枪声大惊，赶忙拔枪。

桑斯尔赶忙说："可能是黑龙岭的人来偷袭了，快跟我从厨房出去！"

小野还没意识到已入圈套，但小林一郎已然明白了，他目闪凶光，把枪对准了桑斯尔："你以为我们是三岁小孩吗？老子先把你送进地狱！"

小林一郎刚要搂机，一支飞镖飞来将他的手枪击落。

小野也欲开枪，又一支飞镖飞来将他的枪也击落。

小林一郎和小野扭头一看，两个汉子从厨房门口向他们走了过来。这两个人正是张丹雄和马腾，他们早已隐藏在厨房内。

小林一郎和小野看到两个高手虽然惊恐，但他俩毕竟也是有一定功夫之人，不甘心俯首就死，想搏出一线生机，拉开架势与张丹雄马腾搏斗，但他俩远不是张丹雄和马腾的对手，几招过后便先后被擒，分别被绑在了两把椅子上。

"桑队长，你先审。"

张丹雄说完和马腾向外跑去。

院内的枪战非常激烈。

伏在棺材后面向鬼子射击的守备队士兵，有两个被鬼子击倒。

鬼子机枪手趴在地上向院门口扫射，格日图、郭振山、郝志远、柳英飞等人隐蔽在各处伺机还击。

一守备队士兵击中了鬼子机枪手的臂膀，机枪手打了个滚儿，又调转枪口向守备队士兵扫射，两个士兵中弹倒下。郭振山柳英飞等人乘势冲进院子向鬼子射击。

机枪手又调转枪口扫射，独立大队的三个战士被扫中倒下，郭振山等人赶忙趴在地上还击。柳英飞一枪击毙了鬼子机枪手。

从客厅冲出来的张丹雄马腾向鬼子射击,牵扯了鬼子的火力。

柳英飞郭振山等人更猛烈地向鬼子射击。

一鬼子瞄准了柳英飞,郭振山发现后飞身扑过去一把将柳英飞推开,他却中弹倒在地上。柳英飞又一枪将偷袭的鬼子击倒。郝志远见郭振山倒下,边喊“郭组长”边疯了似的向鬼子射击。

在守备队士兵和独立大队战士的夹击下,剩下的鬼子全部被歼灭。

柳英飞郝志远向郭振山跑去。

张丹雄也急忙向郭振山跑去,正跑着忽地想起什么,又转身向客厅跑去。正是:心忧急于奔战友,思虑忽又惦他人。毕竟张丹雄因何又急奔客厅,且看下文。

第三十四回 做人质小野留命 蹲茅厕士兵逃生

164

客厅内，桑斯尔经过审问已经弄清了娜仁花和张妈被杀经过，他大骂一声“畜生”，一刀捅进小林一郎的胸膛，小林一郎喷出一口血，头一歪死去。

桑斯尔拔出刀又走向小野，怒骂道：“你这个人面兽心的畜生，我好心好意把你们请到家盛情款待，没想到是引狼入室，我要让你们偿命，要用你们的血来祭奠娜仁花和张妈！”骂完挥刀怒刺。

“等等！”小野急喊，“我有几句话要说。”

“有屁快放！”桑斯尔怒目圆睁，两眼血红。

“我该死，但我得让你明白，我不是流氓无赖，我是真心喜爱娜仁花的，没得到她是我一生最大的遗憾。你这个人什么都不值得我羡慕，我唯一羡慕的，是有娜仁花这样的女人陪伴过你。她的死你痛苦，说心里话我也痛苦。大错已铸成，是无法再挽回的，在我死之前，请允许我向她表示深深的忏悔，祝福她在天国幸福，顺便也向你道声歉。说完了，动手吧。”小野说完这番话坦然地闭上眼睛。

桑斯尔又骂道：“你不配祝福她，你不配！ 畜生，去死吧！”

“别杀他！”当桑斯尔挥刀又欲刺时，一声大喝传来，随着大喝声，张丹雄一步跨了进来，随后，马腾等十几人也跑了进来。

桑斯尔住了手：“为啥不杀？ 我要报仇，我必须杀了他！”说完又要刺。

张丹雄一把抓住他握刀的手:"桑队长,小野不能杀。"

"为什么不能杀? 不杀他我怎么报仇雪恨,三条人命呀!"

"请听我说,如果我说完了你还要杀,我就不拦你了。"

"你说。"

外面传来郝志远撕心裂肺般的痛哭声。

"咋回事?"桑斯尔问。

张丹雄朝门外看看:"郭振山牺牲了,我刚才见他中弹了。"又看看周围的人,"桑队长,咱们去厨房说吧。"

到了厨房,张丹雄向桑斯尔说了为什么要留小野一命的原因。他先说了张家口地下党和赤城县地下党,为保护黑龙岭独立大队所做的种种努力和付出的牺牲,又说了林溪等人还被川岛关在监狱的事,最后说:"地下党虽然有了营救办法,但川岛防守太严,万一出现意外就会造成人员伤亡,甚至营救失败。所以,我想用小野作为人质,把林溪她们换回来。我说完了,你做决定吧,即使你坚决要杀小野我们也不怪你,他毕竟欠你三条人命。"

"你们帮我报了仇,恩重如山,这个要求我怎么能不答应呢,何况,地下党为帮我还牺牲了郭振山,你要是早说我就把小林也留下了。"桑斯尔说得很诚恳。

"小林杀就杀了吧,他的分量毕竟不重。"

"我再问一句,川岛要是不同意交换呢?"

"那就由你杀了他。"

说完此事,张丹雄又把格日图、柳英飞、郝志远、马腾、石头叫进厨房,和桑斯尔共同商量了下一步行动。

165

夜幕下的独石口清冷寂静,深邃而阴森的荒野如同鬼蜮的世界,偶尔几声凄厉的狼嗥传来,恐骇瘆人。

日军警备小队的营地设在一处空旷地带,营地没有围墙,四周均由三道铁丝网围成。大门两侧各有两个钢筋水泥筑成的矮丘包式的暗堡。由于独石口距县城几十里,城里的枪声根本传不到这里。此时,营地如常,除了大门口有两个日本兵站岗外,其余的日本兵都在营房。其中一间营房内,几个日本兵正聚在一起喝酒。一个日本兵可能喝醉了,唱起了日本北海道民歌拉网小调:“依呀嗨,兰索兰索兰……”他一唱,大伙儿都拍手跟着唱:“索兰索兰索兰,嗨嗨,聆听那海哭声声,在歌唱呀在歌唱……”唱声似嘶似吼,如同狼嗥一般。

一辆吉普和一辆卡车朝营地快速驶来。吉普里坐着的是张丹雄和格日图,驾车的是巴雅尔,三人都穿着日军军服。卡车的驾驶者是马腾,柳英飞坐在副驾座,俩人也都穿着日军军服。卡车的车头上架着一挺机枪,车厢里站着石头、唐尧、陆涛、周全顺、安铁牛、顺子、王三娃等八九个战士,也都穿着日军军服。

两个哨兵看到汽车从远处开过来,赶忙立正,他们以为是小野回来了。

哨兵甲:“吊个丧怎么去这么长时间?”

哨兵乙:“肯定是桑队长宴请他们了。中国人有这个习俗,办完丧事后要宴请吊唁的人大吃大喝一顿。”

汽车速度不减,照直朝大门开来,两个哨兵赶忙挪开路障。

汽车开进院内停下,张丹雄等人从吉普下来,柳英飞等人也从卡车跳下,马腾端着一挺轻机枪。

格日图指了指大门两边四个矮丘包,悄声说:“那就是暗堡,拉开后门就可以击毙里面的重机枪手。”

张丹雄悄声分配了任务:巴雅尔、马腾和唐尧守在营房门口,柳英飞等人两人一组,去击毙四个暗堡里的机枪手。

柳英飞和陆涛跑到最西边的一暗堡前,陆涛猛地拉开后门。

正坐在机枪位上抽烟的机枪手猛然回头,柳英飞一枪将他击毙。其他三个暗堡也先后响起了枪声。

两个哨兵听到枪声向院里跑来。巴雅尔和唐尧将他俩击毙。

正在营房喝酒唱歌的日本兵听到了枪声,外衣也顾不上穿,抓起枪就从营房跑出来,其他几间营房也有日本兵跑出。

马腾端着机枪扫射,瞬间四五个日本兵被扫倒。剩余的日本兵或趴下或退回营房还击。巴雅尔连扔几个手雷,张丹雄等人冲过去一阵猛打,将剩下的日本兵全部歼灭。

他们打开武器库、仓库等房间,将所有的武器弹药、粮食、药品等全部搬出来装上卡车,然后离去。

有个日本兵还是漏了网。这个日本兵叫井上智,其时,他正在大院西南角的厕所里蹲坑,听到枪声急忙系上裤子提起枪往出跑,当他跑出厕所一看,见有人正端着机枪向营房扫射,吓得又赶紧退回厕所,从窗口向外张望。

166

张丹雄等人袭击小野警备小队之时,川岛正坐在办公室和铃木分析一个问题:躲藏在那音太家密室的亲属已经被转移走,为什么不见黑龙岭的人和地下党来劫狱呢?分析来分析去,得出的结论是:他们本来是准备劫狱的,并没有转移亲属的打算,但由于协动队去刨地下密室而且快刨到了,迫使他们不得不先去转移亲属。他们认为袭击协动队暴露了黑龙岭的人已到了张家口,警备队必然会有所准备,所以不敢贸然行动了。

幸亏他们还不算太聪明,没有想到正在进行中的劫狱行动——挖地道。

突然,桌上的内线电话响了,川岛赶忙抓起话筒:“哪位?”

对方口气很急:“是川岛大佐吗?我是小野小队的上士,叫井上智,有重要……。”

“你怎敢直接给我打电话?这么不懂规矩!”川岛一听是个上士,打断他的话训斥。

“大佐息怒,我有重大事情向您报告。”

川岛一听是重大事情,口气缓了些:“说。”

井上智说了小野去城里吊唁桑斯尔的夫人和营地遭袭击的事。

川岛气得一张扁脸铁青:“小野回来让他立即给我回电话!”说完“啪”地把

话筒扣在电话机上。

铃木紧张地问:“怎么回事?”

川岛气愤地说:“桑斯尔的夫人昨天夜里被黑龙岭的人杀了,小野带着十几个人去吊唁,结果营地被黑龙岭的人趁机偷袭了,十八九个士兵全打死了,四挺重机枪,十门迫击炮等所有武器弹药和生活物资被洗劫一空。这个电话是一个叫井上智的士兵打来的,他当时正在厕所解手,躲过一劫。”

“看来他们杀死桑斯尔夫人是个调虎离山的计谋,目的就是把小野引出去,然后偷袭。”

“看来是这样。这个小野也太愚蠢了!”

“大佐,我觉得他们偷袭小野小队的营地是想激怒咱们,让咱们出兵去攻打黑龙岭,他们好趁机来劫狱。我看以其人之道还治其人之身吧,该让闪电突击队偷袭他们了。”

“我也有这个想法。你去把美樱子叫来,咱们商量一下。”

铃木刚走了不一会,井上智又来了电话,说了一个更让川岛吃惊的消息。

原来,井上智给川岛打完电话正在院里清理尸体时,一个叫扎布苏的察东守备队士兵跑了过来。刚才,桑斯尔在往黑龙岭拉队伍时,和士兵们说了要投奔黑龙岭独立大队的原因。扎布苏不愿跟桑斯尔走,半路上逃了出来。扎布苏把桑斯尔说的情况告诉了井上智,井上智赶忙又给川岛打电话。

川岛刚挂了电话,铃木和美樱子走进来。

美樱子虽然遍身血渍,但人很精神:“刚才铃木君把赤城警备小队遭袭击的事和我说了,小野来电话了吗?”

川岛的一张扁脸更加铁青:“井上智又来电话了,情况不完全是那样,更糟糕。”

川岛说了井上智第二次来电话的情况后,美樱子愤怒了:“这个小野太混蛋了,一切恶果都是由于他的好色造成的,就算他不被抓走,也得受到军法处置。”

“小野固然混蛋,可张丹雄他们也太猖狂了。我的意见是不等他们来劫狱了,立即实施偷袭计划。”

“就算不发生这件事,我也决定要实施偷袭计划。通过这几天的戏,林溪

对我已经非常信任了。”

“咱们想到一块儿去了，那就好好研究一下，该怎么进行偷袭。”

三人坐下来，认真地研究偷袭方案。

167

黑龙岭山寨大堂灯火通明。张丹雄、郝志远、柳英飞、巴雅尔、马腾、格日图、桑斯尔、石头等人正在商量如何用小野换回林溪等人的事。

大伙儿首先确定了交换地点——锁阳关。那里山势险要，丛树密布，可以预先埋伏人。如果川岛不守信用，进可以攻，退可以守。但在商量如何去和川岛交涉时，大伙儿说的几个想法张丹雄都认为不妥。

大伙儿沉默了一会儿，桑斯尔又提出一个办法：“最好是给川岛打电话交涉，又快又安全，不过我们不知道川岛的电话，这对我们是保密的，不知小野会不会告诉咱们。”

“是个好办法。”张丹雄说，“桑队长，格队长，你俩跟我一块儿去问问他吧。”

小野被带上山后，绑在一间杂物房的柱子上。本来，他认为自己必死无疑，可万万没想到张丹雄会劝阻桑斯尔。他虽然不知道张丹雄为什么要留他一命，但能死里逃生，心里对张丹雄还是充满了感激。

此时，他渴得嗓子冒烟，向看守他的安铁牛和王三娃要水喝，安铁牛斥骂：“你喝尿去吧。杀了人还把屎盆子往我们头上扣，不杀你就便宜你了。”

“按照国际惯例，对俘虏是应该优待的，不能这样对我。”

“老子不知道啥国际惯例，就是不给你喝，渴死你个兔崽子！”

“吵吵啥呢？”随着话音，张丹雄和桑斯尔、格日图走进来。

“小鬼子要喝水，不给他喝，渴死他。”

张丹雄置之一笑：“给他喝点儿吧，我还有话问他呢。”

“那就便宜他个兔子了。”安铁牛提起茶壶倒了一碗水，举到小野嘴边。

小野牛饮一般,一口气把一碗水喝干:“真舒服,谢谢!”

“小野,和你商量一件事。”张丹雄很客气。

“不用商量,长官吩咐就是了。”小野立即说。

张丹雄说了准备用他交换人质和想知道川岛电话号码的事。小野听了很高兴,建议去他的办公室打内线电话,说外线电话只能打到机要室,由机要室再转,很麻烦的。

张丹雄没想到小野会这么配合,怜悯之心油然而生,他真希望此事能交涉成。此时,他想的不单是将林溪她们平安救出来,也想给小野一次死里逃生的机会。

168

偷袭黑龙岭涉及许多方面的问题,为确保偷袭成功,川岛、美樱子、铃木三人进行了缜密的思考和研究,当他们最终将方案敲定时,两个多小时已经过去了。

“方案可谓万无一失了,只是美樱子小姐还得再吃次苦头。”川岛有些于心不忍。

“现在对我来说,皮开肉绽才是最好的护身符。告诉打手,让他们下手狠点儿。”美樱子一副英雄气概。

川岛很受感动,正要说什么,内线电话再次响起。他以为又是井上智,赶忙抓起话筒:“又有什么事?”

“你是川岛大佐吗?”对方问。

“是我,你是谁?”对方显然不是井上智,井上智向他报告时说的是日语。

“我就是你们一直想要抓的人。”对方说话沉稳。

川岛一惊:“你是蒙面人? 是‘神风’?”

“你们想抓的不只是‘神风’吧?”对方说话依然沉稳。

川岛顿悟:“你是张丹雄?”

“对，是我。我先向你通报一件令你胆战的事，小野小队已经被我们歼灭了，小野被我们活捉了，桑斯尔也已经加入了我们黑龙岭独立大队。”张丹雄没想到会有人漏网，以为川岛还不知道这些情况。

川岛本想发怒，但他想想又忍住了，他不愿让张丹雄感觉出他要报复而有所准备，毁了他们的偷袭计划：“为什么要告诉我这些？”

“为和你商量一件事。”

“什么事？”

张丹雄说了交换人质的事。川岛说让他稍等一下，商量商量马上答复。川岛捂住传声筒和美樱子、铃木速议了一下，决定利用此事搞个拖延战术，麻痹张丹雄，为实施偷袭计划做准备。

议妥后，川岛松开捂着传声筒的手：“张队长，我们认为你的这个想法很好，但林溪不只是林峰的姐姐，她和冯雅兰还有共党之嫌，事关重大，我必须向关东军总部请示一下，三天之后我派人去答复你如何？”

“好吧，就等你三天。”张丹雄说完挂了电话。

川岛等三人分析，从张丹雄要交换人质来看，说明他们还没有想出营救办法，没有劫狱的打算，这对于他们实施偷袭计划非常有利。

张丹雄和格日图从小野办公室出来，向守候在外面的柳英飞马腾简单说了说和川岛交涉的结果。他们正准备上车时，格日图突然看到最西面的暗堡后面伸出一支枪，急忙推了张丹雄一把。

枪响了，子弹打在格日图右臂。

伏在暗堡后面的正是井上智和扎布苏。刚才，他俩在小野办公室聊天儿，扎布苏出院解手时，突然发现了远处有辆吉普晃着灯光驶来，他赶忙报告了井上智，井上智拉上他跑到西面那个暗堡后面隐藏起来。张丹雄和格日图从办公室出来后，井上智从张丹雄的说话中推断出他是个当官的，赶忙摘下一个手雷递给扎布苏，然后举枪瞄向张丹雄。

张丹雄等人赶忙举枪还击，扎布苏正要扔手雷时被马腾一枪击中，手雷没扔出去在暗堡后面爆炸了，张丹雄等人跑过去一看，被炸死的是一个日本兵和一个察东守备队士兵。

格日图仔细看了看那个士兵，说：“桑队长不是说拉队伍时半路有个人逃

跑了吗,就是他,叫扎布苏。”

169

牢房中,林溪和林母正在焦急地等冯雅兰。冯雅兰从被高桥雄二带走,到现在已经三个多小时了。刚才,她们还听到从审讯室那边传来冯雅兰凄厉的惨叫声,知道是鬼子又在对她用刑,心都阵阵发颤。

林母担忧:“我真怕把她打死了,瘦瘦弱弱的,哪经得住这么折腾呀!”

林溪的泪水哗哗地流了下来。确如冯雅兰所说的那样,她对她已经完全相信,毫不怀疑了。

不一会儿,牢门打开,两个日本兵架着血迹斑斑的冯雅兰走进来,后面跟着高桥雄二。

林溪林母赶忙站起来,走过去扶住冯雅兰,让她躺在草秸上。

“川岛大佐已经没有耐心了,如果你们明天还不招,统统枪毙!”高桥雄二说完和日本兵走出去,看守又将牢门锁上。

林母泪水涟涟:“打成啥样啦,铁打的也经不住这么折腾呀!”

林溪流着泪给冯雅兰理了理凌乱的头发。她疑惑,鬼子为啥一个劲的总折腾她,而一直没对自己用刑。思来想去答案只有一个:鬼子认为冯雅兰不经打,想从她身上打开突破口。

冯雅兰睁开了眼,声音微弱但充满了恨:“我真恨。可惜出不去了,川岛说明天就要枪毙咱们,要不然,我出去非找共党不可,跟着他们杀鬼子,把他们全都杀干净。”

林溪心里一热,真想说出自己的身份,但想到党的纪律又没说。

就在冯雅兰被送回牢房的时候,浑身土尘的刘振邦来到平安旅店,他告诉林峰、戈剑光和万虎,地道明天下午就可以挖通了。“神风”让他们明天夜里到东山坡树林接人。三人听后都非常兴奋。

夜过三更,警备队大院内阒寂无声,只有偶尔刮来的阵阵冷风,扫得还顽

强地坚守在树枝上的零星树叶簌簌地响几声。

牢房内,林溪、林母和冯雅兰都已睡着了,几只觅食的老鼠肆无忌惮地在她们的身边窜来窜去。

“哗啦”,突然一声响把林溪惊醒了,她看到一个头戴黑礼帽、脸蒙黑面罩、身披黑披风的人走了进来。

“神风?”她心中一阵兴奋,刚要说话又突然觉着不对劲儿,赶忙坐了起来。此时,林母和冯雅兰也惊醒了,都赶忙坐了起来。

蒙面人走到她们跟前,悄声说:“快跟我走。”正是:明天将要赴刑场,今夜竟然脱牢房。欲知能否救出,且看下文。

第三十五回 三牢女离奇获救 两劫匪怪异互杀

170

林溪、林母、冯雅兰赶忙站起来跟着蒙面人往出走。一出牢门，看到两个看守倒在地上，身边一滩血。出了狱门，又看到两个日本哨兵倒在地上。蒙面人似乎对警备队大院很熟，领着林溪等三人循着暗处绕来绕去，最后走到一堆杂物后面，从这里已经能看到远处的东大门和在门口站岗的两个日本兵。

“你们蹲在这儿别动，我去把哨兵干掉。”

林溪她们蹲了下来。她们看到，蒙面人先循着暗处走到一排平房后面，不一会儿又从平房后面绕出来，循着暗处向大门摸去。在离哨兵不远处，只见蒙面人手一扬，一个哨兵中镖倒下，几乎与此同时，蒙面人又飞旋过去一刀将另一个哨兵刺死。

冯雅兰惊得“呀”地叫了一声。林溪赶忙伸手捂住她的嘴。

蒙面人打开大门，然后朝她们招招手。她们赶忙跑了过去。

出了大门，蒙面人一直把她们领到南郊的后屯村外，那里停着一辆马车，车旁站着一个约五十多岁的车把式。

“我只能送你们到这儿了。这是我给你们雇的车，连夜去黑龙岭吧，目前只有那儿最安全。”

“你是什么人，为什么要救我们?”

蒙面人突然出现在牢房时，林溪以为是蒙面大侠“神风”，但倏然间又觉着

不对。她参与大境门抢尸时见过蒙面大侠,他是一个大高个儿。而这个人明显比他矮了一大截。

“同志。”蒙面人答。

“啥同志?”林溪装作不懂。

“不愧是我们的人,警惕性够高的。”蒙面人说,“我也是地下党的,在另一个组织,以后我们肯定还会见面,再见!”说完瞬间消失在夜幕中。

“他就是人们传说的那个蒙面大侠吧?”冯雅兰问。

林溪本想说不是,但她又不能说出原因,只好模棱两可:“或许吧。”

冯雅兰神往地:“真神武,好想知道他是谁。”

“他既然救咱们肯定知道咱们,或许以后还会见面的。雅兰,我和我母亲只能去黑龙岭投奔我弟弟了,你回你叔叔那儿吧,让车先送你。”

“我在张家口没有亲人,只有那么一个叔叔,鬼子发现咱们跑了,肯定会去我叔叔那儿找我的,去那儿也不安全呀。”

“雅兰说的对,”林母说,“她叔叔那儿不能去。先让她跟咱们去黑龙岭住些日子吧,啥时候安全了再回来。”

林溪想想也是:“那好吧,咱们上车。”

171

川岛正打电话。从他那毕恭毕敬的神态可以看出,他是在和上司通电话。

川岛是在给关东军总部司令官南次郎打电话。南次郎听了赤城小野小队被黑龙岭独立大队全歼的消息后,并没有震怒,说既然发生了这样的事,那就把赤城警备小队的编制暂时撤销。又说总部目前正在酝酿一个迫使二十九军撤出察哈尔的大计划,这个计划如果成功,整个察哈尔就等于被日本占领了,眼下争占一两个旗县已经没有太大的意义了,还说对退隐的同盟军也没有再清剿的必要了。

川岛把南次郎司令官的意思和铃木说后,铃木问:“对黑龙岭的事怎

么说?”

“南次郎将军说黑龙岭更不重要了,十几万人的同盟军都失败了,一二百人的同盟军匪徒翻不起什么大浪。我说了咱们的行动计划后,南次郎将军让马上停下来,全力以赴为即将实施的大计划服务。”

“那该怎么办?美樱子已经出发了呀。”

“开弓没有回头箭,继续进行下去。我断定这次一定会成功,等把张丹雄他们彻底消灭了,我再向南次郎将军报告。胜者无罪,我想南次郎将军是不会责怪我的。再说,真要这么放过他们,我也心有不甘,他们让咱们蒙受得羞辱实在是太多了。”

“也是,这么好的机会一旦错过也实在太可惜了。再说,我们为此还付出了六个士兵的代价,怎么也不能让他们白白的死去。”

川岛和铃木正说话间,一个头戴黑礼帽、脸蒙黑面罩、身披黑披风的人走了进来。他把黑礼帽、黑面罩拿下来,向川岛报告,说任务已顺利完成。这个人正是木村。

一场好戏已经拉开序幕。川岛倒了三杯红酒,和铃木、木村举杯庆贺。

罗克还在梦中就被电话铃惊醒了。电话是张狗娃打来的,说有重要事情让他赶快过去。

罗克赶到张狗娃办公室,张狗娃向他说了林溪等三人被一个蒙面人救走一事,说是川岛刚打电话和他说的。

张狗娃说完心有余悸:“这个蒙面人比那个“神风”大侠还可怕,一个人就从监狱救走了三个女人,这要是想取谁的命,那还不是探囊取物,太可怕了。”

罗克难以相信:“不可能吧,日本人防守得那么严,一个人咋可能救出三个女人呢,还杀了六个日本兵?”

“是不可思议,可这事肯定是真的,川岛不可能瞎编。”

“他咋知道是一个蒙面人救的?”

“东大门被杀的一个哨兵又活过来了,他说的,还说这个蒙面人不是刺杀川岛的那个蒙面人,他在察哈尔歌舞厅见过那个蒙面人,这个蒙面人个子比那个蒙面人矮。”

其实,这个活过来的日本哨兵是木村故意留下的活口,他那一刀并没有扎

中要害。

罗克一时蒙住了,他也搞不清这是怎么回事:“川岛给咱们打电话是啥意思?”

“川岛说对冯雅兰刚动了大刑,林溪她们虽然被救了出来,也不可能跑出城,让咱们赶紧参与全城大搜查。”

其实,这是川岛故意放出的风,他要让人们相信,林溪和冯雅兰确实是被人救走了,从而达到迷惑“神风”的目的。杀死六个日本兵把人救出去,谁也不会怀疑这是他们自导的一出戏。

罗克回到办公室把王铁生叫来,和他说了这件奇怪的事。又分析说,张家口能有这个本事的也只有张丹雄和马腾了,从川岛所说的身高看,这个蒙面人不像是张丹雄,很可能是马腾。他让王铁生赶紧把这事告诉鲁明,让鲁明借着大搜查把这事告诉刘振邦,让刘振邦赶快转告戈剑光林峰和万虎他们,让他们回黑龙岭问问是不是马腾救的。如果不是,他怀疑或许是个阴谋。

172

车把式是个驭驾高手,他不用鞭打,只是偶尔扽一下缰绳,驾辕的大黑马便一直轻快地跑着。

林溪林母和冯雅兰逃离了樊笼,心境都好了起来,感到旷野的空气都甜滋滋的。“嘚嘚”的马蹄声虽然单调,但在她们听来却像音乐般的悦耳。

林溪忽然想起什么:“老伯,雇车的这个人您认识吗?”

“不认识。”

“那他怎么就雇上您的车了?”

“我常到城里揽活儿,好多人都认得我,都叫我马车倌儿,我正好也姓马,可能是这么知道的吧。”

“他是啥时候找的您?”

“我也不知道是啥时候,正睡着呢听到屋里有动静,睁眼一看一个蒙面人

进屋了。我没害怕，常听人们说蒙面人是个侠士，正还想见见他呢。"

"他咋和你说的？"

"他说有三个好人被鬼子抓到监狱里了，他要把人救出来，让我送到大海陀的黑龙岭，我立马就答应了。他给我十个大洋，我说救人是胜造七级浮屠的大好事，不要钱，可他非要给我。"

林溪从马车倌的话中感觉到，这个蒙面人的行为像是共产党人所为。她想，或许他就是其他组织的，不然不可能冒这么大风险来救她们。

马车行驶到锁阳关山下。锁阳关位于宣化县和赤城县交界处，山峰高危，其势险峻，唐代时曾在这里筑城为关，城额上有"锁阳"二字，故被称为锁阳关。后在历代征战中，该城关被毁于兵燹。

马车拐过一个山弯时，两个黑布蒙脸、穿着黑衣黑裤的劫匪突然从路边窜到路上拦住去路，让他们留下买命钱。

"两位好汉，不瞒你们说，我们仨是刚被人从鬼子的监狱救出来的，身上分文没有。"林溪赶忙向他们说明。她善良地认为，说清情况劫匪会放过她们。

"少编瞎话装可怜，老子可没耐性！"劫匪甲语气凶狠，根本不相信林溪所说。

"我说的是真的，你们看看，她被鬼子打得身上还有血呢。"林溪又指着冯雅兰说。

"老子不看，掏钱！"劫匪甲紧逼。

凭冯雅兰的功夫，要制服这两个劫匪易如反掌，但她不能这么做，一旦做了将前功尽弃，不但她会彻底暴露，偷袭计划也就全毁了。此时，她虽然心里恨得咬牙，但毫无办法。

"老伯，您身上有钱没，先借给我们，我们一定会还您的。"冯雅兰想赶快摆脱劫匪的纠缠。

"雇车的人是给了我十个大洋，可都在家放着呢。"马车倌对两个劫匪说，"两位好汉，这样吧，刚挣的十个大洋全给你们，我叫马车倌儿，家就在张家口南郊后屯，你们赶明儿到我家去取咋样？"

"少跟老子耍这个把戏！"劫匪不听这一套。

"我们真没带钱，我都这么大岁数了，不骗你们。"林母也说。

劫匪朝车上的三个人看了看,指着林溪冯雅兰:“你、你,你俩下来,两个老东西回去拿钱。”

在两个劫匪利刃相逼之下,林溪冯雅兰无奈,只好下了车。马车倌赶车和林母离去。

“妞儿,让我看看你身上的血。”劫匪甲淫笑着去摸冯雅兰的乳房。

冯雅兰打开他的手往前跑。劫匪乙快速追过去迎头把冯雅兰拦住,锋利的尖刀对着她,凶狠地说:“再跑就捅死你!”

冯雅兰回头看了看,劫匪甲也跑过来用尖刀对着她。她看到机会来啦,突然大喊一声:“我不活啦,你们杀了我吧!”喊着迅速一闪身,同时暗中在劫匪乙后背猛击一掌,劫匪乙和劫匪甲的尖刀相互捅进对方的胸膛,俩人相望着,一声不响地同时倒在地上。冯雅兰尖叫一声,蹲在地上哭了起来。

林溪跑过来看了看倒在地上的两个劫匪:“奇怪,他俩咋杀起来了?”

冯雅兰蹲在地上瑟缩发抖,说话结结巴巴:“他,他们想杀、杀我,我一闪,不、不知他俩咋就倒、倒下了。”

林溪认为是他俩想杀冯雅兰,冯雅兰一闪他俩收不住手造成了互杀。她刚要朝马车倌喊,马车倌正赶着马车飞快地往回跑,他们是听到喊叫声又返回来的。

173

马车行驶到黑龙岭山下时天已经大亮。林溪朝前看了看,让马车倌把车停下,她们三人下了车。

马车倌走后,林溪向冯雅兰交了底:“雅兰,到这个份上就不瞒你了。说实话,我就是中共张家口地下党党员,因党的纪律一直没和你说,请谅解。”

尽管冯雅兰早已怀疑林溪有可能是地下党,但这话从林溪口中说出,她还是暗吃一惊。心想,她太会伪装了,真不能小瞧她。同时,她也佩服她在种种试探下竟能滴水不漏,以至连她这个名牌特工都辨不出真伪。

她故作惊讶:“啊,你真是共党呀?”

“雅兰,你现在选择还来得及,你可以不跟我们上山,我先把你送到县城找个旅店住下,见我弟弟后,会给你把钱送去的。”

林溪不想把冯雅兰带上山,倒不是她不相信她,而是考虑到将来会有残酷的战斗,她不想把一个刚出校门的女孩子引入这个环境。

冯雅兰知道林溪并不是怀疑她,只是好意,但她是不可能接受这个好意的,故作不高兴:“林姐,你这是说的啥话呀。我说过,我要能活着出来就找共党和他们一起杀鬼子,既然你是共党我就不用找了。你要信得过我,就让我跟你上山,要信不过,我现在就离开,自己去找出路。”

“看你说的,我怎么会信不过你呢。我是说我们随时都可能和鬼子打仗,会死人的,我……”

冯雅兰打断林溪的话:“我以前是胆小,可经过这次牢狱之灾我什么都不怕了,只有对鬼子的恨。只要能打鬼子,就是拼死我也愿意。”

林溪大为感动。

张丹雄正在大堂和柳英飞、巴雅尔、石头议论交换人质的事。他们分析,交换人质不一定非要关东军总部批准,很可能是川岛想利用此事麻痹他们,为偷袭做准备。因为川岛把闪电突击队调来就是专门对付他们的,这么长时间没动静或许就是在等待机会。正当他们研究该怎么应对时,牛半子领着林溪、林母和冯雅兰走进来。

张丹雄愣怔了一下,赶忙站起来迎了过去,高兴地说:“真没想到,‘神风’这么快就把你们救出来了。”

柳英飞、巴雅尔、石头也迎了上来,惊喜地望着林溪等三人。

林溪笑笑:“让你们担心了。”

“来,快坐下和我们说说咋救的。”张丹雄喜出望外,热情地把林溪等三人让到长桌前坐下。

“救我们的是个蒙面人,但不是‘神风’。”林溪说了为什么不是“神风”的原因。

又出现一个如此神勇的蒙面人,张丹雄大感惊奇:“没问问他是谁?”

“问啦,他只说是另一个组织的同志,没说是谁。对啦,他说的是张家口

话，看来是张家口人。”

冯雅兰仔细地听着他们的对话。

“他是怎么救得你们?”张丹雄对一个人就把她们仨人救出来很好奇。

林溪说了被救的经过，张丹雄对蒙面人由衷的敬佩：“一个人连杀六个鬼子还救出三个女人真是了不起，看来地下党真是有能人呀。”

冯雅兰伺机插话：“我也沾了地下党的光啦，幸亏昨夜被救，不然就被枪毙了，川岛说今天要枪毙我们的。”

“冯老师很了不起，受两次大刑都没说过一句软话，真是好样的。”

林溪说这话时，张丹雄扫了她和冯雅兰一眼，冯雅兰身上血迹斑斑，林溪身上却干干净净，形成了明显的对比和反差。

“我算啥呀，林姐才是好样的，守口如瓶，直到上山才知道她是地下党的人。冯雅兰谦笑着说完，又顺势套话，“哎，你们说的‘神风’是谁呀?”

“他是我们的同志，只知道他是蒙面大侠，不知道是谁。”说起“神风”，林溪有种自豪感。

蒙面人果然就是共党特工‘神风’，冯雅兰又要继续套取什么时，林母问：“咋没见林峰，他干啥去啦?”

“还没顾上和你们说呢。”张丹雄说，“地下党和‘神风’正设法营救你们，林峰和戈剑光万虎在市里等消息呢。估计你们被救的事他们已经知道了，也许正往回赶呢。对了，林叔和亲属们都已经接到山上了，先去看看吧，连给你们安排一下住处，给冯老师治治伤。”

事情有时就是这样，话题一旦岔开就回不来了，如果话题再顺势说下去，冯雅兰或许能得到更多的信息，但她毕竟是资深特工，不可能硬把话题再拉回来，那等于在暴露自己。能顺利打入黑龙岭已是最大的成功，机会以后有的是。

搜查林溪和冯雅兰的行动在大范围的进行，参与搜查的不只是警察，还有协动队，张家口又被折腾得鸡飞狗跳，乌烟瘴气。川岛要的就是这个效果，这更能让人们相信林溪等人确实是被“救”走的，更能迷惑“神风”。正是：一着棋高欲成事，几番算计还落空。毕竟神风如何看待林溪等人被奇救一事，且看下文。

第三十六回　罗克生疑思真相　胡飞顿悟叹妙招

174

天亮后，已搜查了两条街的罗克又带着王铁生等十几个警察来到怡安街一带搜查。他并不担心会搜查到林溪等人，他知道，林溪既然被救出，百分之百会去黑龙岭，不可能再躲在张家口。从昨天夜里到现在，他一直在思索，这个蒙面人到底是谁？他虽然推测有可能是马腾，但又隐隐感到不是，如果是马腾的话，这么大的行动张丹雄不可能不告诉在张家口等着接应的戈剑光等人。可如果不是马腾那又会是谁呢？能夜闯警备队大院、连杀六个日本兵、神不知鬼不觉地把三个女人从牢房救出去，非顶尖高手是不可能做到的，难道张家口还隐藏着这样的高手？他蓦地想到祖臣举求张狗娃救林溪的事，心想，难道是祖臣举花重金雇高手干的？想想又觉得不可能，祖臣举尽管痴迷林溪，但他这种人是不可能有这个胆量的。尽管这样想，他还是想证实一下，只有排除一个又一个疑点，才能一步又一步地向真相靠近。

恰在这时，张狗娃来巡视搜查情况。

罗克把他叫到一边，悄声说了他的猜想，又装作关心："局座，得赶紧把这事弄清，如果真是他的话及早想办法，不然会把你带个大跟头。"

张狗娃一下如坠云雾："不可能吧，就他那德性哪有这胆儿呀。再说，也没听他说过认识什么高手呀。"

"男人要是被女人迷住了，那是什么事也干得出来的，不是常说色胆包天

吗;就算他不认识高手,别人也可以给他引见呀。有钱能使鬼推磨,他要是肯出大价钱,备不住真有人干这事。再说他也去警备队监狱见过林溪,也许早把环境观察好了。”

罗克这番话说得张狗娃心里没底了,他也真担心这事是祖臣举雇人干的。他了解祖臣举,这小子有时候有股子犟劲儿,办事不计后果。再加上他有个当高官的爹护着他,没准真能干出这事来。

张狗娃立即跑回办公室打电话把祖臣举叫来。

祖臣举已听说了林溪等人被一个蒙面人救走的事,以为张狗娃是告诉他林溪藏在哪儿的,一进来就急问:“你知道她在哪儿?”

“少跟我演戏,是不是你花钱雇人干的?”张狗娃瞪着眼问。

“我哪有那胆儿呀,警备队就是龙潭虎穴,就算花钱谁敢去呀,这不是明摆着送死吗? 再说了,我去哪儿找这样的高手呀!”

张狗娃听得出祖臣举说的是真话:“那我就放心了。”

“你放啥心?”祖臣举问。

“放啥心? 要是你干的我能脱得了干系吗? 林溪是共党嫌疑,是日本人的要犯,不是一般的犯人!”张狗娃吼着说。

祖臣举怒了:“这么说你是在骗我,你压根儿就没想过把她保出来!”

张狗娃急赤白脸:“我就是有这个心敢有这个胆儿吗! 就是有这个胆儿能有这么大本事吗!”

祖臣举吼道:“张狗娃,我算看透你了,以后少求我!”吼完甩门而去。

虽然祖臣举去探望林溪遭了冷脸,但他的“女人是追到手的”信条仍没改变,他想,如果能把林溪保出来,她会被感化的。他一直认为张狗娃在做着这方面的努力,因为他给张狗娃帮了大忙,张狗娃不可能不兑现他的诺言。当他知道张狗娃是在骗他时,简直气疯了。

张狗娃又赶忙去告诉了罗克,说不是他。罗克排除了这一疑点,思路又向别处引申。

刘振邦正在大华照相馆密室和赵志海分析林溪等三人昨夜被奇怪地救走一事时,孙亮走了进来,说有重要情报和指示转达,让他们赶快把林溪叫来。

刘振邦说了林溪等人三天前被警备队抓走和昨天夜里又被一蒙面人救走

的事。孙亮也感到林溪等人被救一事蹊跷，让他们联手“神风”尽快查明此事，随后转达了上级最新获得的情报和指示。

近日，北平地下党的情报系统获知，日本关东军准备在张家口实施一个大计划，但具体内容不清楚，只知道和全面控制察哈尔、进而向内蒙古扩张有关。上级要求张家口地下党，务必要把这个大计划的具体内容弄清楚，然后设法遏制。上级还决定，这个任务主要由“神风”所负责的特工组来完成，由刘振邦负责的组织配合。

孙亮又问了闪电突击队的情况，得知一直没动静后，推测川岛很可能在搞拖延麻痹战术，让转告张丹雄他们一定要时时刻刻提高警惕，不能有丝毫松懈。

刘振邦向孙亮说了冯雅兰的事，请求上级对其身份进行核实：“我们虽然否定了她就是‘毒花’，但对她的怀疑并没有完全打消，如果她真有问题的话，这次奇怪的被救一事或许和她有关。她是今年刚从北平师范大学毕业的，请上级帮着核实一下，该校是否真有其人，如果有的话，再了解一下她的家庭状况。”

孙亮说回去立即向上级报告。

在孙亮向刘振邦赵志海传达上级指示的同时，北平特务处黄副处长也在向胡飞转达特务处刚刚获得的情报。北平特务处所获得的情报，和北平地下党获得的情报一样，也是关东军准备在张家口实施大计划的事，上峰也是要求他们尽快弄清楚大计划的内容，设法进行干扰和破坏。

这两天，黑子和亮子已观察到一个情况，无论是领事馆还是警备队，里头都有中国人做杂工，胡飞决定让张狗娃以干杂工的名义把卞良安排进去，伺机把窃听器安装到川岛和桥本正康办公室。

他正要给张狗娃打电话，张狗娃敲门走进来。

“正要给你打电话呢。”

“有事?”

“对。”

胡飞说了他的想法，并说最好是能安排当电工。张狗娃说这事不归警察局管，归协动队，得找高发魁。这事他并不是不能办，只是他不敢办也不愿办。

胡飞听说归高发魁管,心里有了主意,但他没往出说,只说另想办法。

张狗娃向胡飞说了林溪、林母和冯雅兰昨天夜里被一蒙面人救走的事。他就是为这事来的,讨好胡飞取信胡飞是他的既定方针,任何一个机会他都不会错过。

胡飞果然很关注这事:“是蒙面大侠‘神风’吗?”

“不是。有个被打死的哨兵又活过来了,他说这个蒙面人个子明显比那个蒙面大侠矮。川岛说他们可能没出城,让我们参与全城大搜查,从昨天夜里折腾到这会儿,连个人影也没找到,看来早就去黑龙岭了。”

胡飞顿时悟了出来,心想真是妙计,看来张丹雄他们这回是在劫难逃了。

张狗娃见胡飞眯着一双细眼发愣:“想什么呢,胡队?”

胡飞赶忙回过神儿来:“噢,没啥,本来还想借助鬼子的诱杀计策,消灭张丹雄他们和地下党呢,林溪她们一被救走,又泡汤了。”

175

冯雅兰两次遭受鬼子酷刑的事迅速传遍了山寨,她成了人们心目中的英雄,谁见了她都投以崇敬的目光。毫发无损的林溪则相形见绌,人们对她似乎有什么看法,看她的眼神都怪怪的。其实,不对林溪用刑也是“毒花”和川岛事先设计好的,是为了让张丹雄等人对林溪产生猜忌,离间他们的关系,以达到把水搅浑,更利于“毒花”从中取事的目的。

傍晚,冯雅兰来山寨伙房打饭。她看到凤巧、安红、红小英等人要去山寨大堂给队长们送饭,立即参与其中,任何一个有可能获取情报的机会她都不能放过。大伙儿都说她刚受完大刑,身上有伤,不让她去。她说她不是娇小姐,这点儿伤不算啥,坚持要去。大伙儿对她更加敬佩了。

来到山寨大堂,凤巧扫了一眼几个中队长,问:“丹雄呢?”

万虎说他和林老师去他屋了,说是商量点儿事。万虎和林峰是今天中午赶回来的。

凤巧的脸色一下不好看了:“啥事还非得背着人说。”

凤巧这个人什么都好,就是醋劲儿太大,十个女人的醋劲儿加起来也逊她一筹。林溪曾去过张丹雄家四次,一次是以找人为名看张丹雄从牛栏山逃出来回没回家,三次是传递消息,每次去时凤巧都在。起初,凤巧也没多想,但当那天夜里张母和张丹雄说结婚的事,张丹雄总是推掩时,她立即就多心了,怀疑张丹雄和林溪有关系,后来张丹雄答应了办婚事,她才打消了这个想法。她上山那天晚上(林溪正来黑龙岭向张丹雄传递闪电突击队来张的消息),见林溪也在,还打扮得漂漂亮亮的,一下又多心了,好在林溪第二天一大早就走了,她的心才又放了下来。今天林溪一上山,她的心又提了起来,她和张丹雄因突罹母丧还没成亲,林溪不但漂亮又有文化,她担心张丹雄生变,本来心里就不踏实的她,一听他俩这么快就扎到一块儿去了,醋劲儿呼地从心底升腾起来。

万虎见凤巧不高兴了:“我去叫他。”

“你们吃吧,我去叫。”凤巧快步向外走去。她实在是放心不下,要看看他俩扎在一块儿干什么。

冯雅兰看到这一景若有所思。

此时,张丹雄正在他的房间向林溪转达“神风”的话并说了他的疑虑。

今天早上,刘振邦向戈剑光、林峰和万虎转达了“神风”的话,戈剑光等三人立即往回赶。中午,他们赶到了黑龙岭。戈剑光得知林溪等三人已上山和她们被救的经过后,向张丹雄转达了“神风”的话,又赶忙往张家口返。张丹雄听了戈剑光转达的“神风”的话,一下警惕起来。是呀,这事是挺蹊跷,他对林溪是毫不怀疑,甚至是绝对信任,但冯雅兰毕竟是头一次见,又不是地下党的人,心中不禁生出疑虑。由此,他又想到明远所说的两件蹊跷的事,其中一件也涉及冯雅兰,心里更加不踏实。他想赶紧了解一下冯雅兰这个人,但这事又不能让别人知道,所以在傍晚时分,瞅了个机会把林溪约到他的房间。

张丹雄说了“神风”对她们被救一事的怀疑和他的疑虑后,林溪详细地说了她对冯雅兰由怀疑到信任的过程,最后肯定地说:“冯雅兰绝不会有问题。至于被救这事,我相信组织上一定会弄清楚的。在这之前,我们可以对她有所怀疑,也可以多注意她,但我建议这事先不要和别人讲,如果她真没问题,一旦传出去会伤害她,鬼子已经伤了她的身,我们不能再伤她的心。”

张丹雄也不是轻易怀疑人的人,认为林溪说得对,答应按林溪的意思办。

“对啦,”林溪说,“听说你们歼灭小野小队的事特别传奇,给我讲讲吧。”尽管在她心里已经燃起的爱情之火又被她强行扑灭了,但她对张丹雄仍是满怀敬意,想多和他单独待一会儿。

“行。其实,这次能歼灭小野小队,全是格日图和赤城县地下党的功劳。”张丹雄讲了歼灭的经过,说到郭振山牺牲时,难过得掉下眼泪。

林溪沉默了一会儿:“郭振山同志为保护和壮大这支火种队伍做出了重大贡献,他死得值,死的光荣。对啦,我怎么一直没见格日图和桑斯尔呀?”

“今天早上在后山安葬完郭振山后,格日图和郝志远就回县城了,说是商量向上级组织报告的事。桑斯尔一大早就带人护着他夫人和张妈的灵柩回蓝旗了,说安葬完马上……。”

张丹雄话没说完,门“咣当”一声被猛地推开了,虎着脸的凤巧出现在门口:“先吃饭吧,有啥话吃完饭再说,日子长着呢。”说完转身离去。

凤巧的态度令张丹雄有些尴尬:“先吃饭吧,以后再聊。”

林溪看出凤巧不高兴,装着若无其事的样子:“我去过你们家四次,每次去都见她精心地照料你母亲,真是个好姑娘,我还以为她是你妹妹呢。哎,听说你们还没结婚,咋不赶快把婚事办了呀?”

“我们那儿的习俗是父母死后守孝一年,一年内不能办喜事。”

林溪明白了:“噢,快走吧,凤巧怕饿着你。”

176

山寨西院过去是高发魁存放粮食和武器及杂物的地方,多为库房,把亲属接上山后,张丹雄把西院改造成了家属院,亲属们都住在这里。

凤巧和安红住一间屋,两人各睡一张单人床。

凤巧虽说醋劲儿大,但没什么心思,每到晚上,头一挨枕头就能睡着。可今天不一样了,躺下一个多钟头了还辗转反侧,不时地发出叹息声。

安红被她搅得也不能入睡:“凤姐,今儿是咋啦,老是唉声叹气的?”

“没咋,就是睡不着。”凤巧气呼呼地说。

“吃醋了吧?”山寨的人都知道凤巧是个醋坛子,凤巧那会儿从大堂出去后,大伙儿都笑,知道她的醋劲儿又上来了。

“我吃啥醋。就是看不惯,一见面就黏糊在一起了。”

“人家是谈工作嘛。”

“啥工作不能在大堂谈,非得躲到他屋里,有啥不能让人听的?”

“凤姐,你可别胡思乱想啊!”

“能不想吗,人家是老师有文化,长得又漂亮,我这土包子斗大的字不识一个,咋能跟人家比。”

“张队长可不是那种人,我们都能看出来,他心里只有你。”

“变心不也有的是吗,一见人家两眼都放光,多会儿也没见他用这种眼神儿看过我。”

安红“咯咯”一笑:“真没想到凤姐还这么心细。凤姐,你真是想多了,我们都觉着很正常,千万别胡思乱想了,快睡吧。”

林溪和冯雅兰一个房间,他俩也没睡,正躺在床上说话。

冯雅兰说了凤巧吃醋的事。林溪笑笑,说她多心了。

躺了一会儿,冯雅兰问:“林姐,张队长想没想过救你?”

“想过。”林溪说,“鬼子防守太严他们没法儿下手。灭了小野小队后想拿小野换回咱们,但川岛说得向关东军总部请示,三天后给答复,没想到咱们当天夜里就被救了。”她已从张丹雄和林峰口中得知了地下党挖地道营救的事,尽管她对冯雅兰已十分信任,但想到“神风”对她们被救一事的怀疑和张丹雄的疑虑,就没说这事。

两人都没再说话,但两人都久久不能入睡,各有心事。

冯雅兰在想,从山寨的人对她的态度来看,她的打入是成功的,没有引起任何怀疑,下一步就是如何尽快摸清山寨的防御情况和武器库在什么地方。她还想该怎么利用凤巧的醋劲儿制造矛盾,对张丹雄和林溪进行干扰等等。

林溪在想,“神风”和张丹雄都不是一般的人,他们都对她们三人被救一事有怀疑,难道这里面真的有问题?她又仔细地回顾了从入狱到被救的前前后

后，冯雅兰唯一可疑之处就是她非常符合“毒花”的条件，可事实又证明她不是“毒花”，一个被飞镖击伤的人，总不会一点儿疤痕都不留下吧？再说了，那个蒙面人虽然没说姓名，可他连杀六个鬼子是事实呀，这怎么会有问题呢？作为地下党的同志，不透露自己的身份也正常呀。但她毕竟是个党性很强的人，她又想，既然是刘振邦让林峰他们来转达“神风”的话，说明组织上对这事也有怀疑，还是把问题想得复杂一些吧，就算以后弄清了，冯雅兰确实没问题，现在多注意她一些也不为过，这是复杂的斗争形势的需要。

177

高发魁当了协动队代理队长，几个小队长都缠着让他请客。无奈，这天只好把大伙儿请到朝阳楼饭庄大吃大喝了一顿，回到家已是半夜了。当他推开屋门时，眼前的一幕把他惊呆了：玲儿被绑在一把椅子上，嘴里塞着布团，一个头戴黑礼帽、脸蒙黑面罩、身披黑披风的人坐在一旁，手里拿着一把手枪。

高发魁转身欲跑，两个黑布遮脸的人同时用手枪对准了他，把他推到蒙面人跟前。

“跑啊，怎么不跑啦？”蒙面人说。

高发魁惶悚不已，扑通跪下：“大侠，我可给您帮过忙呀。再说，这阵子我啥坏事都没干过，打呼斯乐是武士元让打的，刨佛堂也是武士元让刨的，千万别杀我呀。”武士元被打死后他一直惶惶不安，以为“神风”大侠是来杀他的。

“我先让你认识认识我是谁。”蒙面人说着扯下黑面罩，原来是胡飞。

高发魁惊得瞠目结舌：“您、您就是‘神、神风’？”又回头看了看，身后的两个人也扯掉了遮在脸上的黑布，原来是黑子和亮子。

高发魁又转向胡飞，一迭连声：“我有眼不识泰山，您大人不计小人过，别跟我这种小人一般见识，那根金条还您，再加一根给您赔罪。”他以为是敲竹杠得罪了胡飞。

“你认错人了，我不是蒙面大侠，也不是‘神风’。”

高发魁懵了:“啥?您不是‘神风’?那您是……”

“这是国民党北平特务处特别行动队胡队长。”黑子说。

高发魁又是一惊:“您是国民党?胡队长,我除了拿您一根金条,可从来没得罪过您啊,往出盘鸿远楼也没多要一分钱。”

“你是没得罪过我,但你先当土匪后当汉奸,哪一条都该杀。”

玲儿恐骇地望着胡飞,以为他真要杀高发魁。

“不过,”胡飞话锋一转,“我可以给你一个立功赎罪的机会,你只要办好这件事,就饶你不死。”正是:本觉已是无活路,未料还存不死途。毕竟胡飞给了高发魁什么立功赎罪的机会,且看下文。

第三十七回 胡飞严辞逼电工 林溪力阻杀小野

178

高发魁闻知还有活命机会，一下松了口气："啥事您说，我保证办好。"

"好。"胡飞语气缓下来，"我手下有个人，你给安排到杂工班当电工。我已经了解了，这事归你管。"

"可现在有个电工呀，"高发魁有些作难，"电工的活儿本来就不多，鬼子不可能让安排俩呀。事虽然归我管，可工钱是鬼子发呀。"

"你就不会换了他吗？"

"他肯定不干，我要是强行换了他，鬼子会怀疑的。"

胡飞想了想："这样吧，我不让你作难，我可以让他辞职。"

"那行，只要他辞了职，我保证把您的人安排进去。"

"这事就这么说定了。对了，刚才你说给'神风'帮过忙？"

"是。"高发魁说了送石头尸体的事。

"见他们埋了吗？"

"没埋，说拉回黑龙岭埋。他们造了个假坟，让我回来交差。"

石头猝死在狱中的事张狗娃和胡飞说过，他当时就觉着这事有些蹊跷，现在终于明白了："川岛真是头蠢驴，这么个小伎俩就把他骗了。"

"啥伎俩？"高发魁茫然。

"这是'神风'为救石头使的一个计谋，诈死！"

“不可能吧，军医可是检查了的，说石头确实死了。”

“这事你不懂，就不和你说了。不过要让川岛知道，你可就活不成了，非按通共罪杀了你。”

“我可真不知道石头是诈死呀，”高发魁又恐惧起来，“我只以为他们是想要回尸体。”

“你放心，这事我们会保密的，但你一定要把我交给你的事办好，不然，就用不着我们来杀你了。”

“请胡队长放心，只要您让那个电工辞了职，后面的事我保证办好。”

胡飞和黑子亮子走后，高发魁站起来拽出玲儿嘴里的布团，又解开绳子。

“这日子还有法儿过吗，不是让人家拿刀架脖子，就是让人家拿枪指脑门儿。”玲儿哭着说。次次跟着受惊吓，她真有点儿受不了了。

“这不没事了吗。”高发魁安慰，“不就是给他们帮个忙吗，这对我来说是小事一桩。”

“以后指不定还找你办啥事呢，你都能帮的了吗？快把这个破官儿辞了吧，就是要饭也比整天担惊受怕强呀。呜呜……”

“我早不想干了，可辞得了吗？贼船上去就下不来了呀！”

自从亲眼看到武士元中枪倒在他面前，高发魁就明白了，当汉奸就是在刀尖上混日子，说不定哪天就完了。他知道已经踏上了一条绝路，但他毫无办法，只能这么走下去了。

黄土窑街两边都是贫民区，大多是蓬门荜户的破旧房屋，有的山墙还用几根木桩支撑着。这条街上平时行人就不多，清晨更是寥寥无几。

一个四十左右的人正在街上匆匆走着。这个人就是领事馆和警备队杂工班的电工，他是去上班的。

一辆黑色轿车从他身后开来，驶到他身边猛然停住。他下意识地往一旁躲了一下，不料车门打开后，两个人上来拧住他的胳膊把他塞进轿车。这两个人正是黑子和亮子。

轿车驶到西太平山树林边停下来，黑子亮子下了车，将电工从车里拽出来推进树林。

树林里站着胡飞和一个身材瘦高但十分精干的年轻人，年轻人提着一个

小布袋,他就是卞良。

电工以为他们是寻仇的:"你们肯定抓错人了,我只是个打零工的,和你们无冤无仇呀!"

胡飞眯着一双细眼打量了一下电工:"你不就是杂工班的电工吗?"

电工又以为是他给日本人干活要杀他,急忙申辩:"给他们干活是为了养家糊口呀,我可真没干过坏事,饶了我吧。"

"家里很缺钱吗?"

"是,老爹老娘都有病,还有三个孩子,一屁股饥荒还没还完呢。"

胡飞从卞良手里拿过小布袋:"这是五万块钱,恐怕你下半辈子挣不了这么多吧。都归你了,拿去吧。"

电工懵了,没敢接。

"拿上这些钱就不要当汉奸了,马上辞去你的工作带上家人离开张家口,不要再回来了。"胡飞把钱扔给电工。

电工接住钱袋困惑不解:"这是为啥呀?"

胡飞神色庄重:"国家利益。"

电工似懂非懂:"那我这就去辞。"

胡飞又目光犀利地盯着电工:"如果泄了密,你和家人就都没命了。"

"绝不敢泄密。"电工说完跑出树林。

黑子说:"灭了他不就算了,何必浪费这么多钱。"

胡飞斥道:"猪脑子,电工突然被杀或失踪,又马上往里安排人,能不引起川岛的怀疑吗?"

黑子嘿然一笑:"还是队长高明,想得周到。"

胡飞等人在街上吃完早点,回到鸿远楼不一会儿高发魁就来了,说安排电工的事已经和川岛说好了,今天就可以上班。又从身上取出两根金条,说一根是归还,一根是赔罪。胡飞不但没收,反而又给了他一根作为酬劳,高发魁不敢要,胡飞再三让他拿上,他才忐忑不安地拿上了。

179

今天早上,鲁明又来到大华照相馆密室。

昨天傍晚,戈剑光赶到张家口后,立即去东口茶馆找到赵志海(刘振邦事先已和戈剑光约好,了解完情况到东口茶馆找赵志海),说了所了解到的情况,赵志海将情况转告了刘振邦,刘振邦又通过鲁明转告了王铁生。罗克得知戈剑光所了解到的情况后,认为林溪等人奇怪地被救一事极有可能是个阴谋,进而再推,如果他们的被救真是个阴谋的话,疑点只能在冯雅兰身上。但由于林溪已验证了冯雅兰右肩确实没伤痕,仍没把冯雅兰和“毒花”联系在一起。罗克把他的揣度让王铁生通过鲁明转达给刘振邦之后,一直在思索这个问题:林溪等人被救到底是个什么阴谋?昨天深夜,他在苦苦的思索中,忽地把“毒花”自从中镖后就再也没现过身和冯雅兰二十多天都不在张家口的事碰撞到一起时,突然灵光一闪,冯雅兰会不会就是“毒花”呢?她的肩伤会不会被修复了呢?这个想法一闪现,惊出他一身冷汗,他立即赶到金开平诊所,问伤口有没有被修复如初的可能。金开平说,传闻国际医疗界近来研制出一种新的药剂,对皮肤伤后的修复很有奇效,如果有医术极高的大夫,再配以这种药剂,新的而且面积不是太大的创伤有可能修复如初,但不知真假。获知这一信息后,他的思路霍然打开了:如果这一传闻是真的话,冯雅兰极有可能就是“毒花”,这次林溪她们的被救就是川岛导演的一出戏,让“毒花”打入黑龙岭,为闪电突击队的偷袭打前战、做准备。他们付出六个日本兵生命的代价,是为了让张丹雄他们相信林溪等三人就是被地下党救走的,他们是钻了地下党的基层组织之间横向不联系的空子。今天一早,他赶紧又让王铁生把他的推想告诉鲁明,让鲁明转告刘振邦。

鲁明向刘振邦说了“神风”的推想后,又说了“神风”的意见:“‘神风’让你们尽快把这事告诉张丹雄,让他们有所警惕,但‘神风’的意见是先不要惊动冯雅兰,如果她真是‘毒花’的话,就将计就计,利用她把闪电突击队引上山全部

歼灭,这是一次绝佳的机会。'神风'还说,他会密切关注闪电突击队的动向,推测他们什么时候可能行动,提前告知你们。"

"好,我们尽快转告。"刘振邦既吃惊又兴奋。

180

清晨,张丹雄戈剑光及各中队队长正在山寨大院操练队伍。因桑斯尔还没回来,察东守备队的操练暂由马腾负责。林溪、冯雅兰、凤巧、安红、乌兰琪琪格、戈剑丽、红小英、路秀花及许多亲属站在一旁观看。由于刚歼灭了小野小队,又获得许多武器,战士们士气大振,个个精神抖擞,意气风发。几个年轻女人及亲属们看着既整齐又精神的操练队伍,不断地发出"啧啧"的赞叹声。

冯雅兰为进一步表现自己,和林溪说她也想当战士,打鬼子。

冯雅兰一说,乌兰琪琪格等几个年轻女人也说想当。

"林姐,你和张队长说说吧,他肯定听你的。"乌兰琪琪格说,她看出张丹雄对林溪很尊重。

凤巧冷着脸看了林溪一眼,又有了醋意。

林溪看得出来,故作若无其事:"行,瞅机会我和张队长说说。"

冯雅兰趁机挑事:"我看凤巧姐说话更管用。"

凤巧依然冷着脸:"我算啥呀,哪有人家党人说话管事。"

大伙儿看出凤巧不高兴,都掩着嘴笑,不再说什么。

突然,一阵马蹄声传来。不一会儿,二十多人骑着马跑进山寨大门。这些人正是桑斯尔和孟根布勒等人。

张丹雄戈剑光及中队长们停止操练迎了过去。林溪、冯雅兰等人及亲属们也跑了过去。

"咋这么快就回来了?"张丹雄没想到桑斯尔会这么快回来。

"处理完丧事,昨天半夜我们就往回赶,没想到卡车还坏到半路了,为快点儿回来买了二十来匹马。你看,都是蒙古马,跑得又快又灵活,特别适合作战

用，将来或许用得上。”

“不两辆呢吗，都坏了？”

“不是。部落给帮了很大的忙，那辆留给他们了。”

“应该的。”张丹雄说完看了看二十多匹马，高兴地说，“我是骑兵出身，对马不外行，一看就知道是好马。”

万虎稀罕地摸着一匹黑色骏马：“好久没骑马了，我先过过瘾。”说着跨上马背，一勒马缰喊了声“驾”，黑色骏马在大院飞奔起来。

冯雅兰盯着策马飞奔的万虎，眼里忽地闪出诡异的目光。她为了尽快获取黑龙岭的防御情况，刚上山时曾想过向张丹雄施以美色进行套取，但当她知道了醋老虎似的凤巧是张丹雄的未婚妻、并通过林溪对张丹雄的为人有所了解后，知道这是不可能的，又打消了这个念头。当她看到粗犷而憨直的万虎后，决定把他作为猎取目标，他毕竟是个中队长，也很有价值。

万虎飞奔两圈下了马，兴奋的满脸放光：“太棒了，又有了在骑兵营的感觉。张队长，我看成立一个骑兵中队咋样？”

“那当然好。桑斯尔的队伍都是蒙古族人，个个儿都会骑马，成立个骑兵中队不用费劲儿。等战马够了马上就成立。”张丹雄说着看到了林溪和冯雅兰，对桑斯尔说，“桑队长，我给你介绍一下，这位就是林峰的姐姐林溪，这位是林溪的同事冯雅兰老师，还有林溪的母亲……”

桑斯尔大感意外，不等张丹雄说完就急问：“川岛不是说三天以后才答复吗，咋这么快就同意交换了？”

“不是换回来的，是救出来的。”

桑斯尔惊讶：“你们去救的？”

“不是，是地下党的人救的。”

桑斯尔明白了，大大咧咧：“管他谁救的呢，救出来就好。对啦，不用交换人质啦，小野可以宰了吧？”

“完全由你决定。”尽管张丹雄也不想让小野死，但他是个一言九鼎的人，不想食言。

“好，我去宰了那个畜生。”

桑斯尔欲走，不料令他意想不到的一幕出现了：林溪突然一步跨过来拦住

了他:“不能杀!”

冯雅兰迷惑了,不解地望着林溪。张丹雄也迷惘了,不知林溪是什么意思。周围的人也都迷惘了。

桑斯尔一怔:“为啥?”

“独立大队虽然现在还没有所属,但你们是一支正式的抗日队伍,既然是正式队伍,就应该遵守国际惯例,不能滥杀俘虏。”

“小野欠我三条人命,不杀他怎么报仇!”桑斯尔怒吼。

“如果大家都想着报私仇,怎么能够形成一支有力的抗日队伍,那只能是一盘散沙,还能抗日打鬼子吗?”林溪驳斥。

“可我已经答应了桑队长,总不能说话不算数吧?”张丹雄不想失面子。

“那也要看是正确还是错误,正确的当然应该算数,错误的必须纠正。”林溪毫不退让。

张丹雄有些尴尬:“下不为例,咋样?”

“你在讨价还价吗?”林溪面带怒容,“你太让我失望了。地下党为你们付出了那么多,为的是啥?如果都去报私仇,如果都滥杀俘虏,这支队伍还能存在下去吗?就算存在下去又有什么意义!”

张丹雄语塞,红着脸不再说话。

“行啦,我是报私仇,不杀他行了吧!”桑斯尔悻恼地离去。

凤巧笑了。林溪的话她虽听不懂,但看到她和张丹雄失和,心中暗自高兴。

181

林溪从刚才的事情中感到了问题的严重性。张丹雄等人虽然有着坚定的抗日思想,但这支队伍毕竟是由农民、降匪和刚刚归降的察东守备队组成的。人员杂乱、思想杂乱,如不加以引导,很可能会畸形发展,形不成党所希望的一支抗日中坚力量。

事不宜迟，林溪决定马上结合这件事进行教育和引导。她把张丹雄戈剑光及各中队队长叫到山寨大堂，给他们上了一课。

她先问:“抗日同盟军为什么会失败?”

大伙儿相互看了看，张丹雄说:“因为中央军和鬼子联合镇压，同盟军力所不支。”

“这固然是主要原因，但同盟军内部思想的杂乱、纪律的松弛以及各自为政的行为等，也是导致同盟军失败的重要原因。据地下党可靠情报，同盟军第五路军军长邓文在张家口迎春院被暗杀，就是内部人干的。试想，这样的队伍怎么会不失败呢?”

大伙儿凝神屏气地听着，林溪说的这些他们是头一次听到。

“蒋介石不顾民族大义和国家安危，坚持攘外必先安内的奇谈怪论，派出几十万大军围剿中国工农红军这你们都知道，但红军依然存活着、战斗着，这是为什么? 就是因为这是一支在中国共产党的领导下，有着明确而崇高的奋斗理想、有着铁一般纪律的队伍。这样的队伍，是永远不可能被反动势力消灭的，他们终将有一日冲破国民党的围剿，走上抗日战场。”

大伙儿用新奇的目光望着林溪，这些话他们也是第一次听到。

“你们虽然不是我党的队伍，但你们是一支有血性、仇视日本侵略者并敢于与之战斗的抗日队伍。在这生死存亡的关头，国家需要你们，民族需要你们。所以，中国共产党真心的希望，你们能够成为一支真正的抗日队伍，能够在察哈尔大地燃起熊熊的抗日烽火，为捍卫我们的国家，我们的民族做出重大贡献，而不是一群啸聚山林、目光短浅、只会报私仇的武夫莽汉。报私仇说到底是一种狭隘的自私思想，在这种思想支配下的队伍，只能是一群乌合之众，一盘散沙，是没有前途的，或许用不着日本人来打，自己就分崩离析了。”

张丹雄等人的心灵受到了强烈的震撼，林溪这番情真意切、入情入理的崇论闳议，如醍醐灌顶一般，使他们的头脑豁然清醒，无不服膺。

“桑斯尔恐怕很难转过这个弯儿来。”这毕竟是三条人命的血债，况且桑斯尔又曾是马匪出身，张丹雄有所担忧。

“这不怕，我去找他谈。”林溪信心十足，“他能脱离蒙奸队伍走上抗日，这本身就是一个很大的转折和进步，有这个基础，他的工作也不难做。”

桑斯尔正躺在床上生闷气，见林溪和张丹雄戈剑光走进来，坐起身淡淡地说："坐吧。"

林溪笑呵呵地问："还生我的气呢？"

桑斯尔板着脸："我确实想不通。"

"想不通是正常的。这深仇大恨，你要是一下子想通了，我还会奇怪呢。咱们多聊聊，我想你会想通的。"林溪先讲了建立一支真正的抗日队伍的重要意义，又循循善诱，"不杀俘虏除了国际惯例之外，还是瓦解敌人的重要手段，在一定的政治和军事压力之下，有可能会导致敌人投降。如果对俘虏采取全部灭杀政策，就会迫使敌人顽抗到底，会导致我们更多的人牺牲。让小野活着，就是要让敌人看到，我们的独立大队不仅是威武之师，更是仁义之师、正规之师，既能震慑敌人，又能瓦解敌人的斗志，这笔账难道不划算吗？再者，舍小家而顾大家，抛小仇而赴大恨，这才是中华好男儿应有的高尚品德呀！"

在林溪做说服工作的时候，张丹雄、戈剑光一直在观察桑斯尔的表情变化。他们看到，桑斯尔仇恨的目光逐渐消退，神情也逐渐平静下来，心中都叹服不已。

182

林溪不让桑斯尔杀小野的事，在山寨引起轩然大波。人们议论纷纷，甚至联系到她坐了几天鬼子的大牢竟然毫发无损，怀疑她有投日之嫌，甚至还有人怀疑她利用了女色，出卖了肉体。

在伙房帮厨的林父出去抱柴火时，无意间听到了这种议论，赶忙回到房间和林母说了。林母对鬼子一个劲地折腾冯雅兰却始终未对林溪动过一刑也莫名过，但她了解林溪，相信林溪不可能暗中投日，更不可能做什么见不得人的事。林溪力阻桑斯尔杀小野，她虽然也不理解，但也没往其他方面想。听林父一说，她心里也没底了。

午饭后，林父林母把林溪叫到了他们房间，说了人们的议论，林溪听后愤

然向外走去。

林溪自从加入党组织那天，就已把生死置之度外了。在狱中，她随时都做好了受刑和杀头的准备，这对她来说都无所谓。但这盆污水泼在她身上她实在受不了。从父母房间出来，她径直朝张丹雄房间走去。为避免凤巧吃醋，她曾决定不再单独去张丹雄房间，但此时的她顾不了那么多了，她担心张丹雄他们也这么看。

冯雅兰从屋里看到林溪匆匆从门前走了过去，赶忙出来悄悄看，她从林溪走的方向判断，林溪是去找张丹雄了。

恰巧这时凤巧和安红从她们的房间走出来收拾晾晒的衣服，冯雅兰眼睛一转又寻机下蛆："我真佩服你们，那么一大堆衣服，眨眼工夫就洗完了，还洗得这么干净。"

"我们农村人出大力出惯了，不像你们城里人见活儿愁。雅兰，我可真佩服你，别看柔柔弱弱细皮嫩肉的，听说两次大刑都没说过一句怂话。"凤巧打心眼儿里敬佩冯雅兰。

冯雅兰笑笑："说怂话鬼子也不会放你，何必说怂话呢。鬼子让我承认是共党，可我不是共党咋承认，就是承认了也说不出共党的事呀。林姐才是好样的，人家真是共党，可死活就是不承认，那才叫硬呢。"

凤巧撇撇嘴："进了大狱一鞭子都没挨过，指不定咋回事呢。"

"小声点儿，别让她听见了。"安红提醒。

"她没在屋。"冯雅兰借机引话。

"没在屋？又去哪儿了？"凤巧果然敏感。

"好像去张队长那儿了，"冯雅兰像是自然地回答，"可能谈工作去了。"

凤巧醋意又喷发出来："大中午的谈啥工作。"她让安红收衣服，恼哼哼地向院门走去。

"咋不高兴了？"冯雅兰明知故问。

"吃醋了呗。"安红说，"你不该告诉她林溪去哪儿了。"

冯雅兰佯装不解："人家谈工作她吃啥醋，又不是干啥见不得人的事。"

她为又成功的点了一把邪火暗自高兴。正是：凤巧生妒本吃醋，毒花推波暗助澜。欲知后事如何，且看下文。

第三十八回 暗教唆三孩窃器 明鼓动七女学枪

183

林溪毕竟是个女人,她有坚强的一面,也有脆弱的一面。她满怀委屈地向张丹雄说了人们的议论,泪水止不住的直流。

“你别难过。被鬼子抓去三四天,又是以共党嫌疑被抓的,竟然一次刑讯也没有,难免会引起人们的猜测和议论。不过你放心,最起码我和戈剑光还有林峰从没怀疑过你。昨天深夜戈剑光从张家口赶回来说,‘神风’得知你们不是被我们所救并上了山后,更认为你们的被救极有可能是个阴谋。我和戈剑光还有林峰就这事谈了很长时间,其中也说到鬼子对你没有用刑的问题,不过不是怀疑,我们分析,如果你们的被救真是个阴谋的话,这很可能是鬼子耍的手腕儿,想让我们不信任你,来离间我们和地下党的关系。”

林溪心中波翻浪涌,一阵感动:“你们能这么想我就踏实了。对了,还有件事想和你说说。”

“啥事?”

“我建议把这支队伍重新编制一下,以便于统一指挥。还要对这支队伍进行改造,加强思想教育和纪律教育。”

“真是不谋而合,咱们想到一块儿去了。”

此时,凤巧已来到了门前,侧耳细听。

张丹雄想把黑龙岭独立大队改称抗日独立大队,大队暂设五个战斗中队、

一个警卫中队和一个侦察中队，每个中队暂设两个小队。林溪建议再增加一个后勤保障中队，张丹雄同意。说完编制后，张丹雄又提出想让林溪担任大队教导员一职，林溪说她本人同意，但得经组织批准。

凤巧听到这儿觉得没必要再听下去了，刚抬腿要走，不料脚下触动了一块儿石头，发出了响声。凤巧一惊之时，张丹雄已把门打开了。

“你咋来啦，有事？”

凤巧红着脸支支吾吾。

张丹雄明白了：“你这是干啥呀？”

“啥也不干。”凤巧脸上挂不住，又羞又恼地转身跑了。

张丹雄苦笑：“唉，女人呢，真是没办法。”

林溪玩笑地：“可别这么说啊，我也是女人。”

张丹雄自知失言，不好意思地笑了笑。

林溪边往回走边想，从西院出来时没见凤巧呀，她咋知道自己来张丹雄这儿了呢？正想着，看到郝志远从寨门走进来，赶忙迎过去。

184

林溪走后，张丹雄立即把戈剑光叫来，和他说了改变队伍名称和重新编制队伍的想法，戈剑光同意，二人又去征求桑斯尔的意见，桑斯尔完全同意。紧接着，张丹雄和戈剑光就在大堂召开会议。参加这次会议的除了原来的几个中队长外还有桑斯尔、马腾和唐尧，林溪也应邀列席。

会议宣布：黑龙岭独立大队改称抗日独立大队；张丹雄任大队长，戈剑光任参谋长；柳英飞任一中队队长，桑斯尔任二中队队长，万虎任三中队队长，巴雅尔任四中队队长，石头任五中队队长，林峰任警卫中队队长，马腾任侦察中队队长，唐尧任后勤保障中队队长；各中队暂设两个小队，小队长由中队长自定，报大队批准。

宣布后，张丹雄又说了请林老师担任大队教导员一事。

桑斯尔马上说："林老师一定要给我们当教导员。说心里话，今儿上午林老师的一番教导，让我明白了许多道理，特别是让我明白了怎么才能把鬼子赶出中国。黑龙岭的士兵我不了解，但察东守备队的士兵我了解，他们扛枪就是为了吃饭。虽然参加了抗日队伍，但并不明白怎样才能成为一名合格的抗日战士，我真心希望林老师能经常教导他们。"

张丹雄说："黑龙岭的士兵也是参差不齐，特别是有一部分原来还是高发魁手下的土匪，更需要教导。"

大伙儿也七嘴八舌地要求林溪一定要给大队当教导员。

"谢谢大家对我的信任，"林溪说，"宣传群众、教育群众也是我党的一项重要任务，更何况你们还是一支抗日队伍，只要组织上批准了，我一定当好这个教导员。"

大伙儿热烈鼓掌。

牛半子跑进来，说有十来个人上山来了，他们听说了独立大队歼灭小野小队的事，都要加入队伍。

大堂门前站着十七八个年轻后生，冯雅兰、凤巧、红小英、戈剑丽、乌兰琪琪格、安红、路秀花及许多亲属围在一旁。

张丹雄等人从大堂走出来，年轻后生都用崇敬的目光望着他们。

张丹雄问："你们为什么要加入我们的队伍？"

"打鬼子！"一个肤色黝黑、粗粗壮壮的后生高声回答，引得大伙儿都笑。

"你叫啥名儿？"

"俺叫张飞。"黑壮后生又高声回答，大伙儿大笑。

"咋叫这么个名字？"

"俺长得黑，又壮实，俺爹说俺像张飞，就给俺起了这么个名儿。"大伙儿大笑不止。

"好，收下了！"

冯雅兰看到加入队伍这么容易，一个想法在她心中迅然形成。

戈剑明、万豹、唐义三个小家伙从人群中挤过来也要参加队伍，张丹雄说他们岁数太小，他们梗着脖子非要参加，戈剑光、万虎、唐尧把他们呵斥走。

戈剑明、万豹、唐义气呼呼地走到山寨外树林里，坐在树下发牢骚。远处，

孟根布勒朝他们走来。

今天上午，林溪阻止桑斯尔杀小野，令孟根布勒也十分气愤。他和桑斯尔说他去悄悄把小野杀掉，为婶子报仇。桑斯尔不允许，说不能干这种鬼勾当，会让山寨的人瞧不起。他刚才看到戈剑明等三个孩子遭喝斥，心里一下闪出个主意。

孟根布勒走到戈剑明等三人跟前："碰钉子了吧。"

戈剑明正在气头上，瞟了他一眼："管得着吗，我们愿意。"

"吆喝，脾气还不小。你们是不是真想加入独立大队？"

"当然是了，"万豹丧气地说，"人家不要有啥办法。"

"不要你们是因为岁数小，打不了鬼子。"

"咋就打不了，让加入就能打。"万豹不服。

"如果你们能杀个鬼子，不就证明你们不小了吗？"孟根布勒诱导。

"想杀也没鬼子了呀，小野小队的鬼子全被消灭了。"唐义说。

"小野不还没死吗，又在山上绑着，杀了他不就证明你们能杀鬼子了吗。"孟根布勒进一步诱导。

"对呀，这是个好主意。你俩愿意干不？"戈剑明很兴奋。

"愿意。"万豹也很兴奋。

"可林老师不让杀呀，不然桑斯尔早就杀了他了。"唐义想起了早上林溪力阻桑斯尔的事。

"她当然不让杀啦。鬼子把她抓起来一指头都没动她，她能不护着小野吗？"戈剑明受人们议论的影响，对林溪也有了看法。

"就是，还指不定咋回事呢。"万豹跟着说，"再说了，杀鬼子又没罪，抗日不就是杀鬼子吗。哎，唐三儿，你可别怂啊。"

"谁怂了，现在就去。"唐义怕被小瞧，"噌"地站了起来。

孟根布勒为让这三个孩子把事办成，又点拨："大白天人多，恐怕你们杀不了，要杀也得等天黑。"又出主意，"你们就假装说看看小鬼子，看守的人不会注意你们，找准机会就下手，保准成功。不过身上得提前藏好家伙，菜刀斧子啥的最好。"

"他说的对。"戈剑明说，"咱们先去找家伙，天黑了就干！"

孟根布勒估计他们都不认识自己,想验证一下:“我可是为你们好,可别说是我教的啊。”

戈剑明等三人都说根本就不认识他。

晚饭后,戈剑明、万豹和唐义到厨房以帮着干活为名,各自偷了家伙又来到山寨外树林。

戈剑明从怀里掏出一把尖刀:“我偷了把宰猪刀,你俩偷的啥?”

万豹从后腰抽出一把斧头晃了晃:“斧头,这家伙好使,一斧头下去准让小野脑袋开花。”

唐义从腰里抽出一把菜刀:“我偷了把菜刀,特别锋利。”说着朝一根粗树枝砍下去,粗树枝一下断了。

“啥时候动手?”万豹问。

“等人们都睡了就去。”戈剑明比万豹唐义稍大点儿,俨然成了头儿。

三人把家伙儿藏在身上,向林外走去。

孟根布勒一直关注着他们的行踪,见他们准备动手,心中窃喜。

185

今天中午,郝志远来山寨就是来找林溪的,他说刘振邦来赤城了,但不便于上山,委托他来转达“神风”的话。他说完“神风”的推想,林溪既吃惊又难以相信,但她又认为“神风”的推想不会错,想赶快告诉张丹雄,因张丹雄和戈剑光正忙开会的事,会后张丹雄和戈剑光又同几个中队长分别谈话,一直没找到机会。晚饭后,为避免凤巧吃醋,她以商量如何对队伍进行教育为名,把张丹雄和戈剑光约到大堂,把“神风”的推想和他俩说了。

她虽然把“神风”的话如实转达了,但仍然难以置信。就算冯雅兰在狱中的表现和那个蒙面人连杀六个鬼子可以演戏,可她肩膀一点儿伤痕都没有是演戏不可能做得到的呀,就是医术再高,也不可能一点儿痕迹都不留吧,她切菜划破个小口子都留下一道疤,“毒花”中的可是飞镖呀。可她又认为“神风”

的推想不会错，难道真的是她受蒙蔽了吗？她陷入痛苦的矛盾之中。

张丹雄理解她此刻的心情："中了镖一点儿疤痕也不留确实不可思议，但医疗上的事咱们不懂，或许经过特殊的治疗真能出现这种奇迹。这事咱们先放在一边，毕竟'神风'也只是推想，并没有完全肯定，咱们还是按'神风'说的'极有可能'来对待吧，如果她真是'毒花'的话，能利用她把闪电突击队引上山打一场有准备之仗就太好啦。"

戈剑光同意张队长的意见，说宁可信其有。或许'神风'还会有更准确的消息传过来，边做准备边等。

张丹雄提议开个中队长会，把这事和大伙儿说说。戈剑光说知道的人多了难免会有人表现出来，如果冯雅兰真是'毒花'的话，她的洞察力肯定是非常强的，一旦有所觉察，引虎上山的计划就不好实现了。如果她不是，让她知道了会伤害她。所以，主张先不要说。

戈剑光的话符合林溪的想法："我同意戈参谋长的意见，但可以以防备闪电突击队偷袭为名开个中队长会，让大家提高警惕，加强防守。闪电突击队来张家口的事大伙儿早都知道，不会引起她的警觉。"

张丹雄同意。

夜色黢黑，山风呼呼作响，一阵紧似一阵。

山寨东面的一处石崖下，蹲着两个鬼鬼祟祟的黑影，这两个黑影正是万豹和唐义，他俩是在这儿等踩点儿的戈剑明的，已经等了很长时间了。

万豹和唐义正等得着急的时候，戈剑明高兴地跑过来："机会来了，安铁牛刚回屋去取烟，就剩王三娃了。咱们这样，进了屋我和王三娃说话，你俩冷不丁的把他抱住，我杀小野。"

万豹马上反对："那功劳不都成了你的了。你俩抱我杀。"

唐义着急："别争啦，谁杀不一样，再争安铁牛就回来啦，就听剑明的吧。"

小野被捆着双手双脚躺在一张单人床上，王三娃坐在一旁看守。

戈剑明和万豹唐义推门走进来，王三娃一愣："你们仨小子干啥来了？"

"看看小鬼子，从关到这儿还没见过呢。三娃哥，你们老看着他累不累呀？"戈剑明谎说后故意找话。

"不累，天亮一换班就能回去睡了。"

“真够辛苦的。”

戈剑明边说边向万豹唐义使眼色。

万豹唐义正要动手抱王三娃,王三娃说正憋泡屎想去茅房,让他们仨先给盯会儿。

三人没想到会有这么好的机会,立即答应。王三娃出去后,三人从腰里抽出家伙逼向小野。小野大惊失色,喊道:“你们要干什么?”边喊边坐了起来。

戈剑明晃晃尖刀:“小鬼子,老子要杀了你!”

小野惊骇地大喊:“我是俘虏,不能杀我!”

“什么狗屁俘虏,你是小鬼子,小鬼子就该杀。”戈剑明说完冲万豹唐义,“下手!”

三人抡起家伙正要下手,门“咣当”一声被推开,随之一个女人的声音传来:“住手!”

这个女人正是林溪。刚才开完中队长会之后,林溪说想去看看小野,张丹雄、戈剑光和中队长们都陪她来了。快走到门口时,她就听到了小野的喊声,急忙跑了进来。

还未进门的张丹雄看到安铁牛王三娃都不在屋,一回头蓦地看到附近有个黑影一闪不见了。马腾也看到了闪去的黑影,快步追了上去。

小野见来了人,松了口气,余惊未散地问:“这、这是怎么回事?”

张丹雄刚要问戈剑明等三人,王三娃匆匆走了进来。

王三娃看到满屋的人一愣:“你们咋都来啦?”

张丹雄一拳把王三娃打倒在地上,怒斥道:“你个混蛋干啥去了,小野差点儿被杀了!”

王三娃懵懵懂懂:“谁杀他呀?”

林溪问戈剑明等三人:“你们为啥要杀小野?”

戈剑明不以为有什么错,理直气壮:“想证明我们不小了,想加入队伍。”

戈剑光一耳光扇过来,扇的戈剑明嘴角流血。

林溪赶忙拉住戈剑光,又问:“这个主意是你们自己想出来的?”

戈剑明胆怯了,低下头:“不是,是山上的人,我们不认识他。”

万虎唐尧也欲打万豹和唐义,大伙儿把他俩拦住。

安铁牛跑了进来，看到乱糟糟的场面，愣怔地问王三娃："咋啦，出啥事啦？"

王三娃刚要说什么，马腾推着一个人走了进来。这个人正是孟根布勒。

三个孩子齐说："就是他出的主意。"

"原来是你个兔崽子！"桑斯尔骂着连扇了孟根布勒两个耳光。

大伙儿赶忙拦住桑斯尔。

桑斯尔吼道："为啥出这个馊主意？"

孟根布勒低着头："想给婶子报仇，我觉着他们都是孩子，杀了小野也不会把他们怎么样的。"

桑斯尔吼骂："你混蛋！"

小野明白了，向大伙儿投来感激的目光。

186

清晨，璀璨的朝霞流光溢彩，给山寨披上了一层绚丽的金装。已换成"抗日独立大队"的旗帜在蓝天白云下迎风招展，为山寨增添了浓重的抗日氛围。

大院内，各中队队长都在操练自己中队的战士。

万虎的操练场地在大院西边，他正在指导新战士练习射击，冯雅兰、凤巧、安红、戈剑丽、乌兰琪琪格、红小英、路秀花等人围在一旁观看。

张飞等十个新战士射击九个脱靶，引得大伙儿哈哈大笑。

万虎走过来："知道为啥打不准吗？"

"瞄得准准的，一搂机不知咋就偏到一边儿去了。"张飞不好意思地说。

"关键是枪托得不稳。"万虎说，"枪托不稳，一搂机枪肯定晃动，一晃动自然就打不准了。枪口偏一线，子弹就不见。所以，练打枪必须首先练托枪，把枪托得稳稳的，这是基本功。"

"托枪该咋练呢？"

"在枪管上吊砖头，时间长了就能托稳了。这是最笨的办法，也是最有效

的办法。我们刚当兵时都是这么练的。”

张飞想看看万虎的枪法:“万队长打两枪让我们看看吧。”

大伙儿也跟着说,他们也想看看万虎的枪法。

“好,那就打两枪。”万虎说着从张飞手中拿过枪,一转身连放三枪,枪枪都打中靶心。

大伙儿一片喝彩声。

万虎把枪扔给张飞:“按我说的先练托枪吧。”

大伙儿散去找砖头。万虎走到一旁坐下抽烟。

冯雅兰眼睛一亮,一个计谋在她心中又闪现出来,对凤巧等人说:“万队长枪法真好,让他也教教咱们吧,学会打枪也好加入队伍。”正是:教射击万虎演枪,生谋略毒花使计。欲知后事如何,且看下文。

第三十九回 施美色万虎入彀 获情报林溪陷疑

187

却说冯雅兰提出学打枪后，凤巧等几个女人都响应，大伙儿一下拥到了万虎身边。

万虎大大咧咧：“娘儿们家学啥打枪。”

这句话把几个女人触怒了，七嘴八舌的驳斥他，把花木兰穆桂英都搬出来了。

万虎嘿嘿一笑：“哟哟，真厉害。那去找张队长吧，他要是同意我保证教。”

冯雅兰有意让万虎对她加深映像：“你说话算数不?”说话时两眼直勾勾地盯着万虎。

万虎被她盯得有些不好意思：“算数，保证算数。”

林溪正在大堂向张丹雄戈剑光说对战士们文化教育的事，提出让冯雅兰当教员，说如果她真是“毒花”的话，这样做可以让她感觉到对她的信任，能更好地迷惑她。张丹雄戈剑光同意，正要让林溪去找她，冯雅兰等几个女人走进来。

“什么事?”张丹雄问。

几个女人你推我我推你，谁也不说，最后还是红小英挑了头儿：“师哥，我们也想学打枪，和你们一块儿打鬼子。”

“我还真忽略了你们几个女将了。女人当兵有的是先例，没问题，我

同意。”

“那就叫万队长教我们吧,我们刚才见他打枪了,打得特别准。”

“行。”张丹雄答应得很爽快。又对冯雅兰说,“冯老师,我们想对战士们进行文化教育,刚才商量了一下,想请你当文化教员,你看咋样?”

冯雅兰也非常爽快:“行,没问题。”她果然感觉到这是对她的信任,心里很高兴。

午后,郝志远又来了,他告诉林溪,他昨天回去和刘振邦说了独立大队想让她当教导员的事,刘振邦当即就代表组织批准了。郝志远还告诉她,格日图已被上级任命为赤城县地下党的组长,如有事可直接去找他。

林溪在张丹雄戈剑光的陪同下又来看小野。昨天夜里,她本想和小野好好谈谈,但由于意外地发生了戈剑明等三个小家伙想杀小野的事,没谈成。

小野正坐在床边和安铁牛王三娃说话。昨天夜里,林溪已经让他们去掉了捆绑小野的绳子。

小野见林溪、张丹雄和戈剑光走进来,慌忙站了起来,显得很拘谨。

林溪让他坐下,说:“我们不杀你,是出于人道和国际惯例的考虑,并不是你罪不该死,希望你能明白这一点。”

“明白,谢谢不杀之恩,我一定悔过自新,重新做人,绝不再干伤天害理的事。”

“你的中国话说得很好,什么时候学的?”

“我父亲在奉天做过生意,我从小一直在奉天生活,小学中学也是在那里上的,从小就会说中国话,识中国字,也喜爱中国的文学作品。”

“可惜呀,你没有学到中国文化的真正内涵。”

“什么是中国文化的真正内涵?”

“仁爱。就是要善待他人、关爱他人、尊重他人。”

“明白了。”

“但你和所有入侵中国的日本侵略者都没有做到。”

小野赧然自愧,顿时脸红的发烫,一副手足无措的样子。

林溪接着说:“中国还有一句和仁爱相关的话,叫‘己所不欲勿施于人’,你听说过吗?”

“没有,什么意思?”小野茫然。

“就是不要把自己不愿意遭受的侵害和灾难施加给别人。如果你还不太懂的话,我问你,你愿意你的国家遭受侵略吗?”

“不愿意。”

“你愿意你的同胞被别人屠杀吗?”

“不愿意。”

“你愿意你们国家的财富被别人掠夺吗?”

“不愿意。”

“你愿意你的母亲、妻子和姐妹遭受别人的凌辱吗?”

“不愿意。”

“你所不愿意的事就是己所不欲,可你不愿意遭受的侵害和灾难,你们这些侵略者却都施加在中国人民身上了,你觉得你们还是人吗?你们还有一点儿人性吗?”

小野更加羞赧惭愧,低下头:“我代表不了政府,但能代表我自己,我向中国人民赔罪。”说着站起来深深地鞠了一躬。

张丹雄和戈剑光用敬佩的目光望着林溪。

小野直起身:“请你们给我纸和笔,我要写反战书,把它寄给天皇,寄给日本军政府,让天皇和军政府知道这罪恶的侵略给中国人民带来的灾难。”

188

凤巧、红小英、戈剑丽、乌兰琪琪格、路秀花等人正在西院洗衣服,冯雅兰边帮着晾晒边和红小英聊天儿。

冯雅兰听红小英在大堂叫张丹雄师哥,一下想到了那天夜里在南郊和她交过手的那个高手,估计就是张丹雄。她想借着聊天探究一下他到底是不是明远的徒弟。

聊了一会儿,冯雅兰话题一转:“对了,我那会儿听你叫张队长师哥?”

“对呀，他就是我师哥。”红小英说。

“你们拜过啥师？”

“赐儿山云泉寺的明远大师。不过那时我和石头还小，没过两年师哥就参加西北军了，一晃就是七八年。”

红小英以张丹雄为荣，滔滔不绝地说起了和张丹雄同门学艺的往事，最后又扯到了她和石头遭鬼子追杀。

冯雅兰解开了心中的一个谜，十分高兴，却装作愤愤的样子：“婚礼上公然抢夺新娘子，鬼子真是太可恨了。”

凤巧插话说：“鬼子那么可恨，可放着个小野愣是养着不让杀，那个林溪也不知道哪根筋搭错了。听说又去看小野了，夜里个儿看一回还没看够，不知她咋那么稀罕小野。”

“可别这么说，人家是共产党，考虑问题和咱们老百姓不一样。”冯雅兰明劝暗挑。

凤巧嘴一撇：“啥共产党，都像她那样把鬼子供起来，鬼子还不得骑在中国人头上屙屎。”

大伙儿听她话里带醋味儿，都笑了。

安红抱着一摞叠得整整齐齐的衣服从屋里走出来。

冯雅兰知道她是给几个队长送衣服的，眼睛一转：“我去送吧，洗衣服不行跑腿儿还行。”说着硬从安红手里把衣服抱过来。这是接触万虎的绝佳机会，她不能放过。

万虎正在他的房间光着上身擦洗，冯雅兰托着一件衣服推开门走进来。

万虎抬头一看是冯雅兰，顿时慌了手脚：“你先出去，我把衣服穿上。”

“哪儿这么封建呀，光个上身怕啥，一个大男人。”冯雅兰说着把门关上。

万虎长这么大还从没单独和一个女人待过，他胡乱擦了擦扯过一件上服穿上：“冯老师有事？”

“衣服干了，我来给几个队长送，最后一个来你这儿的。”冯雅兰把后一句话说得很重，边说边走到床前把衣服放在床上，坐在床边。她见万虎傻呆呆的样子，笑着，“坐呀，老站着干啥。”她似乎是主人，万虎反倒成了客人。

“哎哎。”万虎应着拘束地坐在一旁的凳子上，一只虎瞬间变成了一只猫。

冯雅兰两眼盯着万虎:“万队长,你可答应从明天开始教我们打枪的,不会变吧。”

“不会。”万虎泥塑一般,一动不动地说。

冯雅兰看出万虎是一个很容易猎取的男人,莞尔一笑:“紧张啥呀,我又不是老虎。”

万虎“嘿嘿”了两声,不知该说什么。

“万队长多大了?”

“二十四。”

“有对象没?”

“没。”

“张队长都有未婚妻了,石头那么小都有媳妇了,你也该考虑考虑了呀。”冯雅兰说完故作羞涩地看了看万虎。

万虎的心“通通”跳了起来:“谁能看上我呀,黑不溜秋的。”

“黑怕啥呀,我就看不上小白脸。”冯雅兰更羞涩了,脸上布满红云。

万虎紧张的有些喘不过气:“给你倒杯水吧。”

“不渴,我先回去。”冯雅兰说着站了起来,其实她并不是要走,而是趁热打铁,她知道到火候了。就在万虎也站起来时,她突然装作崴了一下脚,接着“呀”的一声叫,身子歪向一边。

万虎一把把她扶住,她就势靠在万虎怀里,万虎一时不知所措。

冯雅兰用纤细的手抚摸着万虎的胸脯,两眼火辣辣地望着万虎:“虎哥,我喜欢你。”

万虎周身的热血如同被火烤沸一般,一把搂住冯雅兰狂吻起来。

万虎终于掉进了阴谋的色情漩涡,冯雅兰又成功了一步。

189

冯雅兰惜时如金。

尽管她和川岛导演的这场戏是经过反复推敲周密思考的，也可以说是天衣无缝的，但她知道很难瞒过一个人，那就是“神风”。仅她到张家口的这些日子，就已经领略到了“神风”超常的能力和智慧。她和川岛在设计这场戏时，是钻了地下党的基层组织之间横向不联系的空子，就算是“神风”有所怀疑，他也得首先弄清救人的蒙面人是不是地下党的人，而要弄清这个问题，必须得通过上级党组织，这最起码也得三四天的时间。所以，她必须争分夺秒，在这个时间内把所需要的情报弄到手，为偷袭做好铺垫。拿下万虎之后，她又急于摸清山寨的地形，于是又把凤巧和红小英约出来散步，借机察看。

走到山寨大门时，冯雅兰朝山下看了看：“黑龙岭又高又险，难怪鬼子攻不上来。”她想往出引话。

红小英说：“那会儿武器还不多呢，这次灭了小野小队，光重机枪就增加了四挺，还有十来门小钢炮，鬼子更攻不上来了。”

“啥重机枪小钢炮，我咋一直没见过呀？”冯雅兰装好奇。

“那都是重要武器，哪能摆到外头叫人看呀，都在武器库放着呢。”凤巧显得很懂。

“啥？山上还有武器库？”冯雅兰心中窃喜，却装傻。

“当然啦，武器库的武器可多呢。”

“咱们去看看行不？我没见过机枪小钢炮是啥样的。”

“门儿都没有。白天黑夜都有人站岗，别说进去，连靠近都不让靠近。有一回我去找丹雄，离武器库还八丈远呢，就让站岗的喝呼下来了。”

“你都不行我们更没门儿了。”冯雅兰有些遗憾的样子，“咱们再到东边儿那个高岗上看看大海陀的风景吧，我从来没上过山，觉得哪儿都挺好。”

冯雅兰和凤巧红小英来到了山寨东面的高冈上，站在这里，可以看到黑龙岭西侧、北侧和南侧的地形。

“真壮观，群山起起伏伏，真像大海的波涛一样。”冯雅兰佯装观景实则观察地形。

“现在入冬了，要是夏天，满山都是绿树花草，肯定更好看。”红小英说完指着一个方向，“你们看，那儿躺着一个人。”

冯雅兰凤巧顺着红小英指的方向一看，果然有个人在岩石下面躺着。

凤巧说:“咋在那儿睡呀,天这么冷还不冻坏了,把他叫起来吧。”

三人走近一看,躺在岩石下的人用鸭舌帽遮着脸,右手握着一个银色的扁酒壶,鼾声如雷,睡得正香。

冯雅兰皱皱眉头:“浑身酒味儿,肯定喝醉了。”

凤巧弯下腰推了推睡觉的人:“哎,哎,醒一醒,别睡了,小心冻着了。”

睡觉的人被推醒。他一把抓下遮在脸上的鸭舌帽,瞪了凤巧一眼:“真是多管闲事,睡会儿觉也碍着你们啦!”

“你咋这么不知好歹,怕你冻着把你叫醒还叫错了,真是狗咬吕洞宾不识好人心。”

“冻死我愿意!”这个人正是孟根布勒,他边说边站起来恼哼哼地走去。

红小英小声说:“他叫孟根布勒,桑斯尔是他三叔,昨天给三个小孩出主意杀小野的就是他,听说受处分了。”

凤巧忿忿:“活该受处分,整个一个生瓜蛋,四六不分。”

“真是啥人也有。”冯雅兰说完又提议到山后看看。

190

晚饭后,张丹雄戈剑光在大堂召开中队长会议,宣布林溪任大队教导员。

林溪作了任职讲话,核心意思是,她保证协助队长张丹雄和参谋长戈剑光,把这支队伍引向正确的方向,使其不断发展壮大,为抗击日寇的侵略做出贡献。

林溪刚说完,戈剑明、万豹和唐义走进来。

戈剑光虎着脸:“又来捣什么乱,出去!”

万虎唐尧也站起来欲往出撵他们。

林溪摆手止住了戈剑光万虎和唐尧,问三个孩子:“你们干啥来了?”

“我们知道错了,来送检讨。”戈剑明说着把手中的一张纸递给林溪。

林溪接过纸看了看,笑道:“非常好。古人说,知错能改善莫大焉。”对大伙

儿，“张队长、戈参谋长、各位中队长，我有个建议不知行不行？”

张丹雄：“请讲。”

“这三个孩子已经十三四了，说大不大说小也不小了。与其让他们整天晃荡，不如让他们进队伍接受锻炼，两三年后，他们肯定会成为出色的战士。”

大伙儿同意了林溪的建议。三个小家伙惊喜万分，跳跃欢呼：“我们是战士了！”由此，他们也改变了对林溪的看法，充满敬意。

林溪回到房间，冯雅兰还没睡，正伏在桌上的蜡烛前写着什么。

林溪得到“神风”的情报后，确实痛苦过一阵子。自打冯雅兰来学校后，平心而论，她对冯雅兰的印象是非常好的，她不但温文尔雅、孝心彰显、待人热情，还十分谦虚好学。虽然出于地下工作的警惕，一直与冯雅兰保持着一定的距离，甚至凡是涉及党的秘密的事都像防敌一样防着她，但在日常生活中还是把她当作朋友。冯雅兰有“毒花”嫌疑之后，她高度紧张过一阵，但当她亲眼察看过她的肩膀确实没有伤痕后，她就是“毒花”的嫌疑在她的心中彻底打消了，甚至还为此内疚过。那天从戏园子出来被抓之后，她确实又怀疑过她，但这个怀疑很快就在她遭受酷刑时又消除了，以致在她第二次遭受酷刑时，对她已十分信任，甚至都有向她坦陈真实身份的念头，只是由于党的纪律才没这么做。被救之事她也曾经生过疑，但六个鬼子被杀又让她打消了心中的疑惑。上山的当天傍晚，“神风”对被救一事的质疑和张丹雄对冯雅兰的疑虑虽然再次引起她的警觉，但她也并没深想。“神风”第二次的说法转来之后，她震惊了。虽然“神风”也只是推想，但她知道“神风”是个有着大智慧且慎言慎行之人，他的推想不是凭空臆想，没有一定的把握，他是不可能给他们传递这个情报的。她虽然处于矛盾的痛苦之中，但这个情报毕竟是党组织正式转达的，她必须相信，哪怕将来事实证明“神风”的推想确实有误，现在也只能按真有其事来对待，事关重大，她不能有丝毫的侥幸心理。同时，她还要高度克制矛盾痛苦的心情，保持常态，不能让冯雅兰有丝毫的察觉。

“还没睡呢？”林溪边往床前走边问。

“不是要给战士们讲课吗，准备个教案。”其实，她刚写了一份情报，准备明天送出去。

“你可真够认真的，教他们认些字就行了，用不着什么教案。”林溪有些感

动,心想,她要真不是"毒花"该多好呀。

"我心里没底,还是准备个教案好。你看行不?"冯雅兰把教案递给林溪。

林溪看后又还给冯雅兰:"太复杂了,还是从认最简单的字开始吧。"

"好,我再修改一下。林姐,又和张队长他们商量事去了?"

"没有。张队长戈参谋长让我当大队教导员,刚才在会上宣布了一下,又说了些防止闪电突击队来偷袭的事。"

"是该好好防备。不早了,咱们睡吧。"

林溪躺在床上久久睡不着,心想,难道她真是"毒花"吗?

191

清晨,万虎正在操练队伍。

万虎做梦也想不到,仙女一般美丽又是从高等学府出来的冯雅兰会看上他,兴奋的几乎一夜没睡。尽管如此,他今天依然精力充沛,感到浑身都是劲儿,操练起来格外卖力,口令声喊得比往天都响亮。

冯雅兰和凤巧、安红、戈剑丽、红小英、乌兰琪琪格、路秀花跑来,万虎让陆涛等两个小队长带队继续操练,他抓起一支步枪向冯雅兰等人走去。

"谁先来。"万虎笑嘻嘻地说,眼睛不由得直往冯雅兰身上瞟。他发现,冯雅兰今天腰间系着一条皮带,亭亭玉立,使得本来就优美的身姿线条更加突出,更加优美。

几个女人嘻嘻哈哈的你推我我推你,谁也不好意思先接枪。

这是冯雅兰早就预料到的:"万队长,这么多男人看着,我们哪好意思呀,带我们到外头的树林里练吧。"

"对对,去树林里练吧"大伙儿也跟着嚷嚷。

"行,听你们的。"万虎又扛起一个靶牌,带着几个女人向寨外的树林走去。

走到一处万虎站住了:"就在这儿吧。"

冯雅兰回头看了看:"这儿离山寨太近,万一男人们跑过来看我们还是不

好意思。"

大伙儿也说这儿太近,再往下走走。

又往下走了一会儿,冯雅兰看到不远处的一座山神庙:"这回行了,就在这儿练吧。"

万虎立好靶牌,让她们每人先打了一枪,除了红小英打在靶边上,其他人全脱靶。当然,冯雅兰是故意把子弹打飞的。

练了一会儿,冯雅兰说想去解手,安红也说想去。

冯雅兰装作四下看了看:"咱们去那个小庙后头吧,离这儿也不远。"正是:看似随口无目的,其实有心带意图。欲知后事如何,且看下文。

第四十回　劳工被骗入牢房　日特冒名上山寨

192

山神庙是川岛和冯雅兰约定的情报放取处，川岛在围剿黑龙岭时，曾见过这个山神庙，又听高发魁说过，这个庙时常有人来上香。走近山神庙时，冯雅兰故作不知地问安红是什么庙，安红说是山神庙，还说这个庙特别灵验，一年到头老有人来烧香许愿，高发魁那伙土匪占据黑龙岭后来的人少了，现在人又多了。

冯雅兰和安红解完手从山神庙后面走出来，冯雅兰又问这个庙是不是真的特别灵验。

安红说真的很灵，山上有个叫安铁牛的，小时候瘦得皮包骨，就是他娘来庙里烧了香许了愿，他才越来越壮实的。

冯雅兰让安红等她一下，说进去给她叔叔许个愿，她叔叔一年到头总是病病歪歪的，求山神保佑保佑他。

冯雅兰跑进山神庙，回头看看安红没跟进来，迅速走到墙边捡起一块砖头，手指一发力，在砖头上划出一个十字，然后从衣兜掏出一个折叠的小纸块放在墙角处用砖头压住。

旭日虽然早已从地平线升起，但由于高耸入云的东太平山的遮挡，霞光却迟迟照射不到大境门。已是早上八点多了，大境门前依然清冷灰暗，犹如凌晨五六点钟一般。尽管如此，大境门外的劳务市场还是早早就聚集了不少人，东

一伙西一伙的或蹲或站。这个年月想揽个活儿十分不易,他们只能早早的来等机会。

突然,大伙儿的目光都投向了大境门:一个头戴瓜壳帽、身穿长袍马褂的人从大境门走出来,一看就是个老板。在他身后,跟着一个伙计打扮的人。

大伙儿"呼啦"围上去。这时候到劳务市场的老板,十之八九都是雇主。

其实,这两个人都是闪电突击队的,化装成老板的正是木村,装扮成伙计的是闪电突击队队员,叫北野次郎。

川岛为使闪电突击队能够更好地偷袭黑龙岭,在他们到来的第二天就让武士元给他们上课,教他们学习张家口话。经过二十多天的学习,他们当中大多数人张家口话说的都不错,甚至只有张家口人才说的一些独特方言他们都会说,如:搞不清楚,方言说"闹不机迷";昨天,方言说"夜里个儿";干什么去,方言说"闹甚个呀"等等。

木村操着标准的张家口方言:"我们只要县里的,不要市里的,县里的往这边站!"

一人问道:"为啥不要市里的?"

木村傲气地说:"是你雇人还是我雇人?"

那个人不说话了,垂着头退到一边。

十几个各县来的人高兴地站到一起,其他人悻悻离去。

木村挨个儿审视了一番,然后点了五个二十多岁的,让他们跟他走。

五个被挑上的人像中了榜似的,高兴地跟着木村和北野次郎走去。其他人流露出眼馋的目光。

木村和北野次郎把五个雇工领到日军警备队大院门口,正要往里走时,五个雇工都站住了,神色有些紧张。

一个叫宋万宝的问木村:"咋把俺们领到这儿来啦?"

"需要你们干的活就在这里面。我常包他们的活儿,甭怕,进去吧,一天一个大洋。"

宋万宝等五人相互看了看,犹犹豫豫地跟着走进去。

他们走到警备队大楼门前,正看到一个日本兵端着枪跟在一个雇工后面从楼里走出来,这个雇工正是卞良。他本来是想以检查线路为名伺机安装窃

听器的，但由于高桥雄二派了个日本兵形影不离地跟着他，一直没有下手机会。

宋万宝见干活的人都有日本人拿枪跟着，更害怕了，说不想干了，要回去。其他四人也说要回去。

木村眼一瞪："你们回不去了，进去！"

两个在大楼门口站岗的日本兵用枪把他们逼进楼内。

193

罗克正坐在办公室看报纸，张狗娃走了进来。

"局座，是不是想杀两盘儿？"罗克放下报纸问。

"杀啥呀，"张狗娃愁眉苦脸，"刚消停两天又来事了。"

"又有啥事？"

"川岛刚给我打电话，说他们抓了五个共党嫌疑犯，让咱们审，你带人去找铃木，把那五个嫌疑犯弄到咱们监狱吧。"

"啥时候抓的？"

"今儿早上，也不知他们的情报咋那么灵，据说是在他们开会时一锅端的。"

其实，日本人把这五个雇工骗来是为了实施冒名顶替之计，让木村等五人冒充这五个雇工上黑龙岭参加独立大队，为闪电突击队偷袭做内应。昨天傍晚，川岛就已经接到了美樱子传出的情报，说上山加入队伍非常容易。

刚才，问完这五个人的姓名、住址及家庭人员等相关情况后，川岛本打算把他们关进警备队监狱，待偷袭任务完成再把他们放了。可川岛又突然生发出一个主意，要利用这五个雇工再考验一下罗克，并授意张狗娃如何办，但没和张狗娃说抓这五个雇工的真实意图。

罗克一时难辨真伪，张狗娃走后，他立即把王铁生叫来，把鬼子抓了五个共党嫌疑的事和他说了，让他派鲁明立即去找刘振邦核实一下，看是否真有

其事。

罗克带了几个警察去警备队提人时，心情特别紧张。他想，如果被抓的五个人真是地下党的同志，问题就严重了，如果有一个软骨头，就会导致更多的同志被捕，党的地下组织就会遭到严重破坏。他一路思索着该怎么办，最终决定先把他们带回警察局监狱，如果确定他们就是地下党的同志，无论如何也要把他们救出去，如果出现叛徒的话，一定要提前灭掉。当他来到警备队会议室见到这五个人，紧张的心情稍有缓解，这五个人无论从神态还是气质上看，都不像是受过党的教育的人。但他又不能马上否定，或许他们是在装样子掩饰呢？他把这五个人带回警察局监狱不一会儿，刘振邦的话也传过来了，这五个人不是他们组织的。但他的心情依然沉重，因为张家口还有别的地下党组织。他又不能提前审，那会引起张狗娃的怀疑，只能去向张狗娃报告，说人带回来了。

首先被带到审讯室的是宋万宝。他被绑到刑讯架上之后，张狗娃二话没说，就命令打手狠狠地打。宋万宝被打得吱哇乱叫，张狗娃暗中观察罗克的神态，罗克神态如常。

打了一阵，张狗娃大喝道："说，你们五个是不是共党的地下党？"

宋万宝既恐骇又茫然："你说的共党是不是共产党？"

"对。"

"共产党我听说过，可没听说过地下头还有共产党呀。"

"跟我要滑头是不是？再打！"

宋万宝急忙哀求："别打啦别打啦，我是共产党。"

罗克从宋万宝的话语中，已初步断定他不是共产党。

张狗娃没想到宋万宝这么快就招了，看了罗克一眼继续追问："你们这个地下党组织一共有多少人，都是干啥的，谁是头儿？"

宋万宝懵懵懂懂："我们没去过地下呀，都是在地上头干活儿。"

"又要滑头，打！"

"别打别打，我说错了，我重说。我们是地下党，干啥的都有，人数不固定，有时候多有时候少，天天都在大境门外头碰头儿，要说头儿也有，就是王老虎，他老去抽份子钱，还有个叫刘疤瘌的，好儿回找我们去盗墓，我们都没……"宋

万宝越说语速越快,恨不得一口气把他所知道的事一股脑儿地全倒出来。

“够啦!”张狗娃气恼地打断他的话,吼道:“你想要老子,打!”

打手又抽打宋万宝。

宋万宝哀叫:“我说的都是真的呀……”

此时,罗克已断定宋万宝和那四个人都不是地下党的人。

五个人全审完后,张狗娃向川岛报告了审讯情况,说那五个人不像是共党,罗克也没什么异常表现。

川岛说共党都很狡猾,不会那么容易招,让把那五个人先关在警察局监狱,说他们再设法调查一下。

其实,川岛把宋万宝等五人说成是共党嫌疑并交给警察局审还有一个意图:即转移人们的视线,特别是转移“神风”的视线,掩盖他们冒名顶替的真实目的。

194

下午,冯雅兰在大堂前给一百多名文盲战士上了第一堂课,教他们认识了“上下左右天地人”七个字。凤巧也想弥补自己没文化的缺陷,好让张丹雄看得起,硬拉着也是文盲的安红和路秀花一起来听课。

下课后,凤巧说去几个队长屋里收罗脏衣服,冯雅兰说她也帮着去收,借机又来到万虎房间。

坠入情网的万虎时时刻刻都在想着冯雅兰,什么都干不下去。昨天他和冯雅兰狂吻之后,像是渴极之人只得到一小勺水,喝水的欲望更强烈了。冯雅兰今天下午给战士们上课,他想站在一边看着冯雅兰,以解相思之苦,但又怕别人笑话,他毕竟是高小毕业,在队伍中算是有文化的。他正躺在床上回味着和冯雅兰狂吻、揉搓冯雅兰双乳那令人战栗、令人窒息的美妙感受,冯雅兰突然出现在他的面前。他以为是幻觉,仔细一看分明就是冯雅兰:她正朝着自己笑。

他惊喜至极，腾地从床上跳起来，跑过去一把把冯雅兰紧紧搂住，边狂吻边说："想死我了，想死我了……"

冯雅兰趁机添火，也紧紧搂住了万虎，娇声呻吟。

随着狂吻，万虎的欲火怦然燃起，越烧越旺，以致烧得他难以自持，又一把把冯雅兰抱起来放到床上，火急火燎地去解冯雅兰的裤带。

冯雅兰猛地坐了起来："不行，凤巧和我一起来的，她去别的屋了。"

"你来这屋她就不会来了。"万虎继续解。

冯雅兰抓住万虎的双手："那也不行，太不安全，万一别人进来呢。咱们瞅机会去树林吧，你想咋都行。"

万虎终于松了手："行，听你的，再让我亲亲。"说着又抱起冯雅兰狂吻。

"行啦，以后时间长着呢，我得赶紧走。"冯雅兰推开他，用手理了理头发，从床上拿起两件衣服，匆匆向外走去。

万虎充满了幸福感，又腾地躺在床上陷入更美好的想象。

195

通过对宋万宝等五人的审讯，罗克已明显看出他们不是什么地下党，只是普通百姓。由此来推，川岛和铃木也必然能看出他们不是共党。问题随之出现了：日本人为什么要抓这五个人，又为什么还要大张其势地让警察局来审？他百思不得其解。下了班，他以下棋为名把王铁生叫到他办公室，和他说了自己的疑惑。

王铁生思索了一下："会不会是为了考验你，对你还不放心？"

"有这个意思，但又不完全是这个意思。你想，如果是为了考验我，抓一两个也就够了，为啥一抓就是五个呢？再说，越多越容易漏假呀，他们不会不懂这个道理。"

"是不合常理，那到底是为啥？"

"暂时看不出来，先观察观察吧，看他们下一步对这五个人还有什么动作。

你让鲁明抽时间去和老刘说一声,让他们别惦记这事了。"

就在罗克对这事百思不得其解时,有一个人悟出来了,这个人就是胡飞。

今天上午,卞良和胡飞说了日本人抓了五个劳工一事。卞良觉得这事有些奇怪,因为并没听说有什么活儿,杂工班的人有好些还都闲着呢。胡飞听后首先想到的是可能有什么秘密工程,让卞良打探一下。下午下班后,卞良又过来了,说打探清楚了,听杂工们议论,那五个劳工有共党嫌疑,是以干活为名把他们骗来的,不是干什么秘密工程。

"他们招了吗?"

"估计没招,听说又押到警察局了,让他们审。"

"让警察局去审?"胡飞忽地想起"毒花",又顺势一想,恍然道:"我明白了,看来黑龙岭这次真完了。"

"这和黑龙岭有啥关系?"卞良不解。

胡飞诡谲地一笑:"过几天你就明白了。"

胡飞又问起安窃听器的事,卞良说无论是进警备队大楼还是进领事馆大楼,都有日本兵跟着,没机会下手,他正琢磨制造一次电路短路事故,然后借检修之机,设法把窃听器安进去。

196

临近傍晚,冯雅兰估计木村等人该到了,她约上戈剑丽在大院边散步边等。

等了一会儿见还没来,冯雅兰故意找话拖延散步时间:"你是不是看上林峰了?"昨天和凤巧红小英散步时,听她俩说戈剑丽喜欢上林峰了。

戈剑丽顿时两腮绯红:"去你的,尽瞎说。"

戈剑丽刚说完,冯雅兰看到牛半子领着五个人走进山寨大门,仔细一看正是木村等五人,故意说道:"剑丽你看,是不是又来加入的人啦?"

戈剑丽扭头看了看,冲牛半子喊道:"牛半子,又来加入的啦?"

牛半子应道:“对。”

“哪儿来的?”

“张家口。”牛半子应着和五个人走到戈剑丽冯雅兰跟前。

这五个人除了木村外,其他四人分别是北野次郎、吉田正一、三木、河野,五人都是裋褐旧衣的农民装束。

冯雅兰窃喜,用目光和木村迅速地交流了一下,故意大声问道:“你们是从张家口来的?”

“就是。”木村说的是张家口话。

“那你们听说武城街有个茶叶店的老板被鬼子抓了没?”

“没听说,倒是听说有个老板被抓了,不过不是武城街的。”

在冯雅兰和铃木对话时,北野次郎等四人故意围着牛半子和戈剑丽问这问那,遮挡住他俩的视线。

冯雅兰又问:“那他是哪儿的呀?”随后悄声说,“夜里山神庙。”

木村装着想了想:“好像是至善街的。”随后也悄声说,“催眠药。”

“谢谢你。”冯雅兰说着伸出手和木村握了握,木村手中的小纸包转到了冯雅兰手中。

牛半子跑进大堂,不一会儿张丹雄、戈剑光、林溪和几个中队长走了出来。

张丹雄看了看木村等五人:“听说你们都是从张家口来的?”

“对。是从张家口来的,家都不是市里的,”木村说,“我是万全县的,他是张北县的,他是崇礼县的,他俩是宣化县的。”

张丹雄笑着:“你这万全人张家口话说的还挺好。”

木村也笑着:“凑合吧,老在市里打短工,也就说上市里话了。”

“你叫什么?”

“宋万宝。”木村说完,其他四人主动自我介绍,北野次郎说他叫郭三儿,吉田正一说他叫刘喜子,三木说他叫田娃子,河野说他叫韩大河。四人也都是张家口口音。

“你们咋跑来参加队伍来啦?”

木村早准备了一套说辞:“逼上梁山。前两天,俺们十几个人被鬼子雇去挖排水沟,夜里个儿干活时,俺抽根烟歇了会儿,让那个管俺们的鬼子看见了,

扒了俺的衣裳拿鞭子可劲儿的抽。”说着解开袄撩开，露出伤痕累累的前胸，“你看看，这就是让那个畜生打的。”放下袄接着说，“俺们五个常年在张家口打工，成了铁杆兄弟，你们消灭赤城鬼子的事在张家口都传遍了，俺们一商量，今儿个中午就逃了出来投奔你们。俺们要报仇打鬼子，收下俺们吧。”

“好。我代表抗日独立大队欢迎你们。对啦，你们在鬼子那干活儿，听说过鬼子要攻打我们的事吗？”

“没听说，闹不机迷。”

张丹雄让唐尧领他们去伙房先吃饭，完后给他们安排房子住下，等明天再商量往哪个中队编。

唐尧领木村等五人走后，张丹雄让林峰饭后给他们登记一下。又说，看来以后还会有人来投，房子现在就很紧张，该考虑再盖些房子了。

戈剑光说这不是难事，队伍里有的是泥瓦匠、木匠。

林溪似乎在思索什么。

张丹雄问：“林教导员，想啥呢？”

林溪回过神儿：“没啥。”

木村等人的顺利打入令冯雅兰十分高兴。吃完晚饭，她又揽上给队长们送衣服的活儿，和戈剑丽各托着一摞叠得整整齐齐的衣服往院门口走。这次，她要通过万虎核实一件事。

她和戈剑丽刚走出院门，凤巧喊他俩等等，说还有块儿床单是林队长的。

凤巧从晾衣绳扯下床单，边叠边匆匆走过来，戈剑丽赶忙说：“给我吧。”

“看你急的，没人跟你抢。”凤巧笑着把叠好的床单重重地往戈剑丽托着的一摞衣服上一放。

戈剑丽手一软，一摞衣服掉落下来。就在她“呀”的一叫的同时，冯雅兰突然伸手将正往下掉的一摞衣服托住。此时，林溪正好走过来。

戈剑丽重新托好衣服：“哎呀娘呀，吓我一跳。”对凤巧嗔道，“都怪你，干吗那么使劲儿，要不是雅兰眼疾手快，都得重洗。”

凤巧笑着：“谁想到你手那么松呀。”

林溪回到屋里，刚才冯雅兰伸手接衣的那一幕不断地在眼前闪现。

她想：“出手咋那么快呢，难道她会功夫？”蓦地，她又联想起在锁阳关山下

两个劫匪奇怪的互杀一事:“会不会两个劫匪的互杀不是收不住手,而是她暗中使了什么招?要真是这样的话,说明她的功夫太深不可测了。”顺势又想:“看来‘神风’的推想没错,她极有可能就是‘毒花’。”想到这儿,她一下又想到刚才在大堂前所想到的事,呼地冒出一身冷汗,转身又向外走去。

她走出屋门看了看,院里没人,又轻轻掩上门,快步向院外走去。正是:神速接衣引联想,怪异互杀牵迷疑。欲知后事如何,且看下文。

第四十一回 万虎无心说故事 毒花有意套地形

197

冯雅兰又是先给别人送完衣服最后来到万虎房间。

万虎喜不自禁,立即抱住她狂吻一番:“我实在等不及了,今儿黑夜就去树林吧。”

“今儿不行,例假还没干净呢,明儿就差不多了,明天黑夜吧,去练枪那儿见。”她并没来例假,之所以推到明天,是因为避孕药还没拿到手。

万虎的欲火降了许多:“那就等明天吧。对啦,要不把咱俩的事公开吧,公开了就不用这么偷偷摸摸的了。”

“我刚来这么两天咱俩就好上了,怕别人笑话,过上一个来月吧。”她不是怕别人笑话,是怕引起别人的怀疑,任何一件有可能引起别人怀疑的事,她都不能去做。

万虎又要亲,她止住说:“你一亲我也难受,忍一忍吧,明天夜里咱们痛快个够。”随之装着刚看到,“哎,远处好像有站岗的,是不是那个小鬼子在那儿关着呢?”从万虎房间的后窗可以看到远处有四个人在站岗。其实她昨天来时就发现了,估计那里就是武器库,这么问是想再核实一下,她不能出现任何错判。

万虎笑笑:“哪儿呀,一个小鬼子哪用得着那么多人看,那是武器库。”

“我说呢。”冯雅兰暗喜,一个计谋在她心中又迅然形成。

冯雅兰从万虎房间出来,正好戈剑丽也从林峰房间出来了,脸红扑扑的。

冯雅兰笑问:“亲热上了?”

戈剑丽脸更红了,她似乎也想透露点儿她和林峰好上的意思:“就你眼毒。”

她俩刚往回走了没多远,林溪迎面走了过来。

戈剑丽问:“林姐,看林峰来了?”

林溪没想到会碰上她俩,只好编了个理由:“不是,刚才不是又来了五个参加队伍的嘛,我想和张队长商量一下,看咋安排他们。”

戈剑丽和冯雅兰走到西院门口时,看到凤巧正站在大门口张望。

刚才凤巧去厕所了,从厕所出来正看到林溪走出院门,赶紧过来张望。

“看啥呢凤姐?”戈剑丽问。

“林溪又干啥去了?”凤巧脸上布着一层阴云,脸色暗暗的。

冯雅兰看了一眼戈剑丽,没回答。她知道,这么做就等于无声的回答了。

果然,凤巧从她俩的神态中明白了,拔腿就走。

戈剑丽拦住她:“凤姐,人家是说工作上的事,你就别去了。”

“啥狗屁工作,我还看不出她那点儿心思。”凤巧一把推开戈剑丽,恼哼哼地走去。

戈剑丽叹口气:“真是个大醋坛子,没办法。”

冯雅兰心里暗自高兴,她希望凤巧这次能和林溪大吵大闹,以使张丹雄受到干扰,无暇考虑防御的事。

冯雅兰高兴之余也为出手接衣之事懊悔。

她为了掩饰自己的真实身份,从上山那一刻起就暗暗告诫自己:万事都必须小心再小心,稍有疏忽,不但会毁掉自己,更会毁掉偷袭计划。为此,她真是“战战兢兢,如临深渊,如履薄冰”,每说一句话做一件事,都要三思而后行。可没想到,今天竟然出现了闪失。那一瞬间,她确实是什么也没想,只是她高深功夫的自然反应。如果仅仅是这个闪失倒还没什么,凤巧和戈剑丽都是平庸之人,她们不会看出什么,糟糕的是,发生这瞬间的闪失时偏偏林溪过来了。尽管她已在林溪身上做足了功课,取得了她的绝对信任,但林溪毕竟不是一般人,她的智慧、她的机敏以及她作为一个地下党所具有的高度警觉,她是深有体会的。她不知迅速出手接衣是否被林溪看见了,回到房间先做完一件事,然

后忐忑不安地躺在床上。不一会儿，林溪推门走了进来。

林溪除了要和张丹雄说冯雅兰迅速出手接衣和两个劫匪奇怪地互杀之事外，还准备说一件事，她对刚上山的宋万宝等五人产生了怀疑。她发现，宋万宝等五人不但年龄整齐，都是二十五六岁，而且无论从神态还是从气质上看，这五个人都不像农民，甚至初见生人时常有的那种拘谨在他们身上一点儿都看不到，个个都是那么镇定。她本想把她的怀疑告诉张丹雄，但又因仅仅是个人感觉，怕误导，所以张丹雄问她想什么时她就没说。当她从冯雅兰迅速出手接衣又联想到那两个劫匪奇怪的互杀时，忽地产生了一个推断：冯雅兰会武功，或许她真的就是“毒花”。由此她又想到宋万宝等五人，如果冯雅兰真就是“毒花”的话，这五个人极可能有问题，或许是冯雅兰利用传递情报把他们叫来的，不断有人上山加入队伍的事，冯雅兰是知道的，她也亲眼看到过。她一下感到了问题的严重，刻不容缓地要把她的所想所推赶紧提供给张丹雄，让他再进行判断。她先和张丹雄说了前两件事，张丹雄根据她的所说推断冯雅兰肯定会武功，又推断两个劫匪的互杀极有可能是她使用了武功中的借力之招，又结合“神风”的推想，认定冯雅兰就是“毒花”。正当她要说后一件事时，凤巧怒气冲冲地闯了进来，撕破脸皮地和张丹雄大吵大闹，招致好多人跑来围观。凤巧甚至公然说张丹雄有了外心，还指桑骂槐地说林溪是狐狸精，弄得张丹雄和林溪都十分尴尬。林溪知道不可能再说下去了，只好退了出来。

冯雅兰看到林溪脸色很不好，知道发生了什么，心中窃喜：“这么快就说完了？”

“哪儿呀，刚说半截儿凤巧就去了，大吵大闹。”林溪知道这事是包不住的，索性就和她说了。

“我说她吃你的醋你还不相信，这回信了吧。”

“咱没谈过恋爱，不知道爱上一个男人咋会这么小心眼儿。”

“等你爱上一个男人也许比她还醋坛子。”

“去你的，我才不会呢。”林溪提起暖壶往自己的缸子里兑了些热水。

“换点儿热的喝吧。”

“我爱这么兑着喝，痛快。”林溪端起缸子一饮而尽，然后上了床。

冯雅兰又套了几句，感觉出林溪对她出手接衣之事并没有怀疑，心里踏实

多了。

林溪躺到床上不一会儿，便发出轻轻的鼾声。

墨染般的夜空下，大海陀的远峰近岭虽然如同沉睡的伏龙卧虎，但雄威依然；山风激荡出的阵阵林涛，像是龙虎沉睡中发出的鼾声，訇然不断。

木村早早就来到山神庙等候美樱子，正等得焦急时，美樱子走了进来，一点儿声音都没有，木村暗暗佩服她的轻功。

“下药了？”木村问。

“下了，睡得正香呢，估计一夜也不会醒。武器和梅花镖都带了吗？”

“都带了，全埋在庙后的一棵大树下面了。”

“避孕药带了吗？”

“带了。”

“为什么不和催眠药一同交给我？”美樱子生气地问。

木村和美樱子是师兄妹，他比美樱子大四五岁，一直暗恋着美樱子，得知美樱子让他捎避孕药后，他就明白了美樱子要干什么，心中非常痛苦。本来，他昨天是可以把避孕药和催眠药一同交给美樱子的，但他实在不想这么做，如果把药交给美樱子，比杀了他还难受，他想劝阻美樱子放弃这个想法。

他鼓鼓勇气：“美樱子，我不同意你这么做，我有信心拿下黑龙岭，没必要……”

“住口！”美樱子打断他的话，怒声说：“你一个小小的少佐，怎么敢这么跟我说话！”

“我……我喜欢你。”木村嗫嚅地表白。

“八嘎！”美樱子不但不为所动，反而大怒，“我们都是帝国的勇士，一切都要以帝国利益为重，在我们担负着神圣使命的时候，怎么能想这种儿女情长的事！你知道吗，现在每一分每一秒对我都是多么宝贵，你的不服从命令，整整耽误了我一天的时间，你知道这一天对我来说有多么重要吗？”

“我知道你是要套取情报，难道除了这种办法就不能……”木村还想劝。

“闭嘴！”美樱子再次打断他，“我不只是要套取情报，还有一个任务是非他不能完成的，为了让他完成这个任务，我必须献身！”

其实，美樱子也喜欢木村，也在暗恋着他，但她把效忠帝国看得高于一切。

为此,她什么都可以抛弃、可以牺牲,包括贞操、生命,也包括亲情、爱情。

木村不敢再劝也不敢违迕了,掏出一包药递给美樱子。

美樱子接过药口气缓和了些:“这里的人警惕性都非常高,告诉他们几个,一定要千万小心,一招不慎,全盘皆输。”

198

清晨,张丹雄和戈剑光站在大堂前的台阶上看各中队的操练,张丹雄的目光不时地向西院门口瞄。

昨天傍晚凤巧的大吵大闹虽然令他很难看,但他并没怎么往心里去,他了解凤巧,她就是这么个人。他担心的是林溪,怕她受不了凤巧的指桑骂槐。回想林溪对他们的帮助,他感到特别惭愧,特别对不起林溪。

日头已经老高了,林溪还没出来。

“林老师咋还没出来?”张丹雄沉不住气了。

“是呀,这两天她早上总是第一个来。”

“我担心她生气了。”张丹雄有些不安。

“你那个凤巧醋劲儿也太大了,听我妹妹说,年轻女人都不敢跟你说话。”

张丹雄苦笑:“有啥办法,就这么个人。我也说过她,可改不了。”

他们正说着,看到林溪从西院门口向他俩跑来。

林溪跑到他俩跟前:“不好意思,睡过头了。那个冯雅兰也真是,起来不叫我一声。”

“没生气吧?”张丹雄察言观色地问。

“生啥气呀,是我太心急了,我还觉着对不住她呢,后来没再跟你闹吧?”

“没有。对了,昨天你想说啥来着?”

“咱们进去说吧。”

三人走进大堂,林溪说了对宋万宝等五人的怀疑。

“要偷袭肯定是闪电突击队的人,可他们都是张家口人呀,”张丹雄说,“像

'夜里个儿''闹不机迷'这种只有张家口人才说的方言,鬼子是不可能说的呀。"

"会不会是协动队的?"戈剑光说。

"这倒有可能。他们都是张家口人,很容易掩护身份。"

"咱们也不能冤枉好人。"林溪决定去找一下格日图。让他派人去张家口和老刘说一下,打听打听这五个人是不是真是这几个县的农民。

万虎在几个女人的催促下,早早地就来到树林教他们打枪。

初冬季节,和煦的阳光从树隙间投洒下来,地上闪着片片金光,使人感到暖融融的。

几个女人练得十分上劲儿。现在,她们虽然还是打不中靶心,但都能上靶了,个个都兴奋得容光焕发、乐不可支。

万虎让她们接着练托枪,他去安排战士们砍树。队伍的人越来越多,房子不够住,大队决定再盖些房子,砍树的任务交给他们中队了。

这是一个更好地了解地形的机会,冯雅兰当然不会放过:"万队长,我们帮你们砍吧,你教我们打枪,我们也得有所回报呀。"

大伙儿也说:"对,我们帮你们砍吧。"

"这活儿你们干不了,练完枪还是洗衣服去吧。"万虎说完欲走。

"太小瞧我们了,就算砍不了树,给你们送水喝总行吧。"冯雅兰无论如何也不能失去这个机会,又生出一个点子。

"那行。"万虎应着匆匆离去。

山林里响起一片"叮叮咚咚"的砍伐声和"刺啦刺啦"的拉锯声。

刘喜子(吉田正一)被分到了万虎中队,他砍了一会儿坐下来抽烟。

不远处的张飞冲一旁的万虎说:"瞧那小子懒的,没砍两下就歇着去了。"

万虎很不高兴,冲刘喜子大喊:"刘喜子!"

刘喜子像是没听见,仍目视着前方抽烟。

"刘喜子!"万虎提高了声音又喊。

刘喜子依然没反应。

张飞快步走过去踢了他一脚:"聋啦? 队长叫你半天不搭理!"

刘喜子愣了一下:"叫我呢?"

万虎也走了过来："你耳背是不是？"

刘喜子一下意识到什么，赶忙顺着说："是耳背，从小就耳背，叫我干甚？"

"干甚？干活儿，砍树，别偷懒儿！"万虎瞪着他大喊，他以为刘喜子真是耳背。

"哎哎。"刘喜子应着将烟熄灭，抓起斧头砍树。他见没有引起怀疑，感到十分侥幸，心里不断地默念，"我叫刘喜子、刘喜子。"

冯雅兰、安红、凤巧、红小英、戈剑丽、乌兰琪琪格、路秀花提着水壶拿着茶碗走来。

冯雅兰为了接近万虎，离老远就大喊："万队长，给你们送水来啦！"喊着向万虎走去。

凤巧看着直奔万虎的冯雅兰："她好像看上万虎了。"

几个女人也说像，说着嘻嘻哈哈地朝别处走去。

冯雅兰走到万虎跟前："万队长，喝碗水吧。"她倒了一碗水递给万虎。

万虎接过碗一饮而尽："你倒的水就像放了糖似的，甜滋滋的。"又小声说，"别忘了黑夜。"

冯雅兰脸红了："忘不了。"抬头看了看，"哎，东南边儿那座山叫啥山呀？"

"望夫岭。"万虎说完又饶有兴致地讲了个传说。

金人统治时期，有个年轻的丈夫被征兵打仗，好几年都没回来，妻子天天站在那个山顶望，盼着丈夫回来，结果没盼到丈夫，她却死在那个山上了。人们为了纪念她，就把那个山叫望夫岭了。"

"太感人了。从这儿能去望夫岭吗？"

"过不去，往前二三里是几丈深的悬崖。不过那儿也是我们的一条退路。"

"那么深的悬崖咋就成了退路了？"冯雅兰感到有玄机。

万虎小声地说出秘密："悬崖边的好多树上都藏着绳子呢，绳子是拴在树上的，把绳子放下去，顺着绳子就可以下去，敌人根本就没办法追。"又叮嘱，"千万别和别人说，这事只有张丹雄戈剑光和中队长知道。"

冯雅兰轻而易举地又获取了这么一个大秘密，窃喜不已。

199

下午,林溪从县城赶了回来,和张丹雄戈剑光说了格日图已派郝志远去找老刘的事,并带回一个消息:吉鸿昌将军在北平地下党的帮助下,已开始秘密联络国民党军队中的爱国将领和骨干分子,准备在时机成熟的时候重组抗日大军。张丹雄戈剑光十分兴奋,表示一定要带好这支队伍,等待和吉鸿昌将军的抗日大军会师的那一天。

三人又商量了几件事,然后到建房工地去参加劳动。

工地在山寨东北部。几个中队长和战士们正在平地、破石头、锯木头、和泥、脱坯,大伙儿干得热火朝天。

郭三儿(北野次郎)和一个战士正在和泥,他被分到了二中队一小队。他不懂得脱坯要什么样的泥,觉着泥太稠很费劲,提起一桶水又倒在了泥堆上。

和泥的战士一愣正要说什么,一个人快步走过来狠狠抽了郭三儿一鞭子,这个人正是孟根布勒,他是一小队队长。

郭三儿怒视着孟根布勒:“凭啥打人?”

站在不远处的宋万宝(木村)紧张地朝这边看。

宋万宝被分到一中队,他干活儿的地方距郭三儿不远,看到了刚才的一幕。他紧张地望着郭三儿,生怕他动起手来,一旦动了手,功夫肯定会露出来,他们五人都会暴露。

孟根布勒骂道:“你典型的懒汉和稀泥,这泥能脱坯吗?”

郭三儿瞪着孟根布勒:“那也不能打人!”

“老子就打你了!”孟根布勒说着又一鞭子抽下去。

郭三儿一把抓住鞭子。当他握紧拳头正想还击时,猛然想到了中午的一件事。正是:身遭鞭打欲还击,心闪训责猛惊醒。欲知后事如何,且看下文。

第四十二回　山神庙孟根被擒　领事馆卞良中弹

200

却说郭三儿遭孟根布勒鞭打正欲还击，猛然想到今天中午和宋万宝等五人聚在一起吃饭时，刘喜子愤愤地说了被张飞踢了一脚的事，宋万宝当即就训斥他，说无论受到什么屈辱都必须忍着，绝不能有一丝一毫的暴露。

郭三儿心中一惊，紧握的拳头松开了，另一只抓鞭子的手也松开了。不远处的宋万宝看到郭三儿收敛了，也松了口气。

孟根布勒又骂道："你不服是不是！"抡起鞭子又要打时，一声大喊从背后传来："住手！"

孟根布勒回头一看，冲他喊的是林溪，身后跟着张丹雄戈剑光。

晚饭后，林溪、张丹雄和戈剑光召集中队长开会，研究了对孟根布勒打人一事的处分，林溪又借机进行了一番教育，说不能对战士随意打骂，要提倡官兵平等、人人平等，要相互关心、相互照顾云云。

林溪回到房间，见冯雅兰已经睡了，她提起暖壶往缸子里兑了些水，一口气喝干后也脱衣睡下。

冯雅兰是在假寐，她听见林溪喝完缸子里的水，暗自一笑。

万虎手里拿着一件棉大衣，正在树林里等冯雅兰。他想起人们常说的人生四大喜事：久旱逢甘霖，他乡遇故知，洞房花烛夜，金榜题名时。今夜虽然没有洞房花烛，但并不影响他享受这一大喜事，他甚至觉着，在这空旷的月夜，在

这寂静的山林,野合更有意境、更刺激。

月辉洒满山林,到处金光闪闪,就是万烛之光也不可能形成这奇幻迷人的美妙境地。

冯雅兰走来了,她穿着一件崭新的花衣(这件花衣是林溪今天进城时给她买的),在这幽静迷人的幻境中,就像飘然而至的仙女。

万虎看着她那妙曼的身姿,心骤然剧烈地跳动起来,奔涌的热血似乎形成了巨浪,一浪拍打着一浪,他不知道他和冯雅兰是怎么倒在地上的,也不知道他们的衣服是怎么脱掉的,随着冯雅兰的娇吟声,他感到浑身都融化了,生命似乎都不存在了,只有灵魂在宇宙间漫然飘荡、飘荡……

令万虎和冯雅兰都没想到的是,在他们忘乎所以的癫狂时,不远处的一棵树后有一双猫头鹰般的眼睛正在死死地盯着他们,这双眼睛喷射着股股妒火,像是要燃尽整个山林、烧毁整个世界。这个人正是木村。此时,他恨不能扑上去把万虎撕碎,但他不敢也不能,因为这是美樱子在为完成偷袭计划实施的美色计。

万虎和冯雅兰颠鸾倒凤之后,冯雅兰紧紧依偎在万虎怀中,娇声柔柔:"虎哥,我是你的人了,以后你得好好待我。"

万虎喘息未定:"那还用说吗,你就是我的宝贝,我的心肝和眼珠子。"

"你真好。"冯雅兰又往万虎怀里偎了偎,"虎哥,为了我你什么都愿意做吗?"

"那当然,你让我做啥都行,要命都给你。"万虎说的是真心话。

"别胡说,我这一辈子就全指望你了。"冯雅兰知道万虎的心已被她的肉体和演技紧紧攫住,她的想法可以实现了,兴奋得有些战栗。

冯雅兰的战栗又激起了万虎的欲火,他猛地把她压在身下,又一轮的癫狂开始了。

木村一拳砸在树上,血顿时从手背流了下来,他的心也在淌血!

201

下午，冯雅兰在大堂门前给战士们上第二堂课，战士中有宋万宝（木村）等五人（他们都装作文盲）。凤巧、安红和路秀花站在一旁跟着学。

冯雅兰先教“日月星”三个字。她说“日”就是太阳的意思。当她指着黑板上的“日”字教战士们念时，战士们都笑了起来。

“笑啥?”冯雅兰不解地问。

一战士问：“老师，这个字除了当太阳讲，还有没有别的意思?”

“有，”冯雅兰说，“还当天讲，一天就是一日，一日就是一天。”

战士们笑的更厉害了。

冯雅兰生气了，恼怒地问：“笑啥呢?”

路秀花快步走到冯雅兰跟前耳语了几句，冯雅兰一下脸红了：“下流，我不讲了。”

冯雅兰正要走，张丹雄、林溪和戈剑光从大堂走了出来。

张丹雄问：“刚才笑啥呢?”

路秀花悄声向张丹雄说了几句。张丹雄大怒，冲战士们喊道：“都站起来!”

战士们都站了起来，鸦雀无声。

“向冯老师三鞠躬，赔礼道歉!”张丹雄命令。

战士们向冯雅兰鞠了三个躬。

“说对不起!”张丹雄又命令。

战士们声音不高且稀稀拉拉：“对不起。”

“大声说!”张丹雄再命令。

战士们齐声大喊：“对——不——起!”

“冯老师，是我没把队伍带好，对不起，我也给你赔礼道歉。”张丹雄恳切地说完，也给冯雅兰鞠了三个躬。

战士们被震撼了,冯雅兰和宋万宝等五人也被震撼了,他们没有见过这样的队伍,更没有见过这样的军官,他们立时感到,这个队伍不是那么好对付的。同时,他们也被迷惑了,认为张丹雄对他们是没有丝毫怀疑的。

冯雅兰又继续给战士们上课,教完“日月星”又教了“江河海”三个字。

下课后,战士们离去,宋万宝走到冯雅兰跟前:“冯老师,给我看看这几个字写的对不对?”说着把一个小本子递给冯雅兰。

冯雅兰接过看了看:“对是对,就是结构差,不好看。这个‘星’字是上下结构,应该这么写,”她从宋万宝手中拿过笔,在小本子上写了“夜,山神庙”几个字。

宋万宝接过小本子看了看:“老师写的就是好,谢谢老师。”

202

朔日之夜的张家口,黑暗而凄冷。还不到十一点,大街小巷都已阒然无人。

高桥雄二带着一小队日本兵正在街上梭巡,皮靴踏地的“橐橐”声离很远就能听到。

他们逡巡到至善街时,南面的居民房上突然响起袭击的枪声,他们赶忙散开,趴在地上进行还击。高桥雄二看到,袭击的人中有一个头戴黑礼帽、脸蒙黑面罩、身披黑披风的人不时地从这间房跳到那间房,朝他们又打枪又扔手雷。

袭击高桥雄二巡查小队的正是刘振邦等人,蒙面人是赵鹏装扮的,他的身材和“神风”相仿。今天上午,鲁明来到大华照相馆密室,向刘振邦转告“神风”的话。“神风”分析,大计划在领事馆的可能性较大,因为领事馆是察哈尔日特机关的总部,负责大计划实施的很可能就是桥本正康,“神风”这两天已经把领事馆的防卫情况彻底摸清了,决定今天夜里潜入桥本正康办公室窃取大计划。为更有把握,“神风”让刘振邦他们在夜间十一点左右袭击一下高桥雄二的巡

逻小队(高桥雄二每天夜里都要带一小队日本兵在主要街道进行巡查),最好还能找一个和他身材相仿的人装扮成蒙面人露露面,以牵扯川岛他们的注意力。"神风"还说,他这两天也一直在安排人关注着闪电突击队的动向,发现他们每天上下午都有十几人在警备队大院内进行正常的练功活动,暂时没有出动的迹象,让转告张丹雄他们不要放松警惕。

至善街离警备队不远,高桥雄二赶忙跑回去向川岛报告,说"神风"带人袭击了他们。川岛听后马上又想到了罗克,立即给张狗娃打电话,让他去看看罗克在不在办公室。

张狗娃赶到罗克办公室一看,罗克正和王铁生在下棋。

"还下呢,不睡觉了。"

"这小子老不服输,"罗克说,"六盘了也没赢一盘。"

"他老悔棋!"王铁生不服气。

"你比我悔的还多呢。甭说这,该你走了,将着呢。"

王铁生眼不离棋盘:"急啥,离天亮还早着呢。"

"你慢慢琢磨吧,"罗克问张狗娃,"局座,没事吧?"

"没事,睡不着出来转转,见你屋里亮着灯就过来了。"

"待会儿杀两盘儿?"

"我可没你们这么能熬。你们下吧,回去躺着呀。"张狗娃说着走了出去。罗克和王铁生相视一笑。

罗克已经从短暂的枪声和爆炸声知道刘振邦他们完成了袭击,也明白张狗娃来的意图。他看看手表:"时间尚早,来,咱们再杀两盘,好好跟你这个高手学几招。"其实,王铁生的棋术远远高于罗克。

川岛和铃木正着急地等张狗娃的电话时,电话来了,张狗娃说罗克和王铁生正下棋呢,看劲头儿不知得杀到啥时候去了。

蒙面人显然不是罗克。

川岛茫然了:"'神风'到底是谁呢?"

203

浓浓的夜色浸满黑龙岭山林，树与树之间的距离几乎都看不清了，浑然一体。

木村幽灵般地从林中闪出来，向山神庙走去。

百喙俱寂，山林静谧。木村正走着，突然听到身后传来深一脚浅一脚的匆匆脚步声。

这显然不是美樱子，难道被人发现了？他心中一紧，赶忙闪到一棵树后。

不一会儿，一个黑影从夜幕中走了出来。这个人正是孟根布勒。孟根布勒三四岁时母亲就病死了，由于苏日特勒的娇惯放纵，他从小就特别任性，十几岁就养成一身匪气。苏日特勒在多伦被同盟军打死后，他对三叔桑斯尔当了马匪首领心有不服，但他也清楚，自己远没有桑斯尔的威望，虽不服也不敢乍翅儿。桑斯尔决定投奔黑龙岭独立大队（他认为是同盟军）时，他心里确实不愿意，因为他父亲就是被同盟军打死的。但在那种大势所趋的氛围下，他没敢说什么。到了黑龙岭，他总有一种身处敌营的感觉，加之吃住的简陋，他一天都不愿意待。察东守备队被解散重新编制后，他更感到心灰意冷，曾撺掇桑斯尔把队伍拉回黑蟒山当山大王，但遭到桑斯尔的斥责。他唆使戈剑明等三个小孩子杀小野，也不纯粹是为给婶子报仇，更多的成分是逆反心理促使的。他没想到事没办成还穿了帮，不但挨了桑斯尔两个耳光还落了个处分。他昨天鞭打郭三儿（北野次郎）也并不是因为他和稀泥，而是借机发邪火，结果又背了个处分，还遭到桑斯尔一顿臭骂，差点儿把他的小队长撸了。他思前想后，觉着无论如何也不能再在这里待下去了，决定今夜逃走。

孟根布勒正走着，突然听到身后有动静，他刚要回头，脖子后面被什么猛击了一下，随后就什么都不知道了。

他是被木村一掌击昏的。木村刚把孟根布勒拖进山神庙，美樱子走了进来。

“什么人?”美樱子问。

“跟踪我的,可能引起怀疑了。”木村揣测。

“没发现有被怀疑的迹象呀? 会不会你刚才出来时被发现了?”

“我是从北边绕过来的,一路上也没发现有人跟踪,快到山神庙才听到有脚步声。”

“必须弄清你是不是被怀疑了,一旦你被怀疑我们几个也可能被怀疑,这关系到下一步的行动,快把他弄醒问问。”

木村蹲下来正要点孟根布勒的穴位,突然感到这个人有些面熟,再仔细一看,原来是孟根布勒。

他和美樱子说后,美樱子立即说:“他不可能是怀疑我们的人,快把他弄醒。”

木村点了几个穴位后,孟根布勒很快醒过来。他没看清木村和美樱子,疑惑地问:“你们咋知道我要逃跑?”

木村美樱子互相看了一眼,木村问:“你为啥要逃跑?”

“老子不想在这儿干了,把老子送去领赏吧!”孟根布勒认为栽了,豁出去了。

木村和美樱子明白了是怎么回事,心中的石头落了地。随之向孟根布勒亮明了身份,并利用威胁利诱手段收降了孟根布勒,然后问他黑龙岭的重要工事都有哪些,又从他嘴里得知了有个相当于暗堡的第二道防线。美樱子明白了,这道暗堡防线就是川岛和她说过的那道石墙防线。

美樱子向木村说了她的偷袭方案后,又给孟根布勒布置了任务。

204

领事馆院内,除了大门口的守卫室亮着灯外,所有房间的灯早都熄灭了,院内死一般的沉寂。

一个头戴黑礼帽、脸蒙黑面罩、身披黑披风的人,从大院西侧的墙外翩然

落入院内,无声无息,如同虚幻之影。这个人正是罗克。

罗克蹲在墙下观望了一下,又风一般地旋到领事馆大楼后面,一纵身攀上二楼的一个窗户一侧,像壁虎一样贴在墙上。他又靠近窗户侧耳听了听,然后从身上抽出一把匕首插入窗缝划了一下,一扇窗就被轻轻打开了,他身子一旋跳了进去,又是无声无息。

罗克跳入的正是桥本正康办公室。他迅速地环视一下,又轻轻把那扇窗拉上。

他先到办公桌前轻轻拉开一个抽屉,将里面的文件拿出来,又掏出微型手电筒含在嘴上照明,然后翻看文件。他看完后原样放回,又拉开另一个抽屉取出文件翻看。三个抽屉的文件都看完也没发现大计划。他又走到一个上着暗锁、类似保险柜的铁柜前,掏出万能钥匙正要开锁时,突然听到窗外有轻微的响动,又赶忙熄灭手电筒,躲到屋正面的大阳台落地窗窗帘后,从窗帘缝隙向外窥视。

他看到,一个和他同样装扮的人,从他刚才跳进的窗户跳进来。这个人正是卞良。

昨天晚上,北平特务处又派黄副处长来张家口催促胡飞,说南京政府对日本关东军的大计划十分重视,指令北平特务处一定要尽快把这个大计划弄到手。今天一大早,胡飞就赶到卞良僦居处(为不暴露身份,卞良在到杂工班上班之前,就从鸿远楼搬了出来,在居民区租了一间房)。胡飞问卞良制造短路的想法什么时候可以落实,卞良说日本人很狡猾,他们所设置的电话线不是一条而是多条,真真假假,单从办公室外头很难确定哪条线是川岛或桥本正康办公室的,短时间内不好落实。胡飞说了黄副处长又来催促的事,要求卞良不要死求一计,再想别的办法,卞良思索再三也没有更好的办法,决定凭着他的轻功今夜入室安装窃听器。他也观察到领事馆的守卫相对松些,决定先从桥本正康办公室下手。

卞良环视了一下又轻轻将窗扇拉上,然后快步走到办公桌前。他将电话机轻轻放倒,从身上掏出微型手电筒含在嘴上照亮,又掏出改锥拆卸电话机底壳。

他动作麻利,很快就将四个螺丝拧了下来。但当他往下取电话机底壳时,

意想不到的事情发生了——楼里的警报器霎时刺耳地响了起来。

就在卞良一愣之时，罗克从窗帘后面闪出来，卞良刚要拔枪，罗克急忙说："朋友，快撤！"

罗克拉开窗扇跃了出去，卞良也紧跟着跃出去。

罗克和卞良从窗口跳下，正要往西跑时，南面跑过来八九个鬼子。

"快，往这边跑！"罗克又朝北面的一座平房跑去，卞良也紧跟着跑去。

鬼子的枪声响起。

罗克领着卞良绕过平房向北墙跑去，追过来的鬼子继续朝他们开枪。

罗克和卞良还击，三四个鬼子被撂倒，其他鬼子赶忙趴下射击。这期间，卞良的一条腿已中弹。

罗克拉着卞良跑到北墙下。本来，凭他俩的轻功飞跃北墙很容易，但由于卞良的腿被击伤，已无法施展轻功。

罗克边还击边说："朋友，快翻墙出去！"

卞良又连开几枪将鬼子的火力压住，一纵身攀上墙头。正当他要往外翻时，不料腿又被子弹击中，重重地从高墙上摔了下来。

罗克忙把卞良拉起，边还击边说："快，踩着我的肩膀上！"说着蹲下身子。

卞良蹬住罗克的肩膀刚一使劲儿又摔了下来。

罗克又要扶他时，他边射击边说："大侠，我腿断了，别管我，你快走！"

罗克又连开几枪将鬼子的火力压住："你再试试！"

"我真动不了啦。大侠，拜托你把这个交给鸿远楼的胡老板。"卞良从衣兜摸出一个小圆铁壳递给罗克。

又有七八个鬼子从后面跑过来。卞良边开枪边喊："大侠快走！"

罗克双枪猛射一阵，一纵身跃出墙外。

熟睡中的张狗娃被一阵急促的电话铃声惊醒。电话是川岛打来的，他让张狗娃马上去看罗克在不在办公室，如果在，就把他叫上赶快到警备队刑讯室，如果不在，也赶快过来说一声。张狗娃问发生了什么事，川岛说来了就知道了。

张狗娃不敢怠慢，匆匆穿上衣服来到罗克办公室门前敲门。罗克睡眼惺忪地披着衣服打开门，问："有任务？"

“川岛叫咱们呢，可能警备队又出事啦。”

“他那儿出事咋老折腾咱们呀。”罗克不满。

“谁让人家得势呢，没办法。”张狗娃似乎无奈。

刑讯室内，川岛和铃木正在审问卞良。被绑在刑讯架上的卞良已被打得遍体鳞伤，可他一直没开口。

川岛吼道：“说，你到底是什么人，那个蒙面人到底是谁！”

卞良蔑视地看了川岛一眼，仍不答话。

此时，张狗娃和罗克走了进来。川岛看到罗克，眼里流露出一种怪异的目光。

“大佐，咋回事？”张狗娃恐惧地问。

“刚才有两个蒙面人潜入桥本领事办公室，想在电话机里安装窃听器，但他们没有想到，我们早已在电话机里设置了警报装置。有个蒙面人逃跑了，这是其中的一个，是混到杂工班的电工。我估计逃跑的那个极有可能就是作恶多端的那个蒙面人，也就是共党的特工‘神风’。但这个家伙嘴硬得很，死活不开口，你们有什么好办法吗？”

张狗娃顿时明白了，这肯定是胡飞的特工干的，他暗自庆幸没帮胡飞往杂工班安插电工，但他也绝不敢泄露这个秘密。

张狗娃看了看卞良：“共党都是死硬分子，我们也没啥好办法。”

“大佐，我看别费劲了，反正也没得逞，毙了算了。”铃木说着掏出手枪。

“慢。”川岛说，“既然枪毙，那这个机会还是留给罗探长吧，他的枪法太差，正好练练手。”这是他和铃木已设计好的，要利用这个绝佳机会再次对罗克进行考验，他从士兵的报告中已断定那个逃跑的蒙面人就是“神风”，他还是怀疑“神风”就是罗克，从整个过程推算，罗克是有可能跑回去的。

罗克笑笑：“看来川岛大佐还是要赶鸭子上架，非让我再出出丑不可。好，那就由我来执行吧。”

罗克刚拔出手枪，川岛把他的枪递了过来：“还是用我的吧，我的枪比你的枪好使，或许能让你打得准些。”

卞良怒视着罗克。

罗克虽然不知道这个人叫什么，但已明白他是胡飞手下的特工。他想，川

岛认定了那个逃跑的蒙面人是“神风”，也必然会认为这两个蒙面人都是共党特工。既然如此，这个人对川岛来说就至关重要，他不可能把这个有可能追查出谁是“神风”的线索轻易掐断，之所以让他来执行，其目的还是要考验他，川岛让用他的枪就更说明了这一点。他由此推断，枪里一定没子弹，决定先打偏一枪试试，反正他的枪法不准谁都知道。

罗克举起枪：“朋友，我的枪法太臭，恐怕不能让你死得痛快，请原谅。”他这么说是想让卞良悟到他是谁，进而明白他会救他。

卞良听罗克说到“朋友”，果然悟出了什么，蒙面大侠在桥本正康办公室和在领事馆北墙下两次说“朋友”时的场景又在他脑海里闪现出来。他明白了，这个罗探长就是那个蒙面大侠，就是“神风”。同时他也明白了“神风”有救他之意，更明白了川岛已经在怀疑罗探长，在设局考验他。

卞良心里霎时升起敬意，他看了罗克一眼，他要把他记在心里，然后大声说：“既然你的枪法太臭，就别丢人现眼了！”说完头猛然向下一低，一块儿血糊糊的东西落在地上。

罗克赶忙跑过去一看，这个人两眼紧闭，一股一股的血从嘴里流了出来，可他的脸上却带着微笑。又看了看地上那块儿血糊糊的东西——是半截舌头。他明白这个人是为了掩护他，心里一阵绞痛。

他佯装惊恐的样子回过头：“大佐，他咬舌自尽啦！”正是：卞良会意甘舍命，罗克明情倍痛心。真是英雄惜英雄，好汉敬好汉。欲知后事如何，且看下文。

第四十三回 怀敬意罗克兑托 受震撼胡飞解密

205

胡飞“啪”地把话筒扣在话机上:“妈的,张狗娃咋还没回去。”

卞良去安装窃听器时,胡飞安排黑子亮子在领事馆外接应。他俩正在领事馆对面的一个胡同口等待卞良,突然听到领事馆院内响起激烈的枪声,他们知道卞良被发现了,但直到枪声平息也没见卞良跑出来。正着急时,突然看到领事馆大门口走出十几个鬼子,其中两个架着已受伤的卞良,向警备队匆匆走去。他俩赶紧回来向胡飞报告,胡飞听后一阵叹息,决定给张狗娃打电话,让他先想办法保住卞良的命,然后再设法营救。他给张狗娃打电话时,电话占线,停了一会儿再打,电话没人接了,他推测刚才是川岛给张狗娃打电话把他叫走了。半个小时后,他每隔5分钟打一次,电话却一直没人接。

其实他们不知道,张狗娃从警备队刑讯室出来后,并没有回办公室。他认为没什么事了,和罗克说回趟家,然后径直去了蓝山花那儿。最近,他悄悄给蓝山花新买了一处大宅院。

胡飞正要再次打电话时,一个头戴黑礼帽、脸蒙黑面罩、身披黑披风的人走了进来。这个人正是罗克。

胡飞等三人大惊,赶忙掏枪。

“别紧张,我不是来索命的,是受朋友之托来给你们送东西的。”罗克说着走到桌前,把一个小圆铁壳放到桌上。既受人之托,当忠人之事,罗克要尽快

完成那个人的遗愿。

胡飞拿起圆铁壳看了看，一双细眼闪出惊异的目光，望着蒙面人问："你见着他了？"

罗克说了那个人交给他窃听器的经过。

"知道他现在的情况吗？"

"后来我没见到他，但听说了。他十分刚强，严刑拷打之下一字未吐，最后咬舌自尽了。我本来是想救他的，没想到他这么快就……"

胡飞和黑子、亮子都很沉痛。

胡飞含着泪："谢谢大侠。"

"不用谢我。能告诉我他的名字吗？我很敬佩他。"

"他叫卞良。"

"卞良是好样的，他是中华民族的优秀儿子，是我们中国人的榜样，你们应当为有这样的战友感到骄傲。我听说他的尸体明天交由警察局处理，你们想办法让张狗娃把他弄出来厚葬吧。卞良托我的事我完成了，再见！"

"等等。"胡飞忽地想起什么，对黑子亮子说，"你俩先出去一下，我和大侠单独说点儿事。"

胡飞知道这个蒙面人就是"神风"，他的心灵被"神风"的所行所言强烈地震撼了，也被"神风"的高风亮节所感动了。他向"神风"说了冯雅兰就是"毒花"的事和闪电突击队已有五人冒充五个劳工打入黑龙岭的推测。

罗克恍然明白了："谢谢你告诉我这些。看来我对你的判断没有错，你并没有真正的投日当汉奸。"

胡飞一惊："你……"

"那天夜里，你和'毒花'的对话我全听到了，只不过她戴着面具，不知道她就是冯雅兰。胡队长，日本鬼子已经占领了东三省和热河省，进一步扩张的野心我想你也知道了，不然你不会让卞良安窃听器窃取大计划。中华民族已经到了生死存亡的关头，希望咱们能联起手来，共同对敌。"

罗克说完伸出手，胡飞也伸出手，两只手紧紧地握在一起。

昨天傍晚，郝志远赶到大华照相馆，和刘振邦赵志海说了宋万宝等五人上山加入队伍以及林溪张丹雄对这五个人的身份有所怀疑的事，刘振邦立即让

赵志海派出四个人分别到万全县、张北县、崇礼县和宣化县调查。因这四个县离张家口都不太远,调查这种事又不会用很长时间,刘振邦让郝志远先别回去,住在平安旅店等消息。

今天早上,刘振邦正在等赵志海的消息时,鲁明来向他转达了“神风”的话。

昨天夜里,窃取大计划本来有可能成功,但由于胡飞的特工卞良的意外出现,导致窃取大计划失败。但“神风”也意外地获得了两个重要情报,一是冯雅兰就是“毒花”,二是闪电突击队已有五人冒充五个劳工上了黑龙岭。“神风”让赶快把这两个情况告诉张丹雄他们,要切实利用好“毒花”和这五个人,把闪电突击队尽快引上山消灭之。

鲁明转达完,刘振邦问:“‘神风’说没说闪电突击队啥时候行动?”

“没有。不过‘神风’已安排人在时刻关注,一有消息马上就通知你们。”

“林溪和张丹雄他们已经对前天下午上山的那五个人有所怀疑了,委托赤城县地下党给我们传话,让赶快查明这五个人的身份,我们昨天夜里就派人去所涉及的四个县了解去了,来传话的是郝志远,他正在平安旅店等调查结果呢,我现在就去告诉他,让他马上回去告诉张丹雄和林溪。”

“上山的那五个人都叫啥?”

“叫宋万宝、郭三儿,那三个我记不清了,名单在赵志海手里呢。”

“那三人是不是叫刘喜子、田娃子、韩大河?”

“对对,就是他们五个。”

“这五个人都还在警察局监狱关着呢。川岛这一招儿真够阴的。”

“我赶紧去告诉郝志远。”

刘振邦刚要走,孙亮推开门匆匆走进来。

孙亮是来说冯雅兰的事的。他回到北平把张家口地下党对冯雅兰有怀疑的事说后,上级十分重视,立即安排打入北平警方的同志进行调查。事有凑巧,昨天,有人在北平西山的一个山洞发现了一具女尸,警方勘查现场时,发现了一枚北平师范大学的校徽,并根据校徽编号确定死者是今年刚毕业的学生冯雅兰。进一步调查,其父母一个多月前也被人以煤气中毒的手段所害。内线同志将这一案件向上级报告后,上级推断,冯雅兰及其父母都是被日特所

害，目的是为了让“毒花”冒充冯雅兰打入张家口女子学校。

孙亮说完后，刘振邦说了“神风”已经弄清冯雅兰就是“毒花”和五个闪电突击队的人冒充五个劳工打入黑龙岭的事。

孙亮感叹：“‘神风’真是了不起。”

刘振邦赶到平安旅店，把“神风”所获得的两个情报及上级转来的情报和郝志远说完，郝志远立即赶到黑龙岭告诉了张丹雄、林溪和戈剑光。

206

冯雅兰已是成竹在胸了，她的心境特别好。练完枪后，她和凤巧、戈剑丽等几个女人又来到山林，给伐树的三中队战士们送水。几个女人分开后，冯雅兰径直向刘喜子（吉田正一）走去。

刘喜子接受了教训。今天，他几乎是不歇气地一直在砍树，汗珠子不停地往下滴答。

“这位大哥，喝口水歇歇吧！”冯雅兰大声地说着，走到刘喜子面前倒了一碗水递给他。

刘喜子估计冯雅兰是有话和他说，赶紧停下手中的活儿接过碗：“还真渴了。”喝了几口悄声问：“有事？”

“告诉木村，回情报了，闪电突击队今夜一点到，让他行动前到山神庙去接。”

万虎早就看见了冯雅兰，等她走过来不悦地说：“咋先去那个耳背的家伙那儿了？”

“老先来你这儿怕别人说闲话，拿他遮个幌子。”冯雅兰边说边倒了一碗水递给万虎，又娇嗔道：“人都是你的了还计较这点儿事，快喝吧。”

万虎笑了，接过碗一饮而尽。抹抹嘴小声说：“今儿夜里还出来吧。”

“上瘾了？”

“还真上瘾了，一天都不想落下。”

“外头太冷。要不这样吧,后半夜去你屋,给我留门儿。”冯雅兰并不是怕冷,她之所以要到万虎房间私会,是为达到一个重要目的。

万虎自然不会往别处想:“行。”

207

窃听器事件发生后,桥本正康意识到准备实施大计划的事已经泄露出去了,只是敌人还不知道大计划的具体内容。

他把川岛叫来,就如何进一步加强领事馆的安全保卫说了他的想法。

“请阁下放心,”川岛说,“我马上按照您的指示进行部署。在下只是不明白,大计划既然早就定了,总部为什么不让尽快实施呢?”

“我也搞不明白,或许是时机还不成熟,总部毕竟掌握着全局。对了,那个咬舌自尽的,能确定就是共党吗?”

“可以确定。他是和‘神风’一起入室安窃听器的,肯定是‘神风’的同党。国民党的特工头子胡飞已经被美樱子收服了,不可能是他安排人干的。再说,那么刚强的人也不像是国民党的人。”

“你说得太绝对了。对胡飞也不能完全相信,在利用他的同时,还要时刻保持敌人意识。”

“阁下教训的对,我是有些绝对了。”川岛赶忙认错。

“‘神风’还是一点线索也没有吗?”

“没有。最初怀疑是唐尧,但事实证明不是,反而把他逼上了黑龙岭。后来又怀疑罗克,但几次验证都不是。这个蒙面人太狡猾了,就像风一样,能感觉到却抓不到。”

“孙子兵法中有这样的话,‘善藏者藏于九地之下,善攻者动于九天之上’,这个‘神风’就是既善藏又善攻的人,是个极大的祸患。如果不除掉他,对将来大计划的实施也是个很大的威胁。”

“对付他看来还得美樱子,只是她现在正潜伏在黑龙岭,无法顾及。”

“那边的任务什么时间可以完成?”

“就在今天夜里,而且必胜。”川岛十分肯定。

桥本正康也被川岛肯定的语气所感染:“非常好。黑龙岭的同盟军匪徒已经和共党勾结起来了,而且匪势益炽,他们的存在对大计划的实施也是一个严重的威胁,殄灭他们,大计划的实施就更有保障了。”

208

临近傍晚,张丹雄、戈剑光、林溪根据郝志远转来的情报,正在大堂研究如何利用好冯雅兰和宋万宝(木村)等五人的事,最后决定采取内紧外松的办法麻痹他们,让他们尽快把闪电突击队调上来。刚研究完,牛半子手里拿着一封信匆匆走了进来。

“刚才郝志远又来了,让把这封信交给你们,说是老刘派人刚送到他们那儿的。”

张丹雄接过信:“他怎么不上来?”

“他说他今天不方便上山,让我一定亲手交给你,还说他有紧急任务。”

牛半子走出后,张丹雄看完信面露喜色:“太好啦,终于上钩啦。”。

信是刘振邦写来的,内容是“神风”关于闪电突击队的判断。“神风”说,闪电突击队极有可能在今夜行动。依据是,闪电突击队每天上下午总有十几个人在警备队大院内练功,今天上下午一直没见人出来。这一现象极为反常,休息很可能是为了夜间的偷袭做准备。后一段是刘振邦的话,说他将和格日图从地下党成员中挑选一批精干力量,组成一个增援小队,事先埋伏在黑龙岭外围,战斗打响后从后面攻击闪电突击队并切断他们的退路,确保全歼。

张丹雄、戈剑光、林溪决定立即召开中队长会议进行部署,为不引起假冒的冯雅兰和宋万宝等五人的警觉,会议以商讨盖房子事宜的名义召开。

中队长们到齐后,张丹雄神色严肃:“我先宣布一条纪律,今天这个会议,要绝对保密。”

万虎大大咧咧:"一个盖房子还有啥保密的。"

戈剑光也神色严肃:"这个会不是说盖房子的事。"

大伙诧异地相互看了看,肃然端坐。

"我们一直在怀疑冯雅兰有可能就是'毒花',但因没有证据,所以一直没和大家讲。今天上午,张家口地下党传来'神风'和上级的情报,确定冯雅兰就是'毒花'。"

张丹雄此言一出,大伙儿都惊讶不已,一时屏息凝气。

"不可能吧?她被鬼子打成那样儿,咋可能是'毒花'呢?"万虎惊得心通通直跳,但又难以置信,目光扑朔迷离地问。

"鬼子对她用刑,是苦肉计,鬼子不打我,是离间计。"林溪说。

万虎顿时像冰封了似的,浑身的血液都凝固了,喃喃自语:"咋会这样,不可能,不可能。"他的表现和平时判若两人。

"有疑问一会儿再给你解释。"张丹雄接着说,"情报还说,前天刚上山的宋万宝等五人都是冒名的,其实他们都是闪电突击队的人,宋万宝极有可能就是队长木村。"

大伙儿又是一惊,紧张的几乎透不过气来。大堂的气氛也似乎凝固了,一触即炸。

"刚才又得到张家口地下党转来的'神风'的情报,闪电突击队极有可能在今夜进行偷袭,我现在分配任务……"

分配完任务,张丹雄让万虎留下来,他和戈剑光、林溪都已感觉出什么。

西院,冯雅兰和凤巧、戈剑丽等几个女人正在收取晾晒的衣服、床单等,冯雅兰的目光不时地朝院外瞟。她现在特别敏感,任何一件可疑的事她都要弄清,偷袭在即,她不敢有任何闪失。她不时地往外瞟,是在关注着山寨大堂,她必须弄清楚张丹雄他们在开什么会,尽管她也听说了是关于盖房子的事。

冯雅兰看到有人从大堂出来:"散会了,快给队长们送去吧!"

凤巧等人匆匆把衣服床单叠好,冯雅兰有意揽活儿:"剑丽,还咱俩送吧。"

几个女人都"哧哧"笑,冯雅兰和戈剑丽红着脸,羞中带喜地托着衣服床单快步向院门口走去。

冯雅兰来到万虎房间,屋里没人。

“明明见散会了，他咋没回来呢？”冯雅兰心里犯嘀咕，疑心又加重一层。她担心张丹雄他们把万虎留下来，追问他和她的事，因为几个女人都已经看出来了，女人又舌长嘴快，善于传播，难免会传入张丹雄他们的耳朵。

她想，万虎要是说了，会不会引起他们的怀疑呢？可她又想，自从上山，除了那次出手接衣之外，没出过任何闪失，后来通过观察林溪也并没有怀疑她的意思，就算是万虎说了，他们也不会往她的身份上怀疑，一见钟情的事也是有的。这么一想，紧张的心情又稍稍松弛了些。可很快她的心又悬了起来，万一要是引起他们的怀疑呢？她不得不往坏处想。她刚要思索一旦被怀疑该怎么应对，万虎回来了。

万虎一进来就抱住她亲吻，她一把推开：“干啥去了，让人家等半天。”

万虎嘿然一笑：“刚开完会。”

“会不是早散了吗！”冯雅兰边问边暗暗观察万虎的表情。

“咳，挨剋了。张队长和戈参谋长嫌我们中队砍树太慢，留下我训了一顿。”

冯雅兰没看出什么异常，继续试探：“盖点儿破房子至于开这么长时间会吗，小题大做。”

“哪儿呀，不光是说盖房子的事，又说了一气提高警惕性，防备闪电突击队袭击啥的，这一套人们都听腻了。我看是自己吓唬自己，山寨那么多人，听说闪电突击队也不过二三十人，他们哪敢来呀。”

冯雅兰的心终于放了下来：“我看也是。不过提高点儿警惕也好，有备无患嘛。快开饭了，我得先走了，剑丽和我一块儿来的，她可能早回去了。”

万虎又一下抱住了她：“她回她的，让我亲一会儿再走。”

疑点全弄清了，冯雅兰的心境又好了起来，任由万虎狂吻。

其实，这是万虎知道受骗上当之后，按照张丹雄戈剑光的安排在演戏，为把闪电突击队引上来全歼，他不能让冯雅兰有丝毫察觉。

209

刚才，万虎在向张丹雄、戈剑光、林溪说和冯雅兰接触的过程中，都说过哪些关于山寨防御的事时，其中说到了悬崖秘密退路，张丹雄部署任务时，恰恰忽略了这个地方，于是又重新进行了部署。只不过为了不引起冯雅兰和宋万宝等五人的察觉没有再召开会议，是由戈剑光在晚饭后和各个中队长单独说的。

重新部署后，林溪又想到一个问题——小野。她认为在闪电突击队袭击前，冯雅兰或宋万宝等人很可能把小野救出来，共同参与袭击；也很可能认为小野没用了，把他杀掉。张丹雄戈剑光认为她说的有道理，以让报告小野表现为名，把安铁牛从看守小野的房间叫出来，将闪电突击队今夜可能偷袭的事和他说了，让他和王三娃一定要高度警惕，既不能让小野被救出去，也不能让小野被杀掉。

林溪回到房间见冯雅兰不在屋，她点着蜡烛端起缸子看了看，将半缸子水泼在床底下。今天，当她得知了宋万宝等五人就是闪电突击队的人冒充的，就马上意识到，她这两天之所以一夜不醒，甚至睡到八九点才睁眼，是冯雅兰从宋万宝等五人手中得到了催眠药，又利用她好兑水喝的习惯，给她下了药。她从腰里抽出一支手枪掖在枕头下面，然后脱衣上床。这支枪是张丹雄今天部署完任务交给她的，因为到了决战的紧要关头，她必须有支枪护身。

不一会儿，冯雅兰回来了。

“干啥去了，这么晚才回来？”林溪口吻正常地问。

冯雅兰刚从东南边的悬崖回来，她故作不好意思：“和万队长待了会儿。”她有意透露一点喜欢上万虎的信息，想看看林溪的反应。

林溪笑问：“看上他了？”

冯雅兰点点头：“他这人挺好的。”

“我给你俩牵牵线吧？”

“那就谢谢林姐了。”冯雅兰听得出林溪对这事丝毫也没往别处想。

“明天我就去找万虎，和他说你们……”林溪说着睡着了，发出轻轻的鼾声。

冯雅兰看了看林溪的茶缸，缸子里已经没有水。她暗自一笑，没脱衣服就钻进被窝。想着黑龙岭即将被血洗的场面，想着张丹雄林溪等人被杀戮后的惨状，想着勋章耀身加官晋爵的日子即将来临，她如同注入了兴奋剂，血流如涌，一点儿睡意都没有。

桌上，夜光马蹄表的时针指向一点时，她侧耳听了听，林溪的鼾声已经加重，显然是在催眠药的作用下，进入了深睡眠状态。这时，她本可以灭掉林溪，但她又不想让她在不知不觉中死去，她要让她看到独立大队被闪电突击队血洗的惨状，听到这帮人被屠杀时的惨叫，让她眼流泪心淌血之后再亲手杀死她。

她轻轻撩开被子，又轻轻走了出去。

林溪其实根本就没睡着，她那由轻到重的气息声和鼾声，都是装出来的，因为冯雅兰认为她喝了催眠药，不会怀疑她。待冯雅兰走出，她睁开眼一笑，坐起穿衣。正是：自认一直无谁晓，其实早已有人知。欲知后事如何，且看下文。

第四十四回　万虎伪炸武器库　鬼子迂回陡山岩

210

冯雅兰如约来到万虎房间。

冯雅兰把万虎作为猎取目标，起初只是想以虚与委蛇的假恋迷惑他，以达到套取防御措施等相关秘密的目的，并没有献身的打算。但当她知道武器库就在万虎房间后面时改变了想法，决定向万虎献身，以攫取他的心，让他在肉欲的迷恋中成为俘虏为她所用，代她去完成炸毁武器库的任务，他毕竟是名中队长，又深得战士信任，由他来完成这个任务把握更大些。昨天夜里的“狂风暴雨”之后，她通过试探认为有了这种可能。但她毕竟是“毒花”、是高端特工，并没有把赌注完全下在万虎身上，如果事与愿违，无非是灭掉他，由自己去完成。虽然风险大些，但凭着她的身手还是有一定把握的。

万虎无论如何也想不到冯雅兰在给自己布陷阱。他认为能与冯雅兰这样既美丽又温柔的女人共浴爱河，不知是哪辈子修来的福，一直狂喜不已，有种飘飘欲仙的感觉，终日沉浸在无以言表的幸福之中。当他知道受骗上当后，如五雷轰顶，继而又羞愧难当，当即就要去灭掉冯雅兰。张丹雄戈剑光拦住了他。他们从冯雅兰后半夜要去万虎房间私会推断，她是要炸武器库，并以此作为闪电突击队发动偷袭的信号。他们决定将计就计，让万虎演一场戏，并从万虎的安全角度考虑，让他一切都顺从冯雅兰，甚至可以帮她去完成炸毁武器库的任务。

敌我双方的想法竟然契合。两人一番貌合神离的缠绵之后，冯雅兰摊牌了。她的摊牌很艺术，她趴在万虎胸上说："虎哥，我真是离不开你了，一会儿不见心都没着没落的。"

"我也是。要不这样吧，"万虎一股豁出来的劲头儿，"干脆把咱俩的关系公开，过几天就结婚，别人爱咋说咋说。"

冯雅兰没说话，眼泪吧嗒吧嗒地如断了线的珠子一般掉在了万虎的胸上。

"你咋啦，哭啥？"万虎甚感吃惊。

冯雅兰猛地从枕头底下抽出万虎的手枪，递给万虎："虎哥，打死我吧，我想死在你的枪下。"

"你疯啦，开啥玩笑！"万虎把枪夺过来扔在一旁。

"可我们俩不可能在一起呀……"冯雅兰说着"呜呜"地哭起来。

"到底咋回事？"万虎追问。

冯雅兰边哭边说："我不叫冯雅兰，叫美樱子，我就是'毒花'呀。"

万虎惊呆了，愣愣地望着冯雅兰："不可能，你骗我，你骗我。"

"我说的都是真的，我是被关东军特务机关逼上这条路的，我不干他们就要杀了我，还要杀了我们全家呀……"说着又"呜呜"地哭起来。

"不怕，"万虎紧紧搂住她，"有我在谁也动不了你。"

"你是保护不了我的，"冯雅兰哭得更痛心了，"虎哥，打死我算啦，能死在你手里我知足了，反正两头都不会放过我……"

"不，我不会让你死，就是我死也不会让你死，我必须保护你。你说，有什么办法能保你。"万虎情真意切，尽显男子汉大丈夫的豪气。

冯雅兰止住了哭："除非完成他们交给我的任务，否则不会放过我。"

"啥任务？"

冯雅兰说了偷袭任务，柔声问："你愿意帮我吗？"

万虎毫不犹豫："愿意，但你不能甩下我。"

"傻瓜，我咋会甩下你呢？也许我都怀上你的孩子了。只要完成这次任务，我就带你回日本过男耕女织的日子，再不用担惊受怕了。"

"行。你说咋干吧。"万虎显得很高兴。

冯雅兰见达到了预期目的，心里暗喜，她看了看桌上的夜光马蹄表："现在

是一点五十，再过十分钟你把武器库炸了，然后到山神庙等我。”

万虎忽地想到什么：“我这儿没炸药也没手榴弹。”

“我带着三个手雷呢，给你一个够不够？”

“够啦。只要引爆里面的弹药就行了。”

十分钟后，万虎轻轻推开后窗跳了出去。

冯雅兰紧盯着万虎，她远远地看到万虎走近四个守卫战士时，听到有人问了一声“谁”，万虎说了句“万虎，张队长让我来取武器”，随后见他突然开枪，四个守卫战士都被打倒在地。不一会儿，武器库就爆炸了。

冯雅兰冷笑一声：“蠢货，还想跟我做夫妻，一会儿就送你去见山神。”她身子一晃，跃出窗户不见了。

武器库的武器早已被秘密转移，只在墙角处留了一些地雷作为假炸武器库用，万虎打倒四个守卫战士也是早就安排好的一场戏。

万虎看到冯雅兰从后窗跳出跑走后，知道她是引领闪电突击队去了，和四个爬起来的战士相视一笑，赶紧去集合队伍。

张丹雄从冯雅兰半夜去万虎房间私会，不但推断出她要炸武器库，以此作为闪电突击队发动偷袭的信号，也推断出偷袭的时间大致在两点左右。为了不惊动冯雅兰宋万宝等人，给他们造成黑龙岭对偷袭一无所知的假象，让各中队把集合时间都定在武器库爆炸之后，并给宋万宝等五人创造出逃跑的机会，让闪电突击队放心大胆地按预定时间偷袭。

武器库的爆炸声惊动了山寨，自然也惊动了小野。他凭着军人的敏感意识到是闪电突击队来偷袭了。他的小队是和闪电突击队一同从总部出发的，知道他们来张家口的目的就是对付黑龙岭。

林溪那次和小野谈话之后，建议要善待小野，后勤保障中队不但给他清理了房间，换上了新被褥，摆放了桌子，看守人员也从屋里撤到屋外，充分尊重他的人格。小野非常受感动，这些天，他除了吃饭睡觉外，把所有时间都用在了写反战书上。目前，反战书之二都快写完了。

小野被爆炸声惊醒之后，匆忙穿上衣服拉开门，问守卫在门口的安铁牛和王三娃：“是不是鬼子来偷袭了？”

安铁牛十分警惕：“问这干啥，想逃跑？”

“你怎么还用老眼光看我？我答应过林教导员，要洗心革面，重新做人，我想帮你们打鬼子。”

“谁信你的鬼话，老实待着，进去！”

突然一颗子弹飞来，从小野耳边擦过，“嘣”的一声打在门上。

安铁牛王三娃扭头一看，斜对面的房角处有个人又在举枪。

安铁牛紧推了小野一把，子弹又打在门框上。

安铁牛王三娃举枪还击，房角处的那个人转身逃走。

安铁牛对王三娃说了句“看好小野”，拔腿飞快地追过去。

王三娃对站在门口发愣的小野说：“快进去，有人要杀你。”

小野左右探视了一下向屋里走去，王三娃正要把门拉上时，不料小野猛然转过身一拳将他击倒，提起他的枪飞快地跑去。

王三娃爬起来欲追时，小野早已不见了踪影。

211

松井岩等二十三名闪电突击队队员，按照美樱子的情报约定，在夜间一点多就已经潜伏在山神庙内了。松井岩是上尉副队长，他们都穿着特制的服装，挎着特制的相当于小机枪般的冲锋枪。

按情报约定，武器库爆炸后木村就来接应，可武器库爆炸已好半天了，还不见木村来，正当他们等得着急的时候，木村匆匆跑来了。

“队长，怎么这么半天才来，不是有变化吧？”松井岩担心有变。

“不是。一时找不到机会，他们往阵地跑时才找了个机会逃出来。武器库爆炸后他们才慌慌张张的集合，看来他们对今夜的偷袭一点也不知道。”

“太好了，行动吧。”

“先别急，等北野次郎和三木把暗堡工事炸毁后，咱们从正面偷袭。”

“从侧面迂回不是更容易些吗？”松井岩不解。

“这是攻其不备。”木村说，“美樱子正是抓住了他们也认为偷袭会从侧面

迂回的心理，已经给他们布下了迷魂阵，正面才是他们防守最薄弱的地方。”

“北野次郎和三木有把握炸毁暗堡工事吗？”

“没问题。他俩把那儿的地形都摸透了，天又这么黑，肯定成功。”

“吉田正一和河野是什么任务？”

“他俩是炸指挥部，也就是山寨大堂，指挥部一炸，他们就群龙无首了。”木村刚说完，山上传来爆炸声，俄尔，又一声巨响传来。

“暗堡和大堂都被炸了，冲上去！”木村发出命令。

守卫在第一道防线的是石头的五中队，确如木村所说的那样，张丹雄等人认为从正面偷袭的可能性不大，在这里设一个中队只是预防万一。

虽然如此，石头等人的警惕性还是非常高，在闪电突击队摸到距他们约五六十米远的时候，石头等人就发现了他们。

“妈的，没想到真从正面偷袭了。”石头悄声命令，“传话，没我的命令不许开枪。”

战士们分别向两边传话，并做好战斗准备。

当闪电突击队摸到距他们约二三十米远时，石头大喊一声“打”！

战士们同时开火。

闪电突击队猝不及防，两名队员被击倒，其余的人迅速隐蔽还击。不知木村喊了句什么，一片手雷飞向战壕，爆炸声接连响起。

战士们虽有伤亡，但火力依然很猛，石头身边是机枪手顺子，他左右扫射，压得隐蔽在石后或树后的鬼子不敢露头。

木村正准备绕过防线往上冲时，防线上惊奇的一幕出现了。他看到，一个黑影突然出现在防线后面，只见黑影手一挥，机枪手和周边的几个人都不动了。黑影随之又甩出两个手雷，将战壕的战士又炸死不少，紧接着，黑影跳进战壕，端起顺子的机枪左右扫射，战士们顿时大乱，四处逃散。

“是美樱子！”木村大喜，带领突击队冲上去一阵猛打，逃散的战士又被打死不少。

“别打啦，赶快跟我冲上去！”美樱子喊了一声向前跑去，木村等人也跟着跑去。

听到激烈的交火声，最先赶到第一防线的，是早已埋伏在黑龙岭附近的刘

振邦和格日图带领的二十余人的增援队，赵鹏、二虎、郝志远也在其中，他们是准备切断闪电突击队退路的，但当他们赶过来时，眼前的惨状把他们惊呆了。

战壕内外躺满了战士们的尸体，有的胳膊或腿都被炸飞了，几个血迹满面还没有死的战士在痛苦的呻吟、惨叫。

“怎么会这样?”刘振邦震惊。

张丹雄、柳英飞带着一中队的战士们也跑了过来。

昨天晚上，张丹雄得知冯雅兰从万虎口中套取了悬崖的秘密后，认为最大的可能是从悬崖偷袭，他让马腾提前潜伏在那里，观察冯雅兰是否会把树上的绳子垂下悬崖，结果发现冯雅兰真这么做了。因此，他把本来准备设到第一防线的一中队和四中队抽调到了悬崖，只留下了石头的五中队。刚才，当他听到第一防线激烈的交火声时，顿感大事不好。他又担心突击队声东击西，留下巴雅尔的四中队继续留守悬崖，他和柳英飞带着一中队飞速赶往第一防线。

张丹雄看到眼前的惨状大惊，命令战士赶紧救治伤员，他赶忙寻找石头。

“石队长在这儿!”一战士喊道。

张丹雄跑过去一看，石头趴在战壕边，脖子后面深嵌着一支梅花镖，血还在不断地往外流。石头身边是机枪手顺子，脖子后面也深嵌着一支梅花镖。

张丹雄抱住石头号啕大哭。

此时，戈剑光万虎和三中队的战士也跑过来。他们是和桑斯尔的二中队一起守卫在黑龙岭后山的，听到激烈的交火声从第一防线传来也是大吃一惊。戈剑光留下桑斯尔的二中队继续守卫后山，他和万虎带着三中队的战士们跑了过来。

戈剑光等人也被眼前的惨象震惊了，泪水“唰唰”地流了下来。

林涛阵阵，悲咽声声，似乎也在为死伤的战士们哀痛。

张丹雄不愧是久经沙场的指战员，在巨大的悲痛中没有忘记战事，看到戈剑光后，他马上想起了什么，止住哭问:“你们是从正面下来的?”

“对。”

“没遇到他们?”

“没有，一个人也没发现。”

张丹雄顿感大事不好:“坏了，他们不知从什么地方绕上去了，快回山寨!”

212

美樱子和木村等人就是从正面往上冲的，当他们看到山上有一支队伍（戈剑光万虎和三中队的战士）往山下跑，迅速隐藏在树林里。队伍过去之后，他们又往前跑了一阵儿，美樱子示意大伙儿停下。

“不能再从正面上了。”

“北野和三木不是已经把暗堡炸毁了吗？”木村问。

“没炸成。我刚才看到了，他们刚接近暗堡就被人刺杀了，两个炸药包是黑龙岭的人引爆的。我感觉他们像是知道了咱们的偷袭计划。”

“这怎么可能，一点儿被怀疑的迹象也没有呀？”木村难以置信。

“我还看到，吉田正一和河野刚跑到大堂门口，就被大堂里面飞出的飞镖射杀了，炸药包也是黑龙岭的人引爆的。如果他们没有准备，北野他们四个不可能这么快被杀；如果他们不知道偷袭，也不可能自己引爆炸药包引你们上山。”

“既然他们有了准备就不好偷袭了，我看撤吧。”

美樱子摇摇头：“不，他们只是有小智而无大谋，并不影响偷袭计划的实现。”

“怎么讲？”木村不解。

“待会儿再和你们说，咱们先从西面绕过去进山寨。”

“西面是又高又陡的峭壁，根本上不去呀。”

“你以为我这几天白来了吗？我早就察看好了，峭壁上有条石缝，一般人肯定上不去，但你们没问题。”

山寨西面的峭壁陡直如砥，就是猿猱也难以攀缘。美樱子领着木村等人走到峭壁下面，指着一处：“你们看，就是这条缝。”

木村等人一看，峭壁上果然有一条狭窄而曲折的缝隙。

美樱子做示范攀了上去，木村等人也如样而攀，最终都上去了。

从这里上来就是山寨西院的后墙，美樱子把大伙儿集中在院墙后面，悄声说："我之所以说他们有小智而无大谋，是说他们虽然事先已察觉到要偷袭，但并不知道怎么偷袭，反而陷入了我布的迷魂阵，把大部分队伍都调到山寨外面去了，现在山寨只剩下两个中队，一个是侦察中队，负责守卫大堂指挥部，一个是后勤保障中队，负责守护西院家属。后勤保障中队没什么战斗力，可不用管他，先集中力量消灭侦察中队和指挥部，这样我们就占据了山寨易守难攻的优势，等外面的中队赶回来时再消灭他们就容易多了。为避免被他们过早发现，咱们这样……"

美樱子如此这般地说了一番之后，闪电突击队迅速分散成两队行动，木村和松井岩各带一队。

213

西院的家属们被武器库的爆炸声惊醒后，都纷纷从院里出来要往山上跑，唐尧做了一番解释才把他们稳住，又都回到各自的屋里。第一防线激烈的交火声传来后，他们又往出跑，乱作一团，唐尧等人费了很多嘴舌才把他们劝回去。凤巧等人这时才发现，林溪和冯雅兰都不见了。

守在大堂外的马腾感到奇怪：第一防线的交火声虽然激烈但时间并不长，而且戈剑光万虎也已带着三中队从黑龙岭山后撤回来赶过去了，为什么半天听不到枪声呢？他突然想到什么，嘱咐了战士们几句飞快地向山寨西面的峭壁跑去。

侦察中队的战士除了大部分守在大堂，还有几个战士埋伏在山寨房屋的东西两个胡同。

西胡同内的三个战士半天听不到枪声也感到奇怪，聚在一起议论。

一战士说："鬼子是不是被打退了，怎么……"

这个战士话没说完，扑通一声倒在地上，另两个战士伏身一看，战士的后背上扎着一个飞镖。

两个战士大惊，刚直起腰，一个黑影已闪电般地出现在他们面前，还没容他们发声，只见刀光一闪，两人都倒下了。

这个黑影正是木村。他身后的突击队员见他得了手，都悄无声息地跑了过来。木村从胡同口探出头朝东看了看，松井岩也正从东胡同口探出头，举着一把匕首朝他挥了挥，木村明白他也得手了，朝西指了一下。

此时，山寨没一个人发现闪电突击队已经进入了山寨。

小野打倒王三娃抢了枪跑出来之后，藏在了伙房外的柴垛后面，他不是想逃跑，是真心想帮着独立大队打鬼子。小野得知林溪等人被救、交换人质已是不可能之后，脑子里确实闪出过伺机逃跑的想法。但自从那天听了林溪一番推心置腹、入情入理的教诲后，他的心灵被震撼了，不但认识到自己的丑恶罪行，也更认清了这场侵略战争的罪恶，逃跑的想法也随之打消了。他写的反战书中有这样的话："日本军政府所谓的用大日本帝国的智慧和先进的科学技术，帮助中国从荒蛮走向繁荣，最终跨入大东亚的共荣圈，是迷惑日本人的弥天大谎。实际上，他们是要强占中国的领土、掠夺中国的财富，并为达目的残忍地对中国人民进行血腥屠杀，而被谎言洗脑的日本军人已由人变成兽，自己却浑然不知。"他不但不想逃跑，还决心要和中国人民一道，抗击这场野蛮的侵略战争。但他又知道，他的这个想法没有人会相信。他在等待表现自己决心的机会，当听到武器库的爆炸时他认为机会来了。可当他跑出来之后，并没有看到闪电突击队袭击的场面，他一下蒙了，怀疑自己判断错了，但他又没法再回去，他懊悔自己太莽撞了。当他听到山下传来交火声时，他又兴奋了，认为自己的判断并没错。他曾想冲下去，但一想不行，这时往山下跑，任何人看到都会认为他是在逃跑，必然要打死他。死不足惜，可被误解他受不了。他决定再等等，凭着他对闪电突击队的了解，他们不会一下子就被击退的。但交火声平息很长时间也没动静，他又不安了，难道他们真的撤退了？他又懊悔起来，正琢磨该怎么办时，突然看到几个黑影从山寨房前的暗处快速向西走去。正是：正愁诚心无法证，忽见鬼影已暗来。欲知后事如何，且看下文。

第四十五回 大堂前战士垂泪 西院内亲属惊心

214

却说小野正为自己的莽撞懊悔时，突然看到鬼子已进了山寨。他从那些人的穿着上就能辨认出来，这些人都是闪电突击队的。他心中乍然一喜：终于有了能证明自己不是想逃跑的机会了。

松井岩等人刚走到木村跟前，突然一声枪响，一个突击队员倒在地上。木村等人一惊，急忙往隐蔽处躲闪，又一枪打来，子弹打在墙上。

“后头就一两个人，不用管他，”木村说，“先消灭守卫大堂的侦察中队。”

小野的枪声惊动了大堂前的守卫战士，他们看到了从东面快速跑来的木村等人，立马举枪射击。

马腾之所以向山寨西边的峭壁跑去，是怀疑闪电突击队有可能从峭壁攀上来，他们毕竟都是身手不凡的特工，从那里摸上来也是有可能的。当他跑到峭壁边缘时，听了听下面并没有动静。恰在此时，一声清脆的枪响划破夜空，紧接着又听到大堂前响起了激烈的交火声。他又飞快地向回跑去。当他跑到西院附近时，见唐尧也带着一些战士向大堂跑去。

大堂前的战士们凭借用沙袋堆筑起来的掩体，猛烈地向闪电突击队开火。闪电突击队果然非同一般，战斗经验非常丰富，他们早已分散，借助房角、

树木等物体的掩护边射击边往前冲。大堂前的战士们火力虽猛，但没伤到他们。

闪电突击队小机枪般的冲锋枪确实厉害,密集的子弹如暴雨一般,瞬间就将不少战士扫倒;他们又飞出一片手雷,又有不少战士被炸死,木村等人借此快速地往前推进了一大截。

马腾唐尧等人赶过来参与战斗,战士们又扔出一片手榴弹,暂时阻住了闪电突击队的前进。

林溪参与到了林峰的警卫中队,守卫在第二防线的暗堡。第一防线的交火声传来后,林峰曾想带警卫中队去增援,林溪坚决不允许,说或许是鬼子在声东击西,必须严守第二防线。第一防线的交火声停息后,他们等了半天也没见闪电突击队从其他地方绕过来。正当他们感到疑惑时,突然听到山寨传来了交火声,立即明白闪电突击队已进了山寨,赶紧命令战士回山寨增援。林溪林峰和战士们刚从石崖暗堡下跑出来,张丹雄、戈剑光、柳英飞、万虎和一中队三中队的战士以及刘振邦、格日图带领的增援队也从山下跑上来,他们什么也顾不上说,一起飞快地向山寨跑去。

小野见闪电突击队不断地向西进攻,急忙向前跑了几步隐蔽在一棵大树后面继续射击,又将一突击队员击倒,几个突击队员转身朝大树方向一阵猛射。正在指挥战斗的马腾看到有人从突击队背后开枪,忽地想到了什么,他让唐尧在这儿指挥,转身快速离去。他从大堂的另一侧一纵身跃上大堂屋顶,飞檐走壁地向东跑去。

马腾刚跨过三四间屋顶,突然一支暗镖朝他飞来,他赶忙一闪,飞镖从他耳边飞了过去。他刚稳住身子,一个黑影跳了过来,挥刀便刺。

这个黑影正是冯雅兰。她本已潜伏在大堂的屋顶上,她认为张丹雄和戈剑光在大堂,想在木村等人袭击侦察中队时伺机灭掉有可能逃跑的张丹雄和戈剑光。当她看到东面有人打黑枪干扰了木村他们的进攻时,想先灭掉打黑枪的人,就飞檐走壁地往东跑。她刚跑了不远,偶一回头看到有个黑影跃上了大堂屋顶,飞檐走壁地向东跑来,便赶忙伏身在房顶上。当黑影跑近时,她认出是马腾,甩手就是一镖,马腾躲镖后她又飞身跳过去刺杀。

马腾也认出了冯雅兰,躲刀后一掌将她击下房顶。他本想跳下去灭掉她,但看到突击队正猛烈向战士们进攻,又飞快地向东跑去。

215

躲在大树后的小野又伺机向闪电突击队开了一枪,引得闪电突击队又有几个队员转过身对着大树一阵扫射。

马腾看到了在大树后开枪的人是小野。他从房上跳下后,朝小野伸出大拇指。

小野也看到了马腾,朝他一笑。他见马腾朝他示意不要再开枪,赶忙点点头。

马腾从暗处迅速地朝西跑了一截儿,连着向闪电突击队甩出三个手雷,两个突击队员被炸死。

突击队因背后遭袭击阵脚大乱,多数人都转身向后面盲目射击,进攻的火力瞬时弱了下来。

这时,张丹雄等人已冲进了山寨大院,向突击队猛烈开火。双方展开激战。交火中,闪电突击队又有两个队员被打死,独立大队的战士也有不少人死伤,赵鹏也在这时牺牲了。

独立大队的攻势越来越猛,木村见败局已定,急忙命令从东面突出去,向山后跑。

突击队边打边跑,当他们跑到山寨东端正准备往后山逃时,正和闻声赶来的桑斯尔中队相遇,双方短兵相接,很快由枪战变成了肉搏。

闪电突击队队员果然身手不凡,虽然只剩下十几人,但他们临危不惧,奋力拼杀,许多战士死于他们的利刃和飞镖。

马腾和张丹雄冲了过来,他俩高超的武功顿显神威,眨眼间每人就刀刃了两个突击队员。

林溪刘振邦伺机开枪,也各击毙了一个突击队员。

桑斯尔与松井岩搏斗,但他远不是松井岩的对手,被松井岩一脚踢翻。松井岩扑上去正要刺杀他时,小野从背后一枪托把松井岩砸倒,桑斯尔跳起来就

势一刀刺进松井岩的后背。桑斯尔拔出刀，冲小野感激地一笑。

木村奋力拼杀，又连杀了三个战士后向后山逃去，张丹雄飞快地追了上去。

剩下的四个突击队员分别被柳英飞、万虎、林峰和格日图或击毙或刀刃。

安铁牛看到小野一愣："你没逃跑?"

"我为什么要逃跑? 我已决心要当抗日战士，杀鬼子，我用我的行动证明了。"小野的兴奋与自豪溢于言表。

木村正慌不择路地奔逃，抄近路赶来的张丹雄如从天而降，挡在了他面前。

张丹雄目光冷峻地盯着木村："宋万宝，不，木村，你跑不了啦，你们杀死了我们那么多弟兄，你们必须用命来偿还!"

木村并无惧色，冷冷一笑："张丹雄，你不一定是我的对手。来吧，我也要为我的弟兄们报仇!"

双方拉开架势对搏。木村的武功的确不凡，几十招后两人不分胜负。张丹雄暗中发力，使出了七星连环掌。

"七星连环掌? 你是明远的徒弟?"

"没错儿。我要让你死在七星连环掌下!"

木村凶光如刃："我不但要为死去的弟兄们报仇，也要替我的师父龟田雄雪耻!"说完发力猛攻。

张丹雄边还击边说："你师父不是我师父的对手，你同样也不是我的对手。去死吧!"说完骤然发力，一掌将木村击得飞出一仗多远，重重地摔在地上不动了。

马腾跑了过来，提起木村看了看，见他七窍流血，已经死了。

216

枪声平息后，家属们都涌到了西院大门口，他们远远地看到，大堂前黑压

压地站着一片人，张丹雄正站在台阶上说着什么。

大伙儿正想围过去听听，突然冯雅兰从暗处闪了过来。

刚才，冯雅兰被马腾一掌击落到房下之后，又跳上房跑到了大堂屋顶上，她想先把张丹雄戈剑光灭掉。当她悄悄揭开几片瓦朝下一看，心顿时凉了：大堂内被几根蜡烛照得亮堂堂的，一个人影都没有。她又伏在房顶观战，闪电突击队被全歼的过程她都看到了。她恨得咬牙切齿，发誓要杀掉张丹雄。

凤巧着急地问："雅兰，你和林溪跑哪儿去了，大伙儿都担心你俩呢。"他们都还不知道冯雅兰就是"毒花"。

冯雅兰没答话，"噌"地将一把匕首横在凤巧脖子上。

大伙儿大惊失色。

各中队已统计出了伤亡人数。

此时，张丹雄正站在大堂的台阶上，向战士们讲话。张丹雄沉痛地说："我们虽然全歼了闪电突击队的二十八个鬼子，但我们也牺牲了七十五人，加上地下党的两人，共牺牲了七十七人，还有二十九人受伤，这个代价太大了。之所以遭受这么大的损失，是我谋划不当造成的，我对不起死去的弟兄，也对不起活着的弟兄，我痛心啊！"

张丹雄说着已是泪流满面，深深地给战士们鞠了一躬。

队伍中一片呜咽声。

安红喘息着慌慌张张地跑过来："张队长，冯雅兰把刀架在凤巧姐脖子上啦，她说她就是'毒花'，让你快过去，不然她就杀了凤巧姐。"张丹雄等人听后大吃一惊，赶忙向西院跑去。

此时，冯雅兰已把凤巧逼到了西院西墙根底，她一手握枪一手把匕首横在凤巧脖子上。红小英、戈剑丽、乌兰琪琪格、路秀花及亲属们远远地站在她对面。

"雅兰，"戈剑丽说，"咱们姐妹一场，凤巧也没得罪过你，就放了她吧。"

冯雅兰面目狰狞，形同厉鬼："谁跟你们这些肮脏的中国人是姐妹，不把你们都杀了就便宜你们啦！"

"她不是兵不是将的，不过是个普通女人，何必跟她过不去呢？"红小英说着双手攥拳，暗暗发力，脚下悄悄向前迈了一步。

冯雅兰早看在眼里："红小英，我警告你，就你那点儿三脚猫功夫，连我的脚后跟都跟不上，别找死，退回去！"

红小英站着没动，冯雅兰一枪打在她脚下："退回去！"

红小英只好又退了回来。

张丹雄、戈剑光、林溪、刘振邦、格日图和各中队长跑了过来，大伙儿赶忙让开路。

冯雅兰冲张丹雄等人喝道："不许越过石凳！"

石凳在冯雅兰前面约二十余米处，张丹雄等人走到石凳前站住。

冯雅兰看到万虎一愣，但旋即明白了："万虎，原来你在骗我！"

万虎哈哈一笑："你不也在骗我吗？是你先骗了老子，老子后头才骗了你，咱俩扯平了。"

冯雅兰怒声骂道："八嘎！我非杀了你不可！"

"'毒花'，你和万虎的事以后再说吧。有什么条件你说，只要你放了凤巧我全答应。"张丹雄从容不迫。

冯雅兰冷笑一声："想不到堂堂的张大队长也有低三下四的时候。我的条件不高，只要你一个人往前走十步，我保证不杀她。"

凤巧大喊："别听她的，她会打死你的！"随之又骂，"冯雅兰你这个畜生，我不怕死，你杀了我吧！"

冯雅兰又冷笑一声："张丹雄你听听，这个女人为你殉情都心甘情愿，多可爱的醋坛子，你舍得让她死吗？"

张丹雄语气平静："我答应你。我也向你保证，我死后只要你不杀凤巧，我的人会放你走。"

"好，那咱们就来个君子之约吧。"

"张队长，不能过去！"戈剑光急喊。

张丹雄转过身让他看了一下掌心的飞镖："戈参谋长，这个队伍就交给你了，替我把它带好。"说完转过身一步一步地向前走去。

凤巧急了，大喊："别过来！"喊完突然双手抓住了冯雅兰握刀的手。

冯雅兰一使劲儿把凤巧揽到胸前，张丹雄欲甩镖无法下手。

冯雅兰举枪向张丹雄开枪，在她搂机的一瞬间，林溪飞一样扑过去挡在了

张丹雄前面,子弹打在了林溪胸上。

张丹雄趁势起镖将冯雅兰的手枪击落。冯雅兰一刀抹了凤巧的脖子,随即纵身跃出墙外,戈剑光等人在冯雅兰跃起时开枪但未击中。

孟根布勒正在山神庙等“毒花”和木村。

昨天夜里,冯雅兰布置给他的任务是,在武器库爆炸后杀掉小野,然后到山神庙等他们。他本想先立一功,没想到刺杀没得手,还差点儿被安铁牛追住。他逃到山神庙后,第一道防线和山寨两次激烈的交火声他都听到了,但不知到底是谁胜了。枪声平息后,他等了很长时间不见“毒花”和木村来,意识到是他们败了。他正要逃走时,冯雅兰跑了进来。

孟根布勒松了口气:“我还担心你们败了呢,木村队长呢?”

“我们是败了,木村队长和闪电突击队的人全部遇难了。”

孟根布勒大惊:“啊? 那咱们赶紧跑吧,他们追来就麻烦了。”

“不,你还得留下。”

“为啥?”孟根布勒以为要甩他,“你可答应让我去当协动队队长的呀。”

“这不会变,协动队队长的位置保证给你留着。这次没灭了他们,还需要你暂时留下来当卧底,为我们提供情报。”

“可我没法回去了呀,都跑出来这么长时间了。”

“我已经替你想好了办法。”冯雅兰说着猛然一刀刺进孟根布勒胸部。

孟根布勒大惊失色,嘴大张却说不出话来。

“别怕,我刺的部位虽然离你的心脏很近,但绝对没有危险,你这样……”

大堂内,桑斯尔正在向张丹雄戈剑光报告孟根布勒失踪的事。

桑斯尔说:“紧急集合时就发现他不见了,有战士说他去厕所找郭三了,我去厕所也没找见他。战斗结束后,所有发生过战斗的地方战士们都找遍了,也没见到他的尸体,估计是趁乱逃了。”

此前,安铁牛刚向张丹雄报告了有人想杀小野的事,张丹雄推测,打小野黑枪的人或许就是孟根布勒。

“真备不住。”桑斯尔说,“他因挑唆三个孩子杀小野受了处分,或许是迁怒到小野头上了。”

“如果这个人真是他的话,我认为不一定是迁怒……”

张丹雄话没说完，陆涛和周全顺架着孟根布勒走了进来，张丹雄和桑斯尔赶忙迎过去。

“你去哪儿了，到处找也找不着你。”桑斯尔急问。

孟根布勒脸色惨白，他一手捂着胸口，有气无力地说：“紧急集合时，我发现郭三儿不见了，有人说他去了厕所，我去厕所找他见他正往山下跑，我赶紧就去追，追到一片树林时，突然一个黑影从树后闪出来刺了我一刀，我就啥也不知道了。醒来后就往回爬，爬到山寨边上正好看到了他俩。”他说的天衣无缝。武器库爆炸后，桑斯尔确实是按照大队的指示给郭三儿（北野次郎）创造了逃跑的机会。

张丹雄走过去看了看孟根布勒的伤，对陆涛和周全顺说：“快送卫生室给他包扎一下，然后送医院。”

217

林溪受伤后被紧急送往县医院，经医生抢救脱离了生命危险。

凌晨，她被安置在医院东面的一个小院的房间内，这个小院被独立大队全包下了，院门口及院墙外都设了岗。

林溪闭着眼躺在床上，面色惨白，一点儿血色都没有。刘振邦、格日图、郝志远、张丹雄、戈剑光、林峰、林父林母及安红戈剑丽围在床前。

林溪那惊人的一扑，把人们都震撼了，她的英勇无畏征服了所有人的心。顿时，她成了人人敬佩仰慕的大英雄，让人们看到了一个共产党人的光辉形象。

最受震撼的还是张丹雄。没有林溪的那一扑，他的生命就终结了。他难以想象，那一瞬间她是怎么飞过去的，即使身怀绝技的人也不一定办得到，而她可是一点功夫也没有呀。他知道那是天地间一种神奇的力量在促使她，这种神奇的力量来源于她对党的忠诚，她无时无刻都在记着党交给她的任务——保护他们。从林溪被枪击中的那一刻起，他的心就碎了，如果林溪真死

了，他这一辈子都将受煎熬。昨夜处理完山寨的一些紧要事情，他就赶到了医院，一直守在手术室门口。

太阳升起，当温暖的阳光透过窗户移照在林溪脸上的时候，她的眼皮动了动，慢慢睁开了眼睛。

“醒了，醒了。”大伙儿高兴地说着，个个都泪花闪闪。

林溪环视了一下，目光落到张丹雄身上，声音微弱地问：“凤巧救下来了吗？”

张丹雄摇摇头，泪水滚滚而落。他对凤巧虽然没有那种刻骨铭心的情爱，但他从心里感激凤巧，是凤巧夜以继日地照料着他病重的母亲，替他尽了孝，他才能安心地在外面忙他的事业。他从心里是喜欢凤巧的，她质朴坦率，待人热情，没有心计，虽说醋劲儿大些，但他知道那是一种在乎，是对他的喜爱，他虽为此生过气，但并没动过怒。他从心里愧对凤巧，他虽然把她当成了未婚的妻子，但给予她的却只是像哥哥对妹妹那样的关怀，并没有给过她真正的情爱，甚至连一句甜蜜的话、一次热烈的吻都没有。昨夜，屠刀横在她脖子上，她丝毫没顾及自己的生死，只是想着怎么保护他。当时，他是真想用自己的生命换回她的生命，以死来报答她。凤巧在送往医院之前就已经死了，张丹雄抱住她痛哭失声。这是他有生以来第三次号啕大哭，第一次是哭死去的母亲，第二次是哭死去的石头。

林溪看到张丹雄痛苦的表情，心里明白了，泪水从她的眼角滚滚地淌了下来。

清晨，川岛戎装整齐、神采奕奕地站在警备队大院门前，一排鼓乐队站在他身后，两排士兵整齐地站在大门两边，他们在等着迎接美樱子和闪电突击队凯旋。昨天半夜，川岛就已派铃木去卧虎石接美樱子和闪电突击队。

远处传来汽车行驶的声音，川岛兴奋地冲鼓乐队喊道：“准备！”正是：笃信凯旋将士归，不知惨败灵魂去。欲知后事如何，且看下文。

第四十六回 高发魁事发毙命 老王头心悟飞镖

218

乐手和鼓手听到川岛的命令立即进入状态。

一辆吉普和一辆卡车从远处一路口拐出驶过来，川岛顿时感到不对劲儿，卡车上只站着几名士兵，并没有闪电突击队队员。

汽车驶到门前停下，美樱子和铃木从吉普下来，美樱子显得很疲惫。

川岛迎过去："木村他们呢？"

"进去说吧。"美樱子有气无力地边说边朝院里走去。

川岛已然明白是怎么回事，心迅速沉了下去，冲鼓乐队和列队士兵无力地喊道："解散！"

川岛和美樱子铃木走进办公室，美樱子哀痛地说了闪电突击队玉碎的经过。

"怎么会这样？"川岛既震惊又失望。他想大发雷霆，但又不敢。美樱子不但是总部的红人，而且为了这次行动已经付出的太多了，还遭受两次酷刑。况且他也没有资格，他的联军不也被黑龙岭独立大队打得惨败、二百多人被消灭得只剩下几十人了吗。他哀叹一声，沉默了。

"大佐，您别着急，"美樱子看出川岛很生气，又出一计，"我还有个好办法，可以消灭掉张丹雄他们。"

川岛的小眼睛一亮："什么办法？"

“一会儿再说，先让铃木君把高发魁抓起来吧，他肯定有问题。”

“他有什么问题？”

“石头并没死在监狱，他是被利用诈死计救出去的，这次袭击中我才把他杀了。搞诈死计的是‘神风’，高发魁和他肯定有勾结。”

“好，我马上去审他。”铃木匆匆走了出去。

“你说的好办法到底是什么？”川岛急问。他现在如同掉入深谷，企盼着一个爬上来的好办法。

“我已经弄清了，张丹雄确是明远的徒弟，他对明远的敬爱甚于他的父母，如果把明远抓来，张丹雄必然会带人来救，‘神风’也必然会参与，这样就能把他们一网打尽。”

“你不是说，明远是你父亲所敬重的人，还要和他比武，不允许动他吗？”

“此一时彼一时。为了大日本帝国的利益，顾不了那么多了，目前也只有这个办法能把张丹雄他们引过来。”

“你这个办法恐怕短时间内无法实现了。”

“为什么？”

“龟田雄先生昨天已经来了，听说还要在张家口住上一段时间。”

“我父亲来了？”美樱子没想到父亲这么快会来，“是来找明远比武的吗？”

“不是。”川岛说了龟田雄来张家口的原因。他是专门来拜访明远大师的，想和明远切磋一些武学方面的问题，顺便再探讨一些佛学方面的问题。

美樱子深思了一会儿：“来了也没关系，我会说服他的。他住哪儿了，我去看看他。”

“就住在领事馆，”川岛说，“桥本领事给他安排了很好的房间，还专门给他安排了一辆小轿车和一名勤务兵。不过现在他不在屋，一大早过来和我打了个招呼，说是去云泉寺拜访明远。”

219

龟田雄年近五十，相貌威严沉稳。他是个重德重义、为人坦荡、心胸磊落

之人。此时，他正和明远坐在禅房品茶说话，他的左手腕戴着一个佛珠手链。这个手链是明远用赐儿山的黑圪栎树根磨制而成的，上次龟田雄送给他一个梅花镖作纪念时，他无以回报，就把这个黑圪栎佛珠手链从手腕撸下来送给了龟田雄。

龟田雄崇尚武学，可以说达到了痴迷的程度。虽说他的武功已经很高了，在整个日本也是拔尖的，但他并不满足，还一直在努力探索，不断攀极。无论听到什么地方有高手绝技，他都要去学习。七年前他来找明远比武，就是听说了明远是个怀有绝技的高手。明远利用七星连环掌把他打败后，他一下就迷上了七星连环掌，回国后认真研究。这七年来，他虽然一招一式的苦练，但一直不得法，打出的拳总是形似而神不似。这次来张家口，就是找明远解惑的。

"我想请教明远兄，这是什么原因。"

"武术中无论什么拳什么掌、什么刀什么枪，所有的招式都只不过是一种技艺。凡是追求技艺的人，都不能有功利思想，必须进入一种空灵境界。一旦有了功利思想，对技艺的提升就是一种魔障，必然会有干扰，难以悟之至极。恕愚兄直言，在你的武学生涯中，争强好胜、猎取第一的思想太强烈，这恐怕就是干扰技艺提升或悟道之深的大魔障。"

"求高求极，难道不是学艺者应有的进取之心吗？"

"求高求极是应有的进取心，如果没有这种进取心，技艺也就无所谓技艺了。但求高求极不仅是对技艺的追求，更是一种精神追求。就学艺者而言，如能达到虽高而不觉高，虽极而不觉极的境界，技艺自然就会随之提升，而自己则浑然不觉。所谓高和极，那只是别人的看法，和学艺者无关。"

"明远兄这番深含哲理的话，令我真是如饮醍醐，大梦初醒，愚弟万分感谢。明远兄，近两年我对佛学也越来越感兴趣，敢向明远兄请教，佛学造诣如何才能尽快提升呢？"

明远没想到他会对佛学感兴趣："我首先感谢龟田君对佛学能产生兴趣，人们称佛学为佛法，其实，佛学是既有法又无法。"

"这怎么讲？"

"说有法，佛学如同世上所有的学问一样，都有它特定的内涵。佛学内涵的主旨是向世人明示，何可为何不可为，这就是佛法，可谓有法。所谓无法，是

说佛法博大无边，它所内涵的道理是佛经永远记述不全也记述不完的，必须靠心去感悟，于无中生有，于有中生新，永无止境，故而又可说佛法无法，‘世外人法无定法，然后知非法法也’，说的就是这个道理。”

“明远兄的论述太绝妙了，真是听君一席话，胜读十年书。”

“过奖。我也有一事想请教龟田君。自古以来，每个家庭有每个家庭的生存环境，每个民族有每个民族的生存环境，每个国家有每个国家的生存环境，只有互不干扰，大千世界芸芸众生才能相安而生息。我不明白的是，为何许多日本人不在日本好好生活，而非强行侵占中国的土地、掠夺中国的财富，甚至还无端地杀戮中国人呢？”

龟田雄有些尴尬：“我不谙政治，但我对日本政府的这种做法是厌恶的。不瞒明远兄，日本军界多次找过我，让我担任擒拿格斗的教官，并给以高军衔高待遇，但次次都被我拒绝了。我这次到张家口来，除了拜访明远兄，已解多年思念之渴，还有一事要办，就是要将爱女美樱子和爱徒木村带回国去。他俩都应征入伍，目前在张家口公务。我要让他们退役，回家去过老百姓的日子。”

明远不知道龟田雄的女儿在张家口，听他一说，一下想起了张丹雄和他说的梅花镖一事。心想，和张丹雄在南郊交手的那个蒙面人，看来就是龟田雄的女儿，就是人们所说的代号为“毒花”的日本特工。龟田雄这么说，他高兴之中也有隐忧：“日本能有像龟田君这等见识的人，实实令我感到欣慰。我不认识令爱，但令爱在张家口的事，我也有所耳闻。人是会被洗脑的，一旦被魔灵所侵被魔灵所控，要想转变也非易事。‘小善度己大善度人’，龟田君有此想法甚好，这是大善之举，不过不要把此事想简单了，恐怕还需假以时日，多下力量才是。”

“谢谢大师提醒。还想烦请明远兄对我所练的七星连环掌指点一二，可否？”

“指点谈不上。龟田君苦心研练七年，必有所新悟，就相互切磋一下吧。”

二人在禅房内，连说带比画地切磋了一番后，龟田雄告辞，说过两天再来向他请教。

220

川岛和美樱子边说话边等铃木的审讯结果。

美樱子所说的好办法使川岛犹如从浓云中看到透射出来的一缕阳光，又有了一线希望，郁闷的心情也随之开朗了些。说话间，他忽地想起了前天发生的窃听器事件，说于了美樱子。

美樱子思忖了一下，问："这几天胡飞给我来过电话没？"

"没有。"

美樱子目光凝视："我觉着，咬舌自尽的人不一定是'神风'的同党。"

川岛听出美樱子的意思："你怀疑他是胡飞的特工？"

"现在还不能肯定，我是觉着两人同时入室安窃听器不太合常理。您想，'神风'是顶尖的武功高手，干这种事不可能再带上一个人。"

"或许是他不懂窃听器安装技术，带人协助呢？"

"如果是这种情况，他在外头放哨接应才更合理，为什么也要入室呢？再说，安窃听器也不是什么高难度的活儿，非得有人配合。"

"你这么一说我又想起一件事。前几天，杂工班有个电工突然辞职了，高发魁当天就给找来一个，咬舌自尽的就是这个人。看来高发魁就是有问题，这两天我脑子太乱，没和高发魁联系起来。"

美樱子正要说什么，铃木匆匆走了进来。

川岛急问："招了吗？"

"招了。"铃木说，"开始不招，后来我想起第一次审他时这小子怕烙铁，用烙铁一吓唬就招了。他说救石头是'神风'一手策划的，他是在'神风'的威逼下设法揽活儿，把石头的尸体弄到东山坡树林交给了同盟军匪徒。但他确实不知道石头是诈死，只以为他们是想要回尸体。"

"'神风'这招真是太高明了。走，再去审审他。"川岛说着站起来。

"都交待了，没了。"

“还有。美樱子，你去看看你父亲吧，估计该回来了，我们再去审审高发魁。”

川岛刚要往出走，美樱子突然又想到什么：“还有一个人肯定也有问题。”

“谁？”

“老王头。石头被关在牢房里，外人不可能接触到他，诈死药极有可能是老王头利用送饭的机会传给石头的，从他嘴里或许还能掏出咱们想知道的东西。”

川岛对铃木说：“你带人去抓老王头，我去审高发魁。”

高发魁被铃木一带到审讯室，就知道东窗事发了。他想到的事发不是去东山坡送石头尸体的事，他觉着这件事干得非常巧妙，不显山不露水，日本人是不可能察觉出来的。他想到的是按照胡飞的指令，往杂工班安插电工一事。自从得知电工被抓，他的心就提了起来，好在很快又得知电工咬舌自尽了，提着的心稍稍放下一些，因为这个电工是他给找的，川岛必然还会追问。他如坐针毡，提心吊胆地等着这一刻，也在一直琢磨一旦找他该怎么应对。但两天过去了，一点儿动静都没有，他又有了侥幸心理：或许是川岛根本就没有怀疑他。这么一想，心终于全放了下来。令他万万没想到的是，他的心刚放下，就被铃木以有事商量为名直接带到了警备队审讯室。

让他意外的是，铃木所追问的事并不是往杂工班安插电工的事，而是往东山坡送石头尸体的事。他想，这事日本人不可能知道，或许是在诈他，于是，任凭毒打，他紧咬牙关死不承认。不料铃木找到了他的软肋，从炭炉里抽出了红通通的烙铁。不知为什么，他就怕烙铁，一见烙铁就魂飞胆丧。鸿远楼刚开业那天夜里他被日本人抓到这里，就是在铃木把烙铁举到他胸前时，才承认了他是黑龙岭的土匪头子高发魁。当铃木再次把烙铁举到他胸前时，他承认了在“神风”的威逼下去东山坡树林给黑龙岭的人送石头尸体一事。铃木走后，他又暗自庆幸日本人并没有怀疑他往杂工班安插电工的事，期盼川岛能饶过他。

不一会儿，川岛走了进来，高发魁呼天抢地般地哭喊道：“大佐，我错了，您大人大量，就饶过我这一回吧，我真是被‘神风’逼得呀！”

川岛打量了一眼被绑在刑讯架上、已浑身血迹斑斑的高发魁：“想活命不难，只要如实招了就行。”

“如实招了,一句假话都没有,铃木中佐可以作证。”

“真如实招了吗?”

“真如实招了。”高发魁以为川岛还没有怀疑到他安插电工的事。

“我听说烙铁对你管用。”川岛走到炭炉前,抽出红通通的烙铁,走到高发魁面前,突然厉声说,“电工是怎么回事!”

高发魁一下傻了,一张橘子皮脸顿时刷白。他知道无法再瞒了,只好竹筒倒豆子,招了个干干净净。

“还有吗?”川岛一双小眼目光如箭,盯着高发魁又问。

“这回绝对没啦,再有您烙死我!”

“用不着烙了。”川岛扔掉烙铁,拔出手枪向高发魁连开几枪。

高发魁被击毙时,铃木和高桥雄二带着两个日本兵正来到警备队厨房。

老王头和两个厨子正在案板前切菜切肉,见他们进来都停下手中的活儿。

老王头冲站在前面的高桥雄二问:“长官,有事?”

高桥雄二瞪着外暴的凶睛:“老王头,跟我们走一趟。”

“干啥呀?”

“去了就知道了,快走!”

“哎哎,等我解了围裙。”

老王头也是“神风”所负责的特工组的一名特工,而且有一身深藏不露的功夫,涉及警备队的许多情报都是他通过一个秘密联络点传给“神风”的。此时,他已然明白暴露了。他解下围裙转身往桌上放时,突然闪电般地转回身,一支飞镖从他手中飞出,深深地扎进高桥雄二的喉咙,高桥雄二像个大麻袋一样,“扑通”一声仰面倒在地上。老王头紧接着又一镖飞向铃木,铃木一闪身飞镖“砰”的一声扎在门框上。

两个日本兵急忙向老王头开枪,老王头靠着桌子身中数弹,眼不闭身不倒。

铃木跑到审讯室向川岛报告后,川岛惊得半天才说:“一个厨子竟然都是武功高手,太可怕了。”

221

美樱子来到桥本正康给父亲安排的客房，此时的她已是一身戎装，挺拔秀美的身姿透着一种军人的飒爽，只是由于昨天一夜的紧张战斗，面容略显苍白憔悴。

父亲还没回来。她坐在沙发上环视了一下，客房宽敞明亮，布置也很豪华。

她有些疲惫感，刚想靠在沙发上小憩一会儿，龟田雄走了进来。

她马上跳起来抱住父亲。相互一番思念的话语后，龟田雄问："听川岛说你去赤城公务去了，什么公务呀？"

"仇视大日本帝国的同盟军被打垮解散后，有几个散兵游勇，跑到赤城大海陀的黑龙岭拉起一支队伍，又暗中和中共地下党勾结，经常骚扰领事馆和警备队，川岛大佐险些被他们刺杀，警备队的武器库被他们炸了，赤城的两个警备小队也先后被他们全歼灭了。为了消灭他们，我和木村兄奉命打入黑龙岭摸情况。昨天夜里，闪电突击队对他们进行了偷袭，不料失败了。"

"胜败乃兵家常事，没什么大不了的。木村呢？"

"玉碎了。"

"我早就让你们退役，可你们就是不听。"

"爸，我们是为大和民族效力，为国家效力，为天皇陛下尽忠，这是应该的呀，当兵服役并没有错。"

"如果是为了保卫我们的民族，守卫我们的国土，当兵服役当然没错。可这几年日本军队在中国都干了些什么，难道你不清楚吗？当这种兵有什么意义？说实话，对于这场战争，我是从心里反对的。我这次到张家口来，除了拜访明远大师外，再就是想让你和木村退役，没想到木村还战死了 。按照兵役法，满三年是可以申请退役的。"

美樱子听了父亲的话非常反感："爸，您怎么能说出这种话呢？我是军人，

战斗的号角已经吹响,我怎么能在这个时候申请退役呢。这不是贪生怕死,临阵脱逃吗?”

“那也要看是什么战斗。”亀田雄来了气,“抢占地盘、杀害生命、掠夺财富,这是什么战斗,是强盗行为!”

“够啦!”美樱子怒喊,“您知道您的思想有多危险吗?传出去是要杀头的!”

“如果是因主持正义被杀,我宁愿去死!”亀田雄也提高了嗓门,义正词严。

美樱子吼道:“木村兄是您的爱徒,他的仇难道就不报了吗,就白死了吗?”

“他是咎由自取!”

美樱子觉着再说下去没什么意义:“爸,咱们现在谈不拢,您先冷静冷静,咱们晚上再谈。”说着站起来走了出去。

亀田雄冲着美樱子后背喊道:“应当冷静的是你!”喊完颓然仰靠在沙发背上。心想,明远大师说的没错,人一旦被魔灵所侵所控,真是很难转变的。

222

川岛和铃木回到办公室,两人面色如灰。

高发魁的招供让他们彻底明白了,咬舌自尽的那个人就是胡飞的特工,胡飞并没有真正降日。

铃木要去把胡飞抓起来,川岛认为不妥,胡飞降日一事毕竟是美樱子经手的,还是先听听她的意见。

他们正说着,美樱子走了进来。

川岛问美樱子见到父亲没有,美樱子说见了,并说了和父亲发生争执的原因。川岛说当老人的可能都这样,抓明远的事往后放放再说吧,别因此伤了父女和气。美樱子说消灭张丹雄他们和地下党的事刻不容缓,她会想办法说服父亲的。

美樱子问审讯结果,川岛说完之后,美樱子明白被胡飞耍了,愤恨不已。

“有件事我想不明白，”川岛说，“胡飞的特工怎么会和‘神风’联手呢？”

美樱子揆度：“我估计不是联手。很可能是俩人都想窃取大计划，只不过是不期而遇。以此来推，罗克真有可能就是‘神风’，胡飞的特工咬舌自尽，很可能是在掩护他。”

“我还是不明白，”川岛说，“国共两党是死敌，他为什么要舍命掩护罗克呢？再说‘神风’那么诡秘，就算罗克是‘神风’，胡飞和他的特工也不可能知道呀？”

“这是个复杂的问题。”美樱子说，“我以前就说过，国共两党虽然势不两立，斗得你死我活，但在反抗大日本帝国方面，往往又能携手。至于他咬舌自尽是不是为了掩护罗克，我也不能断定，只是揣测。”

“真不可思议。”川岛难以理解。

“我还有个揣测，”美樱子说，“我打入黑龙岭的事是瞒不过胡飞的，他也会推断出为什么要抓那五个劳工。昨天夜里的偷袭，许多迹象都表明张丹雄他们像是提前知道了我和木村等五人的真实身份，也知道了闪电突击队昨夜要偷袭，我当时以为他们只是猜测的，现在看来，极有可能是胡飞泄了密。”

川岛难以相信：“胡飞来张家口就是为了追杀张丹雄他们，林峰和他又有杀兄之仇，就算他知道了你们打入黑龙岭，也不可能帮他们呀？”在他看来，这是扞格不入之事，根本不可能。

“我也说不太明白，也只是揣测而已，”美樱子说，“只有把胡飞抓起来才能弄清楚。”

川岛让铃木带人去抓，美樱子主张还是让张狗娃带警察去抓。

“警察可都是国民党的人呀，让他们抓同类可能吗？”川岛认为美樱子的主张不妥。

“我之所以主张让张狗娃带警察去抓是有原因的。”美樱子说，“察哈尔目前还是国民党统治区，咱们公开的去抓国民党的人不合适，一旦获取不到证据，会引发事端，不利于大计划的实施，这是绝对不能干的。可以利用高发魁的招供，和张狗娃说胡飞已暗投共党，让他打着为国民党清除变节分子的旗号去抓，警察就不会认为是抓同类了。再有，我那天夜里去找张狗娃的时候，他和我说了胡飞是他的一个威胁，早有除掉他的想法，还建议我灭掉胡飞，这么

做也等于给了张狗娃一个消除威胁的机会，他肯定非常积极。还有，让张狗娃带警察去抓，还可以借机考验一下罗克，如果他真是‘神风’，而且和胡飞他们有瓜葛的话，抓胡飞罗克必然会有反应，或从中作梗或设法让胡飞逃跑。一旦发现他露出破绽，就可以把他也抓起来，抓一个‘神风’比抓十个胡飞都重要得多。”

“说得对，我马上给张狗娃打电话。”

“慢，我还有个想法。”

“什么想法？”

“马腾不是已经投归黑龙岭独立大队了吗？还可借助高发魁的招供，把马腾投归独立大队之事，演变成是胡飞在‘神风’的授意下派去支援独立大队的，进而推断胡飞和他的特工队都已暗投了共党，借张狗娃之手把国民党的这个特务站就此铲除。”

“太好了。我马上给张狗娃打电话。”川岛说完抓起话筒。

张狗娃接到川岛的电话后，兴奋得手舞足蹈。自从胡飞来到张家口，就如同一把利剑悬在他头顶上，他随时都感到这把利剑有可能掉下来把他刺死。当他得知“毒花”要去收降胡飞时，确实高兴了一阵子，胡飞真要降了日，他就再也不用怕他了，但后来几经试探，发现胡飞并没有真正降日，他的心又抽紧了，一直像脚踩两只船，无论那只脚出现闪失都会掉下去，坠入万丈深渊。他万万没想到胡飞会暗中投共，而且还铁证如山。“妈的，终于给了老子灭你的机会！”他暗骂一句，然后抓起话筒。正是：杀机常有恨无胆，时运旦来恶生心。毕竟张狗娃能否如愿，且看下文。

第四十七回 张狗娃获机灭胡 美樱子设谋囚父

223

罗克正在办公室为老王头的牺牲而哀痛。本来，他以为“毒花”会和闪电突击队一起被歼灭，万万没想到她会逃回来。当他知道这个消息的时候，马上就想到了老王头的安全。他断定“毒花”必然会从石头还活着分析出石头是被使用诈死计救出去的，那么能给石头送诈死药的只能是老王头。他立马派王铁生通知老王头撤离，当王铁生化装成送菜的农夫赶到警备队厨房时，老王头刚刚壮烈牺牲。

正当罗克懊悔不已之时，张狗娃打来了电话，张狗娃没和他说什么事，只是让他马上集合队伍。他从张狗娃急促的语气中，预感到有什么大事，联想到“毒花”的回来和高发魁的被杀，略一琢磨便意识到：“毒花”肯定是从黑龙岭早有作战准备推测出有人泄露了偷袭机密，而能准确知道这个机密的人只有胡飞；高发魁被杀肯定是胡飞利用高发魁让卞良打入杂工班的事暴露了，川岛又从卞良和“神风”一起入室安装窃听器（川岛肯定这么认为）推出胡飞极有可能和共党有联系，让张狗娃以胡飞暗中投共的名义去抓捕。他赶忙把王铁生叫来，说了他的猜想和对策。

大华照相馆内，二虎正警惕地站在柜台内向门口张望。鉴于赵鹏已牺牲，今天刘振邦从黑龙岭回来后，把二虎调过来接替赵鹏。他正张望着，突然看到两个警察从门前路过，其中一个从背后悄悄地向屋内扔了一个小纸团。

这两个警察是鲁明和侯二，暗扔纸团的是鲁明。

二虎不认识鲁明，他捡起纸团立即向楼上密室跑去。

昨天，刘振邦带人走后，大华照相馆由赵志海盯着，这个秘密联络站须臾也不能离人。此时，刘振邦正在密室和赵志海说昨天夜里全歼闪电突击队的事。

二虎匆匆走进来，将纸团递给刘振邦，说是刚才有两个警察从门口经过，其中一个警察悄悄扔进来的。

刘振邦展开纸团一看，神色大变，匆匆和赵志海说了两句便向楼下跑去。

刘振邦骑着自行车抄近路飞快地奔到鸿远楼，跳下车向楼里跑去。

胡飞正在经理室和黑子亮子议事，满头大汗的刘振邦跑进来，急匆匆地说了警察局要来抓捕他们的事，让他们马上撤离。

胡飞不相信："你是什么人，从哪儿得到的消息？"他还不知道"毒花"逃回来的事。

"没时间和你细说，是'神风'让转告的。'神风'还让转告你，张狗娃在川岛二十根金条的收买下，早就暗投川岛当汉奸了。"刘振邦说完匆忙离去。

胡飞一听是"神风"让转告的，知道此事不虚，立即命令黑子亮子说通知大伙儿分散撤离，到南郊树林集合。

大伙撤离后，胡飞和黑子亮子没走远，隐藏在街对面的一家店铺里。他虽然对张狗娃当汉奸和带警察来抓他们的事难以相信，但"神风"的话又不能不信，他要看个究竟。

不一会儿，一辆伏尔加和一辆卡车驶来停在鸿远楼前，张狗娃从伏尔加跳下，罗克从卡车驾驶室跳下，三十多个警察也从卡车上跳下。

本来，川岛告诉他要把抓捕胡飞的事告诉罗克，然后观察罗克有无异常举动，但他灭胡飞心切，怕告诉罗克真的走漏消息，就擅自主张没告诉他。

张狗娃把队伍带到鸿远楼，罗克已然明白了他的推测是对的，故作不知地问："局座，到底是啥任务？"

张狗娃神情严肃："省厅密示，胡飞和他的特工队已暗投共党，早就和共党特工'神风'勾结上了，命令咱们马上抓捕，行动吧。"

"不可能吧？"罗克难以相信的样子。

“警厅的情报不会错，不要再说了，马上行动，一个也不要放过。”

“有人拒捕咋办？”

“格杀勿论！”

罗克带领警察冲进鸿远楼，他们把整座楼及后院搜了个遍，也没见一人。出来报告后，张狗娃大感意外：怪了，消息不可能走漏呀！

隐藏在店铺的胡飞和黑子亮子把这一切看得清清楚楚，个个气得咬牙切齿。

川岛和美樱子、铃木正满怀信心地等待张狗娃抓捕胡飞的消息时，张狗娃匆匆走了进来。

张狗娃看到一身戎装的美樱子一愣：“你不是冯雅兰吗？”

美樱子微微一笑：“连你都认为我是冯雅兰，看来我的伪装不错嘛。张局长，我们已经打过交道了，不记得了吗？”

张狗娃恍然：“那天夜里就是你呀，怪不得声音这么耳熟，咋也没想到，‘毒花’就是你这个窈窕淑女呀。”

“先说说抓捕情况吧。”川岛催促。

张狗娃说了抓捕落空的经过。

川岛难以置信，以至生疑：“这怎么可能？是不是你让人报了信！”

张狗娃急辩：“给我十个胆儿我也不敢呀！不瞒您说，我怕他发现我的事，早想除掉他了，就是没这个胆，这次理由这么充分，我怎么可能放过他呢？为了保密，我都没向省厅打招呼。”

“罗克有泄密嫌疑吗？”

“没有。到了鸿远楼我才和他说了抓捕的事，他带人冲进鸿远楼时我还派程功一直监视他，他就是想泄密也没有机会，再说我看他也不像是‘神风’。”

美樱子让他别着急，再仔细想想，看看什么环节出了漏洞。张狗娃思索了一会儿，想起集合队伍时鲁明和侯二不在。美樱子说问题很可能出在这两个人身上，让张狗娃去把他俩找来，直接去审讯室。

川岛和美樱子、铃木刚到审讯室一会儿，张狗娃就带着鲁明和侯二走了进来。

川岛看了看缩头缩脑的鲁明和侯二：“就是他俩吗？”

“就是他俩。”张狗娃说着指了指，“他叫鲁明，他叫侯二。”

川岛冲两个打手：“把他俩绑起来！”

鲁明侯二大叫知道错啦，哀求千万别打他们。

美樱子止住打手：“什么错了？”

“不该偷跑出去抽大烟，我们已经给局座认错啦。”鲁明说。

“真没去妓院。”侯二跟着说。

“不用跟他们废话了。”川岛又冲打手，“绑起来，打！”

224

张狗娃从鸿远楼撤离时，留下了苟三等五个警察守在楼内，苟三等五人想发邪财，借机搜金找银。正当他们到处翻腾时，田万才走了进来，苟三等人立即跑过去用枪对准他。

在胡飞得到消息撤离之前，田万才就向高平请了假，说是上街买点儿东西，其实他是去了迎春院和一个叫杨柳儿的妓女鬼混去了，根本不知道胡飞等人已撤离的事。

田万才一双眯缝眼惊得登时扩张开了，愕然地问：“这、这是干啥？”

苟三打量了一下田万才：“你是不是这个公司的人？”

“是呀，咋的啦？”田万才不知发生了什么，神情茫然。

“到底逮住一个。”苟三搜了一下田万才的身，没搜出枪倒搜出一沓钱，他把钱装进兜：“跟我们走一趟！”

苟三等人把田万才押回了警察局，得知张狗娃去了警备队审讯室，又把田万才押往审讯室，他们走到审讯室门口时，看见浑身血迹斑斑的鲁明和侯二正从审讯室走出来。

刚才审讯中，川岛等人从鲁明和侯二驴唇不对马嘴的回答中，推断出他俩确实不知道抓捕的事。其实，这是罗克推断出抓捕行动后，急中生智的巧妙安排，让王铁生告诉鲁明，以请侯二抽大烟为名把侯二约出去寻机传递情报，利

用侯二来证明私自出去就是为了抽大烟。罗克在集合队伍时,则故意拖延了几分钟。

田万才被绑到刑讯架上,没挨几鞭子就把自己为什么从黑龙岭逃出来、怎么和胡飞相识又怎么入伙特工等事一股脑儿地全倒了出来。

"你负责什么工作?"川岛问。

"他们在来福客店住时,让我给他们买饭,有时候也站岗,成立公司后让我看库房采购货物啥的。"

"你刚才干什么去了?"川岛又问。

"我、我……"田万才支支吾吾。

"说!"铃木吼道。

"去迎春院了。"田万才有些羞臊,嗫嚅地说。

"大佐,这种烂货没啥用,杀了算了。"铃木很厌恶。

"千万别杀我,"田万才由于恐骇一双眯缝眼扩张到极点,"高发魁能给你们效力我也能给你们效力,保证比他效得还好。他是个粗人,我上过好几年学,好歹也算个秀才,留下我给你们效力吧,求求你们了。"

川岛有了留下田万才的意思,看看美樱子,美樱子点点头。

"好,那就把你留下。如果你敢对皇军不忠,高发魁就是你的下场。"

"高发魁咋啦?"田万才不知道高发魁已被打死。

"他背叛皇军,暗中勾结共党'神风'和暗投共党的胡飞,被毙了。"

"啊,胡队也投共了?"田万才惊得像中了电。

"对,他们已经逃跑了。"

田万才赶忙表明心志:"我保证和高发魁不一样,永远效忠皇军,永不背叛。"

川岛摆了一下手,两个打手上去给田万才解开绳子。

田万才弯着大虾腰连连给川岛鞠躬:"谢谢长官,谢谢长官。"

"你接替高发魁,去协动队当代理队长吧。"

田万才惊喜万分,能保命本已万幸,万万没想到还会受到如此重用,他扑通跪在地上给川岛连磕三个响头,然后发誓:"在下定当誓死效忠皇军,肝脑涂地在所不辞!"

225

傍晚，龟田雄坐在沙发上，正在思索该怎么说服美樱子，让她退役，但思索了半天也没思索出个好办法。

突然，他看到了手腕上的黑圪栎佛珠手链。七年前明远送给他这串佛珠手链时曾说过，这串佛珠是他用赐儿山的黑圪栎树根磨制而成的，浸注了他的一片佛心，就以此做个纪念吧。看到佛珠手链，他蓦地闪出一个主意：让明远大师说服她。他从和明远的交谈中，已经领略到精通佛法的明远有着超常的智慧，感到他说的每句话都有一种神奇的力量。

龟田雄正想到这儿，美樱子推开门走了进来。

龟田雄板着脸坐在沙发上没动，就像没看见一样。

美樱子笑笑："爸，别生气了。我不该顶撞您，知道错了。"说着走到沙发前坐下，偎在龟田雄身边撒娇，"爸，您就原谅我吧。"

龟田雄是打心眼里喜爱他这个女儿的，之所以板着脸不搭理她，是在体现为父的尊严。但当女儿撒娇时，他绷不住笑了。

"美樱子，爸真是为你好。如果是我们的国家遭到侵略，别说你去当兵，就是血洒疆场也是应该的，可现在……"

美樱子打断龟田雄的话："爸，您别说了，我听您的。可我现在不是一般的士兵，而是土肥原将军属下的特工，又奉命执行一项重要使命，即使退也不是一句话的事，您给我一段运作的时间好吗？"

"你能这么想我就放心了。本来还想请明远大师帮我……"龟田雄话没说完，响起轻轻的敲门声。

龟田雄说道："进来！"

一个年轻的日本兵推门走进："龟田先生，桥本领事让您去就餐，他已在餐厅等您呢。"这个日本兵就是桥本正康给龟田雄安排的勤务兵，叫吉冈，是桥本正康非常信得过的人。

“好,你告诉桥本领事,马上就到。”

“是!”吉冈转身走了出去。

“美樱子,陪我一块儿去吧。”

“好。”

父女二人站起来向外走去。

这顿晚餐很丰盛,桥本正康非常热情,频频向龟田雄敬酒。龟田雄因美樱子答应了退役,心中十分高兴,开怀畅饮。

饭局快结束时,龟田雄感到腹中一阵绞痛,且伴有强烈的下坠感。他去了趟卫生间,回来后没过几分钟腹中又痛起来,只好又去了卫生间。

当他再次回到餐桌时,桥本正康关切地问道:“龟田君,是不是吃了什么不合适的东西了?”

龟田雄想了想:“就吃了些葡萄和苹果,别的没吃什么。”说完腹中又痛起来,赶忙又往出走。

“闹不好是患了痢疾。”桥本正康说完冲门外喊道:“吉冈,快给军医打电话,让他们赶快过来!”

美樱子望着再次匆匆走出门的父亲,暗自一笑。

其实,这是美樱子所设的一个计谋。她非常清楚,父亲对明远是非常敬重的,别的不说,单是明远送给他的那串佛珠手链,除了睡觉洗澡之外,时刻都不离手腕。只要他在张家口一天,抓明远做诱饵的计划就无法实现。为尽快实施这一计划,她从警备队回到领事馆先到了桥本正康那里,说了她的诱饵计划和父亲同明远的关系后,又说了一个控制父亲的办法:让父亲严重腹泻。只要父亲四五天内不能去见明远,诱饵计划就实现了。桥本正康担心这么做会影响他们的父女关系。美樱子说,为了帝国的利益,顾不了那么多了,父亲知道后,她去做解释。

龟田雄被女儿用这种办法“囚”在了客房,他却浑然不知,只认为是自己吃东西不慎导致腹泻。正是:*慈父爱女句句真,逆子给父声声假*。欲知后事如何,且看下文。

第四十八回 毒花设计骗明远 胡飞怀愤除汉奸

226

川岛和铃木正等着美樱子去说服龟田雄的结果。刚才美樱子临走时，说她有百分之百的把握说服父亲，但他俩都难以相信。就在他俩没有信心的在等待时，美樱子匆匆走了进来。

“说服了吗？”川岛见美樱子面带笑容，估计是说服了。

美樱子目闪贼光：“说服是不可能的，只能计服，阻力已经没有了，诱饵计划可以实施了。”

“什么计服？”川岛不解地问。

美樱子说了她的办法后，川岛和铃木都觉得身上一阵发冷。

“谁也别想阻挡我前进的步伐，父亲也不行。你们等着，我现在就去把明远弄来。”

“你一个人哪行呢？明远可是武功高手，让铃木带个小队和你去吧。”

“你们以为用枪杆子能把他弄来吗？和明远动武那是愚蠢，即便他逃不掉也会自杀，弄个尸体来又有什么意义？”

川岛不解：“那你……”

美樱子诡谲地一笑：“我去把他请来。”

明远正坐在禅房，手捻佛珠琢磨龟田雄说服女儿退役的事能否如愿时，小和尚推门走了进来，说那个姓冯的女施主又来了，要见他，明远让请她进来。

美樱子面带微笑走了进来。此时,她又成了一身便装的冯雅兰。

"冯施主好。"

"明远大师好。"

"我听说冯施主和林施主都被日本人抓去了,后来又听说不知被什么人救出,可否是真?"

"都是真,但真中也有假。"

"何谓真中有假?"

"被抓和被救都是我安排的。"

明远心中陡然一惊:"你就是'毒花'?"

"没错。我不叫冯雅兰,叫美樱子,我是龟田雄的女儿。"

"你来何事?"

"我父亲一直仰慕大师。今天上午和尊师一席长谈之后,感悟颇深,并以尊师之灼见对我谆谆教导一番,使小女如拨云见日,醒世不少。家父为感谢尊师,在舍下略备薄宴以示答谢。小女奉父命前来邀请,万望尊师移步赏光,让小女不辱父命,我已备了车在山下恭候。"

"你能有此感悟,全赖令尊之怜。你能明白为父之苦心,我甚感欣慰。令尊既有此美意,我也愿与令尊再作一席之谈。"

明远对龟田雄是深信无疑的,丝毫没往其他方面想,他做梦也不会想到,上午还和他一同探讨武学佛法的龟田雄,现在已经躺在床上起不来了。

明远跟着美樱子走进川岛办公室,川岛和铃木迎了过来。

川岛的一张扁脸笑容可掬:"欢迎明远大师。"

明远环视了一下不见龟田雄:"令尊大人呢?"

美樱子一笑:"从您那里回来就回国了。"

明远一下明白上当了:"把我骗来想干什么?"

"大师别把话说的这么难听,不是骗,是请,怕您不赏脸才不得不打着家父的旗号。"

"别巧舌如簧了。说吧,把我弄到这儿什么事?"

美樱子说了她的目的:让明远劝张丹雄降日,只要他肯写封劝降信,无论张丹雄降与不降,警备队都会施以重金,重修寺庙重镀金身。

明远冷笑一声:“中国有句成语叫痴人说梦。你知道吗,你这就是痴人在说梦。”

“明远大师,请不要这么固执。”川岛说,“即使你不写信,张丹雄也会很快知道你被抓到这里,你是他的恩师,他尊你甚于尊父,能不来救吗？到那时我们一网将他们打尽,你忍心看到这个悲剧的发生吗?”

“真是卑鄙至极!”明远突然起掌欲自我了结,美樱子眼疾手快,闪电般地出掌将明远的掌架住。

明远和美樱子对打起来。他虽然武功极高,但毕竟年岁大了,出掌虽快但发力不足,加之铃木也出手相助,一番打斗后被美樱子所擒。

227

张狗娃为使抓捕胡飞的行动不走漏消息,就连本该向省警察厅打招呼的程序都没走。令他万万没想到的是,把握十足的抓捕竟然落空,真如煮熟的鸭子又飞了一样。在那一瞬间,他的大脑中一片空白,就像傻了一样。静下来之后他后悔了,后悔不该听川岛的。他完全可以以警察局去抓国民党的人不妥和这么做容易暴露他投日为由推脱掉,但由于他太急于灭杀胡飞而没有这么做。他想,胡飞为掩饰暗中投共肯定会向上峰说他当了汉奸,为避免胡飞反咬,他上午从审讯室出来就跑到省警察厅,向王厅长报告了胡飞和特工队变节投共及抓捕落空的事,王厅长对他大加训斥,恼火他这么大的事都敢擅作主张。张狗娃知道,胡飞是个睚眦必报之人,不可能善罢甘休,必然会寻机灭杀他;有可能“神风”和地下党也会因他抓捕已投共的胡飞而灭杀他,而且要杀他易如反掌。他越想越害怕,思谋再三还是保命要紧,决定弃官出逃,先到广东一个远房亲戚那里躲避些日子,好在他已经不缺钱。

盛世古董乱世金。贵重的字画古玩等他都弃之不要了,匆匆将金条珠宝和钱打包好,天黑之后化了装来到蓝山花住处,他确实已经离不开这个曾给予他无限柔情和欢愉的女人,要带她一起逃。他和蓝山花说了必须马上逃走的

原因,蓝山花既惊且喜,这表明张狗娃心里只有她,也表明从今以后她就可以和张狗娃长相厮守了。她匆匆收拾了几件衣服正要和张狗娃出门时,令他们魂飞魄散的恐怖场面出现了:胡飞和黑子亮子不知什么时候已经站在了门口,三支枪对着他们。

张狗娃扑通跪下来乞饶:“胡队饶命,我错了,我该死!”边说边抽自己耳光,抽得“呱呱”山响。

蓝山花也跪下来哭求饶过他们。

胡飞一双细眼喷射怒火,咬牙切齿:“你有天大的错我都能饶你不死,唯独当汉奸不能饶。”

“我没当汉奸,真没当汉奸!”张狗娃认为投日的事不可能露。

胡飞目光如箭:“你能骗过我,可你能骗得过‘神风’吗?川岛用二十根金条收买你的事他都知道得清清楚楚!”

张狗娃一下傻了眼,又连抽自己几个耳光:“是我一时糊涂,求您饶过我这一回,我保证不再为鬼子做事。”

胡飞一双细眼喷火:“你听说过我会饶了汉奸吗?”

张狗娃知道逃不过这一劫了,口气硬了起来,大脑袋一扬:“装什么正经,你不也变节投共了吗,还有什么资格说我!”他确信胡飞已投共。

胡飞神态凛然:“慢说我没有投共,就算是真投了共也是抗日,总比你当汉奸要强百倍。”说完连开几枪将张狗娃打死。

黑子亮子也开枪将蓝山花打死。

228

田万才意外地登上协动队代理队长的宝座,有种摔一跤爬起来捡了个金元宝的感觉。当他穿上协动队队长的军官服后,腿都不会迈了。

早上,田万才坐在办公桌前,一边翘着二郎腿吹茶,一边得意洋洋地看着六子贵祥清理卫生,像权高位重的主子看着奴才干活儿一样。

六子在擦桌柜，贵祥在拖地板，两人都干得非常欢实。

不知是因他俩是乳臭未干的毛孩子还是什么原因，鬼子竟然没有追究他俩和高发魁一起去东山坡送尸体的责任。他俩安葬完高发魁，痛哭一场，发誓要为高发魁报仇。他俩为主子复仇的事，颇似豫让①为主子复仇。他俩之所以这么卖力地干是有目的的，他们明白，凭他俩的身份是不可能接触到川岛的，只有讨好田万才，让田万才喜欢并信任他俩，去哪儿都把他俩带上，才会有接触川岛刺杀川岛的机会。

干完活儿，六子恭恭敬敬地问："田爷，您看看哪儿还不干净，我们再收拾。"

田万才放下茶碗，板着脸："盛达贸易公司开业那天，在鸿远楼门口抓我的就是你俩吧？"

六子诚惶诚恐："我们是磨房的驴，听喝的，高发魁让抓，我们哪敢……"

田万才一副小人得志的样："那也得惩罚你们，互抽十个耳光。"

六子贵祥相互看了一眼，开弓拉箭般你一掌我一掌地互抽起来，掌掌都打得实实在在，清脆响亮。打到五六掌时，田万才一举手："行了，剩下的免了。"

六子贵祥这才住了手，两人的半个脸都已经肿了。

田万才也懂得恩威并重："以后跟着我好好干，保证你俩都有官儿当。"

六子贵祥千恩万谢，一个说我给您捶捶背，一个说我给您揉揉腿，二人说着就上手忙活起来。田万才闭着眼睛舒坦地享受着，由奴才升为主子的感觉实在是太好了。在享受的同时，他对六子和贵祥也滋生了好感。是呀，他俩当时对他不恭，是在执行高发魁的命令，怨不得他俩。

办公桌上的电话突然响了，六子贵祥住了手。

田万才伸手抓过话筒："哪位？"

对方刚说了句什么，田万才马上站起来立正，毕恭毕敬地听着对方说话。待对方说完，田万才连声说："好，好，我马上过去！"放下话筒对六子贵祥命令

① 豫让：春秋末期晋国人，原主子视他为草芥，跻身智伯门下后受到尊宠，被称为国士。智伯在争权斗争中被赵襄子所杀，豫让为给智伯复仇时不被发现，不惜自毁容颜和嗓子，但刺杀最终失败被捉。豫让恳求赵襄子把战袍脱下让他刺三剑，以完成为主子复仇的心愿，赵襄子念他是个忠臣便答应了他。豫让拔剑连刺战袍三剑后，伏剑自杀。

道，“赶快备车，去警备队!”

六子贵祥以为是川岛要召见田万才，相互看了一眼，目光中都透着兴奋。他们没想到，机会这么快就来了。

给田万才打电话的是铃木。打完电话，他从办公室出来，和两个日本兵在院里等田万才。不一会儿，一辆吉普快速驶进院子，停在他身旁。

田万才从车上跳下来，快步走到铃木跟前，大虾腰一挺敬了个礼:“请铃木中佐指示!”

尽管田万才敬得礼十分不标准，但铃木对他这么快就赶来还是很满意:“田队长，有个任务要交给协动队，你新官上任，希望打好这头一炮。”

田万才身子又一挺:“请铃木中佐吩咐，保证完成任务!”

“是这样，昨天晚上，我们把云泉寺的明远和尚抓来了，明远是张丹雄的师父，我们准备利用他搞一个诱杀计划……”

在铃木和田万才说话时，坐在副驾座的六子和坐在驾座的贵祥在车上悄声商量，他们觉着刺杀川岛的机会不一定好等，杀铃木也可以，他毕竟是警备队的二把手，还是个中佐，而且把高发魁骗到审讯室的也是他，杀了他也算给高发魁报仇了。两人商定:六子开枪，贵祥扔手雷。

铃木绝想不到在警备队大院会有人刺杀他，他继续给田万才交代着任务:“……我们分析，来劫狱的不止张丹雄他们，‘神风’和地下党也极有可能参与，为将他们一网打尽，准备再增设几个伏击点，其中三个由你们协动队负责，你跟我先去看一下伏击点的位置。”

就在铃木刚转过身时，六子突然跳下车举枪就射。不料他的举动被一个日本兵发现了，这个日本兵迅速地用身体挡住了铃木，子弹击中其胸膛，另一个日本兵急忙开枪将六子击毙。

铃木和田万才一愣之时，贵祥的两个手雷已从车窗口飞过来，铃木和一个日本兵赶忙趴下，田万才惊慌失措地往前跑，手雷爆炸，田万才被炸死。

贵祥驾车逃跑，大门口的两个日本兵向他射击，贵祥中弹后吉普失控，最终撞到墙上停了下来。

远处，几个正在干活儿的杂工看到了这一幕，都惊得目瞪口呆。

川岛正在办公室和美樱子分析诱杀计划是否还有漏洞，突然听到院内传

来枪声和爆炸声,以为是张丹雄他们来进攻了,他们正要往出跑时,铃木灰头土脸地跑了进来。

铃木惊恐地说了刚才发生的事。

川岛的心放了下来:“我还真小瞧了他俩了。看来他俩是想给高发魁报仇,小小年纪能为主子舍命,也算是义士,叫人买两口棺材把他们埋在高发魁身旁吧,我想成全他们。伏击点的事重新安排人吧。”

铃木应了一声黑着脸不情愿地走了出去,他对川岛这么处理六子和贵祥的事有些不满。

“铃木君好像不高兴。”美樱子看出铃木不满。

“已经死了的人,就是把他喂了狗又有什么意义?”川岛说,“这么做或许还能征服许多中国人的心。对啦,那五个劳工也没用了,放了算啦。”

“怎么?还没把他们处理掉?”

“我又利用他们考验了一次罗克,结果没奏效。”

川岛说完考验经过,美樱子说:“您不该把这五个人的消息泄露出去。我原来怀疑是胡飞走漏了消息,现在看来,或许也和这五个人被送到警察局有关。‘神风’是何等人,闻风就知雨呀。”

“你这一说还真有这个可能。我太粗心了,考虑到一方面忽略了另一方面,要是及时把他们秘密处理掉就好了。要不让张狗娃把他们秘密杀掉算了。”

“现在处理已没任何意义了。既然抓五个劳工的事已不是秘密,就以经查不是共党为由放了算了,充其量不过几个平头百姓,没必要因他们招惹麻烦。”

“说的对,我给张狗娃打个电话,让他马上放人。”

川岛刚要抓话筒,电话响了。他顺势抓起话筒,还没等他发问,电话里就传出一个急促而恐惧的声音:“川岛大佐,张狗娃被杀了……”

电话是阮得利打来的。今天上班后,他去找张狗娃说事,办公室的门一直关着,他以为张狗娃睡懒觉,没敢敲门。等了一阵又去,门依然关着,敲敲没反应。就在这时有人来报案,说一个大宅院有两个人被杀了,他赶忙叫上罗克跑过去一看,被杀的正是张狗娃和他的情妇蓝山花。

“肯定是胡飞杀的。”美樱子一听就知道是谁所为。

“看来是。”川岛说，“早知道提前布防就好了，又失去一个抓捕胡飞的好机会。”

“我倒是想到了，只是没想到他下手这么快。”美樱子说，“您不用懊悔，我迟早会灭了他的。”

229

祖臣芳昨晚看了一场戏，睡到十来点才起。自从听了祖臣举讲的那番道理，她也想开了，既然管不住张狗娃，就随他去吧，反正他每个月的薪金都一分不少地交给了她。再者，她也想要个孩子，等蓝山花生了孩子祖臣举再设法把她灭掉，也不失为一件好事。

她正慵懒地坐在梳妆台前梳头，祖臣举慌慌张张地跑进来。

祖臣芳从镜子里看到了跑进来的祖臣举，头也不回地说：“有狼撵呀，慌里慌张的。”

“姐，出事啦，张狗娃被杀了。”祖臣举变腔变调。

祖臣芳大惊，腾地站了起来：“听谁说的？”

“警察局办公室主任阮得利打电话告诉我的，他说张狗娃身上被子弹打了十几个窟窿。”

阮得利本来是想给祖臣芳打电话的，但又怕祖臣芳听出他的声音，毕竟他给祖臣芳打过好几次匿名电话。祖臣芳她爹不是一般人，他不想让祖臣芳知道他干这种小人的事。所以，就把电话打给了祖臣举。

“啥时候的事？”

“昨天夜里，那个婊子也被打死了。”

“谢天谢地，幸亏他没回来住，要不然咱姐俩也得搭上。”祖臣芳感到万幸。

“可不是，还得念那个婊子的好呢。姐，去看看吧，尸体拉到警察局大院了。”

“不去，死了活该。”祖臣芳虽然吃惊但并不难过。

“别介呀,”祖臣举提醒,“他是为党国死的,得去要抚恤金呀。”

“可不,把这事忘了。”祖臣芳恍然,“走,多和他们要点儿。”

祖臣芳和祖臣举刚要往出走,一个身着便装、像是官员模样的人走了进来,后面跟着十几个国民党宪兵。祖臣芳以为他们是为张狗娃的事来的,赶紧掩面干嚎起来:“狗娃呀,你死得太惨了呀,挨了十几枪呀,我可咋活呀……”

“别哭了!”官员大声喝道。

祖臣芳吓了一跳,干嚎戛然而止,愣怔地望着官员。

“你叫祖臣芳吧?”官员问。

“是。”祖臣芳不明白官员啥意思。

官员严肃地说:“我是省党部的,你爹犯贪污罪受贿罪被检察院抓起来啦,这座住宅是他用赃款购置的,省党部决定没收,限你下午六点前搬出去!”

祖臣芳一下瘫坐在地上号啕起来:“老天爷呀,人没啦房也没啦,我可咋活呀……”这回她可是真哭,哭得涕泪横流。

祖臣举哀叹:“完了,全完了!”

突然,街上传来一个女人沙哑的喊叫声:“我闺女和张狗娃结婚啦,张狗娃是警察局的大局长,我闺女山花儿当了官儿太太啦,哈哈……”

这个女人正是蓝山花的母亲刘氏,她疯了。

迎春院中庭,杨柳儿正向老鸨和一群花枝招展的妓女们炫耀。

杨柳儿在迎春院也算得上一个颇有姿色的妓女,田万才自打跟上胡飞手头有了些钱,就常来和她厮混。她后来得知田万才是盛达贸易公司的人后,就缠着田万才把她赎出去当老婆,田万才说他有毛病不能有后,她说她不在乎,只要给她买处大宅院就行。田万才也想有个家,就利用胡飞让他采购货物和看守仓库之便不断地贪污中饱,很快就积累了一大笔钱。昨天当上了协动队代理队长之后,他兴奋得和杨柳儿折腾了一夜,说明天就把她赎出去。

杨柳儿春风满面,脸上泛着笑的涟漪:“……他还不光有钱,昨天还当了协动队的队长呢,说今天就来赎我,还要给我买座大宅院呢!”

“啧啧”的羡慕声像鸟叫,顿时响成一片。

“我女儿真是好福气哟,”老鸨喜笑颜开,“眨眼间就成了官太太啦,我这当妈妈的脸上也有光呀!”

妓女甲:“多好呀,羡慕死我们啦,这好事啥时候能轮到我们呀!”

妓女乙:“今儿晚上好好请我们一顿吧,姐妹们给你祝贺祝贺!”

“没问题,小意思。”杨柳儿豪气十足,“咱们去朝阳楼饭庄,想吃啥你们可劲儿点,可劲儿造!”

大伙儿正欢声笑语拍手打掌地说着,一个人慌慌张张地跑了进来。这个人是杂工班的杂工,和杨柳儿是一个村的,杨柳儿和田万才相好的事他也知道,刚才在警备队大院亲眼看到田万才被炸死的那几个杂工中就有他。

杨柳儿笑问:“你咋来啦?也想找个姐妹乐乐?”

杂工慌忙说:“不、不,杨柳儿姐,田万才被炸死啦!”

杨柳儿大惊:“啊,咋炸死的?”

杂工说了田万才被炸死的经过,让杨柳儿赶紧去看看,说田万才的尸体已经被拉到协动队了。

杨柳儿态度立变:“哼,我看他干啥,他还没把我赎出去呢,死了和我没关系。”说完屁股一扭一扭地上楼去了。

大伙儿愕然。

杂工愤然:“真是戏子无情婊子无义。”

“说什么呢!”老鸨和一群妓女骂着脏话要打他。

杂工自知失言,慌忙抱头鼠窜。正是:世间百态皆尽有,善念一种唯难求。欲知后事如何,且看下文。

第四十九回 办公室稻永被杀 居民区罗克暴露

230

昨天夜里,罗克就从警备队厨子(另两个厨子也是特工组成员,鬼子没怀疑到他俩)传出的情报,得知了明远被关进警备队监狱的事。起初,他认为是龟田雄因七年前被明远打败记仇,把明远骗来进行报复的。因为昨天上午,他已从领事馆厨子的情报中,知道龟田雄已到了张家口,也知道他去云泉寺见明远的事。但仔细一想好像又不是这样,他虽然不认识龟田雄,但听他师父说过,龟田雄是个光明磊落的人。他决定先把事情弄清,如果真是龟田雄挟仇报复,一定要除掉他这个小人。当天夜里,他就让王铁生去云泉寺向小和尚了解情况。王铁生很快就回来了,说肯定是"毒花"以龟田雄的名义把明远骗下山的,因小和尚说来请明远的是个姓冯的女老师,两个多月前她和一个叫林溪的女老师一起来过一次,明远临走时还和小和尚说,是龟田雄先生请他赴宴。罗克恍然明白了,"毒花"肯定在山寨已弄清了张丹雄就是明远的徒弟,她把明远骗到警备队关起来,是想把明远作为诱饵,引诱张丹雄他们来劫狱,借机消灭他们。他还想弄清楚龟田雄是否参与了此事,让王铁生通过秘密联络点打探,领事馆厨子反馈的情报是:龟田雄今天没吃早饭,听说是回日本了。他不知龟田雄是否真的回了日本,但已无暇顾及此事了,他担心张丹雄他们得到消息会来劫狱,决定和刘振邦他们联手,先把明远救出来再说。

川岛他们为防止明远自杀,不但给明远戴上了由铁链子牵着的手铐脚镣,

使明远伸不开手脚发不上力,还把他绑在牢房的一根木柱上。同时,他们还接受了下良咬舌自尽的教训,残忍地将明远的几个门牙用钳子拔掉。

明远为了不让川岛和美樱子的阴谋得逞,拒绝进食,想以绝食自尽。川岛自有办法,让军医给明远注射葡萄糖来维持他的生命。

夜深,监狱内死一般的静寂,连掉根针都能听得见。

明远透过牢房上端的一个小铁窗口,能看到巴掌大的一块夜空。夜空中,还能看到两颗飘摇的星星,星星像是布上了一层云翳的眼睛,晦暗无光。

明远遥望夜空,深懊没有看透美樱子的骗术,心中不停地祷告:“佛主慈悲,千万不要让张丹雄他们来劫狱,千万不要让鬼子的阴谋得逞,我死不足惜,他们可都是抗日的英雄啊……”

张丹雄还没睡,正坐在桌前凝视着手中的梅花镖。这支镖,就是“毒花”杀死石头的那支,他那刚毅威严的面孔,在烛光的映照下如同铜铸一般。

他认识石头和红小英时,他俩才十一二岁。明远从不收徒,之所以先后把他和石头红小英收下,是因为明远和他们三人的父亲都是胜如亲兄弟般的莫逆挚友。张丹雄特别喜爱石头和小英,把他俩当亲弟弟亲妹妹看待,石头小英也把他当亲哥哥一样。因他早入门七八年,石头和小英还把他当师父一样看待。有一次他病了,卧床不起,石头得知后,一下从家里给他赶来五只羊。说,师哥你甩开吃,快快养好病,吃完我再给你往过赶。那时,石头也不过十三岁。

回想着往事,他耳边似乎还能听到石头喊他师哥时那甜甜的声音。他怎么也想不到,石头这么快就离他而去。想到石头的死和他的指挥失当有关,他的心如同被虫啮般的疼痛,猛然伏在桌上失声痛哭。

哭了一气他抬起头,泪流满面地发誓:“石头,‘毒花’是用这支梅花镖杀了你的,你放心,我一定要用这支镖把她杀死,为你报仇,为顺子报仇,为凤巧报仇,为所有在这次偷袭中死去的弟兄们报仇!”石头及那么多人的死,对他的打击实在太大了,可谓创巨痛深。

门“咯吱”响了一下,他一看是戈剑光走了进来,赶忙擦擦泪把镖放下:“咋这么晚了还没睡呀?”

“睡不着,见你屋里还亮着灯,就过来了。”戈剑光走到桌前坐下,看了看桌上的梅花镖,“想石头呢?”

“是,他死得太惨了,也太早了,咱们能有今天,也是他打下的基础,他和那么多战士的死对我的打击太大了。”

“是呀,我们也都很难过。人死不能复活,你也别太折磨自己了,还有重任呀。”他知道张丹雄是因为指挥上的失误自责。

“我也知道,有时就是控制不住。”张丹雄泪眼婆娑地说,“剑光,我想明天回趟张家口,把石头的事告诉师父,不然师父会埋怨我的。”

“应该。我陪你回去吧?”

“行。那咱们明天一早就走。”

“对啦,刚才小野找我了,他要求正式加入抗日独立大队。”

“是他先开的枪,才使咱们的人知道闪电突击队已经摸到了寨子里,不然损失就更大了。他还亲手打死了两个鬼子,又救了桑斯尔,已经用实际行动加入了,我没意见。”

此时,他俩都想到了林溪,她力阻桑斯尔杀小野是对的。共产党人的胸怀和远见是他们远远不及的。

231

日军警备队大院表面风平浪静,实则杀机暗藏。十几个伏击点就像眼睛大睁嘴巴紧闭的恶兽,期待着猎物的来临,只要猎物闯进来,他们霎时就会张开大口,用毒焰织成一张密集的火网,把猎物全部网死在里面。只是猎物迟迟不来,令这些恶兽不免发急。

比这些恶兽更急的是川岛和美樱子,他们正焦灼不安。

川岛双眉颦蹙:“已经凌晨三点了,怎么还没动静,莫非张丹雄他们没有得到消息?”

“抓明远关明远的事我们并没有保密,以‘神风’的无所不能,他必然早就知道了,而地下党和独立大队相互勾结已是不争的事实,既然‘神风’知道了,张丹雄能不知道吗?再等等看,或许他们很快就会来的。”

尽管美樱子分析得头头是道，仍是一夜无果。清晨，川岛和美樱子吃完早饭又回到办公室。

“我估计，他们要么是还没得到消息，要么是得到消息不敢来。”川岛分析。

“消息他们肯定得到了，也肯定敢来，我估计他们不会采取强攻的办法来劫狱，很可能还是智取，或许是智取的办法还没拿准。”美樱子也分析。

“那他们会采取什么办法呢？救虎啸山龙吟海的办法不可能再用了吧？诈死计也不可能再使了吧？”

“我一时也猜不透。不管他们采取什么办法，咱们还是严加防守，以不变应万变，他有千条妙计，咱有一定之规。”

铃木匆匆走进来：“好消息。省警察厅已经宣布，让阮得利当警察局局长了。”

“这算什么好消息。”美樱子不以为然。

“是好消息。”川岛说，“为防止张狗娃有什么意外，我们早就在物色可靠人选了。通过观察，发现办公室主任阮得利这个人在爱财方面远胜于张狗娃，而且奴性十足。我们早已买通察哈尔省国民政府的一个要员，让他向省警察厅王厅长吹过风。由于察哈尔还没被我们占领，很多事情都得靠警察局来完成，所以警察局局长这个人选，对我们非常重要。”

“明白了。”美樱子说，“大佐智腾千里，如此深谋远虑，实在佩服。”

川岛把降服阮得利的任务交给铃木去办，又让他从警备队选一个人先临时代理协动队队长，等孟根布勒能回来时再由他接替。

232

阴沉的天空飘着零星小雪，冷风嗖嗖。瘦弱的小和尚孑身站在云泉寺寺门前朝山下张望。他是个孤儿，八九岁时父母双亡，一次来寺庙偷吃供品时被明远发现，明远出于怜悯收留了他，剃度他当了和尚，待他如亲孙子一般，关怀备至，他也十分感恩，对明远既尊重又孝敬。他不知道发生了什么，但师父两

天两夜没回来，他预感到可能出了什么事，心中既惶恐又焦急，期盼着明远能突然回来。他正望着，突然看到有两个人从一山弯处闪出快步向寺院走来，仔细一看原来是张丹雄和戈剑光。

他赶忙朝他们跑去。

张丹雄见小和尚跑来，问道："师父在吗？"

小和尚一愣："你们不知道？"他还以为张丹雄是来告诉他明远的消息的。

"知道什么？"张丹雄也一愣。

"师父前天傍晚去了亀田雄那儿，一直没回来，不知咋回事。"

张丹雄大感意外："亀田雄？他来张家口了？"

"来了，前天上午他来找师父，俩人谈了很长时间，傍晚又有个姓冯的女老师来了，不知和师父说了些啥，师父就跟她走了，临走时师父跟我说，亀田雄约他去赴宴，结果一去就没回来。"

"一定是'毒花'，师父上当了。"

"对啦，前天夜里有个人还找我问过这事，不知他是干啥的。"

"可能是地下党的人。"戈剑光说，"咱们先去东口茶馆问问赵志海吧，或许他知道是咋回事。"

东口茶馆在怡安街东头，门脸古香古色，是个老字号。他们来到东口茶馆，赵志海不在，戈剑光让伙计小龙赶快去找，说有急事。上次戈剑光来和赵志海说林溪等三人已上了黑龙岭和她们不是马腾所救之事时，赵志海告诉过他，以后如果有什么事需要找地下党就直接来找他，他若不在就让伙计小龙去找，小龙也是地下党党员。

赵志海正在照相馆密室和刘振邦商量接应明远的事。

昨天上午，鲁明来转达"神风"的话：明远被"毒花"以亀田雄相请的名义骗到警备队关进一号牢房了，目的是引诱张丹雄他们来劫狱，借机灭杀。所以，必须尽快把明远救出来，挫败鬼子的阴谋。营救办法是，把原来准备营救林溪等人时挖的地道再延伸，直达一号牢房下面，延伸地道的任务由刘振邦负责，去牢房营救由"神风"负责。由于原地道已挖到监狱后墙，延伸并不费事，刘振邦昨天深夜组织人开挖，今天凌晨就已经挖通了。转告"神风"之后，"神风"决定今夜行动，让刘振邦他们做好接应准备。

他们刚商量完，小龙走进来。

小龙说了张丹雄和戈剑光来找赵志海的事，刘振邦估计他们已经知道明远的事了，让赵志海把营救办法告诉他们，劝他们放心回去，千万别擅自行动。

233

从警备队选派到协动队当代理队长的是个大尉军官，叫稻永。他是个很有责任心的人，想在代理队长这个位置上做出一些业绩以取悦川岛，为自己的前途铺路。上任当天，他就给协动队订了八条纪律，其中一条是，从今天开始，协动队的人凡是需要进警备队大院的，都必须在他的带领下才行；如果没有他的带领，也必须得持有他本人的军官证。

傍晚，铃木给他打来电话，让他重新调整协动队所负责的三个伏击点的士兵，说他们昨天熬了一夜，精力不充沛了，影响战斗力。

稻永不敢怠慢，立即另选了三个小队长，领他们去看了三个伏击点的位置。夜里十点钟，又带领这三个小队长和十几名士兵悄悄进入了三个伏击点。

稻永安排就绪回到办公室，马上给铃木打电话，显摆地说，人员都重新调整了，也都按时进入岗位了，此外，他还在警备队大院外设了两个隐蔽的伏击点，用以切断敌人的退路。铃木对他大加赞赏，说要向大佐报告，请大佐嘉奖他。

这是稻永第二次受到铃木的赞赏了，第一次是赞赏他订得八条纪律。头一天上任就受到两次赞赏，令他非常兴奋。他放下话筒沏了杯茶，慢慢品了起来。

突然，两个协动队士兵推开门走进来。这两个人正是王铁生和鲁明。

今天下午，罗克突然想到一个问题。据警备队厨子传出的情报，川岛在大院所增设的伏击点中，有一个是设在车库的，车库在监狱西侧，距监狱只有二三十米，如果监狱里一旦有动静的话，监狱门口的卫兵马上就会鸣枪示警，埋伏在车库的鬼子用不了一分钟就会冲进牢房，就算他和明远能进入地道，鬼子发现地道口也必然会四处设卡，他和明远就可能被堵在地道里。为防止出现这种情况，他决定让王铁生和鲁明化装成协动队的人，提前进入警备队大院潜

伏在车库附近，一旦真出现这种情况让他俩用手雷阻挡一阵子，为他把明远顺利地带出地道争取些时间。但他也知道稻永当了协动队队长并订了八条纪律的事，一番思索后，抓住稻永头一天上任对协动队士兵还不熟悉的弱点，设计了一条妙计。

刚才，王铁生和鲁明在协动队的厨子老乔（也是特工组成员，为救唐尧盗走协动队吉普的和救石头时给武士元下泻药的都是他）协助下，先隐藏在厕所旁的一间柴房内，当两个协动队士兵进厕所解手时，他俩跟进去杀死两个士兵，换上了他们的军服。

稻永看到两个士兵贸然闯进办公室，感到有伤尊严，勃然大怒："不是已经给你们订了纪律吗，有什么事和小队长讲，不许越级报告，怎么这么没记性！滚出去！"

王铁生陪着笑："稻永队长订得纪律我们哪敢忘。是这么个事，我俩刚才去厕所解手，出来时在地上发现一张纸条，上面写的内容和劫狱有关，怕转手误事，就直接给您送来啦。"

稻永一听和劫狱有关，立即上了心："快给我看看。"

王铁生掏出一个折叠的纸块儿，走过去递给稻永。

稻永接过纸块儿展开一看，上面写着三个大字：稻永死！

稻永惊容未散，鲁明已跨过去一刀刺进他的胸膛。稻永喷出一口血，歪倒在椅子上。

王铁生迅速从稻永上衣兜掏出军官证看了看装起来，然后和鲁明把稻永的尸体塞到床下。

王铁生和鲁明来到警备队大院门口，两个哨兵将他俩拦下，王铁生说是稻永队长派他俩来检查一下，看三个伏击点的士兵有没有脱岗的，并让哨兵看了稻永的军官证。哨兵手一挥，让他俩进了大院。

234

牢房内，明远依然戴着手铐脚镣被坐绑在柱子上。

昨天夜里,他的心悬了一夜,生怕张丹雄他们来劫狱,直到天亮心才放下来。今天天黑之后,他的心又悬了起来,而且悬的更高。他认为昨天没来可能是没得到消息,今天肯定得到消息了。

突然,他听到窸窣的草秸响动,以为是老鼠乱窜,正要扭头看,一个头戴黑礼帽、脸蒙黑面罩、身披黑披风的人突然出现在他的面前。这个人正是罗克。

明远早就听说过蒙面大侠,他并没吃惊,只是奇怪他是怎么进来的。

"大师,我是来救您的,地道已经挖到这个牢房了。我进洞后你就喊看守,说要见川岛。"罗克悄声说完又迅速走到墙边跳入一个洞口,然后用草秸把洞口遮住。

明远看到洞口已被草秸遮严了,扭头向过厅中正趴在桌上睡觉的两个看守喊道:"来人,我要见川岛!"

两个看守被惊醒,匆匆走到牢门前:"喊什么呢?"

"我要见川岛。"

两个看守打开牢门走进来。

看守甲:"想通啦?"

"想通啦,先把手铐脚镣给我打开。

看守乙:"这可不行。您这身功夫,打开了就是虎,谁看得……"

看守乙突然住了嘴,脸上现出痛苦的表情。

看守甲正纳罕时,倒下的看守乙身后突然站起一个蒙面人,手里握着一把带血的匕首。看守甲惊得如僵尸一般,干张嘴说不出话,罗克一挥手抹了他的脖子。

罗克迅速从看守身上摸出钥匙,给明远打开手铐脚镣,又用匕首挑断了绳子,扶起明远下了地道。

营救到此非常顺利,但险情很快就出现了。

刚才,监狱门口的两个卫兵听到明远喊了一声要见川岛,也听到了看守开牢门的声音,可半天没见人出来,他俩担心出什么事,进去想看个究竟,但很快又惊慌失措地跑出来鸣枪示警,大喊:"明远从地道逃跑了!"

大院里霎时响起尖厉的警报声。

随着警报的响起,监狱西侧的车库大门被猛然推开,十几个全副武装的日

本兵从里面冲了出来。

此时，王铁生和鲁明正隐藏在距车库不远处的一辆卡车下面，他们见日本兵冲出来，连着扔了几个手雷，日本兵被炸死一片，剩余的日本兵赶忙卧倒，当他们要往起爬时，王铁生鲁明又扔出几个手雷，然后迅速跑到北墙跃墙而出。

他俩刚跃出墙外，东西两侧各有十几个协动队的士兵朝他俩跑过来，这些士兵正是稻永设在大院外的伏兵。

王铁生看到协动队士兵跑了过来，急中生智，大喊："稻永队长让你们快去前大门，黑龙岭的人从前面进攻了！"

协动队士兵见他俩穿着协动队军服，天黑又看不清楚是谁，都信以为真，赶忙绕过东墙向前大门跑去。

王铁生鲁明赶忙往北跑去，到约定地点去找罗克。

罗克和明远已经从下水道的出口出来，跑到了居民区的一条胡同口。两人回头看了一眼，正要往胡同跑时，明远突然扑倒在地。

罗克以为明远闪倒了，急忙去扶。明远说他的腿中镖了，跑不了了，让罗克快跑。

明远刚说完又有几支镖"嗖嗖"地飞来，罗克急忙抱住明远翻滚躲闪，不料自己右臂中了一镖。

明远大喊："别管我，快跑！"喊声未落，美樱子已跳到他们跟前。

美樱子早已潜伏在居民区房顶，罗克和明远刚跑到居民区就被她发现了。

"你们跑不了了！蒙面人，我今天要看看你到底是谁?"说完发招猛攻。

罗克与美樱子对搏，由于右臂中镖，动作稍一慢，黑面罩被美樱子一把扯下。

美樱子冷冷一笑："罗克，果然是你。你中了镖不是我的对手啦，投降吧。"

"我就是独臂也能打死你，既然知道了就让你死个明白。"罗克暗中发力，几个回合后一掌将美樱子击出一丈多远。正是：其实一直在较量，只是至今方才知。毕竟美樱子性命如何，且看下文。

第五十回 观神射林母解惑 说奇功大师明情

235

美樱子自知不是对手,急忙一个后空翻,顺势又甩出两支飞镖。

罗克侧身闪过,美樱子又向明远飞出一镖,罗克横身飞过去将镖接住,反手甩向美樱子,美樱子躲镖后急逃,遁入夜幕中。

罗克刚将明远扶起,王铁生和鲁明跑了过来。

"铁生,"罗克急忙说,"我刚和'毒花'交了手,暴露了,你赶紧去通知我的家人转移,我和鲁明送大师去东山坡,大师的腿中了镖,不能走了。"

"你父母和妹妹我都没见过,又穿这么一身,我怕他们信不过我,还是你去转移家人,我和鲁明去送大师。"

"也好,一定要确保大师的安全。"

鲁明虽然早已意识到"神风"就是罗克,但此时还是有些惊奇。罗克匆匆跑去后,他赶忙背上明远向北跑去,王铁生握着双枪紧跟其后。

远处传来一片急促而杂沓的跑步声。这是铃木带着十几个日本兵及十几个协动队士兵追了过来。刚才,铃木从北墙跳出时就已看到两个袭击车库伏兵的人朝北跑去的背影,赶忙召集了一些日本兵和协动队士兵追了过来。追的过程中他曾遇到了正往回跑的美樱子,美樱子说明远的腿已中了他的镖,蒙面人就是罗克,他的臂膀也中了她的镖,让铃木赶快去追,她赶紧带人先把罗克的家人抓起来。

罗祥瑞、罗妻、罗敏及仆人曹贵宝正在客厅紧张地议论着什么。他们原本都睡着了，是被刚才的枪声爆炸声惊醒的。

他们正议论着，罗克急匆匆地跑了进来："爹、娘，我暴露了，你们赶快跟我转移。"

罗祥瑞一愣："啥暴露了？"

一家人都茫然不解地望着罗克。

罗克因担负特殊任务的原因，从没向家人透露过他的真实身份。

"来不及细说了，"罗克火急，"快跟我从后院撤，鬼子马上就来了。"

"咋把鬼子招惹下了？"罗祥瑞感到奇怪。

罗敏似乎悟到了什么："快别问了，赶紧跟我哥走吧。"

罗克和家人刚走到后院门口，前院门就响起了砸门声。罗克一看曹贵宝没跟过来，赶忙让罗敏带父母去南郊，他返回去找曹贵宝。

他刚跑过房拐角，院门就被踹开了，美樱子带着二十几个鬼子冲了进来。

罗克刚要举枪射击，突然看到院中的花坛后面有人连开两枪，将两个鬼子击倒，鬼子的子弹霎时都射向花坛，花坛溅起一片烟尘。

他看清了，向鬼子射击的正是曹贵宝，又见他在花坛后面迅速地变换着位置，不停地向鬼子开枪。

罗克明白了，曹贵宝是为了掩护他们撤离故意留下的。他赶忙向鬼子连扔两个手雷，手雷爆炸后，他边向鬼子开枪边大喊："曹伯快跑！"

曹贵宝向罗克跑来，就在他快要跑到罗克跟前时突然扑倒在地，他中弹了。

罗克冲过去救曹贵宝，美樱子大喊："他就是罗克，打死他！"

鬼子朝罗克射击。罗克赶忙闪回房角向鬼子射击，三四个鬼子被打死。

其余的鬼子在美樱子指挥下边开枪边快速往前冲，倒在地上的曹贵宝突然站了起来，将手中的一个手榴弹拉了弦向鬼子扑去。

鬼子惊叫着往后退，手榴弹爆炸，曹贵宝和两个日本兵同归于尽。

罗克又连开几枪转身跑去。

236

鲁明背着明远跑不快,跑到东郊时,追兵越来越近了。

一路上,明远几次让鲁明和王铁生放下他,他俩坚决不答应。又跑一阵后,他们已在敌人的射程了,子弹“嗖嗖”地从他们身边飞过。

王铁生让鲁明先走,他趴在地上阻击敌人。他枪法很准,在他双枪压制下,敌人前进的速度减缓了许多。他回头看了看,鲁明背着明远已跑出百米之外了。

敌人越来越近,王铁生不再开枪。敌人以为他没子弹了,快速冲了上来,就在敌人冲到距他三四十米时,他突然跃起来,连续向敌人扔了两个手雷,敌人被炸倒一片。

王铁生又趴在地上回头看看,鲁明背着明远已消失在夜幕中。他的心放了下来,准备和敌人拼到最后一刻。

剩余的敌人在铃木指挥下又快速冲了过来,王铁生正挥动双枪射击,身后突然有人开枪,冲在前面的几个鬼子被打倒。

他回头一看,十几个人从山上边开枪边跑过来。

这十几个人正是刘振邦赵志海等地下党成员和张丹雄戈剑光(赵志海本来是劝张丹雄戈剑光回去的,但他俩坚决要求留下来参加营救,赵志海无奈,又请示刘振邦,刘振邦只好让他俩参与接应)。他们是按照“神风”的约定在东山坡的树林内等着接应明远的,听到山下的枪声知道情况有变,立即冲了下来。

一阵激战后,他们打退了敌人。

王铁生十分兴奋,问刘振邦:“见到鲁明和明远大师了吗?”

“往山下跑时见到了,两个同志已护着他俩上山了。‘神风’咋没来?”

“他和‘毒花’交手时身份暴露了,去接家人去了。”

“‘神风’到底是谁?”刘振邦听说暴露了,急问。

"'神风'就是罗克。"

刘振邦满怀敬意:"我估摸就是他。"

罗克从后门出来很快追上了家人,他带着家人边跑边打,在这个过程中,他连打带炸的又消灭了一些鬼子,当他们跑到一个巷口时,美樱子带着剩余的八九个鬼子又追了上来。

罗妻实在跑不动了,喘息着说:"你们快跑吧,别管我了。"

"说啥呢,我背上您。"罗敏说着背起了母亲。

鬼子的子弹又"嗖嗖"地打过来,罗克双枪射击,又击毙了两个鬼子。但这并没有阻挡住鬼子的前冲,罗克又挥枪射击时,突然没子弹了。

美樱子大喊:"罗克没子弹了,冲上去抓活的!"

见罗克没了子弹,鬼子都胆壮了,飞快地追了上来。罗克甩出两支飞镖,一个鬼子中镖倒下,又甩出几支,鬼子全部躲过,再想甩时,一摸飞镖已经没了。

罗克纵身跳上房顶,以瓦为镖不断地击向鬼子,为家人争取时间。

美樱子怕罗克逃掉,大喊:"击毙罗克!"

鬼子朝罗克开枪,罗克翻滚着躲避子弹。

正在这危急关头,巷口突然响起枪声,两个鬼子应声倒下。

向鬼子开枪的是张丹雄、赵志海和小龙。刚才,刘振邦推断"毒花"肯定会带人去抓罗克的家人,决定带地下党的同志去接应,张丹雄说对付"毒花"还是他去合适,戈剑光也说对付"毒花"没个高手不行,刘振邦最终同意并派赵志海和小龙随他同去。赵志海和小龙正领着张丹雄往罗克家跑时,听到西面的一片居民区内枪声不断,他们估计是罗克已经带着家人跑了出来,有鬼子在后面追,于是赶忙跑了过来。

美樱子已经看到从巷口跑过来的三人中有张丹雄,立即大喊:"张丹雄来啦,先灭掉他!"

鬼子又都向巷口射击,罗克在房上继续飞瓦干扰鬼子。

还击中,张丹雄甩出一个手雷,两个鬼子被炸死,他们又一阵猛烈射击,剩余的三四个鬼子全被击毙。

美樱子匆匆开了几枪,跃上房顶飞快地逃去。

张丹雄一见“毒花”双眼喷火，纵身跃上房顶追了过去，他要灭掉她，为顺子、为凤巧、为所有死去的弟兄们报仇，为被她击伤险些丧命的林溪报仇。

美樱子奔跑了一阵儿从房上跳下，穿过一条小巷跑到大街时，不料张丹雄已迎头将她截住。此时的她已累得气喘吁吁，无力再逃了，只能打起精神和张丹雄对搏。但她远不是张丹雄的对手，没几个回合便被张丹雄一掌击得飞出一仗多远，倒在地上爬不起来。

张丹雄从怀中掏出梅花镖，怒骂道：“畜生，我要让你死在你的梅花镖下。”

美樱子嘴里流着血，惊恐地望着张丹雄。她一点儿反抗能力也没有了，只能等死。

张丹雄正欲甩镖，旁边的胡同里突然冲出四五个鬼子，举枪向张丹雄射击，张丹雄急忙一个后空翻躲过子弹，鬼子又欲开枪时，一个黑影突然从鬼子背后的房上跳下，闪电般地将四五个鬼子打倒，这个黑影正是罗克，他见张丹雄去追“毒花”，也赶忙跟了过来。

街口又有一队鬼子跑来，张丹雄已没有再杀美樱子的机会，只得和罗克跃上房顶飞快地跑去。

237

明远的被救，令川岛、美樱子和铃木大为沮丧，他们曾设想过“神风”张丹雄他们劫狱有可能采取的许多办法，但无论如何也没想到会挖地道。

三人正沮丧时，电话响了。川岛抓起话筒听了一会儿，脸色阴沉地应了一句“知道了”，放下话筒说，“协动队来的电话，稻永今夜被杀死在他办公室了。”

“有件事刚才忘说了。”铃木说，“据士兵说，袭击车库伏兵的是两个协动队的人，杀死稻永的很可能就是他俩。”

“协动队也有了共党，这太可怕了。”川岛的目光透出恐惧。

“这两个人绝不是协动队的，”美樱子说，“你们想，如果他俩真是协动队的，能穿着协动队的军服搞袭击吗？我认为肯定是警察局的，再准确地说，肯

定是侦缉队的，他俩袭击车库的伏兵是为了掩护罗克救明远。”

“有道理。”川岛说，“要是侦缉队的会不会是王铁生呢？张狗娃和我说过，他是侦缉队办公室主任，罗克接触最多的就是他，常和他一起下棋。”

“很可能就是他。”美樱子认同川岛之说。

“我带人把他抓来。”铃木欲走。

“先别，”美樱子阻拦，“现在抓他没有证据，他死不认账咱们也没办法。”

美樱子的意思是，让阮得利先暗中监视王铁生（此前，阮得利已被铃木用二十根金条拿下了），如果能确定王铁生就是共党的话，则可通过王铁生把罗克在侦缉队乃至警察局的余党一网打尽。

川岛同意，立即给阮得利打了电话。

238

张丹雄和戈剑光、明远、罗克及其家人来到黑龙岭已近凌晨，安排好房间略作休息后，张丹雄和戈剑光领着罗克及家人来到山寨大堂，和中队长们见面。此时的罗克身姿挺拔、发型整齐，棱角分明的脸庞白皙中微微泛红，两道浓眉下一双眼睛炯炯有神，既精神又帅气，和原来一直驼背弯腰、头发蓬乱、敞胸裂怀的他判若两人。

“神风”上山的消息像风一样传遍了山寨，战士和亲属们都涌聚到大堂前等候，小野也来了，大伙儿都想看看这个神奇的人物。当罗克等人走出大堂时，大伙儿立即欢呼起来：“‘神风’、‘神风’……”

罗克笑着朝大伙儿挥挥手：“大家好！”

戈剑明大喊：“‘神风’，都说你是神枪手，百发百中，打一枪让我们看看吧！”

万豹唐义也跟着喊：“打一枪，打一枪！”

罗克笑笑：“以后再打吧。”

“不行，就现在打！”万豹喊。

“就现在打!”戈剑明唐义也喊。

戈剑光吼道:“不许胡闹,咋这么没礼貌!”

“既然你们想看,那就打一枪吧。”罗克答应了,又冲戈剑明等三人,“就打那棵树吧。”

罗克所说的那棵树离罗克所站的位置约五六十米远。

“不行,”万豹又喊道,“这么打我们这儿能打中的人多啦!”

“那你说打哪儿?”

万豹想了想:“打我的刀把儿!”他从腰里拔出一把匕首,跑到那棵树前,将匕首用力扎在树上。

大伙儿纷纷说,这就能打着啦,这小子尽出馊主意。

罗克朝前看了看:“好,就打刀把儿!”忽地想起什么,“对啦,我的两支枪都没子弹了,谁的枪借我用用。”

张丹雄也感到太难打,又知道罗克右臂刚中了镖,说算了,别听孩子们瞎嚷嚷,罗克说不能言而无信,张丹雄只好拔出枪递给罗克。

大伙儿赶忙让开了道。

罗克接过枪瞄也没瞄,甩手就是一枪,刀把应声而断,飞落到地上。

大伙儿一片欢呼声。

林母也站在亲属群中。她以前就听林溪说过“神风”的传奇之事,上山后又听林峰说了“神风”为救她们设计的“明修栈道暗度陈仓”的妙计,在她心中,“神风”就是神。得知“神风”上山的消息后,她十分兴奋,急不可耐地想看看这个心中的神到底是个什么样的人。当罗克从大堂走出来,众人都向他投以敬慕的目光并欢呼“神风”时,她不禁惊呆了,万万没想到“神风”竟然是他。当她目睹了罗克神奇的枪法后,惊叹之余她明白了,罗克并不是打不准枪的人,他那擦腮而过的一枪,是在用他的精湛枪法欺骗鬼子,鬼子肯定是对他有所怀疑,在考验他。在那种情况下,他既不能暴露自己,又不能真向她开枪,他该有多难啊。他不暴露自己,也是在保护林溪,如果他拒绝开枪,不但他暴露了,林溪也必然会暴露。他费尽心机地在保护她们,可她们都误解他、冤枉他、咒骂他。她潸然泪下,喃喃地说:“冤枉他了,我们都冤枉他了。”

罗克忽然看见了人群中的林母,把枪还给张丹雄快步走到林母跟前,满含

歉意:“林婶儿,那天惊着您啦,对不起。”

林母一把抱住罗克呜呜地哭起来:“是我们对不起你呀……”

239

早饭后,张丹雄和罗克来到明远房间看明远。因明远腿上有伤,没请他去大堂和大伙儿见面。

罗敏正在给明远治疗伤口,红小英在一旁帮忙。治疗完,罗敏又给罗克的伤口也上了药。

张丹雄见罗敏治疗手法挺娴熟,问:“学过?”

“她是北平医学院毕业的,在张家口一家慈善医院当大夫。”罗克说。

“怪不得呢。”张丹雄说,“山寨有好几个年轻女人,正还不知该怎么安排她们呢,我看就成立一支医疗队吧,罗大夫来当队长。”

罗敏连连摆手:“不行不行,队长可干不了,让小英当吧。”

红小英也推辞。罗克和张丹雄都劝,红小英答应了,张丹雄说把医疗队编在后勤保障中队,算他们一个小队。

明远问罗克:“你武功神奇绝伦,师父是谁呀?”

“怀柔红螺寺的明光大师。”

“明光?”明远一愣:“他是我师兄呀,咋一直没听他说过?”

“师父跟我说过您,因为我的特殊身份,不便于去和师叔相认,也让师父暂时保密。”

“怪不得你武功这么好。明光兄是当今中国武林界的顶尖高手呀,特别是他的神风掌,无人能敌。我们的师父有两门绝技,一门是七星连环掌,传给了我,一门就是神风掌,传给了明光兄。”

张丹雄恍然:“我明白了,你代号‘神风’,就是取自神风掌吧。”

罗克笑笑:“正是。明远大师,您认识北平香山的智云大师不?”

“认识呀,年轻时我们都是好朋友,后来由于战乱就没联系了。你认识智

云大师?”

“我不认识,”罗克说,“有个叫马腾的,现在也在山上,是个中队长,他的武功也特别好,听我师父说过他,他就是智云大师的徒弟。”

“智云大师的徒弟,武功肯定错不了,”明远说,“智云大师也是当今中国武林界出类拔萃的人物呀。”正是:只道高手功冠今,原来师父艺盖世。至此才明白,三位高手都出于高师之门。欲知后事如何,且看下文。

第五十一回　那音太感恩叩首　龟田雄赔罪屈膝

240

经过几天的治疗，林溪的精神好多了，只是面色还略显苍白。此时，她正躺在床上愣神儿。

昨天早上，张丹雄和戈剑光回张家口之前，先过来和她打了个招呼，说下午就赶回来，但直到晚上也没见他们回来。她想，会不会是直接回黑龙岭了？又一想不可能，他们是坐长途汽车回去的，回来也必然在县城下车，不会不来和她打个招呼，况且他们还说要通过地下党了解一下川岛那边的情况，回来后告诉她。她心里不踏实了，心想，会不会是又出啥事了呢？她这么想不是没有原因的，她仔细回想了一下，张丹雄他们六个人，无论谁回张家口，没有一次不出事的。她越发不安起来，几乎一夜没睡，直到现在也是思绪不宁。

安红倒了一茶缸水端过来："林姐想啥呢？"她一直给林溪陪床。

林溪缓过神儿来："噢，我是琢磨张队长和戈参谋长昨天咋没回来，说是下午赶回来的。"

安红将茶缸放在床头上："想他了吧？"

林溪有些不好意思："去你的，我是担心出啥事。我回想了一下，他们几个无论谁回张家口，没有一次不出事儿的。"

"你这一说还真是。要不我回去看看？"

"去吧，无论啥消息都赶紧回来告诉我。"

安红正要往外走，张丹雄推门走进来，后面跟着罗克。

林溪看到罗克一愣，又不解地看看张丹雄。

张丹雄见林溪疑惑，笑道："林教导员，你可能还不知道，'神风'就是罗克。他也上山了。"接着说了上山的原因。

林溪和刘振邦一样，也早就估摸"神风"就是罗克，只是当罗克向她母亲开枪时，她又否定了自己的猜测。现在她终于明白了，罗克开那一枪，既是在掩护自己又在保护她们，他毕竟是"神风"，有把握打出那只擦破脸腮的一枪。

林溪十分激动，说了一番歉意的话；罗克对林溪飞身挡子弹也十分敬佩，说了一番赞叹的话。

又说了一会儿话之后，安红让罗克去院里帮她拧拧床单，罗克爽快地答应。

罗克随安红来到院里之后，环视了一下，没见有洗衣盆："床单在哪儿呢？"

安红扑哧一笑："早拧出来了，那不在那儿晾着呢吗。我是想让他俩单独待会儿。"

罗克明白了，笑笑："那咱俩就坐在这儿说会儿话吧。"

张丹雄和林溪说了半天话也不见罗克进来："咋这么半天还没拧完？"

"啥帮她拧床单，这是安红的鬼点子，她想让咱俩单独说说话。"林溪说完羞涩地一笑，脸红红的。

张丹雄也不好意思起来："这鬼丫头。你好好养伤吧，过两天再来看你。"

林溪深情地说："你去忙队伍的事吧，别惦记我。"

他俩心中都有千言万语，但由于凤巧刚刚被"毒花"杀害，心中都还有伤痛，不便深说。

罗克和安红正坐在院内的台阶上说话，见张丹雄出来都站了起来。

"咋不拧床单呀！"

安红罗克相视一笑。

张丹雄佯装绷脸："鬼丫头，看我不收拾你。"

"哎哎，做好事还受罚，太不讲道理了吧。"

罗克打抱不平，说完和安红哈哈大笑。

张丹雄绷不住了，也笑了起来，笑得甜甜的。

241

罗祥瑞躺了一会儿见罗妻睡着了,轻轻下了床走了出去。

其实罗妻并没睡着,见他走出去叹了口气。

罗祥瑞一上山就有个心事,这个心事搅得他就像被风卷上了半空,飘飘忽忽、没着没落。出了西院门口,他漫无目标地走着,最后走到一棵树下站住了。阳光明媚,天空爽朗,可他的心里却是一团阴云。

"该咋办?"他正思索着,远处的桑斯尔朝他跑了过来。

"罗老哥,咋不睡会儿,昨天折腾了一夜。"

"啊,睡不着,出来转转。"

"罗老哥,你还认得我不?"

罗祥瑞看了看桑斯尔,摇摇头:"恕老朽眼拙,认不出来。"

"你还记得黑蟒山不?"

罗祥瑞心中一颤,又仔细看了看桑斯尔,惊异地说:"你是三少爷?"

"对。我叫桑斯尔,那时人们都叫我三少爷。今儿早上在大堂我一眼就认出你来啦。"

"你咋不在黑蟒山啦?啥时候来的这儿?"

"这话说起来长了。"桑斯尔讲述了他的经历和参加独立大队的原因。

罗祥瑞感叹:"这条路你算是选对了。不过,你和你大哥二哥本来也不一样,不是恶人,不然那会儿我也不敢求你。你放了两个孩子,也算积大德了,必有好报。"

"两个多月前林峰和万虎还找我问过那两个孩子的事呢。"

"林峰万虎是谁?

"都是独立大队的中队长,早上在大堂和你说过话。"

"噢,他俩咋知道那两个孩子的事?"

"那音太和他们说的。你还记得抱走一岁那个孩子的布日固德不?"

“那咋不记得,就是知道他抱走了那个孩子,我才敢有抱走巴特尔的想法。”

桑斯尔说了林峰和万虎去找他的原因。

罗祥瑞沉默,似乎在思索什么。

“老哥,如果我没猜错的话,罗克就是巴特尔吧?”

“对。”罗祥瑞说,“他就是当年的巴特尔。桑队长,我再求你一回,这事先别和别人说行吗?让我再想想该咋办。”

桑斯尔非常理解:“你把他拉扯这么大也不容易,我肯定不会说的。只是见到你很高兴,过来和你相认。”

242

罗祥瑞见到桑斯尔后心更乱了。思考再三,决定和妻子说实话,商量一下该怎么办。他以为妻子还在睡觉,轻轻推开门一看,妻子睁着两眼在床上躺着。

“醒了?”他边问边走到床边坐下。

“我一直也没睡着。”罗妻坐起来,“你是咋啦,从上山就心神不定,不是愣神儿就是走思,是不是昨天夜里惊着啦?”

“我至于那么胆小吗?”

“那你是咋啦,在家不这样呀?”

罗祥瑞长叹一声:“和你说实话吧,其实我并没有前妻,克儿也不是我的亲生儿子。”

“那克儿……”罗妻诧然一惊。

罗祥瑞先说了二十四年前,他被马匪从锡盟抓到黑蟒山和抱走巴特尔的事,接着说了到张家口的原因:“下山后,我怕苏日特勒知道了带马匪来追,就没敢回锡盟,直接逃到了张家口。其实我不叫罗祥瑞,叫巴图。因担心被苏日特勒打听到,到了张家口就改名罗祥瑞,给巴特尔改名罗克。

“这么大的事,你不该瞒着我呀。”罗妻埋怨,“克儿虽然不是我亲生的,可在我心里,比亲儿子还亲呀。”

“一开始瞒了,后来就不好再改口。说实话,我每次见了那音太,都有一种不自在的感觉。在张家口时毕竟不常见,可这到了山上是天天相处呀。”

“怪不得一上山你就一副心神不定的样子。”

“事是全和你说了,你说该不该和克儿说他的身世?”

“我觉得该说。克儿是个既懂事又孝顺的孩子,他知道了身世不但不会怪你,还会更感恩。再说,克儿毕竟是那音太的亲侄子,一辈子不让他们骨肉亲情相认,咱良心上也过不去呀。”

“你说的对,那就告诉克儿吧。我去叫他。”

“让他再睡会儿吧,一夜没睡。”罗妻刚说完,罗敏推门走了进来。

“睡醒了?”罗妻问。

“我根本就没睡。”罗敏走到床前坐下,“不知咋的,一上山特精神,一点儿困意都没有。刚才红小英、戈剑丽、乌兰琪琪格还有路秀花,她们领我去山寨四周转了转,这儿的环境可真美,峰秀岭峻,林密草深,还到处有清泉。可惜入冬了,要是夏天肯定更美。”

“那是你刚来,看着新鲜,”罗妻说,“这儿要啥没啥的,不出三天你就烦了。”

“三年我也不烦,我愿意一辈子待在这儿。”罗敏还陶醉在美景中。

“行了行了,别诗情画意的了,”罗祥瑞说,“去看看你哥醒了没,醒了把他叫过来。”

“他也没睡,和张队长去县医院看林溪去了。”

“林溪咋啦?”罗祥瑞和林溪一家很熟,关系也很好,林溪之所以那么快就知道了察哈尔歌舞厅发生蒙面人刺杀川岛的事,就是听他说的,那天他从察哈尔歌舞厅出来首先去了林溪家。林溪被救以及一家人都上了黑龙岭的事他也听说了,但林溪受伤的事他还不知道。

罗敏向父亲母亲讲述了林溪的壮举,她是听红小英等人说的。

罗祥瑞罗妻听后既感叹又敬佩。

243

今天上午,那妻在大堂前看到罗克时心中怦然一动:他咋长得那么像巴根雅图呢?

她本想和那音太说,又怕惹那音太伤心。后来,她又想起林峰和万虎去找桑斯尔核实马腾身份时,桑斯尔说过巴特尔也被人抱走一事,心想,罗克还真有可能就是巴特尔,他不但容貌和巴根雅图相似,年龄也和巴特尔相符。琢磨再三,她觉着还是应该和那音太说。

“老爷,你看见罗克有啥感觉没?”

“那还能没,神武英俊,一看就是英雄豪杰,听他的事就像听说书,真不敢相信当今还有这样的人。”那音太没有觉察到罗克和巴根雅图的相像。

“就这?”

“是呀!”

“你就没看出他和一个人长得很像?”那妻引导。

“像谁?”那音太依然没把罗克和巴根雅图联系起来。

“大哥,巴根雅图。”那妻说了她的感觉和揣测。

那音太猛然一击掌:“对呀,他长得确实挺像巴根大哥,难道……”那妻一说,他也有了同感。

“有这个感觉后,我又留意看了看罗祥瑞和他老婆,他俩和罗克没一点儿相似的地方,我觉着罗克很可能就是大哥的儿子巴特尔。”

“还真有这个可能,咱们去问问桑斯尔吧,如果罗祥瑞就是那个抱走巴特尔的人,桑斯尔肯定认识他,早上他在大堂和罗克他们一家见过面。”

那音太和那妻来到桑斯尔房间,说了他们的揣测。桑斯尔说他们的揣测是对的,只是罗祥瑞暂时不想让别人知道这件事,希望他们不要去找罗祥瑞。

那音太激动的泪眼汪汪:“你放心,我们不会去找他的,能知道巴特尔的下落就已经心满意足了,我们打心眼里感激他,也感谢你。”

那音太那妻从桑斯尔房间出来后，激动的心情久久平复不下来，他们做梦也想不到，竟会在这里见到巴特尔，而且他还成了人人仰慕的大英雄。他们感到天比以往任何时候都蓝，空气比以往任何时候都甜，心情比以往任何时候都舒畅。现在，他们最急切的，就是想赶紧再见到罗克，他们要好好看看他，直到看个够。高兴之余，他们又想到了惨死在苏日特勒手中的巴根雅图，心如刀绞一般。他要是还活着，那该多好呀！

当他们怀着既喜且悲的心情走到西院门口时，看到他们房间的门前站着乌兰琪琪格等一片人，正疑惑时，乌兰琪琪格冲他们喊道："阿爸阿妈，罗叔罗婶儿还有罗大侠、罗敏来看你们啦！"

那音太那妻快速走过来。他们还没走到跟前，罗克迎过来扑通跪在他们面前，流着泪说："叔叔婶婶在上，请受侄子一拜。"说完连磕三个头。

刚才罗克从医院回来后，罗祥瑞罗妻就当着罗敏的面，把他的身世告诉了他，并带他来和那音太一家相认。

那音太那妻赶忙把罗克扶起来，那音太望着罗祥瑞夫妇激动地问："你们和他说了？"

"说了，全告诉他了。"罗祥瑞眼含着泪说。

那音太泪如泉涌，跪地给罗祥瑞连磕三个头，然后站起身仰天大呼："巴根大哥，咱们的巴特尔找到啦——"

大伙儿无人不落泪。

晚上，张丹雄大摆宴席，庆贺那音太一家叔侄相认、兄弟兄妹相逢。宴席中，罗克、马腾、巴雅尔给桑斯尔跪下磕头，感谢他的放生之恩，并认桑斯尔为叔叔。

244

第二天，张丹雄、戈剑光正在大堂召开中队长会议(罗克应邀参加)，研究下一段训练计划，牛半子慌慌张张跑进来报告，说有个日本人上山来啦，骑马

来的，没带枪没带刀，非要见明远大师。

张丹雄等人走出大堂一看，一个身穿和服的日本人正牵着一匹马在院里站着，旁边围着几个战士。日本人见他们走出，匆匆向他们迎来。

张丹雄边往过走边打量了一下，这个日本人约五十多岁，虽然面容灰暗，显得有些憔悴，但威风依然不减。

等日本人走近，张丹雄刚要说话时，忽听有人喊了一声："龟田君！"

张丹雄等人顺着喊声扭头一看，明远正拄着棍子正从西面一瘸一拐地走来。

明远是出来活动腿脚的。他走出西院时，远远看到院里站着一个日本人，一会又见张丹雄等人从大堂出来朝着那个日本人走去，那个日本人也朝着张丹雄他们走来。他又仔细一看，日本人竟是龟田雄，于是便赶紧喊了一声。

这个日本人正是龟田雄。他听到喊声朝西看了看，飞快地向明远跑去。张丹雄等人也赶忙跟了上去。

龟田雄跑到明远跟前，"扑通"一声跪了下来。

明远大惊，急忙扔掉手中的棍子，把龟田雄搀扶起来："龟田君，你这是干什么？"

"明远兄，我养了个畜生，我对不起你呀！"说完抱住明远痛哭起来。

明远不解地问道："龟田君，你不是回日本了吗，怎么又……"

龟田雄擦把泪："我这次来张家口就是专门要拜访你的，要好好和你探讨一下武学和佛学，怎么可能这么快就回日本呢？我是被那个畜生欺骗了呀！"接着，龟田雄说了如何被欺骗及如何知道真相的经过。

起初，龟田雄认为是由于吃水果导致了痢疾，一直没往别处想。泻肚止住后，军医说暂时不能吃饭，只能先输葡萄糖维持时，他也没往别处想。前天夜里，他听到了枪声爆炸声，吉冈出去打听了一下，回来和他说是黑龙岭匪徒偷袭警备队，已被打跑了，这时，他还是没往别处想。昨天晚上，他到卫生间小解时，无意间听到两个蹲便坑的日本兵在议论明远被黑龙岭的人救走的事，顿感美樱子有什么事瞒着自己。回到客房，他让吉冈给警备队打电话把美樱子叫来，说有事和她商量。美樱子来后，他一把掐住了她的脖子，在他的威逼下，美樱子道出了实情。他这才明白：泻肚是美樱子为控制他去见明远，在桥本正康

的配合下给他的羹汤里下了重剂泻药;泻肚止住后仍不让他吃饭只输葡萄糖,是为了守住他没有回国仍在领事馆的秘密;让吉冈编造谎言说枪声爆炸声是黑龙岭的匪徒偷袭警备队,是为了不让他知道明远被抓被救的事。明白真相后,他狠狠打了美樱子一巴掌,与她断绝了父女关系。事后,他在一个村庄的马厩留下二十个大洋,牵走一匹马,然后边问路边骑着马赶往黑龙岭。半夜时在客店睡了一觉,一大早就起来继续赶路,最终到达了黑龙岭。

龟田雄说完后,又痛苦地说:“明远兄,你说得太对了,人一旦被魔灵所侵被魔灵所控,真的是很难转变的。”正是:一朝旦被魔灵控,终身难从缧绁脱。欲知后事如何,且看下文。

第五十二回　毒花丧气叹遗憾　川岛鼓劲析新机

245

明远听了龟田雄的讲述，感叹一番后，又向龟田雄介绍了罗克张丹雄等人。龟田雄满怀敬意，说他们都是了不起的人。

龟田雄本想见了明远之后就返北平，在明远、张丹雄、罗克等人的盛情挽留下只好住了一天。第二天张丹雄罗克用吉普将他送到沙城，乘火车到了北平，在北平一个朋友那里逗留了两天后返回日本。抗日胜利后，他又从日本来张家口拜访明远，这是后话，这里不做叙述。

美樱子无论如何也没想到，父亲会因明远的事和她断绝父女关系。她知道她这么做会使父亲生气，甚至会大发雷霆。但她想，父亲毕竟是日本人，总不至于为了一个中国人和她闹到水火不容的地步；再者，父亲一直是疼爱她的，纵使有错，也不会把她怎么样，认个错撒撒娇也就过去了。更何况，她本来也没有致明远于死地的想法，只不过是让他充当一下诱饵，灭了张丹雄罗克他们之后也就把他放了。可她万万没想到，最终的结局竟然会是这样。

昨天夜里龟田雄走后，美樱子立即把吉冈叫进客房，问她父亲是怎么对明远一事产生怀疑的。吉冈惶恐地说他也不知道，去了一趟卫生间回来就让他给她打电话。美樱子明白了，父亲肯定是在去卫生间这段时间听到了什么。她怒问吉冈为什么不跟上他，吉冈说本来是要跟着的，可龟田先生不让他跟。美樱子骂了一声“八嘎”，一掌将吉冈打倒在地，沮丧地走了出去。

美樱子不相信父亲真的会和她断绝父女关系，认为是盛怒之下说的气话，向桥本正康报告后，便带着吉野的守卫小队出来寻找父亲。因夜已近午，她认为父亲去住旅店了，但把全城大大小小所有旅店都找遍了，也没见到父亲的影子。她又认为父亲有可能去了云泉寺，可去了之后也没找到。

清晨，川岛和铃木正在办公室焦急地等候美樱子。

昨天夜里美樱子走后，他俩揣测，龟田雄这么晚叫美樱子过去，很可能是想见明远，让美樱子到云泉寺去接。对此，他们并不担心，凭着美樱子的聪明，肯定能应付过去。但不一会儿，他们就接到了桥本正康的电话，得知了抓明远的事已经泄露、龟田雄和美樱子断绝父女关系出走以及美樱子带着吉野卫队去寻找龟田雄的事。起初，他们和美樱子的想法一样，龟田雄只是盛怒之下的气话，不会真的和美樱子断绝父女关系，只要找到龟田雄，假以时日，父女关系会缓和的。但一直等到天亮，既没见美樱子过来，也没接到桥本正康的电话。至此，他们感到问题严重了。

正当他们又胡乱揣测时，美樱子推开门走了进来。

川岛见美樱子面色灰暗，一副疲惫不堪的样子，小心翼翼地问："找到了吗？"

"没有。所有的旅店都找了，云泉寺也去了。"美樱子无精打采地说。

"这就怪了，他能去哪儿呢？"

"我琢磨，也许坐夜车去北平了，北平有他的朋友。"

"会不会去黑龙岭找明远？"

"不可能。夜里根本就没有去赤城的车。再说，他是个特别好面子的人，明远被咱们折腾成这样，他也不好意思再去见他了。"

"也是。你估计还有缓和的余地吗？"

"从他绝然离开来看，估计难了。"

"别太难过，随着时间的推移，或许会有缓和的机会。"

"这事我虽然难过，但承受得住。为了帝国的利益，即使付出亲情也没什么。我所遗憾的是，白白付出了这么多的努力而一无所获。"美樱子说完长叹一声。

川岛沉默了一会儿，忽地想起什么："对了，今天早上南次郎将军来电话

了,说补充的兵员和武器正在抓紧筹措,预计四五天即可送来,但要求咱们绝不能再用于对黑龙岭的进攻,要全力以赴为大计划服务,保证大计划顺利实施。”

“这不太便宜罗克张丹雄他们了吗?闪电突击队的仇就不报了?”美樱子有些泄气。

“但这并不意味着就没有机会消灭他们了。”川岛赶忙给美樱子鼓劲,“南次郎将军还说,据最新情报显示,国共两党为破坏大计划实施,都在加紧窃取大计划。卞良和罗克夜潜桥本领事办公室就证实了这一点。胡飞和他的特工虽然被迫离开了张家口,但卷土重来的可能性也不是没有。罗克虽然被迫上了黑龙岭,但地下党的窃取行动也不会停止。罗克和张丹雄都是武功高手,窃取情报离不开他们这样的人。地下党很可能会利用他俩来窃取大计划。所以,我们还有消灭他们的机会。”

美樱子又高兴起来:“大计划这个诱饵远远大于明远这个诱饵,只要我们布防的好,就一定能消灭他们。”

246

山寨建房工地一片繁忙景象。此时,房屋的地基已经打好,正开始砌墙。张丹雄、戈剑光、罗克及各中队长都在参加劳动。

红小英、乌兰琪琪格和路秀花正在和泥,都干得满头大汗。

万虎走过来,从红小英手里拿过铁锹:“你歇会儿,我来和。”

对于石头的死,万虎一直特别愧疚,如果不是他向“毒花”泄露了悬崖的秘密,“毒花”也不可能会利用悬崖的秘密来设迷魂阵,张丹雄也不可能被误导而改变原来的作战计划,在第一防线只留石头一个中队。所以,石头的死他有不可推卸的责任。当他那天夜里看到红小英哭得死去活来时,心如刀绞。从那一刻起,他就下决心要负起照顾红小英的责任,并毫不掩饰地处处关心红小英。在红小英卧床不起的那几天,他天天去陪红小英坐着,还抽时间到县城给

红小英买了好多补养品。

"哟,光心疼小英呀,我也累啦,咋不帮我和呀!"乌兰琪琪格笑着说。

"就是,我俩没比小英少出力,咋不替替我俩呀!"路秀花也笑着说。

她们都知道万虎的心意。

万虎嘿嘿笑着:"好好,你俩也歇会儿吧,我替你们仨和。"

红小英脸红了,从万虎手中夺过铁锹,嗔道:"干你的活儿去。"

"哟哟,小英脸红了!"

乌兰琪琪格路秀花望着红小英万虎咯咯笑。

红小英脸更红了,用铁锹朝他俩身上扬泥:"让你俩胡说,让你俩胡说!"

不远处的罗克、张丹雄、戈剑光看到了这一幕,也笑了。

"张队长,戈参谋长!"身后传来安红的喊声,张丹雄戈剑光回头一看,安红、林溪、刘振邦和赵志海正从山寨大门向他们快步走来,后面跟着十几个战士。

张丹雄和戈剑光罗克赶忙跑了过去。

林溪本来明天出院,正好老刘和志海来看她,就和医院说了说,提前一天出了院。

大伙儿寒暄了几句,刘振邦说他们先开个党小组会,然后和林溪、赵志海、罗克向西院走去。

张丹雄望着他们的背影发呆,似乎在思索什么。

戈剑光玩笑地说:"看啥呢,一会儿也舍不得离开啦?"他们都知道张丹雄和林溪已经相好了。

"不至于。"张丹雄说,"剑光,共产党人个个都那么能干,那么优秀,我真羡慕他们、敬佩他们。"

"是呀,他们都是了不起的人。"戈剑光感叹地说。

"剑光,我想加入他们,你呢?"

"说心里话,我想了不是一天了,人家会要咱们吗?"

"他们抗日咱们也抗日,咋就不要。"

"那就瞅机会和林溪说说吧。"

一个神圣的愿望在他们的心中腾然升起,两人都肃穆起来。说来也怪,有

了这个愿望之后，他们就像夜行之人突然看到了北斗星，一下有了方向。

247

林溪和刘振邦、赵志海、罗克来到她的房间，刘振邦说了上级指示。

北平地下党刚获得新情报，关东军又有了更大的阴谋，准备在占领察哈尔之后，西吞内蒙、南占华北、北攻苏联，占领察哈尔又是西吞南占北攻的基础。而占领察哈尔，就是靠实施大计划来实现。目前，蒋介石仍在集中兵力围剿中央红军，中央的抗战计划无法实现。上级指示，要尽快摸清大计划的具体内容和实施的方法及步骤，以便设法干扰和阻止，延缓日寇的扩张步伐，为中央发动全面抗战赢得时间。

刘振邦说完上级指示，又说了难点：上级获得的情报中还有一个情况，日本人在警备队和领事馆各设了一个保密室，都是二十四小时有人把守。这两个保密室一真一假，大计划到底在哪个保密室也难确定。

罗克推断领事馆那个保密室是真的，警备队那个保密室是假的。他说，按常理，领事馆被窃过，警备队没被窃过，而且兵员又多，防守又严，这么重要的情报应该放在警备队而不会放在领事馆。他们反其道而行之，是想利用这种常理来误导窃取者，这也是一种心理战术。

刘振邦等人都认为罗克的推断有道理，但如何窃取又陷入困窘。

四人各自提出了一个想法，但经讨论又都一一否定了。就在大家搜肠刮肚地再也想不出什么好办法的时候，罗克脑海中突然灵光一闪：“有了。”接着说了他的想法。

一般来说，入室窃取情报必须是身手敏捷之人，川岛他们重点防备的还是像罗克或张丹雄马腾这样的武功高手。张丹雄和马腾都没有进过警备队和领事馆，不熟悉里面的环境，川岛他们重点防的还是罗克。

一番分析后，罗克接着说：“我们正好可以利用这一点，用我的替身迷惑鬼子，把鬼子引开。唐尧的身材和我非常相仿，我蒙面在察哈尔歌舞厅扔手榴弹

和在警备队协助你们炸毁武器库，川岛都曾认为蒙面人就是唐尧，这也是唐尧被逼上黑龙岭的原因。”

罗克说到这儿，林溪突然想起一件事：“我先打断一下。你那次潜入歌舞厅扔手榴弹是啥目的，不是专门刺杀川岛的吧？”

“当然不是。我要真想杀他，他根本活不了。其实我们特工组和你们一样，那时也接到了上级关于保护张丹雄他们的指示，我们也认为他们有可能回张家口，也知道你们在大境门外、口里东窑子拦截他们，还知道胡飞已命令张狗娃对他们几家进行了监视。对于你们能不能拦截住他们我心里没底，但我已经知道你们通知了他们的家人，为把监视他们几家的便衣警察牵回来，使他们即便回家也能有转移的时间，我才制造了那次所谓的刺杀事件。因为我早就知道张狗娃已暗中投日当了汉奸，保护川岛和抓刺客才是他的首要任务。”

林溪恍然：“怪不得去监视他们几家的警察那么快又撤走了，我们当时就觉得歌舞厅爆炸一事似乎和救他们有关，现在明白了，也明白了老刘他们袭击武器库和我们抢尸体时，你为啥都突然出现了。对了，那次往照相馆扔纸团，给我们传递张丹雄他们在黑龙岭消息的，也是你吧？”

“是鲁明，因为那会儿上级还没让我们公开和你们联系，所以只能采取那种办法。”

“你多次营救被抓捕的同盟军官兵和老百姓，是不是也是奉上级指示？”

“是。看到川岛他们疯狂捕杀退隐在民间的同盟军官兵，甚至还滥杀百姓，我十分气愤，便向上级请示相救，上级说在不暴露组织的情况下可采取适当办法营救。”

“明白了，接着说吧。”

罗克接着说了他的办法：让唐尧蒙面装扮成“罗克”，在领事馆暴露一下后马上就跑，鬼子必然会认为是“罗克”在逃，没有了情报被窃的顾虑，鬼子肯定会倾巢出动去消灭“罗克”，这样，他就有了下手的机会。

“办法不错，”刘振邦说，“可如果鬼子倾巢出动的话，唐尧还跑得了吗？”

“这不用担心。唐尧的武功也不错，尤其是轻功很好。我还有件防弹背心在王铁生那儿，你们回去让王铁生送到你们那儿，到时给唐尧穿上。唐尧只是露一下面就跑，不会有危险的。”

“好,就这么定。你打算什么时候行动?”

“就今天夜里。闪电突击队被全歼后,关东军给川岛补给的兵员和武器还没到,相对来说正是他们防守最薄弱的时候。”

他们又商定,窃取大计划的事先不和张丹雄他们讲,只说罗克和唐尧跟刘振邦赵志海回趟张家口,处理点儿私事。

248

今天上午,胡飞和黑子亮子从北平赶到了张家口,住进了顺通旅店。

胡飞和黑子亮子这些天在张家口一直没露面,是他们灭杀了张狗娃返回北平后,立即被特务处关进了监狱。原来,察哈尔警察厅王厅长听张狗娃说了胡飞及其特务站特工都暗投共党一事后,深感问题重大,立即将这一情况密报了南京特务机关,南京特务机关又转给北平特务处,并责令严惩。特务处唐处长也信以为真,动用了包括严刑拷打在内的种种手段进行核实,折腾了几天最终查否,胡飞及黑子亮子又官复原职。就在他们被从监狱放出来的第二天,南京特务机关交给北平特务处一项绝密任务。

此时,胡飞正和黑子亮子在客房等人,至于等什么人,连黑子亮子也不知道。

胡飞看看手表,说该到了。

胡飞所等的人,是南京特务机关派来的两个高级特工,一个代号“天马”,一个代号“飞狐”,都是武功高手,尤其是轻功非常了得,穿房越脊轻如飞燕,无声无息。派他俩来是专门窃取大计划的。因此事保密度极高,唐处长只和胡飞说了。

胡飞刚说完就响起轻轻敲门声,胡飞跑过去把门打开,两个头戴礼帽、身穿长袍马褂的年轻人走了进来。

胡飞握住其中一人的手:“如果我没猜错的话,你就是天马。”

天马微微一笑:“胡队好眼力,正是。”

胡飞又握着另一人的手:"那你就是飞狐了。"

飞狐笑着点点头。

胡飞又向天马飞狐介绍了黑子亮子,然后围坐在桌前。

胡飞这才对黑子亮子说了此次来张的任务:"他们二位是南京派来窃取大计划的,咱们仨的任务是协助他俩,负责把鬼子引开。据北平特务处获取的情报,日本关东军总部为防止大计划失窃,在张家口领事馆和警备队各设了一个保密室,大计划副本就藏在其中一个保密室。咱们不可能两个保密室都窃,只能二选一,现在分析一下,大计划在哪个保密室的可能性最大。"

他们经过认真分析,最后统一了看法:大计划肯定藏在警备队的保密室,因为这么重要的情报,桥本正康和川岛都不可能有侥幸心理,一定是藏在防守最严的地方,警备队相对于领事馆来说,防守要严得多,不但兵力多,防御工事也多,更何况领事馆还被卞良和"神风"潜入过一次。

确定了大计划所在的保密室之后,胡飞从皮包里拿出一张草图打开,对天马和飞狐说:"二位,这就是警备队大院,这是办公楼、这是武器库、这是营房、这是监狱。到时候,你俩提前隐蔽在大院西面的居民区,等我们从北侧把鬼子引出去之后,你们就可以趁乱取事了。"正是:双方分析均有理,各自取舍却不同。欲知后事如何,且看下文。

第五十三回　罗克智取大计划　胡飞怒击歹毒花

249

阮得利有当警察局局长的梦，但绝没想到这么快就梦想成真了。那天早上，省警察厅王厅长宣读了任命后，他兴奋得热血沸腾，准备要好好大干一番，为党国尽忠效力。为表明心迹，还请书法高手写了一副雄浑酣畅、气象雍容的诗联，高悬在办公桌对面的墙上。诗联是从林则徐的七律《赴戍登程，口占示家人》中摘出来的两句：苟利国家生死以，岂因祸福避趋之。但没过半天他就被二十根金条击垮了，由雄心勃勃的一只虎瞬间变成了一条俯首帖耳的狗，成了听命于川岛和铃木的汉奸。几天前，他接受了川岛交办的监视王铁生的任务，但一直没想出什么好办法，这天经过一番苦思冥想，终于有了主意。

他把侯二叫到办公室，热情地让他坐下，递给他一支烟并亲手给他点上，弄得侯二有点儿受宠若惊。

阮得利态度很和蔼："在侦缉队待了几年啦？"

"算年头八年了。"侯二显得很拘谨。

"比我来局里的年头儿还长呢。咋一直没混个官儿当？"

"小的不才，能穿上这身皮混口饭吃就挺知足了。"

"想当官儿不？"

"当然想当啦，大闺女养的才不想呢。可咱家祖坟上没长这根草，没这命呀。"

“我看有。”

侯二听出阮得利话中有意:“真的?”

“当然真的。不过还得看你的努力,咋也得做出点儿成绩来。”

“我保证好好干,您多栽培。”侯二喜不自胜,赶忙表态。

“好。”阮得利一笑,“有件事我想交给你办,只要你把这件事办好了,我就会考虑你的提拔。”

“啥事?”

“暗中盯着王铁生。”

阮得利此话一出,侯二大为惊讶:“您不是刚提拔他当了侦缉队队长吗?咋盯他呢?”

侯二的惊讶确实是真的。阮得利不但提拔了王铁生,还在任命大会上说了王铁生一大堆好,并说他最欣赏的就是王铁生,让大家都要以王铁生为楷模。阮得利今天又有“盯着”之说,侯二确实难以理解。

“我信任他不假,但越是信任才越担心他出啥事。盯他是为了提前发现他有没有迈错步,好及时纠正,避免他在错路上滑远了,这正是‘爱之切’呀。”

阮得利这么一说,侯二理解了:“明白了,我一定注意观察他。”

阮得利纠正:“不是观察,是盯。他每天干啥、去哪儿、和谁接触都在盯的范围,就连上厕所也不要错过。不过你得暗中盯,不能让他察觉出来,也不能让别人察觉出来。”

“明白,这一套我会。对了,得盯多长时间呀?”

“从今天起,一个月为限。完后就提拔你当办公室主任,权力比王铁生还大。”

侯二蹭地站起来,尖着嗓子表态:“保证完成!”

250

这些天来,川岛有件事一直压在心里,对谁也没说过。他在给总部司令

官南次郎报告闪电突击队被黑龙岭同盟军匪徒全歼之事时，南次郎大怒，把他骂了个狗血喷头，如果不是他恳切地认罪，就已经被送上军事法庭了。南次郎让他戴罪立功，确保在大计划实施的全过程不再出任何闪失，否则绝不轻饶。

今天上午，美樱子和铃木来后，川岛忧虑地说："补给的兵员和武器明天才到，你们说罗克会不会在这个关节点来窃取大计划？"

"我也想到这个问题了，"美樱子说，"只可惜孟根布勒明天才出院，无法给我们传递情报，不能准确知道他是否一定回来。"

"有备无患，我看还是按有可能来做准备吧。"

"就算他来，也不一定能判断出大计划在哪个保密室吧。"

"以罗克的聪明，他很可能会判断出来，我想顺应他的判断，采取明虚暗实的办法灭杀之。"

"怎么个明虚暗实？"

"把主要兵力都集中在领事馆暗藏起来，外面只留常规岗哨，而警备队这边则大张旗鼓地公开防守，使罗克更认为他的判断是正确的，这样就能把他灭掉。"

美樱子认为是个好主意，并主动承担了领事馆那边的任务。

251

月朗星稀的深夜，风不吹树不摇，出奇的静谧。近几天来，张家口没响过一枪，恐惧感从人们的心中弥除了不少，睡觉都踏实了许多。

领事馆西面的一片居民区内，一座房顶的山墙后面，蹲伏着一个日军军官和一个头戴黑礼帽、脸蒙黑面罩、身披黑披风的人。从他们所在的位置，可以清楚地看到领事馆院内的地形。这个日本军官正是罗克，蒙面人正是唐尧。

罗克悄声对唐尧说："你从西墙北头跳进去，等鬼子发现后，再穿过那两排平房从东墙跳出去，然后朝东跑，把他们引得尽可能远些。但不要过多的和他

们周旋,有十来分钟就够了,千万注意安全。”

“明白。”唐尧跳了下去。他轻功果然很好,落地时悄无声息。

警备队北面的一片居民区内,三个用黑布遮脸的人正隐蔽在一条胡同口的一棵大树后面,这三个人正是胡飞和黑子亮子。胡飞和亮子腰上都缠着一条特制的布带,布带一圈都是手雷,黑子手里握着一支狙击步枪。他们所在的这个位置,距日军警备队大院北墙约四十余米。

胡飞悄声对黑子说:“你打掉哨楼上的哨兵,我和亮子跑过去往院里扔手雷。”

“好。”黑子应了一声,举起狙击步枪,瞄向哨楼上的日本哨兵。正当他要摟动扳机时,西面突然响起密集的枪声。

“等等。”胡飞急忙止住黑子。

他们看到,一个蒙面人边还击边由西向东跑来,后面一片鬼子在追。

“蒙面大侠?”胡飞惊异。

“就是他。”黑子亮子齐说。

此时,警备队大院北墙也不断有鬼子跳出来,蒙面大侠又冲北墙跳出来的鬼子连开数枪,飞速向前跑去。

后面追击的鬼子中传出一个女人的喊声:“铃木君,他就是罗克,快追!”

黑子一愣:“大侠是罗克?”

“我早就怀疑是他了。”胡飞说,“正好他帮咱们把鬼子引出来了,咱们也得帮帮他。”

三人朝已汇合在一起的鬼子连扔几个手雷,手雷接连爆炸,鬼子倒下一片。

“铃木君,你们对付北边接应的,我们追罗克!”硝烟中,又响起那个女人的大喊声。

胡飞说:“那个女人肯定是‘毒花’,快从后面绕过去,先把她灭了。”

三人朝扑过来的鬼子又扔了几个手雷,然后借着爆炸和硝烟的掩护,飞速向胡同里面跑去。

252

确像罗克分析的那样，没有了大计划被窃的顾虑，埋伏在领事馆的鬼子在美樱子带领下几乎全部出动。

川岛为切实加强领事馆保密室的守卫，不但在保密室门前设了两个守卫，在保密室里面也暗设了两个守卫。

起初，四个守卫都非常紧张，当听到院内响起"抓罗克"的喊声时，明白罗克潜入领事馆后已被发现，都松弛下来。

守卫在保密室门前的两个卫兵正在庆幸，一日军军官从楼道一侧走来。这个军官正是罗克。

两个卫兵感到这个军官陌生，刚要发问，罗克一扬手，两支飞镖分别射中两个卫兵的咽喉，还没等他们倒下，罗克已闪过去将他俩扶住，轻轻放倒在门两旁。

罗克伏在门前听了听，然后轻轻推开门。室内没开灯，两个卫兵正坐在桌前说笑，他们也在庆幸罗克被发现并断定罗克这次在劫难逃。他俩只顾得高兴，连门被推开都没有察觉，当感到有人出现在门口时，两支飞镖已深深地嵌入咽喉。

罗克轻轻关上门，快步走向保险柜。

头戴黑礼帽、脸蒙黑面罩、身披黑披风的天马和飞狐，由于在警备队大院防守的鬼子被引出去不少，也已顺利地潜入了警备队的保密室。此时，两人正蹲在大保险柜前，一个打着微型手电照明，一个正在对密码。

突然，门被猛地推开，灯也随之被拨亮，四个鬼子端着枪冲了进来，后面跟着川岛。

其实，川岛并不知道警备队保密室已有人潜入，枪声爆炸声响起后他跑到了院内，也听到了美樱子的喊声，知道罗克已被发现逃跑了。但庆幸之余他又陡然不安起来，神鬼莫测的罗克就这么容易被发现了吗？会不会是他推断大

计划并不在领事馆，使诈掩护同党潜入警备队保密室呢？这么一想，立即带着四个日本兵来到警备队保密室，推开门一看里面果真已有人潜入。

“快打死他们！”川岛惊恐地大喊。

天马飞狐虽然吃惊但并没慌乱，他们毕竟是身怀绝技的高级特工，反应极为机敏，在鬼子开枪的同时，他俩已像两道黑色闪电一般闪向两旁，并各飞出两支飞镖，三个鬼子被射杀，剩下的一个鬼子又开枪时，被天马一枪击毙，天马飞狐跑到后窗，推开窗户跃了出去。

天马和飞狐无声地落到地上，观察了一下正要往西墙跑时，北边突然跑来四五个鬼子朝他们开枪，他俩边还击边扔出两个手雷。当他们借着手雷的爆炸又要往西墙跑时，南边又跑来五六个鬼子朝他们开枪，他俩又扔出两个手雷继续往西跑，眼看就要跑到西墙时，飞狐右腿中弹倒下。天马边还击边往起拉飞狐，飞狐说他跑不了啦，连续开枪掩护，让天马快跑。天马跑到墙边正要跃墙时，不料也被子弹击中，倒在地上。鬼子冲了上来，飞狐磕响手雷和两个鬼子同归于尽。

川岛跑过来看了看满脸是血的飞狐，又跑过去扒下天马的黑面罩看了看，两个人都很面生。他刚松了口气，心忽地又悬了起来：会不会是罗克也推断不出大计划到底在哪个保密室，利用使诈对两个保密室都进行窃取呢？这么一想，他登时慌了，赶紧带着几个日本兵又向领事馆匆匆跑去。

领事馆保密室内，罗克已经打开了保险柜，取出里面的文件逐个儿看了看，将一份放在桌子上。他掏出微型照相机正准备拍照时，突然听到外面传来一片杂乱而急促的脚步声，赶忙将微型照相机和手电筒装好，抓起文件向窗口跑去。

当川岛带着几个日本兵跑上二楼，看到保密室门前两个倒在地上的士兵时，就已然明白大计划被窃了，顿时惊得魂飞魄散，几乎瘫在地上。

253

美樱子带着日本兵仍在追击“罗克”，已经追到了东郊。

“罗克”仍在跑着，他跑得不快不慢，总和鬼子保持着一定的距离，并不时地开枪还击。

美樱子从一个士兵手里拿过步枪，瞄准“罗克”射击。“罗克”被枪击中，但并没有倒下，仍然往前跑。

美樱子骂道：“‘罗克’这个混蛋穿着防弹衣呢。继续追，活捉他！”

胡飞和黑子亮子从后面追过来，他们距美樱子已经不远了。

胡飞这次回到北平才知道，“毒花”并没有派人劫持他的妻子和孩子，他有一种被玩弄的感觉，发誓要杀了“毒花”，这次巧遇“毒花”，他当然不能放过她，还要亲手打死她。

“把枪给我。”胡飞从黑子手里拿过狙击步枪，一枪将“毒花”击倒，“妈的，这口恶气总算出了。‘罗克’也逃了，咱们赶紧回去，估计天马飞狐也回去了。”

刘振邦正在大华照相馆密室焦急地等待罗克，罗克推开门走了进来。

“哎呀，急死我啦，咋那么大动静，又响枪又响炸弹的？”刘振邦见罗克平安回来，总算松了口气。

“我也奇怪，”罗克说，“唐尧只带了两个手雷，按说闹不出这么大动静呀。”

“会不会是张丹雄他们过来啦？”

“不可能。张丹雄根本不知道咱们来干这事，再说林溪还在山上呢，也不可能让他们来呀。”

“肯定是有人袭击鬼子，不然不会那么大动静。”

“这事铁生他们很快会弄清楚。哎，志海呢？”

“这么大动静我不放心，让他去接应你了。得手了吗？”

“得手啦，本想拍照下来，听到鬼子的脚步声，只好把它拿来了。不过全是日文。”罗克把大计划递给刘振邦。

刘振邦接过来翻了翻：“你也懂日文？”

“略知一二。这个文件封面上第一行字是大计划实施指令的意思，下面两行字分别是A计划和B计划的意思。”

“快看看里头是啥内容。”刘振邦又把大计划递给罗克。

罗克接过来翻看了几页：“连不起来，有二十九军仇日、察哈尔军事区、张家口工事、内蒙古军队、武器库飞机场，还有川岛和任务啥的。”

刘振邦叹口气:“要是赵鹏还活着就好了。”

“你明天去找金大夫吧,他是日本医科学校毕业的,精通日文。”

“这么重要的情报,找他合适吗?”刘振邦尽管知道金开平是个好人,仍不放心。

“我还没和你说呢,他是北平地下党推荐给我的,原名叫朴志平,是朝鲜一个反日组织成员,遭通缉后逃到中国,后被北平地下党安排到张家口,以开诊所为掩护协助我工作。”

赵志海神色慌张地推开门走了进来,他看到罗克一愣:“你没死呀!”

罗克笑笑:“我咋会死呢?”

赵志海舒了口气:“可吓死我了。听协动队的人议论,有两个想窃取情报的蒙面人被打死了,我还以为是你和唐尧呢。”

听赵志海这么一说,罗克顿时明白了:肯定是胡飞他们也来窃取大计划了,刚才袭击鬼子的是他们的人,他们进入的一定是警备队那个保密室,只是不知被打死的两个人中有没有胡飞。

254

胡飞和黑子亮子回到旅店客房不见天马和飞狐,心呼地吊了起来:天马飞狐可能出事了。

此时,天马和飞狐的尸体已摆放在川岛办公室的地板上,川岛正垂头丧气地踱来踱去。他哀叹自己的命运怎么这么不济,竟会碰上罗克这么一个十韬九略胜似鬼神的强大对手。

铃木匆匆地走进来。刚才他带着日本兵去追击接应的人时,刚追出胡同就不见人影了,他命令士兵四下查找了半天也没找到。

铃木看到地板上的两具尸体:“大佐,这两个人是怎么回事?”

“潜入到警备队保密室窃取大计划的。”

“看来罗克是使了调虎离山计,他去领事馆是幌子,是为了让别人来警备

队窃取大计划，说明他判断错了。”

“他没判断错，大计划早被罗克从领事馆保密室窃走了！”川岛恼怒地说。

“不可能吧，”铃木满脸迷惘，“罗克刚一进领事馆大院就被发现了，美樱子正带人追他呢。”

川岛吼道：“那不是罗克，是替身！”

铃木愣怔。

川岛怒气未消：“这两个人窃取警备队保密室，其实是罗克的又一计，声东击西计，是为他进入领事馆保密室打掩护，整个一套连环计！你仔细看看这两个人，有没有印象。”

铃木蹲下来逐个儿仔细看了看：“生面孔。肯定是黑龙岭的人，罗克从山上带下来的。”

“我倒更相信是地下党的人！”

“罗克上了黑龙岭，参与这次行动的至少在十几人以上，如果是地下党的人，负责联络的会不会是王铁生呢？傍晚那会儿阮得利不是给您打过电话吗，说王铁生让鲁明上街去买柴沟堡熏肉，或许就是在暗中联络人呢。”

今天傍晚，侯二发现鲁明从王铁生办公室出来上了街，他追出去鲁明已经不见了，转了一气也没找着。他回到警察局门口时鲁明正好也回来了，提着一瓶酒托着一包东西，从门卫和鲁明的对话中，得知鲁明是去西河沿大街给王铁生买柴沟堡熏肉和酒去了。为显示他“盯”得认真，便赶紧将此事密告了阮得利。阮得利也认为这是一件微不足道的小事，但为了取悦川岛，还是赶紧作了报告。其实，鲁明是按照王铁生的吩咐，以买熏肉为名把防弹背心送到了大华照相馆。

“这点小事当时我也没太在意，不排除这个可能性。”

“我去把他抓来。”

“抓来他会承认吗？又没抓到他搞联络的证据。”川岛看看两具尸体，心中蓦地生出一个主意，“这两个人或许还能发挥作用，用他俩来验证一下吧。”

“用死人怎么验证？”铃木茫然。

川岛说了他的想法。他从那次大境门抢尸看了出来，共党分子是很重友情的，决定让阮得利把这两具共党的尸体转移到警察局，如果王铁生真是共党

的话,一定会有所动作,到时不但可以把王铁生抓获,还可通过他打掉一个地下党的组织。

"是个好主意,那就给他打电话吧。"

铃木刚说完,吉野神色慌张匆匆走进来,报告了一个令川岛震惊的消息:美樱子在带领他们追杀罗克的途中,背后遭人袭击身受重伤,军医正在抢救。

川岛和铃木匆匆跑到治疗室,见美樱子双目紧闭,面如白纸,死人似的正躺在床上输液。三个军医个个神色凝峻。

川岛问有无生命危险,军医说美樱子是被狙击步枪击中的,伤势非常严重。经抢救虽然维持住了性命,但还没脱离危险,必须尽快送往正规医院救治。

川岛不敢大意,决定向驻守热河的旅团求援,请他们立即派直升机将美樱子连夜送往承德日本陆军医院。

255

夜幕下,一辆吉普在旷野的崎岖道路上颠簸前行,驾车的是唐尧,坐在副驾座的是罗克,大计划的成功窃取,两人都十分兴奋。

唐尧对罗克充满敬佩:"你真是太神奇了,换成别人简直不可想象,我真是太佩服你了。"

"没有你把鬼子引出来,我也不可能得手。"罗克总把别人的功绩记在心上。

"看来咱俩身材真是太像了,'毒花'一路喊着抓罗克,真把我当成你了。"

"就因为咱俩身材像,才连累你受了两次大刑,我心里真是过意不去。"

"两次险情不都让你化解了吗,还让我走上了正道,我还是感谢你的。"

"关键是你的本质好。其实你不说我也知道,你第二次遭冤时,就已经猜到我就是那个蒙面人了。"

"你是怎么知道的?"

“因为是你向我泄露了川岛要围剿黑龙岭的消息。你也知道，这个消息除了你和我说过之外，其他那几个人是不可能泄露的。可你宁死不招，真的让我很感动。”

“那天你在通桥头不是观景，是有意在等我吧？”

“对。我得知川岛那天上午开紧急会，想从你这儿弄清会议的内容。”

“其实，被关进警察局监狱后，我不止意识到你就是那个蒙面人，也已经感觉出你是地下党了。我已经错走了一步路，不能再错下去。死，也许是我最好的解脱，我当时确实做好了赴死的准备。”

“我看出来了。但我绝不会让你死，无论如何也得把你救出来。”

“对了，有两件事特别奇怪。”唐尧想起了刚才遇到的奇事：他跑到警备队北墙时，有人向鬼子扔手雷；他跑到东郊时，鬼子突然不追了，又都往回跑。

“赵志海听协动队的人议论，有两个蒙面人被打死在警备队的保密室了，我估计是胡飞他们也来窃取大计划了，袭击鬼子的很可能是他们的人，或许是他们也正想往出引鬼子，正赶上你把鬼子引出来了。至于为什么突然不追你又往回跑，我就搞不清了。不会是有人在后面袭击他们吧？”

“不是，他们往回跑时我没听到枪声。对了，高发魁在宣化县树林遭田万才枪杀时，是一个警察救了他。我算了一下时间，正是你从我家往回返的那天夜里，那个警察就是你吧？”

“对，我骑自行车路过那片林子时，听到里面有吵骂声，赶过去时看到一个人正要枪杀另一个人，就击落了那个人的手枪。我起初以为是劫匪劫财，半个多月后，才知道是田万才为报私仇枪杀高发魁。”

唐尧感叹：“你那一枪让高发魁多活了两个多月。”

“他虽然一生作恶，但也做过两件好事。”罗克说，“没有他石头也不会那么容易被救出来；没有他胡飞也不会那么容易把卞良安插到杂工班当电工，尽管都是在被逼之下做的。”正是：虽说当时是误救，倒也日后堪可驱。欲知后事如何，且看下文。

第五十四回 官运虚无冤送命 稻草缥缈枉落空

256

罗克一觉醒来已近中午。他来到林溪房间，刚和林溪说完昨天夜里窃取大计划的经过，刘振邦赶了过来。今天一大早刘振邦就去找金开平，金开平很快就把大计划译了出来。

大计划包括A计划B计划两大项。A计划由川岛负责实施，内容是逼走二十九军，使察哈尔形成非军事区，为在察哈尔修建军事设施，建飞机场、武器库等做准备；B计划由总部的坂垣征四郎负责实施，内容是在逼走二十九军之后，建立大蒙古傀儡政权和傀儡军队，把察哈尔划归为大蒙古。但这两项计划都没有具体实施措施，只写了在适当的时候由总部激活。

罗克分析："看来还有一个配套计划，在大计划开始实施时才出现。"

"建立大蒙古傀儡政权好理解，以前上级获得的情报中，就有日军想在内蒙古诸亲王中物色亲日分子、建立伪蒙政权啥的，可逼走二十九军会用什么办法呢？"林溪难以理解。

"不好猜测。"刘振邦说，"我已经让志海拿上大计划去北平了，上级掌握的情报更多一些，或许能破解这个迷。对啦，临来时鲁明给我传递了一个重要情况，'毒花'在追击唐尧时，被人从后面打了一枪，是狙击步枪打的，虽然没死但伤势非常严重，川岛已向驻守热河的日军求援，连夜用直升机把她送往承德日本陆军医院了。"

"这真是个大好消息。"林溪高兴的几欲拍手。

罗克恍然:"怪不得唐尧说鬼子追他追到东郊后又突然往回跑了,看来'毒花'就是在那时中的枪。肯定是胡飞干的。"

"为啥说是他干的?"林溪不知罗克为何做出这个推断。

"还记得我让鲁明转告过你们,'毒花'用胡飞的老婆孩子相要挟,逼他降日的事吧。事实证明胡飞并没有真正降日,'毒花'就是冯雅兰和五个闪电突击队的人冒充五个劳工打入黑龙岭的事,是我受卞良之托给胡飞送窃听器时他告诉我的。他肯定是因'毒花'用他老婆孩子逼他降日的事怀恨在心去追杀她的,要是别人不可能追那么远专门去杀她,他们的任务毕竟是窃取大计划,这也说明被打死的那两个蒙面人中没有他。"

林溪感慨:"真是不可思议,一个一直在追杀张丹雄他们的人,竟然会在他们遇到危难时又出手相援,看来是你的高风亮节促使他转变的。"

罗克笑笑:"有这个原因但不全是这个原因,最关键的还是他有一颗中国心。'毒花'逼他降日的那天夜里,我就已经看出来了,他从骨子里是仇恨日本人的,而且也是个不惧死的人,所以我才作出了他未必是真心降日的判断。"

257

昨天夜里,川岛向南次郎报告了大计划被窃和美樱子受重伤的事。南次郎被彻底震怒了,让川岛立即返回关东军总部听候处理。川岛再三请求给他三天时间处理遗留之事,南次郎总算答应了。川岛知道,他回去必然会被送上军事法庭,或许会被杀头。他争取这三天时间,是想看看,能不能确定王铁生就是共党,如果能确定王铁生是共党并以其为线索摧毁一个地下党组织,或许还能减轻他的罪责把性命保下来。这是他最后的一根救命稻草。他已认定,那两个进入警备队保密室的肯定是罗克的同伙,是共党特工。今天一大早,他就打电话把阮得利叫来,亲自做了交代。

阮得利不敢怠慢,从把那两具尸体抬回警察局交给王铁生看守的那一刻,

就密令侯二要目不转睛地盯死他。

一天下来，侯二没有任何发现。阮得利买了酒和烧鸡，做好了熬夜的装备。

夜里十点多钟，他正坐在办公室自斟自饮，一个日军少佐和两个日本兵排闼而入。

这三个人正是胡飞和黑子亮子。今天早上，黑子和亮子出来打探天马飞狐的消息，走到警备队门口，正看到天马飞狐的尸体被警察从里面抬了出来，径直抬进了警察局。

阮得利见日本军官来了，赶忙站起来恭敬地问："您是……"

"不认识了吗?"胡飞压着嗓音说。

阮得利一看那双小鱼般的细眼，立马惊呆了："胡长官快请坐、快请坐。"他本来以为胡飞真是省警察厅的，直到张狗娃带警察去鸿远楼抓捕时，他才知道了胡飞的真实身份。他当时以为胡飞真投了共，但昨天王厅长告诉他，胡飞并没投共。所谓投共，只是已当了汉奸的张狗娃为帮日本人灭掉他，故意编造的罪名。还告诉他，胡飞一旦来张家口执行什么任务时，如需要他们配合一定要全力以赴。

胡飞蹭地拔出手枪，顶在阮得利脑门上："你已经走上了张狗娃的道路，投日当了汉奸，我宣判你死刑!"

其实，胡飞并不知道阮得利真投了日，只是吓唬吓唬他，这是他为达目的惯用的手段。

阮得利几欲丧魂，惊恐地急辩："没有，绝对没有，我要是投日当汉奸您把我千刀万剐了。"说着指了指挂在对面墙上的那幅诗联，"您看，挂这副字就是要表明我为党国尽忠的决心。"

胡飞扭头看了看那副诗联："那我问你，川岛为什么把两具尸体交给你们?"

"川岛说他俩是共党特工，让我们，"他本想说让我们考验王铁生，但又怕走漏了消息川岛不饶他，话到嘴边又改成"让我们严加布控抓劫尸的人，他说地下党肯定会来劫尸，我也想借此机会抓共党，就让人把尸体拉回来了。"

"噢，这么回事。"胡飞像是明白的样子，随即又命令，"这俩人不是共党，是

我们的特工。你安排人把他俩送到南郊树林。”

“啊,是咱们的同志?”这是阮得利做梦也没想到的,他确实以为是共党特工。“我送、我送,一定送,什么时候送?”为表忠心他一迭连声地应承。

“两个小时后我们在那里接尸。”胡飞说完又威胁,“如果你胆敢不送,就按汉奸论处!”

258

阮得利又像张狗娃一样,走上了脚踏两只船的路,尝到了前有悬崖后有虎的滋味。处在两难境地的他绞尽脑汁思索了半天,最终想出一个两头都能邀功买好的办法。

夜色深沉,一辆吉普黑着车灯悄悄从警察局大院驶出。驾车的是程功,坐在副驾座的是侯二,后排座放着天马和飞狐的尸体,这两具尸体是侯二和程功刚刚从警察局盗出来的。

侯二高兴得眉飞色舞:“咱哥俩都要当官儿了,真是福气来了鬼都挡不住。”

程功也十分兴奋:“侯二,你当了办公室主任,以后就有可能登上局长的宝座,可得多关照老兄啊。”

“你还用得着我关照,侦缉队长可是肥缺呀,一年下来就能肥得流油,老弟还等着沾你的光呢。”

两人哈哈大笑。

刚才,阮得利命令他俩秘密将尸体盗出送往南郊树林,说王铁生和鲁明都有共党之嫌,事后会嫁罪于他俩。还说只要把这件事办妥,就让侯二当办公室主任,让程功当侦缉队队长。

他俩也曾问过为什么要送到南郊树林,阮得利说那里有三个人接尸,交给他们就行了,至于接尸的是什么人,阮得利没说,他俩也没敢问。不过这对他俩都不重要,重要的是他俩都可以当官儿了。

车开到南郊树林旁边，他俩果然看到那里停着一辆黑色轿车，车旁站着三个人。

这三个人正是胡飞和黑子亮子，胡飞让侯二和程功将两具尸体抬进黑色轿车后，上车离去。

侯二说："赶紧炸了车回去交差吧。"阮得利交代过，让他俩把尸体交给接尸的人后把吉普炸掉。

"好，炸。"程功刚从身上掏出一个手榴弹，一辆卡车从远处快速驶了过来。

侯二和程功正疑惑间，卡车已开到他俩跟前停下，首先从驾驶室副驾座跳下来的是阮得利，随之王铁生鲁明等十几个警察也从车厢跳了下来。

阮得利沉着脸怒骂道："混账东西，闹半天你俩是共党！"

侯二程功都惊傻了，一时说不出话。

阮得利连开两枪将侯二击毙。

程功顿时明白上当了，大骂："阮得利，我操你祖……"

阮得利又向程功连射两枪。程功中弹倒靠在吉普车上，怒视着阮得利拉了手榴弹的弦。

阮得利等人大惊，都赶忙趴下。

硝烟散尽，阮得利等人惊恐地爬起来，王铁生和鲁明相视一笑。

259

川岛和铃木在等阮得利的消息。此前，川岛已经把他遭南次郎训斥和他为什么想急切地弄清王铁生是否共党的原因和铃木说了，说他不能睛等受死，要为保命做最后的努力。铃木十分同情川岛，他认为川岛对大日本帝国是绝对的忠心耿耿，罔说以前，仅他来张家口之后，那是不遑它事，殚精竭虑地扑在军务上，他们连连遭挫，非是川岛不尽力，只是时运不济，碰上了罗克这个不该碰上的强大对手。他为川岛感到悲哀，也期望他这最后的一线希望能实现，争取把命保下来。他俩都认为，王铁生如果有所动作的话，很可能是在深夜。他俩默坐着谁也

不说话，都盯着电话机，可电话机就像睡着了一样，一直没有动静。

“快一点了还没消息，或许王铁生真不是共党。”川岛已经没有了信心。唯一的一根救命稻草也缥缈如云了，他的精神几欲崩溃。

“再等等吧，离天亮还早着呢。”铃木安慰川岛，其实他心里也没底了。

正在这时，阮得利灰头土脸、神色惶遽地走了进来：“大佐，找到共党了！”

“是王铁生吗？”川岛惊喜万分，激动的声音都发颤。

“不是。”阮得利说，“做梦也没想到，闹半天是侦缉队的侯二和张狗娃原来的司机程功。”

川岛愣住了。

铃木大感意外：“侯二？不会搞错吧？”

“绝对没错。刚才王铁生向我报告，说侯二利用值班之机，和程功把一个看守警察打死，把尸体抬上一辆吉普开跑了。”

“王铁生是怎么知道的？”川岛疑惑地问。

“该着他们暴露，那个警察又醒过来了，报告了王铁生。”

“这俩人抓住没？”川岛又问。

阮得利哀叹了一声：“别提啦，王铁生报告后我赶紧就带人去追，快追到南郊树林时，看见侯二和程功把尸体抬到一辆黑色轿车上，我们赶到那里时黑色轿车开跑了。本想活捉他俩，可他俩又开枪又扔手榴弹，弟兄们只好把他俩击毙了。这两共党真可恶，我都差点儿被炸死。”

“真不可思议，侯二这种混混竟然也是共党。”铃木喃喃自语，他实在是太感到意外了。

“那都是装的，地下党就善于伪装。”川岛说，“罗克不也一样吗，整天一副吊儿郎当的样子，枪也打不准，可他就是那个神出鬼没无所不能的蒙面人，就是‘神风’！”

铃木有些沮丧：“光顾着盯王铁生了，让他们钻了空子。联络地下党窃取大计划的肯定就是他俩。”

“看来是。”川岛说，“总算是又弄清一件事，虽然没达到摧毁一个地下党组织的目的，打死两个罗克的同党成绩也算不小，我的……”说着住了嘴，对阮得利说，“你先回去歇歇吧。”

阮得利刚走电话铃响了。川岛接听完电话高兴地对铃木说:“承德陆军医院打来的,说美樱子醒过来了,已脱离生命危险。美樱子没死,又消灭两个共党分子,我的罪责也可减轻一些了。铃木君,我改变主意了,打算明天就回总部。”

“不是向南次郎将军争取了三天时间吗,好好歇两天吧,这些日子没白天没黑夜的,太疲劳了。”铃木既为川岛高兴也舍不得川岛走。他一直是川岛的部下,川岛对他确实很好,他能提升为中佐就是川岛给他努力的结果,以后换了新主子,不知道自己会是什么命运。

川岛苦笑:“还是早点回去吧,有个好的态度或许更好一些。”

阮得利总算两头都摆平了,长舒了一口气。回到办公室,他满满倒了一杯酒,一口灌进肚里。

260

几天后,刘振邦又来到黑龙岭,向林溪罗克说了上级转来的三个情况:一是关于大计划的具体实施办法和时间,上级也没有搞清楚,因里面涉及逼走二十九军的事,上级已把大计划抄送给国民党北平特务处了。二是由于大计划失窃,关东军总部已决定暂停实施。三是川岛一回到关东军总部,就被送上军事法庭,将被判处死刑。来接替他的是一个叫渡边的大佐,他是土肥原贤二手下的一个老牌特务,以阴险狡诈著称。同时,关东军(通过日本政府)还派来一个副领事,叫松井源之助,主要负责察哈尔省一些重要旗县秘密特务机关的建立。

罗克对没弄清大计划的内容感到遗憾。

刘振邦说:“虽然没弄清大计划的具体内容,毕竟迫使他们暂停了,达到了延缓大计划实施的目的,这也是不小的成绩。上级表扬了咱们这两个地下党组织,并根据情况的变化,决定合并成一个组织,由我和你们俩还有志海同志负责。我任组长,你们仨任副组长。上级还对罗克同志专门提出表扬并记特等功一次,让我转告罗克同志。”

刘振邦和林溪鼓掌祝贺。

罗克逊笑:“是大家共同努力的结果。”

刘振邦说上级还有一个重要决定:党中央为进一步强化党的骨干力量的培养,决定从北方各地下党组织选派五十名同志赴苏联学习半年,给了北平地下党所领导的地下党组织五个名额。经研究,其中一个名额给了林溪同志。

林溪高兴的直拍手:“太好了,什么时候动身?”

“就今天。开完会你就跟我走,我把你送到二连,那里有内蒙古地下党的同志接应,由他们继续护送到苏联。”

“我走后教导员的职位谁来接替?这个职务对于独立大队的教育和指导非常重要。”

“上级决定由罗克同志接替。”

“那我就放心了。对啦,张丹雄、戈剑光、柳英飞、万虎、巴雅尔还有林峰他们都想入党,已经写了入党申请书。”林溪从木柜中取出入党申请书递给刘振邦,说她和罗克愿做他们的入党介绍人。

刘振邦接过申请书看了看,说这是好事。他们要是能加入党组织,这支队伍就成了党所领导下的一支武装力量了。

261

日光如梭,转眼半年过去了。盛夏来临,大海陀浓绿如染,在灿烂的阳光下处处金辉闪耀,绚丽迷人。

山寨新建的三大排新房刚竣工,戈剑明、万豹、唐义燃放起鞭炮,大伙儿都兴高采烈地围在新房前观赏。

鞭炮声停止后,红小英对张丹雄提出请求:“张队长,得给我们医疗队多分几间,我们想设几间病房,谁有了病有了伤的都可以安安静静躺在里面治疗,肯定恢复得快。”

“没问题。”张丹雄爽快地应承,“唐队长,分房的事就交给你们后勤保障中队啦,你们商量着办吧。”

“行。”唐尧应道。

老周走过来：“张队长，我提个建议，山寨可有几对儿好上的，别一下把房子都分完了，得留出一些给他们结婚用。”

“老周这个建议好，唐队长，你可规划好了，得保证凡是结婚的都有新房住。”

“没问题，谁先结谁先挑。”

大伙儿笑声一片。

牛半子跑了过来，说老刘来啦，在大堂等着呢，让张队长和戈参谋长还有罗教导员过去。

张丹雄和戈剑光罗克赶忙向大堂跑去。

张丹雄见到刘振邦倍感亲切：“一晃半年不见了，是不是有事？”

“是有事，还是大喜事，”刘振邦满脸溢笑，“你和戈参谋长被批准加入中国共产党了。”

张丹雄和戈剑光愣了一下，继而拥抱在一起，激动得热泪盈眶。

张丹雄忽地想起什么：“他们四个没批准吗？”

“组织上经过认真研究，决定第一批先发展你们两个，他们四个放在第二批考虑。你俩还得做好他们的工作，让他们继续努力。”

刘振邦说完将一面鲜红的党旗挂在墙上。

张丹雄戈剑光望着党旗，激动地热血澎湃，兴奋的红脸庞在党旗的映照下，泛着鲜亮的光彩。

宣誓完，刘振邦宣布了上级决定：抗日独立大队改称察东抗日纵队，罗克任指导员，张丹雄任队长，戈剑光任参谋长。纵队归张家口地下党领导，由刘振邦所领导的地下党组织具体负责。为切实加强党对纵队的领导，上级还决定给纵队派一名特派员，这个同志目前也在苏联学习。

说完上级决定，刘振邦又说了一个令张丹雄戈剑光十分兴奋的好消息：吉鸿昌将军目前隐居上海，他已秘密加入了中国共产党，正在地下党的帮助下积极发展抗日力量。同时，上级将张丹雄戈剑光等人在大海陀组建抗日队伍、张丹雄戈剑光被批准入党的事也密传给了吉鸿昌。正是：过去并肩本同路，如今同志奔新程。欲知后事如何，且看下文。

第五十五回 双计划同时遭窃 数倭贼合力逞凶

262

刘振邦的到来，令柳英飞、万虎、巴雅尔和林峰也十分激动，他们敏感地意识到，刘振邦这次来肯定是说他们入党的事，从提出申请到现在，毕竟已经半年多了。

他们离开新房聚在一起边悄声议论边等着来叫他们。

正等得着急的时候，张丹雄戈剑光从大堂走了出来，他们赶紧迎上去。

柳英飞抑制住激动的心情，小声问："老刘来是说咱们入党的事吧？"

张丹雄戈剑光应道："是。"

"批准了吗？"柳英飞急问。

"那还用问，"万虎喜笑颜开，"一看他俩那精气神就知道批准了。对啦，听林教导员说入党还得宣誓呢，啥时候叫咱们宣誓呀？"

巴雅尔林峰也都用急切的目光望着张丹雄戈剑光。

张丹雄看了看不断来来往往的人："走，咱们到那边去说。"

张丹雄戈剑光和柳英飞等四人走到山寨东端的山冈上。

柳英飞见张丹雄戈剑光面色有些沉重，心里不踏实了："大哥二哥，是不是没批准呀？"

"不是。"张丹雄说，"我和剑光批准了，你们四个还没批呢。"

柳英飞等四人像当头浇了一盆凉水，浑身一下凉了下来。

万虎的脸拉长了:“为啥不批准我们?共产党不就是打鬼子吗,我们打鬼子多会儿含糊过?”

“不是不批,是放在第二批考虑,再耐心等等吧。”戈剑光解释。

巴雅尔也满脸不高兴:“什么第二批呀,说到底还是信不过我们!”

柳英飞林峰没说话,但能看出他们心里也不是滋味儿。

“你们都是好样儿的,也都是真心实意地想加入共产党,心情我特别理解,但不能有情绪,还要继续接受党的考验。”张丹雄嘴上这么说,心里也不好受。

“考验到啥时候去。你们被批准了,当然没情绪,好听的谁也会说。”万虎把脸扭向一边。

“万虎!”张丹雄严肃起来,“你咋能这么说,你以为是什么好处让我们得到你没得到吗?自从咱们有了入党的想法以来,林教导员几次大半夜的给咱们讲党课,难道你都白学了吗?共产党不止要打鬼子,还要消灭剥削、消灭压迫,建立一个民主自由的新中国。这样一个有着崇高理想的党,对党员的要求能不严格吗,发展能不慎重吗?放在第二批考虑你就有情绪,冲这一点你就不合格!”同情归同情,但越格的话他不能容忍。

万虎等人垂下头。

戈剑光觉着不能简单对待,想了想问:“你们说共产党人优秀吗?”

“那还用说。”几个人仍有怨气。

戈剑光接着说:“老刘、林溪、罗克、老郭、格日图等等,所有咱们见过的共产党员,无一不优秀。如果共产党不加选择地乱发展党员,会有这么多优秀的人都集中在共产党内吗?慎重发展每一个党员,宁缺毋滥,这正是共产党的可贵之处。从这些优秀的党员身上,我还有个感悟,作为共产党员,除了不怕牺牲之外,还要经得起挫折、委屈甚至被冤枉等种种考验。就拿罗克来说,除了党内的少数人知道他是同志,谁还认为他是好人,不是骂他黑狗子就是骂他汉奸。他为了保护林溪和掩护自己,不得已向林溪的母亲开一枪的事你们都知道吧,可林溪林母当时不但骂他是走狗汉奸,甚至还骂他是畜生。但他什么都不能说,只能把委屈的泪水往肚里咽。他是由于身份暴露上山了,不然,不知道还要承受多少委屈和冤枉。可他并没有怨言,依然忠心耿耿、舍生忘死的为党工作。怎么再接受一段党的考验你们就不行了呢?怎么就这么大的情

绪呢?”

戈剑光的话使柳英飞等四人如重锤敲心,感到一阵羞愧,都流下了泪水。

263

陆陆续续又有不少人来参加队伍,察东抗日纵队已达三百多人了。罗克、张丹雄、戈剑光整日忙着教育队伍、操练队伍、修筑工事;为解决粮食蔬菜问题,又发动战士们开荒种地搞饲养。忙碌中,不知不觉三个多月又过去了,大海陀也由盛夏的墨绿之装在不知不觉中换成了深秋的斑斓之装。

这天是休息日,张丹雄一人悄悄地来到了黑龙岭顶峰。他那伟岸的身影,如玉树临风。

环岭的群山层林尽染、色彩绚丽、如诗如画、美不胜收。但张丹雄并没有浏光览景的心情,他是在思念一个人。平心而论,他长这么大还没有对任何一个女人动过心。他接受凤巧、也准备和凤巧结婚,但在他心中也只是传统意义上的男大当婚的思想在支配他。尽管他对凤巧也有好感,但她并没有激荡过他的心,没有让他朝思暮想过。林溪最初闯入他的心,他也只是有一种朦胧的喜欢,这种喜欢虽然有了爱慕之意,但更多的还是感激,感激她的帮助、感激她的舍命相救。但当林溪离开之后,他突然有了种没着没落的感觉,而且这种感觉越来越强烈,有时竟然夜不能寐。他这才明白,他对林溪已经不是喜欢和有爱意那么简单了,而是在不知不觉中深深爱上她了,并融入了自己的生命。他想,这或许就是人们所说的爱情。这个似乎和他无关的词,竟然这么快在他的心里就体验到了。分别八个多月,他有睽别八年的感觉。但他又是一个自控力极强的人,这种强烈的感受和强烈的爱的熔岩,他都用毅力把它压抑在心底,不让它表现和喷发出来。他独自来到黑龙岭峰顶,就是要避开人们的目光,尽情思念一番,这种思念虽然有苦,但更多的还是甜。

寥廓的天空,一排大雁在翩翩南飞。

这更勾起了他的思念。大雁都南归了,她怎么还不回来呢?老刘说去学

习半年,可这都八个多月了呀！难道是病在那儿了？想到这里,他不安起来,翘首遥望北方。

“丹雄,看啥呢?”身后突然传来罗克的声音。

张丹雄一时还没有从思绪中走出来,神情有些不自然:“啊,看看秋景,深秋的大海陀色彩斑斓,真是太美了。”

“恐怕不只是看秋景吧,是想林溪了吧?”罗克一语道破。

张丹雄不好意思地笑笑,算是默认。

“等她回来把婚事办了吧,好几对儿都等着你呢,你不办他们也不好意思办。”

“好几对儿?”张丹雄纳罕,“我光知道林峰和戈剑丽、万虎和红小英成了,还有谁呀?”

“唐尧和安红、柳英飞和乌兰琪琪格,刚听说戈剑光和我妹妹罗敏也成了。”

“剑光这家伙蔫蔫儿的没想到也搞上对象了,他的嘴可真严,我一点儿都不知道。”

“他们都说了,等你和林溪办了他们才办呢。”

“我还一直没问你呢,你有对象没?”

“有。我北大的同学,叫关娜。”

“北大？听林溪说,你不是从北平地质学校毕业的吗?”

罗克做了解释。

罗克的高中是在北平上的,关娜和他是同学,两人的学习都非常优秀。高二那年,他和关娜都被北平地下党发展为党员。党组织考虑到地下工作的需要,高中毕业那年让他俩都化名报考北大,对外说是报考地质学校,组织上则秘密地在地质学校给他们各建了一套完整的学历档案。大学毕业后,罗克被组织安插到张家口警察局当卧底,并负责特工组的工作,关娜被安排到北平国民政府当卧底。由于身份和任务的原因,他和关娜极少见面,也极少有联系。

“从你身上,我更加理解什么叫献身精神了。”张丹雄明白缘由后,对罗克的敬佩又增添了几分。

“其实,每一个真正的共产党员,都会把党的事业放在第一位,不会计较个

人荣辱得失。”

“你现在不是卧底了，咱们这儿又安全，咋不接关娜过来看看。”

“她和林溪一样，也在苏联学习呢。”

“啥时候去的？”

“和林溪一块儿去的。只不过我当时不知道，今年夏天，老刘来宣布你和剑光入党的事时我才知道。关娜托回国的同志给组织上捎了个口信儿，组织上又托老刘转告给我的。老刘还说，她回来就来咱们这儿工作，上级给咱们安排的特派员就是她。”

“太好啦，等她们回来咱们一块儿把婚事办了吧。”

“行。”

长空中，又一排大雁由北向南飞去。张丹雄罗克望着南飞的大雁，都预感到他们的心上人离回来的日子不远了。

264

渡边的办公室虽然还是川岛那间，但和川岛所在时已迥然不同了：室内不但进行了精装修，包括办公桌椅、沙发在内的所有用具也都是新定做的，环境焕然一新。

此刻，渡边正坐在办公桌前，和站在对面的铃木说话。渡边约四十岁出头，秃顶、尖鼻子尖下巴，一双鹰隼般的眼睛小而亮，给以一种既阴险又狡诈的感觉。

“铃木君，我到张家口已经八个多月了，地下党和黑龙岭一直不见动静，你说这是什么原因？”

“这还用说吗，他们是慑于渡边大佐的神威，不敢轻举妄动了。中国不是有句话吗，一虎入山，百兽皆畏，他们想保命犹恐不及，哪还敢惹事，那不是老虎嘴上拔毛，自己找死吗。”

铃木的马屁拍得一五一十。旧主子已经指不上了，他想讨好新主子，不但

处处谨小慎微,还时时察言观色,揣摩渡边的心思。不过,他这回没揣摩对。

渡边的脸沉了下来:“不,你过誉了,有拍马之嫌,这样很不好,会误导我的。”

铃木诚惶诚恐:“在下鲁钝,请大佐明示。”

“关键是大计划行动暂停了。共党的情报系统灵的很,如果有什么值得他们获取的情报的话,他们是不会这么消停的。”

“大佐说的极是,一语中的,令在下佩服之至!”铃木谦卑地应和,还是在拍。

电话响了。渡边抓起话筒:“……是我……好,马上过去。”渡边放下话筒,“桥本领事让我过去一趟,说有要事,警备队这边你先盯着吧。”

渡边赶到桥本正康办公室,一下愣住了:除了桥本正康和松井源之助之外,在座的还有两个人——川岛和美樱子。

“很意外是吧。”桥本正康边说边示意渡边坐下。

“确实很意外,怎么也没想到会是川岛大佐和美樱子中佐来了。什么时候到的?”渡边说着坐下。

“他们是昨天夜里赶到北平,今天夜里刚秘密到达。”

川岛本来是要被判处死刑的,在承德陆军医院住院的美樱子得知消息后,立即给南次郎打电话为川岛求情,她的命是川岛救的,如果不是川岛向驻守热河的旅团求援,连夜用直升机把她送到承德陆军医院,她必死无疑。她要报恩,以至为达目的不惜哭求。南次郎最终答应了她,把川岛降为少佐特赦了。美樱子出院后回到总部,经过半年多的休养也恢复如初了。南次郎这次把他俩派来(经日本政府),任领事馆干事,在松井源之助的领导下开展工作,主要任务是保护大计划顺利进行。

“大计划还要进行?不是已经泄露了吗?”渡边不解。

桥本正康笑笑:“总部能这么蠢吗?大计划的两个目标没变,考虑到具体的实施办法也有可能已经泄密,总部重新进行了设计。为防止再次被窃,新的大计划没有文字资料,总部口头传达给我,由我亲自安排。你们几个是执行新大计划的中坚人物,下面,我说说你们几个的任务……”

桥本正康说完,渡边说:“桥本领事,我有个建议。据我所知,共党的情报

系统是很灵的,虽然美樱子中佐和川岛少佐是秘密到达的,但不能排除已经被共党获知了,他们也会想到他俩返张和重启大计划有关,也会认为大计划进行了更新。所以,他们必然还会来窃取。我……”

桥本正康打断他的话,笑道:“大计划在咱们的脑袋里,他们怎么能窃取呢?”

“但共党并不知道大计划在我们的脑袋里。按常规,这样的大计划一定会形成文件,所以必然会来窃取。我们不如将计就计,给他们一个假的大计划,误导他们,这样更有利于大计划的顺利实施,减少很多安全上的考虑。”

桥本正康一听大为赞叹:“哎呀,这一招可是神鬼难料,太绝了,胜于我们增加一个旅团呀。行,就这么办。”

美樱子决定马上派人去给孟根布勒送情报,让他监视罗克,好准确知道罗克哪天来,予以配合,让罗克顺利地把假大计划“窃”走。

265

就在张丹雄站在黑龙岭峰顶遥思林溪的第二天,林溪和关娜回到了黑龙岭山寨,和她们同来的还有刘振邦,他是来传递上级指示的。开会前,刘振邦让张丹雄把老周、周全顺和陆涛也叫来,张丹雄戈剑光这才知道,老周、周全顺和陆涛也是地下党成员。

党员会上,刘振邦传达了上级的两项指示。第一,根据形势的变化和需要,上级决定在纵队建立党支部,罗克任支部书记,林溪任支部副书记,张丹雄任组织委员,戈剑光任纪律委员,陆涛任宣教委员,周全顺任保密委员,老周任生活委员。特派员关娜为列席委员,凡是纵队的大事,都必须由支部委员会来讨论决定。第二,上级获得情报,川岛和‘毒花’又被关东军总部派回张家口,公开身份是领事馆干事,但具体干什么不详,上级让设法摸清楚他们来张的意图。

“上次的情报不是说川岛会被判处死刑吗?”张丹雄对川岛重返张家口感

到奇怪。

“原来的情报就是判死刑，为什么又没被枪毙，目前原因不详。”刘振邦说完又补充，“不过他这次回来已不是大佐了，被降职为少佐。”

林溪琢磨了一下：“川岛和‘毒花’回来会不会和大计划有关？我记得大计划中的A计划是由川岛负责实施的。”

刘振邦说：“上级也认为这两个人重返张家口很可能和大计划有关。上级还认为，原计划他们不可能实施了，如果他们真是来实施大计划的，或许是内容更新了。”

“宁可信其真。”罗克说，“要不这样吧，我再窃取一次，如果大计划真更新了，必然会有新文件。”

“渡边这个人狡猾得很。”刘振邦说，“他必然会从川岛的失败中汲取教训，无论警备队还是领事馆都会加强防守，再窃取恐怕难上加难了。”

“再难也得干。上次获取的大计划虽然不完整，也能看出大计划一旦实施的严重后果。必须把更新的大计划弄清，设法阻止他们。”

“我同意罗克同志的想法，这是摸清新大计划最快捷的办法。”关娜二十五六岁，肤色白皙，容貌清秀，既有知识女性的高雅气质，又有大家闺秀的典雅贤淑。

刘振邦问怎么配合，罗克说不用，利用一下那个人就可以了。

266

罗克再次要到领事馆保密室窃取大计划的情报，很快被人从山神庙取走，传到了美樱子手中。往山神庙放情报的人正是孟根布勒。

美樱子受重伤被送往承德日本陆军医院的消息，孟根布勒是半个月后才通过情报得知的。情报说美樱子已转危为安，预计两个月左右就能回来，让他继续搜集山寨的情报。然而一晃八个多月过去了，他也没有得到美樱子回来的消息。这期间，他也曾几次通过情报提出想回协动队的申请，但次次得到的

答复都是继续当卧底，等美樱子回来再说。他没办法，只好苦等。在这痛苦、焦灼的煎熬中，他瘦了十几斤，刀条脸显得更刀条了。昨天夜里，他得到了情报，说美樱子已返张，让他监视罗克何时下山。他兴奋得几乎要跳起来，美樱子的回来，意味着他登上协动队队长宝座的日子也就不远了。今天一早，他就开始密切关注着罗克，午饭后，他发现罗克果然在张丹雄等一伙人的相送下离开了山寨，他又很快从桑斯尔口中套出了罗克下山的目的，迅速而秘密地把情报送进了山神庙。

深夜，美樱子带着十几个日本兵，埋伏在领事馆院内南面一排平房的一个房间里，从这里可以清楚地看到领事馆二楼保密室的后窗。

不一会儿，一个头戴黑礼帽、脸蒙黑面罩、身披黑披风的人果然从西墙跳了进来，环视了一下又敏捷地攀上二楼，轻轻撬开保密室后窗跳入室内，十几分钟后又跳了出来。

美樱子命令士兵朝天开枪。乱枪声中，蒙面人飞快地跃出西墙逃走了。

美樱子冷冷一笑："罗克，这次先放过你，下次再遇到非取你的狗命不可。"

其实，这个蒙面人并不是罗克，而是胡飞。北平特务处也获得了川岛和美樱子重返张家口的情报，他们也分析他俩的重返极有可能和重启大计划有关，也分析出如果重启的话大计划的内容一定会更新。胡飞就是奉命来窃取新的大计划的。今天下午，他和黑子亮子就到了张家口，又住在了顺通旅店。

胡飞跳出墙后，向西面的居民区飞速奔跑，鬼子也跳出墙外，虚张声势地朝天乱放空枪，在居民区等着接应胡飞的黑子亮子朝鬼子猛开一阵枪，然后和胡飞一起逃去。

桥本正康和松井源之助在办公室扯着闲篇等美樱子的消息，他们听到枪声知道计谋成功了，正议论间，美樱子走了进来。

"窃走了吧?"桥本正康明知是多此一问，但还是禁不住要问，这问话中有享受成功的意味。

"窃走了，只可惜不能杀他。"

"让罗克窃走假大计划，比杀十个他都重要。我们可以放心的实施大计划了。"

桥本正康刚说完，渡边匆匆走了进来。

因今夜的任务是有意让罗克把假大计划窃走，没给渡边安排任务。桥本正康以为他有什么急事，刚要发问，渡边喜滋滋地先开了口："桥本领事，假大计划已经让罗克拿走了。"

桥本正康十分纳罕："你那儿的假大计划也被罗克拿去了？"

"对。"渡边语气十分肯定。

"不可能吧？"美樱子说，"罗克刚从领事馆保密室逃出去呀。"

"一点儿没错，他是装扮成日本兵进入我的卧室的，我看过他的相片，绝对是他。"

因为孟根布勒的情报说，罗克今夜是要潜入领事馆保密室窃取大计划，所以渡边早早就睡了。刚才，他正在睡梦中，一个凉飕飕的东西在他脑门上拍了两下，惊醒一看，是一个日本兵正用匕首对着他，再仔细一看正是罗克。罗克问他新大计划藏在什么地方，他装作怕死，说是接受了上次大计划在领事馆失窃的教训，新的大计划就放在警备队保密室，随后又将罗克带进了保密室，把假大计划交给罗克。罗克发现大计划全是用密码写的，怕受骗，又把匕首横在渡边脖子上，逼他交出真的大计划，渡边说这绝对是真的，总部担心大计划再次被窃，新的大计划就改用密码编写了。罗克向他要解码，他说解码只有桥本领事一人知道。罗克相信了，又逼渡边用车把他送到南郊。

美樱子明白了，进入领事馆保密室的那个蒙面人肯定是胡飞。当时她没顾上仔细观察，现在回想起来才感觉出那个蒙面人的身材不对。

桥本正康说这样更好，国共两党都把假大计划窃走了，更有利于大计划的实施。

267

罗克成功窃取到新大计划，令刘振邦等人十分振奋，决定让关娜立即动身去北平送交上级，让上级尽快破译出新大计划内容，及时采取措施进行阻止。

张北县是察哈尔坝上高原的一个重镇，是固守张家口的北大门，历朝历代

都是重要的战略要地。自战国以来,曾有六代政权在这里修筑过长城。二十九军驻守察哈尔之后,张北县是重要守护地之一。

张北县城也是一座古城,城高墙厚,气势雄宏。二十九军一三二师三团一连在此担任守卫任务。

这天中午,几个国民党士兵正在县城的南大门站岗,一辆有日本太阳旗标志的吉普和一辆中型轿车从南面驶来,士兵持枪将车拦下。

松井源之助、川岛从吉普下来,中型轿车也下来八人,所有的人都身穿便装。

一人从一旁急忙地跑过来:"我是一连连长张书标,请问你们要去哪里?"

松井源之助神态傲慢:"你没有资格问,快快的把路障挪开,让我们通行的干活!"

"你可以不告诉我去哪里,但必须出示护照。"

按照当时的规定,凡是外国人从军事管理区通行,都必须得持有护照。

"什么护照,"松井源之助依然傲慢,"我们大日本帝国公民,在中国无论到哪里,都可以自由的通行,赶快的放行!"

"对不起,没有护照不能通过,你们请回吧。"张书标不温不火,语气平静但很坚决。

"你知道我们是什么身份吗!"松井源之助吼着,指着从中型轿车下来的那八个人,"他是天津驻屯军参谋川口清健,他是外务书记官池田克己,这几个都是日本外交官员,我是大日本驻张家口领事馆副领事松井源之助,"又指着川岛,"他是领事馆干事,你怎么敢对这些身份高贵的人如此无礼!"

"我不管你们是什么身份,"张书标依然口气平静,"要通行必须得持有护照,没有护照任何外国人都不能从这里通过,包括日本人。我们是在执行规定,请你们理解。"

"八嘎!"松井源之助霎时变了脸,目光狞厉神情凶恶,随着骂声一掌朝张书标脸上掴去,将张书标打倒在地。

十几名国民党士兵已闻声跑过来,他们见连长被打倒,立即端着枪围了上去。

"都退下!"张书标边喊边爬起来,擦擦嘴角的血,语气坚定地说:"就是打

死我,你们也休想通过!”

这时城里城外的许多老百姓跑过来围观,化装成农妇的美樱子也混迹其中,暗藏在她身上的微型照相机的镜头,像一只贼眼在捕捉着什么。

“今天我就打死你!”松井源之助又一拳打去,已有准备的张书标纹丝不动,只是怒视着。

士兵们愤怒了,“哗啦”,都把枪栓拉开了。

照相机的贼眼眨了一下,这一场景已定格在眼底。

“不许开枪!”张书标急忙命令士兵,又对一名士兵说,“快去打电话向团部报告!”

士兵向城里跑去,美樱子准备继续按动相机快门的手也停住了。

“打!”随着松井源之助的一声大喊,川岛、川口清健、池田克己等人像狗听到主人的嗾使,扑上去疯狂地对张书标及士兵们拳打脚踢,这些人都是有一定功夫之人,张书标及士兵瞬时被打得口鼻流血。正是:心怀恶念狂出手,意激怒火逼开枪。目的能否达到,且看下文。

第五十六回 桥本新谋又出时 罗克故伎重演日

268

因上面有令不许制造事端，张书标怕士兵克制不住开枪，又急忙大喊："都把枪扔在地上，胳膊挎胳膊站成一排！"

士兵立即把枪丢在地上，胳膊挎胳膊紧紧地站成一排，形成一堵坚实的人墙。

松井源之助、川岛、川口清健、池田克己等人并没有因此住手，反而打得更猛，边打边往张书标及士兵们脸上唾唾沫，极尽打骂侮辱之能事。

就在这时，一辆吉普飞快地从城里开过来，一个急刹停住。一名校官从车上跳下来大喊："团部来电话，赵师长命令立即放行！"

这次事件持续了四十多分钟，这一天是一九三四年十月二十七日上午。

其实，这就是新大计划中 A 计划的第一步：激怒士兵开枪。松井源之助等人都以武士道精神，做好了为大日本帝国玉碎或受伤的准备。但由于张书标及士兵的克制，他们的阴谋没有得逞。

在松井源之助带人闹事的同时，渡边也已在警备队集合好队伍严阵以待，只要得到开枪的消息，就立即带兵包围省国民政府，迫使二十九军军长宋哲元（当时兼任察哈尔省政府主席）命令一三二师把开枪者交出来，为实施 A 计划的第二步做准备。

下午，松井源之助、美樱子、川岛、渡边回到了领事馆。

松井源之助向桥本正康报告了闹事经过，遗憾地说："真没想到，这么打骂侮辱他们，竟然没有一个人开枪。我怕再闹下去被他们识破，就借着一个传令官的传令，停止了打骂和侮辱。"

"没关系，"桥本正康很有大将风度，"一次不行还有第二次，这次就权当演练吧。"

松井源之助不想就这么罢休："那这次也不能算完，总得让他们付出点代价。"

关娜去北平走了一个星期也没回来，刘振邦等人都等得十分着急。这天，他们又在大堂等了一天，直到傍晚仍不见关娜回来。

"都八天了还没回来，会不会是上级也译不出来。"刘振邦有些担忧。

"机密程度越高，说明重要程度越高，看来这个新大计划非同一般。"罗克无论如何也没想到他所窃取的新大计划是假的。

罗克刚说完，关娜风尘仆仆地走了进来。

刘振邦急问："译出来了吗？"

"译出来了。"

"啥内容？快坐下和我们说说。"

关娜走到长桌前坐下："新大计划是用通常密码编写的，并不难译，我去的第二天就译出来了，但这个大计划不是真正的大计划。"

这个所谓的大计划，其实都是些毫无意义的空话，诸如如何和二十九军搞好关系、如何加强和察哈尔省国民政府的合作、如何利用日本先进科学技术推动察哈尔经济的发展、如何在察哈尔建立大东亚共荣的样板以及如何保护和支持日本侨民在张家口的合法权益等等。这个假大计划国民党特工也已经获取了。

关娜说完后，罗克恍然："我上当了。这个假大计划是他们有意让咱们得手的，怪不得这次窃取会这么容易。国民党那边肯定是胡飞他们窃取的，肯定也是特别容易就弄到手了。看来他们是想用这个假大计划掩护真大计划的实施。"

大伙儿的心都沉重起来，像是坠了铅砣一般。

"那你咋这么长时间才回来？"林溪问。

"本打算第三天就回来的,正要走时上级又获得新情报,日本政府通过外交途径向国民政府提出抗议,说是日本驻张家口领事馆的副领事松井源之助,带着天津日本驻屯军的参谋川口清健及外务书记官池田克己等一行外交人员,去多伦路过张北县城时,遭到二十九军一三二师三团一连官兵的肆意侮辱,强烈要求一三二师师长赵登禹向日方公开道歉,并将一连连长张书标撤职。上级让我等等事态的结果,所以晚回了几天。"

"结果呢?"

"软弱的国民党政府立马就同意了。他们连调查都不调查,一些下级官兵怎么敢侮辱日本外交官呢?"

大伙儿都说这是不可能的事。

"先不说这事了,"刘振邦说,"还是琢磨琢磨咋弄到新大计划吧,趁他们现在还没有付诸实施。"

罗克决定再窃取一次。

数天之内,罗克又先后潜入领事馆和警备队,但均未找到新大计划。奇怪的是,日本人也一直没什么行动,就像大计划这件事根本不存在一样。

269

秋去冬来。

昨天夜里,漫天的鹅毛大雪飘洒了一夜,第二天还在下,铺洒在地上的积雪足有一尺多厚;银装素裹的大海陀迷迷蒙蒙,如同冰清玉洁的童话世界。

雪雾溟蒙的山寨大院内,亲属和战士们有的在打雪仗,有的在堆雪人,有的在赏雪景,这场大雪为他们的单调生活带来了无限的乐趣。特别是几个年轻女人,打雪仗都打疯了,满院子跑来跑去,银铃般的笑声不断,一串一串地飞向雪雾弥漫的天空。

张丹雄、罗克、戈剑光、林溪、关娜无心欣赏雪景,他们聚在大堂,又在琢磨着大计划的事,这成了他们心中一个挥之不去的魔影。

他们难以理解,新的大计划并没有失窃,川岛和'毒花'也都回来快仨月了,为什么一直听不到有啥动静呢?他们说了种种猜想,但没有一个能合理的解释这一奇怪的现象。

大伙儿正议论着,雪人一般的刘振邦走了进来。

寒暄一阵后,刘振邦先说了一件事。

由于左倾机会主义的影响,中央红军第五次反围剿失败,经过这次严重的挫折后,中央在遵义召开了紧急会议,批判了博古、李德错误的军事思想和指挥上的不当,纠正了左倾机会主义错误思想,重新确立了毛泽东主席在军事上的领导地位,使毛泽东的军事思想和指挥才能得到了充分的展示。目前,中央红军不但走出了危机,还连续打了不少胜仗。

大伙儿激动不已,仿佛看到了中央红军所向披靡,从一个胜利不断地走向另一个胜利。

刘振邦接着说:"目前,全国抗日救亡的呼声越来越高,前不久,在地下党的领导下,各地民众和学生不断举行大规模的游行,呼吁停止内战一致抗日,估计全国的抗战时局很快就要到来。"

大伙儿又激动不已,仿佛听到了抗日的声浪正一浪高过一浪地从远处涌来。

"还有一个不好的消息。"刘振邦话音低沉,"两个多月前,吉鸿昌将军牺牲了。"

大伙儿一下从激动中沉寂下来,吃惊地望着刘振邦。

吉鸿昌将军在积极发展抗日力量、筹备重建抗日大军的过程中,不料被叛徒出卖。去年(一九三四年)十一月九日,吉鸿昌将军在天津法租界国民饭店和北平地下党代表接头时,被国民党军统特务击伤并遭法国巡捕逮捕,随后又被军统局引渡。正当地下党和冯玉祥将军设法营救时,蒋介石即于十一月二十四日电令北平军分会主任何应钦秘密处决。

刘振邦说完,张丹雄戈剑光已是泣不成声,林溪和罗克关娜也怆然涕下。

"吉将军死的很英勇。"刘振邦又补述,"据说,他是坐在一把椅子上,让刽子手面对面朝他开的枪。他说,我为抗日救国而死,我死得光明正大,我要亲眼看着这仇恨的子弹打入我的胸膛。临刑前,他还用树枝当笔,在地上写了一

首诗，'恨不抗日死，留作今日羞；国破尚如此，我何惜此头！'吉将军是我党优秀党员，是著名抗日将领。我们要化悲痛为力量，以吉将军为榜样，将抗日斗争进行到底！"

哀痛之后，大伙儿又说到大计划迟迟不见动静的事，刘振邦说上级也搞不清是什么原因，情报系统还在摸情况。北平国民党特务处已归属国民党军统局，他们也在关注这事，目前也没获得什么有价值的情报。

270

时光荏苒，转眼又到了春末夏初的季节，大海陀漫山遍野葱葱茏茏，在万花点缀下流光飞彩，绚丽无比，耀人眼目。

黑龙岭山林翠色欲滴，俊鸟嘤鸣，清风徐来，暗香遍袭，令人心怡气爽。此时，罗克正在林中一片如茵的草地上练功。他练得是神风掌，招招快如闪电，掌掌冽如疾风。

他刚收了式，身穿花衣的罗敏朝他跑来，像只花蝴蝶翩然而至。

"咋跑这儿来啦，有事？"

"也没啥事。我是想问问，你和关娜还有丹雄哥和林溪的婚事啥时候办呀？"

"本来和他说好，林溪和关娜从苏联回来就办，结果一忙乎大计划的事耽搁下来了。后来又准备操办时，不料又听到吉鸿昌将军遇害的消息，丹雄悲痛之至，哪还有这个心思。"

"吉将军遇害都半年多了，也不能老这么悲痛下去，日子该咋过还得咋过呀。哥，你和丹雄哥又长了一岁，别拖了，抓紧办了吧。"

"不急，再过些日子，等他心情好些再说吧。"

"可好几个小姐妹都等不及呀，你们不办他们也办不了。就抓紧办了吧，啊？"罗敏口气中已有乞求的味道。

罗克明白了，笑着："我看是你着急了吧。"

罗敏的脸刷地红了:“我才不急呢,是她们让我来找你的。”

罗克这才感觉到,罗敏已不是他眼中的那个小鬈毛丫头了,已成了待字闺中的大姑娘了:“行,那我就去和丹雄说说。”

“谢谢哥!”罗敏红着脸笑盈盈地跑了。她是受几个小姐妹之托来的,她们确实是着急了。

张丹雄正伏在桌前认真地写着什么。此时,浮现在他脑海中的,正是吉鸿昌将军率领抗日同盟军攻打多伦的战斗场面。威风凛凛的吉鸿昌赤裸着臂膀,一手挥着大刀,一手端着手枪,连砍带射地冲杀在队伍最前面。他的英勇无畏、他的奋死杀敌,极大地鼓舞和激发了将士们的斗志,全军怒吼着,如狂涛巨浪般地冲破敌人的封锁、冲进了多伦城……

“学习呢?”罗克推开门走进来。

张丹雄终止了思绪:“没有。回忆一些吉将军的事,把它记下来留个纪念。”

“是该写写,叱咤风云的抗日名将就这么死了,实在是令人痛心、令人扼腕。”罗克说着坐在了张丹雄对面。

“是呀,他打仗总是身先士卒,冲在最前面。在收复四县的战斗中,光他砍死的鬼子就不下一百个。是不是有事?”

罗克说了刚才罗敏找他的事。

他们也觉着不宜再拖了,决定准备准备,尽快挑个日子把婚事办了。

271

一排新房前,红小英、戈剑丽、乌兰琪琪格、罗敏、安红、路秀花等人正在两间房的门窗上贴大红喜字,各中队长及安铁牛、王三娃、张飞、小野等人正从卡车上往屋里搬新家具,大伙儿都是兴高采烈的样子。

路秀花问几个姑娘:“他们两对儿办了就该你们啦,你们这几对儿打算啥时候办呀?”

几个姑娘心里喜滋滋的，嘴上却说："我们不急。"

路秀花揶揄她们："哟哟，别装啦。我可听说，是你们催着他俩快办，好给你们腾路。"

几个姑娘叽叽嘎嘎笑个不停。

"你们看，老刘又来啦！"红小英突然说。

大伙儿扭头一看，果然见刘振邦从山寨大门急匆匆朝着大堂走去。

戈剑丽心一沉："不会又有啥任务吧？"

除了路秀花之外，几个女人都面露忧虑之色。她们知道，刘振邦不轻易来，只要来肯定是有重要任务。

大堂内，张丹雄正和罗克、戈剑光、林溪、关娜商量组建骑兵中队的事。山寨现在已经有二十多匹战马，再有二三十匹就可以把骑兵中队建立起来了，他想让桑斯尔带人回蓝旗去买蒙古马，说蒙古马虽然个头不大，但反应机敏奔跑速度快，非常适合作战。大伙儿表示同意。

他们刚议定，刘振邦走了进来。

刘振邦说上级刚刚获得情报，新大计划并没有形成文件，是由关东军总部口头下达的，他们是接受了原大计划被窃的教训使的新招儿。情报显示，两大目标没有变，还是将二十九军从察哈尔逼走和建立蒙古傀儡政权和军队。至于为什么这么长时间不见行动，上级分析他们可能是在等待什么时机。上级要求一定要想办法弄清他们采取什么手段，然后进行遏制。

这可是个天大的难题，大伙儿都被难住了。

时间在沉默中流逝，大伙儿在沉默中焦虑。

沉默良久，罗克突然说："有办法了。"

"什么办法？"大伙儿深知罗克有着山高海深的智慧，急问。

罗克说了他的想法，大伙儿一致叫好。

272

大计划之所以时隔半年没再实施，是日本关东军在这期间正忙于清剿东

北抗日联军。因A计划的实施最终还得靠关东军配合,在热河和察哈尔临界处陈兵,对国民政府施压。东北抗日联军是在中国共产党的领导下,由原来的东北抗日义勇军余部、东北反日游击队和东北人民革命军三支武装力量组成的一支队伍,这支队伍成立后,对东北的日军不断地进行袭击和骚扰,并摧毁了包括军用飞机场在内的许多军事设施,令南次郎大为恼火,决定先集中兵力将东北抗联消灭。经过几个月的清剿,东北抗联的活动暂时被压制住了,总部又密令桥本正康继续实施大计划。

傍晚,桥本正康把松井源之助、美樱子、川岛和渡边叫到他办公室,给他们布置任务。

桥本正康说:"东北抗联的活动暂时被压下去了,关东军又有了在热察边界陈兵施压的机会,南次郎将军让咱们继续实施大计划。时间已经过去了半年多,情报显示,一三二师对上次张北事件的意图并不清楚,两个多月前,守卫张北县城的部队又调换成了龙吟海的五连。经了解,龙吟海这个人不但有强烈的反日思想,而且脾气暴躁,极易被激怒。所以,明天的行动一定要成功。"

卫兵进来报告,说有一个叫孟根布勒的人要见美樱子。

孟根布勒得到允许急匆匆地走进来。美樱子不悦地说:"不是告诉你了吗,有情报放在山神庙就行了,不要来找我,这很容易被发现。"

今天上午,桑斯尔被通知去大堂开紧急会议,孟根布勒预感到独立大队又要有什么大的行动。散会后,他马上跑到桑斯尔房间套取。果不出他所料,罗克今夜又要到领事馆窃取大计划。他本可以把这个情报送到山神庙,但他实在不想再熬煎下去了,想借着送情报请求美樱子让他留下来当协动队队长。为此,他向桑斯尔谎说去县城买东西跑了过来。

"情况太紧急了,我怕你们来不及取情报,就赶紧跑来了。"

"什么情况这么紧急?"美樱子一下重视起来。

孟根布勒说了罗克今夜要来领事馆窃取大计划的事,说完乞求美樱子让他留下来。

"暂时还不行。你放心,协动队队长的位置一直给你留着呢,适当的时候会让你来上任,你现在的任务还是刺探情报。"美樱子知道孟根布勒不想在山上待了,急于上任,对他进行安慰。他这个眼线是必不可少的,绝不能让他

回来。

孟根布勒走后,美樱子高兴地说:“孟根布勒传递的这个情报太重要啦,这次一定要灭掉罗克。”

川岛也十分激动:“我之所以落到这一步都是罗克害的,美樱子中佐,我一定好好配合你,利用这次机会把他灭掉。”他很能摆正自己的位置。

“好。灭掉罗克再实施大计划就更没顾虑了。”桥本正康又不屑地说,“看来罗克也并不那么智慧,这么长时间都没猜测到大计划根本就没文字资料。”

美樱子忽地想到一个问题:“如果这次守城士兵还不开枪该怎么办?”

桥本正康诡谲地一笑,说他已有锦囊妙计,守城士兵开枪最好,即使不开枪,他也能使这次行动达到目的。

273

深夜,皎洁的月亮在浓厚的云层中穿行,时隐时现,夜空一会儿明一会儿暗。

美樱子和川岛又潜伏在她上次所潜伏的那间平房内,身后是二十多个全副武装的日本兵。

夜空又暗下来的时候,一个头戴黑礼帽、脸蒙黑面罩、身披黑披风的人悄无声息地从领事馆西墙跳了进来,又迅速攀上了领事馆办公大楼,然后伏行到保密室的位置停下来,从屋檐向下探视。

“就是罗克。打吧,别让他跑了。”川岛像是看到麻雀飞到网筛之下,只要一拉连着支棍的绳子,就可以把麻雀扣在网筛下一样激动。

美樱子冷冷一笑:“这是替身。故伎重演,罗克也不过如此。”

美樱子的判断没错,这正是罗克设计的故伎重施计。他要的就是让美樱子识破这一计,来实现他的真正目的:他要利用美樱子和川岛对他的仇恨及急于灭掉他的心理,把美樱子和川岛从领事馆引出去,然后活捉川岛,从他嘴里把大计划的内容全部掏出来。

“那他肯定是唐尧,只有他才和罗克的身材一模一样。”

“他是谁不重要,好戏就要开场了。”

美樱子刚说完,领事馆院内突然响起了枪声,随之“抓罗克！抓罗克!”的喊声四起。

这个蒙面人正是唐尧,他从楼顶跳下来,飞快地奔到北墙跃墙而出。

墙外又响起“快追呀,别让罗克跑了”的喊声。

领事馆大院旋即又静了下来,美樱子说:“罗克该登场了。”

果然,美樱子话音刚落,一个头戴黑礼帽、脸蒙黑面罩、身披黑披风的人从西墙外跃了进来,又迅速地蹿上二楼保密室的后窗。这个人正是罗克。

美樱子说:“他才是真正的罗克,打!”正是:知计谋预先布局,中圈套果真入网。毕竟罗克性命如何,且看下文。

第五十七回　倭贼伤身施阴谋　川岛乞命吐机密

274

随着美樱子一声令下，房间的三扇窗子被猛地推开，二十多个日本兵举枪向罗克射击。

罗克似乎早有预料，纵身一跃扒住了楼房房檐，子弹都打在窗户上或墙上。

日本兵又向扒住房檐的罗克开枪，罗克又倏然落地，子弹又都打空了。

日本兵又向落地的罗克开枪，罗克连着两个后空翻，跃墙而出。

“快追，一定要击毙他！”

美樱子喊着和川岛冲出房门，日本兵也紧跟着冲了出去。

月亮穿出云层，将流光溢彩的月辉投洒在大地上，大地一片明亮、绚丽。

美樱子和川岛清楚地看到了在前面奔跑的罗克，罗克像是在做游戏一样，忽而向左忽而向右，呈“之”字形奔跑，边跑边还击。尽管美樱子川岛及日本兵不停地开枪，但总是击不中他。

一阵紧追之后，罗克已跑到了东郊。

穿行的月亮此时也像捉迷藏一样躲进云层，大地顿时暗了下来。

川岛边跑边环视了一下：“会不会有埋伏？”

美樱子非常自信：“这里是开阔地，不会有埋伏。加快速度！”

他们又追了一会儿，左侧突然响起了枪声，但枪声稀稀拉拉。

美樱子对川岛说:“从枪声判断没几个人,你带人去灭了他们,我带人去追罗克。”

在前面奔跑的罗克突然腿一拐一拐的,速度也明显慢了下来。

美樱子大喊:“罗克腿受伤啦,加速前进!”

美樱子和日本兵快速追了上去。

川岛指挥十几个日本兵向伏击处进攻,伏击处的枪声骤然密集起来,瞬间六七个鬼子被打倒。

川岛大惊,赶忙喊:“快,往右边撤!”

右边也突然响起枪声,剩余的七八个鬼子瞬间全部被击毙。几个人随之站起来,这几个人正是张丹雄、万虎、林峰、巴雅尔、张飞等。

川岛扭头一看,左边的几个人也已围了过来,这几个人正是戈剑光、柳英飞、桑斯尔、马腾、陆涛、安铁牛、周全顺等。

美樱子带着日本兵还在继续猛追罗克。罗克的腿突然不拐了,转身扔出两个手雷。美樱子及日本兵赶忙趴下,手雷爆炸后,他们爬起来再一看,罗克早已不见踪影了。

美樱子恍然意识到什么,急忙下令往回返。他们跑到刚才的伏击处,看到的只是十几具日本兵的尸体,川岛不见了。

桥本正康和松井源之助正说笑着等待击毙或活捉罗克的好消息,美樱子垂头丧气地走了进来。

桥本正康从美樱子的神态已明白未能如愿,还是禁不住问:“灭了吗?”

“没有,我们上当了。他这次故伎重演,是引诱我们去追杀他,目的是抓川岛。”美樱子有气无力地说了川岛被抓的经过。

松井源之助感到事态严重:“桥本领事,是否马上向南次郎将军报告,大计划暂停?”

“不。这事不能让南次郎将军知道,否则,我们就是不被处决也会身陷囹圄,也许到死都出不来。此事严格保密,大计划照常进行。”

松井源之助担忧:“川岛要是把大计划供出去,意图就暴露了,还能实现吗?”

桥本正康:“我估计川岛是不会供的,他非常清楚,泄露大计划必死。”

美樱子也认为川岛不是个软骨头，不会供。

275

这天下午，龙吟海和曲向东正站在张北县城北门外欣赏草原美景。

北门外是茫然无际的大草原。六月的草原，正是绿草如茵的季节，草原与蓝天白云相映生辉，美不胜收，令人心旷神怡。徐徐而来的微风中清香阵至，沁人心脾。这如诗如画、如梦如幻般的绚丽风光，令人几欲陶醉。

他们正欣赏着，一士兵突然喊道："连长，城里来了辆车！"

龙吟海曲向东回头一看，一辆敞篷吉普从城里驶来，坐在副驾座的正是虎啸山。

龙吟海大喜，高声呼叫着跑了过去，曲向东也跟着跑去。

来人正是虎啸山，他赶忙让司机把车停住跳下车。龙吟海跑过来握住虎啸山的手，笑容满面地说："正想你呢。"

"我也想你呀，"虎啸山也是满脸笑容，"一晃都两个多月不见了。今儿没啥事，和郭团长请了个假，过来看看老弟。"

"太好啦，今儿晚上别走啦，在我这儿住一夜，咱哥俩喝他个一醉方休。"

"行，正好喝酒还没和你见个高低呢。"

"我去告诉食堂做几个好菜，再弄个手扒羊肉。"曲向东说完跑去。

"哎，最近有没有罗克张丹雄他们的消息？"龙吟海从黑龙岭回来后，就没和罗克张丹雄他们见过面。

"没有。昨天夜里城里有枪声，不知是不是和他们有关。"

"肯定有关，除了他们谁还敢捣鼓鬼子。"龙吟海顺理推断。

"我真羡慕他们，想打就打，真是痛快。咱们整天跟个缩头乌龟似的，真憋气。"虎啸山有些愤懑。

龙吟海叹了口气："谁说不是。老蒋也不知抽得哪根筋，光打红军不打鬼子，老百姓都……"

突然，北城门外传来一片吵吵声。

龙吟海一愣："我过去看看咋回事，你先去连队等我吧。"

"一个人待着有啥意思，我跟你一块去吧。"

两人朝北城门跑去。

276

北门外停着两辆有日本太阳旗标志的吉普，五个身着便装的日本人正站在车前和士兵争吵。这五人除了松井源之助之外，还有盛岛角房、大元桂、大井久、山本信。盛岛角房是锡盟阿巴嘎旗日本特务机关的机关长，其他三人是他的部下。

盛岛角房黑塔一般，此时的他犹如凶神恶煞，正怒目攘臂、狼嘶豺吼："八嘎！我们是大日本帝国的官员，你们怎么敢拦我们的车！"

士兵甲控制着情绪："请你文明些，不要……"

盛岛角房未等士兵甲把话说完，猛然一拳将士兵甲打倒，用穿着皮靴的脚朝士兵甲身上狠踢猛踹，松井源之助、大元桂、大井久、山本信也围上来对士兵甲踢打。

跑过来的龙吟海正看到这一幕，大喝一声："住手！"

盛岛角房等人停住踢打。

两个士兵赶忙将士兵甲扶起来，士兵甲已被打得鼻青脸肿，口鼻出血。

"怎么回事？"龙吟海问。

士兵乙报告："他们要通过，又不出示护照，我们不让过，他们就……"

龙吟海看了看被打的士兵甲，怒视着盛岛角房等人："为什么打人！"

"什么，打人？他也算人吗？"盛岛角房一副流氓无赖的嘴脸，哈哈狂笑，其他四人也跟着哈哈狂笑。

"简直是畜生！"龙吟海命令士兵，"绝不许放他们通过！"

士兵们站成一排，横在盛岛角房等人面前。

“你是什么人?”盛岛角房瞪着龙吟海问。

“小日本,老子告诉你,老子是二十九军一三二师三团五连连长龙吟海!”

盛岛角房等人闹事时,早有许多老百姓围了过来,化装成农妇的美樱子又混迹其中。龙吟海说话时,她暗藏在身上的微型照相机的贼眼眨了一下。

“口气这么大,我还以为多大的官呢,原来是个小连长。”从衣兜掏出一张纸举到龙吟海面前,“我们是大日本帝国政府官员,有重任在身,这是我们的证明信,立即命令你的士兵滚开,让我们过去!”

龙吟海看也不看,将盛岛角房的手推挡回去:“我不管你是什么人,凡是外国人从这里通过都必须出示护照,否则休想!”

松井源之助冲盛岛角房等人一摆手:“不要和他们废话了,强行通过!”

五个人强行往过走,两辆吉普的司机也发动了车。

士兵阻拦,松井源之助等人立刻对士兵大打出手。

士兵乙喊道:“再无理取闹就开枪了!”

松井源之助挑衅:“开呀,开呀,怎么不开呀?”说着一掌掴在士兵乙脸上。五人继续对士兵拳打脚踢。

士兵们望着龙吟海。此时的龙吟海已是怒火中烧,热血冲顶,他忍无可忍,“噌”地拔出手枪。

美樱子身上的贼眼又眨了一下。

虎啸山一把将龙吟海握枪的手按住,小声说:“他们是在故意找茬,千万别开枪。”

龙吟海命令士兵:“把他们全抓起来,送师部!”

这次事件也持续了四十多分钟,这一天是一九三五年六月五日下午。

277

川岛被抓到山寨关在一间新房内,不绑不骂,倒像是被请来的客人。

刘振邦、林溪、张丹雄、罗克、戈剑光、关娜相继给他做工作,希望他说出新

大计划的内容。但任凭怎么说，都如同对牛弹琴，川岛始终闭口不言。一天就这么过去了。

刘振邦他们又想到了小野，想让小野用他亲身的转变经历说服川岛。小野是真心想说服川岛。他深刻地剖析了日本的侵略给中国人民也给日本人民带来的灾难；讲述了自己的转变过程；推断这场战争必然以日本的失败而告终；最后劝川岛迷途知返，用实际行动来洗刷自己对中国人民所犯下的罪恶，也使自己重获新生。不料川岛对小野的一番肺腑之言竟毫无所动，只是一句骂："八嘎！你不配做日本人，滚！"

刘振邦、林溪、张丹雄、戈剑光、罗克、关娜回到大堂商量，该怎么办才能让川岛招出大计划，商量来商量去也没什么好办法。

张丹雄说川岛是个恶魔，对这种人想用说服的办法让他招供，无异于与虎谋皮，建议对他上手段。

戈剑光也认为对川岛这种人做说服工作是炙冰使燥，也建议上手段。

刘振邦林溪本来是不主张刑讯的，但他们也看出来了，对川岛这号魔鬼般的人，太仁慈了也不行，更主要的是，如果这么拖下去，大计划很可能就实施完了。于是他们同意了张丹雄和戈剑光的意见，但一再告诫要把握分寸，让他吃些皮肉之苦就行了，别要了他的命。

278

日本人再次到张北县寻衅滋事、打骂侮辱士兵的行为彻底激怒了赵登禹这个血性汉子，松井源之助、盛岛角房、大元桂、大井久、山本信被龙吟海押到师部后，赵登禹和张维藩、郭魁英以及关向宇立即对他们进行审讯。

赵登禹怒视着松井源之助："松井，去年十月二十七日，你就带着天津驻屯军参谋川口清健、外务书记官池田克己等八九个人，在张北县城南门闹过一次事，这次你又带着盛岛角房等人到北门闹事，到底是什么目的？"

松井源之助盛气凌人："你问我什么目的，我还想问你是什么目的呢！是

你的士兵阻挠我们通行才发生冲突的，不是我们闹事！”

赵登禹压着火气：“你作为日本驻张家口领事馆副领事，理应知道外务方面的事，况且日本政府和中国政府又有约文，凡是需要通过军事重地，都必须提前打招呼并出示护照。你们既不提前打招呼又不出示护照，反而还打骂侮辱我们的士兵，强行闯关，不是闹事是什么？上一次我放过你们，可这次你们还是这么闹，你必须给出一个合理的解释。”

松井源之助傲慢无理：“没什么好解释的，我们所做的任何事情都有合理性，你必须命令张北县守城官兵给我们赔礼道歉，保证今后不再发生类似的事情。”

赵登禹冷笑一声：“松井先生，你要这样不讲道理，我就只能先委屈你们了。”对郭魁英，“郭团长，你们先照看他们一下吧。”

郭魁英把松井等五人交给了虎啸山，虎啸山让龙吟海跟他一块儿回连部，歇一晚再走。

虎啸山龙吟海押着松井源之助等人走出后，张维藩说：“这么做会不会惹麻烦？”

赵登禹气愤地说：“就是因为上次太软弱，才导致他们越来越猖狂。先关几天再说，再不煞煞他们的嚣张气焰，该骑到咱们脖子上拉屎了，二十九军的脸还往哪儿搁？再说了，这是他们不按规矩办事，无理取闹自找的。”

赵登禹顺理推事，可他无论如何也没想到这是日方在蓄意制造阴谋事件。

279

深夜，虎啸山龙吟海在连部喝酒，俩人从晚上喝到现在，都已有些醉意了。

虎啸山又将两个碗倒满酒：“上次喝酒没分出输赢，今儿咋也得见个高低。”

“算了吧，”龙吟海说，“你还有看守那五个畜生的任务，别喝多了误事。”

“我还以为赵师长又像上次似的放了他们呢，看来赵师长这次真怒了。”

“你那会儿要不拦我，我就把这几个畜生全崩了，就是死我也认了。”

“为这么几个畜生犯军纪不值，关他们几天不也挺解气吗。不说这事了，再干一碗。”

两人端起碗一碰刚要喝，一个士兵匆匆地跑进来，神色慌张地报告说，那五个日本人又撞柱子又撞墙的，都自伤呢。

刚才，在门外守卫的三个士兵突然听到屋里一阵“咚咚”乱响，冲进去一看都惊呆了：五个日本人正赤裸着身子，有的用头撞墙，有的用头撞柱子，个个都撞得血流满面，就像疯了一样，他们怎么拦也拦不住。

虎啸山龙吟海大惊，赶忙放下碗跑出去。他俩冲进屋子一看，松井源之助等五人正光着身子用皮带狠狠地互抽，个个身上都被抽得伤痕累累，血迹斑斑。两个士兵站在一旁束手无策。

“住手！”虎啸山大喝一声，松井源之助等人停止了抽打。

“干什么呢，搞什么鬼！”虎啸山厉声喝问。

松井源之助用手抹了一把脸，脸上顿时布满了血，像鬼一样。他面目狰狞地嘿嘿一笑：“玩游戏，不可以吗？”

虎啸山一把揪住松井源之助的脖子，厉声问道：“说，搞什么鬼！”

龙吟海也一把揪住了盛岛角房的脖子，骂道：“畜生，是不是想诬陷我们！”

松井源之助得意地笑，盛岛角房等四人也得意地笑。

虎啸山松开手，冲士兵：“快叫卫生员来。”

龙吟海也松了手，愤然骂道：“真是畜生！”

280

张丹雄和戈剑光所说的上手段，也不过是用皮带抽，这依然没起作用，川岛仍是不招，一耗时间就到了凌晨三点。

张丹雄戈剑光来到大堂，向刘振邦、罗克、林溪、关娜说了审问结果，几个人都很生气，又不知该怎么办。

罗克思忖了一会儿:“对川岛这种魔鬼来说,这种手段根本不管用,我有个办法可以试一试,或许能让他招。”

“什么办法?”刘振邦问。

罗克说了他的办法,大伙儿都说可以试试。

张飞安铁牛把川岛架进山林,张丹雄、罗克、戈剑光、刘振邦、万虎等人跟在后面。

夜色阴沉,流淌在山林中的山岚之气,浸满了初夏时节浓烈的草木芳香,但在川岛的嗅觉中,却是令人作呕的腥臭的瘴疠之气;山野中不时发出的天籁之声,如音乐般的美妙,但在川岛的听觉中,却似无数隐身在黑魆魆的山野中的鬼蜮,发出瘆人的怪叫。此时,川岛已意识到把他拉进山林干什么,恐骇至极,他想大喊“我招”,但又抱有侥幸心理。他想,他们费尽周折把他抓来,是要从他嘴里掏出大计划的秘密,在他们没得到之前不可能杀他,也许是恐吓,这也是他经常采用的手段。他决定再坚持一下,看看他们如何表现。于是,他把他那因恐骇而有些弯曲的身板又挺了起来,昂首阔步地往前走,一副视死如归的样子。

“就在这儿吧。”走到一处后张丹雄说。

川岛环视了一下,这是一个怪石嶙峋的山洼,崖壁上突出来的巨石形状怪异,如狼似虎。他登时恐惧起来,又赶忙看看张丹雄等人的表情,但黑魆魆的夜色中,他的双眼就像罩了一层黑纱,什么也看不清。

张飞一脚将川岛踢得跪倒在地上,万虎用长枪顶住川岛的后脑。

“预备!”张丹雄发出命令。

万虎把枪栓拉得哗啦响。

川岛侥幸的心理防线顿时像被洪水冲垮的堤坝,彻底崩溃了,他不敢再坚持,急声喊道:“别开枪,我说我说!”

罗克张丹雄等人相视一笑,假枪毙之招果然奏了效。

“我要说了你们得放了我,还得为我保密。”川岛提条件。

张丹雄看看刘振邦,刘振邦点点头。

“可以,但必须说实话。”张丹雄答应。

“如果发现你说了假话,我随时会取你的狗命。”罗克说,“那次在歌舞厅我

并没想杀你,只是想制造一个事件,把监视张丹雄他们几家的便衣警察牵回来。如果我真想杀你的话,一镖就解决你了,根本用不着手榴弹。你应该很清楚,当时那个手榴弹离你很远。"

川岛恍然:"明白了,谢谢大侠不杀之恩。"

川岛把大计划内容和实施办法一五一十地全倒了出来。但没说桥本正康有锦囊妙计的事。这倒并不是他想隐瞒,只是他也不知道锦囊妙计到底是什么计,怕说不清楚导致张丹雄他们反而认为他不老实,再改变主意不放他走。

张丹雄听到大计划昨天下午就已经实施了,怒不可遏,一脚将川岛踹倒:"王八蛋,为什么不早说!""噌"地掏出手枪,"我毙了你!"正是:获知计划已实施,激得英雄生怒火。毕竟川岛性命如何,且看下文。

第五十八回 冷酷无情灭同僚 热血满腔救战友

281

却说张丹雄闻知大计划已经实施后，怒火冲顶，欲毙了川岛，罗克赶忙把他拦住："打死他也没用了，咱们赶紧去一三二师，或许还来得及补救。"说完甩手一枪，击中川岛的胳膊。

川岛大骇："你……"

"打这一枪是救你，这样桥本正康才能相信你是逃出来的。走吧，我们开车把你送到张家口南郊，你就说是夜里打死一个守卫战士逃出来的。"

第一次张北事件发生后，国民政府不问青红皂白，把板子全打在了一三二师身上，迫使赵登禹不但解除了张书标的连长职务，还向日方赔礼道歉。昨天把松井源之助等五人关起来之后，赵登禹的这口恶气稍稍出了些。今天早上，郭魁英来和他说了松井源之助等五人昨天深夜自伤互伤的事后，他认为是他们想利用这种办法迫使他放了他们，说越这么闹腾越不放他们，至少关一个礼拜再说。

张维藩怕长时间关押再惹麻烦，建议向宋哲元报告。赵登禹说宋军长知道了肯定让放，先关几天再说。他俩正说着，关向宇走了进来，说张丹雄和罗克来了。

赵登禹大喜："快请他们进来。"

须臾，关向宇把张丹雄罗克领了进来，赵登禹张维藩迎上去和他俩一一握

手问好。

“一晃半年多没见了,二位一大早赶来,是有什么事吧?”赵登禹见他们二人这么早赶来,估计是有什么事。

“松井昨天下午是不是又带人去张北闹事去了?”罗克问。

“是呀,你们咋这么快就知道了?”

“士兵开枪没?”

“没有。”

罗克看了看张丹雄,心放了下来:“还好,看来他们的阴谋又没得逞。”

赵登禹诧然:“阴谋? 啥阴谋?”

“他们这就是在实施大计划。”

“这怎么会是实施大计划呢?”赵登禹不解。

“不光这次,上次他们闹事的经过你不是和我俩说过吗,其实那次就是在实施大计划,只不过咱们都不知道。”

“你们是怎么知道的?”

“我们也是刚从川岛嘴里知道的。”罗克接着说了得到这一情况的经过。

赵登禹惊得神色大变:“怪不得他们一直寻衅滋事,闹半天是在实施大计划。”

“幸亏士兵没开枪,”张丹雄感到万幸,“不然他们的阴谋就得逞了。川岛还说,关东军已经陈兵在热河和察哈尔的交界处了,这边得逞之后,那边就以武力施压,迫使国民政府把二十九军从察哈尔撤出去。”

赵登禹心里一沉:“坏了,这次可能要被他们抓住把柄了。”

“不是没开枪吗?”张丹雄问。

“枪倒是没开。”赵登禹说了关押松井源之助等五人和昨天夜里他们自伤互伤的事,“看来是激怒士兵开枪的目的没得逞,又采用这种办法想诬陷我们。我还以为是想用这种办法逼我放了他们呢。”

罗克说要是这样的话或许还有转圜余地,让他们赶快去向宋军长报告。

赵登禹感到了事态的严重性,马上和张维藩去省政府找宋哲元。

282

桥本正康正在办公室和渡边、美樱子说松井源之助等人的事。

松井源之助等人一夜没回来，桥本正康知道这次成功了。他事先已分析到这次士兵也不一定会开枪，所以就把这次闹事的时间安排在下午四五点钟，目的就是让龙吟海把松井源之助他们扣押起来，使他们获取在夜间伺机自伤互伤的机会。这就是桥本正康所说的锦囊妙计，这个计策他事先只授意了松井源之助，其他人都不知道。令桥本正康没想到的是，事情的发展比他预想的还要好，龙吟海竟然把松井他们押解到了师部，这样就不是把罪名扣在连长龙吟海头上的问题了，而是可直接扣到师长赵登禹头上。

桥本正康说完松井原之助又说到了川岛："从这次的闹事成功来看，川岛没有把大计划供出来，看来还真是个硬骨头。"

"我潜入黑龙岭把他救出来吧。"美樱子忘不了川岛的救命之恩。

桥本正康不假思索："不，杀掉他。"

"这不合适吧？"桥本正康的决定让美樱子既意外又吃惊。

"有什么不合适的？"桥本正康用令人恐怖的目光瞪着美樱子说，"他被共党活捉的消息绝不能传出去，你把他杀了，我就向总部给他请功，就说他是在同盟军匪徒袭击领事馆时战死的，让他成为为帝国玉碎的英雄。"

美樱子没想到桥本正康会这么冷酷无情，不敢再争辩："桥本领事英明。"

美樱子刚说完，川岛手捂胳膊狼狈地走进来。

桥本正康等人大感意外。

"怎么跑回来的？"桥本正康问。

川岛没顾上回答桥本正康的话，苦着一张扁脸对美樱子说："美樱子中佐，咱们中了罗克的计了，他这次的故伎重演，目的就是要抓我呀！他们已经知道大计划没形成文件了。"

"我已经知道上当了，也向桥本领事报告过了。"

桥本正康不耐烦了："问你呢，怎么跑回来的？"

川岛说了他跑回来的经过，这个经过是他一路上精心编造的。

他被抓到黑龙岭山寨的当天夜里，张丹雄等人就逼他说出新大计划的内容，但他誓死不说。张丹雄就命令手下对他严刑拷打，还给他上老虎凳、灌辣椒水，但他都牙关紧咬没屈服，维护了大日本帝国军人的形象。张丹雄又用小野来劝降他，他把小野骂了个狗血喷头，最后狼狈逃去。他本来做好了以死效忠帝国效忠天皇的准备，没想到昨天夜里有了机会，审讯他的人都疲惫不堪的睡去了，只留下两个士兵看守他。深夜，他谎说解手，趁机打死一个打伤一个，然后逃了出来，山寨的哨兵发现后又追他，由于天太黑没追上，可他胳膊中了一枪，逃下山后怕他们还追，没敢走公路，翻山逃了回来。

"很好，"桥本正康说，"我们也都很牵挂你，正还商量怎么救你呢。大难不死必有后福，你两次大难不死，以后一定洪福齐天。快去治疗室包扎一下吧，然后好好休息休息。"

川岛以为他的谎言成功了，暗自高兴："谢谢大家牵挂，谢谢桥本领事关心。对啦，大计划实施了吗？"

"很顺利，这和你的坚强不屈是分不开的，我一定会向总部为你请功。先治伤休息，详细情况完后再和你说。"

"好。"川岛喜悦地应着转身往外走。

就在美樱子和渡边都以为桥本正康会放过川岛时，桥本正康猛然拔枪击向川岛，川岛强扭过身瞪着一双恐骇的小眼看了一下桥本正康，那笔挺的身子扑通倒在地板上。

美樱子、渡边都闭上了眼睛。

283

二十多天过去了。这二十多天里，张丹雄等人不知宋哲元能否摆平松井等人自伤的事，天天都在焦急地等待消息。这天上午，罗克、张丹雄、林溪、戈

剑光、关娜又在议论这事时，刘振邦匆匆走了进来。

“可把你盼来了，有消息了吗？”张丹雄着急地问。

“有了，但不是好消息。”刘振邦边说边坐下来，“上级获得的情报是这样的。”

日本关东军利用蓄意制造的两次张北事件，以日本外交官和政府官员受到严重侮辱和伤害为由，委派关东军特务机关头子土肥原贤二少将和二十九军军长宋哲元及国民政府进行谈判，同时又增派一个集团军陈兵在察哈尔和热河边界处向中方施压，先逼迫国民政府免去了宋哲元的察哈尔省主席职务，由二十九军总参议、察哈尔省政府委员兼民政厅厅长秦德纯代理察哈尔省主席。随后又进一步施压，迫使秦德纯代表国民政府和土肥原贤二于六月二十七日签订了一个卖国的《秦土协定》，主要内容是：二十九军向日方道歉，撤换与张北事件有关的军官；担保日本人今后可以在察哈尔境内自由行动；取消国民政府设在察哈尔的军事机构，二十九军全部从察哈尔撤出，使该地区形成非武装区。此外，还有国民政府不许再向察哈尔移民等。

大伙儿像是受到一场战役遭到惨败的打击，痛心不已。

罗克十分懊悔，以致有些自责：“要是早获得大计划的具体实施措施，让一三二师有所警惕就好了，是我没尽到责任。”

“早获得也不行。”刘振邦说，“即使他们不制造张北事件，也会另寻办法的。制造张北事件，其实并不是他们的第一方案，第一方案由于大计划被你窃取过作废了，只不过我们不知道是什么方案。他们存心要滋事，我们是防不胜防的。说到底，还是蒋介石的不抵抗和软弱造成的。先不说这事了，我说一下上级指示。《秦土协定》的签订，表明大计划的A计划已经达到了目的，关东军必然要紧接着实施B计划。据上级情报，关东军已经把建立伪蒙古国傀儡政权的代理人选，锁定在了察东苏尼特右旗的德王身上。上级指示我们，首先要保存实力，不和鬼子正面作战。在此基础上，贯彻毛泽东主席的游击战思想，采取打游击的办法，袭击关东军向察东各旗县派驻的武装力量，以此来阻止或延缓伪蒙古国傀儡政权的建立。上级分析，因《秦土协定》确定了察哈尔是非武装区，估计关东军也不敢明目张胆的派兵，很可能是利用伪军，日军只是起督导作用，兵员不会多。”

大伙儿又振奋起来。

“看来得进草原作战了,”张丹雄说,“骑兵中队还得尽快建立起来,这阵子一忙把这件事又耽搁下来了。”

“这是必须的,咱们研究一下下一步的行动构想吧。”

刘振邦刚说完,牛半子领着一个头戴礼帽身穿长衫的年轻人走了进来,这个人正是曲向东。

曲向东是奉赵师长之命来说二十九军被迫撤离察哈尔的事的,得知大伙儿已经知道后,又说了件令大伙儿十分意外的事:他也是中共地下党党员,他的直接领导是一三二师师部的副官关向宇,而且刘振邦、罗克等人的身份他最近也知道了,还知道张丹雄和戈剑光也已加入了中国共产党。因形势的变化,上级让他和刘振邦等人取得联系。

当大伙儿激动不已之时,关娜却泪流满面。大伙儿十分惊异,一问才知道,原来关向宇是关娜的哥哥,关娜因哥哥是国民党军人一直不搭理他,还斥责过他。

大伙儿感慨一番。

随后,曲向东又说了一件令大伙儿想不到的事:日方利用两次张北事件,除了迫使中方和日方签订了《秦土协定》之外,双方还有个秘密的口头协定,以处决龙吟海虎啸山,来换取赵登禹张维藩和郭魁英不被撤职。

“这也太过分了吧。”张丹雄气愤至极,“宋哲元是什么态度?”

“为避免事态再扩大,宋军长也同意了。”

“他混蛋!”张丹雄怒不可遏。

“你先别急,他俩死不了。宋军长设计了一个既按协定执行又确保他俩不死的好办法。”

“什么好办法?”张丹雄急问。

曲向东说了救虎啸山龙吟海的办法,大伙儿悬着的心才放了下来。

“只是他俩不能留在部队了,”曲向东说,“为避免被日特发现再次滋事,赵师长、张参谋长还有郭团长的意思都想让他俩先来你们这儿避些日子,等适当的时候再回部队。还有,为使营救行动更保密更安全,赵师长的意思是想让你们去接应他俩上山。”

“行。”张丹雄爽快地答应。

284

刘振邦和曲向东来黑龙岭的事，被一个人盯上了，这个人就是孟根布勒。

孟根布勒为获取更多的情报来讨好美樱子，对山寨的一举一动盯得更紧了。今天，他发现大堂门前又有人站岗（从闪电突击队偷袭之后，凡是开队务会大堂前都有人站岗），知道张丹雄他们又在开会。他走到一棵树下边抽烟边琢磨怎么打探会议的内容，因这个会没中队长参加，无法从桑斯尔那里往出套。他正琢磨着，看到一个人急匆匆地向大堂走去，仔细一看原来是老刘。由于老刘来过几次，他认识，也知道他是张家口地下党的负责人，只是不知道他的姓名和公开身份是什么。他突然想到，要是能弄清老刘的公开身份，不就是一个大情报吗，这从桑斯尔嘴里肯定能套出来。他正要走，一眼看到罗敏朝他走来，灵机一动，决定先从罗敏嘴里套套。

罗敏是准备找罗克的。二十多天前，张丹雄和林溪、罗克和关娜的婚事由于突如其来的任务没办成，急坏了几个小姐妹，张丹雄罗克他们不办。她们和心上人的婚事也没法办。刚才，他们几个聚在医务室商量，该怎么让他们四人尽快把婚事办了，商量来商量去，最好的办法还是由罗敏去催促罗克。

罗敏不知道大堂今天开会，她远远看见大堂前有两个站岗的，估计是队领导开会，过来想问问孟根布勒开啥会。她问完之后，孟根布勒说他刚才见老刘也来了，估计是重要会，随后又顺势套话。罗敏因以前去大华照相馆照过相，很早就认识刘振邦（那时她还不知道刘振邦是地下党），所以孟根布勒轻而易举地就从罗敏口中，套出了老刘的掩护身份是张家口大华照相馆的老板。

罗敏想找罗克弄清楚是不是又有重要任务，好给小姐妹们一个答复，又向大堂走去。孟根布勒正要离开时，又见牛半子领着一个头戴礼帽身穿长衫的人从山寨门口向大堂匆匆走去，又赶忙盯着看。不一会儿，罗敏又跑了回来，说站岗的安铁牛和王三娃不给往出叫人，安铁牛说二十九军的曲先生也来了，

会议肯定特别重要。孟根布勒万万没想到又轻易获得了这么重要的一个情报，兴奋得两眼直放光。他装作安慰地说，重要会议是不能随便往出叫人，等等吧，也许一会儿就散了。说完匆匆离去。

张丹雄吃完午饭刚回到房间，马腾和林峰就走了进来，把一个折叠的纸块儿交给了他。

原来，马腾和林峰早已奉张丹雄之命在暗中监视孟根布勒。刚才，孟根布勒把情报放进山神庙离开之后，他俩就把情报取了回来。

张丹雄展开纸块儿看了看："幸亏及早掌握了他，不然真要坏大事。"

孟根布勒传递的情报是：今天山寨开了一上午会，张家口地下党的老刘和二十九军的曲先生也参加了会议。老刘的身份已弄清，他是张家口大华照相馆的老板，曲先生是个年轻人，约二十五六岁。会议内容不详，我再继续打探。

"抓了算了，省得整天跟他费心劳神的。"林峰提议。

"现在抓他为时尚早，还得利用他给咱们传递情报呢，老刘和曲向东的身份咱们一直是保密的，他是怎么知道的呢？"

马腾说了一个情况："你们开会时，我见他和罗敏在大院的一棵树下说过话，会不会是罗敏说的？"

"罗敏一直生活在张家口，见过老刘是有可能的，可她上山晚，没见过曲向东呀？"

"要不我去问问罗敏？"林峰说完欲走。

"先不要问，"张丹雄说，"就算是她说的，也肯定不是有意的，如果问了，她肯定会背包袱。孟根布勒现在敏感得很，一旦让他察觉出来就不好利用了。你们还继续盯着吧，我估计，揭盖子的时间不会太长了。"

285

浓阴的夜空像是裹上了一层厚厚的黑棉絮，雷声似乎由于黑棉絮的层层缠裹不能畅快淋漓的发泄，低沉而愤闷。这也正像此时的一三二师，他们满腔

的愤怒被日军和国民政府布下的浓云缠裹着,有愤难发、有怒难出。

一三二师师部大院内,停着一辆吉普一辆囚车一辆卡车,卡车车厢里站着二十几个全副武装的国民党士兵。赵登禹、张维藩、郭魁英以及关向宇等人正站在院内向院门口张望。

不一会儿,一辆黑色轿车和一辆卡车驶进院内停下,卡车车厢里站着二十几个全副武装的日本兵。

汽车停下,松井源之助、渡边、美樱子从轿车下来,铃木从卡车驾驶室下来。

四人走到赵登禹等人跟前,松井源之助趾高气扬地说:"我们是奉命前来监刑的,已经到了行刑时间了,赵师长请执行吧。"

赵登禹话带讥讽:"来的很准时啊。"对郭魁英,"郭团长,把虎啸山龙吟海押上囚车,立即去刑场。"

郭魁英应了一声,跑到一间房前冲两个守卫士兵命令道:"把虎啸山龙吟海押出来!"

两个士兵走进屋,不一会儿推着虎啸山龙吟海从里面走出来。虎啸山龙吟海都戴着黑头套和手铐脚镣,每走一步,脚镣的铁链子就发出"哗啦"一声重响,像是发泄他俩心中的愤怒。

郭魁英又命令士兵把虎啸山龙吟海头上的黑头套摘下来,对松井源之助等人说:"请你们验明正身!"

松井源之助、渡边、美樱子及铃木仔细地打量着虎啸山龙吟海。

"卑鄙无耻!"虎啸山怒视着松井源之助骂道。

"小鬼子,老子就是做鬼,也不会放过你们这些禽兽!"龙吟海也怒骂。

松井源之助得意地笑着:"二位,不要怨我们,要怨就怨蒋介石和国民政府吧,是他们太无能太软弱了,他们保护不了你们。再说了,在他们眼里,你俩也不过就是两只会蹦跶的蚂蚱,怎么会在乎你们的生死呢?"

"呸!"虎啸山龙吟海向松井源之助吐去。

松井源之助大怒:"八嘎!"冲郭魁英吼道,"押上囚车,马上去刑场!"

刑场设在山下的一片开阔地。

汽车开过来停下。赵登禹、张维藩、郭魁英从吉普下来,松井源之助、渡

边、美樱子从黑色轿车下来，关向宇、铃木分别从两辆卡车驾驶室下来。国民党兵和日本兵分别从两辆卡车车厢跳下来，分列在刑场两旁。

囚车里传出虎啸山龙吟海的怒骂声："王八蛋！滚开，用不着你们扶，老子会下！"紧接着又传出一军官的喊声："塞上他们的嘴，省得乱骂！"

四个国民党兵连拉带拽地将虎啸山龙吟海从囚车上拖下来，俩人依然套着黑头套戴着手铐脚镣。四个国民党兵又快速地将虎啸山龙吟海推到山坡下。

国民党兵的队列走出四个士兵，走到虎啸山龙吟海对面十余米处站住。

关向宇发出命令："预备！"

四个国民党士兵刚要举枪，松井源之助大喊："等等！"

赵登禹看了张维藩郭魁英一眼，问道："松井阁下还有什么事？"

"由我们的士兵来执行。"松井源之助朝日本兵队列一摆手，四个日本兵出列，跑到四个国民党士兵的位置。

关向宇看了看赵登禹，赵登禹说："就由他们执行吧。"

关向宇招了一下手，四个国民党士兵撤回队列。

铃木命令日本兵开枪，枪响后，血从虎啸山龙吟海胸前喷出，两人倒在地上。

赵登禹问松井源之助："还需要检验一下是否打死了吗？"

松井源之助语气傲慢："不用。我们大日本士兵的枪法准得很，虎啸山龙吟海的心脏已经破碎。谢谢你们执行协定，不管你们一三二师撤到什么地方，都欢迎你们来张家口做客。"他已经把自己当成了张家口的主人。

赵登禹话中有话："我们肯定还会再次见面的。"

松井源之助等人及日本兵撤走后，赵登禹等人都松了口气。

曲向东从囚车上跳下来，虎啸山龙吟海也从囚车上跳下来。郭魁英打量了一下虎啸山龙吟海："还别说，宋军长让省监狱挑选的这两个死囚，身材和他俩还真像，不然还不一定骗得过他们。"

"这两个死囚都是杀人不眨眼的土匪，血债累累。虽说该死，但咋说也算给咱们帮了个忙，弄两副棺材把他们埋了吧。"赵登禹说完看看手表，"向东，已经九点了，快去送他们二位吧，别让张丹雄他们等急了。"

286

在大计划的A计划实施过程中,B计划也在进行,而且早于A计划。

A计划的关键是逼走二十九军,B计划的关键是拉拢德王,使其成为傀儡政权的代理人。

德王叫德穆楚克栋鲁普,生于苏尼特右旗,是成吉思汗第三十一世孙。其父是苏尼特右旗世袭的扎萨克杜陵郡王(旗长),一九一三年袁世凯登基后将其父又晋升为亲王。德王七岁正式袭爵,十八岁开始处理旗里的政务,二十四岁升任锡林郭勒盟副盟长,二十八岁又成为察哈尔省政府委员,成为蒙古王公圈子里令人瞩目的人物。日本关东军之所以要拉拢他还不全在于此,更为主要的是,他在三十一岁那年(一九三二年)就萌生了建立大蒙古国的念头,并暗中串联一些王公以维护民族利益、保卫边疆安全为名,开展所谓的蒙古高度自治运动,试图脱离国民政府,向建立大蒙古国迈进。

关东军的特务机关早就在关注他,对他的所作所为了如指掌,从一九三二年就开始拉拢他。到了一九三四年,他的"蒙古高度自治运动"的八项原则获得了国民政府的同意,并成立了蒙古地方自治政务委员会,向建立大蒙古国又迈进了一大步。日本关东军的大计划,也正是基于此形成的。随后,关东军加快了拉拢德王的步伐,一九三四年底至一九三五年初,土肥原贤二等日本高级军官先后拜访了德王,明确提出要帮助他实现建立大蒙古国的愿望,并向他赠送了武器等。一九三五年六月,又将一架可乘六人的小飞机赠送给他,还配备了两个高级飞行员。德王感激万分,投桃报李,七月便和关东军签订了《与日本合作复兴蒙古》的方案。这时,A计划已经实现。

虽然德王被日本人拉拢过去了,但建立大蒙古国不是一蹴而就的事,还有许多工作要做,在这个过程中,最重要的就是保护好德王,避免他被共产党或国民党绑架或暗杀。无论是共产党还是国民党,都是不会允许德王把内蒙古从中国的版图上切割出去的。所以,在二十九军从察哈尔撤出之后,桥本正康

就派松井源之助和美樱子秘密潜入苏尼特右旗，和关东军早已秘密派驻在那里的浅海少佐的特务队共同保护德王。

287

这天，刘振邦又从张家口来到山寨大堂，向罗克、张丹雄、戈剑光、林溪、关娜传达上级指示。

德王和日本关东军秘密签订《与日本合作复兴蒙古》方案的事上级已经获得。但从方案的内容看，还没有具体的实施办法和日程安排，只是意向性的。上级认为，德王还有争取过来的可能，指示张家口地下党和察东抗日纵队，设法对德王进行劝阻，遏制关东军B计划的得逞。上级情报还提到，关东军已对德王采取了保护措施，半个多月前已向苏尼特右旗派了一个特务队，队长叫浅海，是个少佐。前两天又把松井源之助和"毒花"也秘密派了去，协助特务队保护德王。

大伙儿经过一番研究，最终决定采用袭击的办法，把德王的旗军引出来，然后趁机把德王劫持出来，因为劝说毕竟不是短时间能完成的。这样，既有了充裕的劝说时间，又能保护德王的安全。

"办法虽好，但也有难点。"罗克说："据我所知，德王的旗军都是骑兵，可我们没有骑兵，即便把他们引出来也不可能引多远，制造不出劫持的时间。再者，大草原空旷坦荡，不易藏身，把他们引出来我们也很难逃掉，或许会被歼灭。"

"咱们有二十多匹战马，组建一个临时骑兵队咋样？"张丹雄提议。

"太少了，"罗克说，"不可能把旗军全引出来，仍难制造出劫持的机会。"

"要是早点儿把骑兵中队建起来就好啦。"张丹雄有些懊悔。

刘振邦让大家再想想办法，大伙儿思谋了半天也想不出好办法。正当大伙儿愁眉不展时，张丹雄突然脑中闪出一事，说："有了。"

"啥办法？"大伙儿异口同声。

张丹雄先说了想到的那件事：桑斯尔回蓝旗安葬完娜仁花和张妈回来的第二天和张丹雄说过，他回来的那天夜里，在半道被黑蟒山的一伙儿马匪劫了，马匪的头领是两个女人，一个叫斯琴兰娅，一个叫斯琴兰娜，是双胞胎姐妹，也是蓝旗人。她俩和桑斯尔是一个部落的，知道桑斯尔的事，论辈分她俩叫桑斯尔叔叔。当她俩发现被劫的是桑斯尔时，想拉他入伙儿并让他做大当家。桑斯尔没答应，说他已参加了黑龙岭独立大队。她俩没有为难桑斯尔，放了他。

张丹雄接着说了想法："据桑斯尔说，她俩手下有支一百多人的队伍，都是骑手，让她俩帮帮咱们咋样？"正是：情形紧迫无计谋，往事突闪生主意。欲知后事如何，且看下文。

第五十九回 大草原神枪服众 黑蟒山义士归营

288

张丹雄说完他的想法后，刘振邦心有疑虑："她俩可是马匪呀，咋可能帮咱们呢？"

"桑斯尔还和我说过，"张丹雄又补充，"她俩虽然是马匪，但从不祸害老百姓。她俩本是穷苦牧民的女儿，武功也很好，后来王爷的儿子想玩弄她俩，被她俩打伤，王爷的儿子带人报复，杀了她俩的父母。她俩是因此才逃出来上黑蟒山当了马匪的。当时黑蟒山的头领是一个叫达塔的马匪，手下有五六十号人。没想到达塔也想欺辱她俩，她俩设计把达塔杀了。马匪本来也痛恨达塔的残暴，就归顺了她俩，兰娅成了大当家，兰娜成了二当家。后来，她俩带着马匪血洗了蓝旗的王爷一家，再后来又有不少人投奔黑蟒山，逐渐发展成了一支百十来人的队伍。这两个人的本质并不坏，再加上她们对桑斯尔挺有好感，我想和桑斯尔去找她们一趟试试。"

"我觉着有可能。现在咱们也没有更好的办法，就让张丹雄和桑斯尔去试试吧。"罗克赞同张丹雄的想法。

"既然你俩都认为有可能，那就去试试吧。"刘振邦说，"对啦，还有个好消息没和你们说呢，柳英飞、万虎、巴雅尔还有林峰入党的事，上级已经批准了，把他们叫来进行入党宣誓吧。"

"太好啦，我去叫他们！"张丹雄站起来飞快地跑出去。

林溪说桑斯尔和马腾、唐尧也想入党，但他们又有顾虑，怕他们以前的身份组织上不要他们，让她向组织请示一下。

刘振邦说革命不分先后，不管以前是什么身份，只要是坚决跟党走的，组织都不会排斥。又举例：吉鸿昌将军不也被批准入党了吗？张丹雄他们以前都是国民党军人，林峰还曾是国民党特工，组织上不也批准他们了吗？让他们努力吧。

刘振邦刚把党旗挂在墙上，张丹雄就领着柳英飞、万虎、巴雅尔、林峰跑了进来。柳英飞等四人望着鲜红的党旗，个个激动得热泪直流。

庄严、响亮的宣誓声在大堂回荡："我志愿加入中国共产党……"

289

黑蟒山山寨大堂内，两边各站着五个粗壮的汉子，一个身姿秀美、容颜俏丽的姑娘端坐在大堂高台的一把狼皮椅子上，她的气质既不同于大家闺秀，又有别于小家碧玉，有侠女之风韵。此刻，她柳眉剑竖，正怒斥一个站在大堂中间、被五花大绑的人。这个姑娘就是斯琴兰娅，是大当家。站在她身旁、长得和她一模一样的姑娘，正是斯琴兰娜，是二当家。

兰娅怒骂道："简直是畜生，拉出去五马分尸！"

被五花大绑的人扑通跪在地上，哀求道："大当家二当家，饶我这一回吧，我错了，再也不敢啦……"

这个哀求的人叫赤烈，是新上山入伙儿的。前不久，他暗恋上了黑蟒山山下一个牧民家的姑娘。原因很简单，那个姑娘冲他笑过一回，他就以为那个姑娘喜欢上他了，后来他借故到牧民家看过那个姑娘两次。昨天夜里，他酒喝多了，又跑到牧民家去看姑娘，正好姑娘的父母不在家，他想和姑娘行好事，姑娘坚决不从。他控制不住自己的欲望，正撕扯姑娘的衣服时，恰好姑娘的阿爸阿妈回来了，把他打跑。第二天一早，姑娘的阿爸阿妈上山向兰娅兰娜告状。牧民都知道兰娅兰娜是行侠仗义之人，从不祸害百姓。

曾被王爷的儿子和马匪头子欺辱过的兰娅兰娜，最痛恨的就是欺辱女人的男人，赤烈的哀求她俩毫不动心。

两个汉子上来往起架赤烈，赤烈拼命哀求，站在大堂两边的人也都给赤烈求情。正在这时，一个山寨守卫进来报告，说有两个人求见。

“哪儿来的?”兰娅问。

“赤城大海陀的黑龙岭，有个说他叫桑斯尔。”

兰娅惊喜不已:“快请!”

守卫跑出去，兰娅对赤烈说:“本当家这会儿心情好啦，大伙儿又给你求情，就饶你这回，滚!”

赤烈说了声“谢大当家二当家不杀之恩”，转身就往外跑。

桑斯尔和张丹雄正走进来，赤烈和桑斯尔撞了个满怀，说声“对不起”又赶忙跑了出去。

兰娅兰娜从高台上跑下来。

兰娅笑容满面:“桑叔，咋想起来我们这儿来啦?”

桑斯尔笑问:“发啥脾气呢，老远我就听着了。”

兰娜说:“刚跑出去的那个家伙想糟蹋牧民家姑娘，她阿爸阿妈来告状了，我姐要杀他，大伙儿正给他求情呢，正好听说桑叔来啦，我姐一高兴就放了他了。”

“山规还真够严的。”

“不严哪行，不然真成马匪了。”

“你本来就是马匪嘛。”

兰娅的脸腾地红了:“桑叔胡说，我从来没说过我是马匪。”

桑斯尔和兰娅说话时，张丹雄一直望着兰娅微笑。

兰娅看了张丹雄一眼，问:“桑叔，这位是谁呀?”

“他就是我和你俩说过的，黑龙岭独立大队的队长张丹雄，这会儿叫察东抗日纵队了。”

兰娅兰娜及大堂的人都用敬仰的目光望着张丹雄。

兰娅对张丹雄说:“桑叔跟我们说过你们打鬼子的事，后来也听别人说过，你是我们心中的大英雄呀！快请坐，快请坐!”

兰娅喝退大伙儿，和兰娜把张丹雄桑斯尔引领到高台坐下。

“听说‘神风’大侠罗克也去你们山寨了？”兰娅问。

张丹雄笑笑：“这事你们都知道呀？”

“声名赫赫的大英雄，全察哈尔谁不知道呀。”兰娅的语气中充满敬佩之意。

“兰娅兰娜，张队长有事想和你俩商量商量。”

“啥事？”

张丹雄说了想请她们相助的事，兰娅爽快地答应了，但她提出个条件，张丹雄也毫不犹豫地答应了。

290

黑蟒山山寨大院内，几个汉子正在一棵树下围着赤烈说话。

一红脸汉子说：“赤烈，以后管住你那玩艺儿，别老想往女人身上扑。”

赤烈不好意思地笑笑：“她一见我就笑，我还以为她有那个意思呢。哥儿几个放心，以后要再犯这事，我自个儿就把它剁了。”

大伙儿哈哈大笑。

突然，他们看到兰娅兰娜和桑斯尔张丹雄从大堂走了出来。

红脸汉子喊道：“大当家二当家，客人走呀？”

“不，”兰娅说，“张丹雄队长要给咱们亮亮枪法，把大伙儿都叫到草原上来观看吧！”

“啊？大英雄来了，那我得去看看。”赤烈“噌”地跳起来，他也听说过张丹雄和罗克的威名。

草原上，几个人已栽起一个木门，木门的横木上垂着三条绳子，三条绳子各间隔两尺的距离。绳子有大拇指粗细，每条绳子下面系着一块石块儿。

兰娅听桑斯尔说过，张丹雄曾是同盟军的骑兵营营长，枪打得特别准。她刚才提的条件，就是让张丹雄骑马打三枪，如果能打中目标，她不但答应张丹

雄所说的事,队伍也归属察东抗日纵队。如果打不中,她就只能送客了。

张丹雄随着兰娅兰娜来到距木门不远处,她们手下的百十余人也陆陆续续地跑了过来。

张丹雄朝木门看了看:“是打石块儿吗?”

“不,打石块儿就太简单了,是打吊着石块儿的绳子,还必须得打断。”

“姐,这也太难了吧?”兰娜觉着这是不可能的。

围观的人也议论纷纷:这咋可能打的着呢?

“行,既然大当家说了,那我就从命。”张丹雄欣然答应。

“射击距离不得少于三十米。”兰娅又加码。

“行。”张丹雄又答应,然后跨上马向远处奔去,奔出一百多米后又勒马回头,当马奔跑到距木门平行处至少有三十米以上的距离时,只见张丹雄枪一甩,随着“啪啪啪”三声枪响,三根绳子全被打断,石块儿掉落在地上。

草原上一片欢呼声。

赤烈跳着脚的连声大喊:“英雄!英雄!”

张丹雄下了马,兰娅满脸欣喜:“我说话算数,队伍归属察东抗日纵队。”

张丹雄兴奋得满脸放光:“欢迎,我代表察东抗日纵队真诚的欢迎你们!”

兰娅兰娜大摆酒宴,盛情款待张丹雄和桑斯尔。席间,兰娅兰娜和张丹雄相约,执行任务时一定要让“神风”大侠罗克也来,她们想及早见见这位传说中的神奇人物。

291

张丹雄从黑蟒山回来向刘振邦、罗克、林溪、戈剑光、关娜说了去见兰娅兰娜的经过和她们答应率队归附察东抗日纵队的事,大伙儿都十分兴奋,立即研究了行动方案。最终决定:由张丹雄、罗克、桑斯尔、万虎、马腾、巴雅尔六人带领临时骑兵队,在兰娅兰娜的配合下去劫持德王;由戈剑光、柳英飞带领陆涛、张飞、周全顺等人,在张家口地下党的配合下,把原来救明远时挖的地道再延

串到警备队大楼下，用炸药把警备队大楼端掉。除此之外，再搞一个政治攻势，小野的反战书已写到反战之三了，把反战书择其精要油印几百份，由林峰带领小野等人在领事馆及省国民政府、市国民政府等处散发出去。晚饭后，又召开中队长会议进行了部署。

会议临结束，张丹雄说："有件事也到了该揭盖子的时候了。"

在张丹雄他们开会期间，暗处一直有双眼睛在盯着大堂，这个人就是孟根布勒。他从这么晚召开会议、又开得时间这么长来判断，肯定又有什么重要行动。二十九军被迫撤离察哈尔的消息他已得知，预感到回协动队当队长的日子为期不远了，他要再努力立几次功，为前程铺路。

会议散了。夜幕下，他看到各中队队长都回到了自己的房间，赶忙朝着桑斯尔房间走去。

桑斯尔走进屋刚点了支烟，孟根布勒就走了进来。

"有事?"桑斯尔问。

"没啥事。"孟根布勒装作随意地问，"开啥会呢三叔，这么长时间。"

"布置几项任务，张队长不让往外说。"

"跟我说说怕啥，让我心里也有个准备，我是您侄子，又不是外人。"

"那可千万别和别人说。"

"我知道保密。"

"是这么几个任务……"随着桑斯尔泄露出来的一个又一个秘密，孟根布勒兴奋得心跳不断加剧。其实，这是桑斯尔按照张丹雄的安排故意泄露给他的。

夜深了，这是一个无风之夜，万籁俱寂，静然无声。

此时，孟根布勒正在他的房间内兴奋地自斟自饮。刚才，他已神不知鬼不觉地把情报放进了山神庙。他暗自佩服美樱子的高明，那一刀真是极好的护身符，失踪两个多小时的事竟然没有引起他们丝毫的怀疑。他喝着喝着，脑子里忽地闪进了桑斯尔。他想，他们这次都必死无疑，要不要暗示一下让他有所准备呢? 想想又不能，桑斯尔已被林溪这个共党分子洗了脑，他还有加入共党的想法，万一让他察觉出来会毁了自己。"活该他，他是自找的。"说完不再想他了，又大大地喝了一口酒，开始设想自己今后的美好前程。

他正憧憬着美好的未来,门突然被推开,张丹雄和马腾神情严肃地走了进来。

尽管孟根布勒认为自己没被怀疑,但看到这俩人还是有些心慌,站起来努力镇静了一下:"有任务?"

"是有任务。你先看看这个。"张丹雄把一个折叠的纸块儿扔到桌子上。

孟根布勒登时神色大变:这正是他刚刚放到山神庙的那份情报。目瞪口呆了好一阵儿,才结结巴巴地说:"你、你们是咋、咋知道的?"

"那个取情报的日特已经被马腾打死了。其实你一直蒙在鼓里,我们早就知道你投了'毒花',也知道你留下来是给她当卧底。"

"咋知道的?"孟根布勒迷茫若傻。他一直小心谨慎,从没玩儿漏过呀。

"那我就让你明白明白。闪电突击队偷袭的那天夜里,从你被扎伤到你回来间隔了两个多小时。当时我察看了你的伤口,伤口很深,两个多小时血早就应该流干了,你不可能在两个多小时后再醒过来,更不可能再爬回来。那只能有一个解释,你被扎伤的时间不长,不会超过二十分钟。而你回来的时间,正是'毒花'逃走不长的时间,从那时起我就对你产生了怀疑,为进一步验证我的判断,又派人暗中监视你,果然发现了你通过山神庙给日特传递情报的事。这说明,你在鬼子发动偷袭之前就投了'毒花',还为她提供了山寨的有关情报。'毒花'原计划偷袭成功之后就把你带走,但她万万没想到会失败,只好让你留下来当卧底,为他们刺探情报。她刺你那一刀,是为你在失踪两个多小时再回来制造理由。'毒花'是高级特工,刺你这一刀虽然距心脏很近,看似也凶险,其实她是有绝对把握的,绝不会危及你的性命。我说的都没错吧?"

孟根布勒脸色刷白,浑身冰冷,像是被扒光了衣服,一丝不挂地裸露在众人面前一样。

"那为啥一直不动我呢?"

"很简单,利用你为我们做事。有些事由你传出去比我们传出去效果要好得多。比如活捉川岛,我们就非常想让鬼子知道罗克要潜入领事馆窃取大计划,以此来掩盖活捉川岛的目的。正是由于你传出的情报,我们的计划才得以顺利完成。不该让你传出去的,其实你一份也没能传出去,都被我们扣下了。"

如何处置孟根布勒要由队务会决定,但傍晚布置完任务后,戈剑光林峰等

人跟着刘振邦都已向张家口出发了，张丹雄等人和临时骑兵队也要连夜出发，只好先把孟根布勒关押起来，等完成任务后再研究对他如何处置。

292

这天，兰娅兰娜和手下一百多人，都早早地站在黑蟒山山寨大门外等候张丹雄等人。“神风”大侠罗克也要来的消息，兰娅兰娜已经告诉了大伙儿，大伙儿都急切地想目睹这位传奇人物的风采。

溽热的七月骄阳似火，流金砾石，尽管大伙儿都汗涔涔的，也没一人离去。

远处响起一片疾驰的马蹄声，不一会儿，兰娅兰娜他们看到，一队骑兵在烟尘的裹挟中奔腾而来。

大伙儿顿时激动不已，待张丹雄桑斯尔等人下了马，兰娅急忙问：“谁是‘神风’大侠呀？”

张丹雄指着罗克：“他就是大名鼎鼎的蒙面大侠、‘神风’罗克。”

大伙儿敬慕的目光“唰”地都投向罗克。

罗克笑着和大伙儿打招呼：“黑蟒山的朋友们，大家好！”

赤烈突然从人群中挤出来：“罗大侠，我要拜你为师！”说完未等罗克回应，就跪下给罗克磕头，“师父在上，请受徒儿一拜！”

大伙儿先是一愣，随之都哈哈大笑起来。

罗克赶忙把赤烈扶起，笑道：“好，我答应你。”

赤烈欢呼：“我是‘神风’大侠的徒弟啦，我是‘神风’大侠的徒弟啦！”

张丹雄介绍完罗克，紧接着向兰娅兰娜介绍巴雅尔和马腾。他上次见到兰娅兰娜，一下就想到了巴雅尔和马腾。他们四个太般配了，真是天造地设，一个念头立马在他脑中闪出来——促成他们的美好姻缘。

“他叫巴雅尔，他叫马腾，也叫巴格尔，都是我们的中队长。他俩和你俩一样，也是双胞胎，你们看他俩长得像不像？”

兰娅兰娜打量了一番巴雅尔和马腾，都说太像了，简直就跟一个人似的。

巴雅尔马腾被看得不好意思。

“也是神枪手吗?”兰娅问。

“比我还准。”张丹雄说完从地上捡起几块儿小石子,冲巴雅尔马腾,“掏枪!”

巴雅尔马腾掏出手枪,张丹雄把手中的几块儿小石子用力抛向空中,巴雅尔马腾挥枪射击,几块儿小石子全部在空中开花。

欢呼声顿时鹊起。

兰娅兰娜是草原侠女,没有矜持之态,她俩惊喜地望着巴雅尔和马腾,爱慕之意毫无掩饰地流露出来。

张丹雄又介绍了万虎和虎啸山龙吟海等人。本来,张丹雄和罗克没打算让虎啸山和龙吟海来,但他俩听说后非要参加这次行动,说想出出压抑在胸中的一口恶气。张丹雄和罗克无奈,只好同意了。为不暴露他俩的身份,刚才介绍时说他俩都是抗日纵队的中队长。

293

张家口上堡在大境门里侧,是一片明清时期的古建筑群,多数都是豪宅大院,居住在这里的也多为名商大贾。除了民宅之外,这里还有关公庙、河神庙、财神庙、三娘子庙等名胜古迹。

距三娘子庙不远处有一座豪宅,上午,一个五大三粗、肤色黧黑的中年汉子正坐在院内一棵大树下的矮脚椅上,悠然地抽烟喝茶。

一光头汉子快步从院门外走进来:“三爷,有俩人来拜访您,见不见?”

这个被称为三爷的人,就是石头曾和张丹雄戈剑光他们说过的、倒腾枪支弹药的黑老三,石头的枪支弹药就是从他这儿买的。

“哪儿的?”

“说是外地的,有笔生意要和您谈。”

“让他们进来。”

光头汉子向院门外跑去,不一会儿领着两个人走进来。这两个人正是戈剑光和柳英飞。

“啥生意?”黑老三靠在椅背上没动,睥睨地看着戈剑光和柳英飞。

“买炸药。”戈剑光说。

“开玩笑,”黑老三坐起来,冷着脸说,“我是做古董生意的,从没卖过炸药,找别人去吧。”

“石头可从你这儿卖过枪支弹药,还有一挺机枪。”

“啥石头砖头的,别诈唬我。”

“看来你是对我们的身份有怀疑。实话告诉你,我们不是便衣警察,是大海陀黑龙岭的。”

黑老三一惊:“黑龙岭的?你是张丹雄?”看来他对黑龙岭也有所了解。

“我不是张丹雄。我叫戈剑光,是参谋长。他叫柳英飞,是中队长。”

黑老三赶忙站起来,面色也和悦了:“听说过听说过。二位快请进屋。”又对光头说,“去门口守着,任何人都不许进来。”

三人进屋后,黑老三请戈剑光柳英飞坐下,问:“二位买炸药干啥?”

“当然是打鬼子。”戈剑光说,“我们已经了解了,你还是个有良知的中国人,所以和你实话实说。”

“我也实话实说。”黑老三说,“倒腾枪支弹药这事,是舔刀尖儿的活儿,闹不好小命就玩儿完了,所以我不得不防。刚才多有怠慢,还望戈参谋长柳队长谅解。你们打算买多少?”

“二百斤。”

“我这里没这么多,只有一百斤,三天之内给您凑齐咋样?”

“不行,今天就要用,最迟在傍晚以前凑齐,价格好商量。”

黑老三思忖了一会儿:“既然是打鬼子的事,我一定想办法凑齐。”

戈剑光表示感谢,并商定傍晚在东山坡树林交货。

294

孟根布勒被捆着双手双脚关在一间杂房内。此时,他正坐靠在一根房柱上,悄悄地上下蹭着捆住双手的绳子。他已经蹭了很长时间,双手都已经渗出血。

绳子终于被蹭断。他活动活动双手,又将双手背在后面,然后大喊:“安铁牛,我渴得厉害,给点儿水喝!”

负责看守他的是安铁牛和王三娃,

安铁牛推开门斥责道:“你咋这么多事,一会拉呀一会尿呀的。渴着吧,这会儿没水,我俩还渴着呢。”

“求求二位兄弟了,”孟根布勒装出一副可怜相,“去打一壶吧,实在渴得不行了。”

安铁牛还是心软了:“要不是看在桑队长面子上,渴死你个兔子。三娃,我去提壶水,你千万看好他。”

“没问题,你去吧,不老实我就一枪崩了他个兔子。”

门被关上之后,孟根布勒听听安铁牛的脚步声走远了,站起来操起一个小板凳,蹑手蹑脚地走到门口,又猛地拉开门,将正要回头的王三娃一板凳拍倒在地上,从后山快速逃去。

王三娃醒来时安铁牛正提着一壶水回来,得知孟根布勒已逃走,懊悔得直跺脚。

孟根布勒一路奔逃,半道又在客栈抢了一匹马,逃到张家口时夜幕已经降临。

桥本正康正和吉野在办公室说加强防务的事,卫兵进来报告,说孟根布勒来了要见美樱子中佐。桥本正康皱皱眉,说让他进来。

孟根布勒进来张望了一下:“桥本领事,美樱子中佐呢?”

桥本正康有些厌恶:“执行任务去了。她不是告诉你了吗,不要往这里跑,

写出情报……”

孟根布勒打断桥本的话："我是写了情报,可取情报的人昨天晚上被他们发现打死了,我也暴露了,被关了起来,下午打死看守才逃出来的。"

"什么情报?"

"张丹雄他们又行动了,一部分人去苏尼特右旗抓德王,一部分人来袭击警备队,还有一部分人来散传单啥的。"

"你是怎么知道的?"

"昨天傍晚他们开了会,听我叔叔说的。"

孟根布勒的话让一向沉稳的桥本正康也暗吃一惊,对吉野说:"我赶紧让人给松井源之助和美樱子发报,你赶快去告诉渡边大佐,让他做好打伏击的准备。"

我咋办呀?我回不去了呀!"孟根布勒见桥本正康不提他的事,赶紧问。

桥本正康想了想,对吉野说:"把他也领过去吧,告诉渡边安排他去协动队当队长。"

孟根布勒欣喜万分,给桥本正康深深地鞠了个躬。他跟着吉野走出领事馆后,突然想起关于老刘和曲先生的情报被扣的事,赶忙和吉野说了。吉野本想领他返回去和桥本正康说,想想和渡边说更好,就没再往回返。正是:幸是二贼身没返,否则数人命将危。欲知后事如何,且看下文。

第六十回 同仇敌忾杀日寇 并簪大地望神州

295

黑老三的路子确实很野,他很快就把二百斤炸药凑齐了,准时送到了东山坡树林,而且只收了半价,说也要为打鬼子做点儿贡献。天黑之后,戈剑光、柳英飞、陆涛、张飞、周全顺在鲁明等地下党成员的协助下,秘密地将炸药运进了地道。延长地道的任务是由赵志海带人完成的。把炸药送进地道后,鲁明去大华照相馆向刘振邦报告,令他万万没想到的是,在他去大华照相馆的路上,被一个人暗中盯上了,这个人就是苟三。

渡边来警备队上任后,铃木把以前所发生的事逐件地向他做了详细的报告,说到王铁生的事时,渡边也认为王铁生可疑,让阮得利继续监视。阮得利思谋再三,觉得只有苟三还可靠,于是又采用以当办公室主任相诱的办法,让苟三继续盯梢王铁生。办公室主任这个位置他一直没安排人,就是为了做诱饵用。

苟三盯了几个月也没发现王铁生有什么异常举动,有些泄气。本来他想辞掉这个劳心费神的差事,但又舍弃不下当办公室主任的机会,只好咬着牙楞撑。

今天傍晚时分,苟三见鲁明从王铁生办公室出来径直出了警察局,又打起精神悄悄跟了上去,不料跟了半截还跟丢了。他在街上四处寻找,一个多小时后,又发现了鲁明,于是继续跟踪,结果发现鲁明进了大华照相馆,而且进去之

前还前后张望。他赶忙跑回来向阮得利报告了跟踪情况。

阮得利推断大华照相馆很可能就是地下党的秘密联络点,鲁明和王铁生很可能都是共党分子。他觉着这个情况很重要,让苟三和他一起去向渡边报告,连问什么时候抓捕。

街口,安铁牛牵着一匹马四下张望,马背上驮着一捆枯树枝。

孟根布勒逃走后,安铁牛顿时急了:孟根布勒已经获知了这次行动的计划,如果让他把这个计划报告了日本人,后果将不堪设想。他知道徒步去追肯定追不上,立即跑到安家庄借了匹快马去追,可一直追到张家口城郊也没见到孟根布勒。他以为孟根布勒是绕道而行还没赶过来,便捡了一些枯树枝打成捆放在马背上,把步枪藏在枯树枝中,然后来到这个街口。这个街口西面百十米处,就是日军警备队大门,他想在这里截杀孟根布勒。

他正四下张望着,突然看到有两个人从西面匆匆向警备队走来,借着路灯的光亮可以看出,一人穿着日本军装,一人穿着百姓服装,再仔细一看,穿百姓服装的正是孟根布勒。"想不到这个王八蛋这么快就赶过来了。"他暗骂一句,牵着马快步向孟根布勒走去。

西面走来的这两个人正是吉野和孟根布勒。安铁牛走到距警备队大门约三十余米处,孟根布勒和吉野已走到大门口。

安铁牛见他俩要进大门,急忙从枯树枝中抽出步枪向孟根布勒射击。

孟根布勒臂膀中弹。他已认出向他开枪的是安铁牛,急忙惊恐地往大门里跑。安铁牛又欲开枪时,守卫在门口的两个卫兵同时朝安铁牛开枪,吉野也拔出手枪向安铁牛射击,安铁牛身中数弹,带着遗憾倒下。吉野和卫兵朝安铁牛跑去,正走到街口的阮得利和苟三也赶忙跑了过来。

渡边和铃木正在办公室说 B 计划的事,听到枪声都不由得一愣。

"不会是同盟军匪徒来偷袭吧?"渡边疑惑地说。

"不像。我出去看看。"铃木说完跑了出去。

不一会儿,铃木和吉野、孟根布勒、阮得利、苟三走了进来。

"怎么回事?"渡边急问。

"是这么回事。"铃木说了安铁牛刺杀孟根布勒未成反被击毙的经过。

渡边看了看孟根布勒:"你怎么又跑过来了?"

未等孟根布勒说话，吉野急忙说："大佐，他是来报告重要情况的。他说……"

"等等。"渡边打断吉野的话，又问阮得利，"你有什么事？"他不想让阮得利知道过多的秘密。

阮得利哈哈腰："大佐，我也有重要情况报告。"

"好，你先说吧。"

"那我先说。"阮得利说了王铁生和鲁明很可能就是共党，大华照相馆很可能就是共党秘密联络点的事。

"怎么发现的？"渡边眼睛一亮，急问。

阮得利指指苟三："他叫苟三，是我安排的眼线，他刚发现的，让他说吧。"

苟三把发现鲁明去大华照相馆的事又向渡边说了一遍。

吉野说："孟根布勒也已获知大华照相馆的刘老板就是地下党，还是个头子，经常去黑龙岭。"

"太好啦，真是天助我也。"渡边一双鹰隼眼兴奋得放光，命令阮得利，"你马上带人去把王铁生鲁明和大华照相馆的人统统抓起来！"

然而，他们什么都来不及了，渡边话音未落，突然一声巨响，警备队整座大楼瞬间被炸得飞向半空，渡边、铃木、阮得利、苟三、吉野、孟根布勒带着各自不同的梦想，随着大楼的爆炸也都粉身碎骨了。

警备队大楼的轰然爆炸震惊了领事馆，日本兵都从屋里跑出来惊惧地朝警备队方向看。这时，领事馆办公楼的楼顶上突然飞下了几个手雷，日本兵被炸死一片。硝烟过后，剩余的日本兵急忙向楼顶开枪，楼顶上已不见一人，只见一片片纸页像巨大的雪花一样从空中飘洒下来。

接连的爆炸声把桥本正康震傻了，爆炸声停息后，他战战兢兢地走到窗前朝警备队方向张望，那里除了冲天的火光和滚滚的浓烟，什么也看不见了。

卫兵手里拿着三张纸惊慌地跑进来报告，说刚才有人袭击领事馆，扔了一阵手雷都逃跑了，还扔下了这些东西。

桥本正康从卫兵手中接过一看是传单，标题是"反战书之一"几个大字，落款是"察东抗日纵队战士小野"。后两张分别是"反战书之二"、"反战书之三"，落款均是"察东抗日纵队战士小野"。

桥本正康大骂一声:“八嘎!”把反战书撕得粉碎。

296

这天,胡飞带着黑子亮子等二十多个特工也来到了苏尼特右旗,潜伏在距城区不远的落雁淖。北平特务处也获知了德王和关东军沆瀣一气,欲建立伪蒙古傀儡政权的情报,胡飞他们是受特务处指派,专门来刺杀德王的。胡飞决定夜间一点开始行动,由高平带领二十余名特工去袭击德王的旗军兵营,他和黑子亮子潜入德王府刺杀德王。

旗军兵营和德王府在一条街上,相距半里多地,门前都有两名士兵站岗。

盛夏的夜晚万籁寂静。深夜一点,高平带着二十余名特工从暗处绕到旗军军营附近。他们都已换成紧身的黑衣黑裤,如同一群黑色的幽灵。

高平、李大川迅速扑上去将两个岗哨用匕首刺死,回身招了一下手,隐蔽在暗处的宋奇志等二十余名特工飞快地冲进兵营大院。

此时,兰娅兰娜正带着马队策马向德王旗军军营飞奔。张丹雄和她们约定,夜间一点由她俩带着她们的队伍去袭击德王的旗军,把旗军引到草原,他们趁机去劫持德王。兰娅兰娜为使马队不发出大的声响,命令手下的人把马蹄都缠上了厚厚的布。她们正奔驰着,突然听到城里传来激烈的枪声和爆炸声。她们以为是情况有变,张丹雄他们提前行动了,命令队伍加速前进。

旗军兵营大院内,高平、李大川及宋奇志等二十余名特工正伏在地上,卡宾枪手雷并用,向从营房冲出来的旗军士兵开火,旗军士兵不断地倒下。

突然,营房前的三个工事中各伸出一挺机枪,吐着火舌扫向二十多名特工,瞬间特工被打死八九个。

更多的旗军士兵从营房跑出来,向特工射击、扔手榴弹。高平、李大川、宋奇志等人顽强地战斗着,时间不长又有几个特工被打死。

从营房冲出来的旗军士兵越来越多,火力越来越猛,双方一番激战后,特工这边只剩下高平李大川和宋奇志了。

就在这时，兵营后面突然响起激烈的枪声和爆炸声。

高平等三人抬头一看，见不断有人从兵营后墙跳进来，向旗军又开枪又扔手榴弹。这些人正是兰娅兰娜和她们的手下。

旗军顿时乱作一团。

旗军军官大喊："敌人的主力在后面，集中火力消灭他们！"旗军士兵赶忙调转枪口向从后墙跳进院子的人射击。

高平感到奇怪："他们是什么人？怎么会来支援咱们？"

李大川朝那些人看了看："可能是察东抗日纵队的。"

高平决定趁察东抗日纵队拖住敌人，赶紧去支援胡飞他们。

兰娅指挥大伙儿猛打一阵后开始撤退，她的目的是要把旗军引到草原上。

大伙儿边还击边分批翻墙往外跳。

旗军军官又大喊："别让他们跑了，狠狠打！"

旗军又朝翻墙的人射击，几个正在翻墙的人被击中，从墙头掉了下来。

兰娅兰娜及赤烈等人扔手榴弹掩护大伙儿撤，但由于火力越来越少，旗军很快冲了过来。

赤烈大喊："大当家二当家快撤！"

赤烈喊着又连扔了几个手榴弹，阻止了旗军的进攻。

兰娅兰娜冲赤烈喊道："赤烈，你先撤！"

"别管我，你们先撤！"赤烈边喊边猛烈地向旗军士兵射击。

这时，旗军越冲越近了，赤烈突然扔掉枪，从身上掏出两个手榴弹，大喊一声"你们快撤"，拉了弦站起来向旗军猛冲过去。

手榴弹爆炸，赤烈和几个旗军士兵同归于尽。

"赤烈！"兰娅兰娜痛喊一声，纵身跃出墙外。

旗军军官大喊："别让他们逃了，赶快上马去追！"

旗军士兵纷纷跨上马，在军官的带领下冲出西大门向外追去。

297

在高平李大川干掉旗军大门前两个岗哨的同时，黑子亮子也干掉了德王府大门前的两个岗哨。他们冲进院子，消灭了守卫在前院、中院和后院的二十多个德王亲兵后，三人的卡宾枪都没子弹了，手雷也用光了。他们扔掉卡宾枪，拔出手枪向东侧的一个小院跑去。他们已提前打探清楚，这个小院就是德王宅邸。

胡飞和黑子亮子冲进后院时，就已被美樱子发现了。美樱子和松井源之助及浅海的特务队等三十余人，早就埋伏在后院西厢房的一间大屋子内。美樱子和松井源之助接到桥本正康发来的电报就马上做了精心部署，她要把张丹雄罗克及所有来参与劫持德王的人，一网打尽。刚才前院中院枪声不断响起时，她以为是张丹雄罗克等人来了，十分振奋。当她看到冲进后院的只有三个人时，顿觉不对劲儿，再仔细一看，来人竟是胡飞等人，并不是张丹雄罗克他们。松井源之助说冲出去灭了他们，美樱子阻止住，说孟根布勒的情报不会错，张丹雄罗克他们一定会来。见胡飞等三人向东面的小院跑去，她决定让松井源之助和浅海及特务队继续埋伏在这里等候，她先去灭掉胡飞他们。松井源之助怕她一人有危险，跟上了她。

胡飞和黑子亮子冲进德王宅邸，把各屋都搜遍了也没见到一个人影。他们又冲进客厅，客厅也空无一人。他们认为，德王等人很可能是听到枪声躲到了小院内的某个地方，正要出去搜查时突然呆住了：美樱子和松井源之助走了进来。

美樱子在总部修养期间，听川岛说过那天夜里大计划失窃的整个过程，她从中明白了两点：一是她追赶的不是罗克，而是罗克的替身；二是背后打她黑枪的是胡飞。那天夜里他们也来窃取大计划，他们选定的目标是警备队保密室。在他们正准备把警备队的日本兵引出来时，恰见她带兵追赶罗克的替身，由于枪声已经把铃木及日本兵从警备队引出来，胡飞便来追杀她，对逼他降日

一事进行报复。

美樱子恚恨地痛斥胡飞："你这个两面三刀的小人，既然归降了我们，为什么又背叛，还卑鄙无耻地打我的黑枪！"

黑子亮子用惊异的目光望着胡飞，美樱子的话令他俩震惊。

胡飞哈哈大笑，一双细眼闪出嘲弄的目光："你这个蠢婆娘，你以为我真会归降你们当汉奸吗？那只不过是个权宜之计，为保护我的老婆孩子罢了。当然，还想借刀杀人，利用你们把张丹雄等人及杀害我哥哥的林峰杀了。不过，我后来又改变主意不想杀他们了，你们也就没有用了。之所以打你的黑枪，是为了报复，出口恶气。你用我的老婆孩子要挟我，这口气老子能咽得下去吗？"

黑子亮子虽然不知详情，但已明白了胡飞并没有真正降过日，目光由惊异变为敬佩。

美樱子怒火焚膺，骂道："我真瞎了眼，被你这个无耻之徒骗了。你不是打我一枪吗，我今天也让你尝尝挨枪的滋味儿。"

胡飞黑子亮子举枪射击，美樱子的梅花镖早已飞来，三支枪都被击落，他们还是慢了半拍。

胡飞等三人虽惊但毫无怯意。

美樱子冲松井源之助："松井君，麻烦您把枪拿过来。"

松井源之助走过去，把挂在墙上的一支狙击步枪拿过来递给美樱子。

美樱子咬牙切齿："胡飞，这支狙击步枪是专门为你准备的，你不是用狙击步枪打得我吗？我今天也要用狙击步枪杀了你！"

"合理。"胡飞笑笑，"你就没想到罗克张丹雄他们会来吗？我没打死你，他们也会打死你，你欠中国人的血债太多了。"

美樱子冷冷一笑："我怎么会不知道他们要来呢？确切地说，我知道你会来但不知道你今天会来。可罗克张丹雄他们，我已准确地知道他们今天会来。已经给他们下了死套，布了死网。你听听外头激烈的枪声，"此时，德王府后院果然枪声不断，"这就是在给他们送葬。既然你今天也来了，就陪他们一起下地狱吧！"

美樱子举枪向胡飞射击，黑子迅然闪在胡飞面前，子弹击中黑子胸膛，黑子倒在地上。与此同时，亮子扑上去死死抓住狙击步枪。松井源之助举枪击

毙亮子,胡飞旋即滚倒在地顺势抓起一支手枪将松井源之助击毙。美樱子闪电般地将胡飞手中的枪一脚踢飞,胡飞跳起来拉开架势与美樱子搏斗。

298

张丹雄等人和兰娅兰娜是在城区西面约三里地之处的将军台分的手,他们提前潜伏在了城区东面的一片树林,等兰娅兰娜把旗军引出去就立即入城去劫持德王。在这之前,罗克和张丹雄已潜入城内,摸清了德王的住处。他们刚到城东树林不一会儿,就听到城区传来了激烈的枪声和爆炸声。他们感到奇怪,兰娅兰娜他们怎么这么快就赶到城区了呢?但很快就从枪声判断出不是兰娅兰娜她们,激烈的枪战中有卡宾枪连发的枪声,他们马上意识到是胡飞和他的特别行动队来刺杀德王了,急忙向城区赶去。

当他们赶到距德王府后墙不远处,正看到兰娅兰娜的人从旗军大院后墙往里跳。张丹雄已顾不上多想,让万虎带领临时骑兵队去德王府前门把守,防止旗军过来并阻止胡飞的特别行动队,他和罗克、马腾、桑斯尔、巴雅尔、虎啸山、龙吟海策马飞奔到德王府后墙。当他们从后墙跳进大院穿过一排房屋正要往东面的小院跑时,院内的大花坛后面突然站起一排人朝他们开枪(美樱子让胡飞听的激烈枪声,正是这个时间)。这排人正是浅海的日本特务队,他们听到了大院后墙外的马蹄声,提前埋伏在了大花坛后面。

张丹雄等人大惊,赶忙扔出一片手雷撤回到房子后面。在这一瞬间,桑斯尔的腹部中弹,幸而被罗克拽了回来;巴雅尔、虎啸山的肩膀和胳膊也分别中了弹。他们明白敌人已有所准备,但无论如何也想不到是由于孟根布勒的逃跑导致的。

浅海指挥日本特务向张丹雄等人猛烈射击,他们还有二十余人。张丹雄等人借助房子的掩护伺机还击,双方交战了一阵,张丹雄等人又击毙两个日特,浅海等人一时冲不过来。

这期间,兰娅兰娜的队伍已把旗军引出了旗军兵营。

双方正相持之时，几个手雷突然从浅海等人身后飞来，特务队猝不及防，被炸倒一片。扔手雷的正是高平、李大川和宋奇志，他们从旗军大院跑过来找胡飞等人，看到一伙儿人正朝一个方向开枪，以为是敌人在向胡飞他们进攻。

浅海等人大惊，剩余的十二三人急忙转身向高平等三人射击，高平等人还击，又击毙了三个日特，宋奇志也被日特击倒。

张丹雄等人趁势从房后闪出来射击，又击毙了四个日特。

两个日特挥着双枪射击掩护浅海，其中一人大喊："浅海少佐快撤！"

浅海见败局已定，开了两枪飞身跃上房顶逃去。

张丹雄等人和高平李大川前后夹击，将剩下的几个日特全部击毙。

高平李大川朝张丹雄他们跑过来，枪战中，他们已明白对方不是胡飞等人。

"你们是察东抗日纵队的吧？"高平问。

"对。"张丹雄说完也问，"你们是北平特务处的吧？"

"是。"高平说，"我们是来刺杀德王的。胡队和黑子亮子他们已经进了德王府了，估计还没得手。胡队说得手后会发红色信号弹的。"

张丹雄说了一声"坏了"，赶忙向东侧小院跑去，大伙儿也跟着跑过去。

299

胡飞和美樱子已从客厅打到院子里，尽管他拼死搏斗，最终还是抵挡不住美樱子凌厉的拳脚，被美樱子一脚踹得腾空而起，重重地摔在地上爬不起来了。

美樱子又跑进客厅拿出狙击步枪，举枪瞄准胡飞："你必须死于狙击步枪的子弹，才能解我的心头之恨。"

胡飞毫无惧色，闭上眼睛坦然受死。

美樱子正欲搂动扳机，手却骤然一抖，狙击步枪掉在地上。她一看，右手背上扎着一支梅花镖，又扭脸一看，罗克张丹雄等人正向她走来。

胡飞半天没听到枪声，睁眼一看怔住了。

高平李大川赶忙跑过来把胡飞扶起。

美樱子惊讶地望着张丹雄等人："你们没死？"她以为浅海和他的特务队已经把张丹雄他们都消灭了。

"该死的只能是你们这些入侵中国的小鬼子。"张丹雄说，"浅海的特务队已经全部做了游魂野鬼了。"

美樱子看看梅花镖："这支镖是那天夜里在南郊甩给你的吧？"

"没错。"

"有个问题可以问问吗？"

"可以。"

"据我的情报，你们是来劫持德王的，为什么不直接除掉他呢？"

"因为他还没有彻底投靠你们，还有挽救余地，要劝他远离你们这些魔鬼。"

美樱子冷冷一笑："中国愿意和我们大日本帝国合作的人，可以说是取之不尽，用之不竭，劝阻一个德王又有何用？更何况，德王已真心投靠我们，你们又如何劝阻得了？"

张丹雄正气凛然："如果确定他甘当蒙奸、甘当卖国贼的时候，我们自然会除掉他。"

空中响起飞机的"嗡嗡"声。

"和破坏 A 计划一样，你们破坏 B 计划的行动又彻底失败了。"

"我们的行动还没有结束。"

"应该结束了。你们看，"美樱子说着向天上一指，"这是我们送给德王的小飞机，再有两个多小时，德王就飞到满洲国新京了。"

张丹雄等人朝空中望去，看到一架飞机正向东北方向飞去。

美樱子突然凶光一闪，右手迅疾一挥，扎在手背上的梅花镖"嗖"地飞向张丹雄。一直关注着美樱子的罗克像射出的箭一样，飞身跃起将镖接住，张丹雄同时手一甩，又一支梅花镖扎进了美樱子脖子。

美樱子手指张丹雄想说什么，但嘴唇颤动了半天也没说出来。

"你是想问这支梅花镖是从哪儿来的？我告诉你，这就是你杀死石头的那

支，我替石头还给你。”

美樱子扑通倒在地上，双目不闭，她实在不甘心就这么死去。

300

罗克张丹雄等人都已意识到，这次劫持德王的行动被美樱子提前获知了，正要分析原因时，德王府前面突然响起激烈的枪声，他们赶忙冲了过去。

刚才旗军去追赶兰娅兰娜的队伍，追了半天也没追上，返回来时发现了守在德王府前的万虎带领的临时骑兵队，双方立即交起火来。

万虎和战士们利用各种掩体，猛烈地进行还击。

双方正在激烈地交战时，一下从德王府前排的房顶上飞下一片手雷，旗军被炸死一片。在房上扔手雷的正是罗克、张丹雄和马腾，随之虎啸山、龙吟海和巴雅尔以及胡飞、高平、李大川从大门冲出来向旗军猛烈射击。

旗军大乱，争先恐后地往回逃，旗军军官喝令不住，也跟着往回逃。

这时，一支马队飞快地从西面跑来，向正往回逃的旗军猛烈射击，这支马队正是兰娅兰娜等人。刚才他们见旗军返回，担心张丹雄等人劫持德王的任务还没完成，又赶来准备再次牵制时，正碰上溃败的旗军。

前后夹击下，旗军军官被打死，旗军大部被歼灭，剩下的都跪在地上举枪投降。

这次战斗中，共收缴轻重机枪五挺，步枪三百多支及大量的手榴弹子弹等，还收缴了许多粮食、药品等，装了整整五大卡车；还收缴了一辆轿车和两辆吉普。

旭日东升，霞光四射，天际一片彤红。鲜花遍缀的大草原如同绮丽的锦绣，绚彩如流，熠熠生辉，耀眼夺目。

罗克、张丹雄、胡飞骑着马并辔走在大草原上，后面跟着万虎、巴雅尔、马腾、兰娅、兰娜、虎啸山、龙吟海、高平、李大川及两支骑兵队。

桑斯尔经救治已无生命之虞，和押送战利品的战士乘车提前出发了。

大伙儿行至一个高坡上站住。罗克、张丹雄、胡飞放眼神州大地，心潮澎湃，热血奔涌，彼此的心境都不言自明：国共两党联手抗日的那一天不远了。

胡飞和罗克张丹雄等人握手后，与高平李大川策马奔去。

大伙儿目送他们远去之后，张丹雄对兰娅兰娜说："大当家二当家，咱们一块儿去黑蟒山收拾收拾，一起回黑龙岭吧。"

"我们可不是什么大当家二当家了，已经是抗日纵队的战士了，听张队长和罗指导员的。"兰娅说完忽又哀痛起来，"张队长，罗指导员，我有个请求。"

张丹雄罗克齐说："你说。"

"在这次战斗中，赤烈等十一人都战死了，他们是在我答应参加抗日纵队后战死的，应该算是抗日纵队的战士。我不能让他们留在黑蟒山，想把他们安葬在黑龙岭，好常给他们上上坟，寄托我们的哀思。"

"应该的。"张丹雄说，"罗指导员和我也是这样想的，还要给他们举行一个隆重的葬礼。"

"我已答应收赤烈为徒，虽说还无师徒之实，我也要给他一个名分，要在他的墓前以师父的名义给他立一个碑。"罗克真诚地说。

兰娅兰娜的泪水流了下来。

兰娅仰天呼喊："赤烈、弟兄们，你们死得值！死得光荣！"

一支队伍游龙般地奔驰在大草原上。空中，一只雄健的苍鹰在碧蓝的天空盘旋，像是在守卫着美丽的大地。诗曰：

往事尘封数十年，后人忘却近阑珊；

莫道察东无侠士，只是乏于忆笔端。

补　记

不久，德王怀着建立大蒙古国的野心，彻底投靠了日本关东军，在关东军的羽翼和扶植下，和早已成了日军走狗的李守信，共同建立了伪蒙疆政权和伪蒙古军，成为日本帝国主义侵略中国的无耻帮凶。

为防止关东军利用伪蒙疆政权和伪蒙古军，把军事前沿阵地由热河省向察哈尔省推进，在中国共产党的领导下，察东抗日纵队组建了三支骑兵中队，采用游击战术，不断打击伪蒙古军和日军，致使日军的飞机场、武器库、群碉暗堡等重要军事设施，在"七七事变"前始终未能建成。日本帝国主义全面侵华战争开始后，察东抗日纵队又投入了新的战斗，他们深入日军巢穴窃取情报；炸毁日军机场和飞机、端掉日军炮楼；捣毁日军武器库、物资库、毁铁路炸军车；袭击日本兵营、解救被日军强迫修筑工事的劳工、销毁日军强迫老百姓种植的大面积罂粟；截杀在狼窝沟暗堡群负隅顽抗又企图逃跑的日军等等，用他们的鲜血和生命绘制出一幅幅动人心魄的壮美画卷，谱写出一首首激扬斗志的高亢凯歌！

补记之余，有几个人物其后的命运也有必要简述一下。

罗克：日军全面侵华战争开始后，察北抗日纵队被改编为平北抗日根据地大海陀游击支队。罗克和张丹雄带领游击支队多次重创侵占张家口的日军，致使日军的多项计划被破坏。一九三九年，罗克和张丹雄等人在窃取日军代号"地鼠"绝密计划时，由于内奸向日军传递了消息，他们遭日军围堵。罗克为掩护张丹雄等人突围，不幸壮烈牺牲。

虎啸山、龙吟海：一三二师被迫从察哈尔撤出后，被调到河北任丘、河间一带驻防，虎啸山、龙吟海不久返回部队。一九三七年七月七日卢沟桥事变爆发后，一三二师奉命进入北平镇守北平南苑，在和日军的激战中伤亡惨重，师长赵登禹也不幸牺牲。虎啸山、龙吟海因伤被俘，后被罗克和张丹雄、马腾等人

救出，由是参加了察东抗日纵队，在抗战中立下了不朽的战功。

胡飞：一九三六年初，被晋升为北平特务处副处长。苏尼特右旗的生死经历，使他彻底转变了对共产党的看法。抗战全面爆发后，他又被擢升为特务处处长。他怀着对日寇的刻骨仇恨，多次冒险搜集日方军事情报，为抗战做出了积极贡献。在这期间，由于国共两党已经结成抗日民族统一战线，他与罗克、张丹雄一直保持着密切联系，并由此进一步加深了对共产党的了解。内战爆发后，他虽然忠于党国，但也反感内战，终日彷徨。一次，他获得了国民党某部准备截杀执行偷袭任务的大海陀游击支队的情报，及时将这个情报传递给了张丹雄，致使截杀落空。不料这一举动被手下发现密告了上峰，在他被押往刑场即将被枪决的危急时刻，张丹雄、马腾等人设计把他救了下来，他由此也参加了大海陀游击大队。

小野：抗战全面爆发后，小野已是察东抗日纵队一名中队长。历次战斗中，他都身先士卒奋勇杀寇，战功卓著。一九四五年八月二十一日，在截杀从狼窝沟逃跑的日军时不幸牺牲，为中国人民的抗战献出了自己的生命。

上述诸事，都将在《察哈尔英雄》（续集）一书详细道出。

后　记

书稿杀青之后，我想说的话很多，但最想说的一句话就是：谢谢所有帮助过我的人！特别是塞汉先生！

塞汉先生是我景仰的知名作家，我曾拜读过他的小说、诗词、论著和影视剧本等。他那如椽之笔，纵横捭阖，酣畅淋漓，无论是诗词、小说还是论著，无一不山高海深，其艺术之高雅、思想之深邃、逻辑之严谨、哲理之妙奥，都令我叹服不已。

几年前，一次参加市委宣传部组织的文艺精品创作座谈会后，我有了创作的欲望，试写了一部中篇小说《拾荒者》，后又按照知名作家胡学文老师的建议改写成了电影剧本。当我想请塞汉先生指点一二时，适逢他大病初愈（心肌梗塞），不好意思前去烦扰他老人家。事有凑巧，没过多久，正好省有关部门来张家口召开塞汉先生的电视剧本《雪绒花》座谈会，我有幸受邀参加。在这个会上，我把拙作《拾荒者》（电影剧本）拿给塞汉先生，请他指点。一周后，接到塞汉先生的电话，他说剧本已看完，立意很好、情节感人、文笔也流畅，只是结构欠合理，镜头转换较慢，建议调整结构并给予了详细指点。通过这次接触我才感到，大家原来是这么平易近人。

按照塞汉先生的指点，我把剧本作了修改，又经塞汉先生和卢永庆先生（原张家口市人大副主任、张家口历史文化研究会会长）斧正后，寄给了《中国作家·影视》，不久便在2016年第五期刊出。后来又有了一次接触塞汉先生的机会，省影视制作部门（已有拍摄塞汉先生的电视剧《雪绒花》意向）建议塞汉先生将剧本改成影视小说，待电视剧播出时发表，可恰在这时他不慎摔断了腰和胳膊，并留下了严重的后遗症，不能再继续写作了。我不揣冒昧自荐代笔，塞汉先生欣然同意。我本以为由剧本改写影视小说较为容易，一动笔才知

道不那么简单，尽管如此，但在塞汉先生的鼓励和指点下，最终还是完成了改写。整个过程中，由于塞汉先生的亲炙，我的写作技巧和写作理念也提高和丰富了许多，在创作的道路上又大大前进了一步。随后一发而不可收，又连续创作出《扫大街的女人》《的哥遇险记》《失踪者》《圆梦者》《复仇者》等五部电影剧本，其中《扫大街的女人》被河北电影制片厂、北京完美影视有限公司、张家口多彩艺术传媒有限公司选中，已拍成电影（更名为《爱的红围巾》）。

一次在和塞汉先生、张新政（原阳原县县委书记）、刘勇（原张家口日报社总编）、邓幼明（原张家口市文化局局长）等几位老师聚餐时，塞汉先生说了尘封在他心底的一件憾事：他在完成电视剧本《雪绒花》之后，一部以抗日同盟军被迫解散后，部分同盟军官兵组成游击队继续同日寇作斗争为题材的电视剧也基本构思好了，只是因患腰疾无法再写下去。当时我就萌生了借鉴他的构思，与他合作完成这部剧本的想法，但因自己对这一段历史涉猎较少，加之自知才疏学浅，没敢贸然张口。之后，我找了一些有关这段历史的资料，反复学习研究，感觉塞汉先生所选的这个题材确实很好，应该以电视剧的形式把这段历史呈现出来，让人们知道在察哈尔这片大地上那个最黑暗的时期，抗日的烽火也从未熄灭过。同时，我也想就电视剧的创作做个尝试。于是，就大着胆子给塞汉先生拨了电话，说了我的想法，可能是因为我之前的作品被他认可，也可能是顾及我的面子，他竟然爽快地答应了，只不过他说："要有脱几层皮掉几斤肉的心理准备。"我是一个立下决心就不要命的主，更别说脱几层皮掉几斤肉了。先生的答应着实让我激动了几天。

我怀着既激动又惶恐的心情投入了这部剧的创作。因有了塞汉先生那机杼般的构思和布局，我在属文时难度就小多了，尽管如此，在一些过渡情节上仍然时时受阻，有时彻夜所思也难以突破。每当这时，只好打电话求教于塞汉先生。先生不厌其烦，每次总能披荆拓道，指点迷津，使我一次次从柳暗走向花明。一年后，长达四十集的电视剧本终于脱稿了，塞汉先生看后大加赞赏，说比他原有的构思立意更高，情节更好。但我有自知之明，知道这是先生对我的鼓励，也知道先生所构思的本意我尚未完全达到，更不可能高于他的构思。果然，先生说先不要急于出手，还需精雕细刻。他在肯定所成的同时，也毫不讳言不足，指出修改方向。

在修改期间,我突发奇想,把剧本再改写成纯小说。我这么想不是狂妄,是基于以下两点考虑:一是通过改写来发现情节的不足和逻辑的漏洞,更有利于剧本的修改;二是通过改写学习小说的创作方法,塞汉先生是小说创作大师,在实战中能更多地得到他的具体指点,这也是提高自己写作水平的一次绝佳机会。虽然如此,我还是有顾虑,担心先生说我隔山望远,未满寸又进尺。故此,我先把这个想法和刘勇、张新政二位老师说了,他们听后都说这个办法好。随后,我着手写了十章,呈给塞汉先生并说了我的想法。令我欣慰的是,先生看后惊喜不已,非常支持我的想法。剧本与小说属于截然不同的两种创作方式,我虽然有过由剧本改写影视小说的实践,但写纯小说尤其是长篇还真是第一次接触,难度之大超乎我预先的想象,以致几度都想搁笔。在我最困难的时候,先生没有弃之不管,而是给以鼓励并出手相助,帮我构思谋篇,启领我翻过一山又一山,闯过一关又一关。小说初稿完成后,说不清自己是个什么心情,伏案痛哭一场。我几易其稿后,又经先生几番治点、几经刊落改窜最终定稿。

我感谢恩师塞汉先生,我之所以能在文学创作的道路上迈开步并一步步走到现在,是和先生的栽培密不可分的,可以这样说,没有塞汉先生心与血的浇灌,我很可能就是一株刚出土即又枯死的有着文学梦想的禾苗。

感谢张新政、刘勇二位挚友,他们在我创作电影剧本、电视剧本及这部小说的过程中,都倾其所能给予我无私的指导、支持和帮助,还要感谢为我提供史料的韩祥瑞(原张家口教育学院院长、张家口历史文化研究会副会长)、王秀琴(市政协文史委主任)、要公磊(市党史研究室副主任)、明晓东(赤城县电视台台长)、张进中(赤城县民政局原副局长)等老师,感谢同事冯海燕、韩剑梅、闫金莲、吴俊红、崔志凌的热心帮助。借此机会我诚挚地再次向你们道一声:“谢谢!”

北京书法家协会副主席兼秘书长田伯平先生为本书题写了书名;中央民族大学张山教授在审稿过程中提出了一些很好的修改意见,在此一并致谢!

由于本人水平所限,自知该书存在不少错误和不足,恳请读者不吝赐教。诚谢!

张润兰